KB263868

김복진 전집

지은이

김복진 金復鎭, Kim Bok-jin

1901년 충청북도 청원에서 태어났다. 호는 정관(井觀). 도쿄미술학교에서 조각을 배웠다. 문학과 연극에도 관심이 많아 극단 토월회, 백조회, 불개미, 카프 창립에 기여했고, 카프의 강령과 규약을 만들어 조직을 이끌기도 했다. 조선공산당, 고려공산청년회 선전부, 책임비서로 활동하다가 치안유지법 위반으로 5년간 복역했고, 출소 후에는 조각가, 비평가, 조선중앙일보사 학예부장으로 활동했다. 조각가로서 조선미술전람회에 작품을 출품해 입선, 특선, 총독상을 수상한 바 있으며, 〈백화〉와 〈소년〉, 금산사 본존불, 법주사 미륵대불은 그의 대표작이다. 미륵대불의 완성을 보지 못한 채 1940년에 사망했다. 정부에서는 1993년 건국훈장 애국장을 추서했다.

엮은이

홍성후 洪性厚, Hong Sung-hu

미술사학자. 명지대학교 미술사학과 박사과정을 수료했으며, 한국미술사연구소 연구원을 지냈다. 주로 사회주의 미술을 연구하며 주요 논문으로는 「장진광의 연안 항일투쟁과 미술활동」, 「조선미술가동맹 서기장 김종권의 행적과 연안파 숙청」, 「도산과 정관, 그리고 이국전」, 「제4차 조선공산당 사건 이후 김복진의 활동과 조선사상범보호관찰령」, 「김복진의 콘크리트 미륵대불」, 「사화가 이여성의 복식문화 연구와 민족운동」 등이 있다. 『평양, 1960』를 지었고 『문화유산』을 엮었으며 현재 이여성 저작집을 펴내고 있다.

김복진 전집

초판발행 2026년 1월 30일

지은이 김복진
엮은이 홍성후

펴낸이 박성모
펴낸곳 소명출판
출판등록 제1998-000017호
주소 서울시 서초구 사임당로14길 15 서광빌딩 2층
전화 02-585-7840
팩스 02-585-7848
이메일 somyungbooks@daum.net
홈페이지 www.somyong.co.kr

ISBN 979-11-7549-040-6 03810
정가 36,000원

ⓒ 홍성후, 2026

잘못된 책은 구입처에서 바꾸어드립니다.
이 책은 저작권법의 보호를 받는 저작물이므로 무단전재와 복제를 금하며,
이 책의 전부 또는 일부를 이용하려면 반드시 사전에 소명출판의 동의를 받아야 합니다.

김 복 진 전 집

The Complete Works
of Kim Bok-jin

김복진 지음 | 홍성후 엮음

　정관 김복진은 나의 스승이다. 30년 전인 1995년 서거 55주기를 기념하여 기념사업회를 조직하고 다도화랑에서 기념전을 개최하였으며 청원 팔봉산 자락의 묘소에 묘비를 세웠다. 그리고 바로 기일인 8월 18일에 문집『한국 근대미술의 스승 김복진 전집』[1]과 평전『힘의 미학 김복진』[2]을 편찬, 간행하여 묘소에 봉정했다.

　광주 충장로 삼복서점에서 1973년에 구입한 문학사학자 김윤식 선생의『한국근대문예비평사연구』,[3] 1975년에 구입한 미술사학자 이경성 선생의『근대한국미술가론고』[4]는 김복진으로 나아가는 창문이었다. 김윤식의 글은 한 문장이고, 이경성의 글은 한 꼭지다. 그럼에도 불구하고 그 활자들은 너무 깊고, 너무 큰 울림으로 다가왔다. 한국미술사 서술의 방향전환이 가능할 것이라는 희망의 빛이었을 뿐만 아니라 내 삶의 향방을 가름하는 이정표였다.

　김윤식은 김복진을 가리켜 '프로예맹 중앙위원 서열 1위'라고 지목했다. 이경성은 김복진을 가리켜 '선구자'로서 연극인, 미술평론가, 조각가의 면모를 갖추었으며 '프로예맹사건으로 옥고를 치루었다'고 서술했다. 그로부터 내 머릿속을 맴도는 건 김복진이야말로 조선프롤레타리아예술동맹을 이끌어 나간 주도자라는 생각이었다. 탐구를 거듭함에 따라 제4차 조선공산당을 이끈 혁명가라는 사실이야말로 김복진의 문예운동과 긴밀히 연결된 증거이자 프로예맹 지도력의 요체라는 생각이 들었다.

1　윤범모, 최열 편,『김복진 전집－한국근대미술의 스승』, 청년사, 1995.
2　최열,『김복진－힘의 미학』, 재원, 1995.
3　임화,「문단의 그 시절을 회상한다」,『조선일보』, 1933.10.5~8; 김윤식,『한국근대문예비평사연구』, 한얼문고, 1973; 김윤식,『임화연구』, 문학사상사, 1989.
4　이경성,『근대한국미술가론고』, 일지사, 1974.

어린 시절부터 한 가지 의문이 있었다. 예술가 가운데 문학인의 경우 투쟁의 결과 투옥, 고문과 사망에 이른 저항문인이 즐비한데 왜 미술 분야는 단 한 사람도 없는가 하는 것이었다. 1980년대 신군부독재에 맞선 미술운동가로 헌신하는 중에도 일제강점기 저항미술인을 찾아 헤매는 노력을 멈추지 않았다. 결국 조선프롤레타리아예술동맹 산하에 미술부는 물론 미술동맹으로까지 나아갔다는 사실과 동맹 구성원의 실체 및 활동상을 확인하는데 이르렀다. 그 과정에서 당연한 의문은 어떻게 저 쟁쟁한 맹장들이 득실대고 있는데도 김복진이란 인물이 제4차 조선공산당 지도부로 활약할 수 있었는지 또 프로예맹 조직을 주도한 것일까였다. 실제로 김복진은 강령을 초안했으며 박영희와 김기진의 논쟁을 종식시킬 정도의 권위를 발휘했다. 질문에 답하기 위해 더 많은 자료를 찾았다.

프로예맹 2세대 지도자인 임화의 회고에 주목했다. 김복진이 맹원 가운데 오직 유일한 당원이라는 사실을 임화가 알아차린 때는 김복진이 체포, 투옥 당했을 때였다. 과연 비밀수칙을 완벽하게 지켜 나간 당원다운 행동이었다. 다시 말해 김복진은 당원의 권위를 내세워 지도자 행세를 한 게 아니다. 그렇다면 오직 동지를 아우르는 품성과 압도하는 논리를 갖춘 인물이었을 것이다. 정리하자면 김복진은 지하조직인 제4차 조선공산당 중앙집행위원 겸 선전부책임이자 고려공산청년회 중앙위원 겸 경기도 책임비서로서 소명을 다 하는 가운데 또한 합법조직인 조선프롤레타리아예술동맹 중앙위원으로 활동했다. 그렇다. 김복진은 당과 예맹의 지도자였던 것이다.

문헌 자료가 빈곤한 가운데서도 김복진의 지위와 역할, 그 활동상을 밝혀나갈 수 있었던 건 1980년대 반독재민주화운동의 대열에 참여해 조직운동을 수행해 나갔기 때문이다. 지하이념써클 무등산, 광주자유미술인협의회, 민중문화운동협의회, 미술공동체, 민족미술협의회, 민족민중미술운동전국연합에 가담해 기획하고 조직하고 실천하는 나의 활동행태를 김복진과 그의 시대에 대비시켜 봄으로써 김복진의 투쟁상, 활동형태를 추정했다. 어렴풋이나마 보였다. 물론 선생의 높이와 넓이에 비하면 나의 투쟁은 기껏 한 구석에 치우친, 보잘 것 없는 활동일 뿐임은 두 말할 나위조차 없다.

정관 김복진은 단순한 투사가 아니었다. 당대 가장 날카로운 문제의식을 품은 미술비평가이자 문명비평가였고 만화단체, 무대미술단체, 연극극단과 프로예맹을 창설한 문예조직가였으며 당대 사상운동가들과의 오랜 교유 끝에 조선공산당, 고려공산청년회를 건설한 혁명운동가였다. 뿐만 아니라 미술계에서도 창광회, 조선미술원, 형성미술가집단과 같은 단체를 만들어 나간 미술운동가이자 조소예술 창작과 교육에도 전념하여 절정의 창작에 도달했고 문하에 기라성과 같은 제자를 배출하는데 성공한 위대한 스승이다. 어디 그뿐일까. 문하생들과 더불어 조선미술전람회를 비롯한 전람회에 조소작품을 꾸준히 발표했고 숱한 인물 동상과 더불어 불상 조성에도 전력을 기울여 조소예술계를 형성해 냈다. 그 풍성한 창작활동에도 불구하고 일제말기 공출과 한국전쟁 때 서울폭격으로 유작 대부분이 파괴, 소실되었지만 전북, 충남에 봉안되어 전해오는 불상은 20세기 조소예술사를 대표하는 최상의 예술이다.

역사상 사회혁명가는 언행言行을, 철학사상가는 학행學行을 문하의 제자 또는 후학들이 찬술함으로써 역사에 그 모습을 새긴다. 그와 달리 학자는 스스로 집필한 저술로 학문의 결과를 증명한다. 마찬가지로 예술가 또한 몸소 제작한 작품으로 예술사상 위치를 증명한다. 하지만 미술인 김복진의 경우 작품도 거의 전해오지 않고 있다. 비평가 김복진의 경우에도 저술이 많지 않다. 그런 까닭에 그의 위상은 제자와 후배의 기억 속에서 사라져가는 '작품 없는 조각가'란 평가에 머물렀으며 '인상기에 불과한' 글이나 쓰는 유아기 수준의 비평가에 불과하다고들 했다. 더구나 혁명가 김복진의 경우 프로예맹 동지이자 친 아우였던 김기진의 회고록에 따라서 그저 사회주의자들과의 '경쟁심' 탓에 운동에 뛰어들어 핵심 직책을 맡아 중형을 선고받았을 뿐 '신경쇠약'에 허덕이며 혁명은커녕 '예술'로의 '방향 전환'이나 꿈꾸는 매우 허약한 존재였을 뿐이라고 평가했다. 프로예술운동가 김복진의 위상을 평가하는 태도 또한 활동상에 주목하기 보다는 박영희 대 김기진의 논쟁을 논리가 아니라 '조직의 힘'으로 재단해 버린 이라는 것이었다.[5] 이를테면 뒷날 한국전쟁 당시 남부군총사령관이었던 이현상을 포섭하여 제4차 고려공산청년회 학생부위원으로 활약하게 이끈 힘[6] 같은 건 염두에 두지도 않았던 게다. 그러니까 향후 관점은 김복진 일당이 체포투옥 당했을 때 김복진과 관련한 1928년의 「형사 제1심 소송기록」[7]으로부터 재출발해야 할 것이다.

나는 그런 평가에 대해 의혹의 눈길을 멈추지 않았다. 그렇게 폄훼 당하면서 역사의 저편, 망각의 늪으로 잊혀가던 김복진의 언어와 행동을 되살려 내면서 품고 있던 많은 의혹에 답해나갔다. 그 과정에서 마주친 의혹과 질문 한 가지가 생겼다. 1940년 일제부역자 박영철과 김동한의 동상을 제작했다는 아주 분명한 협력 행위를 발견한데 이어 제자 이국전과 더불어 안창호 데드마스크 제작을 수행하는 매우 확고한 저항 행위를 발견했을 때다. 그 이율배반의 이중 행위는 제국과 식민의 구도에 비추지 않으면 이해 불가능한 영역이다. 식민지 해방을 꿈꾼 '범죄자'면서 동시에 제국 통치를 파괴하려한 '혁명가'의 두 얼굴을 지닌 중첩 존재인 김복진이기 때문이다. 소시민으로 창작에 몰두해 성공한 예술가에 불과했다면 지워지지 않을 짐을 진 인물인 김복진은 1935년 2월 출옥 이후 사상범보호관찰대상자였음에도 불구하고 전시체제라는 변화한 조건 아래서 새로운 기조를 설정하고 실천 행동을 지속해 나갔다. 그 와중에 식민지인이라면 하지 않아야 할

---

5   김기진, 「편편야화」(66~107), 『동아일보』, 1974. 5. 17~7. 5; 김기진, 「편편야화」, 『김기진전집』 ②, 문학과지성사, 1988, 321~414면.

6   윤경로, 「이현상과 1928년의 학생공산당 사건」, 『역사비평』 3, 1988, 겨울호.

7   「형사 제1심 소송기록」, 『일제강점기 사회사상운동자료 해제』 ①, 국사편찬위원회, 2007, 74~79면.

부역자 동상을 제작했다. 중첩과 이율배반의 모순과 착종을 생각하지 않는다면 이 시절 김복진의 생애를 끝내 이해할 수 없을 것이다. 위대한 사회혁명가이자 미술혁명가의 끝에 마주친 저 이중성이란 무엇이었을지 말이다.

전집과 평전이 세상에 나오자 김복진을 보는 눈이 달라졌다. 먼저 전집과 평전이 민들레꽃씨처럼 퍼져 나갔다. 그 결과 미술인, 연극인, 무대미술가로 창작과 비평, 교육자였을 뿐만 아니라 당원이자 맹원으로 사회혁명가, 문예운동가였음을 확인하는 연구가 이어졌다. 탄신 100주년을 맞이한 2001년 국·공립미술관 같은 국가기관이 아니라 사립미술관인 모란미술관 이경성 고문과 이연수 관장의 결단으로 기념전을 열고 연구서를 간행했다. 이후 학위논문도 연이어 제출되었다. 또한 몇몇 동료와 더불어 정관김복진미술이론상을 제정하고서 이론가와 기획자를 대상으로 수상자를 선정했다. 상금 없는 상이었으나 그 이름이 너무 지극해서 작가가 기증한 작품을 부상으로 수여했을 뿐인데도 명예스러워 했다. 최근에는 청주시립미술관에서 김복진상을 제정해 작가를 대상으로 매년 시상하고 있다. 이 모든 일이 전집과 평전 간행 이후에 일어난 일이다. 그러니 전집 편찬은 그 연구와 추모를 가능케 하는 샘터와 같은 것이다.

첫 전집 편찬 이후 30년이 흘렀다. 근대미술을 전공하는 영민한 학인들과 함께 근대미술이론 공부모임을 결성하고서 첫 공부 주제를 김복진으로 정한 뒤 30년 만에 새 전집 출판을 결정한 때가 2023년 1월 12일이다. 그로부터 한 달에 한 번씩 김복진을 학습했다. 공감하고 존경하는 기운이 증폭되어갈 무렵 홍성후가 자료검색의 달인답게도 너무 많은 새 문헌을 발굴해 냈다고 자랑했다. 단지 검색 능력 때문은 아니다. 김복진과 그 주변의 인물과 조직, 사건과 사고를 아우르는 폭넓은 시야와 더불어 그 시대에 대한 뜨거운 관심의 열정이야말로 새 자료의 채굴을 가능케 해 준 동력이었다. 더불어 제26회 한국미술저작상을 수상한 서유리가 상금 일부를 쾌척해 주었다. 이렇게 하여 전집 출간의 어려움을 이겨내고 큰 일을 이룩할 수 있었으니 이 얼마나 큰 행복인가.

　때마침 2025년은 조선프롤레타리아예술동맹 창립 100주년이다. 선생이 손수 그 단체를 조직한지 무려 100년째 되는 지금, 2025년에 김복진 선생의 새로운 전집을 펴낼 수 있음을 진심으로 기뻐한다. 2023년 1월 김미정, 김허경, 서유리, 이나바 마이, 최열, 홍지석, 홍성후로 출범한 근대미술론공부모임의 첫 과제인 새 전집 출간을 기념하여 2024년 10월 5일 모임 이름을 정관학회로 결정했다. 창립회원은 김미정, 김허경, 신민정, 이나바 마이, 최열, 홍지석, 홍성후다. 이 일은 미술사학 사상 일대 사변이다. 한 미술인의 아호를 취한 학회가 처음 출현한 까닭이다. 이처럼 세기를 바꿔 따르는 후학을 둔 미술인이 있었을까.

　다시 말하지만 정관 김복진은 나의 스승이다.

2025년 8월 18일
정관 김복진 탄신 125년, 서거 85주년을 맞이하여
제자 최 열

평론

광고회화의 예술운동

현대예술과 작성원천

세계역사상으로 보면 중세의 구주예술이 그리스도교라고 하는 완고한 교승敎繩에 결박되어 병적이라고 생각할 만치 종교화가 되거나 그렇지 않으면 일정한 전형을 벗어나지 못한 것은 사실이다. 이러할 때 이탈리아에서 먼저 문예부흥운동이 일어났으니 한 가지는 그전 그리스·로마의 초기로 가려고 하는 것이요 또 한 가지는 아주 새로운 자유의 방면으로 가려고 하는 운동이다. 그러나 종래의 전형을 벗어나 새로운 방면에 예술을 끝으로 완악頑惡한 결박을 끊어버리려고 하는 운동이야말로 현대의 자유를 조성한 근원이라고 할 수가 있는 것이다.

현금現今의 광고는 인습적이다

아직도 우리 조선서는 일반으로 상공업자 제군이 광고에 대한 이해가 많지 않으니까 그러니 저러니 할 것은 없지마는 통 쳐놓고 보면 중세의 예술이 그리스도교에 붙잡혀서 오랜 인습을 벗어나지 못하는 것과 같이 현금의 광고도 또한 어떠한 방면으로는 인습의 전형에 포착되어 부자유한 형체를 벗어나 광고를 새로운 방면으로 개척하여 가려고 하는 운동이 이곳 광고예술운동이다.

남의 나라에서는 일찍이 이 광고예술화에 대하여 구형을 벗어나 새로운 예술운동을 제기하는데 아직도 우리 조선서는 꿈에도 이것을 생각하는 사람이 없으니 이 어찌 한심치 아니 하리요. 우리도 어떠한 방면으로든지 같이 살아가기 위하여 한 가지 생존경쟁 장리場裡에 활동하기 위하여 급속히 광고예술에 주의치 않으면 안 될 것이다.

그러면 어떠한 광고가 인습적이며 병적인가 하는 것을 묻는 사람이 있을 줄 안다. 그것을 잠깐 말하기 위하여 회화광고의 일례를 가져오자. 회화의 내용이나 색채에 대하여 대부분의 광고는 어떠한 전형에 포착되어 거기에 다시 벗어나지 못하게 된다. 우리가 가령 종로로 다니면서 요사이 새로 난 광고 간판을 볼 것 같으면 그 회화의 재제材題가 거의 서양부인화西洋夫人畵나 그렇지 않으면 사람의 그림으로 제한되어 있고 색채로는 가장 단조한 달고 연한 것으로 조성되어 회화나 색채가 한 가지로 충분한 개성의 표현이 없다. 이러한 것을 우리는 가리켜 회화광고가 인상병人像病이나 색채병色彩病에 걸린 것이라고 할 수가 있다.

회화광고의 2대 목적

회화광고에 그 주장되는 목적은 득심케 하는 것과 기억케 하는 것의 두 가지라고 할 수 있다.

득심케 한다고 하는 것은 보는 사람으로 하여금 이성비판에 소구訴求하게 하려고 하면 그 광고로 하여금 눈에 띠게 하여서 광고하는 그 물품이 어떠한 외관을 가진 것인지 하는 것을 회화로써 보이지 않으면 안 될 것이다. 그 회화는 여러 가지 작용이 있는 것이니 즉 사상, 호의, 언어의 전달, 설명자가 되어야 할 것이다. 우리가 영어를 몰라도 활동사진을 보면 그 그림이 어떤 연극을 하는지 그것을 알 수가 있으니 일로써 보더라도 회화라고 하는 것이 얼마나 암시성이 있다고 하는 것을 알 수가 있다.

기억의 작용으로써는 상품점명이나 영업상표 등을 광고로 통해서 공중에게 보이고 그들의 뇌리에 인상을 주며 그 준바 인상을 여러 번 꺼내어서 공중과 광고의 관계를 밀접하게 하는 것이다. '잊지 마세요', '광고를 이용하세요', '왜 여러분은 이 물건을 쓰시지 않으십니까?' 하는 이러한 의미를 널리 들어서 표시를 하시지 마시고 될 수 있는 대로는 솔직하게 하여야 할 것이다. 그러하다고 실례되지 않도록 표현하는 것이 회화라고 할 수 있는 것이니 이러한 광고에는 문자가 힘쓰는 부분이 상품명이나 상점명이나 그렇지 않으면 극히 간단한 설명문구뿐이요, 그 다른 설명의 모든 부분은 전부 그림 그것이 힘쓰게 하는 것이다. 이러한 효력 있는 그림이야말로 기억과 가장 밀접한 작용을 가진 것이다.

회화광고의 필유성必有性

전술한 바와 같이 회화광고의 2대 목적을 성취함에는 그 어떠한 성질을 가져야 할지 그것이 한 의문이 될 것이다.

그 필유성의 제1조건으로써는 사람의 눈을 끌어야 할 것이다. 즉 잠깐 보는 그 순간에 모든 사람의 눈을 끌어당겨야 할 것이다. 그 다음 제2조건으로는 보는 사람의 마음에 깊은 인상을 주어 기억에 멈추어 있게 하여야 할 것이다.

이러한 필유성을 갖추어 있게 하는 대로는 모든 인습의 속박을 타파하고 일직선으로 자유스러운 예술광고계에 그 생명을 구하지 않으면 안 될 것이다.

어떠한 회화가 광고상 효과가 많을까

그러면 어떠한 회화가 광고상에 제일 효과가 많을지 하는 의문이 생길 것이다. 만일에 우리가 어떠한 그림은 효과가 많고 어떠한 그림은 효과가 적다하면 그것은 벌써 인습에 빠진 것이라고 하지 않을 수가 없는 것이다. 따라서 그림으로써는 어떠한 특별의 전형을 가진 것이 효과가 많으니 적으니 할 수는 없다.

그 이유는 100인 중 98, 99인까지는 그 취미가 각각 다른 것과 같이 각 개인이 감각하는 매력, 인상, 희열 등은 결코 동일한 것이라고 할 수가 없다. 어떤 사람은 갑이라는 그림에 대해서 매력을 감각하나 어떤 사람은 을이라는 그림 그것에 그처럼 매력을 감각하지 않는 수가 많다. 다시 말하자면 어떠한 그림이 효과가 많을까 하는데는 그 취미의 다른 것과 같이 각각 그 보는 바도 다를 것이다.

이상에 진술한 것은 논리적 설명에 그치는 바이나 현대의 과학상으로 볼 것 같으면 이와 같은 말은 용허容許하지 않는 것이다. 과학이 설명하는 바에 의하면 사람의 취미라고 하는 것은 본질적으로 소정所定되어 있는 것이 아니고 교육이나 환경이나 또는 습관에 인하여 조성되는 결과에 지배되어 가는 것이니 따라서 사람의 취미는 변화성을 가진 것이다. 인종의 상이를 따라 취미가 다르고 시대의변천을 따라 취미도 변천해가는 것은 누구든지 이것을 입증하는 바이다. 다시 말하면 인류의 오관五官의 진화 또는 시각, 심리작용, 환경의 진화에 그을려 그 인류의 취미도 따라다니는 것이다.

우리 인류가 최초자最初子에 있어서는 읽는다는 것을 알지 못하였다. 오직 아는 것은 말하는 그것뿐이요, 또 말도 하지 못할 그때에는 오직 볼 줄 아는 그것뿐이었다. 다시 말하면 우리 인류는 읽는 것보다도 말하는 것을 먼저 알았고 말하는 그것보다도 눈으로 보는 그것을 먼저 안 것이 사실이었다. 문화가 아직도 유치하였을 그때에도 임의 암석에 회화를 조각할 줄 알았다. 저 남양군도南洋群島의 어떤 적은 섬을 가볼 것 같으면 양측으로 암석이 나열한 곳에 무수한 회화가 조각되어 있고, 또 스페인에는 빙하시대의 인류가 암석과 토층에 조각을 만이 한 동혈洞穴이 아직도 남아있다고 한다. 읽을 줄도 모르고 들을 줄도 모르는 미개한 민족간에는 제일 먼저 볼 줄 아는 기쁨이 있었다.

눈으로 들어오는 인상은 직접적이 되어 곧 뇌수에 전달되는 까닭에 가장 굳센 효과를 남겨두는 것이다. 읽는 것보다도 접촉되는 것보다도 듣는 것보다도 보는 그것이 훨씬 인상이 두텁고 어느 때든지 뇌 속에 사라지지 않고 남아있는 것이다.

색의 원칙

미개의 민족은 누구든지 광휘 있고 눈이 부신 빛을 좋아하는 것이다. 크나큰 상아와 조그마한 구슬을 교환하며 타조의 날개에 붉은 옷을 아낌없이 바꾸는 것은 눈에 찬란하고 광채 있는 것을 무한히 좋아하는 까닭이다. 어린 아이의 모자를 진홍색으로 만드는 것과 의복에 빨간 물감을 많이 들이는 것은 다 이러한 야만시대의 유습을 가지고 있는 것일 뿐만 아니라 인간의 적나라한 본질을 표현하는 그것이다. 우리의 인류에게는 태양이 생명이다. 이것이 만일 없었다면 우리 인류는 발육치 못하였을 것이다. 우리가 눈으로 태양을 볼 때에 번쩍거리는 불덩이가 오직 눈을 부시게 할뿐이다. 우리 인류는 수천만 년이라고 하는 길고 긴 동안에 이 태양광선을 보았다. 그러한 인연으로 우리가 제일 좋아하는 것은 태양의 광선과 큰 관계가 있다. 본질적으로는 인류가 일반으로 번쩍거리고 광채 있는 태양의 광선같은 것을 좋아하는 것이다. 미개의 민족이나 어린 아이들이 번쩍거리고 광채 있는 빛을 좋아하는 것은 인간의 적나라한 기호를 입증하는 것이다. 교육이라든지 환경이라든지 도덕이라고 하는 옷을 입혀서 취미라는 형상으로 변하는 것이나 이러한 의복을 벗기고 보면 그 본질로는 야만인이나 어린아이들이 좋아하는 빛과 같은 빛을 좋아할 것이다.

광휘 있는 빛, 번쩍거리는 빛, 선명한 빛이 우리의 인상에 가장 촉감이 되기 쉬운 것은 이상에 진술한 인류본질의 색채기호에 관련한 까닭이다. 이러한 색질^{色質}은 우리들의 눈을 가장 많이 자극하는 것이다. 따라서 우리의 뇌리에 작용하는 효과나 결과가 많은 것이다.

현대색채의 결점

현대광고 색채의 대개를 보면 이러한 대원칙을 위배하고 잠자는 것 같은 늘큰한 것 같은 색채를 많이 쓰기 때문에 사람의 눈을 자극하는 힘이나 남의 눈을 끄는 힘이 적음으로 따라서 그처럼 인상도 없는 것이다.

광고에도 많은 색강色强을 주며 광채를 주어야 하며 기교 없는 착색을 주어야 할 것이다. 자연이 지어내는 색채는 사람이 그려내는 색채보다도 많은 강력이 있고 원질原質이 구센 것이다.

현대문명국에서 많이 쓰는 포스터나 광고도안을 볼 것 같으면 대개는 다 그 필취筆趣가 너무도 세밀한 편이다. 다시 말하면 델리케이트Delicate한 것이다. 인간이 기호하는 적나라한 조잡미粗雜味를 볼 수가 없다. 도안의 주장되는 것은 색채이다. 색채를 자못 활동시키지 않으면 안 될 것이다.

회화는 여하如何히 진보할 것

현대의 회화구조를 볼 것 같으면 모두가 정밀한 선으로 교묘하고 정녕丁寧하게 그린 것이 많다. 너무도 델리케이트한 것이 많다. 다시 말하면 직선에 힘이 없고 세밀하며 곡선에도 힘이 없는 이러한 통폐가 자못 큰 결점이라고 안 할 수가 없다.

이러한 인습을 타파하고 굵은 선, 힘 있는 선, 변화 있는 곡선으로써 될 수 있는 대로는 간단하게 쓰지 않으면 안 될 것이다.

힘 있는 선과 굵은 선은 델리케이트한 선보다도 많은 사람의 눈을 끄는 것이다. 가늘고 정확한 선으로 정밀하게 그림을 그릴 때에는 그 그림 자체로는 완전한 그림이 되지마는 광고의 그림으로는 그 그림 전체의 인상을 줄 만한 긴 시간을 허락하지 않는 것이다. 이러한 그림은 그 그림을 볼 순간에 인상이 들지 않는 것이다. 정밀하고 완전한 그림일수록 보는 순간은 인상이 들지 않고 오랫동안 보고 있을수록 자연이 그 기교의 교묘한 것이 알게 되며 따라서 인상도 깊어지는 것이다. 그러나 광고도안이나 포스터는 오래두고 들여다 볼 명화, 골동품은 아님으로 보는 순간에 곧 인상이 들게 할 만한 기민한 작용을 가지게 하지 않으면 안 될 것이다.

조잡한 선으로써 간단하고 또 운필에 힘이 있는 그림은 사람의 눈을 끄는 힘이 많을 뿐만 아니라 보는 사람으로 하여금 생각할 여지가 있게 하는 것이다. 회화가 완성되어 있지 않는 것은 보는 사람의 상상을 담을 수가 있으니 따라서 이러한 그림에는 두 가지 작용을 가졌다고 할 수가 있다. 이 두 가지 작용은 무엇인가. 한 가지는 능동적 작용과 또 한 가지는 수동적 작용이다. 보는 손님으로 말할지라도 다만 눈에 비칠 뿐만 아니라, 그 비치는 그림의 부족한 것은 자기의 상상으로 채워갈 운동을 가진 것이다. 이것이 앞으로는 회화의 능동적 작용에 상당한 것이요, 뒤로는 수동적 작용에 상당하다고 할 수가 있는 것이다.

종래에 있는 광고는 보는 사람으로 하여금 눈에만 비칠 뿐이요, 그 상상력에 비칠 것이 없었다. 다시 말하면 보는 사람으로 하여금 반작용 또는 상상보충작용을 동작하게 할 여유를 두지 않는 것이다. 이 상상보충작용이야말로 광고회화상 새로 개척하여갈 새 방면이라고 할 수가 있다.

상상보충작용의 일례

이제 그 한 가지 예를 들어 말하자면 여기에 두 가지 원이 있다고 하자. 하나는 컴퍼스로 가늘게 정확하게 그린 것이고 그 다음에는 붓으로 함부로 그린 것이라고 하자. 선도 크고 작음이 부동하여 정확하지 않고 가다가는 절단한 곳까지 있다. 이러한 두 가지 원을 비교하여 볼 때에 컴퍼스로 그린 원은 너무도 정확하여 보는 우리로 하여금 상상을 보충할 여지가 없는 것이다. 세밀하고 일정한 선으로 그려 있기 때문에 이 모든 것이 단조하고 델리케이트한 고로 보는 시간도 적으나 붓을 가지고 함부로 그린 원은 선도 크고 작음이 부동하고 형상도 불완전하기 때문에 상상을 작용하게 할 여지가 충분이 있는 것이다. 이러한 까닭에 보는 사람의 흥미를 일으켜서 자연히 한참 동안을 보게 되는 것이다. 불규칙한 그림은 도로 우리들이 주의를 처음부터 끌게 되는 것이다. 전자는 현대의 인습적 광고의 여폐餘弊라고 할 수가 있고 후자는 우리들이 진행할 광고회화의 사명이라고 할 수 있다.

상공업과 예술의 융화점[1]

민중은 참다운 예술과 문명의 창조자

우리들이 세계 역사를 읽을 때에 그리스·로마의 광휘, 찬란한 고대문명에 대해서 적지 않은 경이와 동경을 생각할 수가 있다. 그 생활은 단순하고 고상하여 거의 이상적이라고 할 수가 있었다. 그리스·로마의 고대문명은 그 기초가 노예제도에 있었다는 것을 생각지 않으면 안 될 것이다. 그네들의 시민계급은 무상의 자유와 행복을 향수하였으나 다수의 노예들은 그들의 발밑에서 유린되어 참으로 가련한 상태에서 신음하고 있었던 바이다.

모든 인류를 노예제도로부터 해방하여 그들에게 자유와 정의를 보인 근대문명은 가경可驚할 과학의 진보와 기술의 발달로 인하여 현대 자본주의 제도를 수립함에 이르러 차제로 타락되어 왔다. 현대인은 고대인이 가져보지 못한 무한의 새로운 물질욕을 맛보고 있으나 일찍이 고인古人이 다량으로 가지고 있던 예술욕은 점차로 감減함에 이르렀다. 자본주의의 재래齎來한 추악과 오탁汚濁은 예술에 대한 감능感能을 마비케 한지가 오래다.

현대사회에서 참으로 자기의 업무와 취미가 일치하여 노동의 환희를 향수하는 자는 극히 소수자뿐이요. 대다수의 민중은 무無취미의 노동을 강제하여 하등의 인간이나 예술적의 쾌락을 허락하지 않았다. 민중을 무시하고 노예제도상에 건설된 로마의 권력도 드디어 명망할 운명이 돌아왔다. 부르주아와 프롤레타리아의 대치로 성립된 현대 자본주의도 프롤레타리아라는 민중을 폭위, 압박함에

---

1 이 글은 『김복진의 예술세계』에서 처음 소개되었으나, 원문에는 저자가 표기되어 있지 않다. 이 글이 김복진의 것인지 논의를 해봤으나 정확하게 검증하기 어렵고 여러 연구에 인용되면서 사실상 김복진의 글로 간주되어 왔기에 이번 전집에 포함시켰음을 밝힌다.

이르러서는 멀지 않은 장래에 멸망할 운명이 돌아오는 줄로 깨닫지 않으면 안 될 것이다. 다시 말하면 민중을 무시하는 문명은 도저히 오래 번창하지 못할 것이다. 민중이야말로 참으로 문명의 창조자, 예술의 창조자이다.

문명과 민중예술

참다운 문명은 오직 다량의 물질을 생산, 소비하여 감각적 쾌락만 얻는 것이 아니다. 아무래도 자유와 평화와 질서, 인간성의 사랑과 정의! 이것이야말로 참으로 문명을 조성하는 것이다. 일부의 소수자는 포식, 난의暖衣로 주지육림酒池肉林에서 감각적 쾌락에 빠져있는 데도 불구하고 다수의 민중이라고 하는 것은 환희, 쾌락은 생각도 할 겨를이 없이 분투와 노력으로써도 일신을 구제치 못하고 고해苦海에 신음하고 있지 않는가? 우리는 이것을 가리켜 문명이라고 할는지?

근대문명이 인생의 미를 유린하여 돌아보지 않는 까닭은 인간생활로 하여금 냉락고조冷落枯凋케 한 것은 사실이다. 현대 문명인은 오직 물질적 향락만 요구하는 데 급할 따름이요. 예술적 향락은 이것을 구하려고도 하지 않는 통폐가 많다. 구하려고 하지 않을 뿐만 아니라 그네들은 예술적 향락을 구할 능력까지도 마비되고 말았다. 만일에 예술을 사랑하는 '힘', 미와 상상을 사랑하는 능력이 민멸泯滅되고 말 것 같으면 문명도 또한 멸망되고 말 것이 아닌가? 이 같은 인간은 희망도 없을 것이요, 생명도 없을 것이다. 우리는 무엇으로써 사람의 사람다운 것을 자랑하겠는가?

하층계급의 오탁과 중류계급의 우열과 상류계급의 속악俗惡을 탈화脫化하여 미와 선과 애愛의 세계로 되게 하려면 우리는 이것을 예술에 구하지 않고는 다른 곳에서 구할 데가 없도다. 이것이 곧 인간이 향수할 수 있는 것이며 인간을 향상하게 하는 민중적 예술이라고 할 수 있는 것이다. 우리가 생각하는 바 더욱이 우리 조선 사람으로 동경하는 그 예술은 예술을 위한 예술이 아니고 민중을 위한 예술, 우리 민족을 위하는 예술이 아니면 안 될 것이다. 이와 같이 예술은 현대가 가장 중요시할 뿐 아니라 현대보다도 더 한 층 자유, 평화, 사랑, 정의가 많은 장래에 번영될 것이다. 우리들은 지금으로부터 용맹스러운 나팔소리와 한 가지 이상의 기를 하늘에 높이 들고 부는 바람에 활보로 걸음 쳐 들을 지나고 산을 넘어 새로운 태양을 우러러 볼 때에는 새롭고 또한 광영이 가득한 민중예술의 꽃이 만발한 그때일 것이다.

예술의 최고 목적은 무엇

참다운 예술은 인간이 노동하는 그 기쁨을 표현하는 것이다. 참다운 예술은 인간의 마음과 우주의 마음이 합일되어 머물러 있는 것이다. 인간의 마음은 강박과 명령과 속박을 떠나서 자유와 사랑과 희열을 구해서 쉬지 않는 것이다. 우주의 마음에 접촉하여 자아를 무한히 발전시켜 가는 것이다. 볼지어다! 태양의 빛, 성진星辰의 깜빡거림, 수목의 녹채, 유수의 장서長逝, 공중에 나는 새, 대지에 닿는 짐승, 고기는 물에 놀고, 남근바람에 춤추니 우주의 만상이 모두 노동의 흔희欣喜를 자랑하지 않는 것이 무엇인가.

흔희는 오직 하나인 진리의 현실이다. 참다운 예술은 인간의 무한한 흔희를 살게 하는 것이다. 오늘날과 같이 소수자가 향락하는 바를 모든 인류가 공통하도록 하려면, 불안과 불만과 절망을 일소하려면, 다소의 희생을 바치고 모든 노무를 예술화하지 않으면 안 될 것이다. 노동으로써 고통이라고 감각하는 노예적 상태로부터 인간을 해방하는 데는 예술밖에 다른 것이 없다. 인간을 정말로 움직이게하는 것은 강박과 명령이 아니고 창조의 흔희가 아니면 아니될 것이다. 예술은 실로 인생의 흔희와 애무를 재래하여 노동으로써 창조의 흔희가 되게 하는 것이다. 이것이 예술의 최고점이요, 가장 광채 있는 목적이라고 할 수 있다. 세계의 평화와 자유와 애무와 정의를 촉진하여 문화의 찬란한 꽃을 피게 하는 것은 이 예술에 있다고 나는 믿는 바이다.

예술의 대도는 민중의 대도

예술은 세계 진보의 원동력이요, 결코 다른 사물의 발전을 흔희하는 것은 아니다. 그럼으로 예술과 상공업은 절대로 호상 충돌되는 것이 아니요, 호상 협조하여 악수하고 진행하는 것이다. 세계 역사는 예술이 상공업을 지배한 시대도 있었다. 예술과 인생의 교섭은 상공업과 인생보다도 한 층 더 중요시한 적도 있었다. 그러나 자본주의가 발흥된 이후로 모든 인간은 물질적 추구에 분망하여 예술을 전혀 돌아보지 않게 되었다. 그러나 이제부터 민중이라고 하는 것은 물질욕의 만족뿐으로는 도저히 행복이라고 느끼기 불능함을 깨달았다. 여기에서 상공과 예술은 장래에 악수, 병진並進할 운명에 도달하였다.

자본주의의 놀랄 만한 발달과 계급주의의 절대적 현격懸隔은 빈부의 차이와 귀천의 구별이 극도에 달하게 되었으니 이는 필경 자본주의자와 계급적 거귀자居貴者가 민중예술을 억압한 죄악이라고 할 수가 있다. 자본주의의 복음이 준 빈곤과 설욕과 오탁에 의하여 탄식, 신음하는 민중에게 자유와 행복의 표징表徵되는 예술을 허락하여 그늘로 하여금 광명한 세계에 인도하지 않으면 많은 민중은 희망도 없을 것이요, 광명도 없어서 오직 마시고 먹기만 일삼아 명일에 죽을 것을 알지 못할 것이다.

생각해보라, 오늘날 우리 사회에서 천시하는 목수과 석공들을! 우리는 얼마나 천시하며 괄대恝待하였는가? 그렇지만 경주 불국사를 볼 때에 목수 그네들이 어떠한 예술가인 것을 반드시 느꼈을 터요, 석굴암의 장려한 조각을 볼 때에 누가 그것이 예술품이 아니라고 하리요. 그런 동시에 누가 또 석공의 손으로 그것이 조성된 것이 아니라고 하겠는가. 과거의 우리 조선도 남에게 못하지 않는 노동예술화한 것이 아니고 무엇인가? 이러한 전례는 오직 이전만 그럴 것이 아니라 오늘도 또한 그럴 것이니 목수나 석공이 예술가 되지 않아서는 안 될 것이다. 나는 이러한 모든 이유하에서 모든 인류가 다소간이라도 예술가가 되지 않으면 안 될 줄 아는 것이다. 따라서 모두 한 가지 자연과 우주에 대해서 순진한 찬미와 애착과 확연한 희망을 받들어 무한한 흔희를 표현하지 않으면 안 될 것이다.

예술의 대도는 민중의 대도이다. 예술은 결코 예술을 위하는 예술이 아니고 민중을 위하는 예술이 아니면 안 되겠다. 따라서 예술은 독자로 존재할 것이 아니다. 예술로써 도덕, 정치, 종교와 융합하도록 할 것은 물론이고 상공업과도 악수하지 않으면 아니 될 것이다. 우리는 또 한 번 불린다. 예술로써 인간의 노동에 있는 흔희의 표현이 되게 하여 노동과 예술을 융합, 일치케 하자고.

상공업 예술화와 융화점

상공업이라고 하는 것은 원래 우리 인간에 필요불가결한 모든 물질을 제조하고 또 이것을 유상으로 이전하는 것이 그 본질이다. 인간생활상에 필요한 물품을 제조하거나 또는 이것을 유상으로 이전을 기업하는 상인이 오늘과 같이 경제가 발달된 이 사회에서는 업지 못할 것이 사실이다. 어찌 이것을 우리는 천시하였는지 진실로 그 이면에 하등의 이유가 없지 않은가. 농자農資를 천하의 대본이라 하면 우리들도 장래는 민족의 전정前程을 위하여 깊이 생각지 않을 수가 없는 것이다.

그런데 왕고往古에는 우리도 상공업을 천시한 때가 있었다. 아니 왕고뿐 아니라 오늘에도 우리들이 상공업을 천시하는 것은 사실이다. 그러나 그것은 또한 전혀 원인이 없다고 할 수가 없는 것이니 상인이 폭리를 탐하려고 하는 것과 상업자가 품성을 비열케 하는 과거가 없지 않은 까닭인가 한다. 그렇지만 금일과 같이 모든 경제적 상태가 무엇보다 선결치 않으면 안 될 우리 조선서는 더욱이 이러한 상공자를 천시하는 멸시적 태도를 일소하지 않으면 요원한 우리 앞길에 다 굶어 죽고 말 것이다.

세계를 들어 자본주의가 가경可驚할 정도에 이른 오늘날 상공업도 또한 그 영향을 받아 자본주의적으로 경영을 꿈꾸는 사람이 없지 아니한 듯하나 자본주의의 발호는 인간의 노동을 자못 기계시하고 평단시平段視하기가 쉬우니 우리는 힘써 이러한 해독에 침범되지 않도록 힘쓸 필요가 있다. 인간은 결코 상공업을 위하여 존재되는 것이 아니고 상공업이 인간을 위하여 존재되는 것이라는 것을 망각하여서는 안 되겠다. 상공업은 그 자체를 위하는 목적물이 아니요, 인간을 위하여 존재한다는 것을 생각치 않으면 아니 될 것이다. 상공업에 종사하여 활동하는 모든 사람 가운데는 그 활동하는 그것이 참스러운 행복을 감득케 하지 않으면 아니 될 것이다. 참스러운 행복을 노동 가운데서 구하려고 하면 제1로 일하는 그것 자체가 유쾌하지 않으면 아니 될 것이요, 제2로는 그 일을 하는데 그것이 가치 있는 일이 아니 되고는 아니 될 것이다. 다시 말하면 노동을 예술화하지 않으면 안 될 것이다.

상공업의 예술화, 이것이 결코 불가능의 사실이 아니다. 상점 경영이나 외교 판매나 점포의 장식이나 상품의 배치 등에 자기의 흔희를 발표케 하며 혹은 광고의 장을 미술화하거나 창식窓飾 장치에 무대장치를 응용하며 창식 명조에 무대 명조를 응용하는 등 상업에 대하여서도 예술화할 여지가 많은 것은 기무가론己無可論이거니와 더욱이 공업에 들어서는 더 말할 것이 없으니 건축이 이미 훌륭한 미술의 일분과가 되었고 공예학과가 과학에 대한 독립체가 되어 있는 것만 보아도적은 과거와 많은 미래에 얼마나 많이 상공업 예술화가 될지는 구구한 설명을 요할 필요가 없는 줄 안다.

나는 생각한다. 상공업의 예술화가 오늘보다 한 층 더 진보되어 모든 상공업자가 모두 한 가지 예술가가 되는 그때야말로 참으로 민중예술이 번영될 때인 줄 안다. 예술은 결코 부르주아의 도락道樂이나 완구도 아니요, 학자의 나태한 위로 거리도 아니다. 참으로 예술이라고 하는 그것은 인간이 노동하는 그 흔희를 표현하는 거기에 있는 것이다. 만일에 상공업자가 자기의 일에 대해서 애심愛心으로 흔희를 표현하여서 거기에 헌신할 것 같으면 그곳에 창조가 있으며 예술이 생길 것이다. 이제야말로 상공업 예술화의 서광은 동쪽 하늘이 이미 밝기 시작하였다. 멀지 않아 세계의 이면은 점차로 변화하여 불만과 쟁투와 부정직은 차제로 그 영자影子를 매료하고 흔희와 평화와 정의가 구슬 끼듯이 서로 이어 번창할 것이니 이것이 흡사해져 밝은 태양이 동쪽 하늘에서 솟아나 서쪽 하늘로 넘어가는 것과 같은 것이라. 이에 우리 『상공세계』에서도 문예편의 부록을 두어 물질적 경제 방면을 힘쓰는 동시에 정신적 위안 제공하려고 하는 것이니 이곳 우리 동인이 우리 동포로 하여금 육체를 위하여 노력하는 동시에 정신을 위하여 분투하려는 그 뜻에 다름이 없는 것이다.

협전5회평

회화의 비평을 쓰기 전에 한 마디 말을 협회회원 제씨에게 드리고자 한다. 결코 예방선을 쳐놓는 것은 아니다마는 미의 해석 내지 단안斷案에 상위相違한 비평을 보면 알 것이다. 편자의 비평에 너무나 청근靑筋을 일으킬 필요는 없다는 것이다. 조선에서 회화의 평은 더구나 쓰기에 괴롭다. 그 이유는 화단에 유령 즉 자칭 노대가와 그들의 사제관계로서 애매한 당파가 사산분립四散分立하여 있기 때문이다. 나는 될 수 있는 대로 무모한 독단과 가증한 전제적 견해는 피하겠다. 그만하고 먼저 서양화부터 써보자.

고희동高羲東 씨 이 분은 단지 한 점밖에 출품하지 않았다. 그만큼 나로서는 기뻐하였다. 대체로 동씨는 화가로서 장래가 대단 위험한 분이다. 나는 몇 해 전에선전 1회에 출품한제목은 잊었다 동씨의 작품을 보고서 환멸을 느낀 일이 있다. 서양화의 동양화화化, 좋은 의미로, 이것이 동씨의 주장인 듯하다마는 대개로는 실패를 거듭할 뿐이다. 이번 출품한 〈만장봉萬丈峰의 추秋〉를 가지고 보더라도 알 것이니 그것이 얼마나 무의미한 유채의 진열에 지나지 않는가. 그리고 인상적 화풍과 문인화적 필치의 불행한 결혼을 시킬 따름이다. 범화凡化된 구도와 멸렬한 수법은 보기에도 싫증이 나버린다. 뒤에 보이는 산과 앞에 있는 단풍의 거리가 너무나 심하다. 바꾸어 말하면 양자의 수법과 취미에 거리가 심하다는 말이다. 결국 이 작품은 성공하지 못한 것만큼 우작愚作이겠다마는 동씨의 생각에는 그렇지 않을 터이니 참말로 씨의 화가로서의 장래는 위험하다고 하겠다.

장석표張錫杓 씨 이 분은 10여 점을 출품하였다. 그 중에서 무난한 작품은 〈S군 화실에서〉 외 3, 4점일 것이다. 윤택한 자연을 친절한 필치로 반역하였다는 것에 지나지 않는다마는 하여간 자연에 애착한다는 것만도 경의를 표하고 남겠다. 〈S군 화실에서〉에 오른편 포플러와 천공의 관계 또는 변화가 몽롱하고 단조롭게 되었고 〈흑석리黑石里〉는 화면 전체에 여유가 없이 보이며 더구나 구름과 전면에 있는 풀에 배열이 극히 조잡하게 되었다.

〈녹음綠陰〉은 소품이지만 귀여운 작품이다. 그렇지만 가옥과 앞부분 초원의 필촉의 상반으로 화면 전부의 효과를 줄인 것은 가석可惜한 일이다. 이 외에 〈안감安甘 내 부근〉 스케치 2호와 6호는 동씨의 달필을 반증할 수 있다.

정영철鄭永喆 씨 〈한강에서〉는 괴로운 취미에 붙잡혀서 뒤범벅이 되어버리고 황당한 필촉 때문에 너무나 가까워 보인다. 〈철교〉는 착상에 신선미는 없지 않으나 전체로 보아 미완성품이겠고 〈자화상〉은 장내에서 가작에 좌단할 만하다. 대체로 동씨는 기교의 말초末梢에 사로잡혀 있는 것 같다.

길진섭吉鎭燮 씨 〈자화상〉은 아미雅味가 있는 약간 반가운 맛이 있으나 두발의 빈약한 외형모사로 실패한 작품이다.장석표 씨 〈자화상〉 참조 〈풍경 스케치〉는 가옥의 후부後部와 천공의 경애에 너무나 무관심하였으나 앞부분의 얼마간 순화된 색채와 송간의 충실한 묘사로 장내 수일隨一인 율동이 강한 작품의 하나라고 안다.

심영섭沈英燮 씨 〈계류溪流〉는 내명內明과 여율餘律이 있는 내가 제일 좋아한 작품이다. 작자의 태도가 얼마나 침착, 온아한지를 그림 속에서 볼 것이다. 〈정물〉은 색채가 풍부하지 못하나마조선 사람의 그림은 통틀어 색채가 희약하다 추구와 분석에 무던히 힘쓴 것은 고맙게 사주지만 실패에 가까운 작품이라고 할 수밖에 없다. 이외에 〈원야의 설雪〉, 〈동대문 외에서〉는 재밌게 보았다. 동씨는 좋은 눈을 가진 화가이다.

김판준金判俊 씨 〈정물〉, 〈풍경〉의 두 개는 한마디에 말하기 어렵다. 기괴한 점으로 외형모양화된 양식에만 두거나 이 분은 유희에 가깝다. 열중하면 아무 의의가 없어져 버린다. 공상적 호의, 구체와 정신적 내용의 폭발이 아닐 것 같으면 일종의 악희惡戲에 지나지 않게 된다. 그래가지고 독특한 개성을 가지고 대상물이 가지고 있는 생명력과 형식미를 주관화시켜야 된다. 동씨의 작품은 아무런 정신적 활동이 없고 다만 저회低廻와 도피와 외형의 불구한 난무, 이뿐이다. 동양화로 붓을 옮겨놓자.

이도영李道榮 씨 이 분을 국보라고 부르는 사람까지 있다. 심전心田[1] 이후 잔루殘壘를 시키고 있는 원로다. 이 연유로 국보라고 부르는 것이다. 당송唐宋의 말류末流를 지금까지 묵수墨守하고 있는 데는 감심感心하지만 사회성의 결여된 희묵戲墨에 찬동하는 사람이 자꾸만 줄어가는 것은 당연한 일이지만 동씨를 위하여 통한痛恨하는 바이다. 동씨의 작품은 문인화로서는 달필이라는 착상의 평범한 것과 운필의 인습화와 더구나 구도가 조잔凋殘하기 때문에 문인화파 화가에 통유병(通有病)이지만 동씨의 장래를 주목할 필요가 별로 없다고 안다. 이번 출품한 6폭 대작이야말로 호례好例의 하나이다.

김경원金景源 씨 〈모란〉, 〈석류〉 두 작품은 아무런 감흥주지 않는 범화凡畵에 지나지 않는다. 반숙한 사실적 수법의 차용에는 외면을 안 할 수 없다. 2폭 대작을 출품한 데는 감복하여 주지만 저회 취미에는 조소嘲笑의 전반분前半分을 보낼 수밖에 없다.

이한복李漢福 씨 이 분은 내가 제일 장래를 촉망하는 화가이다. 따라서 그만큼 기대를 하여왔었다마는 이번 작품을 보고서는 낙망을 안 할 수 없게 되었다. 〈금강전경〉, 〈우후雨後〉를 가지고 보더라도 직수입한, '소화되지 않은' 기교를 고집, 배열한 데 지나지 않는다. 동씨의 작품은 대체로 이러한 비난을 받게 된다. 예를 들지 않겠다 대가급大家級의 침체된 미온적 화풍을 지금부터 흔구欣求할 필요는 추호도 없을 것이다. 불건전한 직수입적 표현수법을 버리고 개성의 창조적 활동, 집요한 의력意力으로 선천적인 풍속, 토지 분위기가 다른 향토미 있는 화작에 천분을 발휘하기만 바란다. 〈비파批杷〉 외 2, 3점은 불손한 말이지만 희화戲畵로 보고 말았다.

이상범李象範 씨 이 분의 출품한 작품 중에 〈만추晩秋〉가 가장 보기 좋았다. 삽미澁味가 있는 작품이나 좀 더 자연에 부딪히지 못한 것이 유감일 것이다. 결국 이 분은 유전적 기교에다 평탄한 정서를 되풀이하는데 지나지 않는다. 앞으로는 작자의 태도와 주장을 명시하여 달라고 주문이나 하여 볼 수밖에 없다. 〈황성낙일荒城落日〉, 〈추산연애秋山煙靄〉에는 인물의 배치가 거북하게 된 것만 기억에 남아있다.

---

1   심전(心田) 안중식(安中植, 1861~1919). 근대 전통회화를 이끈 화가. 서화미술원에서 후진을 양성하는 데에 힘썼으며 서화협회의 초대회장을 역임했다.

이용우李用雨 씨 〈귀범歸帆〉, 〈모설暮雪〉, 〈무기舞妓〉 어떤 것을 보든지 화폭 전면에 지루한 파탄이 너무나 크게 보인다. 〈귀범〉의 우측 일부에는 발자潑刺한 재기才氣를 보이지만 뒷산의 윤곽과 범주에 무모한 가필과 구상의 결함으로 실패하였고, 〈모설〉, 〈무기〉는 새로운 시험이나마 색채에 불행한 상호결합에 지나지 않게 되었다. 그러나 동씨의 태도에는 경의를 표한다. 조그마한 조선에서 공상적 야모野募한 추구성을 보이고 고식姑息된 전통에서 벗어나려고 하는 데에는 머리를 숙여준다.

최우석崔愚錫 씨 〈기한飢寒에 동정同情〉 이것은 할 수 없는 최우작最愚作이라고 볼 수밖에 없다. 대체로 제목부터 분개할 만하다. 그러나 단지 1점 밖에 출품하지 않았으니 두어 곳 결점이나 지적하여 보자. 전체로 겨울의 기분이 나오지 않았고눈 송이를 그린 것은 이 그림에 있어서는 무의미한 효과 없는 설명에 지나지 않다 레일이 계급같이 안열按列되어 있는 것도 가관이며 여자의 손의 서투른 수작과 의문衣紋의 부정제不整齊한 것 또한 이 그림으로 하여금 구하여 볼 수 없이 망하게 하였다.

김은호金殷鎬 씨 〈금어金魚〉 1점 밖에 없다. 그런데 이 분의 그림은 섬세한 운필과 공리적 묘사에 신경의 전부를 남소濫消하는 경향이 있다. 이것 때문에 화면 전체에 흐르는 무드가 반살半殺이나 된다. 〈금어〉에도 금어를 과혹한 피상묘사로 말미암아 죽여 버렸고 파문波紋은 안가安價한 개념서술로 말미암아 효과가 희박하게 되어버렸다. 다만 동씨의 장래는 우리 화단에서 주목할 만한 화가의 한 사람이라는 것을 부언하여 둔다.

노수현盧壽鉉 씨 〈소사귀승簫寺歸僧〉, 〈송풍환공松風還笻〉은 화제畵題부터 어렵다. 오일영吳一英 씨의 〈모옥독서茅屋讀書〉와 호일대好一對이다. 회고적 내지 전통적 질식된 미의 영역에서 모반謀叛을 하더라도 과히 중죄는 아닐 것 같다. 동씨에게는 요만한 충고를 하고 만다.

감상_ 소묘

문화의 침입

문화의 침입, 이것은 살벌^{殺伐}이 지나간 파산된 영역에 한 번씩 대가리를 내밀어 보는 것이다. 잠깐 옛날로 돌아가자. 소정방^{蘇定方}의 칼끝에 묻어나온 당나라 문물이 얼마나 오래 신라라는 땅덩이 위에서 춤을 추었는지 알 수 없다. 문화의 침입이라는 말은 너무나 굉장하게 들린다. 나는 다만 미술의 침입만 가지고 쓰려고 하며 나머지 것은 할 일 없이 노는 역사가에게 물려주겠다.

상고^{上古} 조선에 서쪽을 보고 절하던 토착민족에게 어떠한 미술이 있었는지는 대머리 벗겨진 노^老 고학자^{古學者}가 아닌 이상 알 수 없다는 낙랑 이후의 변천만 약기해보고 싶다. 미술의 침입이 비롯되기는 조선미술사상 가장 중대한 시기, 곧 발생시대라고 일컫는 낙랑^{樂浪}, 현도^{玄菟} 등의 4군 시대로부터 시작되었다. 한나라 무제가 장로불사의 영약을 구하던 끝에 동이^{東夷}를 정벌하고 그 일류의 노반식^{露盤式} 식민정책으로 한족의 이주를 장조^{獎助}하고 이로 말미암아 해동군자국^{海東君子國}을 형성하게 한 것이다. 정벌과 식민과 문화의 침입과의 혼연한 삼위일체 바람에 토착민족의 생활을 복잡하게 되므로 이에 따라서 그네의 미의식은 그 내용상을 변절시키고야 말게 되었다. 자유롭고 명쾌하고 토취^{土臭}가 가득하던 그네의 머릿속에는 비로소 필가화무^{筆歌畵舞}라는 대국식 문자에 어렴풋하게 취하게 되었다. 그렇지만 초기 삼국시대에 이르기까지는 약간 변형되었다. 이 까닭은 고구려의 발분으로 변성^{邊城}을 고수한 연고라고 볼 수밖에 없다.

극성시대 못지않은 삼국통일에 헛된 힘만 쓰고 신라가 고구려 적에 실추되었던 중원의 위력을 보이려고 애쓰는 한족에게 자진해서 굴종하고 타력묘용^{他力妙用}의 누열^{陋劣}한 마키아벨리즘적 정책으로 수만의 왕사^{王師}를 차용하고 거세된 불상과 침략적 문화를 무한량하게 직수입하게 되었다. 삼국시대에 반쯤 소화된 미술은 새로 빌려온 문화에게 여지없이 구축 당하게 되었다. 다시 한 번 조선과 인연 있는 상성된 미술이 발에 툭툭 채이게 되었다. 여성시대 간헐적으로 일어나는 병변兵事과 승도의 득세로 민력이 피폐하고 더구나 외적의 침입으로 생활고를 멋대로 느끼게 된 고려에 있어서는 신라의 여류餘流도 보존하기 어려웠다. 다만 초기에는 신흥 소분訴分으로 소극적이나마 방향전환에 약기를 하고자 하였던 것은 특기할 만하다. 반추도 다 못하기 전에 거듭 영원榮元의 문화와 복스럽지 못한 결합으로 뒤숭숭하게 시일을 보내었을 뿐이다. 쇠퇴시대 이조조선에 와서는 공맹孔孟의 도의 역용逆用으로 좌례와 사대보온事大保溫에 허리가 굽고 섬약과 회피로 조선 미술사에 한 항을 더럽히게 되었다만, 주목할 것은 임진왜란에 가중한 탄환과 되지 않은 문화와의 교환 무역을 한 것이다. 대체로 이만큼 써놓고 보더라도 조선 미술의 뿌리가 얼마나 땅 속에 박혀 있는지 짐작할 것이다. 조선은 지리상으로도 대단히 불안한 지위에 있다. 이 까닭으로 침략과 정벌을 남북으로 당하게 되어 민족 전반의 생활 안정을 구하기 어려웠던 것이다. 따라서 미술에 있어서도 수많은 침입의 영송에 다망多忙하여 조선의 마음을 충족히 표백하지 못했다. 다시 말하면 예술의 원시적 요구도 다 하지 못했던 것이다.

임금林檎 두 개

　임금林檎 두 개를 값싼 서양접시에 담아서 책상 한 구석에 놓은 지가 일주일이나 되었다. 그동안 방산放散된 임금의 향기는 봄냄새와 같이 대공大空의 밑을 종횡히 돌아다닐 것이다. 일주일 전에 세 개의 임금을 친구로부터 얻었던 것이다마는 나도 본래부터 셋이라는 수효는 좋아하지 않는다. 그래서 당장에 한 개를 껍질도 벗기지 않고 먹기 시작했다. 입안에서 미끌한 침문은 껍질을 혀끝으로 밀어가지고 한편, 입, 귀로 내어 몰아버리고서는 과실과 위장과의 화해를 급속히 시키려고 될 수 있는 대로 저작咀嚼을 충분히 했다.

이 글은 1년 일기의 한 구절이다. 지금 세잔[1]의 한 폭 그림을 볼 때에는 보들보들한 껍질이 입안에서 매끈히 구르던 임금과는 아주 다른 인간화된 임금을 볼 것이다. 세잔 뿐만이 아니다. 어떤 사람의 그림이든지 얼마간이라도 자연 수정修正의 자취를 볼 수 있다. 세잔을 분수령으로 삼고 여러 개의 화파畵派가 생기게 되었다. 그네의 회화의 주장은 회화에 있어서 두 개의 세계가 병진竝進하는 것을, 다시 말하면 내적 정신의 유한적 다양성을 그대로 응접해 가지고 예술가의 심정, 곧 그 핵심이 되어야 할 내적 주관성과 미지근하게 화음을 식히던 곧 이념과 현실의 융합을 미의 정점으로 알던 모든 전 세기의 화풍에게 조소를 보내고, 내적 세계를 중대시하여 외적 대상물을 학대하고 내용과 형식을 절열絕烈히 주관화시키고, 이에 대립하고 있는 객관성은 외적 물건이라고 하여 그에 확실한 존재를 불허하자고 하는데 지나지 않는다.

본래부터 예술가에게는 자연 수정의 특권이 있다. 이것이 예술 자체로 보더라도 또한 큰 임무일 것이다. 자연의 외적 모방의 교졸巧拙은 문제가 아니다. 다만 어떻게 해서 세계가 가지고 있는 내적 생명의 주체와 정신으로만 실재적인 절대적 진실성의 영구적 요소의 존재를 전개시킬 것인가. 주관이라는 체에다 쳐서 어떻게 인간화를 시킬 것인가, 하는 것이 예술가의 머릿속에서 일시적이라도 망각하면 안 될 것이다. 세잔의 정물 한 폭을 보면 그 내용이 정신적, 주관적으로 되어 현실로부터 떠나려 하며 동시에 형성법形成法도 내용에 따라가게 되어 있는 것을 발견할 것이다. 이것이 자꾸 달아나서 대상물은 한 개의 무의미한 부호라고 절규하는 사람까지 생기게 되었다.

과실점果實店 앞을 지날 때마다 임금의 덩어리에서 유혹을 받게 된다. 빛깔과 냄새와 아니, 이것보다도 풋풋한 맛을 가지고 있는 임금의 속살이 더 한층 나를 뇌살하는 것이다. 재현과 표현의 구별이라든지, 자연 수정이었다 하며 창조 충동이 이러쿵저러쿵하다는 콧구멍 같은 의견은 임금의 속살과 딱 대면해서 난 염두에

---

1 폴 세잔(Paul Cézanne, 1839~1906). 19세기 후반 프랑스의 후기인상주의 화가.

도 오르지 않게 되고, 다만 통제 없는 식욕의 역상逆上으로 변형되는 인간을 볼 따름일 것이다.

제4회 미전 인상기

〈라일락의 화花〉 이승만李承萬 씨 작 이 분의 작품은 소품이지만 온실溫實한 정취가 가득히 넘친다. 그러나 한둘의 결점을 발견하게 된 것은 작자를 위해서 가엾이 여기는 바이다. 책冊의 중미重味가 부족한 것색조가 빈약하므로 같은 것이다.

〈정물〉 백남순白南舜 씨 작 이 분의 작품은 초대면初對面이다. 이 까닭으로 좀 더 친절히 보여줬으면 하는 생각도 없지 않았지마는 시간의 여유가 없어서 일별一瞥하여 버릴 수밖에 없었다. 막설莫說하고 이 분은 여자이기 때문에 그런지는 알 수 없다마는 몽롱하게 해버리려고 한 점이 적지 않다. 잘 그리려고 한 모양이나 잘 되지 못한 것은 잘 보지를 못한 것이란 말이다. 이렇기 때문에 몽롱하게 되었다는 것이다. 물체와 물체의 관계를 평범하게 설명하려고 하지 말고 더 좀 추구하라는 것이다. 그런 까닭에 실재감이 희박하게 된 것이다. 전체로 보아 통일은 되어 보인다.

〈금어金魚와 임금林檎〉 김창섭金昌燮 씨 작 이 분의 작품은 단 한 점 밖에 출품하지 않았으므로 장황하게 쓰려고 하지 않는다마는 대체로 작자는 좋지 못한 눈眼을 가진 화가라고 할 수밖에 없다. 이 분의 작품은 어떤 것이든지 데생이 기어코 틀리고 만다. 눈이 좋지 못하다고 한 것은 이것 때문이다. 이번 출품한 〈금어와 임금〉에도 소묘가 대단히 틀리고 말았다. 아카데미적 색채로 감추려고 무한히 힘을 쓴 듯하다만 아무런 효과를 얻지 못하게 된 것이다. 어항과 대접 거기다가 금붕어 이 모든 것을 부분 부분 그리기 때문에 이와 같이 데생이 틀리게 된 것이다. 책상의 후미가 없게 된 것과 금어가 어항 밖에 돌아다니게 된 것 같은 것은 미소할 수밖에 없다. 마지막으로 작자에게 충고하려고 하는 것은 자연을 친절하게 관조하라는 말이다. 소묘 같은 것은 문제가 아니라하면 또한 문제될 것이 없겠지마는 내가 말하는 것은 형상寫形(写形)의 정확만 가지고 말하는 것이다. 임금과대접의 관계라든지 책상의 연락連絡 같은 것을 힘 있게 잡아내라는 말이다.

〈대묘부근大廟附近〉황영진黃泳珍 씨 작 이 분의 그림은 중학생의 도화와 다를 것이 없다고 하여 버리겠다. 동양화식의 세묘법細描法 같은 것을 써보려고 한 모양이다마는 이것도 아무런 공과가 없게 되고 말았다. 대체로 수채화는 수채화의 영역이 따로 있다는 것만 말하여 두고 그만 두겠다. 『조선일보』, 1925.6.2

〈풍경〉길진섭吉鎮燮 씨 작 이번 작품은 협전 때 것보다도 퍽 떨어져 보인다. 색채의 생동이라는 것을 생각하여 주었으면 하는 주문이나 해보자. 톤에 변화가 적은 것도 이 까닭인지.

〈여女〉이제창李濟昶 씨 작 "현실에서 직접 받은 감흥이 없는 것은 아카데미적"이라는 말이 있다. 겉으로 흐르는 기품과 정제 이것들에게 잔뜩 붙잡히게 되어서 그만 주객이 전도되어 버리고 말았다. 양쪽 팔뚝 또 복부, 이런 곳만 보더라도 작자가 되지도 않은 균형이라는 것 만에 전력을 쓰게 된 것을 볼 것이다. 이 바람에 소묘까지도 진실미眞實味가 없어지게 된 것이다. 그렇지만 색조든지 안부顔部 같은 데에 신선미가 있는 것은 찬하讚賀한다.

〈낭낭묘娘娘廟〉나혜석羅惠錫 씨 작 이 분의 작품은 이번 처음 보게 되었다. 여러 번 볼 기회도 없지 않았지만 어쨌든 이번이 처음이다. 양으로든지 질로 보든지 조선 사람 네의 출품한 중에서는 수일秀逸이라고 수밖에 없다. 지붕 같은 데는 참말로 고운 것 같다. 색채의 대비 같은 데에는 동감할만하나 어쩐 일인지 감흥이 희박하여 보인다. 천공의 빛 같은 것은 너무 침탁沈濁해 보이고 지면은 퍽 기력이 없는 것 같다. 집과 집 사이에 있는 나무가 웃음거리가 되어버린 것도 가관이라 하겠다. 대체로 작자는 미의식보다는 야심이 앞을 서게 되는 모양이다. 그런 까닭에 완성, 통일 이런 데로만 걸음을 빨리 한 것이다. 좀 더 삽여미澁麗味 같은 것을 생각하여 주었으면 한다.

〈석양의 송림〉신학희申學熙 씨 작 이 분의 작품은 얼른 말하여 버리면 어떻게우물쭈물하다가 다 그린 줄 알고 출품한 것이 또 우물쭈물 입선된 것이라고 밖에 볼 수 없다. 어째서 석양의 송림인지 알 수가 없다. 대상물의 피상만 가지고 머리를 앓지 말아야 된다. 작자의 태도가 진실한 것은 고마운 일이다마는 앞으로 어떻게 될지는 작자 자신이나 나나 다 같이 모른다고 할 수 밖에 없다.

〈언도堰道〉 홍계남洪啓男 씨 작 이 분의 그림은 얼른 보면 제 정확한 것 같이 보인다. 대개 초학자들의 그림은 이와 같다. 이런 까닭으로 길게 말하지 않겠지만 물체의 실재감을 묘파描破하여야만 된다는 것만 말하고자 한다. 물체와 물체와의 콘트라스트를 색채와 형태로써 선명, 확실히 하여야만 표현되는 것이다. 잘못하다가는 도안화되고 마는 위험한 일이다. 중기重氣가 있어야만 한다. 〈판도〉란 회화라느니 보다 제도製圖에 가깝다고 하여두자. 이유는 먼저 말하였으니까 쓰지 않겠다.

〈정물〉, 〈미동微瞳의 상〉 강신호姜信鎬 씨 작 "내가 라파엘로[1] 또는 다른 사람의 좋은 그림을 보고 그 미에 정복된 뒤 다음에는 바로 그 자연을 보면 나의 자연인식은 당연히 라파엘로와 얼마간 같을 것이다. 다소 모방을 면치 못할 것이란 말이다. 이것을 미이상美理想의 수입이라고 한다. 그렇지만 이 수입은 바로 소화되지 못한다. 가장 필연적으로 마음의 전회轉回가 필요한 것이다. 이 필연성이라는 것이 내 마음 속으로 찾아다니다가 공명한다는 심리를 잡아내는 이다. 내 생활이 완전히 승인한 것이어야만 한다. 그렇지 않으면 불순한 것이라고 말할 수밖에 없다." 어떤 사람이 이와 같이 말하였다. 대단히 옳다고 생각한다. 이 분의 작품을 이와 같은 말로 더럽히고 싶지는 않다마는 2점 출품한데 서로 너무나 거리가 있어 보이기 때문에 이와 같은 말을 빌어온 것이다. 〈정물〉은 사랑해줄 만하지마는간혹 소화되지 못한 곳이 보이는 것이 유감이다. 〈미수微睡의 상〉은 정물에 비교할 작품이 아니다. 아무 것 보이지 않는 범속된 작품이라 밖에 할 수 없다.

〈정물〉 장윤천張允千 씨 작 이 분의 그림은 백남순 씨의 그림과 공통되는 점이 있다고 하여도 과언이 아니다마는 아직 백남순 씨 만큼 세련이 되지 못한 곳이 많다. 색채가 퍽 생소하여 보이는 것도 걱정은 되지마는 이보다도 내용적 가치로

---

1   라파엘로 산치오(Raffaello Sanzio, 1483~1520). 이탈리아 르네상스기의 화가, 건축가.

훨씬 떨어지는 것이다. 긴 말은 쓰기 싫다. 어제 쓴 백남순 씨 작품평을 같이 보았으면 좋겠다.

〈동소문東小門의 하夏〉 장석표張錫杓 씨 작 이 분의 작품에서는 대개 강렬한 터치와 무리한 색채의 대조에만 전력한 것을 볼 수가 있다. 물론 나쁘다고 말하는 것은 아니다마는 터치로서만 가지고 입체감을 나타낸다면 대단히 망발인 까닭이다. 색채의 대조에도 필연성을 보여야만 하는 것이다. 이번 작품에도 이런 결점이 적지 않다. 앞으로는 이와 같은 무용한 농필弄筆은 약略하여 버렸으면 좋겠다.

〈동소문의 하〉는 금춘 협전 때 보았던 것이기 때문에 더구나 결점을 알아보기 쉬웠다. 작자의 노력은 사주지만 결국 친절한 인식 위에 서지 않기 때문에 형태는다만 그 관념 밖에 주지 못하게 되어버렸다.

〈송전松田의 농야農野〉 장세영張世英 씨 작 귀여운 것을 귀엽다고 해버리고 구만두었으면 좋겠지만 귀여운 것일수록 험을 찾아내야만 하는 성미가 있는 나로서는 어찌할 수 없어 두어 곳 결점을 쓰는 것이다. 색채의 단조가 가장 먼저 눈에 띄고 전체로는 중미重味가 없어 보이는 것이다.

〈노인〉 윤성호尹聖鎬 씨 작 이번 전람회에서 단 한 점 밖에 진열되지 않은 가장 주목할 작품이다. 소묘를 입선시킨 데는 나 역시 찬성이다. 더구나 이 분의 데생은 양쪽에 걸린 착색 있는 그림보다 훨씬 보는 사람에게 호감을 준다. 제일 안면의 외피와 골격 같은 것을 손쉽게 그려버렸고 그 위에 표정이 야비한데 떨어지지 않은 것이다. 결점을 들면 의문衣紋이 자연스럽지 못한 것이다. 이 까닭으로 수족이 대단히 거북하게 된 것이다. 전체로 보아 미완성품이라고 할 수밖에 없다. 앞으로 좋은 그림을 많이 보여주기를 바란다.

〈습작〉 신영균申永均 씨 작 제목이 습작이니까 긴 말은 할 필요가 없다마는 이것이 그림이 되려면 길이 너무나 멀다는 것만 말한다.

〈교외〉 박상진朴商眞 씨 작 이 분은 퍽 오래전부터 화가로서의 그의 이름을 들어

왔었다. 그래서 많은 기대를 가졌으나 이번 출품된 〈교외〉를 보고서는 예상 이상의 실망을 하였다. 이유는 평범하고 유치.

〈임금林檎〉 손일봉孫一峰 씨 작 〈임금〉, 〈풍경〉 두 점이다. 수채화 중에서는 제일 보기 좋았다. 색조가 노련해 있는 것이 좀 고마웠으나 잘못하다가 사도邪道로 들어가지나 않을까하는 기우杞憂도 없지 않다. 오바 에이고로大庭榮五郎 씨 작 〈정물〉을 한 번 잘 보았으면 좋겠다. 반쯤 생각하다가 내어놓느니보다는 한 가지라도 뚫어나가는 게 좋지 않을까 한다. 앞으로 조금 더 염호廉虎한 태도를 삼는다면 대성하기 어렵지 않겠다는 예해豫害 비슷한 말을 작자를 위해서 하는 것이다.

〈풍경〉 김중현金重鉉 씨 작 이 분의 작품도 박상진 씨의 〈교외〉보다 별로 나을 것이 없으나 다만 제재를 잘 골랐기 때문에 퍽 보기에 쉽다는 말이다.

〈뒷골목〉 유진하兪鎭夏 씨 작 이 분의 그림은 도무지 어떤 것인지 생각이 나지 않는다. 기억력이 본래부터 조치 못한 것은 자인하는 바이지만 보기는 꼭 보았는데 '증거로는 목록에 보았다는 암표暗票가 있는 것' 아무 것도 남지 않은 것을 보면 내 실수이나 작자도 얼마간 책임을 져야만 하겠다. 간단히 말하면 이러한 그림을 어째서 출품하였느냐는 말이다.

—『조선일보』, 1925.6.4

〈발髮〉 전봉래全鳳來 씨 작 이 분의 조각은 어떻게 보든지 너무 버터냄새가 난다는 것이다. 확실히 작자의 것이 아니 되고 잠시 빌려온 것 같이 보인다. 어떤 부분에는 왜 재미있는 곳도 없지 않지만 전체를 보아서는 대단히 파탄破綻이 많은 작품이라고 한다. 조각의 강의야 할 필요도 없겠지마는 어떠한 일면만 파들어 간다면 이와 같은 중대한 결과를 이루는 것이다. 이 작품은 보는 사람에게 퍽 불안한 느낌을 많이 준다. 복부와 대퇴부와의 연락連絡, 좌수左手와 수포手布와의 관계, 관절의 애매, 결점만 찾을 것 같으면 얼마든지 있을 것 같다마는 이만하여 두고 작자에게 충고할 것은 조각은 회화와 다른 것이니 다시 생각하여 달라는 말이다. 무지한 구상, 인식 위에 기하학적 입체적 정확이 결여, 이래서 결국 안정이 없는 조각과는 연^緣이 먼 것이 되어버린 것이다. 이 분의 작품의 결점은 그만 들겠다. 결점이 너무 많기 때문이다.

이왕 조각 이야기가 나왔으니 내 것도 마저 써보기로 한다.

〈나체습작〉 되지도 못한 것 때문에 유명하게 되었다. 참말로 창피 막심하다. 제일 나로서는 작품 파손문제를 문제 삼지 않으려고 한 것은 고의든지 실수든지 간에 자신이 없는 작품 때문에 가뜩이나 소란한 세상을 더 괴롭게 할 까닭이 없기 때문이다. 작자로서의 아량도 아니고 겸손도 아무 것도 다 아니다. 떠들면 떠들수록 창피한 결과를 일으켜 제 얼굴에 침 뱉는 격이나 되지 않을까하는 근심도 있고 또 이까짓 문제보다는 어떻게 하였으면 나의 제작욕을 무한히 일으킬 만한 청명한 화실 하나를 구득^{求得}할 수 없을까 하는 게다. 이 문제가 요동안 내 머리 속 전부를 차지하고 있는 까닭에 좀 색다른 문제는 문제될 여지가 없다. 그러면 〈나체습작〉의 결점이나 열거하여 보자. 작의 같은 것은 말하지 않는 게 좋을 듯하여 그만두어 버리지만 필세에 못 이겨 이따금 대가리를 내밀지 알 수 없는 것이다. 기하학적 구성 이것만 주의하기 때문에 실패하게 되었다고 말하여도 과언이 아닐 것 같다. 나로서는 이것이 첫 경험이다. 그래서 그런지는 모르겠으나 어쨌든 머리와 손의 노력이 합일되지 못한 데서 생긴 기형아라고 밖에 말할 수 없다. 마스터피스가 아니지마는 향토성이라는 것을 무리하게도 짜내려다가 거듭 실패하게 된 것이다. 그리고 또 하나 말할 것은 습작이라고 제목에도 써놓았지마는 원형 셈치고 만든 것이라 도처에 결점이 많다. 대퇴부의 설명이 부족한 것과 좌수의 힘이 빠져 보이는 것 같은 것이며 전체로는 하다가 집어치운 것 같이 보이는것이다. 〈3년 전〉은 3년 전에 만들어 놓았기 때문으로 치기^{稚氣}가 분분하고 좌측면의 기분이 우측면과의 상위^{相違}가 대단하게 보이는 것이며 경부가 가장 눈에 띄도록 약해버린 것이 또한 가장 큰 결점이 될 것이다.

—『조선일보』, 1925.6.5

〈토^土의 훈^薰〉 이용우^{李用雨} 씨 작 대체 이 분은 아직 자리를 잡지 못한 것 같다. 바

로 말하여 버리면 허수아비 같이 발바닥을 땅에다 붙여보지 못한 것 같다는 말이다. 금춘 협전 때 이 분의 작품을 처음 보았을 적에는 대단히 호감을 받았으나 금번 출품한 〈토의 훈〉은 아무렇게든지 잘 보아주었으면 하는 생각을 하고 보더라도 딱 대하면 그만 싫증이 나버리게 된다. 물론 새로운 것을 찾으려고 희번덕거리는 것은 극구 칭찬하지마는 이렇다는 기초적 준비가 없이 새로운 채색만을 괴롭게 진열한다든지 복제 비슷한 난선難鮮할 그림을 그리려는 것은 도저히 찬성할 수 없는 것이다. 〈토의 훈〉만 들어보더라도 혼탁한 색조와 좀 유치한 구도, 여기다가 구투舊套인 동양화적 화풍 이것들이 무리청사無理情死한 것 같이 보이고 그나마 아주 열정이 없이 그린 것 같다. 도나 개나 막 한다는 격으로 조금 집어 뜯다가 놓친 것 같다. 이 길이 화가로서의 가장 위험한 길이다. 앞으로는 자기반성을 하였으면 한다. 그리고 손으로 그리지 말고 머리로 그리라고 충고한다. 세부의 결점은 쓰지 않는다.

〈일난日暖〉 **노수현盧壽鉉** 씨 작 "칭찬이 아닌 평문은 쓰지 않는 게 좋다"고 일본 어떤 문인은 말하였다마는 나는 뒤바꾸어 욕이 아닌 비평은 쓸 까닭이 없다고 한다. 칭찬하려면 쓸 것도 없이 입만 딱 닫는 것이 제일 날 것이 아니냐. 그만 두고 이 분의 작품은 각 색인종 비교에 힘을 드린 것 같다. 조선여자에 조선옷 입은 서양의 아해골격, 혈색, 안면를 그려놓았으니 양선융화洋鮮融化를 주창함인지 이 다음부터는 이런 것은 그리지 않았으면 한다. 그보다는 해부학 책 페이지라도 뒤적거리는 것이 훨씬 공부가 될 듯싶다. 어떤 의미에 있어 포스터로는 성공하였다고 할 수 있다. 목간木幹 나뭇짐 여자의 하반부 원경 이런 곳에 결점이 뭉쳐 있는 것만 발견하였다. 이 분에게는 이만 하겠다.

〈궐어鱖魚〉 **김은호金殷鎬** 씨 작 이 분의 작품은 괴상한 취미에 잔득 붙잡힌 것 같다. 대체로 물빛 파문波紋 같은 것을 어느 때든지 똑같게 그리게 되니 참말로 알 수 없다. 협전에 출품한 〈금어〉도 이 모양이었다. 심지어 수중암水中岩까지도 그와 같은 것 같다. 물론 나쁘다고 말하는 것은 아니다마는 오직 안하면 싫증도 날 때인데 하는 생각이 없지 않다. 무엇이든지 추측하여 판단을 내린다면 그릇되는 일이 많은 것이다. 더구나 회화에 있어서야 말할 것도 없는 것이다. 궐어가 모두 입을 벌리고 있다. 한참 들여다보면 '우허'하는 소리가 들린다. 그림 속에서 나오는 소리가 아니라 바로 등 뒤에서 난다. 자세하게는 모르지마는 구경꾼들의 입 속에서 나오는 것 같다.

〈매梅와 구鳩〉 이영일李英— 씨 작 대단히 고운 작품이다. 누가 보든 귀여워 할만하다. 그러치마는 내 생각 같아서는 이상범李象範 씨의 〈소슬蕭瑟〉보다 떨어지는 것같다. 이유는 다 같은 레벨에 있는 작품이나 조선의 마음이 적게 나타난 것과 순화純化되지 못하기 때문이다.

—『조선일보』, 1925.6.6

〈불상〉 최우석崔禹錫 씨 작 "시대가 산産한 현상을 보라! 배가 고파도 먹을 것이 없고…… 원수의 생명을 부쳐가는 가련한 고아를 보라"와 "사람 성性 가운데 잠재한 사회성의 발로發露를 보라! 착하도다, 어린이의 지갑 속에 있는 돈을 모두 털어 기한에 헤매는 어린 동무에게 동정해 큼직한 양복주머니에서는 나와 보지 못…… 눈보라질하는 저녁 종로 네거리에서" 이 글은 협회전람회 때 〈기한飢寒에 동정同情〉이라는 우작愚作을 출품하고 작가 자신이 그 그림의 해설이라고 어떤 잡지에 써낸 것이다. 참말로 쥐 콧구멍 같은 말도 많다. 대체도 이 작자와 같은 사람의 동정은 처음부터 사절한다. 이렇게도 착상着想이 유치할 수가 있느냔 말이다. 이만큼 철저하게 되면 손발 문제가 아니라 대뇌가 부족하지 않은가 의심하게 된다. 화가로써 이와 같은 불순한 동기를 가지고 집필한다면 그야말로 복사나무 맛을 보아야만 한다. 또 그림이나 그림 같은 것을 가지고 말해야 하지 않겠느냔 말이다. 이번 출품한 〈불상〉의 해설은 내가 대신 쓰기로 하자. 모든 선남선녀와 천고불후千古不朽의 열작劣作 〈불상〉은 미전美展 회장의 일우—隅를 더럽히고 있는 것을 보았느냐. 무명無明 무자비無慈悲한 불체仏体, 구도의 불확不確, 작의作意의 몽롱애매朦朧曖昧 어디로 보든지 금년도의 대표적 졸작이라고 밖에 말할 수 없다. 한말韓末 당시 괴상한 불상을 모아놓고 천리탐욕賤利貪慾에 눈알 붉던 승려배僧侶輩와 동격화가

同格画家라는 것만 광고한 그림이다. '나무아미타불금은산적南無阿彌陀佛金銀山積을 복원복묘伏願伏廟' 화면 전체의 하반부는 잘라 없애면 좀 낫게 보일 듯하다.

〈청조晴眺〉 김권수金權洙 씨 작 〈청조〉 색채와 형식의 세속화 전람회 회장과 야시夜市를 구별하지 못한 듯하다. 이런 그림의 결점 같은 것을 쓰고 있도록 평자는 백치白痴가 아니라는 것만 말한다.

〈추산모연秋山暮煙〉 변관식卞寬植 씨 작 이 분의 작품은 썩 대담한 맛이 있다. 그러나 오른쪽 상부의 산줄기와 좌측의 산줄기에 잡박雜駁한 맛이 있는 것이 결점이 될 것이다. 앞으로 한 껍질만 더 벗어버리면 훌륭해질 것 같다. 수목과 가옥의 위치와 필치에는 동감하여 준다.

〈호산청하湖山清夏〉 허백련許百鍊 씨 작 비행기 위에서 내려다보고 그린 것이 아닌가 한다. 대체로 이런 그림은 현대인과는 아무런 인연이 없는 것이다. 이 그림을 보는 이보다는 집에 가서 내외 싸움이라도 하는 것이 오히려 속이 시원할 것같다.

〈앵속罌粟〉 이한복李漢福 씨 작 사생과 이상이 통일이 되지 못한 한恨이 있다. 그렇기 때문에 정미情味가 없이 되어버린 것이다. 나쁘게 말해버리면 속임수가 많다. 화면의 하반부를 보면 알 것이다. 이 속임수에 오히려 작자 자신이 속아 넘어간 것이 실소거리다. 〈금강전경〉은 완성된 작품이나 여운이 희박하다. 상상想보다는 붓끝이 앞섰다. 기교는 수련되어 있는 작자로서 새로 한 번 사고思考한다면 그야말로 수감딩誰堪當일 것이다.

〈소슬蕭瑟〉 이상범李象範 씨 작 가장 친하기 좋은 작품이다. 냉철한 정조情調가 잘 나왔다. 혼돈을 벗어나있는 아무런 야심을 가지지 않은 고운 그림이라고 하겠다. 간혹 망실거린 곳이 있다. 자기가 믿고 있는 대로 나가면 그만이 아니냐. 천공天空, 초목草木, 전답田畓 각기 의의를 가지고 있다마는 좌측 산록의 일부가 부드럽지 못한 것과 잡목림이 일직선상에 있는 것이 눈에 거친다.

〈하원夏園〉 김경원金景源 씨 작 조금 더 색채에 주의하였으면 한다. 올 봄 것보다 썩 나아졌으나 아직도 범채凡彩가 많이 섞여 있다. 고양이도 포도나무와 같은 마음으로 그렸더라면 오히려 재미있지 않았을까 한다. 지금 같아서는 서로 분리, 반목해 있는 것 같다.

〈함관추색函関秋色〉 김용수金龍洙 씨 작 이 그림에서는 하반부는 끊어내었으면 조금 맛있는 것이 될 듯하다. 함관누문函関楼門이 이와 같이 약하디 약한 것이면 진시황秦始皇의 얼굴이 보고 싶게 된다.

〈삼산설경杉山雪景〉 지성채池盛彩 씨 작 이것도 그림인가! 아니 노둔魯鈍한 평자는 알 수 없다는 말이다.

—『조선일보』, 1925.6.7

월요학예란_ 화단전망

　조선화단의 진로가 또는 밟아 내려온 역사가 어떠하다는 것을 쓰기 전에 세계 화단의 추이趨移, 즉 입체파가 미래파 내지 표현파와 같은 신흥예술의 필연 발생의 이유와 그의 진추進趨의 방향을 기록하면 그것의 부작용으로써 독자는 저절로 조선화단의 역사와 방향을 대략 짐작할 것이다.

　역사 이전 옛적에 인간, 곧 미개한 토인土人에게도 예술적 본능, 다시 말하면 생활을 위한 본능적 또는 충동적으로 뛰고 새기고 소리쳤던 — 이와 같은 본능 또는 무의식적 동작 즉 예술과 현금現今의 예술에는 동기動機에 있어, 내용에 있어, 효과에 있어 너무나 거리가 있게 되었다. 예술의 요소나 또는 성분되는 선천적 본래적인 본능이나 충동과 여기에서 분화되고 발달되고 탈각되어 가지고 형성되고 조직된 금일의 예술과의 간극은 너무나 심하게 되었다는 말이다. 실용과 공리에서 — 무의식적인 본능적 충동에서 벗어나고 초월된 허망한 구조물 — 바로 말해버리면 현금의 예술은 어떻게 되었든지 형락亨樂과 도취를 위한 소위 지상미至上美의 전당이며 자기망각, 현실도피를 위한 도취적 신기루에 지나지 않는 것이다. 현금의 예술 속에 너무 다량이 함유되었기 때문에 식상하고 소화되지 못하는 소위 예술지상성이라는 것을 "예술의 지상성이라는 것은 현실을 부정하며 누악시陋惡視하는 반면으로 더 나가서는 생활의 미화美化 — 신화神化 — 기화氣化에, 소산消散에 질진疾進시키려하며 연소하여 가지고 생활의 지상경至上境, 절대경絶對境을 건설하려는 — 내세주의나 우화등선羽化登仙을 꿈꾸는 종교와 그 초속超俗적 취미에는 똑같은 것이다." 박탈한다면 존속하고 발전하려는 예술, 곧 금일의 예술은 자기분해, 퇴각준비를 하지 아니치 못하게 될 것이다. 원래 의의를 잃어버린 예술, 연독鉛毒에, 코카인에 중독된 위에다 장식하고 화장하고 면분포를 가리고서제2차적, 제3차적 의의를 사생자私生子를 분만한 예술은 생활을 유희화시키고 기교화하고 예술화하고 신화시키려 하며 황홀한 이상향 주초柱礎 없는 신기루의 조성에 전 정신이 몰입되어 있다. 아이디얼리즘,[1] 고전주의, 낭만주의, 미스티즘,[2] 상징주의, 자연주의, 사실주의, 이와 같은 계단을 밟아온 금일의 예술은 예술 자체부터 미화되고 순화되어서 가장 소수인 유한계급의 관능, 도발에 편리한 기구가 되어버렸다. 본래적 선천적 예술의 요소인 본능적 충동은 제외되어버리고 그대신 기술화되고 말초화하고 기교화되 예술은 — 곧 금일의 예술은 — 다수 민중과 아무런 교섭이 없을 것이다. 인간 본래의 욕구하는 원래 의의를 잃어버린 까닭이다.

그렇지만 지구는 움직인다. 외래적 원인으로 붕괴되지 않고 해체되지 않고서

자체에서 태생되고 부양받은 신동족新同族으로 인하여 미의 본질의 부정을 당하며 예술의 지상성의 박탈을 당하며 그 진로의 차단을 당하게 된 것이다.

입체파, 미래파, 표현주의, 슈프리마티즘이상 신동족,[3] 구성파, 더 나아가서 산업주의와 같은 신흥예술이 이탈리아에서, 파리에서, 독일에서, 러시아에서 발기되어 가지고 상아탑 속에 도피해가는 예술생활에서 유리遊離된 예술을 — 그 미의 본질을 — 그 표현양식을 부정하면서 현대적 과학정신과 열정을 가지고 질주하고 있다. 세계화단의 대세는 이와 같다. 그의 걸어온 역로歷路가 대개 이와 같다. 그러면 조선화단은 어떠한가 살펴보자.

다행한 일도 많다. 조선화단에서는 이렇다는 아무런 운동을 발견할 수 없는 것이다. 가공의 예술 경지, 한산과 위엄으로 장식된 무풍지대, 즉 조선화단에는 이렇다는 조그마한 변조도 볼 수 없는 것이다. 당송唐宋의 말기에 급급하며 묵수墨守하면서 주흥酒興과 농변弄辯에 세월을 보내고 있다. 이와 같은 화사畵士의 집단을 회합을 화단이라고 부른다. 유복한 화단이다.

진화 그것이 생활의 진화에 반伴치 않고 예술에만 고집할 때 그 예술은 생활로부터

---

1   이상주의(idealism). 인간이나 자연 등 대상의 본질적 이상형을 실현하고자 한 태도.
2   신비주의(mysticism). 궁극적인 실재와 인간을 합일하는 체험의 가능성을 탐구하는 사상.
3   절대주의(suprematism). 말레비치를 중심으로 한 러시아의 미술사조. 순수한 형태의 화면구성을 목적으로 하여, 자연을 초월한 순수한 감각이 '절대'라는 운동.

독립하게 되는 것이다. 생활 그 자신도 진화하는 것이므로 예술은 그와 연락하고 그 위에 그 자체도 진화하지 않으면 안 되는 것이다. 이 상호관계의 표현이 일면에서는 전체적으로 예술혁명으로 실현되고 일면에서는 예술의 정련精練이 되어 현현顯現한다. 그 전자는 생활의 변화에 반하지 않고 예술 그것만이 독진獨進할 때 생활에 환원함으로 인하여 일어나고 어떤 자는 생활과 반하면서 예술 내부에서 진화하는 것을 말하는 것이다. 만약 고대예술이 신을 위하여 발생하고 신을 위하여 발달하였다하면 생활이 이미 신을 내버리고 인간에 환원할 것 같으면 그 신을 위한 예술은 당연히 파괴될 것이며 인간을 위한 예술이 그 위에 발생치 않으면 안 될 것이다. 이곳에 예술전체의 개조가 필요하게 되는 것이다.

고대 철학의 정치는 신화神話와 제사에 있었고 중세에 와서는 종교적 교리가 철학이 되었으며 근대에 와서는 과학이 바로 그대로 철학이 되어버렸다. 그 결과로 사상은 유물적 실현으로 진행하여 간다. 그리하여 포이어바흐[4]의 과학적 우주관과 마르크스[5]의 유물사관 같은 것이 일세一世를 풍미하게 된 것이다. 철학은 예술은 또는 어떤 것이든지 시대의 정신 가운데에 그 속성을 갖고 있는 것이다. 먼저 기술한 바와 같이 고대예술이 신을 위하여 발생하고 신을 위하여 발달하였다하면 생활이 이미 신을 내버리고 인간 본래의 생활에 환원할 때에는 그 정신을 위한 예술은 당연히 소산하여야할 것이며 기화되어야만 할 것이다. 생활에서 유리된 예술은 황홀한 신기루와 마찬가지다. 다리 없는 도깨비와 같은 것이다.

현금의 조선화단의 분야는 이와 같다. 서화협회書畵協會, 고려미술원高麗美術院, 관학적 고만高慢을 다량으로 가진 유학생 일파와 개자원芥子園 자세를 지금까지 지고 있으며 그것들은 소위 화가적 둔감성의 감상과 무자각한 허세에 탐닉되어 있는

4　루드비히 포이어바흐(Ludwig Feuerbach, 1804~1872). 독일의 청년 헤겔학파를 대표하는 유물론 철학자.

5　카를 마르크스(Karl Marx, 1818~1883). 독일의 철학자, 언론인. 변증법적 유물론을 체계화하고 공산주의를 정립했다.

거품없는 맥주와 같은 일단一團이다. 그들에게 물어보면 다 각기 그 집합이라든지 그 파의 주의主義나 진로가 별 다르게 있다고 대답할 것이다마는 가만히 있자. 협애狹隘한 개념의 암실 속에서 생활의 피상만을 족보적 전통적인 화풍을 고집하면서 생활의 실체에까지 탐잠探潛하여 가지고 거기서 본연의 생명을 노래하려는 아무런 활동도 피차에다 같이 없는 것이다. 발랄하게 약동하는 생의 인식으로서의 청신한 감각과 내명內明한 생명의 유동을 파악하려는 이렇다는 기운을 볼 수가 없다. 유령화된 예술을 등에 지고서 회전하는 지구를 — 유동되는 생활을 — 민중을 — 멀리 바라보며 호폐呼吠하는 저력 없는 병견病犬의 절규와 같은 둔성鈍聲이나 간혹 들을 수 있다.

마지막으로 나는 이런 것을 써놓기로 한다. 개자원에서, 서양화 강의에서 속히 탈퇴하여 달라는 말이다. 자동차의 다이나미즘,[6] 십자로十字路에 교찰交擦하는 전차, 잡답雜沓하는 군집의 감각의 앙분昻奮 — 경쾌한 모터사이클의 질주, 자주색의 하야천공夏夜天空에 흘립屹立한 광고탑, 식창飾窓의 광채, 일루미네이션의 자세, 공장을 고령古領하려는 노동자의 의지의 긴장, 공장주의 방어수단, 공원에 방황하는 남녀의 애욕, 색채, 광음, 향, 본능, 의지 등의 혼란과 융합과 연소! 미美나 추醜를 포함한 잡음의 오케스트라의 아페우러들의 예술표현의 의욕은 도저히 족보적의 화법이나 진부한 감정, 옥상가옥식의 예술관으로서는 뒤떨어지고 미치지 못한다는 것이다. 결국 말하자면 시대의 추이로 말미암아 전체적으로 예술의 혁명이 일어나라는 것을 — 또는 일어난 그것을 동제洞祭하여 달라는 것이다. 현금의 조선화단에 레 포브[7] 야수파[8]의 발생을 바란다. 이 이상 나는 별 다른 주문도 기대도 아무 것도 없다. 다만 야수와 같이 비약하며 포효하면서 의식적으로 또는 무

---

6 역동주의(dynamism). 이탈리아 미래파에서 주장된 방법론. 기계와 속도의 미에서 파생된 조형적 감각을 말하는 것으로, 근대사회의 역동적인 기계문명을 표현하기 위해 쓰였다.

7 레 포브(Les Fauves). '포비즘(fauvism)'이라는 명칭은 비평가 루이 보셀(Louis Vauxcelles)이 "야수(Les Fauves)의 무리에 둘러싸인 도나텔로"라고 비판한데서 유래했다.

8 야수파(野獸派) 또는 포비즘(fauvism). 강렬한 표현에 의해 불린 명칭으로, 작가의 주관에 따른 강한 색과 표현, 간략화와 추상화를 추구했다.

의식적으로 전통예술^{개자원적 예술, 족보적 예술}을 분해하여 달라는 것이다. 건설하기 전에 해체가 있어야만 순서가 옳은 것이다.

세계화단의 1년_ 일본, 프랑스, 러시아 위주로

세계화단의 1년간 — 이 따위 제목으로 썩 조잡한 비미술적인 문장을 내가 쓰게 되고 말았다. 대체 근대 세계미술의 진추進趨해나간 노정路程은 혼일渾一되어 있지 못하다. 그런데 그 진행해나갈 노정뿐만 아니라 그 발원지도 또한 그만큼 다르며착안점도 마찬가지로 다르다는 것이다. 그 이유는 간단하다. 그것은 이상적 배경이 다른 까닭이다.

가만히 있자. 세계미술의 행렬의 혼돈한 사정을 쓰기 전에 이 글을 쓰는 내 자신의 1년간의 업적을 쓰려고 한다. 세계화단을 말하려고 하면서 제일 먼저 자기 자신의 1년간의 변천을 쓴다는 것은 탈선이 아니면 예에 있어서 과대증의 돌기突起로 볼지 모른다. 나 역시 그렇게도 본다마는 불쌍하게도 과대증의 흥분으로 인함이 아니라 세계화단의 1년간이라는 제목을 딱 붙잡고 보니 너무나 무지하고 너무나 공부하지 않은 이 자신을 발견한 까닭이다. 만일 독자가 이 글을 끝까지 보아줄 호의가 있다면 일독한 후에는 반드시 이 글을 쓴 나의 공막空漠한 뇌장腦醬과 담대함에 놀랠 것이다.

그러면 내 자신의 1년간 업적 '좀 우습지만'을 거짓말 붙여서 쓴다면 이렇게 되고 말 것이다. 습작 5점에 완성된 것은 두 점밖에 없다. 물론 완성된 것이라야 예술적 가치를 운위할 만한 위대한 작품이 아니라는 것은 세상 사람이 너무나 잘 알고 있다. 그리고 하루에 책을 10권씩 본다면 1년에 3,650권이 될 것이다. 이것을 46형形 양장한 책으로 하고 500권 가량 되는 것으로 계산한대도 불과 70권

책에 지나지 않는 것이다. 그런데 내가 읽은 책으로 하면 신춘향전新春香傳 신문소설까지 합한다면 이것에 2부에 넘지 못할 것이다. 그리고 또 재학 당시에 도매하여 두었던 지식으로 23평문을 모험적으로 써본 일이 있다. 이것뿐이다.

이와 같은 나로서 세계화단의 1년간의 변천과 수확과 경향을 쓴다면 누구나 다 안면의 제 근육을 코로 집중시키지 아니치 못할 것이다. 그렇지만 여기는 조선이다. 조선이라는 땅덩어리의 위다. 막론하고 여기에 현상懸賞을 걸어놓는다. 만일 내가 이 아래에 써놓는 세계화단의 정세에 식견이 있고 오기誤記가 있고 그리고 또 무엇이든지 있다면조롱이 아니다 어떠한 주문注文이든지 "발견한 사람의 의사에" 나는 쫓을 것이다. 본론으로 들어가 세계의 미술시장이라는 프랑스 — 이것의 축도인 일본 — 새로운 의미에 있어 노동자·농민 러시아의 미술 — 이것만을 기록하고 이것들의 1년간의 족적을 검찰檢察하기로 한다. 그러면 우리와 가장 가깝게 있는 일본화단부터 써보기로 한다.

일본화단에 있어서 금년 1년간 가장 주목할 것은 산카三科[1]의 발흥이었던 것이다. 산카라는 회명은 4, 5년 전 세이지靑兒,[2] 키노시타木下[3] 등의 미래파운동 때부터 있던 것이다마는 지금 내가 말하려는 산카는 무라야마村山,[4] 야나세柳瀬[5] 등이 회합하여 조직한 산카를 가리킨다. 이 산카가 며칠이 못가지고 분열되고 말았다.

---

1   1924년 10월 결성된 다이쇼(大正)기의 미술단체. 미래파미술협회(未來派美術協會), 액션(アクション), 마보(MAVO), 제일작가동맹(DSD, 第一作家同盟) 등 신흥미술운동을 이끈 미술가들에 의해 결성.

2   도고 세이지(東郷青児, 1897~1978). 니카카이(二科會)의 선전활동에 주력했으며 니카카이 내부의 전위적인 회화연구 단체인 큐시쓰카이(九室會)에서 후지타 쓰구하루(藤田嗣治)와 고문을 맡았다.

3   키노시타 슈이치로(木下秀一郎, 1896~1991). 미래파미술협회 회원. 미래파와 구축주의의 영향을 받았다. 산카 조형미술협회(造形美術協會)를 설립했으나, 산카 해체 이후 본업인 의학에 전념했다.

4   무라야마 토모요시(村山知義, 1901~1977). 소설가이자 화가, 극작가. 마보를 결성한 주역이자 일본공산당원이었다. 일본프롤레타리아문예연맹, 전위예술가동맹, 전일본무산자예술연맹, 일본프롤레타리아극장동맹, 일본프롤레타리아문화연맹 등 문학, 연극, 미술 방면에서 큰 영향을 미쳤다.

5   야나세 마사무(柳瀬正夢, 1900~1945). 미래파미술협회, 마보, 조형미술협회, 일본만화회, 일본

조직하여 가지고 분열되기까지 단시일이었으나 그러나 일본화단에 있어서는 경시키 어려운 운동이었던 것이다. 이에 산카 그것은 분열되고 해체되었으나 산카의 운동은 침묵한 가운데 단속되고 책동하고 있는 것을 보아야만 한다. 얼른 말하면 산카의 발흥이 계급사상 위에서 통일된 전술을 가지고 있던 것은 아니다. 다만 관료파 화가제전(帝展)에 대항하려고 하는 일부의 불평不平 화가와 니카二科[6]에서 탈출한 이단자류와 그리고 구성파, 미래파, 입체파 등의 제 화파가 집합하였으며 사상상으로서는 계급예술을 긍정하는 일파와 여기에 찬동치 않는 일족과 회색 분자가 가우假寓하여 있었던 정체를 모를 집단이었던 것이다. 이와 같은 부득 요령의 새 회합의 수명이 침할 이유는 아무데에도 없는 것이다. 그러나 한 개의 훌륭한 효모체酵母體이었던 것은 부정하지 못한다. 산카 그 자체가 급속히 분열되었다는 것은 결국 발효醱酵 작용이 민쾌敏快하게 되었다는 것을 설명하는 데 지나지 않는 것이다. 막 말하여 버리면 된장과 간장이 너무나 단시일에 분성分成된 것이다. 분열되어 가지고 재래 화파에 복귀하기도 하고 색다른 단체도 조직하게 되었다. 우선 조형파의 발생같은 것이 그 한 예이다. 분열되기 전의 산카를 재고한다면 한 T. S. T의 관계하에 있던 집단과 마보[7] 일파가 산카에 있어서 우이牛耳를 잡았다는 사실을 역연歷然히 볼 것이다. 그러면 이만큼 재래 화파에게 — 예술인에게 — 기성계급에게 협위脅危를 주었을 것이다. 주목할 점은 여기다. 앞으로 또 내년에는 어떠한 공갈을 감행할지 모르는 것이 많은 이 따위 운동이 부단히 생길 조짐은 충분히 있는 것이다. 이 외에 특기할 만한 개인의 작품은 슌요카이春陽會의 기무라木村,[8] 요로즈萬,[9] 나카가와中川[10] 씨 등의 제작과 이카의 사카모토

프롤레타리아문예연맹에 관여했다

6　1914년 '문부성미술전람회'에서 분리된 재야의 미술단체. '구회(舊會)'인 문부성미술전람회를 부정하고 니카카이를 '신회(新會)'로 규정했다. 이후 독립미술협회, 행동미술협회, 잇스이카이(一水會), 니키카이(二紀會), 이치요카이(一陽會)로 분리.

7　마보(MAVO). 1923년 독일 베를린으로부터 귀국한 무라야마 토모요시를 중심으로 미술가 야나세 마사무, 오우라 슈조(大浦周藏), 카도와키 신로(門脇晋郎), 시인 오가타 가메노스케(尾形龜之助) 등에 의해 결성되었다.

8　기무라 쇼하라(木村莊八, 1893~1958). 하쿠바카이(白馬會) 아오이바시양화연구소(葵橋洋畫

坂本,[11] 야스이安井[12]씨 등의 회화와 그리고는 구성파 화가 무라야마 씨의 무대장치일 것이라고 나는 안다.

프랑스에 있어서는 표변豹變한 피카소를 어쨌든 화단의 중심인물로 볼 수밖에 없다. 입체파에서 신고전주의로 그는 개종하고 말았다. 앵그르[13]의 재생이라고도 말할 수 있다. 그러나 앵그르와 그 표현 내용에 있어서 아주 다른 것이 있다. 이것은 입체파에서 얻은 외상의 과학적 분탁分析의 지식 때문이다. 그래서 다 같은 신고전파라고 볼 수 있는 로베르[14] 일파와도 이것으로 하여 거리가 생기게 되는 것이다. 마욜[15]이나 레스토르비치나 또 오를로프[16] 부인이나 베르나르 같은 사람도 조소彫塑계에 있어서의 신고전파의 인물이라고 본다. 그리고 또 주목할 것은 도쿄의 화풍이 얼마나 많이 파리인의 화미華美와 취미에 상응되어 있느냐 하는 것이다. 그는 세탈世脫된 필치와 담결淡潔한 색채로 도회인都會人의 심정을 자

研究所)에서 서양화를 익혔고 퓨전카이(フュウザン會) 결성에 참여했으며, 소도샤(草土社), 슌요카이(春陽會) 결성에 참여했다.

9 요로즈 테츠고로(萬鉄五郎, 1885~1927). 후기인상주의, 표현주의의 영향을 받았으며, 기무라 쇼하라와 퓨전카이, 슌요카이 결성에 참여했다.

10 나카가와 카즈마사(中川一政, 1893~1991). 기시다 류세이(岸田劉生)로부터 서양화를 배워 슌쇼카이 결성에 참여했다.

11 사카모토 한지로(坂本繁二郎, 1882~1969). 니카카이 창립에 참가했으며, 1921년 프랑스에 유학해 샤를 게랭(Charles Guérin)에게 그림을 배웠다.

12 야스이 소타로(安井曾太郎, 1888~1955). 쇼고인양화연구소(聖護院洋画研究所)에서 서양화를 배우고 도불하여 프랑스아카데미줄리앙에서 수학했다. 제1차 세계대전 발발 후 귀국하여 니카카이에 가담, 니카카이 내의 반슈기쥬쿠(番衆技塾)에서 지도했으며, 1935년에는 제국미술원의 회원이 되었다.

13 장오귀스트 도미니크 앵그르(Jean Auguste Dominique Ingres, 1780~1867). 19세기 프랑스 신고전주의를 대표하는 화가.

14 위베르 로베르(Hubert robert, 1733~1808). 프랑스의 낭만주의 화가이자 건축가. 1766년 아카데미 프랑세즈(Académie Française) 회원으로 활동하다가 이후 원장으로 취임했으며, 프랑스 혁명에 참여해 투옥되기도 했다.

15 아리스티드 마욜(Aristide Maillol, 1861~1944). 프랑스의 조각가, 화가. 동시대 샤반과 고갱의 영향을 받았으며 주로 태피스트리와 부조 작업을 했다. 조각으로는 고전주의적 경향이 강하다.

16 샤나 오를로프(Chana Orloff, 1888~1968). 프랑스와 이스라엘의 아르데코(Art Deco) 조각가. 유대인의 상징과 문화에 깊은 영감을 받아 이스라엘을 위한 기념비 조각과 전후를 상징하는 작업을 주로 했다.

기네의 마음대로 유혹하려고 하는 것이다. 사실 문명한 파리인은 이 유혹을 받고 있는 것이다. 아무튼지 프랑스에서만 볼 수 있는 현상의 하나일 것이다. 이 외에는 현상의 하나일 것이다. 이 외에 비시에르,[17] 아셀린[18] 등의 활약을 망각하여서는 안 된다.

아프리카 예술에서 많은 감화를 받은 자드킨[19]이나 드랭[20] 등의 건투도 기대이상의 성과를 내지는 못하였지만 언제 보든지 재미있는 개성은 노소老消하지 않는 것이 고마운 일이라면 고마운 일일 것이다.

최후로 노농 러시아의 산업파 미술을 소개하기로 하자. "미술가의 임무는 색과 형形과의 추상적 인식이 아니고 구체적 사물의 구성상에 있어 임의로 해결하는 데 있다"고 로드첸코[21]는 말하였다. "순수미술은 지금 와서는 골동품에 지나지 않는다. 현세기에 있어서는 예술적 공적보다는 산업적 사업에 주력을 하여야만 되겠다. 산업상의 창조는 근대 천재가 표현하려는 그것이다. 이 창조를 완성하려면 현대인은 그 영감을 추구하지 않으면 안 된다. 기선, 기차, 공장, 철교, 비행정 이것들이 중세기 시대의 사원과 같이 장중하고 당당한 것이 아니냐"고 일리야 예렌부르크[22]가 말하였다. 주체파主體派 출신의 타틀린[23]을 중심으로 하고 순수미술을

17　로제 비시에르(Roger Bissière, 1888~1964). 프랑스의 장식미술가. 메츠대성당을 비롯한 여러 교회의 스테인드글라스 창문을 도안했다. 모리스 아셀린과 일본의 니카카이 프랑스 회원이었다.

18　모리스 아셀린(Maurice Asselin, 1882~1947). 프랑스의 화가, 판화가. 1906년 '앙데팡당전', 1907년 '살롱 도톤느'에 출전해 주목을 받았으며, 제1차 세계대전 이후로는 군사박물관의 요청으로 전쟁화를 주로 그렸다. 로제 비시에르와 니카카이의 프랑스 회원이었다.

19　오시프 자드킨(Ossip Zadkine, 1888~1967). 러시아 태생의 프랑스 조각가. 피카소와 샤갈 등과 교류하며 큐비즘의 영향을 받았으며, 이후 아프리카와 그리스 미술에 관심을 가지면서 자신만의 스타일로 발전시켰다.

20　앙드레 드랭(André Derain, 1880~1854). 프랑스의 화가, 조각가. 앙리 마티스와 함께 야수파를 이끌었으며, 자드킨과 같이 아프리카와 그리스 미술에 관심을 가졌다.

21　알렉산드르 로드첸코(Alexander Rodchenko, 1891~1956). 소련의 사진가이자 디자이너, 건축가. 러시아 절대주의, 구축주의 운동에 참가하여 소련의 아방가르드를 이끌었다.

22　일리야 예렌부르크(Ilya Ehrenburg, 1891~1967). 소련의 소설가이자 언론인. 구축주의와 사회주의 건설을 주제로 한 작품을 많이 썼으며, 1930년대 이후 소비에트체제에 적극 가담했다.

23　블라디미르 타틀린(Vladimir Tatlin, 1885~1953). 소련의 디자이너이자 건축가, 무대미술가. 절대주의, 구축주의에 큰 영향을 주었으며 대표작으로 〈제3인터내셔널 기념탑〉이 있다.

부정하고 공예상^{제2양(蠢)적 미술}의 공리를 목적으로 삼고 산업파 미술운동이 시작된
것이다. 그래가지고서 그 인생관에 있어서 급진적 마르크스파인 그들은 일절의
제1양적 미술을 부정하는 동시에 미술노동의 방법론을 꾸며내었다. 곧, 프롤레
타리아 예술의 이상인 미술노동의 집합화는 현대의 집합적 건설의 기초인 산업
과 제휴 이외에는 별 다른 도리가 없다는 것이다. 이와 같이 하여 산업미술의 운
동은 프롤레타리아 혁명의 자연의 결과로서 생긴 것이다. 타틀린, 야그로프라빈
스키 등이 지도를 한다고 한다. 조선화단의 이야기는 필자 자신의 1년간 성적을
위에 써놓았으니 좀 교만한 태도이나 그것으로써 추찰^{推察}하여 주었으면 한다.

신흥미술과 그 표적

선언 "예술은 벌써 부정되었다. 이것의 대신 될 것은 새로운 조형일 것이다."

질주하는 화물자동차의 폭음, 100미터를 10초 4로 달아나는 패독paddock, 탄소炭素를 화씨 5,000도의 열도熱度로 만드는 전기의 마술, 일야日夜 심각해가는 생활난. 이와 같은 것들을 가지고 완전히 예술을 부정해 버렸다.

지금까지 예술의 이름으로 존경받아온 '취미', '델리게이트한 감각', '신경쇠약', '재미', '난해한 수사법', '명인기질', '삼각관계', '정물', 이 따위는 1925년에 살아있는 우리의 생활과는 근본적으로 융합될 수 없이 되었다.

예술이 지금까지 기성개념의 폐탄지크한 범주를 탈각되지 않은 한도에 있어 일야 스포츠화化하여가는 현대에서는 벌써 사멸된 것이다.

그런데 현대예술은 모든 생명과 시대성을 잃어버리고서도 민중의 인습적 존경을 요망하고 있다.

이런 까닭으로 활기 있는 청년은 이 형해形骸만 남은 예술의 전당을 무시하여 버리는 것은 가장 당연한 일이다. 일본예술계에 있어 이와 같은 큰일은 대개 산카二科에서 하여 왔다. 그것은 산카가 흉한 얼굴로 사람을 놀랠만한 작란作亂이나 의식적 기만이나 우열을 가지고 하더라도 그래도 그 당시에 있어서는 훌륭한 '존재의 이유'를 가졌었고 한층 더 중대한 공적과 공헌과를 일본예술계에 끼쳤다.

그런데 폭력을 가지고서 파괴해 버릴 만한 것은 다 파괴되어 버렸다. 지금은 그와 같은 파괴의 시대는 벌써 지나갔다. 그러나 우리는 그와 같은 소극적 행위에는 만족할 수 없다. 시대는 지금에야 쾌활한 비약을 하려고 한다. (…중략…)

우리는 예술의 사망과 조형의 탄생을 선언한다. 그래서 예술이라는 명사를 기성개념에서 해방시켜서 거기다가 최대의 탄력성을 부여하면 우리가 말하는 조형 활기가 있고 건강하고 조소嘲笑를 띄운 예술이 건설될 것이다. 만일 예술을 기성개념으로만 해석한다면 우리의 조형은 비예술적의 스포츠맨십과 1926년과의 조형적 표현일 것이다.

우리는 우리들이 새로이 발견한 조형본능이라는 새 본능으로 쾌활하게 자유롭게 적극적으로 조형한다.

우리는 묵연默然하게 자기의 신조와 실력과 과학으로만 하여 산을 넘고 물을 건널 수 있다. 이와 같이하여 우리는 예술이 이 세상에서 멸망하고 새로운 조형이 최초의 승리를 노래 할 때까지 전진함을 게을리 하지 않을 것이다. 그래서 그 승리를 얻는 최초의 시일에는 우리는 또 새로운 황야로 발생할 것이다. 이래가지고 우리는 영원히 일보, 일보 전진할 것이다.

이상은 일본에서 최근에 일어난 조형파운동 선언의 일부다. 우상숭배에 있어서 도피생활에 함몰되어 가지고 자기도취함에 있어서, 타협과 거세됨에 있어서 제국주의에 혹란惑亂되어 있기에 그 이름이 높은 일본의 예술사회에 이와 같은 운동이 불과 4, 5년 동안에 그야말로 너무나 번거로이 발생됨에 우리는 이를 축하하여야 할까 또는 주저呪咀를 하여야 할까 매우 고생스러운 처지에 있다.

어쨌든 일본의 예술사회에도 이와 같은 새로운 운동이 발생됨에는 그 근원이 대단히 심원하고 또한 필연한 동기가 있고 잠재한 세력이 있음을 짐작할 것이다.

르네상스보다도 훨씬 더 위대한 총괄적의 인간생활의 혁명이 폭풍우 같이 일어나게 되었다. 땅덩어리 속에서 티끌 틈에서 선풍이 생겨 가지고 이것을 비스마르크[1]가 알렉산더 1세[2]가 또는 '이와 같은 무리'가 둘려가며 부채질을 하고 단결히 군중심리가 과학이 뒤범벅이 되어가지고서 불을 붙여놓았다.바람이 구름이 커다란 원선圓線을 그리며 잔뜩 화상畵像을 찡그리고 있다. 모르는 일이다. 그 어느 비 떼가 될는지 모르는 것이다. 일절한의 기성 약속을 유린하려고 직접 동動을 유쾌한 폭력을 어떤 때 행감행行敢行할지 모르는 것이다. 다만 그발생과 존재와 진전의 필연성만은 우리가 알고 있는 것이다. 저회低徊 취미에 우상숭배에 전형화된

1 　오토 폰 비스마르크(Otto von Bismarck, 1815~1898). 프로이센 왕국과 독일제국의 총리.
2 　알렉산드르 1세(Alexander I, 1777~1825). 러시아 제국의 황제.

사상에 집중관념에 비주鼻柱가 물러나 안게 된 일본의 예술사회에도, 사회에도 자생적으로 또는 피동적으로 조그만 선풍이 발생된 것이다. 일본의 예술도 현대적 배경 앞에 그 허망한 요태妖態를 폭로할 시기가 절박하게 되었다.

니카二科에서 미래파로, 산카를 거처서 지금에 이르기까지의 일본미술의 역로는 말하지 않으려 한다. 다만 어째서 일본의 예술이 이와 같이 급격하게 변절을 하게 된 원인만을 쓰려는 것이다. 중민衆民은 처음으로 개성광의(廣義)에 눈뜨고 사회관계를 고념考念하게 되고 과학의 급속변의 발전으로 하여 설주雪舟, 가마歌磨로부터 전승된 예술을 감시하게 되었다. 생활의 기조基調이던 일절의 기성 약속이 완해緩解됨에 따라 전통예술의 마취제는 응고, 축소되어 간다. 여기다 헤겔이나 니체나 베르그송의 철학이 무엇을 가르침이냐.

미신과 오해와 자기존재에 대한 가장 몽롱한 의식과 이것들로 결형結形된 중민의 머리 속에 신명에 대한 회의심의 야기와 개성의 철저徹底적 확충과 변증적 사상과를 주입하며 염채染彩하였던 것이다. 사회운동이 정치혁명이 폭력적으로 조직적으로 무수하게 발흥되었다. 지구의 표면은 이로 인하여 요란하게 되고 말았다. 순사殉死를 좋아하는 나라, 밀정密偵이 많은 나라, 봉천에 출병하려는 나라에도 이와 같은 사상의 침입을 안 받지 못하게 되었다. 그 나라도 지구에 일단一端에 있는 이상 어찌할 수 없이 이 독천毒泉의 여류餘流를 마시게 되는 것이다.

그뿐만 아니라 자체의 내부에서 일어나는 중민의 자각운동으로 하여 독천의 여류가 격랑激浪이 되어가지고 고형固形된 생활양식에 ― 전통예술에 ― 기성 약속의 보루에 육박하게 되었다.

이 통에 예술사회에 있어서 산카도 조형파도 발생된 것이다. 조형파의 운동도 물론 일본의 예술운동사상에 한자리를 점령할 것이다마는 조형파 그것이 바로 곳 계급의식으로부터 각성한 프롤레타리아의 정신상태로 조직된 바라고 단언은 할 수 없다. 조형파뿐만 아니라 입체파나 미래파나 내지 다다이즘도 다 이와 같이 볼 수밖에 없다. 오로지 현상 불만에 ― 자극이 희박한 전통예술에 대항으로 세기말적 흥분으로 형성되어 있는 것이다. 찬란燦爛된 부르주아 신경 코카인 자극에 훈련된 중독자와 같은 근대인은 정치에서 경제에서 생활의 각 부분에서 자기네의 말초신경을 극도로 흥분시킬만한 그 무엇을 구하였다.

이것을 탐구하려고 형성된 것이 조형파겠고 미래파이요 입체파일 것이다. 아래에 이 이유를 설명하기로 한다.

입체파는 예술을 '과학'에 더구나 기하학에 그 기초를 둔다. 따라서 구성을 연구하게 된다.

입체파는 주관 내용을 통일적으로 표현하려고 한다. 그렇기 때문에 전체의 유기적 예조諧調와 필연적 생략을 요구하게 된다.

입체파는 변왜變歪와 간화簡化의 예술이다.

입체파는 세잔으로부터 아프리카로부터 많은 영향을 받았다. 전자에게서 구성의 실례를, 후자에게 생략과 변왜의 실례實例를 말이다.

입체파는 시간과 공간의 전통적 약속을 무시한다. 여기에 동시성과 동존성이 생긴다.

입체파는 변왜하려 하기 때문에 입체를 해석한다. 그 해석된 단편斷片을 재구再構한다. 재구할 그때의 단편은 단순한 색판으로 취급하게 된다.

입체파는 물상主觀 內容으로서의 고유성을 무시하지 않는다.

입체파는 진화한다. 그래서 작자의 개성적 특징에 지배된다. 이상은 입체파 이론의 한 편이다.

우리는 위험을 즐겨하는 상념과 활력과 호담豪膽과의 습벽習癖을 구가하는 사람을 좋아한다.

우리의 시詩의 본질적 요소는 용기와 과감과 반항 이것이다.

지금까지의 문학은 침탁沈濁된 불감부동不感不動과 황홀과 수면睡眠과를 존중해 왔지만 우리는 공격적 운동과 열광적 불면과 체조적體操的 보도步度와 모험적 비약과 격인擊人과 철권鐵拳을 칭양稱揚하려고 한다.

우리는 세계의 색광이 새로운 미, 곧 속도의 미로 하여 그 광채가 증가된다고 선언한다. 폭발적 태식太息을 토하는 흑사黑蛇와 같은 조대粗大한 관管으로 장식된 질주 중의 자동차 사마도라스의 승리보다도 더 고운 것이다.

전투 이외에는 벌써 미는 존재해 있지 않다. 공격적 성격을 갖지 않을 것은 걸작이라고 할 수 없다. 시는 미지의 폭력에 대한 광폭한 공격이 아니면 안 된다. 그래서 폭력으로 하여 인간의 앞에 무릎을 꿇도록 우리는 영원하고 편통무애遍通無碍란 속도를 창조하였기 때문에……

우리는 전쟁세계 유일의 위생학, 군국주의, 애국주의, 무정부주의자의 파괴행동, 살육의 사상 또는 여성경멸을 찬미하려고 한다. 우리는 박물관, 도서관을 파괴하고 모럴리즘과 또 일절의 편의주의자적 공화론자나 또 비겁을 타파하려고 한다.

우리는 구가謳歌할 것이다. 노동쾌락 또는 반항으로써 격동되는 대군중을 근대의 제 수부首府에 있어 혁명의 다색다음한 범란汎瀾을 전기의 광폭한 달 아래에 잠복해 있는 병기창과 조선소의 진동을 연기를 토하는 흑사와 같은 대식하고 욕심 많은 정거장을 이 연기로 하여 구름雲과 연결된 공장을 악마적 인물刀物과 같이 발광하는 하천의 위에 체조가體操家의 비약과 같은 교량을 미래파의 주뇌主腦 마리네티[3]의 유명한 제1회 선언서는 대개 이와 같다. 그러면 입체파나 미래파의 실제 운동이 이론의 표적이 그 어느 곳에 있는지는 열거한 조목만으로도 대개 짐작할 것이다.

전통예술의 입체파나 미래파의 발흥 이전의 예술, 곧 상징주의의 예술은 정적이고 신비적이고 정신적의 예술이었던 것이다. 이 반동으로 또는 정신적 예술의 포식한 현대인이 새로운 조미調味에 착안하려고 하는 것은 가장 자연스러운 필연적 욕망일 것이다. 그러면 정적 예술의 반동으로 신비 취미의 교대로 당연히 동적이고 물질적이고 과학적인 예술이 발흥되어야 할 것이다. 입체파나 미래파의 선언이나 주장을 일별하면 그 발족점이 과학정신에 있어서 극도로 근대 물질문명을 상찬하고 동적 철학을 구가하며 힘의 발동을 찬양하는 것으로 그 주장이나 선언의 전부를 차지하여 있는 것을 알 것이다. 결국 미래파나 입체파의 신흥예술

---

3   필리포 마리네티(Filippo Tommaso Emilio Marinetti, 1876~1944). 20세기 초 미래파를 창시한 이탈리아의 소설가이자 시인.

의 제 유파가 현대과학에 그 기초를 세운 것은 명확한 사실이다. 따라서 신비적 이상주의의 미몽에서 탈출하였고 그러고 도리어 이상주의의 예술정신적 예술에 독시毒矢를 날리게 된 것이다.

구주歐洲 전쟁 전후1900년부터 1925년까지를 말하는 것이다 예술사회뿐만 아니라 정치사회에도 경제사회에도 다대한 변동이 있었다. 모든 변동의 최대 원인은 거세된 민중의 자각과 과학의 급수학적 발달에 있다고 본다. 이것 때문에 사회조직에 기성약속에 철학에 종교에 예술에 변증變症이 생기게 될 것이다. 부르주아 온실에서 생장된 근대인이 과학의 마술에 심취하고 역상逆上되고 발광하여서 자극소가 희박한 일절 재래의 생활방식을 타매唾罵하게 되며 그러고 또 일면에 있어서는 기대하지 않던 반갑지 않은 손님, 곧 신흥계급의 세력이 확대됨에 따라 자기적 행동을 삼지 아니치 못하도록 현대인 — 예술인의 심조心潮는 곧 흥분되고 만 것이다.

그런데 미래파의 폭력찬미나 여성학대나 전쟁찬양이나 별 다른 이 따위 모든 것이 아무런 계통도 순서도 없이 연발된 것을 보더라도 그네가 어떻게 많이 근대과학에 매혹되고 또 얼마나 많이 계급투쟁에 동맹파업에 폭력행사에 실신되어서 자기조매自己嘲罵에 동족살육에 광폭하게 됨을 알 것이다. 마리네티나 그 주위에 있는 미래파 제장諸將의 실생활을 본다면 더 많이 확증을 잡을 줄 안다.

입체파도 그렇다. 적목세공積木細工 같은 회화나 조각을 가지고 현미경 밑에서 주물러 터뜨리도록 그네는 과학만능에 심취된 것이다. 이것뿐이다. 이보다 더 아무런 것을 추구할 사상적 준비는 없는 이것이다. 다만 그들은 현대에 있어서 일절의 흥분제에 중독된 부르주아에 지나지 못하는 것이다. 말초신경의 발달로 — 자기무력을 인식함으로 — 동족의 불건강체에 증오감의 팽창으로 하여 현상파괴, 현정부인現情否認을 하게 된 것이다. 그네의 표적은 다만 여기에 있는 것이다. 파괴와 방화 이것이다. 일보 더 나가서 사회조직에 대한 고려는 하지 못한다. 이 까닭은 부르주아 온실 속에서 교양을 받은 연유이다. 그러나 그네는 유쾌한 파괴를 감행한다. 이 파괴행동에 박수를 보내는 어떤 집단이 별로 있는 것을 망각하면 안 된다. 그렇지만 어쨌든 입체파나 미래파 이것이 그 변화를 예측키 어려운 효모체酵母體이고 와사체瓦斯體인 것만을 기억을 하여야 한다.

속사포速射砲 _ 오족불용五足不用

달아나는 말에게 다리가 다섯이 필요치 않은 것이다. 어떤 때에는 필요하게 생각나는 때도 없지 않겠지마는 만일 한 개가 더 되면은 말이다. 어지간히도 고생이 될 것이다.

안서岸曙[1]라는 시인이 문단文壇 한 모퉁이에 붙어 있다는 것이 암만하여도 기이하달 수밖에 없다. 상적常的인 문인 춘원春園의 말투를 빌면 "경이驚異요, 안서의 출현이 경이요." 그리고 이렇소 저렇소 하는 반말로 하여 던진 춘원의 몇 구 찬사로 문단에 한 중요한 자리를 차지하게 된다.

그리고 "이놈들 부르주아야 하면 다 프로 시가 되는 것이냐"라든가 예술의 영속성이 "몰아황홀지경沒我恍惚之境"에 있다고 하며 "프로문예에 항의"를 한다고 장담을 하도록 군이 상기가 되고 말았다. 이와 같은 군이 지금의 조선에 얼마나 많이 있는지 속 쓰린 일이다. 여기에 손쉬운 예를 하나 들어보기로 하자.

"예술은 유한계급의 산물이다. 귀족이나 유한계급에서만 예술적 가치가 있는 작품이 생기게 된다. 조선에 있어서도 신라나 고려나 이조 초기 시대 이후에 바로 조선 말기에는 아주 예술이 없었다." 이 연유는 "귀족이 실각하고 그러고 유한계급에 단락段落으로 하여서 함이라"고 김동인金東仁[2]이라는 사람이 말하였다. 어쨌든 김동인이라는 군이 다 같은 군이지만 안서보다는 그 사람됨이 좋든 그르든 정직하다는 것이다. "고양이를 그리면 고양이 문학이며"라는 이런 것을 그대로 내놓는 무지, 그것이 귀엽다는 말이다. 조선에 예술가가 어떻게 되었는지, 도무

---

1 김억(金億, 1896~1948)을 말한다. 김억은 『창조(創造)』와 『폐허(廢墟)』 동인으로, 한국 최초로 『오뇌(懊惱)의 무도(舞蹈)』 번역시집을 낸 바 있다.
2 김동인(金東仁, 1900~1951). 『창조』와 『영대(靈臺)』를 간행했으며 해방 후 전조선문필가협회를 결성, 한국민주당 당무위원을 역임했다.

지 갈피를 차리지 못하면서도 자가의 이익을 위하여 그야말로 무슨 짓이라도 사양치 않는 것이 안서보다도 두서너 걸음 앞선 것이라고 나는 본다.

어떻게 되었든지 이지마쓰^{격자모양(格子貌樣)} 무늬^{紋儀}의 양복벌이나 가지고 추수^{秋收} 섬이나 하는 동인^{東仁}으로는 이보다 더 좋은 생각이 나갈 까닭이 전수^{全數} 없는 것이다. 만일 여기에다 유식한 체 한다든가 하면 내에 지금 그네에 평판론^{評判論}에 안서와 그 선후를 바꾸는 비경^{悲境}에 빠지고 말 것이다. 안서라는 군이 안경과 머리빗을 그 체격에 늘 지니고 다닌다고 한다. 그런데 잠긴 옛 이야기로 구주전쟁 이후에 코^鼻 떨어진 사람이 부쩍 늘어서 안경에다 제물코를 셀룰로이드로 만들어가지고 쓰고 다니는 사람이 퍽 많다고 한다. 안서가 춘원에 몇 줄 찬사로 발거리를 삼고 코 붙인 안경과 빗 틈으로 현실을 보려고 한다. 물론 현실이 그렇게 잘 보일 까닭이 없다. 그렇다고 안경을 벗고서 보라고 하면 제 눈에 결점이 무엇보다 먼저 드러나게 되어 웃음거리감이 된다는 말이다. 이런 까닭으로 동인이라는 사람은 무지한 만큼 우직한 그만큼 어떠한 계급에 있어서 꼭 있어야 하지만 어째 그러냐고 그것은 그 계급의 본래가 그런 우인들로만 구성됨이니까 안서도 물론 무식한 도류에 들겠지만 주견코이 없이 남네에 찬사나 반동으로 "프로예술은 예술의 본질을 잊어버리고 쓸데없이 시대와 그 환경에만 주점을 두어서 일시성^{一時性}적이고 저급이라"고 하는 등, "계급적이란 인위에 공판적 생각이라" 등 이따위 소리를 하기는 하지만 암만 하여도 제 체신에 맞지 않는다. 이보다는 춘원이나 동인처럼 이론보다도 어찌나 무식이라야만 된다. 그래야 그 몸뚱이에 맞는 것이다. 막설^{莫說}하고 어떻게 빗질을 하든지 안경을 벗고 안 쓰든지 간에 코^{鼻見}가 없는 것이 피차에 한이 된다. 달아나는 말이 다섯 개 다리가 필요치 않다. 안서 군은 이 논법으로 추리하여서 어디에든지 필요치 않은 존재라고 하는 것이다.

세말잡필^{歲末雜筆} _ 모네에 대하여

인상파의 주뇌^{主腦} 모네가 세상을 떠났다 한다. 90세에 가까운 고령까지 그 수명을 지속하고 미술사상 중대한 공적을 끼친 만큼 이 사람의 죽음에 대하여는 새로운 감회가 없지 않다.

루이 14세 봉건적 왕조정치의 절정시대에 통치계급의 익숙한 생활은 존엄과 의례의 고전적 '쿠^{Coup}'에 그만들 싫증이 났을 뿐더러 아주 필요가 없이 되었다. 저의들의 방종과 퇴폐적 생활에는 고전적 취미가 융합되지 않고 도리어 소례^{疏禮}와 궁극을 느끼게 되는 까닭이다. 그래서 이 절정조에 있어 새로운 욕구가 생기게 되었다. 의식으로부터 유탕^{遊蕩}으로, 묵언의 후박^{厚朴}으로부터 섬철^{纖徹}적 화미^{華美}로, 무상^{無想}의 표정으로부터 경쾌한 연소^{軟笑}로 차례로 변하게 되었던 것이다.

로코코의 예술, 이것이 당시 특권계급이 갈망하던 바 예술이었다. 모든 어용예술가로 하여 저의들 특권계급의 생활의 복사와 찬미를 부르게 하였다. 로코코의 예술이 관정^{官廷}으로부터 귀족과 승려의 밀실에까지 가득히 차도록 되었다.

그러나 이것이 그 명맥을 오래 지니지 못하였던 것이다. 한번 혁프명랑스혁명일지 모든 허망한 구조는 여지없이 무너져 버리고 말았다. 왕정^{王廷}에는 피가 고이고 단두대에는 귀족의 머리가 구르고 수도원 원주^{圓柱}에는 새로운 십자가가 생기게 되매 로코코 예술도 그 명예스러운 예술의 영원성과 예술의 초계급성을 짊어진 채 한꺼번에 그 거처를 감추게 되었다.

새로운 권력계급 부르주아는 자기네의 생활로부터 요구하게 되는 바의 예술, 곧 저의들의 심정을 대언^{代言}할 바의 예술을 흔구^{欣求}하였다. 그래서 그 초창시기에는 고답적이고 과장적인 예술이 탄생되었고 그 다음에는 과학적이고 해부적인 예술이 출생하였다. 전자는 낭만주의의 예술일 것이며 후자는 인상주의의 예술이다.

마네, 모네가 인상주의화파의 창시자이며 이 파^派의 수뇌^{首腦}였다. 태양의 채광으로 하여 물상이 인식된다고 하며 물상의 형체는 색조의 윤곽에 지나지 못하며 태양광선의 명암에 달하여 그 형해形骸가 정하게 된다는 것이 인상파의 주창이었다. 고전화파의 예술적 태도나 목가적 정서를 버리고 자연의 과학적 분탁分析과 박구迫求가 인상화파의 새로운 방향이었던 것이다. 목전에 그 사거死去를 전란 모네옹이야말로 이런 것으로 보아 우리의 기억을 새삼스럽게 하는 것이다.

모네는 수련을 많이 화제로 하였다. 선명한 기억은 없으나 수년 전 나 역시 모네의 수련 한 폭을 면접하였다. 내명內明한 수면과 수면에 고요히 붙어있는 수련을 광선의 변취變趣로 하여 과학적 설명을 하려한 것을 넉넉히 엿볼 수 있었다. 인상파의 공적은 어느 때든지 여기에 있는 것이다.

모네옹이 그 수명이 오래임으로 하여 자기네의 화류畫流로부터 더 한 걸음 과학적인 신인상주의 점채파[1]가 생기게 되고 '시각보다는 본체'를 중요시한다는 후기 인상파의 융성할 제 그 심정이 어떠하였던지는 알 바가 없으나 자파自派의 진리가 각각으로 소퇴消退됨에 따라 역사의 한 페이지 위로 그 근지根地를 줄이게 됨에는 코르시카 섬 속에 갇혔던 나폴레옹의 심사心事에 못함이 없을 것이다. 한 사회조직에 발아, 창설, 원숙, 파장이라는 계단이 있다면 예술도 사회조직의 요구로 발생되고 개변되는 것이니 그 사회조직의 변취와 운명을 같이하는 것이다.

인상파, 모네, 이 모든 것을 우리는 다만 인류역사 위에서 한 때에 새로이 장식된 것으로 인정할 따름이요, 그 이상의 아무 것도 아니다.

---

1 점채파(點彩派)란 조르주 쇠라(Georges Seurat), 폴 시냐크(Paul Signac) 등이 창안한 기법인 점묘법을 사용하는 이들을 지칭한다.

미술과 음악_ 조선역사 그대로의 반영인 조선미술의 윤곽

미술과 음악의 방면 — 우리가 이것을 영영 등한시 할 수가 있을까. 다시 말하면 저 유행의 몇 개 도깨비 같은 유흥배遊興輩의 난무亂舞를 언제까지라도 간과하고 있을 것인가.

조선의 미술은 역사적으로 제국주의의 침략 정책과 그 인연이 대단이 깊다. 다시 말하면 조선미술의 발생 시대라 하는 4군郡 시대로부터 지금에 이르기까지 정벌이라 병견竝肩하게 그 침입을 번거로이 받았다는 것이다.

4군 시대 '낙랑樂浪, 현도玄菟, 진번眞蕃, 임둔臨屯'으로부터 신라新羅를 거처 현금現今의 조선에 이르기까지 침략과 학살의 뒤를 이어 미술이 전래 되었으며 또 이 전래된 미술이 생장되고 원숙된 것이 이 곳 조선의 미술이다.

물론 4군 시대 이전에는 조선에 미술이 없었던 것은 아닐 것이다. 그 때의 조선 백성토착민족에게도 훌륭한 자기네의 미술이 있었을 것은 지금 우리가 넉넉히 상정할 수 있는 것이다. 어째 그러냐 하면 이집트이나 그리스에 또, 더 그 이전에 프랑스, 스페인전 석기시대의 순록민馴鹿民에게도 미술이 있었던 것을 우리가 너무나 잘 아는 까닭이다.

예술의 기원, 이것을 내가 쓰자는 것은 아니다마는 원시인에게는 다만 생활이라는 것만 존재해 있고 이 생활이 필연적 필수적으로 요구하는 것만 존재해 있었던 것이다. 따라서 개체와 전군全群의 생활에 필요한 미술은 당연히 있었을 것이다. 어쨌든 생활의 필요상 기억의 재현을 쉽게 하려고 해석의 편의를 돕겠다라고 또는 기념으로 암호로 작화하고 조각하였던 것은 어떠한 원시 종족에게나 다 같이 있었다는 것을 독자나 나나 마찬가지로 똑똑히 알고 있는 것이다.

이만하면 4군 시대 이전 위만조선衛滿朝鮮이나 기자조선箕子朝鮮이나 더 나가서 단군조선檀君朝鮮 이전의 토착 민족에게도 자기네가 가져야만 할 미술은 가졌으리라는 단안^{斷案}은 넉넉히 내릴 수가 있는 것이다.

그런데 토착민족이 가지고 있던 미술은 제국주의 문화의 침입으로 말미암아 근본적으로 그 작용이, 효과가 다르게 되고 말았다. 원시사회의 생활 상태는 인간 생활사의 과정에 있어 필연적으로 그렇지마는 불행하게도 계급 분열이 생기게 되었다. 여기서 조선의 미술은 비로소 착취계급인 정복자가 피착취계급인 토착민족을 마취시키고, 노예화시키려는 수단으로 또는 정복, 살익^{殺翼}의 죄를 무시로 범행한 정복자의 참회자위^{懺悔自慰}에 이용되고 종교화되어버려 착취계급의 한 개의 훌륭한 피정복자의 회유정책이 되고만 것이다. 그래서 이 정책화된 미술은 인간 본래의 생활과 하등의 교섭이 없는 현실에서 유리^{遊離}된 예술 ─ 미술이 되었으나 제대로 번영되고 실재되어 가지고서 도리어 생활을 ─ 현실을 ─ 지배하려고 하며 기화^{氣化}하려고 하기 시작하였던 것이다. 중국 본토에서 정기적으로 밀려나오는 제국주의의 침략과 무력의 뒤를 추종하는 문화와 또 토착민족 자체의 내부에서 효생^{酵生}된 지배계급의 향락적 욕망으로 말미암아 자기 확충이 되어서 허망한 신기루 상아탑은 점점 그 지반이 굳는 대신에 생활로 부터 민중으로부터 거리가 자꾸만 떨어지게 된 것이다. 이것을 그대로 지속하여 가지고서 이 위에다가 조선의 독자한 패퇴 심정^{국가로 있어 지리상 불행한 처지에 있었고 이 위에 번로(繁勞)하게 정벌을 입은 까닥으로 민족의 감정 전체가 무기력하게 퇴피(退疲)하게 되었다. 이외에 기후나 풍토나 지질의 관계도 없지 않지마는 주인(主因)을 전자에 있다고 본다}을 가미하여서 필가묵무^{筆歌墨舞}하여 놓은 것이 소위 조선의 미술이라 일컫는 것이다.

조선의 미술은 이와 같은 유복한 역사를 족보를 갖고 있는 것이다. 그러면 현금의 조선미술은 어떠한가를 점찰^{点察}하여 보기로 한다. 그 어느 때인가.^{이것은 독자가 너무나 잘 아는 것이라 쓰지를 않겠다} 정치적으로 일대 동변^{動變}이 생겼나. 2천여 년 전 미술사에 있어 발생 시대라 하는 4군 통치 시대와 꼭 같은, 또는 그보다도 더 급격한 변혁이 일어났다. 이로 말미암아 구미^{歐米}의 문명이 바꾸어 말하면 난숙^{爛熟}된 자본주의의 문명이 일본을 거쳐서 새로운 계대^{階帶} 사명을 띠고 수많은 이민^{移民}과 같이 몰려들어 오게 되었다.

여기에서 가장 많이 재래의 미술을 성육시켜주고 완미하던 일부의 특권 계급이 몰락하게 된 것이다. 모태를 잃은 조선의 미술은 자신의 영양소를 구하려 전력을 다하였던 것이다. 마치 4군 시대 이전 토착민족의 미술이 원시인의 미술이 토착민족이나 원시인에게서 유리하려고 하며 모반하던 거와 같이 새로운 주인을 맞이하는데 집념하였다. 외래의 정복자에 있어서도 자기네의 향락생활을 영원화시키려고 피정복자를 회유시키고 마산魔酸시키자는 전통적 정책으로 예술을 — 미술을 이용하려던 것이다. 그래서 이 두 개가 별다른 목적을 갖고서 서로 이야합을 하게 되었다. 제각기 색다른 쾌감을 느끼게 되었다. 아첨과 추수와 교만을 등분이 갖고 있는 현금의 조선 미술은 이와 같이하여 존속되며 배양되는 것이다.

그렇지만 시대가 사정이 옛날과 매우 다르다. 그러나 이 연유로 그 전에 보지도 못한 외래 미술이 이민 미술이 발기한 것이다. 조선의 미술 여기서 새로운 커다란 적수를 만나게 되었다. 외래 미술 — 이민 미술과 대립하지 아니치 못하게 되었다. 정치상 우월한 지위에 있는 이민 미술과 항쟁을 하게 된 것이다.

조선의 자연의 일부는 시일을 거듭하는데 있어 이민 취미에 적합하도록 개변되어 간다. 자본주의의 문명이 전원에 향촌의 곳곳마다 침윤해 들어온다. 이 덕분에 조선미술의 향토성혹은 민족성이 멸각滅却하여 가게 된다. 문제는 여기에 있다. 조선의 미술이 이민 미술과 대립하며 항쟁하는 데에 가장 많이 그 힘을 의탁하고 자부하였던 향토성은 자본주의 문명으로 하여 역선域線이 무너지며 이민 취미로 말미암아 개변되어 가는 도정道程에 서있다. 조선미술의 유일한 무기는 이와 같이하여 나날이 좀먹어가는 것이다. (향토성의 영원 불변설을 고지하는 사람이 있도다. 그러나 원숙된 자본주의의 문명으로 인하여 이것이 소멸되어 가는 것을 우리는 누구보다도 가장 많이 보는 것이다. 여기에 자본주의 문명의 공과가 서게 되는 것이다) 역사적으로 여러 번 당한 정벌과 학살로 인하여 또한 조선祖先 대대로 이것만을 상속 받은 까닭으로 해서 조선백성 전체의 심금은 특이한 변조變調를 띠게 되었다. (이것을 나는 퇴패심정이라고 한다) 이 심정만이 가속도로 농도를 증가하고 있다. (자본주의의 원숙되어 가는 것과 정비례를 잃지 않는 속도로 심화되어 가는 것이다) 이 퇴패심정이 그 농도가 심화하게 된 뒤에 그 추적이 붕괴하는 때에는 조선의 미술이 최후까지 기대하고 명맥으로 여기던 바의 민족성은 근저로부터 소침消沈되어 버리는 때이다. 붕괴되어 버린다. 따라서 조선의 미술은 그 존재해 있을 아무런 이유가 붙지 않게 되는 것이다. 신흥지배계급에 아부하는 동시에 또는 정략으로 이용을 당하면서 한편으로는 이민 미술과 대립상 항쟁을 하지 아니치 못하게 되었다.

예술상 주장으로보다도 지배 계급의 총애의 비율과 이윤의 분배율 때문에 괴로운 대전對戰을 하게 되는 것이다. 그래서 토착민족이라는 불행한 처지로 동정을 사며 나날이 녹이 쓰러가는 향토성, 민족성이라는 무기를 가지고 진두陳頭에 나서게 되었다. 이것이 지금 우리의 눈앞에 있는 허구의 신기루인 조선미술의 절박한 사정이다.

옛적 기자箕子로부터, 위만衛滿으로부터, 후민後漢의 무제武帝로부터, 수당隋唐을 거처 명청明淸에 이르기까지, 사절使節과 문화와 교환을 하며 내려왔었다. 이로 하여 토착민족의 미술은 생활서부터 다수 민중으로부터 탈각되어 세련되고 정등靜燈되어 소위 퇴패심정으로 염채染彩찬 뒤에 독자한 조선미술의 경지를 그어놓은 것이다. 신라의 불상佛像, 공민왕恭愍王 장사공張思恭의 회화 삼제三齊의 호완豪腕, 단원檀園, 오원吾園[1]의 건필健筆로 지반이 굳게 된 것이다. 여기다가 근세에 와서 심전心田, 소림小琳[2]이 있었고 이외에도 농채화사弄彩畫士의 무리 허황한 상아탑 속에 농성하여 가지고 민중생활을 감상주의의 박명薄明의 면분포面紛布로 은복隱覆하고 장식하고 있었다. 직면하고 있는 '인간고', '사회악'에 대하여 아무런 사고가 없었고, 반성이 없고 생활에 ― 실현에 ― 이렇다는 준비도 아무 것도 없이 피동적으로 정략적으로 농완희묵弄腕戲墨을 하여 내려왔다. 비근한 예를 들면 판 에이크[3]의

---

1 단원(檀園) 김홍도(金弘道, 1745~1806?)와 오원(吾園) 장승업(張承業, 1843~1897). 김홍도는 조선 후기 정조시대 문예부흥기에 실경산수화를 비롯한 서민적인 풍속화를 그려 조선회화사에 큰 족적을 남겼으며, 장승업은 19세기에 청대후기의 필법을 조선식으로 받아들여 독보적인 경지를 이뤘다.

2 심전(心田) 안중식(安中植, 1861~1919)과 소림(小琳) 조석진(趙錫晉, 1853~1920). 근대 전통 화단을 이끈 화가들로, 서화미술원, 서화협회에서 활동했다.

3 얀 판 에이크(Jan van Eyck, ?~1441). 플랑드르화파를 대표하는 미술가.

벽화가 미켈란젤로의 작품이 기독교 사원을 예술적으로 장식하고, 그 건축의 장엄함을 도우려함보다도, 천국의 영화와 내세의 행복을, 바꾸어 말하면 신자의 환심을 이교도의 무리들은 공갈, 유언하고자 하는데 그 표적이었던 것이다. 예술적 가치의 유무는 엉뚱한 별 문제였던 것이다. 예술적 효과를 얻은 것은 제이의적第二義的 부산물에 지나지 않는 것이다. 원시인에게서 이연離緣하고 생활에서 독립해 가지고 화장한 미술은 생활에서 원리遠離 되고 탈거한 미술은 과거의 미술, 현금의 미술은 다 이와 같은 동기에서, 정략에서 신앙으로 하여 조형된 것이다. 예술적 가치라는 문제는 염두에도 없었던 것이다. 다만 충실하게 정치에, 종교에, 특권계급에 아부하고 노역을 감수하고 예술지상성藝術至上性을 믿어 자위하며 이것으로 민중을 마취해 내려왔고 또한 존재해 있는 것이다.

현재의 조선 미술도 여기에 그 존재 이유가 있다고 한다. 그래서 화단이 형성된 것이며 서화협회가, 고려미술원高麗美術院이, 삼미회三美會가, 창미사創美社가 조직된 것이다. 다만 번이番餌의 분배율 까닭에 서로 이 결단된 것이다. 예술상에 있어 주장이나 주의나, 더 나가서 사상상 주견이 다름으로 하여 분립된 것이 아니라 오로지 특권계급의 총애를 전단하려고 질시 반목으로 하여 성립한 것이다. 회화에 있어서 직수입한 소화되지 않은 당송唐宋의 유훈遺訓을 고지固持하는 것은 똑같다. 고전적 이상주의의 역몽逆夢 속에 잠이 달게 들어 있다는 것과 꼭 같은 것이다. '사회악'에 대하여 무관심하기도 똑같은 것이다.

나는 이렇게 안다. 자멸기自滅期에서 있는 조선의 미술에는 별다른 생로가 없고 급속히 자체의 분해 작용을 해버리는 것뿐일 것이라고 생각한다. 그런데 다만 미술사조에 있어서 점진적으로 고전적 이상주의로부터 현실주의에, 현실주의로부터 주관주의에, 주관주의에서 단두대에, 이러한 역로를 밟아달라는 주문은 할 수도 없고 또한 이에 응접할 수 없다는 것이다. 어째 그러냐 하면 생활에 대하여, 사회악에 대하여, 인도주의적 이상주의적 태도로 자위에 가까운 고백, 선언, 감상적 이상적인 경고 시대로부터 현실주의에서의 해부하려 하고, 또 그나마 조그마한 주관에 비쳐 비판을 내리려하는 이와 같은 시기를 통과하여 회의와 흥분으로 자기부정 자기굴굴掘窟의 주관 폭동을 할 때까지를 기다릴 수가 없다는 것이다.

이 같은 유장한 행정行程을 도저히 뒤축 없는 마혜麻鞋를 끌면서 앉은뱅이걸음을 걸을 수가 없다. 절박하였다. 사정이 뛸 수만 있으면 뛰어야 되겠다. 이 까닭으로 현금의 조선화단 내지 조선미술의 자체의 분해 작용이 하루라도 속히 발현되기를 바란다는 것이다.

예술은 사회의 상부구조이라는 것만 알아주었으면 한다. 그래서 사회의 기초 구조인 생활에 변화가 있게 되면 — 경제 조직에, 정치에 — 계급에 개변이 생기게 되는 때에는 예술 자체도 어찌 할 수 없이 자기 해체를 — 자신 익사를 수행하지 아니치 못하게 되는 것이다.

그런데 지금의 조선의 민중은 어떠하냐는 말이다. 조선의 민중은 정복자네의 회유정책화한 미술, 역사적으로 너무도 많이 사기詐欺를 받은 까닭에 미술 자신이 과대히 가지고 있는 교만 — 이민미술과 대립하여 가지고서 광조狂躁하고 있는 미술에 아무런 미혹도, 유인도 받지 않는 것이다. 생활에서 유리된 미술에 — 상고에 원시인이 토착민족의 생활에서 모반하려는 미술과 절연을 하듯이 아주 미술과 인연을 처절한 지가 오래 되었다. 조선의 민중은 너무나 조선의 미술의 내용상을 잘 알고 있다. 그래서 그들은 다리 없는 도깨비의 난무를 너무나 관대하게도 응시하고 있다.

미전 제5회 단평

〈인개鱗介〉 이용우李用雨 씨 작 대체로 이 작가는 어떻게 이와 같이 되는지 알 수 없다. 그야말로 일진일퇴의 손오孫吳의 병법兵法을 반복할 따름이다. 작년에 〈토훈土薰〉도 물론 완성된 작품이라는 것은 아니지마는 그래도 노력한 점, 하려던 것을 보았었다. 그런데 〈인개〉에 있어서는 그 색채가 바래고 선조線條가 허황하고 배치가 난잡해서 보는 사람으로 하여금 그림 속에 그림을 찾게 할 뿐이다. 그런데 아무리 죽은 것이라도 이다지 학대할 것이야 없을까하여 어떠한 진경進境을 보이지 않는 이만큼 유類다른 화가이라고 할 수 있다.

〈춘란春暖〉 김경원金景源 씨 작 이 사람의 작품에 통폐通弊라고 할지 모르나 극악스러운 사형벽寫形癖이 이번 것에는 좀 적다는 것이 한 기쁜 일이다. 양귀비꽃에 있어서 백白, 자紫, 양종種은 고운 맛이 부족하고 엽부葉部의 수법은 가전家傳의 취미로 하여 전연히 실패하였다고 본다. 구도에 일진화一進化를 보이나 그보다는 세부에 붙잡히지 말았으면 한다.

〈수睡〉, 〈춘란春暖〉 이한복李漢福 씨 작 금춘 협전이든가의 출품된 이분의 제작諸作을 보고 그 뇌장腦漿의 경중을 달아보고 싶었었다. 이런 작가는 속화, 범화, 추락의 표본으로나 그 존재를 시인하여 줄 수 밖에 없다. 또 모방 그것이 나쁘다는 것은 아니다마는 이렇게까지 된다는 것은 좀 고념考念을 아니할 수 없다. 그림이 되고 안 된 것은 별개 문제로 하고 관학파의 명예로 보더라도 철회시킬 수만 있다면 철회시킨다는 것이 현명한 일이 아닐까 한다.

〈계산춘효谿山春曉〉, 〈청산백수青山白水〉 허백련許百鍊 씨 작 진리는 유동된다고들 한다. 이런 그림을 평가하기 전에 평자 자신의 상념할 바 일이 너무나 많음으로 하여 그러므로 이것이 이분을 위하여 섭섭한 일의 하나일 것이다

〈초동初冬〉, 〈첩장疊嶂〉 이상범李象範 씨 작 정적한 보조步調로 막다른 골목을 걷는다

고 본다. 반추도 비약도 몽상도 아무것도 없이 다만 손에 익은 버릇癖을 되풀이 한다고도 볼 수 있다. 그러나 어쨌든 동양화부에 있어서 이보다 더 낫다는 것을 찾지 못하는 것만큼 그 지위를 높일 뿐이나 〈초동〉은 미완성품이고 〈첩장〉에서 는 전후의 산맥의 숙록宿綠을 분명하였으면 한다. 석대石臺 1기一基나 몽매朦昧한 농 무濃霧로 미봉彌縫한다는 것은 우리의 즐겨 취할 길이 아닐까한다.

〈고사영춘古寺迎春〉 노수현盧壽鉉 씨 작 동양화에서 밖에 보지 못할 구상을 엿보게 한다. 고사古寺의 영춘迎春으로 난 시절이 조금 이른 듯하다마는 그러나 우회된 계 류 기암奇岩의 돌기突起, 이로 하여 단조에 빠지기 쉬운 화면에 박력을 주었으며 오 른편 산록山麓과 그 주위에 있어 더 많이 석묵惜墨의 재기를 보이는 것은 고마운 일인 것이다.

〈춘규春閨〉 김권수金權洙 씨 작 대체로 조선여자의 머리라는 것이 그렇게 용이하게 그려질 까닭이 없는 것이다. 더구나 이 사람으로서 손쉽게 요리하기에는 좀 짐이 무겁다고 안다. 또 정正측면 입상이라는 것은 재고할 거리라고 믿는다. 아무 것이 든지 마음대로 그릴 것이다. 그러나 자유에는 의무가 따라다닌다고 그 누가 말하 였다는 것이 기억이 난다.

〈춘광〉 이영일李英— 씨 작 필흥에 부대껴서 결국은 생기를 잃어버렸다. 자기 유혹 이라고 할지 어쨌든 간에 작년의 성공을 그대로 연장시키려는 것은 민소憫笑 거 리겠고 심오함이 업느니만큼 지나가는 사람의 발을 멈추게 한다. 〈유곡幽谷의 추 秋〉, 〈야인효행野人曉行〉은 제외예除外例로 한다.

(동양화부 끝)

〈봉선화와 매妹〉 이진태李鎭泰 씨 작 결점이 어째 없으리요마는 재밌는 작품이다. 작자가 아직 연치年齒가 어리다하니 말이다. 자중하기를 기원할 따름이다. 제일 재밌는 점을 들어보라고 한다면 귀여운 아가씨의 머리가 퍽 크다는 것이다. 그래 어째서 재미가 있느냐고. 그것은 작자나 모델이 다 같이 어리고 또한 그 맛이 농 후하게 표백表白되어 있는 까닭이다.

〈춘광〉 손용주孫容珠 씨 작 좌측을 통행하여야 한다. 아무리 초보이지마는 말이다.

〈아현리^{阿峴里}의 풍경〉 김중현^{金重鉉} 씨 작 작년 것보다는 필치가 연숙^{鍊熟}하다고 칭찬하지마는 어쩐 일인지 마음속의 공동^{空洞}은 점점 커진다.

〈탁상정물^{卓上靜物}〉, 〈정물〉 백남순^{白南舜} 씨 작 색영^{色影}에 있어 구도에 있어 화의^{畵意}에 있어 동일선상에 서있는 사람이 선전^{鮮展}에는 너무나 많이 있다. 사람의 뒤를 따르나니보다는 사람의 추종을 허락하지 않는 것이 괴팍한 예술가의 심정의 전부가 아닌가 한다.

〈화^花〉 이해선^{李海善} 씨 작, 〈초춘〉 박명조^{朴命祚} 씨 작, 〈풍경〉 김용해^{金容海} 씨 작, 〈풍경〉 신영균^{申永均} 씨 작, 〈풍경〉 최세영^{崔世永} 씨 작, 〈정물〉 함석관^{咸錫瓘} 씨 작, 〈춘^春의 교외〉 박상진^{朴商眞} 씨 작, 〈풍경〉 유진하^{兪鎭厦} 씨 작, 〈정물〉 김영선^{金永鮮} 씨 작 인상이 희박하다. 이 책임은 작자가 전부 져야만 이론이 서게 된다.

〈남선소녀^{南鮮少女}〉 권구현^{權九玄} 씨 작 타락하기 쉬운 길을 밟는다는 것만 말하여 두자.

〈지나정^{支那町}〉, 〈천후궁^{天后宮}〉 나혜석^{羅惠錫} 씨 작 신문에 자신의 변해^{辯解}를 길게 쓴다. 이만큼 작품에 자신이 적다는 것을 읽을 수 있는 것이다. 다 같은 여류화가로서는 백남순 씨보다 후중^{後重}한 것은 보이나 박진력이 부족한 점에는 정^鼎의 경중을 알기 어렵다고 믿는다. 〈지나정〉에는 부족한 점도 또는 주문할 것도 없는 무난하다느니보다는 무력한 작품이라고 할 수 있으며 〈천후궁〉은 구상에 있어 여자답다고 안다. 초기의 자궁병이 만일 치통과 같이 고통이 있다하면 여자의 생명을 얼마나 많이 구할지 알 수 없다는 말을 들었었다. 신문을 보고 이 기억을 환기하고서 그래도 화필을 붙잡는다는데 있어 작화상 졸렬의 시비를 초월하고 호의를 가지고 있다는 것만 말하여 둔다.

〈초춘의 오소^{吾巢}〉, 〈정물〉, 〈경성의 풍경〉 이승만^{李承萬} 씨 작 다 각기 제대로 방산되고 휘발되고 생명을 잃은 잔해뿐 만이 화폭에 점착되어 있다. 우선 정물에 있어 보더라도 지리하게 보는 사람을 피곤하게 할 뿐이다. 그 원인은 자연의 다양성 그것과 작가의 병적 신경의 항진^{亢進}의 복 없는 결합인 까닭이다. 〈초춘의 오소〉에나 〈경성의 풍경〉에서도 퇴폐한 취미 감정의 말초만이 보이니 작자에게 주문할 것은 이와 같은 취미를 버리고 순진한 길을 걸어달라고 하는 것이다. 현실을 보자.

〈금어발金魚鉢〉, 〈담일曇日〉 장윤천張允千 씨 작 손일봉孫一峯 씨의 걸었던 길을 다시 한 번 보는 것이라고 보았다.

〈자유의 모촌某村〉, 〈의자〉, 〈악기〉 강신호姜信鎬 씨 작 경원敬遠할 작품이라 한다. 너무나 그 취미가 고귀하다고 할까, 자연수정에 대담한데는 점두點頭하지마는 조로早老될 증세가 보이는 것에 낙담된다. 〈풍경〉은 노작이겠고 더구나 촌가와 수목의 표현은 치졸하다고 본다. 〈의자〉에는 맥주병에 일고할 여지가 있고 〈악기〉에서는 만돌린이 실감을 제일 많이 가졌었다고 기억난다. 아무런 부대작용副代作用이 없는 작품인 것만큼 장내에서 제일 주목하게 된다.

〈동冬에 자화상〉 장석표張錫杓 씨 작 색채의 효과에만 전력을 집중한 녹고綠故인지 소묘가 불안해 보인다.

〈과물果物과 촉대燭臺〉, 〈정물〉 이창현李昌鉉 씨 작 색조의 순화에 먼저 찬사를 올리나 대상물의 신비화 다시 한 번 되풀이한다면 명상, 도취 이로 자신의 유리화遊離化에는 많은 부족이 있다.

〈설경〉, 〈풍경〉, 〈정물〉 손일봉孫一峯 씨 작 기교에는 묘妙를 어떻다고 생각한다. 그래도 부분, 부분에 있어 요절幼拙한 곳이 보이니 연치의 관계라고 단정한대도 망발이야 아닐 것 같다. 〈설경〉은 전연 실패한 작품이요, 〈풍경〉은 자연감이 농후하나 인물의 신장과 전신주의 교섭을 친절하게 하였으면 하고 백색 주의周衣로 하여 균형을 잃어버리게 된 것은 애석하다고나 말할까.

〈춘일春日의 H양〉, 〈초춘〉 송병돈宋秉敦 씨 작 인물화 가운데, 더구나 조선사람 것들 중에서는 가장 재미있었다. 그러타고 결점이 없다는 것이야 아니다. 가령 〈춘일의 H양〉에 안면 양협兩頰에 있는 그림자影라든가 그대로 노란 저고리에는 불만이 있고 〈초춘〉은 반감을 많이 살 작품이다. 화작에 있어 단지 색채로만 써 미화를 도모하려는 망계妄計가 눈에 띤다. 자연의 특상特相을 보자. 그리고 인생과의 교섭을.

〈금어와 정물〉 김창섭金昌燮 씨 작 금어는 작년 것보다는 기후의 관계인지 모르나 생기가 있어 보인다. 전체에 있어 물체와 물체사이에 친화력이 부족한 까닭인지 통일이 없고, 길게 말할 것 없이 그림이 되려면 아직도 길이 멀다는 것이다. 한마디 또 하자. 부분, 부분을 결합시킨다느니보다는 어떠한 주체에 전부를 통솔 시킨다는 것이 작화상 효과가 많다는 것은 초학자네들도 다 안다는 것이다.

〈식기〉 김방훈金芳勳 씨 작 식기에 안정이 없고 배경빛이 덜 익고 이와 같은 결점이 작자가 소학생이라는 것과 상쇄되어 버리고 남는 것은 아무 것도 없다.

〈소파小坡의 엇던 풍경〉 전봉래田鳳來 씨 작 조각보다는 낫다고 보았다. 앞으로 한걸음 더 나간다면 어떻게 될지 재미가 있다느니 보다 위험성이 많다.

〈풍경〉 권명덕權明德 씨 작 할 수 없다. 평문을 쓰기 전 묵기인黙祈人이라는 아호와 작품과를 비교해보고서 불쾌하였다라는 것만 써둔다.

(서양화부 끝)

〈W의 수首〉 장기남張基南 씨 작 전체로 기품이 있고 응시가 있으나 압력이 부족한 것이 가통한 일이다.

〈안顔〉 양희문梁熙文 씨 작 표정이 생경하고 세부에 붙잡혀 한 개의 덩어리塊가 되지 못하고 그리고 중량이 없다.

〈평양부인平壤婦人〉 안규응安奎應 씨 작 조각에 기분편중氣分偏重이라는 것은 위험한 길이다. 그대로 보고 그대로 두자.

(조각부 끝)

애비의 원수가 아닌 다음에야 무슨 은원恩怨이 있으랴. 다만 그대네의 그림을 보고 그림을 쓸 뿐이다. 이 평문으로 하여 매매계약이 부조不調가 되었다하면 얼마간의 책임을 지고 주선에 힘쓰겠다는 언질을 주는 것이다.

문단침체의 원인과 그 대책

근답謹答

문단이 제 스스로 생김이 아니고 따라서 제대로 발전됨이 아닌 이상 어찌 문단 저 혼자의 침체의 원인이 있고 또한 그에 대책이 있을 리가 있습니까.

사회전반이 침체하여 있고 이에 대한 대책이 전체적으로 선명하지 못한 데에 하필 문단만의 침체된 원인과 그 대책을 토의한 다음은 군맹群盲의 코끼리 점침과 그리 다름이 없으리라고 압니다. 그러나 억지로라도 말하자면 문단의 침체원인을 탐색하기 전에 또한 그에 대한 대책을 말하기 전에 사회의 침체된 원인과 그의 대책을 세워서 그 뿌리를 튼튼하게 하여 놓은 다음엔 여기에 따라서 문단의 침체된 원인과 그 대책도 새삼스럽게 생각해볼 수 없을 것이외다.

조선화단의 1년

자연향락의 심적 기능은 생활의 필요로부터 발생하여 가지고 파생적으로 그것이 유희적 심상心狀으로 되고 미적 심상으로 된다는 남의 말 두어 구장句章을 빌어가지고서 이 글의 서두에 얹어놓기로 한다.

예술의 기원을 새삼스레 운위하지 않더라도 예술 그것이 자연의 모방으로써 발생되었고 다시 말하면 생활을 기조로 한 자연복사의 필요가 필요했던 연유로 발생되었다는 것은 거의 문맹의 집단이라고 단언할 만한 화단인画壇人에도 이만한 지식의 기억은 있으리라 한다.

그러면 여기에 비추어 화단의 일 년간 회고와 나의 진언進言 두어 막을 기술하여 보기로 하자.

어떻든 조선화단이 존립해 있는 것이라고 보고서 이 화단의 1년간 업적이라든지 화인画人 각자의 공과가 얼마나 한지 회상한다 하면 거기에는 우리가 아무런 것을 발견하지 못할 불행만을 가진 것을 자인할 따름이다. 더 나가서 병인丙寅 1년에만 이와 같은 것이 아니라는 것이다.

먼저 조선에도 화단이라는 유기체가 존재하여 있다고 보고서 지금 단체적으로나 개인적으로도 아무런 공과나 업적이 없다는 것은 언사에 정곡을 잃은 것 같으나 기실 화단 자체나 화인 각자에 있어서 화작画作으로의 비약이 없고 사상으로의 진경進境이 보이지 않음에야 이를 어떻다하랴. 진천進遷이 없는 것은 퇴양退讓으로 보는 것이니 조선미술계에 있어서도 그 과분한 인원을 포유包有하고서 오로지 봉건시대의 유기遺技를 묵수墨守하고 이로 자기직이自己職離를 몽매하여 불가해의 지경을 고집하려 한다. 이에 무슨 업적이 있을 리가 없는 것이다. 예술의 기원은 생활을 기조로 하였다고 말하였다. 생활의 필요로 예술이 형성된 이상 생활의 변천으로 하여 예술이 개형改形된다는 것도 다 같은 이치일 것이다.

이것을 역사상으로 고찰하여 본다면 삼국시대 이전에 있어서는 삼국시대 이전의, 왕조시대의 봉건시대에서는 봉건시대의 다 각각 사회조직에 상응한 내용과 예술형식을 소유하였다. 새로운 사회조직의 발생되려는 징후가 보일 적에 예술에 있어서도 새로운 내용, 새로운 형식이 발생된다. 이것은 발생되려는 새로운 조직의 요구도 말미암아 발생된다. 그래가지고 조직의 신흥과 견고에 따라 예술도 결성되고 조직이 와해 분체됨에 의하여 예술도 그 운명을 같이 하는 것이다. 사회의 조직 이것이 바로 예술의 내용이 되고 조직이 또 특수한 예술형식을 조성시킨다. 이것은 사회의 조직이 즉 현실인 까닭이요, 현실로부터 유리^{遊離}한 예술이 없는 연유이다. 만일 예술이 생활로부터 격리된 것이라면 바꾸어 말해서 조직에서 초연한 것이라고 한다면 우리는 참아 이것을 문제로 하고 싶지 않다. 그러나 예술의 발생이 이에 본 바의 작란^{作亂}이 아닌 다음에야 따라서 아담, 이브와 동체가 아닌 다음에야 인류군의 생활의 진화 과정과 인류생활의 구체적 형태인 사회조직의 역사적 변혁과 그 행정^{行程}을 같이 하였을 것이다. 다만 지금까지의 사회조직의 해체와 신흥의 교체에 있어서 이것이 바로 의식적이고 유목적^{有目的}이고 혁명적이고 적극적 행동임에 반하여, 예술은 추종적이고 자연성장적이고 인순적^{因循的}이요, 구^舊생활조직의 토대 위에 섰던 예술의 내용과 표현형식이 새로운 생활조직으로 하여 거의 강생^{强生}하게 된 신흥예술과의 그 지위를 양도^{讓渡}함에 정암^{靜暗} 한 가운데에서 침묵 속에서 장기간 은편^{隱便}한 교섭을 하였다. 한 개의 멸망으로 혼돈과 해체가 있고 한 개의 신흥으로 하여 발아와 정제라는 계급적 순서가 있었다. 이 같은 무의식적 소극적 행동으로 하여 연대^{年代} 위에 사회조직의 변혁과 커다란 상거^{相距}를 짓게 된 것이다. 이로 말미암아 예술 자체가 능동적 발전으로 보게 되고 예술지상주의자의 이게 호개^{好個}의 한 진리로 화성^{化成}된 것이다. 이와 같은 진리의 미망^{迷妄}에 빠진 예술가는 자기격리에 몰두하게 되고 문호대쇄^{門戶對鎖}를 자행하여 허망한 왕국의 창건을 꾀하고 여기에 군림하여 역사를 거슬려 추진하려는 조법^{漕法}의 강구^{講究}에 소위 현명한 오관^{五官}의 감각을 소모시키는 것이다. 그러나 이것이 어느 시대를 물론하고 그 이면에 있어 의식적이나 무의식적이나 불문하고 새로운 조직구성에 대하여 아편성阿片性적 마취제로 행사됨을 감수하여 사회조직이나 생활환경으로부터 초월하였다고 자인하는 예술이 실상은 구 조직의 옹호와 대변의 역할을 하게 되는 것이다. 이리하여 예술의 사회성을 부정할 수 없게 되고 다만 조직변혁에 연대적 상이가 있는 것이라는 결론을 맺게 되는 것이다.

지나간 사회학자의 말을 빈다면 인간이 생활환경에 절대 순응은 하지 않는다고 한다. 그러나 우리는 이렇게 상념想念하고 있다. 인생이 생활환경에서 극미極微한 시간이나 독립할 수는 없다. 가사仮使 환경이 인간을 절대 지배하지 않는다고 할지라도 인간이 환경의 권외에 초연이 서지는 못하는 것이다. 따라서 환경 자체가 인간을 지배함이라는 것보다 인간 자신이 환경에서 벗어나지 못하고 도리어 환경의 통제하에 칩거한다고 본다. 그러면 이와 같은 논리를 앞잡이 세우고 이것의 조명照明으로 예술의 왕국을 관찰한다면 더욱 그것의 미망迷妄, 환체幻體를 명확히 악제握堤하리라고 한다.

환경이라는 것이 시대의 변천으로 하여 각각으로 편화遍化되고 진취됨에는 거의 누구나 의의疑義가 없을 것이다. 원시시대인의 환경과 봉건시대인의 환경과 자본주의시대인의 환경과의 서로의 다름이 얼마나 크냐. 환경은 고정의 것이 아니라 역사적으로 사고해서 유동하는 것이다. 이 유동하는 에노름한[1] 환경 속에 인간은 기거한다. 예술가 역시 인간인 이상 다 같이 유동하는 환경 속에 있는 것이며 상호간 환경의 일부의 임무를 종시하는 것이다. 따라서 소위 예술가도 환경과 유동을 같이하는 환경의 일소부一小部이며 환경과 운명을 같이하는 존재일 것이다. 가상嘉尚한 예술왕국의 인간의 작품도 유동되는 환경의 한 부문일 것이며 환경과 그 운명을 같이 하는 것일 것이다.

도시都是 이리하여 될 것이다. 그러나 예술왕국의 인간은 흐르는 환경에서 역류를 몽상하고 추수기推追機의 방향을 바꿔버리고 있다. 모순된 행동, 이것이 예술가

---

1   énorme. '거대한', '막대한'이라는 의미의 프랑스어.

의 소위 제6감^感의 표현이며 미의 왕국의 존엄이며 예술의 영원성이라고 절규하는 것이다. 나무뿌리로서 바위틈으로 흘러내리는 한줄기 물이 단풍나무 숲속으로 숨어지기도 하고 산모퉁이를 아로새기기도 하며 언덕에서 떨어져 폭포도 일구고 자갈 위로 굴러서 가는 것도 되는 것이다.

이와 같이 사회조직이나 생활환경도 필연한 이유로 변혁됨에 하필 예술만이 진화법칙을 거슬리는 없다. 붓을 새로 돌려 조선화단을 관조하여 보자. 그러나 불행한 일로 이상에 논술한바 미망한 미의 왕국 주초^{柱礎} 없는 신기루가 바로 조선화단임에 놀래지 않을 수 없다. 자매 예술인 문학사회에 있어서는 진리의 탐색과 이로 말미암아 극렬논쟁이 한두 번 아니며 다시 역사적으로 문학 자체가 사회조직에 대하여 맹목적이고 인종적^{忍從的}이고 자연성장적임의^{조직이 요구하며 소유할 바} 반대로 의식적이고 유목적이고 전초적으로 그 기치를 고칠만하게 되어 거지반 문학운동의 제1기의 종결로 볼 수 있게 되었더라도 과언의 책^責을 지지 않을 만치 되었다고 한다.

그러면 조선화단은 어떻다하랴. 누차 부언한 바와 같이 봉건시대의 유물에 지나지 못하여 생활인식이나 생활창조에 이렇다는 근거 있는 창의가 없을뿐더러 시대적 골동인 문인화 내지 남화^{南畵}로 허망한 근성^{根城}을 삼고 자기존대와 자기도취에 미몽이 깊을 뿐이다. 다시 몇 개의 미술청년군^群이 없지 않으나 이 역시 중독성 환상과 치매성 예술가적 소질이 농후함에야 써 무엇을 말하리오. 그러니 이 사람네의 1년간 업적이라고 있어질리 만무할 것이며 힘이 없고 반성이 없는 이네의 집단인 화단에 무슨 공과가 있을까보냐.

신화로부터 종교로부터 궁정으로부터 끌고 내려온 예술 — 미술을 새로 한 계단만 끌고 갈 용력^{勇力}이 있느냐 없느냐, 이를 화단인에게 묻는다. 봉안^{鳳眼}, 파봉안^{破鳳眼}이나 천자엽^{千字葉}, 분자엽^{分字葉}이라든가, 대각선의 교착점을 유일한 기교상의 다 — 슈도미난트도 알던 시대는 영원히 살아지고 말았다. 사라진 옛 기억을 동경하고 영탄하느니보다는 새로운 조직이 요구하는 바의 예술 — 미술을 새로운 조직해야만 소유할 바의 예술 — 미술을 가지고서 목적의식으로의 전초 운동의 예술의 원칙적 정로^{正路}가 아닌가 한다. 만일 그렇지 않다하면 존재하였다하더라도 무각^{無脚}의 골계^{滑稽}한 형태이니.

더구나 조선화단에 있어서 절멸을 요구할 거부^{巨斧}의 노고는 없을지나 차라리 소해^{掃海} 작업의 번폐^{煩弊}나마 없도록 해체 행동의 최대목적으로 다림질이나 해달라는 것이다.

주관 강조의 현대미술[1]

주관의 강조, 여기서 우리가 현대의 미술의 특성을 본다. 형태에 있어서 급각도로 주관화하고 또 강조한 것이 입체파의 운동일 것이며 주관의 정열적 방사放射가 미래파의 돌진이 되었고 또 주관으로 말미암아 객체가 다시 말하면 외상外象이 철저히 정복을 당하고 개변되어 결국은 외상객체 그것이 한 조그마한 부호에 지나지 않도록 만들어낸 운동이 표현파 내지 구성파일 것이다.

그러면 이와 같은 주관강조의 미술의 폭발된 이유와 앞으로 진행할 노정路程은 이와 같다. 그 기원을 원시적 유희에 두고서 시간의 회전과 진추進趨를 같이하여 고전적 이상주의라는 암굴暗窟을 지나고 현실주의라는 열대를 통과하여 주관주의라는 바다에 봉착하게 된 것이다.

마네 등의 주창으로써 된 외광파플리네어이즘(Pleinairisme)의 운동은 전통적 고전적 이상주의의 구화파舊畵派에게 최초의 도전일 것이다. 허황한 이상과 신비의 미몽을 깨트리고 현실에 직면하여 계급적으로는 무자각하나마 이상화된 생활, 종교화된 생활, 인간본래의 생활과는 직지直持 관계가 없는 모든 생활양식신화적 생활 중세기 이후 기독교의 발달을 따라서 내세주의가 인간생활 전부를 지배하게 되었다 위에 건설된 예술의 전당 — 상아탑 속에 웅크리고 있는 예술에 대한 모반의 처음일 것이며 황홀, 도취, 마비, 치정, 도발에 주점主點을 두고 발달되어 내려오고 배양된 예술에서 벗어나려고 한 곳 기성예술의 견루堅壘에 육박과 조매嘲罵의 독시毒矢를 날린 실제적 운동의 첫 봉화이다.

---

1   연재를 위해 번호 1번을 붙였지만 이후 2번은 발표하지 못한 듯하다.

르네상스 이후 갈릴레오,[2] 데카르트[3]들이 맹목적 종교봉사에서 절연하고서 새로운 진리의 탐구운동을 일으켰었다. 갈릴레오는 법권과 정권을 가지고 학살과 교화를 함부로 해내는 법왕法王 앞에서 "그래도 지구는 돌아간다"고 단언을 하였다.

회전하는 지구의 현실 앞에는 허구의 신, 공화空華의 마취약은 그 농도와 색채가 희박하여질 따름이다. 여기서 현대과학 정신이 출발되었다. 일절의 가설현상을 제거하며 박명薄明의 면사포를 배거排去시키려는 과학적 운동이 발기된 것이다. 데카르트는 에고ego라는 부정하지 못할 유일의 실재에 면접하게 되었다. "나는 사고한다. 그런 고로 내가 있다." 여기에 근대인의 실증적 사색의 길이 열린 것이다. 이러하여 가지고서 인간본래의 길을 찾게 된 것이다. 맹랑孟浪한 신기루적 양식에서 탈출해서 직접 단적인 인간생활과 해후하게 되었다. 뉴턴,[4] 프랭클린,[5] 니체,[6] 마르크스가 나가지고 태고 이후 배제하지 못하던 미신과 종교와 이상철학과 매춘과 예술과의 혼성된 금자탑을 하나씩, 하나씩 파괴하고 생활의 현실적 환원으로 맥진驀進하게 된 것이다.

외광파의 융기隆起는 위에 쓴 철학자 또는 과학자 등의 자성自省운동과 호응하여실천철학의 봉두(捧頭) 악몽으로부터, 현실에 무비판적 맹종으로부터 필연적 자기반성에 중첩되고 혼탁된 예술을 분해, 화려하고 해체하려 하는 가장 처음인 파괴운동일 것이다.

문학사회에 있어 위고[7]나 플로베르[8] 또는 모파상[9]과 같이 미술계에 있어서는

---

2   갈릴레오 갈릴레이(Galileo Galilei, 1564~1642). 이탈리아의 철학자, 과학자, 천문학자 . 코페르니쿠스의 지동설이 정당하다는 것을 입증했다.

3   르네 데카르트(René Descartes, 1596~1650). 프랑스의 철학자, 수학자. 계몽사상에 있어서 자율적이고 합리적인 주체 원리를 확립했다.

4   아이작 뉴턴(Isaac Newton, 1643~1727). 영국의 수학자, 물리학자, 천문학자 . 고전역학과 만유인력 등 과학사에 크게 기여했다.

5   벤자민 프랭클린(Benjamin Franklin, 1706~1790). 미국 건국과 독립에 기여한 계몽사상가로, 과학자로서도 공헌했다. 프리드리히 니체(Friedrich Nietzsche), 카를 마르크스(Karl Marx).

6   프리드리히 니체(Friedrich Nietzsche, 1844~1900). 독일의 철학자. 당시 급진적으로 의지철학을 계승하여 실존주의의 선구자로 지칭된다.

7   빅토르 위고(Victor Hugo, 1802~1885). 프랑스의 소설가, 극작가. 파리 코뮌과 노동계급을 지지

다나, 쿠르베,[10] 마네,[11] 모네[12]의 무리가 어쨌든 고전예술, 전통예술에 다 같이 반항하였다는 것은 부정하지 못할 것이며 그네의 공과를 망각하여 버리기 어려운 것이다.

위고의 「에르나니」[13]가 18세기에 프랑스 문학에 더 크게 말하면 전 세계의 문학사회에 큰 변동을 주게 되었다. 물론 지금 보면 아무렇지도 않은 자극도 흥분도 없는 오로지 시대가 산출한 무의식적작자로서 말이다의 조그마한 작품에 지나지 않는다고 생각한다.

다만 얼마간 변형되고 색채가 다른 면사포만 썼다고 말할 수밖에 없다. 어째 그러냐하면 쌍방이고전예술이나 낭만예술이 다 같이 실제적으로 생활의식에 속 깊이 가 닿지 못하고 눈뜨지 못한 점이 같다는 말이다.

인생에서 유리遊離되어 있고 또 화합된 예술인 것은 다 같은 것이다. 도리어 훈황薰荒한 격정의 배발排發, 유인誘引에는 고전예술보다 더 한층 그 효과가 과분하였을 줄 안다. 곳 귀족정치, 봉건제도에서 벗어난 신흥계급유산계급의 취미에 적합하였던 것이다. 혁명 직후 격렬하기 쉬운 감정 흥분되기 쉬운 심금에 부딪히기와 야합하기에 가장 쉬웠던 것이다. 어쨌든 그 당시의 문학사회에 커다란 파문을 일으켰던 것이다.

이와 마찬가지로 미술계에 있어서도 프라네이즘[14]의 발생 이전, 곳 마네 일파

하던 낭만주의 작가였다. 대표작으로 『레미제라블』, 『노트르담 드 파리』, 『웃는 남자』 등이 있다.

8 귀스타브 플로베르(Gustave Flaubert, 1821~1880). 프랑스의 작가. 리얼리즘을 고찰하고 개인과 사회의 역할, 심리적 묘사를 중시했다. 대표작으로 『감정 교육』, 『보바리 부인』 등이 있다.

9 기 드 모파상(Guy de Maupassant, 1850~1893). 프랑스의 사실주의 작가. 건조한 문체로 염세적인 인물을 묘사함으로써 인간의 고독과 불안 등 심리 상태를 표현했다.

10 귀스타브 쿠르베(Gustave Courbet, 1819~1877). 프랑스의 사실주의 화가. 아카데미와 낭만주의를 거부하고 눈에 보이는 사실성을 중시했다. 사회적, 정치적 발언도 중시하여 파리 코뮌에도 참가했다.

11 에두아르 마네(Édouard Manet, 1832~1883). 19세기 사실주의에서 인상주의로 전환하는 과정에서 중추적인 역할을 했으며, 과거가 아닌 현대생활을 묘사했다.

12 클로드 모네(Claude Monet, 1840~1926). 프랑스의 인상주의 화가. 빛에 의한 변화와 순간적인 인상을 중시하여 인상파의 개척자로 불린다.

13 빅토르 위고의 낭만주의 희곡 「에르나니(Ernani)」를 말한다.

의 조직적 운동이 봉두棒頭하기 전에 쿠르베의 출현 및 〈석공〉이라는 한 개의 작품이 당시 화단의 물론을 비등沸騰시키고 거듭 외광파의 출생에 많은 공적이 있게 된 것이다. 모든 것이 위고의 「에르나니」와 그 공과에 있어서 동일한 수준에 쓸만한 것이다. 밀레[15]나 코로[16]의 작품이었던 의미에 있어서는 우수하다고 볼 수 있는 것이지마는 밀레의 자기도취적 태도, 종교적 명상, 노예적 충성에 몰두하여 있는 것과 코로의 비非투명한 인간, 신화된 여성, 발산되고 남은 공각空殼만을 반복하여 몽롱하게 화면상에 재록再錄한 것이 고전예술과 그 근본적 태도가 같은 것이다. 거세되고 본래생활에서 유리된 예술이 되기는 다 같이 틀림이 없다. 그러나 쿠르베의 작품에서는 이와 같은 진부한 감정을 약견若見할 수 없는 것이다. 생활을 신화시키고 미화시키려는 기교는 다행히 또는 의외로 쿠르베는 같지 않았다. 이 점에 있다. 밀레나 코로와 생활의식이 이만큼 달랐던 것이다. 물상 그것에 애매한 동정을 가지고 미화시키려는 교만을 갖지 않고서 물상 그것이 가지고 있는 모든 것을 현실적으로 냉정하게 전전하려고 하였던 것이다. 이 때문에 쿠르베를 최초의 실제운동의 보초步哨라고 본다는 것이다.

14　Pranaism. 아나키즘의 한 방법론. 니힐리즘과 얽힌 철학을 수용하여, 고유한 의미를 부정하고 개인을 부정하는 일체의 활동을 거부하는 움직임이다.
15　장 프랑수아 밀레(Jean François Millet, 1814~1875). 19세기 프랑스의 바르비종파의 창립자 중 한 명. 사실주의 혹은 자연주의 화풍으로 사회주의와 사실성을 지향하는 미술가들에게 영향을 주었다.
16　카미유 코로(Jean-Baptiste-Camille Corot, 1796~1875). 19세기 프랑스의 화가. 프랑스의 바르비종파 중 한 명으로 서정적이고 낭만적인 풍경을 많이 그렸다.

무산계급예술운동에 대한 논강^{본부초안}

조선의 무산계급운동은 1927년을 1기로서 운동의 질적 방향전환을 감행하였으며 따라서 무산계급예술운동에도 질적 방향전환을 요구하여 이제 조선프롤레타리아예술동맹은 이 전환의 실행을 기함.

무산계급예술운동의 방향전환을 실행함에 있어서 우리는 먼저 우리 운동이 전환되지 않으면 아니 될 객관적 조건의 현 계단을 구명하며 그리함으로써 현 계단을 파악하지 않으면 안 된다. 이것 없이 우리는 무산계급예술운동의 방향전환의 실천의 전개를 기하지 못한다. 그것을 구명 파악함에는 과감한 이론투쟁을 실행할 것이다.

그 이유는 '맑시스트'는 세계 변혁과정에서 그 역사적 필연으로 박도^{迫到}한 객관적 정세의 현 단계를 구명하며 파악하며 전취하여 그럼으로 운동의 역사적 임무를 다 하지 않으면 안 된다.

그럼으로 전 세계 무산계급운동은 지금 이 변증법적 역사 과정을 과정하고 있다.

무산계급운동의 방향전환은 이리해서 부분적 투쟁으로부터 대중적 전체적 투쟁을 의미하는 것이니 즉 조합주의 투쟁에서 정치투쟁을 의미하는 것이다. 진실한 의미에서 '맑시스트'는 "세계를 여러 가지로 설명하는 것이 아니라 세계를 변혁함에 있다" 이것을 실행함에는 정치투쟁으로부터 시작할 것이다.

그리하여 우리는 목전에 실례로는 ××의 무산계급은 지금 ××정치에서 부르주아 민주주의 정치 획득을 현 단계로서 전취하려 하며 지금 그것을 과정하고 있다. 이에 일본의 제국주의의 지배 밑에 있는 전 조선민중은 필연적으로 이 정치 과정을 과정해야 하며 그리하여 지금 그것을 과정하고 있다. '조선의 민족단일당'을 절규하며 조선 각지에서 총 역량을 이리로 집중시키게 되었다. 이럼으로 조선의 민족적 정치운동으로 전개되었다.

그럼으로 조선프롤레타리아예술동맹은 무산계급운동의 방향전환과 한 가지 이 민족적 정치투쟁 시야를 전취함으로 이 과정을 과정하여야 한다.

따라서 조선프롤레타리아예술동맹은 무산계급예술의 임무를 작품 행동에 국한식히는 것이 아니라 우리는 전 운동의 총 기관이 지도하는 투쟁을 실행하기 위하여 우리의 예술은 무기로써 되지 않으면 안 된다. 이리하여 작품 지상인 행동의 계급적 자기 소외로부터 무산계급예술의 구출을 기한다.

이러한 의미에 조선프롤레타리아예술동맹의 예술운동은 정치투쟁을 위한 투쟁예술의 무기로서 실행된다.

조선프롤레타리아예술동맹은 대중에게 이 투쟁의식을 고양하며 이것의 교화 운동을 위하여 조직하며 그리하여 우리는 무산계급예술운동의 역사적 임무를 다할 것이다.

나형선언초안

우리들은 우리의 예술운동이 ××××× 지익支翼임을 안다. 그러므로 이 일 지익의 임무를 다하려 하여 여기에 전 예술운동의 일분야인 형성예술型成藝術 운동의 집단을 형성한다.

우리들은 오늘의 계급 대립의 사회에 있어 예술의 초계급성을 부정한다.

이에 따라서 무산계급 예술의 존재권을 제창하며 또 이를 전취할 것을 믿는다.

우리들은 자본주의 사회 형태가 초계급성적 예술의 모태임을 지적한다.

예술의 초계급성을 고창함은 의식적으로 무산계급 ×××××를 마취하려는 ××××의 음모 호신술임을 고발한다.

이러므로 우리들은 지상백미돌地上白米突에서 ○○하는 초계급성적 예술을 사지射止하랴. 편협한 ×××××××××.

그러나 우리들의 집단의 융기적 ×××× ×가 여기에 그 한계가 있지 않음을 선명宣明한다.

우리들은 ××××××××× ××××의 완전한 일×로서 예술 행동을 전개하여야만 할 것을 안다. 그러므로 예술운동의 집단적 행동이 의식투쟁 의 ×××으로 계급의 전 성원 ×××××××을 고취 통일 첨예화 조직 결성하여 ×××××에서 주저되는 예술×××××의 마취제, 설명력을 극복하여 나아가서 ××××××××× ×××것이다.

우리들은 다만 화단진출, 예술로서부터 예술로 육박하는 타령을 조소한다.

우리들은 계급운동의 ××××× 고층 단계로의 진보까지의 과정되어 온 제 단계를 구명 고찰하여서 형성예술운동의 집단적 행동으로 하여금 전 계급 운동과의 통일 관련성을 잃으면 안 될 것을 안다.

또 우리들은 예술이 정치적 요소를 내포하지 않음이 있었음을 단론斷論한다. 지금까지 소시민의 비위에 적응한 순정純正미술, 예술을 위한 예술에서 이것을 적시할 수 있다. 그러나 예술의 존엄론자들은 의식적으로 이것을 거부한다. 우리들은 이와 같은 예술에 있어서 정치적 성질을 거세하려는 과오를 지양하지 않으면 안 된다.

그러므로 우리는 한 걸음 더 나가서 사회의식 내×××× ×××××× 예술의 중심重心에까지 앙양하여야 할 것을 믿는다. 또 우리는 ××××××××× 한 개의 형성예술운동단을 결성함이라.

이에 우리들은 순정미술로부터 비판미술에로 약진하여 ×××××××××여야 함을 안다. 계급운동의 ××××× 이에 따라 예술운동의 분야적 임무를 실천함에 이와 같은 형성예술이론을 앞잡이 삼아 한사 동맹 ×××××× ×××××××××× ×××××× 한다.

색채의 야합층野合層 소위 순정미술의 미안美眼을 벗은 '나형裸型'으로 모이자.

그리고 ×××××××××××× '나형'을 힘 있게 하자.

×××××××지익 임무를 다 같이 하자.

제7회 미전인상평

미술가들이 말하는바 미술의 봄이 여전히 온 듯하나 그러나 적요寂寥함이 한량限量 없으니 도시 추이推移를 전상轉想하기 어려운 바 있다. 회고하면 작년 1년간은 그래도 다소의 활기가 아현芽現하였었다고 보리만치 되었다고 하였으니 그는 다소 역량이 있는 신진작가의 배출과 과대한 표현을 차용할진대 노쇠의 경계에 섰던 바 두셋 화인畵人이 견곤일번堅棍一番하여 권토중래捲土重來하는 기개가 있었던 것이며 출품점수로 볼지라도 금년보다 100여 점이 많아졌으니 근만近萬의 황백黃白을 소비하며 장려 선전함에도 불구하고 연연히 날이 갈수록 침전하여 감은 조선이 가지고 있는 모든 난해한 조건 가운데 있어 한 가지 조그만 수수께끼일 것이다.

미술가의 등용문이며 천재의 소굴이라고 자임하는 바의 이 전람회에 조선사람의 출품한바 점수가 얼마에 미치는가를 채산하며 나가서 화가의 출몰변천의 환탈자재幻脫自在한 동인動因을 고구考究한다면 구태여 당국자의 언명을 빌 것도 없이 생로현상의 곤박困薄으로 하여 전업의 가업화로서 자칭 천재의 유리流離를 보게 되고 작화의 무능함을 보게 되나니 총독부전람회에 출진된 회화의 점점點點이나 이 작품을 창안한 작자의 각 개인의 본의는 아니라 할지나, 회화 역시 화인의 생활기준의 구체적 표현이라 할진대 미추로 화장하여 한둘 수입 심사위원의 하등의 발전이 없다하여 개탄을 받을까 두려워 할 것은 없다. 이만하여 두고 새삼스럽게 운위하기 전혀 귀하지 않거니와 앞으로 피차 기회가 없을 것임으로 이에 다소 상념한 바를 약기하고자 한다. 작년의 이 전람회에 두셋 지우知友의 비평이 화가사회에 물의를 일으켜 비평가의 태도 내지 한계가 문제되었던 것 같이 기억된다. 그래서 잡지『조선지광』에 기재되었던 바, 김기진金基鎭군의 평문이 유엽柳葉군의 공격을 맞게 되고 안석주安碩柱군의 비평으로 하여 김주경金周經군의 궐기를 보게 되었으며 여기에 겸하여 필자의 수 3년 전의 평문의 일단一端이 동군同君의 조상^{祖上}에 오른 듯하다. 지금 필자의 좌우^{座右}에 참고자료가 없으며 또한 기억이 선명치 못하니 차라리 구구한 답변을 하지 안하여도 좋을 것이나 그러나 동군의 논문 및 그 과오에 대하여 일언의 답사를 보냄이 예^禮를 잃지 않음일까하여 한둘 행의 자구를 나열하고자 한다.

—『동아일보』, 1928.5.15

무척 오랜 일이다. 『동아일보』 지상에 최우석^{崔禹錫}군의 귀고^{貴稿}가 기재되었으니 그 내용은 대개 하기^{下記}와 같다.

미술비평은 미술가야만 할 것이며 회화비평은 회화전문가야만 할 것이니 전문가 아닌 자회화^{者繪畵}를 말하는 것은 전문가를 모독함이 클뿐더러 나아가서 중우^{衆愚}로서의 잠월^{潛越}이라 하였다. 그래서 서양화 그리는 자는 서양화평에만의 비평가로서의 자격이 있고 조각을 전업하는 자는 조각의 영역 이외에 일보의 출입을 금한다는 뜻이었다. 물론 문제를 이 점에만 두고 지나가며 듣는다하면 손쉽게 수긍하여 준다야 별다른 피해야 없을지나 만일 반추^{反芻} 재상^{再想}하며 이 논지의 적용범위를 확대하여 보면 적지 않은 결과를 보게 될지라. 그러나 이것을 일소에 부치고 말았다. 여기에 해를 거듭하여 최우석군과의 동일한 논지와 동일한 출발과 동일한 시각을 가진 특수부족이 총생^{叢生}함에야 더 나아가서 소요^{騷擾}를 극^極함에야 어찌 일언반례^{一言反禮}를 하지 않을 수 없는 바이다. 대체로 있어서 유군의 탁월한 논지 역시 이에 귀결되었고 김주경군의 출발도 거듭 이 선상^{線上}에 굳게 입각하였으니 미술은 미술가에 맡기라는 천상으로부터의 내려온 철칙을 고함대호^{高咸大呼}하여마지 않았다. 미술에 대한 흥미를 반 이상 죽인 자로서는 또는 전연히 문제로 취급하지 않는 사람으로서는 문제로서의 제기될 게 아니나 활동사진의 한두 개를 보며 시^詩 조각의 낭음^{朗吟}을 하며 간혹 교외의 풍경을 쫓는 사람이면 이와 같은 의미로서의 소위 미술의 감상도 할 것이며 따라서 소박하나마 미추의 분석이 있고 단안^{斷案}의 자유가 있을 것이다. 이만큼 쓰고 나니 필로^{筆路}가 억색^{抑塞}하여지며 염증이 생겨 간단, 간단히 요령만 기록하고자 한다.

위에 쓴 바와 같이 '미술평은 미술가에게'라는 법이 있다면 '정치는 정치가에게'라든가 '법률은 법률가에게'라든가, '기타 밥맛은 행녕어멈으로서만 비평해야 한다'든가 가지가지로 세분하게 될 것이다. 도무지 귀치않은 세상이니 쓸 것을 다 쓰지 못하나 정치의 범외範外에 사는 사람이 없을지니 정치운용의 합리, 불합리, 법률의 적適과 부적不適에 대하여 비평하는 것도 사회인으로서의 당연한 특권이라 한다. 그러면 문화계별의 일부분인 미술에 있어서만 선악의 비판을 절대 불허한다는 변칙은 어디로부터 그 이유가 서게 되랴. 물론 전문가는 아니나 감상의 자유가 있는 이상 감상 곧 비판이라 할진대 비평의 자유가 있는 것이다.

그러나 그 비판 그것이 전문가와 우열이 있을 것은 혹은 없지 않을 것이나 또한 감상자의 비평은 직감적이며 비상식적임을 면치 못하나 그렇다고 머리로부터 감상의 자유를 거부하는 것은 예例하여 상아탑 의식의 난사亂謝이며 따라서 자기격리의 전통정신이니 비평을 두려워하지 말고 이를 감수하며 반성하며 나가서 비평의 오류가 있다면 응당 전문가의 태도, 지식으로서 교시할 것이다. 전문가 이외의 사람의 비평 역시 경청할 바 있으니 제군의 작품을 공개 열람시키며 감상시키면서 인간의 비평 본능을 전문가적 우월한 지위로써 거부하랴. 노력함은 자기치부의 폭로인가 한다.

—『동아일보』, 1928.5.16

〈취우翠雨〉 김진우金振宇 씨 작 사군자는 조선사람의 독단장獨壇場의 감이 불무不無하니 일인의 일본인의 병견並肩을 불허하고 겸하여 총독부전람회의 최고 영예라고 일컫는 바의 특선의 위지位地를 독점한바 있어 만장의 기염氣焰을 토하고 있다고 보아주어도 어떻게 되었든지 이 전람회장에 주유周遊하는 사람으로서는 그다지 큰 결손缺損이야 없을 것이다. 이만하고 김진우 씨 작인 〈취우〉는 필자로서는 이 장중場中에서 가장 맛있게 보았다. 그보다도 도리어 언사를 바꾸어 한다면 우右 작자가 가장 잘 보여주었다고 할 것이다. 두셋의 죽지竹枝로써 우경雨景을 묘출描出함에 거의 유감이 없다고 예찬할 수 있나니 어느 시절의 것인지 또는 어느 때의 비와 대나무가 화제畵題로 있어 적절할지는 잠깐 알지 못하는 것만 필자로서의 수괴羞愧와 지식의 부족을 자인하나 그러나 바람일지 않고 비 내리며 안한安閑한 가운데 일맥의 생기가 있어 바야흐로 취록翠綠 물이 땅을 적시며 화폭을 물들이며 작자의 마음을 칠해 놓으며 관람자의 옷깃을 적시며 특선 전찰全札을 채색하며 있다고는 보았다. 작자의 기도했던바 본의인 특제청시特製靑矢는 완전히 그렇다. 완전히 심사원의 뇌리를 관통하고 그 타력惰力으로 모든 방향에 향하여 정히 난사하려 하고자 하나, 사회적 지위와 생활조건의 근원적 차이로 인하여 아무런 감흥을 환기치 못하는 반면, 유한예술有閒藝術의 오미奧味에 초사회적 자연의 말초숭배의 교향악에 사소의 관심조차 없는 대중이 있는 것을 전람회 당국자 및 작자의 앞에 명기한다.

〈송아지〉 **최우석**崔禹錫 **씨 작** 독犢은 온량溫良한 자라. 사낙끈으로 목을 매어 그어도, 혹은 코를 꿰어 뚫어도, 혹은 네 굽을 묶어가지고 다소간 유린하더라도 주인에게 반항하지 않을 것이니 다행하다할지나 작자의 작년 미전美展의 출품작이든 〈유린희행遊鱗戲荇〉과 추호무이秋毫無異한 필법은 '독犢'을 모독冒瀆함이 심하다. 이는 필자의 말이 과언 이른지 모르나 하여간 윤곽의 불不선명과 양감의 절무絕無는 독을 화畫하여 독을 성成하지 못한 바 크다할 것이다. 녹음방농綠陰芳濃한 장제長堤에서 향기 있는 풀을 뜯어먹으면서 송아지는 뛰며 좋아하겠거늘 이제 오인吾人은 일개 죽은 송아지를 보고 있는 곤경에 있음을 내하奈何오. 철요감凸凹感의 결핍과 모선毛線의 불명은 필법의 불안을 증거하며 더구나 무력한 사족四足의 기적적 동체胴體 지지支持는 더욱, 더욱이 그림으로 하여금 구하기 어려운 지경에까지 돌입케 하였으니 어찌 이 이상 더 무어라 말함을 득得하리오. 다만 오인은 화폭에는 없는 푸른 버들과 맑은 시내와 기름이 흐르는 듯한 보리밭과 못자리에 커 나온 벼와 풀밭과 그 속에서 아직 학대와 혹사의 멍에를 쓰지 않은 어린 송아지의 자유를 생각한다.

〈습작〉에 대하여는 필자가 더구나 들어서 말하는 것을 즐겨하지 아니하는 바이니 작자와 독자의 관서寬恕를 바랄까하며 다만 이곳에서 씨에게 정언하려는 것은 대상에 관하여 언제든지 심각한 관찰을 갖고 화필을 들라는 것이다.

—『동아일보』, 1928.5.17

반도신인집_ 미술 조선의 족적[1]

김복진 씨[34]는 다이쇼 14년[1925] 도쿄미술학교 출신으로 조각으로 제전 입선2
회은 조선인으로는 오직 그 혼자이고 또한 경성 고학당苦學堂을 설정하여 다년 빈
아貧兒 교육에 노력하여 인망이 높은 독학사篤學士이다.

1. 자연에서 인문을 보라

아름다운 조선이여! 조선은 우리들을 낳은 어머니
이다. 일찍이 우리들의 선조가 이 땅에 태어나 자라
고 그리고 그 품에 묻힌 이 아름다운 조선이여! 너의
이름은 이 땅 위에 사는 자에게 친숙한 말이고 그리
움 가득한 울림이기도 하다. 북에서 남으로 연장 수
백 리를 굽이굽이 연접連接해 있는 산맥은 곳곳에 기
승절경奇勝絶景을 만들며 기어와서는 조선 해협과 황해
에 닿아 해저로 잠기고, 봉우리와 봉우리가 서로 바라
보는 곳, 골짜기와 골짜기가 마주하는 곳에서는 여기
저기에 평야가 펼쳐지고, 그 한 가운데를 하천이 꿰

뚫듯 산속으로부터 일제히 맑은 물이 흐르고 있다. 그리고 평야가 있는 곳, 계류
가 있는 곳에는 키 작은 적송과 키 큰 활엽수가 나란히 서있고 산록 가까운 곳에
는 여기저기 누런 초기 지붕이 군데군데 흩어져 있다. 나무와 흙과 평평한 바위

1   자료를 제공해주시고 번역문을 흔쾌히 허락해주신 근대서지학회 오영식 회장님과 김광식 선생
     님께 감사드린다. 이 번역문은 『근대서지』 제5호, 근대서지학회, 2012에 수록되었다.

와 볏짚으로 만든 이 초라한 주택에는 늙은 백의의 사람이 학교에 다니는 손자와 함께 살고 있는 것이다. 서광이 비칠 무렵 여윈 수탉이 소리를 뽑으며 해를 부르는 시각부터 그들은 긴 연관煙管을 입에 문 채 들에 나간다. 벼를 심은 논 속에는 백로가 한 다리로 우두커니 서서 새벽안개 속에서 명상에 빠져 있다. 긴 머리카락을 늘어뜨린 버들가지에서는 아침잠에서 깨어난 꾀꼬리가 휘휘호호 하고 운다. 주인을 따라온 누렁이가 한 마리 두 마리 친구들의 얼굴을 보고는 꼬리를 흔들며 서로 다가가 숲 속으로 들어가면 멀리 보이는 마을에서는 송아지 우는 소리가 한가로이 울려오는 것이다. 이리하여 뜨거운 태양 아래서 하루의 일이 끝나고 서산마루가 붉게 물들고 또 먹빛으로 변하면 그들은 들에서 집으로 돌아온다. 저녁 짓는 연기가 가늘게 피어오르는 지붕에는 벌써 밤이슬에 젖은 하얀 박꽃이 활짝 피어 있다. 지붕만이 아니다. 부엌에서 뒤뜰로 돌아가는 담벼락 밑에도 하얀 꽃은 쓸쓸히 미소 짓고 있지 않은가. 박모薄暮가 점점 짙어지면 질수록 표주박 흰 꽃은 어둠 속에서 가련한 여자처럼 농염하게 그리고 쓸쓸히 이목을 끄는 것이다. 이것이 조선 정서다! 라고 사람들은 말한다.

나뭇잎을 스치는 바람 소리도 쓸쓸한 초가을이 되면 지붕에서 둥근 표주박이 익어 끌어 내려진다. 곧 벼를 베고 알곡과 짚을 나누어 가마니에 담아 항구로 운반하면 백의의 노인은 구르지 않도록 손자가 꼭 붙잡고 있는 표주박을 칼로 쪼개 바가지를 만든다.

그러나 이것이 조선의 모습이다! 라고 사람들은 생각하지 않는다.

멀리 현해탄을 건너온 사람들은 바가지를 만드는 박꽃 피는 조선을 보고 싶어한다. 그리고 배가 흰 참새가 울고 허리 굽은 노인이 양손을 뒤로 하고 긴 연관을 입에 물고 민둥산 자락에 서 있는 모습을 보기라도 한다면 조선의 풍경과 정서는 충분히 맛보았다고 생각해 버린다. 그러나 이것이 정말 조선 정서의 전부일까? 이것은 다만 이국정서를 추구하는 사람들의 눈에 비친 조선적 정서의 일면에 불과하다. 지금 반도의 동서남북에 레일이 깔리고 예전과는 전혀 다른 철마가 종횡으로 달린다. 경복궁 앞에 거대하게 서있는 백악관의 둥근 천정 지붕이 하늘 높이 솟아 있는 지금 이러한 조선 정서는 점점 과거의 역사가 되어 가고 있는 게 아닐까. 벌목된 나무가 흐르는 저 압록강을 건너보고 싶어서, 그 이름도 높은 금강산을 올라보고 싶어서 일부러 조선을 찾아오는 사람들은 우리들과는 별세계 사람이다. 여행 기분으로 호텔에 머물면서 조선을 바라보고 과연 군들은 무엇을 보고 무엇을 느끼며 무엇을 얻는 것일까. 여행은 모험이고 그 자체가 이미 시이며 청춘의 연소임은 물론이다. 그러나 우리들은 피상적으로 산과 강과 수목을 보며 걷는 인간보다 그 토지에 사는 인민들의 생활의 진실한 모습을 보러오는 인간을 환영한다. 자연을 유람하기보다 인문을 탐구하는 것이 더욱 가치 있는 일이어야 한다.

조선의 문화는 어떠한 것일까, 혹은 여전히 있는 것일까. 조선민족의 역사적 발전 혹은 진보는 어떠한 길을 걸어왔는가. 이것을 알기 위해 미술 조선의 족적을 추적하는 또 하나의 좋은 방법은 존재한다. 왜냐하면 미술이야말로 언어를 초월한 민족성의 표현이고 예지와 열정과 신앙의 표본이기도 하기 때문이다.

우리들은 전 인류의 공통의 복장을 과거에도 가지지 못한 것과 마찬가지로 현재에도 가지고 있지 않다. 먼 미래는 모르겠지만 현재까지는 각 민족이 다른 의복을 입고 있는 것이 사실이다. 양복은 물론 세계 공통의 복장이 되어 가고 있지만 양복 입지 않은 사람, 그러니까 국민의 전인구 가운데 과연 몇 퍼센트의 인구가 양복을 입을까를 생각해 보면 자연히 해답이 나올 것이다. 우리들은 지금 인류 공통의 언어를 가지고 있지 못한 것과 마찬가지로 각 민족 공통의 색채 선 따위도 가지고 있지 않다. 각 민족의 음악이 가진 멜로디의 차이에 못지않을 정도로 미술에서의 민족의 특수성도 확실히 드러나 있다.

예를 들어 우리들이 지금 동양의 세 민족 계통을 눈앞에 두고 그들의 주택 건축을 바라본다고 하자. 부엌에서 거실로 그리고 다실에서 서재로 이어지는 배치를 한 내지의 건축 양식과, 바닥에 다다미를 까는 대신 온돌 위에 기름종이를 바르거나 혹은 거적을 깐 조선의 건축 양식과, 서서 일하는 부엌에서 바로 큰 방으로 통하는 탁자와 의자, 그리고 목판 침대를 갖춘 어두컴컴한 지나支那식 건축은 저절로 그 대단한 차이를 보여준다. 지붕이 높고 규모가 큰 지나식 주택에 비해 똑같이 나무와 흙으로 만들어졌으면서도 지붕이 낮고 규모가 작은 조선 주택은 완전히 어른과 아이처럼 골격이 다른 것이다. 하나는 거실이 넓지만 하나는 사방이 육척이 될까 말까할 정도로 좁은 방이다. 일본 건축과 지나 건축을 비교하면 더욱 재미있을 것이다. 한 쪽이 완장(頑丈)이라면 다른 한 쪽은 풍류이고, 한 쪽이 웅장이라면 다른 한 쪽의 정교이다. 한 쪽이 대륙적이라면 다른 한 쪽은 섬나라적이다. 그리고 이러한 특수성은 각각 그 민족성을 증명하는 중요한 사실이 된다. 이것은 완전히 언어를 넘어선 민족성의 현현이지 않으면 안 된다.

옷 색깔도 또한 이와 마찬가지다. 재단에서 재봉 방법까지의 제도 자체는 물론, 옷감의 결부터 색채의 조화에 이르기까지 지나 옷과 일본 옷은 얼마나 다른가. 그리고 이러한 사실은 다만 양 민족의 의식주 상태를 구별하는 것일 뿐만 아니라 깊숙이 그들 생활의 내국적인 미감에까지 침투하여 정신적인 문화에도 영향을 미치고 있다. 달리 말하면 정신적 문화 일반은 당해 국민 혹은 당해 민족의 생활의식 및 물질적인 환경을 탐구하는 유력한 재료가 되기도 하는 것이다. 나아가 하나의 불상, 한 장의 벽화라도 그것은 그것을 관찰하는 사람을 일정한 시대의 당해 사회에 사는 인민의 물질적인 생활의 진상으로까지 이끌어 갈 것이다.

조선 미술, 아니 미술뿐만 아니라 일반적으로 조선 문화 자체가 일반화되고 대중화된 사실은 아니었다. 사천 년의 역사를 가진 조선 민족은 단군 조선, 고구려, 백제, 신라의 삼국시대, 고려시대, 이조, 이러한 민족사에서 여러 번 서로 다른 지배자를 맞이했다. 이것은 무엇을 의미하는가? 5, 6백 년에서 8, 9백 년을 한 기간으로 하여 대규모의 민족적 전쟁이 반복되었을 뿐만 아니라 이민족과의 전쟁도 여러 번 대규모로 벌어졌고, 그때마다 패전의 고배를 맛보았음을 이 역사는 말한다. 근고시대에서 상고시대까지는 잠시 논외로 하더라도 이씨조선 오백 년 동안의 역사만을 펼쳐보아도 우리 선조들과 강한 이민족 사이에 비린내 나는 전쟁이 여러 번 연출된 사실을 우리들은 쉽게 발견한다. 외국인의 정벌과 국내 변혁이 빈번하게 일어난 민족 문화가 통일되고 역사가 깊은 전통이 되어 길게 후세에 보존될 리가 없다. 따라서 조선적 문화는 단절되고 끊긴 것에 그 특징이 있다. 한 줄기 문화 전통의 흐름이라기보다는 점점 퇴보되고 위축된 조각난 것이 특징적이다.

2. 신라불佛, 고려청자

한 시대의 문화는 그 시대의 지배계급의 소유물이었다. 조선미술도 또한 이러한 역사적 진리에서 예외는 아니었다. 조선인의 민족적 문화가 역사상 가장 꽃핀 것으로 상상되는 신라의 찬란한 문화는 오늘날 몇 개의 불상, 건축, 돌비석, 공예품 등의 고적에 그 그림자를 드리우고 있을 뿐, 그 외의 것은 형적도 없이 사라져 버렸는데, 이것들도 결국 시대의 지배 집단이 외교, 위압, 향락, 유희를 위해 국외로부터 직수입한 것이었다는 것은 역사가 증명하는 바이다. 신라 이후 고려에 이르러서는 더더욱 미술품은 종주국에 대한 예의용품으로서 상층 생활자들이 그때그때의 필요에 의해 생산하도록 한 것에 지나지 않는다. 민중은 오로지 미술품, 아니 모든 문화 사상事象과는 관계가 없었다. 신라 통일 이후 고려 조선과 이씨 조선은 지나의 송, 원조로부터 청조에 이르기까지 똑같이 그들과 주종관계를 이어왔기 때문이다.

"대왕의 일갈一喝이 궁전이 되고 예술이 된다." 이것은 신화도 동화도 아닌 모든 나라의 미술사 가운데 한 페이지다. 생각건대 미술 조선을 낳으려고 성고聖苦를 거듭해온 자는 결코 그것들의 소유주였을 당시의 특권층이 아니라 '백만의 인민'이었다. 오늘날 세계인 앞에 빛나는 과거의 민족적 유작遺作은 모두 이들 작자 개인의 명의가 아니라 당해 시대의 인민의 이름으로 발표되어 있는 것이 아닌가.

우리들은 1,800년 전의 고구려 벽화, 1,200년 전의 신라 불상, 500년 전의 고려청자 등을 볼 수 있다. 2,000년 동안의 유구한 세월을 지난 오늘날에 이르러서도 여전히 그 선명한 색채와 웅건 대담한 선을 남기고 있는 고분 속의 벽화는 시대가 지난 만큼 더욱 더 오늘날의 우리 눈에는 독창성이 풍부한 것으로 비치는 것이다. 멀리 인도에서 지나를 거쳐 들어온 문화도 고구려 통치 시대는 조선민족의 융성기였던 만큼 독창적이었을 터이다. 수, 당의 제왕은 여러 차례 고구려를 정벌하고 하였지만 오히려 세 번 고구려에 패했다. 이 시대로부터 이씨 조선 초기에 이르기까지는 군웅할거 시대를 거쳐 민족적 통일 사업의 상향기였고 따라서 국민 생활도 향상되고 있었던 듯하다. 따라서 고구려 벽화도 신라 불상도 고려청자기도 선진국의 예술적 범위를 훨씬 뛰어넘은 것이었다. 어떤 민족의 발흥기는 일반적으로 생산이 왕성하고 기술이 진보한다. 경주 석불은 당을 모방한 것이었으나 당의 불상보다도 더욱 우아하고 미려하며 정미情味가 담긴 것이라고 한다. 고려의 창자기는 독자적인 것은 아니지만 신라 이후 불교의 세력이 강했기 때문에 송, 명의 지배하에 위축되어 있던 당대의 국민성을 증거하듯 작고 완성된 형량形量과 섬세하고 우미한, 감정에 날카로운 선과 눈雪이 갠 푸른 하늘처럼 부드러운 색채와 호수 표면처럼 잔잔함을 지니고 있다. 현상 유지에 급급했던 고려 통치의 전 역사가 거기에 암시되어 있는 듯하다.

그러나 고려는 몰락하여 이씨 조선의 왕조가 되었다. 고려의 몰락은 불교의 몰락을 막바로 의미한다. 고려 시대의 청자기에 비해 이조 초기의 도자기는 그 형량이 확대되어 섬세 우아는 단순함과 강함으로 바뀌어 감정의 미보다도 의지의 미가 드러난다. 왕조 부흥의 기풍이 하나의 조선 그릇에 형상화되었던 것이 아닐까 생각한다.

3. 새로운 출발로

역사상 종교와 미술은 육친의 형제였다. 신라 법흥왕 시대에 불교 수입과 더불어 사원의 건설, 불상의 조각 등으로 신라미술은 태어났다. 그리고 이 불교미술이 고려 말기까지 완성의 길을 걸었기 때문에 고려의 청자는 여성적인 감정적인 우미 섬세한 선과 색채를 가지고 만들어졌다. 이것은 피안을 구하는 불교 정신

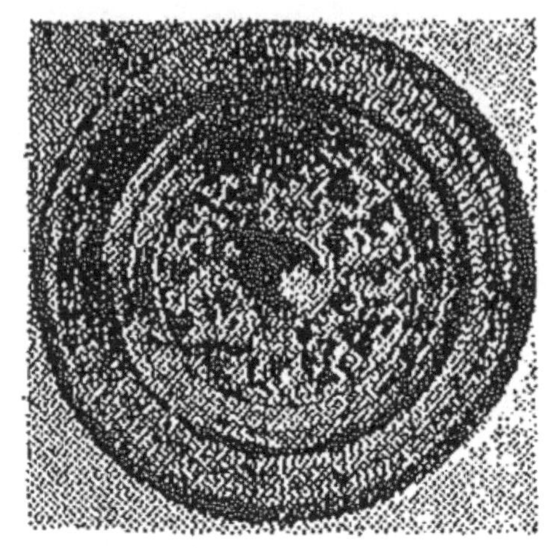

의 현현이다. 그러나 이조는 그 건국과 더불어 불교를 배척하고 유교를 권장하는 정책을 취했다. 유교는 피안의 극락을 구하는 것과는 반대로 지상의 왕도를 가르쳤다. 새로운 도덕에 의해 지상에 안락한 생활의 기초를 뿌리내려야 함을 유교는 가르쳤다. 이조 자기가 곡선 속에 직선을 섞은 것은 대지의 미를 구했기 때문이고 그릇의 형태가 크게 폭이 넓어진 것은 대지에의 안태安泰를 욕구한 결과일 것이다. 그러나 초기 이조의 도자기가 그만큼 형形이 커지고 의지적, 남성적 미를 추구했다고 해도 거의 동시대인 명의 자기의 위대함에는 비교도 되지 않는다. 크기에서, 형에서, 색채에서, 모양에서, 또한 필촉에서 그러하다. 형은 대지에 안정을 구하고자 욕망하지만 그 모습은 불안정하고 쓸쓸한 모습이며, 그 색채는 산뜻한 밝음을 즐기고자 욕망하지만 그 색은 흐려지기 쉬운 우울이 되었고 그 필촉은 대담하고 강해지려 노력했으나 부드럽고 천진난만한 운필이 되어 나타났음을 어찌할 수 없었다.

이조 도자기뿐만 아니라 역대 조선의 미술 전체가, 가끔 뛰어난 독창적인 작품도 있었지만, 일반적으로 지나 품品에 비해 활대성活大性이 없는 것은 사실이다. 조선 미술품의 특질은 규모가 크지 않고, 선이 강하거나 대담하지 않고 색채가 밝지 않고 필촉이 예리하지 않은 점에 있다. 부드럽고 쓸쓸하고 약하고 작게 자기를 지키고자 하는 심리는 '은자의 나라' 인민이 몇 세기 동안 맛보아 온 강국의 위협, 환경의 협애, 현실의 불안 등 정치적, 경제적 원인 때문에 길러진 민족적 특성이었다. 이것이 대륙에 연해 있는 반도 인민의 운명이었을지도 모른다. 지나적 활대성 혹은 일본적 섬세함도 없는 조선미술은 이상에서 지적한 바와 같이 부드럽고 약하고 쓸쓸하고 작은 것으로 점점 쇠퇴하여 온 것으로 생각된다. 이조의 도자기는 중엽 이후 말기에 내려오며 점점 위축되어 결국 전통적 기술도 잃고 일본에서 거꾸로 도공을 초빙할 정도로 타락한 역사를 우리들은 볼 수 있다. 이조 중엽부터 한일합병까지 약 삼백 년 동안은 상층 생활 집단의 정권을 중심으로 한 당쟁이 끊이지 않았고 여러 차례 외적의 침입이 있었으며 내란이 계속되었고 관료의 가렴주구는 극심했으며, 산업은 날로 쇠하고 인민 생활의 빈궁이 극에 달했기 때문이었다.

이처럼 일시 사멸된 게 아닐까 생각된 조선미술은 최근에 이르러 새롭게 출발했다. 자각하기 시작한 조선민중은 15, 16년 전부터 자신의 의도를 실천하고자 했다. 이 대 이후 조선민중의 문화적 각성은 눈부시게 진전하고 있다. 미술의 봄, 미술의 가을에는 전람회가 반드시 개최되고, 해외 미술학교 출신 화가도 다수 돌아왔다. 양화, 남화, 일본화, 공예 등등 그 종류도 많아졌다. 비

로소 조선미전에 출품하여 특선이 되는 신진도 발견되기에 이르렀다. 그뿐만 아니라 관영 전람회 외에도 서화협회전, 녹성회綠星會, 백양회白羊會, 한미전漢美展, 목일회牧日會와 동호자 간의 단체도 몇 갠가 생겨나 가끔 전람회를 개최하게 되었다. 경성 시내에서도 시골 논밭에서도 스케치북을 어깨에 걸고 캔버스를 한 손에 든 청년을 발견한다. 새로운 현상이다. 병풍이나 족자, 화첩만이 미술이라고 알던, 아니 그것도 예술품이라기보다는 일종의 도락으로 농弄함에 불과하던 감이 있던 가까운 과거에 비해 양화와 조각 등이 수입되어 옛날의 도락이 고급한 예술로서 생각되기에 이른 것만으로도 놀랄 일이다. 전부 시대 덕분이다.

그렇지만 과연 이러한 새로운 미술가들은 무엇을 보고 어떻게 느끼고 어떻게 그릴 것인가? 일개 정물 한 폭의 풍경을 그린 그들의 작품이 옛날 우리 조상보다도 규모가 점점 작아지고 표현이 점점 경직되고 작은 알, 일과 유희 기분에 찬 것이 되어 있는 것은 무엇을 말하는 것일까. 민족적 진취의 기풍도 대담하고 예리한 선도 의지의 미도 즐거운 색채도 그들 작품에서는 보이지 않는다. 이것은 오

늘날 조선인 생활 자체의 현현이다.

이상으로 나는 어머니인 조선의 자태를, 미술을 통해 탐구해 보려 했다. 극히 대략적이긴 하지만 여기서 더듬어 본 조선미술의 족적이 현실에서 덧없는 모래 위의 족적처럼 파도에 휩쓸려 사라져서는 안 된다. 새로운 역사를 창조하기 위해 등장한 이 땅의 젊은 세대의 미래에는 광휘가 있어야 한다.

미전을 보고나서_ 나의 회고와 만상漫想

　5월 비 개인 아침. 미술의 벗 안석주安碩柱형과 어깨를 같이하여 걸으면서 그림을 말하고 조각을 말하고 그리다가 탈선을 하여서 연극으로 음악으로 이야기를 주고받으면서 총독부미술전람회를 구경하러 갔었다.

　어젯밤 무인도에서 돌아온 로빈슨 크루소의 동자瞳子에는 모든 것이 기이하고 의아하고 그리고 반갑게 보일 것이니 나 또한 로빈슨 크루소와 거짓 같은바 있음으로 눈에 띠는 것이 대체로 신기하였다. 붓을 확 풀어서 수채화적으로 서술한다면 근대인의 취미, 감정 또는 상식의 형상화라고 할 바, 미술품을 근 10년 무인도의 살림살이를 하던 인간이 그리 똑똑히 알아질 바 없는 것이나 눈에 비친 대로, 기억에 남은 대로를 친구에 끌리고 편집시간에 맞추어 두어 자 적어보기로 한다.

　제1부동양화 74점 중 조선사람 작품 가운데 가장 기억에 선명이 남은 것은 정찬영鄭燦英 씨의 〈소녀〉이나 만일 관람하는 사람들에게 심사 추천하는 자격을 허여許與한다. 양洋 〈야시夜市〉를 장중場中 걸작으로 나는 채점하고 싶었다.

　정찬영 씨의 작품은 근대적 동양화이런 용어를 굿하여 쓸 바 아니나 우선 써두고 어의(語義)해석은 추후로 말하기로 한다의 약속을 지키고 동심을 붙잡아 무괴無塊히 표현했다고 생각된다.

　이상범李象範 씨의 〈무霧〉는 10년 전 옛날의 작품을 대한 듯 나로서는 반가웠다마는 옛날부터 작자를 알고 옛날부터 작품을 보아온 나로서는 그동안 새로운 진경進境이 백방으로 한편 적료감寂寥感을 갖게 되었다.

심전心田,[1] 관재貫齋[2]를 거쳐 새로운 동양화에 이르기까지에 그 중간계제中間階梯로 반드시 이상범 씨의 업적이 필연한 뜻이나 그렇다고 하여 연연히 작품마다 유일의 경지를 엄수하는 것은 수긍키 어려운바 있지 않을까 하나니 자기체계를 건설하는 것만이 작가의 일이 아니라 기자성旣自成된 자기 체계를 부시고 새로운 탐구를 하는 것이 정열을 가진 건강한 작가의 할 바 일이 아닐까 한다.

산이 있고 산에는 반드시 구름이 끼고 가는 길이 놓이고 새로 갈아놓은 밭田畓이 있고 하늘에는 몇 마리 새가 날아가는 풍경에 임의 서로 권태를 느꼈을 것이다. 씨의 과거의 업적을 알고 역량을 믿는 나로서는 불원간 씨로 하여금 새로운 세계로 출발하기를 바란다.

이용우李用雨 씨 〈점우청소霑雨淸疎〉를 보고 씨와 같이 동연사화방同硯社畵房에서 필담을 같이하던 옛날이 회상된다. 청명한 색조는 여운이 넘쳐있고 화담話談한 필촉은 생기유동하나 박력 부족의 느낌이 있다.

이영일李英一 씨 〈양견洋犬 셋다〉 내가 상식적으로 아는 범위에서는 결코 동물의 체형이 이렇지 않다고 생각된다. 그러고 동물의 표정 연구에 있어서도 아직 나로서는 불복하는 곳이 있다. 화면구성에도 용의用意의 결제缺除로 하여 앞에 있는 소견의 양감이 없는 것이 눈에 띤다.

최우석崔禹錫 씨 〈동명東明〉, 김기창金基昶 씨 〈엽부鰪婦〉 등은 인물화로서 가작들이겠고, 정용희鄭用姬 씨 〈신록新綠〉, 〈귀초歸樵〉 등은 이상범 씨의 화풍에 접근한 것이 아닌가하나 창의를 갖지 않은 작가는 화석화할 우려가 많을 것이다.

백윤문白潤文 씨 〈분노憤怒〉는 속력을 표현한 것인지 모르겠으나 인체장기 편편片片이 공중에 떠있다고 보았다.

이경구李景九 씨 〈유육소견紐育所見〉, 진세빈秦世斌 씨 〈외출〉 등등은 문외한인 우리

---

1   심전(心田) 안중식(安中植, 1861~1919). 근대 전통회화를 이끈 화가. 서화미술원에서 후진을 양성하는 데에 힘썼으며 서화협회의 초대회장을 역임했다.
2   관재(貫齋) 이도영(李道榮, 1884~1934). 전통서화가이자 만화가, 교육자. 서화를 근대적 의미로 확장했으며, 여러 계몽운동가들과 교유하면서 삽화와 만화도 그렸다.

로서는 이해하기 가장 어려웠으나 동양화라고 하기보다는 포스터라고 하여 특별 진열하는 편이 옳지 않을까 한다.

제3부 조소와 공예품 중 내 눈에 고운 날극刺戟을 준 것은 거의 하나도 없었다. 대체로 향토색 조선정조라 하는 것은 그렇게 표현될 바 아니라고 생각한다. 어째서 그러냐하면 조선특유의 정취는 하루 이틀 배워서 되는 것이 아니며 손쉽게 모방되어지는 것도 아니다. 조선의 환경에 그대로 물젖고 그 속에서 생장하지 않고서는 되지 않을 것이다. 그렇다고 해서 조선사람만이 조선의 진실을 붙잡는다는 것도 아니다.

이번 출품한 것 중에 과연 조선의 일면을 표현한 것이 있는가. 공예품 중에서는 나는 이것을 발견하지 못한 것을 섭섭히 안다. 조선이라는 개념에 붙잡혀서 여기에 맞추어보려고 고분벽화의 일부를 전재轉載하기도 하고 고기물의 형태를 붙잡아보아도 임의 이곳에 온 조선과 작별한 형해形骸만 남는 것이다. 조선사람들의 작품은 해외화하여 버리고 그 나머지는 그냥 그대로이니 이곳에 무엇이 있을까. 이곳에 무엇이 표현되었을까.

조각에는 문석오文錫五 씨 〈수首〉 한 점만이 조각으로서 그 요소를 구비하였다고 보았다. 그러나 그만한 것으로는 그 역량의 전면을 이해하기 어렵고 내년을 기대하여마지 않는다.

홍순경洪淳慶 씨 〈수난〉은 실례에 가까운 말이나 초학자의 습작 같았다. 문학적인 명제로 하여 감상에 도리어 혼란을 주지나 않을까 한다.

김두일金斗一 씨 〈흉상 습작〉, 이병삼李炳三 씨 〈초적草摘〉 이 두 분의 작품을 나로서는 무엇이라고 말할 수 없다. 조각은 결코 이런 이치가 없을 터라고 믿을 뿐이다.

제2부 서양화는 단연 조선사람의 작품이 빛난다. 그중에서도 이인성李仁星 씨의 작품은 무조건하고 예찬한다. 벌써 풍격이 구비되어 있고 활기가 횡일橫溢하여 가장 유쾌하였다.

윤상열尹相烈 씨 〈사보덴〉, 〈철도근방〉은 대담한 필촉에 오래 감췄던 생명이 끌려나온 것 같다. 바라건대 색채에 억장抑場을 주었으면 한다.

김용조金龍㤅 씨 〈화본畵本을 보는 소녀〉 등등, 제작품에 역시 특선이 된 것이 가장 반가웠다. 착실히 한걸음, 한걸음 추상秋象을 해석하고 그것을 예술화한 작가의 경건한 태도와 마음에 반가웠다.

김종태金鍾泰 씨 〈청장靑裝〉, 〈모델〉은 재기가 있는 씨를 대면한 것 같다. 여기서 처음으로 씨의 세련된 색채를 통하여 20세기의 문명을 본 듯하나 나체화는 잠깐 별 문제로 하고 〈청장〉에 있어서도 인체 모사에 거북한 점이 있지 않은가 한다. 예를 든다면 〈다리〉 같은 곳에 설명 애매한 것이다. 〈모델〉은 씨의 작품으로 성공한 것이 아닐 것이다. 르누아르가 18세기의 프랑스 여성을 가장 잘 표현하였다 하니 씨는 근대의 여성미를 또한 훌륭하게 재현하여 주기를 바란다.

망언다사妄言多謝

예술관념과 윤리관념은 공간^{槓杆}의 양단^{兩端}이다_

독후감 수절^{數節}

톨스토이는 예술관념과 윤리관념은 공간의 양단이라고 말하였다.

예술은 예술적 흥취^{興趣}를 주는데 그치는 것이 아니요 감정을 전달, 조직하고 한걸음 생활의 지표를 알리는 것이라고 말하는 사람도 있다.

예술은 예술적 감흥을 가지게 하는데 그치는 것이 아니라 생활을 높은 곳으로 윤택하게, 새롭게 하는 곳에 소위 감흥에 중시하는 예술 이외의, 예술의 존재 의의가 있을 것이며 여기에 톨스토이의 예술과 윤리의 합일론^{合一論}이 서게 된다.

나는 톨스토이를 읽고 그리고서 립스[1]를 읽을 기회를 가졌었다. 페이지를 거듭하며 이곳저곳에서 립스를 직접 대하게 되어 립스의 인상을 소묘하고자 하는 것이다. 립스가 칸트의 후예 — '감정이입설'의 창시자라고 하여 흥미를 갖는 것이 아니라 "혼란한 개념을 정리"하고 "혼수^{昏睡}된 양심을 각성"하고 제각기 '국수^{國粹}'에 걸리며 "공리적 타산"을 세계 대^大로 하는 시운^{時運}에 임하여 립스를 대함에 감격을 가진다.

이기주의는 제1차적이고 이타주의는 제2차적이다. 본래 이기주의만의 원래적 지배는 작위에 지나지 않는 것이나 이기주의의 원래적 수위는 단지 이해될 것만이 아니라 자연인 것이니 그것은 원시인과 소아에게는 그대로 자연이다. 즉 정신의 연마와 겁타^{怯惰}와 무^無사려가 자연이라는 의미에 있어 이기심 가운데 혼거하여 있는 것은 실로 이와 같은 겁타와 무사려인 것이다. 그러나 이와 같은 정신상태는 다른 일면으로 보면 자연이 아니다.

---

1   테오도르 립스(Theodor Lipps, 1851~1914). 독일의 심리학자, 철학자. 미(美)를 관조할 때 나타나는 감정이입 미학을 주창했다.

달月이 우리가 보는 것과 같은 체대體大와 형태를 갖고서 우리의 눈에 보이는 것 — 예컨대 인가隣家옥상에 — 걸려있다는 제일 인상을 갖는 것은 자연이나 그러나 철두철미 이 인상을 신뢰하여 달을 잡으려고 인가옥상에 올라간다면 이것은 자연이 아니다. 이와 같은 경우에는 직접 우리들의 앞에 현현되지 않는 천문학상의 사실을 지식하고 제일 인상을 수정하는 것이 자연인 것이다.

립스는 평범한 말로서 우리를 가르치고 있다.

모든 것은 자연 아닌바 아니니 인가옥상에 걸려있는 달을 잡으라는 것도 자연의 하나이며 이 달을 천문학적 계산으로 체대를 측정하며 광원을 운위하는 것도 자연의 하나이나 우리가 시각현상으로서 달을 보는 것과 과학적 안목으로서 달을 맞이하는 태도와의 거리는 천리의 먼 바가 있으니 달을 잡으려고 경배鯨背에 몸을 실고 창해蒼海에 들었다는 이태백李太白과 그리 정밀치도 못한 고식古式 망원경을 통하여 '달의 운동'을 발견한 라플라스[2]와는 그 생활의 세계가 크게 다른 것이 있다.

시인 이태백의 시각과 과학자 라플라스의 예지는 동일한 천체, 동일한 사상事象을 대함에 그 시각視角이 서로 다르며 그 결론이 서로 다르나 그러나 시인으로서 달을 영탄하는 데 이태백의 환각은 경우에 있어서는 작시作詩 생활자의 극치라고도 말할 수 있다. 나는 예술과 환각의 관계를 말하고자 하지 않으나 예술의 표상에 있어서의 환각과 환상의 지위地位는 무거운 문제이니 이태백의 환상은 시인으로서는 자연스런 바 있다고 할 것이며 냉정한 과학자의 비판의 눈으로 본다면 시인의 환상은 환상 그대로라고 할 것이다.

자연은 풍부한 것이어서 무한한 신비를 감추고 있다. 우리는 신비의 일단을 관찰하고, 신비하고 신비의 일단을 발굴하여 자기의 지적생활과 생명적 생활의 체계를 감추고 있으나 자연 이해의 지식을 무한한 신비의 일단에 그치며 인식

2　피에르시몽 드 라플라스 후작(Pierre-Simon, marquis de Laplace, 1749~1827). 프랑스의 수학자. 뉴턴에서 출발한 물리학을 집대성하고 성운설을 발전시켰다.

주체 역시 일립―粒의 자연이니 어머니인 자연의 전체 이해는 결코 가능치 않을 것이다.

―『조선중앙일보』, 1935.10.5

더구나 우리는 많은 독단과 허위를 갖고 있나니 독단과 허위의 근거는 우리가 가지고 있는 지식 전체가 자기 자신이 비로소 개척한 바가 결코 아니요, 역사적 유전과 협동작업에서 구한 것이므로 이 중요한 사상 알에 부단히 유전진보流展進步하는 인지의 계열과 시비 수정修正하여가는 역사적, 사회적, 경로를 등한히 하는 곳에 있다. 자기 자신의 불이해는 자기의 지적 체계가 역사적, 사회적 결과임에도 불구하고 자기를 고립시키고 화석화하며 다시 자기의 전체 또는 각 부문의 활동과 기능의 혼란화에 있다.

인간의 시각현상과 청각현상은 동일한 경우와 그 반대로 부동한 경우가 있는 것으로 이를 전체로 동일 내지 부동일한 것이라고 하는 곳에 독단과 허위가 생生하며 역사적 유전과 사회적 협동의 결과와 결과를 찾는 노력을 계산하지 않는 곳에 또 허위의 발생 근거를 주는 것이다.

립스의 이기주의와 이타주의의 원본문제와 그 예증으로 달에 관한 지식의 문제는 나에게 많은 학學적 자극을 주었다고 생각되나니 지금 이기주의와 이타주의의 원본문제 그 자체보다도 이것을 설명하기 위하여 거론한 자연지식의 차이와 그 활용 한계의 정곡正鵠을 지시한 적절한 비유를 나로 하여금 깊은 인상을 갖게 한 것이다.

다시 여기에서 톨스토이의 예술적 관념과 윤리적 관념은 공간의 양단이라는 명제를 생각하게 하고 이 말과 립스의 적례適例와 결합시켜 보았던 것이다. 예술은 인생의 모든 실상을 대상하는 것이므로 우리들의 생활과는 직접적으로 관련을 갖는 것이다. 예술이 인생에 그대로 공헌하지 아니치 못한다는 것도 여기에 그 근거를 갖는 것이다. 모든 예술이 어떠한 방면으로서든지이유를 붙이기에도 다른 것이나 인생에 공헌하지 않은 것이 없을 것이다. 무반성한 탕아의 생활을 그대로 묘사하여버린 작품까지라도 인생에 대하여 얼마간의 기여를 주는 것이다. 그러나 그 기여하는 바는 예술적 감명을 줄 뿐이고 인생의 한 진보미화進步美化한다는 곳에 인생을 독려, 질타하는 힘에 있어서는 소극적인 것이다.

예술지상주의를 신봉하는 사람들은 예술적 감명을 기여하지만 그것으로서 예술이 가지고 있는 직책을 다하였다고 주장할 것이다. 그러나 우리에게는 그것만으로 만족할 수 없나니 인생에 더욱 적극적으로 동세, 더욱 인생을 미화하고자 하는 정력, 이와 같은 박력을 가진 예술을 흔구欣求하는 것이니 이는 중언할 것도 없이 그것은 더 많이 내용적 가치를 가진 예술이며 자세히 말하면 도덕적 가치를 가진 예술이며 가장 사상적 가치를 가진 예술이고 생활적 가치를 가진 예술인 까닭이다.

예술의 기원설의 종종種種을 들어 현금現今의 예술의 가치수준을 규격하는 것은 인가옥상에 걸린 달을 잡고자 하는 생리적 시관視官을 통하여 얻은 달의 지식을 가지고서 달을 이해했다고 말할 수 없다는 것과 같은 것이니 설사 예술의 기원, 예술의 변천, 예술의 유파에 변환의 제상諸相 있다할지언정 이것을 가지고 지금의 이곳의 예술을 말한다면 자기를 이해치 못할 독단일 것이니 독단은 끝까지 허위인 것이다.

오늘에 와서는 예술은 벌써 염세가厭世家의 피난소는 아니다.

이태백의 취담은 이태백 시대의 이태백의 생활에서 그리고 그 시에 그칠 것이니 현실에는 그 타당성을 갖지 못하는 것이다.

나는 이 글의 종결로 립스를 배우고 립스를 쫓아서 "혼란한 개념"을 정리하고 "혼수된 양심"을 환성喚醒하고 제각기 국수國粹에 걸리며 제각기 "공리적 타산"에 급급함을 보며 이기주의의 원본성을 말하면서도 이타주의의 존립이유를 명징한 바를 보며 예술의 시원적 형태를 가지고 현실의 예술을 재정裁定하는 우愚를 버리자는 것이다. 예술은 풍부한 것이어서 그 전체를 이해하기에 곤란한 것이나 그러나 인생에 도덕적 가치, 사상적 가치, 생활적 가치를 가장 많이 기여하는 것을 우리가 가질 바 예술인가 한다.

―『조선중앙일보』, 1935.10.6

평론 119

상상보다 빈약한 현재에의 일별기瞥記 _ 종로상가 진열창 품평기

종로는 조선의 사거리다. 이곳의 상점을 한 번 훑어보면 조선의 수많은 사람의 생활의 일반을 알 수 있다. 그러나 지금은 이것을 말하는 것이 아니며 과제에 의 하여 진열창의 비평일별기이지만을 쓰는 것이니 진열창을 돌아보아도 이렇다는 것이 없고 실상은 진열창 등등의 근대적 상점 규모를 갖추지 않고서도 그래도 주반珠盤과 장부帳簿와 그들의 생활과를 맞춰가는 것이니 비평을 쓴다는 사람도 여기에 따라서 진열창만 아니라 간혹 전 상점의 용모를 말하게 된다.

화신백화점和信百貨店 —— 상품의 누적재고품의 풍부재고품의 풍부는 화신의 자랑이 될 것이 아니다를 말하는 것이 화신의 진열창일 것인가. 백화점의 진열창으로서는 건축상 결점이 있다고 생각되나니 '남향', '고층' 건물이라면 진열창의 구조가 더 깊어야 하지 않을까 한다. 그러나 아직은 어찌할 수 없는 일일 것이다. 첫째 남향한 창문은 광선의 치명緻明한 관계로 '오행奧行'이 없다면 이류璃琉의 반사로 하여 상품의 누적재고품의 풍부를 보이려고 하나 결코 보이지 않을 것이다. 그럼으로 될 수 있는 대로예를 든다면 미쓰코시(三越)와 같이 — 미쓰코시는 남향집이 아니지만 광고의 원거리적 효과를 노리고서 오행이 있어야 하며 상품진열의 회화적 배치이 방법으로서만 통행인의 시각을 집중시키는 것임으로써와 배경의 색채, 모양을 전환하지 않으면일례를 든다면 삼중정(三中井)과 같이 안 될 것이다.

신용상회信用商會 —— 포목상으로서는 무던히 이름이 높은 곳이나 진열창 비슷한 것은 구경할 수 없다. 진열창이 매매광고의 하나일 것이니 진열창 없이 매매가 된다면 도리어 이 편이 합리적일 것이니 무無기교의 기교의 경지일 것이다. 그러나 기복을 거듭하는 신용상회로서 상품의 정도를 거르려 한다면 상점의 근대적 경영 방법을 채용하여야 될 것이다.

동양東洋 — 고급양품의 전문점으로서 서울의 수많은 유행의 첨단을 걷는다는 기실은 유행의 뒤를 따라가는 남녀들의 '보도寶島'로서 엄연한 바 있다. 이 점방店房의 설계는 무척 개방적이고 진열창의 위치, 상품의 배열 등이 본정本町적이라고 하겠고 이런 곳은 특별히 진열창을 말할 것이 아니라 전점全店을 진열창화化하는 것이 어떨까 하는 것이니 지나支那적 상점이나 가가식을 새롭게 연구할 필요가 있다고 생각한다.

동아부인상회東亞婦人商會 — 요충지대에 있는 이 상점은 소매점으로 천혜天惠를 가진 것이다. 도로의 광협廣狹, 우측통행법 등의 '무언의 조력'이 있으니 진열창기타其他의 활약 여하로 종로상계에 주각을 높이기 과히 어렵지 않으리라고 안다마는 현재의 모양으로는 장래의 행운을 보기 어려우니 활동사진 포스터로써나 당면을 도호塗糊하지 말고 상품을 내걸고 이것을 장식하여 구매욕을 흥분시킬 것이라 한다.

엔젤카페 양식점도 상점의 하나이라고 하고서 둥근 창과 3층 거리 사각 창은 보통상점의 진열창에 대비할 수 있는 것이다. 산 프랑스 인형기실은 코가 높지 않은 이 들락날락하니 이만하면 간판진열창의 용도는 이곳에 없을 것이다. 이것을 유다른 상점에서 광고전술 — 진열법의 하나로 이용하여지지 아니할 것일까 한다.

화신양화점和信洋靴店 — 명월관明月館 입구에도 특별진열창을 만들어서 명월관 출입하는 친구들의 주머니를 엿보는 것이 어떨까 하나니 소위 환경이용법이라 할 것이다. 원악 양화만의 상점이니 별 수익은 없을지 모른다.

홍성상회鴻成商會 — 체경體鏡, 화장경化粧鏡 등등 대소大小 수백을 포치布置하였다. 물론 진열창이 아니라 상점 내부 전체이지만 이것을 효과적으로 살린다면 거울과 거울의 반사작용의 이용과 통행인의 체대體大를 그대로 비추어서 이목을 끄는 것이 어떨까 한다.

조선축음기상회朝鮮蓄音機商會 — 소음의 왕자가 근래에 부쩍 늘어가지만 '조선요리의 원조는 누구'라고 원조를 찾는다면 '소음의 왕자 — 왕실'의 시조는 이 상점이라고 할 수 있지 않을까. 그런데도 상점의 내부는 정적하기 한량이 없고 진열창도 활기가 없다. 원래 축음기상점은 소리를 파는 곳이니 진열창의 유무 — 장치가 대수롭지 않은 것일지나 그러나 보족補足하는 의미로서도 유의有意할 것이다.

고려미술조화사高麗美術造化社 — 또는 예식부인지 그 명칭을 기억하기 어려운 곳이나 혼인예장의복婚姻禮裝衣服을 세주는 곳이라고 한다. 큰 길에서 깊숙이 들어가 있어 좀처럼 보이지 않는 곳이니 이런 경우에 간판, 진열창의 위력을 보이여야만 할 것이다. 그럼에도 불구하고 순장殉葬 시대 토우土偶와 같은 인형에다가 면사포를 둘러쓰니 상략商略의 제일 요령을 모름이 크다고 할 것이다.

동아이발기구주식회사東亞理髮器具株式會社 — 이름과 같이 주식의 큰 회사이면서 이곳의 진열창은 구태의연하다. 가령 진열창의 배경에 '가을의 금강산秋の金剛山'이 겨울이 다된 지금까지 걸려 있는 것이다.

한청식료품부韓青食料品部 — 이 상품의 진열은 가장 요령을 잡았다고 생각된다. 도로, 통행인, 건물, 광향光向 등의 관계를 활용한 점으로 종로상계의 대표인가 한다.

백상회白商會 — 유행의복 차次의 고급유행품의 전문판매점으로서 유한有閑 마담, 기생, 전문학생, 여학생들에게는 없어서는 아니 될 만한 지반을 닦고 있다고 한다. 그런데 이 상점의 진열창은 상점건물의 제약으로 하여 현상現狀 이상으로 어찌할 수 없을 것이니 근대적 건물의 실현이 속히 된다면 유한 마담 네의 동경의 용궁이 확실히 되고 말 것이다.

구정상회九鼎商會 — 신관낙성新館落成 초初임으로 정리의 부족이 있을 것이나 건축양식으로나 진열창 설계는 종로상계에서는 백미일 것이다. 여기에 채색을 올리고 화장을 한다면 북향집의 지리관계도 있어서 진열창의 효과가 직접적으로 장부에 나타나게 될 것이라고 생각된다.

덕영상점德永商店 — 이 상점의 진열창 안은 천편일률로 경매된 상점의 상품을 늘어놓듯 한다. 진열창과 진열창의 중간 벽을 털어 없애고서 진열의 간이화를 꾀할 생각을 갖지 않았는가 알고도 싶은 것이다.

조선의 심장!! 서울의 복판!!_ 종로상가 간판 품평기

10년 전, 잠깐 옛날로 돌아가서 그보다 훨씬 전에 오방재가五房在家의 전방廛房이 요령搖鈴을 흔들고 거간을 내세우고 지나가는 행인의 소매를 붙잡던 전방이 제법 2, 3층 양옥에 간판을 붙이고 진열창에는 즐비하게 상품을 내세우고서는 우리 집 물건을 사고 싶거든 사가라는 격으로 차림을 차리고 있으나 기실은 분면유두粉面油頭로 은근한 추파秋波를 보내고 있는 것이다. 상품을 판매하는 것이야 금석今昔에 그리 차이가 없는 것이다. 그 방법은 유다른 것이어서 전방의 완박頑朴한 거래형식이 바다 너머로부터 밀려온 상업수법에 구축驅逐된 뒤로 '광고'를 알게 되고 '서비스'를 알게 되고 그리하여 간판이라 진열창이라 신문광고라 네온사인이라 근대 상업의 광고전술의 허울 좋은 흉내를 내기 비롯한 것이다. 사실인즉 상업수반 — 광고전술을 모방한 것이 아니라 상품 그 자체가 옛날과 달라지고 새로운 경쟁자가 물 건너에서 밀려오고 상품의 구매자가 달라지니 시세時世에 몰려서 간판이라고 붙여보기도 하고 광고삐라를 뿌리며 축음기, 라디오 등으로 소음을 생산하게 된 것이 아닌가 한다. 서울은 조선의 중심이며 종로 사거리는 서울의 심장이니 종로 사거리의 굽이치는 맥동脈動은 움직이는 조선의 양태 그것일 것이다. 과거 조선에서는 보신각의 종소리나 이곳에서 났었고 쌈지담배나 이곳에서 팔았으나 그러나 보신각의 종소리는 자기집단의 전부를 표백하였던 것이며 비록 쌈지담배일망정 생산과 소비를 자기가 요리하였던 것이었으나 지금의 종로는 단지 '매판군買辦群'의 우거지대寓居地帶에 지나지 않은 것으로 내일은 동대문 외로 또 내일은 아현 너머로 '낙향'할 풀지 못할 운명을 지고 있는 대상隊商의 무리가 '암흑의 명일'을 기다리고 있는 것이다. 전에 있던 '강정', '다식' 대신으로 '모찌떡', '비오리사탕'이 별안간 들어와서 세도를 대신하고 눈 익게 보이던 툭툭한 삼승베나 자주 명주明紬는 간 곳이 없고 양단洋緞이 아니면 하부다에[1] 인조견人造絹이 도판을 차리게 되었으니 별 도리 없이 전방 그것도 차림차리를 달리 고치지 않으면 아니 될 것이며 더구나 미처 진고개를 가지 못해서 찾아오는 손님들의 비위에 맞게 하자니 그저 진열창 비슷한 것과 간판 비슷한 것과 점원 비슷한 인간과를 비슷비슷하게 늘어놓고 이들 전방의 '명일의 운명'을 기다리고 있는 것이다. 진고개라고 부르느니보다 숫제 '호뿌라'라고 하여버리면 재빠르게 알아듣는 현대인들에게 한 분적선分積善이나마 바라고저 축음기, 라디오는 소음의 음악을 들려주기에 까닭모를 심려를 하게 된 것이다. 발을 한 번 종로 복판으로 드려놓으면 까닭 없이 머리기름을 바른 양복쟁이와 자기생활에 대한 직접책임을 가지지 않은 명모明眸의 여성들이 세계 경기景氣를 독차지한 것처럼 출몰하는 것이다. 그런데 이 네들의 1빈 1소笑에 생명을 걸어놓고 주반珠盤과 장부帳簿와 기거를 같이 하는 것이 종로 사거리의 전방들일 것이다.

현금의 종로 사거리는 그 외에 아무러한 의미도 갖지 못한 곳이다. 다만 이 네 전방장이의 생명선일 따름이니 종로전방대鍾路廛房隊의 힌덴부르크 선線[2]일 따름이다. 상점의 간판은 상점의 이목이다. 간판의 미추美醜 여하와 간판의 대소大小와 간판의 선명도 여하로 상점전체의 실력과 상품의 호불호를 예측할 수 있는 경우가 많은 것이니 그래도 아직껏 종로거리에 포진한 유상대游商隊의 간판을 보기로 하면 이리저리 조선의 전모를 짐작하여 질 것이므로 다소의 흥미를 갖게 된다.

---

1   하부다에(羽二重). 일본의 대표적인 견직물. 개항과 식민지기에 일본의 이시카와현 직물검사소를 통해 국내로 가장 많이 수입된 견직물이다.
2   파울 폰 힌덴부르크(Paul von Hindenburg)의 이름을 따서 만든 제1차 세계대전 때 독일제국의 방어선이었다. 벨기에에서 프랑스 일대에 설치된 독일군의 전략적 요충지였다.

광화문 큰 거리 ― 육조六曹 앞 ― 황토현黃土峴을 다다라서 머리를 동쪽으로 향한다면 우리의 시야에는 형용사 그대로의 즐비 상점이 동으로 뻗쳐있는 것이다. '광명은 동방으로부터'라고 어떤 나라 식민지산産의 시인이 말한 바가 전실하다고 친다면 이곳은 광원지에 틀림없을 것이나 뒤숭숭하게 널려 있는 이 땅은 '황혼의 동방'일 것 같다.

대체 도로의 양편으로 얼굴을 마주 대하고 있는 상점과 상점이 겨우 2열 종대의 전신주 틈에서 안목顏目을 보이고 있고 그렇지 않으면 별안간 싱겁게도 우뚝 솟은 3, 4층 양관洋館의 한 모퉁이 전방에다 격이 맞지 않는 전방차림을 하고 있으니 즐비한 상점의 부조화 풍경을 볼 따름이다.

각설하고 필로筆路를 빨리하여 종로1정목서부터 이 상점 저 상점의 간판을 보기로 하자.

애촌당약국愛村堂藥局, 체신국건강상담소遞信局健康相談所 ― 치과의원 간판이 아무러한 예비상의도 없이 만들고 걸어놓고서 하루 종일 앉아서 기다리는 복덕방영감 모양으로 유심이도 찾아오는 사람과 우편배달부나 짐작하여 두라는 것 같다. 이와 같이 아래층, 2층에 별 다른 영업을 한다면 피차에 광고, 간판, 그 외 상략商略에 대하여 준비협의를 하고서 활동을 하여본다면 어떨까 하는 것이니 우선 간판의 대소, 자체字體, 색채와 장소의 부적당으로 하여 간판 효과의 다분히 상살相殺이 되고 잡연雜然한 불통일로 하여 도리어 우편배달부 이외는 이런 유쾌치 않은 현각현상現覺現象을 기억도 하여 두지 않을 것이다. 그러나 이 집만이 그런 것이 아니며 세집살이 하는 상점은 대개 이와 같다.

광무소鑛務所라는 간판이 서울에 생기기는 불과 5, 6년 전이라고 한다. 그런데도 불구하고 지금의 서울 천지에는 60여개 광무소라는 신통한 영업을 하는 곳이 있다. 금광경기金鑛景氣 ― 백만 원의 단 꿈 ― 살인적 경쟁 ― 맹랑한 설계 ― 등등으로 모여드는 장래의 금광졸부들을 응집하기에는 60여 처(處)의 광무소로는 도리어 부족감을 갖게 한다. 더구나 권모술수를 다하여 선점하고 중매하고 고리대高利貸의 알선을 겸한다면 어찌 60이나 100으로 응수를 하여질 리가 있을 수 있을 것이냐. 조선은 지금 100만 원 꿈에 통틀어 무르녹고 있다. 일확천금의 해명적 표상이 광무소이니 광무소 간판은 100만원의 금화를 커다랗게 그려봄이 어떨 것일까 한다. 원래 광무소의 간판은 대서소代書所의 문패나 같은 것임에도 불구하고 하도 어마어마하게 커다랗게들 하였으니 말이다.

영흥세물점永興貰物店, 보흥세물점普興貰物店 ― 만일 해외의 사람들이 이곳을 본다면 영문도 모르고 이국정서라는 것에 도취하였다고 하련지 모르나 도시 미관이라는 것을 모름이니 이 같이 심할 수는 없을 것이다. 상여喪輿와 신주神主를 한 곳에 진열하기도 일쑤거니와 악독한 단청을 마음껏 한 가지가지의 상례용 물건을 인도에 내세웠으니 워낙 광고효과가 없는 간판을 대신함인지 모르겠으나 조금 근대 상업의 요령을 용하여 건물간판에 유의有意를 하고 실물진열은 그만둔다면 어떨 것일까. 그리고 간판이라는 결코 상호만을 표장標章함이 아니니 가령 예를 든다면 맞은편의 경성의국한약부京城醫局漢藥部의 옥상에 높이 세운 당선임약當選淋藥의 간판처럼 상품이나 세물貰物 그것을 알려서 거래의 직접효과를 차지하는 것이 옳을 것 같다. 그렇다고 하여 경성의국의 간판이 간판으로서 최선의 것이냐 하면 결코 그런 것은 아니니 상품을 직접 고시告示하는 것은 현재 간판광고의 예당사例當事이니 담배간판이나 맥주광고 등은 그 현저한 것으로 경성의국의 한약부라면 무척 커다란 고리高利 단체 비슷하고 한약부의 부자部字가 실력이상의 선전을 하여주는 것 같으나 기실은 물건, 화장, 간판 설비로써 도리어 표과表裏의 모순을 광고하는 결과를 가져오지나 않을까 하는 것이니 퇴색 간판의 교환을 빨리 하여야 된다.

'10년 불변'이라는 것은 좋은 경우도 많겠지만 광고간판에 있어서는 결코 그러한 것이 아니다.

대성관大成館은 냉면의 원조라고 한다. 그동안은 원조싸움이 적은 듯 하다. 각자

위대장^{謂大將}으로 제대로 사계^{斯界}의 원조라고 하나 원조가 반듯이 냉면을 잘한다는 논리의 귀결은 당치 않은 것이다. 냉면의 원조를 팔아먹는 것보다는 바야흐로 무너질 듯한 위험천만한 간판이나마 안정시킨다면 냉면 원조를 방문하는 고객이 안심하고 이 문을 들어올 것이다.

무교정^{武橋町}으로 초입에 금광사진관^{金光寫眞館}은 서향건물이여서 정면의 광선관계가 다소 불리한 것은 면치 못하나 2층 테라스의 설비와 화훼의 배치와 간명한 점호표시는 본정류^流의 진수를 가져온 것이며 만일 이대로의 장래가 이대로 발전하여 앞 편의 건축이 고층 거루^{巨樓}로 화^化하여 가지고 서향광선을 조절하여 준다면 이 사진관의 진가는 비로소 나타날 것이라고 생각된다.

싱거재봉기회사 — 서대문 지점의 2층 전면에 붙인 재봉기계의 확대화^畵는 간판으로서의 광고가치가 큰 것이다. 단지 결점이라고 한다면 아래층의 조각 간판의 조화가 없으므로 지리멸렬한 느낌을 주는 것일까 한다.

욱금고종로판매점^{旭金庫鍾路販賣店}은 신축가옥에 새살림을 차린 것으로 간판 역시 적백세조^{赤白細條}와 해사한 녹색 자체가 원근에서 다 같이 분명하고 그러고 간판의 경사도가 합리적이며 더욱 현저히 경사도에 유의하였다는 것을 표시하는 것으로 간판 상부의 적백 3선의 거리와 간판 하부의 적백 3선 사이의 거리가 다른 것이니 상부는 넓고 하부는 좁아서 외곽의 색조가 선명하게 된 것이다.

아국상회^{我國商會}의 옷감이라고 쓴 큰 간판은 옥상전부를 은폐하여 두대체소^{頭大體小}하여 미관은 12분으로 없으나 전기한 바와 같이 상품을 즉 백^白하고 한글로 '옷감'이라 지시한 것은 옷감장사로서는 첩경의 길을 밟는 것일 것이다. 옷감은 부인의 소용이니 부인들에게 알리기 위하여서는 상호보다도 옷감을 한문자보다도 한글로서 알리어 주는 것이 직사^{直射}적인 것이다.

미야코양장점^{ミヤコ洋裝店}의 부인양장전문이라는 간판은 아국상회의 '옷감' 간판과 색채를 달리하여 '가나'로 상점명의를 정하고 그러고 이 '가나'로 간판을 만들었으니 양장여성에게는 '가나'가 통용되는 모양이다. 그런데 미야코양장점뿐이 아니라 세탁소, 설렁탕집이 무슨 옥, 무슨 옥, 하여 옥자^{屋字}를 많이 쓰게 되어간

다. 조선상점의 명의가 전자塵字로부터 점자店字로 변하여지고 지금 다시 옥자로 변하여지는 대세이니 '가나' 간판을 하는 것도 대세일지나 미야코양잠점의 '미야코'는 양장여성과 구격이 썩 맞은 것 같다.

카페하쿠바무라カフェ―白馬의 '삿포로맥주サッポロビール'의 광고는 '미야코'와 의류意類를 같이 하는 것으로 양장여성뿐만 아니라 카페남성들도 '가나' 환영하는 인간이니 밤 12시 이후 종로 사거리를 본다면 카페남성의 '가나' 행세가 성풍盛風하는 것이다.

아국상회지점양화부我國商會支店洋靴部의 간판은 간단히 글자로 표시하였으나 간판의 이중교차로 무의주의無意注意의 심리학적 진리를 광고로 이용한 것인가. 유형의 반복을 시험한 점도 특색이 있어서 길 넘어 한경선양화점韓敬善洋靴店의 간판에다 비하지 못할 만치 우수한 것이다.

종로 사거리를 넘어서 덕영상점德永商店 · 삼광상회三光商會의 남경南京식 한문간판의 어수선한 배열에 염증이 난 사람은 거름을 빨리하여 청년회관 아래층에 창고형의 상점 간판을 잠간 보고 지나기로 한다.

의학당안경점醫學堂眼鏡店의 돌출유리상箱의 간판의 인물화는 경성서 보기 어려운 귀한 그림이니 한 인물의 희비의 양면상을 평면 묘출描出한 것이다. 의학당의 명호를 가졌으니 가장 학문적일지도 모르나 아름답지 못한 간판으로 낙인을 붙여줄 수밖에 없고 추감醜感 이용의 광고전술이라면 학문을 초월한 상인심리일 것이다.

신용상회信用商會의 간판은 연말 특매의 특별장치이니 특수한 것으로 불문不問에 붙이고 삼일양화점三一洋靴店의 간판은 경사도의 무관심으로 조선 제일의 거구 장신인 금부귀今富貴군이나 이 간판을 광고답게 볼까말까 한다.

백초당약국百草堂藥局은 고호高號도 그럴 듯하나 변체자형變體字形 간판의 배치에도 상인학商人學을 활용한 것 같으니 환경이용법의 우수한 점을 획득한 것이라고 생각된다.

조선이발기구상회朝鮮理髮器具商會의 바리캉 모형의 간판은 종로2정목의 싱거재봉기회사, 서대문지점의 재봉기계 모양과 유사한 것으로 물자를 아끼지 않은 점은 있으나 싱거 회사의 간판만 하지 못한 점은 지리관계로 보아서이다. 무교정직

통도로를 대면한 싱거의 간판은 원거리의 광고를 주안主眼한 것이니 체대를 키울 대로 키운 것이나 이발기구상회는 도로관계로 다른바 많은 것이다. 그러나 근린에 위대한 상점 동아이발기구주식회사東亞理髮器具株式會社가 있으니 그럴 법도 하기는 하다.

동아부인상회東亞婦人商會의 간판은 박물관장품화博物館藏品化하여 고색이 창연하니 바라건대 파물破物이 많이 생기는 일용상품보다는 '조선미야게'[3] 거래를 하여 봄이 창고蒼古한 간판과 배합될 것 같다.

중앙상점中央商店의 '십전균일十錢均一'이라 쓴 적색자형은 10전짜리 상품전문의 독특한 상업경영에 장고를 높여줄 만한 이익을 갖다 줄 것이겠으며 유신양복점裕信洋服店은 가옥전체를 간판화하여 서화로 분분扮分 배치한 것은 요령을 얻은 것 같다. 지금 외국건축계의 새로운 시험으로 표면벽면을 벽화로 분장하는 방법을 종로상가에서 채용할 영리상 만남蠻男을 가져본다면 어떨까.

교백敎百의 상점 가운데에서 대표적인 것을 대총 골라본 것이다. 문명의 여택餘澤이나마 입은 종로상가를 백주白晝에 본 감각만을 기본으로 하고 왈시왈비한다는 것은 그릇된 것이나 제한된 지면이니 거세무시去勢無視하는 수밖에 없는 것이다.

---

3 미야게(みやげ). 토산품, 기념품을 의미하는 일본어.

정축丁표 조선미술계 대관

솔직히 지금의 나로서는 비평의 일은 하지 못할 위인인 것을 자백할 수밖에 없다. 10년 전 혈기에 넘쳐서 미술비평을 일삼아 보았을 때 선배 고희동高羲東 씨에게 기탄忌憚없는 폭언을 올리기도 하였으며 동연同硯 화우畵友 제씨의 작화를 비난하여야 지성志性이 풀리기도 하였었다. 그런데 지금은 당시의 혈기도 내지 정열도 가져지지 못할뿐더러 도리어 이와 아주 딴 길을 걸어 보았으면 하여서 이 졸고도 사퇴辭退하여 보자 하였으나 전 문화 영역의 1년간 회고가 기재되는데 유독 미술계의 소식이 없을 수 없겠는가하므로 이미 그렇다면 1년간의 동정을 재록再錄하는 정도에서 집필하게로 하였으나 짧은 시일에 과거 일간一間 미술계 소식의 재 조사도 어려운 바 있으니 대체로 기억에 나는 몇 가지를 초草하여서 그 책責을 갚을까 한다.

금년의 미술계에 있어서 집단적 의미로 하나의 반가운 일과 섭섭한 두 가지 일이 있었다 할 것이니 조선미술원朝鮮美術院의 탄생은 우리 미술계의 반가운 소식일지나 이것은 동원同院의 관계자인 내가 이 이상 더 말하기에는 자화자찬이 될 것이므로 생략하여 두고 모든 의미에서 근대 조선미술계의 모태인 서화협회書畵協會가 금년도 전람회의 불不개최는 짐짓 추풍막락秋風莫落의 느낌을 주고 있다. 연연히 미술의 가을이 협전의 불개최로 올해는 그저 단풍 드는 가을을 천송踐送할 따름이니 고적孤寂한 마음 오죽 나만 갖지 않은 것 같다.

또 하나는 조선일보사 주최 전조선학생미술전람회全朝鮮學生美術展覽會의 불개최이다. 작년 동 전람회의 장내를 일별하고서 나는 나대로 이런 해석을 가져보았다.

조선의 미술계는 이제부터 태동하는 것이 아닐까하고 그것은 지금까지의 우리의 선배나 또는 정력적 화우 제씨의 노력이 노력이라느니 보다는 미술가로서의 자기를 버리고서 오로지 미술교육가로서 구름을 만들고 분위기를 만들고 빛을 만들어 가지고 참된 의미로 장래할 미술가를 제작하는 것이 또는 그 성과가 곧 학생전람회가 아닐까 하였다. 그리하여서 이런 전람회가 회를 거듭하기를 마음으로 기대하였던 한 사람이었다. 근대 조선미술사의 전기적 존재인 우리는 이런 화畵학생의 미래에 거대한 희망을 가졌던 것이 개최 중지를 보았으니 어찌 섭섭하지 않으랴.

그러나 이상의 두 전람회는 사태가 바꿔지는 때 자기의 힘이 축적된 대로 다시 우리를 반갑게 하여 줄 것이려니와 석양판 루거우차오蘆溝橋의 한방 총소리로 하여서 골동 브로커에 의존하였던 미술가들이 급각도로 전향을 하지나 않을까가 문제의 하나이다.

조선에서는 아직 화상畵商이 없고 무지한 골동상이 횡행하면서 있으니 이들의 요구에 따라 상품화작(畵作)을 제작하던 화가들이 참락慘落하는 골동품과 같이 걸음을 같이 하지나 않을까. 그리하여서 그것이 앞으로 오는 시대에 어떻게 표현될 것인가가 흥미 있는 문제이다.

미술가의 전향이 반드시 일률적으로 화단에 타격만을 주는바 아니니 먼저 말한 바와 같이 미술교육가로서 교편을 잡음도 불가한 바 없을 바이며 순수미술에서 삽화에로 자리를 옮겨 가지고 화단을 측면 옹호함도 또한 불가하지 않을 것이다.

기왕 삽화의 말이 났으니 금년도에 있어서 우리의 삽화계는 그 제판술製版術의 유치함에도 불구하고 비범한 진경을 보이고 있다. 『조선일보』의 김규택金奎澤, 정현웅鄭玄雄 양씨와 『동아일보』의 홍득순洪得順, 『매일신보』의 이승만李承萬 씨의 연속적 노력은 급기야 의연 우열한 제판술로 하여금 실력 이상의 명예를 갖게 하였고 조선인물 내지 조선의복에 대한 새로운 정형을 세워주려는 또는 거의 정형화의 공작工作을 대체로 한 김규택, 정현웅 양씨의 공적에 나는 많은 감사를 가지며 더욱 잡지 『소년』 지상에서 정현웅 씨의 삽화를 대할 때에는 가끔 미소를 나는 가져볼 적이 있다.

다음으로 전람회를 중심으로 하여서 약간의 기억을 살려 본다면 금년 화단 활동의 첫걸음으로써 조선미술원 낙성落成기념 전람회가 4월 벽두에 있었으나 이것은 미술원의 창립자의 일원으로서 자찬에 빠질 우려가 있으므로 겸신謙愼하는 나머지, 도리어 솔직한 논의를 피하거니와 그렇다고 하여서 조선미술원 총수이며 현재 동양화단의 거봉巨峰 김은호金殷鎬 씨의 15, 16점의 근업近業을 일당에 모은 위관偉觀을 잊을 수 없고 허백련許百鍊, 박광진朴廣鎭 양씨의 부단히 연마를 직설적으로 말하는 수십 점의 고심작을 볼 때에 동인의 하나로서 자연 머리가 숙여졌다.

고 관재貫齋 이도영李道榮 씨 이후의 동양화는 근대적 음향을 가진 것이라고 나는 보고 있다. 김은호 씨, 이상범李象範 씨, 노수현盧壽鉉 씨, 허백련 씨는 각기 영역을 달리하면서도 그러나 근대를 동경하는 특이한 네 기수이다. 김은호 씨의 우아優雅, 이상범 씨의 정적靜寂, 노수현의 강곡剛穀, 허백련 씨의 활담活淡을 1실에 집중하여 볼 흥행적 가치도 생각되지만 그보다는 한걸음 현재 조선 동양화의 전폭적 음미로써 있어지기를 갈망하는 바이다. 금번 동원 전람회에 비록 소폭일지나 이상범 씨를 제除하고서 그 외 3씨가 출진하여 과연 서로 이채를 보여주어 더욱 4가家의 종합전을 요망하게 된다.

그리하여 오직 이상범 씨의 작품만을 찾아 5월 조선총독부미술전람회에 눈을 보내는 것도 무의미하지 않을 것이다.

이상범 씨의 출품작은 씨로서 근래의 우작優作이었다고 기억되어 농聾, 아啞 이중고二重苦의 화가 김기창金基昶 씨와 규수閨秀 화가 정찬영鄭燦英 씨의 제작을 대할 때 전자의 생리적 신고辛苦와 후자의 가정적 번잡을 돌관突貫하는 지기志氣에는 자기 반성의 좋은 교재였다.

별실의 서양화부에는 이인성李仁星 씨를 필두로 하고 김중현金重鉉, 심형구沈亨求, 김인승金仁承 제씨가 전심全心, 전력全力, 전령全靈을 경주傾注한 대작을 한 가지로 보여주어 동 전람회로서는 처음으로 현란한 호화판이 만들어진 것이다.

이 전람회를 본 후 우연이 춘원春園을 만나서 한담閑談을 하던 기억이 지금 우러난다. 서진달徐鎭達 씨의 작품을 가지고 그는 회심의 가작이라고 칭찬을 한 듯하다. 황의黃衣의 조선여성과 조선식 청동화로를 통하여 소위 조선적 정서를 영묘靈妙하게 표백表白한 화재에 놀랬다고 말한 듯하다.

일반으로 미술 감상의 태도는 미술의 기본적 요소를 탐색 완상玩賞하기 전에 그 '작용'을 감상자 자기류自己流의 문학적 해석을 붙여서 보는 것이 통례일 것이

다. 춘원 역시 이 파派에 소속하였으나 '작용'을 잃은 회화도 예술도 없을 것이니
서진달 씨의 작품은 유창한 일품逸品이므로 감상태도를 달리하면서 나도 그에게
동의를 표하였다.

그러나 이 문제는 아직 조선에서는 염두에도 오르지 못하고 있나니 연연히 총독
부미술전람회에서 가장 그것을 느끼게 한다. '조선적', '향토적', '반도적'이라는 수
수께끼를 가지고서 미술의 본질을 말살하는 모험을 되풀이하고 있는 연고이다.

이것의 예로써 동 전람회에 출진한 수많은 공예품에서 제저題著가 보는 것이니
이것은 지나가는 외방인사外方人士의 촉각에 부딪히는 '신기', '괴기'에 끝일 따름
이고 결코 '조선적'이나 '반도적'인 것은 아닐 것이다.

본래 향토적 의미는 미술소재의 지방적 상이相異와 종족의 풍속적 상이와 각개
사회의 철학의 상이를 말하는 것이나 그러나 의연 미술의 본질은, 그 구성요건은
별립別立을 허용하지 않는 것이다. 그러므로 동 미술전람회의 수다한 공예품과 또
는 조선적 미각을 가졌다는 우수한 회화는 통틀어서 외방인사의 향토 산물적 내
지 '수출품적' 가치 이상의 것이 아니라고 나는 늘 생각되어지고 있다.

총독부전람회의 뒤를 이어 목시회牧時會의 전람회가 그러니 금년도의 도미掉尾
의 전람회가 되었다. 장발張勃, 이종우李鍾禹, 길진섭吉鎭燮, 김용준金瑢俊, 구본웅具本雄
씨 등이 어깨를 같이하고 독특한 세계를 형성하려는 정의情意에 감격을 가졌으며
종말로 아직 사회적으로는 공개되지 않았으나 외우畏友 이여성李如星 씨가 장대한
계획 밑에 조선역사의 회화회繪畵化를 비롯한 것을 소개하여야 되겠다. 이여성 씨
의 박식과 독학篤學과 윤필潤筆은 세칭世稱 범속된 전문가의 지위가 뛰어났으며 또
동일이 논할 비례를 나는 가지고 싶지 않다. 나는 생각하기를 씨의 성공은 곧 씨
만의 영예가 아니라함이다.

김종찬金鍾燦 씨로부터 이송령李松齡 씨에 이르기까지 제씨의 개인 전람회가 있
었으나 씨명, 장소, 시일 등 통틀어 망각하였으므로 재록이나마 하지 못한다.

10월 말 병상에서

육체의 탄력

검은 장막에 유백^{乳白}의 사지가 간드러진 포물선을 그린다. 허공을 헤치고 나르는 육탄^{肉彈}은 천백^{千百}의 심장을 파열시키고야 말 매력을 가졌나니, 생경한 선조^{線條}, 사변^{思辨}적 내용, 극적 설명법 등등. 비판적 구문^{口吻}을 가지고서 말하려는 자의 오관을 관통하고 만다.

그래서 그 창상^{創傷}에서는 김나는 한숨이 슬며시 나오니 멍 — 하고 벌린 입! 풀어진 눈은 판단중지의 결국^{決局}적 상모^{相貌}이다.

비평 — 질문 — 모든 것은 그 풍염^{豊艶}한 육체에 물어볼지며, 함축 있는 탄력에 대하여 보고서이다.

'마음의 창을 두드리는 손이여' 그 힘은 과연 크다고 할 것이다.

관무기일절^{觀舞記一節}

재도쿄미술학생의 종합전 인상기

10여년을 두고 기도는 번복하면서 현실화하지 못한 숙현^{宿顕}을 이 봄, 이 멤버로써 재도쿄미술학생종합전람회^{在東京美術學生綜合展覧會}의 이름으로써 '향토방문'을 한 것에 대하여 우선 반가웠다.

다소의 시일이라도 도쿄에서 화학생^{畵學生}의 생활을 가져본 사람으로서는 이번의 미술학생종합전의 개최를 보고 일종의 수치심을 느끼나니 과거에 논의만 거듭하다가 의견의 갈래를 수습하지 못한 바였다. 미술학생의 '향토방문'이라면 격에 맞지 않는 것 같으나 기실 비행사들의 향토방문 비행이라든가 음악 하는 사람들의 음악회 행진 등 그의 소요^{騷擾}로운 것보다 업을 같이하는 사람이라서만이 아니라 착실히 친화할 맛이 있었다.

회장에 들어가기 전에 첫째로 이 회합의 자겸^{自謙}과 내성이 눈에 띠었다. 이 점이 비로소 이 분들로 하여금 숙제의 해결을 한 것이 아닐까 한다.

어느 때나 느끼는 바이나 화신^{和信} 갤러리는 전람회 회장으로서의 시설이 불과당^{不過當}한 바 많으니 더구나 아담하여야 하고 가라앉아야 할 바의 이 전람회도 회장에서 주는 혼탁으로 말미암아 '회장효과'를 죽이게 되었다.

가령 김원진^{金源珍} 씨의 〈만물상 전망〉이라든가 김학준^{金學俊} 씨, 이쾌대^{李快大} 씨 작품이라든가의 피해는 적지 않은 것이 있었고 또 진열방법에 있어서도 '정정가능'을 포기하여 버렸으니 자수, 동양화, 도안 또는 조각의 배열이 착잡하므로 하여 분위기를 형성하지 못할뿐더러 도리어 주체인 서양화 제작에까지도 감상거부의 태세를 갖게 하고 말았다.

김만형^{金晩炯} 씨 〈풍경〉보다는 〈화〉가 조선 사람으로서는 이해하기 쉬웠다.

주재경^{朱載慶} 씨[1] 〈정물〉의 필촉^{筆触}에 불감응^{不感應}하였으나 〈중도풍경^{中島風景}〉은 창일^{倉逸}한 미각이 있었으며, 김원진 씨 〈만물상 전망〉은 나로 보아서는 출진 제작 중 삼고三顧를 아끼지 않았나니 솔직히 말하여서 〈승경勝景 금강산〉의 회화적 요리에 출중한 작가라고 하겠다.

구종서具宗書 씨 〈풍경〉은 '미완성의 완성'을 보인 것이 반가웠고, 홍일표洪逸杓 씨 〈소년〉 코스튬의 형形, 색, 운필의 박자가 상호 혼연하지 못하나 정진 자체가 뚜렷하며, 고석高錫 씨 〈습작〉, 〈이鯉〉를 통하여서 특이한 지향을 가진 작가를 발견한 느낌이 있었고, 이쾌대 씨 〈습작A〉, 〈습작B〉의 세련된 색운色韻과 심형구沈亨求 씨 〈문〉, 〈강변〉의 활달한 작풍은 압권이었고, 김학준 씨 〈소녀〉, 〈상근풍경〉은 투명한 일품이며, 윤효중尹孝重 씨 목조 제점諸点은 조선에서 처음 보는 것이니만치 앞으로 간두일보竿頭一步를 더하여 주기 바라며, 이성화李聖華 씨 조각 〈노인상〉은 기분 표백에 묘언妙言을 가졌으며, 이국전李國銓 씨 조각 〈수首〉는 그 사람의 기량을 아는 이만치 점수부족이 눈에 띠었다.

질식시킬 회장의 공기로 하여서 약질인 나로서는 더 이상 지구완상持久玩賞을 할 수 없으므로 하여 동양화, 자수, 도안의 인상기는 할애하기로 한다.

인상기는 인상기로써 종시할 것이나 사미蛇尾로써 종합전의 회를 거듭하여주기 바라는 바이다. 처지를 같이 하고 지향을 같이 하는 분들이니 유流, 속屬을 달리하는 일절의 작품을 고도高度 통일로써 집성하는 곳에 오는 효과는 절대한바 있을 것이다.

적송赤松의 그늘 속에서 시야가 좁아진 향토작가에게 미치는 영향만으로도 이를 요망 아니 할 수 없다는 것이다.

강을 식식蝕食하는 암석폐병岩石肺病, 암석분말岩石粉末로 해서 생기는 폐병은 국제적으로 큰 문제다.

---

1   주경(朱慶, 1905~1979)으로 잘 알려져 있다.

회장에 들어서자 학생 기질이 그대로 코를 친다. 학생의 기질, 이것은 우리가 평생을 두고 생각되어지며 잊어지지 않는 것이다. 누구나 할 것 없이 학생시대야 장단長短간에 가졌을 것인데도 불구하고 유난히도 되풀이하여지는 동경憧憬이다.

학생 기질을 연구하는 것이 본문의 주제가 아니나 단지 학생 기질 중에 융통자재한 점만은 좀 문젯거리이다.

이번 전람회를 보고서 출품 제씨 중에 이미 학생이 아닌 분도 있으나 통틀어 학생 기질 중에 융통자재한 점만은 뚜렷하였다고 보이니 이것은 보는 사람의 선입견 내지 주위관계일지 모르나 사실인 듯한 느낌을 지금까지 가지고 있는 바에는 어찌 할 수 없다.

융통자재라는 것은 한편 활달무애豁達無碍한 좋은 점도 있지마는 또 한 편 책임 도피의 엉뚱한 점도 있는 것이니 이럼으로 하여서 이런 전람회에는 한 편에 주의 감상이 필요하다는 것이다.

출진出陣 작품이 거의 전부가 미완성품이라고 볼 수 있는 것과 또는 습작의 정도라고 할만한 것과 모작과 자기 과시로써 운필運筆되었다고 볼 수 있는 것과 또는 이것들의 한꺼번에 혼선되어 있는 것들이다.

이렇게 말하면 가혹한 것 같으나 기실 이렇게 보기 첩경捷徑으로 모든 것이 안배按排되었으니 말이다.

그 중에 주목할 제작諸作은 심형구沈亨求 씨의 소품 2폭과 김원진金源珍의 만물상과 이성화李聖華 씨의 조각이 있을 따름이며 앞으로 기대를 가질 작가로서 고석高錫 씨, 김학준金學俊 씨, 김만형金晩炯 씨 등이라고 생각되니 이 분들은 먼저 말한 바의 융통자재한 점이 없고 학생 기질 중에서 호흡하면서 학생을 떠난 까닭이라고 믿는다.

망언다죄妄言多罪

걸궁의 어느 일순간 동작_ 최고의 아름다운 포-즈

민속연예대회를 구경한 소감을 이야기하라고요? 글쎄요. 그저 좋았습니다라고 여쭤야 인사말씀이 될텐데 좀 그렇지가 못해서 원……. 솔직히 말씀드리면 기대보다는 못했습니다.

그도 그럴 것이 지금 우리의 예술을 감상하는 눈은 훨씬 높아졌고 그 민속놀이 자체는 오히려 옛날 산과 들을 배경으로 하고 흙냄새 구수한 논두렁 밭고랑을 무대로 하여 뛰놀던 그때 그 시절보다는 훨씬 퇴색하고 싱거워졌으니 그 두 사이에 거리란 실로 까마득한 것이 아닙니까.

그야 이것이 우리의 조상님네가 하던 놀이요 장난이니 하면 왜 소중하고 보배로운 생각이 없겠습니까. 그저 덮어놓고 절이라도 하라면 넙적할 것 같은 감격이야 많지요.

그중에서 어느 것이 제일 재미있었느냐고요? 아무래도 봉산鳳山탈춤을 제일로 들어야 할 겁니다. 그것은 그럭저럭 수정만 해놓고 보면 한 개의 무용극으로 꽤 쓰겠더군요. 그런데 그것도 템포가 어찌 느린지 그리고 무대적 훈련이 전혀 없는 탓이랄까, 새이새이 절단이 되고. 그래도 좋았습니다.

그리고 그 다음은 권농勸農패가 눈에 띠었는데 그 패의 왜 동기童妓들이 나오는 게 있지 않아요? 그 동기들이 팔을 이렇게 들려고 하는 그 순간의 포즈, 물론 팔을 완전히 든 다음엔 벌써 해방이 되어서 재미가 적습니다. 그것은 무척 아름다운 것이었고 또 내가 만일 조각에 옮기고 싶은 것이 있었다면 역시 이 장면이었습니다.

어쨌든 이 앞으로 이 민속놀이가 많은 전문가의 손을 빌어서 좀 더 세련되고 미화하기를 바랄 뿐입니다.

제17회 조미전평[1]

내가 새삼스럽게 선전에 출품을 다시 하기는 이제 3년째이다. 그러니 13년 전에 한두 번 이 전람회에 출품을 하다가 이것을 버리고서 구본웅具本雄, 장기남張基南, 양희문梁熙文, 등 제형에게 후사後事를 부탁하고 서북으로 표류부침漂流浮沈 하다가 급기야 돌아오니 선전 조각부도 나와 거의 같은 시간을 수면하고 있었으며 구본웅 형 등 제우諸友들도 스스로 새로운 길을 걷고 있었다.

이보다도 내가 말하고 싶은 것은 내가 이번에 이 전람회 인상기를 써보려는데 있어 또한 옛날 나를 회고하여 보자는 것이다. 그 당시에는 전람회라고 일 년을 통틀어서 조선미술전람회와 서화협회전람회의 두 곳 밖에 없었으며 그것도 거의 동일한 작가가 두 곳에 출품을 하였으므로 해서 따라서 미술비평 내지 인상기 같은 것도 몇 사람의 출중한 작가의 개인연구에 지나지 않아 결국은 화가론에 그치게 되고 말았다. 이러고 보니 여기에는 무서운 결과를 가져오게 된다. 때로는 우정을 흔들어 놓았다.

그런데 피차에 이곳에서 다시 만나려니 하였고 또다시 만나게 된다면 나로서는 10여 년 전의 부질 없던 관계를 하나씩 하나씩 정정하고 싶었다.

춘곡春谷, 무호無号, 의재毅齋[2]를 비롯하여서 수많은 선배는 이제는 이 전람회에서 찾을 바 없으니 나의 소회를 풀 수가 없는 것이다. 전람회뿐만이 아니라 어디서든지 신진대사의 작용은 있어야할 것이나 그렇다고 하여서 의연 역량 있는 선배화가를 한 전람회장에마저 오지 못하는 것은 ─ 또는 출품을 하지 않는 것은 ─ 하나의 섭섭한 일일 것이다.

---

1   이 글은 제1부 동양화→제3부 공예와 조각→제2부 서양화 순서로 연재했다.
2   춘곡 ─ 고희동(高羲東, 1886~1965), 무호 ─ 이한복(李漢福, 1897~1944), 의재 ─ 허백련(許百鍊, 1891~1977)을 각각 지칭한다.

여기에 나는 여러 방향으로 생각을 하여지게 되나니 현재의 조선에 있어서 선전과 대등하거나 그렇지 못하더라도 이에 대비할 만한 전람회를 또 가질 수 있다면 그것은 그리 생각할 바 아니나 그렇게 되지 못하는 한 퇴역하지 않은 많은 선배의 출진을 희구하게 되며 그렇게 됨으로써 옳을 것이라고 생각된다.

들으니 지금의 전람회장의 두어 배 되는 미술관을 신축하고 명춘明春부터 새로운 기운을 가지리라 한다. 이 기운의 가장 효과적 수확을 수확하기 위하여서 선배를 선배대로 예우하는 모든 방법을 생각해내어 새로운 출발을 비롯해졌으면서도 하고 또 이런 전례로서 선진지대先進地帶에서는 주객양면의 사태로 반복을 거듭하고 있는 것이다.

만일 우리의 생활이 모든 점으로 보아 질서가 있다면 각자 자기의 길을 직선적으로 갈 수가 있을 것이고 진행중도에 다소의 곡절이 있다손 치더라도 거기에는 곧 자기의 반성이 뒤를 이어올 것이니 재출발이 무난할 것이나 현재의 사정은 동떨어져있어 한 번 분위기를 벗어나면 좀처럼 원상회복이 불가능하게 된다.

가령 이 전람회에 10여 년간을 두고 연속 출품하다가 어느 시기에 만일의 실패를 보면 이 화가로서는 그 다음부터 거의 이 전람회에 대한 흥미를 아니 가져지고 있으니 구경究竟 전람회는 연년이 신문사 회면을 번잡하게 하는 신인의 교대 출몰을 거듭할 따름이며 다소 내력이 장구한 전문인은 형영形影을 감추어지게만 꼭 되어 지는 느낌이 없지 않다.

그러나 선배의 작품을 어떠한 형식으로든지 이곳에 보여지게 할 수 없을까, 이것이 나로서는 오래 떨어졌다가 대하게 되느니만치 많이 생각되어진다.

—『조선일보』, 1938.6.8

제1부 동양화

허건許楗 씨 〈시우적청時雨適晴〉은 원산遠山과 가옥의 진정真情을 찾지 못하였으며, 김영기金永基 씨 〈망우리풍경忘憂里風景〉은 허건 씨의 작에 비하여 점재点在한 가옥의 묘법이 의당宜當하며 색계色階의 해조偕調를 얻고, 김기창金基昶 씨 〈하일夏日〉은 시대와 주의主義를 압도하는 교묘한 작품 기교도 여기까지 잃은 사람은 과연 드물지 않을까 한다. 구도의 처리, 사실의 지경至境. 더욱 작자의 근로를 바라며.

이응노李応魯 씨 〈동원춘사東園春事〉는 안온安穩하였던 고향남화(南畵)을 버리고 새로운 모색의 길을 떠난 하나의 이민, 나는 이렇게 생각하여 보았다. 바야흐로 전향기에 섰으니 절충의 파종은 또한 피할 수 없으리라고.

김중현金重鉉 씨 〈춘일春日〉은 화폭의 적은 탓으로 머리에 오는 것이 약하니 앞날의 대작을 희망하며, 정도화鄭道和 씨 〈원유原游〉는 복욱馥郁한 결구結構인데도 불구하고 억센 느낌을 갖게 하니 세련되지 못한 까닭이라고 할까.

허림許林 씨 〈전가田家〉를 보고서 나는 나 자신에게 이런 것을 말하였다. 정로正路는 때로 형극荊棘의 길이나 그렇다고 하여서 방도傍道를 찾지 말라고.

조중현趙重顯 씨 〈웅시雄視〉 장내에서 오직 한 점의 영모화翎毛画를 전람회 공기를 과히 호흡하여서 뇌동성雷同性을 가지게 된 수많은 화가들에게 시사示唆가 있겠고, 허조許澡 씨 〈여아〉는 화가로서의 총명이 부족하지나 않을까 가령 치맛주름의 산만한 것과 하나하나의 선조線条에 의감疑感이 가득 찼으니 이것을 버려주었으면 하며, 이한구李漢九 씨 〈춘경春耕〉은 앞으로 다작을 바라며 피차에 같이 생각할 것은 '예술가는 자기의 결점을 살리라'는 말을 다시 한 번 뒤집어 생각할 바이며, 정종여鄭鍾汝 씨 〈산촌수성山村水声〉은 출진 남화 중에서 뛰어난 일품이라 믿는다.

김은호金殷鎬 씨 〈향로香炉〉를 보고서 나는 이런 것을 느꼈다. 일 년 중 다만 몇 날이래도 좋으니 잡용雜用의 세사細事에서 초탈하여 지낼 수 없을까. 씨를 잘 아는 나로서는 연속되는 가우家愚 속에서 촌시寸時를 엿보아 집필하던 씨의 책임감과 놀랠 만한 단시일에 이만한 것을 완성하여 놓는 씨의 숙련이 부러워지며, 이영일李英— 씨

〈산양의 도〉는 전람회 전체를 통하여서 무감사급의 무책임한 출품 중에서 빛나는 존재이라고 생각하였으며, 이상범李象範 씨 〈모운暮韻〉은 솔직히 씨의 진경進境을 말하지 않는다. 씨의 화격畵格은 여기에 그치고 말 것인가는 씨의 주위에 있는 사람으로서 하나의 수수께끼이다. 화가는 창조만이 일이 아니고 때로는 파괴의 일도 하여 보는 것이니 씨로서는 기성의 자기체계를 부셔보는 모험을 하여 주었으면 한다. 모험으로부터 오는 고난이야말로 화가로서의 생애를 두고 미각味覺할 오직 하나의 유감일 것이다. 하므로 〈모운〉 역시 장대한 구도인데 불구하고 감수성이 그리 둔하지 않은 우리에게는 너무나 감미를 주는 바이므로 씨를 위하여서 자진하여서 자기체계를 붕괴하여 달라는 바를 말하는 것이며, 박원수朴元壽 씨 〈정적〉과 배렴裴濂 씨 〈계곡〉과 심은택沈銀澤 씨 〈정교靜郊〉와 정용희鄭用姬 씨 〈촌경村景〉도 이상범 씨에게 보낸 충언을 그대로 올리고자 하나 여기에는 한 장의 부전附箋이 또한 필요하니 이상범 씨는 씨대로 자기 독특한 화풍을 아로새겨냈거니와 이상 제씨는 이상범 씨의 풍도를 그대로 전수하여서 안일을 읊조리고 있다는 점이 더욱 생각거리이다. 지금 이상의 제작을 가지고 그 화가의 성명으로 바꿔 놓는다 치더라도 누가 그 우열을 말할 수 있을까. 결국 씨 등은 현재에 있어서 이상범 씨의 부록적 활동을 하고 있다고 극언을 할 수 있는 만치 반성의 뒷길이 열려있으며 우리들은 화가가 되려하며 결코 화사畵師가 되어지고 싶지 않다.

송기근宋己根 씨 〈등화가친灯火可親〉은 우선 형태의 연구가 미개척 그대로이며 장우성張遇聖 씨 〈연춘軟春〉은 유창流暢에 그치고 이석호李碩鎬 씨 〈신선新鮮〉은 씨의 노력이 반가웠다.

—『조선일보』, 1938.6.9

제2부 서양화

양달석梁達錫 씨 〈가두예원街頭藝園〉은 외광파外光派 초기의 점묘법을 습용襲用하셨으나 강건한 소묘의 힘이 없어서 공허를 갖게 하며, 김인승金仁承 씨 〈습작〉, 〈지생芝生〉, 〈나부〉의 거대한 3폭은 장내를 위압威壓하고 있다. 나로서 씨의 화업을 대할 때마다 선전 초기에 있어서의 고 강신호姜信鎬 형과 다음으로 고 김종태金鍾泰 형을 추억하나니 강, 김 양씨가 타계한 후 일말의 애수를 가졌던 우리네에게 김인승 씨의 출현은 과연 즐거운 일이다. 〈나부〉의 냉철을 거쳐서 〈습작〉의 온정은 그대로 꿈을 주고 있다. 더구나 〈습작〉을 보면 화가 자신이 얼마나 자연관조에 친절한가를 읽어지나니 의벽衣襞의 하나하나가 인생의 부드러운 것을 말한다. 그리고 〈지생〉에는 구구한 세평이 있으나 씨를 잘 알고 있는 나로서 말하라고 한다면 지금으로부터 15, 16년 전에 저작권 문제로 하여서 세계의 대표자가 이탈리아 수도에 회합하였을 때 미술에 있어서의 포즈 문제가 문제되어서 한동안 신문지를 시끄럽게 한 일이 있었던 것이 생각된다. 그러나 이 문제는 결국 하등의 새로운 결정을 보지 못하고 그후 지금껏 여기에 대하여 새로운 토의를 기획하지 않고 있으니 그 까닭은 만일 소설이나 시가에 있어서는 번역 내지 번안이 곧 원작자의 저작권을 침해하는 것일지나 회화 내지 조각에서는 이것의 사정이 다른 것을 알아야 할 것이니 동일한 초목草木, 동일한 과실果實, 동일한 장소를 회화화繪畫化한다고 하여서 선작자의 우선권을 침해하였다고 말할 수 없을 것이며[이 점만은 문학에서도 동일하다고 생각된다] 여기서 한걸음 더 나가서 구도, 색채가 총체로 동일하지 않을 바에야 부분적으로 유사한 것을 문제로 등장시키는 것은 다시 한 번 문제 삼는 자기를 회고할 바 있지나 않을까 한다. 우리는 때로 '우연의 일치'를 볼 수도 있고 또는 의식적 모방도 할 수 있으니 그 모방이 모방에 그치지 않고 얼마나한 정도로 소화하여서 자기의 물건을 만들어져 있는가 하는 데에 문제의 요령은 감추어져 있다고 생각된다. 하므로 나는 씨를 대신하여 수많은 종교화와 동양전래의 남화에 그 예를 일일이 지적하여서 문제를 제기한 인물들에게 보내고 싶으며 더욱 목전에 있는 이 전람회 양화실에서도 분명한 표본을 두어 개 골라서 계몽을 시켜 보고 싶은 생각까지도 갖고 있다.

임수룡林手竜[3] 씨 〈풍경〉은 유창한 가작이나 부드럽기만 하여 골격이 가는 것이 앞으로 불건강의 전징前徵인 듯 하며, 백영제白英濟 씨 〈소녀습작〉은 분절分折적 연구가 필요할 듯하며, 박수근朴壽根 씨 〈농가의 여女〉는 백흑조白黑調의 해음偕音이 적절하나 이와 같은 화작은 안이한 듯하면서 곤란할 것이라 생각되니 작가의 대성을 위하여 변화를 진정한 의미에서 더욱 크게 보아주었으면 하고, 백영제 씨 〈K의 상〉, 한상룡韓相龍 씨 〈풍경〉은 다 같이 무난한 작품이며, 최연해崔淵海 씨 〈여인상〉, 〈풍경〉 중에서 나는 〈풍경〉을 사랑하며, 장경환張景煥 씨 〈정물〉, 서태노徐泰魯 씨 〈정물〉은 통틀어 이품二品을 합하여 가지고 다시 이분二分한다면 절장보단折長補短이 되지 않을까 생각을 하여 보았다. 장경환 씨의 〈정물〉은 특이한 필촉에 노심한 까닭인지 질감표현에 용의가 부족하였고 서태노 씨의 〈정물〉은 광감의 무질서로 톤이 조각조각 흩어져 있어 보이며, 정진홍鄭鎭洪 씨 〈기타〉 수채화로서 부채賦彩와 운필이 자재自在하여 포국布局의 파탄을 가리고 있으며, 권오동權五東 씨 〈인물〉은 사의寫意가 분위기 표백에 집중되어 보이나 그렇다고 하여서 인물아동과 상床과 의자의 실감포착을 등한할 수 없으리라고 생각하여지며, 안승각安承珏 씨 〈청음聴音〉은 취재에 속취俗趣가 있는 것이 반갑지 않으며 인물의 안면의 표현수법, 동체胴體의 표현이 화협되지 못한 것은 소묘력의 부족이나 아닐까 하는 생각을 갖게 하며 축음기 배경의 색조는 혼탁하여 보이며, 조덕환趙德煥 씨 〈K군〉은 재미있는 소폭이고, 이인성李仁星 씨 〈무舞〉를 보고 씨의 기품과 정열을 아는 나로서는 창의의 일단을 말하는 〈무〉에서 불일간不日間 완성되리라는 대작을 꼭 미각하고싶은 의욕을 가져지게 하며 또 동시에 씨의 패기를 호흡하여 보고싶다.

—『조선일보』, 1938.6.11

3　임군홍(林群鴻, 1912~1979)의 본명이다.

이대원李大源 씨 〈구상丘上의 총전蔥畑〉은 강조된 색채와 흥분된 야취를 나는 무척 사랑하여 보았으며, 김인지金仁志 씨 〈해녀〉는 다시 가감加減을 허락하지 않을 만치 통합된 가작이라고 생각되어지며, 김영건金永健 씨 〈풍경〉은 일견 무난하나 기백이 없어 보이며, 고석高錫 씨 〈정오의 우사牛舍〉를 보고서 2개월 전 도쿄미술학생전람회에서 처음으로 씨의 작화를 대할 때의 나를 곧 회고하여 보았다. 씨의 독특한 색감 신경에 많은 시사가 있었음에도 불구하고 이번 작품에서는 그러한 깊은 인상을 가져지지 못한다. 그것은 인물과 우牛와의 필치의 무정리無整理에서 오는 것일까, 또는 계鷄의 지나친 리얼한 탓일까. 씨의 전용색에 씨자신이 도리어 끌려들어간 탓일까. 하다면 무저항의 미를 가져주었으면 하는 바이며.

박문홍朴文弘 씨 〈질녀姪의 친구〉, 〈기타를 가진 남자〉는 고심의 자체는 보이나 선에 자신이 없고 제복색의 단조와 〈기타를 가진 남자〉의 창외풍경은 작자와 더불어 다시 한 번 생각하여 볼 점이라고 말하고 싶으며, 김원진金源珍 씨 〈추억〉은 작화상 간요肝要한 점 그러나 초보적인 점을 알리고 있으니 그것은 청황적백靑黃赤白의 색채를 바르기 전에 소직素直한 자연관상의 태도를 요청하는 것이다. 예를 든다면 조선의복의 '동정'과 '깃'이 좌우 어느 편으로 여미는 것일까 하는 것부터래도 물론 중대한 일은 아니나 친절하게 보아줬면 하는 바이다.

마티스[4]는 "미소를 하면서 말하되 1개의 구체球體를 제대로 그릴 수 있으면 그것으로 제법 화가라고 자처할 수 있다. 색채 같은 것은 그 다음으로 오는 것이라"고.

김용조金竜祚 씨 〈어선〉은 그림을 만드는데 매우 교묘한 작가는 유쾌하게 색채를 배열하였다고 보이며, 이병삼李炳三 씨 〈농촌학동〉은 일종의 별다른 의화意畵는 인정하나 거기서부터 정말 승부가 있어질텐데 왜 붓을 놓았는지 불가해의 하나이며 왕년 씨의 조각을 보고서도 이것을 느꼈던 바이며, 심형구沈亨求 씨 〈수변水邊〉, 〈전복戰服〉은 그 노력을 먼저 장하다고 생각되며 전 화면을 평등의 노력으로 묘파描破한데 씨의 정직한 것이 표백되었다. 그러나 씨의 과도한 정직은 〈전복〉에

4　앙리 마티스(Henri Matisse, 1869~1954). 20세기 프랑스의 화가. 야수파 운동의 주역으로, 색채와 형태를 중시했다.

와서 관상하기에 괴로운 부분을 만들어 주었고, 이갑경李甲卿 씨 〈게蟹〉는 씨의 진경을 보여준다. 현재 선전 양화부에 오직 하나인 규수화가閨秀畵家이므로 씨의 전정前程에는 많은 흥미를 가지고 있다. 예년에 비하여서 〈게〉는 회화 대상을 씨가 구사하게 되었다는 것이 비로소 보이며, 김중현金重鉉 씨 〈춘난春暖〉, 〈왕십리풍경〉은 만일 100호 이상의 대폭으로 그대로 옮겨 놓는다면 그 중후한 양감이 더욱 뚜렷하였으리라고 나는 생각되어졌다.

나로서 이렇게 생각하게 된 것은 '고나시'의 문제이니 씨의 금번 작품에서는 '고나시'가 부족하지나 않을까한 바이며 이 정도로 한다면 화폭이 컸더라면 하였다. 이것은 나의 무지 또는 착각일지 모르나 색층과 색층의 중간이 너무 격변한데 원인이 복재伏在하여 있다고 생각하며, 최계순崔桂淳 씨 〈교외스케치〉는 씨가 새로운 경지를 찾아낸 것이 나로서는 유쾌한 일의 하나이나 왕년의 씨의 화업에서 보던 목가를 들을 수 없는 것이 일편 적막하다. 너무나 미묘한 것이 위험을 부르지나 않을까.

끝으로 중복하여 말하고 싶은 것은 선배 제씨의 출품 문제이다. 선배 한 사람의 동향 여하로 진실한 많은 신인을 발견하게 된다. 가령 이당以堂 김은호金殷鎬 씨의 귀추로 말미암아 씨의 고제高弟 김기창金基昶 씨 등의 천재적 화작을 볼 수 있는 즐거움을 우리가 가져지는 것이 아닐까.

이러므로 나는 이 생각을 버리지 못하고 있다.

6월 5일 망언다사妄言多謝

—『조선일보』, 1938.6.12

제3부 공예와 조각

나는 미술전람회에 가기 전에 덕수궁 내 이왕가미술관李王家美術館을 먼저 보았다. 이왕가미술관이 신축되고 오늘만이 문외불출門外不出의 허다한 비품秘品을 관람시킨다 하여 여독이 채 풀리지 않은 다리를 끌고 갔었다. 나는 과거 조선의 아름다운 공예를 대할 때마다 무척 옛날이 그립다. 〈각장화장상角張化粧箱〉이층칠기부(二層漆器部) 앞에서 곱게 단장하던 작은아씨를 생각해낼 수도 있고 〈중감청자매죽조문서판衆籢青磁梅竹鳥文書板〉을 가지고서 왕희지王羲之의 필법을 공부하던 부지런한 도련님을 그려볼 수도 있고 〈중감포류수금목단지과형병衆籢蒲柳水禽牧丹之瓜形瓶〉을 손쉽게 어루만지던 마님들의 유복하였던 생활이 무척 그립다.

한 시간, 두 시간, 세 시간이 지나는 것을 잊어버리고서 과거 조선의 방방곡곡을 헤매니 그만큼 낭만적이며 감정적으로 기울어진다. 부질없는 문학적 명상이라고 말할 수 있으리라. 그러나 이 자리를 떠나서 선전 회장에 들어서니 이것을 더욱 느껴진다. 이것을 어찌 하랴. 선전 공예부에 배열된 70여 점의 공예품이 근대조선의 어떤 것을 어떻게 말하고 있을까. 어떤 것은 치밀한 것도 있기도 하며 어떤 것은 깨끗한 것도 있기는 하나 그렇다고 하여서 여기서 우리에게 무엇을 주고 있는가.

고려조高麗朝 공예품의 무애無碍한 맛이라든지 이조시대의 공예품이 가지고 있는 고뇌의 정은 지금의 우리에게 무한한 매력을 주고 있다.

나로서는 오직 바랄 것은 선전 회장에 가득이 찬 이 모든 공예품이 앞날의 세계에서 참된 의미를 찾아낼 사람이 생겨지라는 것이니 그것은 지금의 우리로서 도무지 알지 못하는 연유이다.

그 다음으로 조각은 — 윤승욱尹承旭 씨 〈풍윤豊潤〉은 골반 이하에 난점이 많고 제작시일의 관계는 알 바 없으나 수족手足의 무경론無經論으로 통체統體의 양감을 줄였으며, 최상환崔相煥 씨[3] 〈학도〉는 여기서부터 무엇을 할까 하는 것을 알아주었으면 하며, 김두일金斗一 씨 〈흉상〉은 안면과 경부脛部의 연쇄連鎖에 파탄이라느니 보다 전연 무이해가 제일 눈에 띠어 보이고, 김갑수金甲洙 씨 〈자작상〉은 착색의 혼탁으로 관상에 곤란한바 많으나 대체로 무난하며, 현성각玄聖珏 씨 〈젊은 여자〉는 의복의 질감이 박약하다고 생각하며, 김정수金丁秀의 〈조군趙君의 수首〉는 눈

---

5   최동환(崔桐煥)의 오기이다.

썹미(眉)의 연구를 권하고 싶으나 흉상으로서는 가장 박진력이 있어 보였고, 윤승
욱 씨〈한일閑日〉은 조선에서 처음 구경하는 대리석 조각이니만치 미완성품이나
마 큰 기대를 가져진다. 명춘 학업을 마치고 이 땅에서 만날 것을 나는 반가워하
며, 장익달張翼達 씨 〈W양상孃像〉은 양협兩頬과 견부肩部와 모발에 재고를 권한다.

—『조선일보』, 1938.6.10

선전의 성격_ 주마간산기走馬看山記

제18회 조선미술전람회는 그 신축미술관에서 개최된 것만치 초일 벽두부터 구경하는 것을 사업으로 아는 '멋 아는 친구', '멋 모르는 친구'들로서 사람 사태沙汰를 이루고 있는 모양이다.

연년이 선전기 전후에는 미담 추문이 항간에 전파되어 있었고 일반 감상자에게 정당한 비판을 가져지지 못하게 하는 결과가 적지 않은 바가 있음으로 하여서 작품을 통하여 선전의 성격을 될 수 있는 점까지 소개하여 보고자 하나 그러나 소개한다고 하여도 표리表裏의 요절할 실화實話는 약略할 수밖에 없으니 평생 직언하기를 좋아하는 나로서의 하나의 섭섭한 일이라고 생각하는 바다.

참여의 작용과 권한

3부를 통하여 10명의 참여들 중에서 수년을 두고 소위 작품이라고 출진出陣하지 아니하는 인물도 있고 또 출품한 작품이라는 것이 작품에다가 참여라는 금찰金札을 부처서 무식한 눈을 현란하는 마술을 이용하지 않으면 숫제 '미술대용품'을 가져다가 일시를 호도하는 경향이 거익去益 심하여지는 듯하다. 이들의 작품 중에서 선전 회장에서만 통용될 뿐이고 한걸음 나가 도쿄 등지의 무대에서는 영자影子가 없는 도깨비가 되는 수가 많은 듯한데 이것은 그들 개인뿐만 아니라 선전의 명예도 참여의 명예도 결코 아닐 법하다. 금년의 작품 중에서도 무용을 '택견'으로 새로운 해석을 한 작품을 비롯하여서 동서남북으로 배배꼬여 붕괴될 듯하면서도 넘어지지 않는 곡예의 집을 사생한 것 등을 가지고 참여 숭배를 강요하고 있다.

대체로 미술가는 행정 내지 사법관사가 아니다. 선전의 참여는 그것이 종신직終身職이나 양로보험의 일종이 아닐 터라는 것이 건전한 상식일 것이다. 그럼에도 불구하고 그들은 우수한 작품을 생산하여 후진을 계몽하며 선전을 장려하며 참여의 권위를 높이지 않고서 엉뚱하게 전람회 경영사무에 관여하기를 끽호喫好하는 결과, 여러 가지 물의를 일으키고 있으니 선전 기구機構의 명랑을 위하여.

참여의 선출방법, 참여의 권한,

참여의 수당, 참여의 연한, 종신終身

직화職化의 가부可否

등등의 문제에 대하여 응당 연구가 있어질 법하다.

참여, 추천, 특선 등의 금찰 폐지

참여를 비롯하여 추천, 특선까지 여러 가지 표찰標札을 출품작 위에 부친다. 그러나 이것은 영광도 아무 것도 아니고 오히려 주객이 다 같이 부끄러운 일의 하나일 것이다. 금딱지를 만이 부침으로 하여서 엄정한 감상鑑賞을 거부하는 역효과를 일으킬 따름이니 이런 금테 모자를 폐지하였으면 하다. 그 까닭은 금찰 선전으로 하여서 얻는 것은 문화에 뒤떨어졌다는 자기광고일 뿐이며 이외의 부산물이라는 것은 각 개인의 예술양심의 혼탁이다.

—『매일신보』, 1939.6.10

수상제도

현재의 수상제도의 결함은 재래 조선식의 계契나 현재의 무진회사無盡會社의 계산 양식으로 특선 중에서 순번으로 수여시키는 것이니 이보다는 참여, 추천, 특선 등등의 일반에게 수상권리를 주어서 참여 내지 추천으로 하여금 미술가 제작, 미술가 생활을 하게 하는 자위刺衛를 주는 것이 선전의 발전을 위하는 길이며 이럼으로써 비로소 참여 추천다운 작품이 태생할 것이며 그 예산 관계에도 도리어 다소의 잉여가 있을 것이라 하는 것이다. 여기에 좋은 실례를 든다면 초입선, 초특선에게 순번 관계로 수상授賞을 하였다가 그 익익년翌翌年에는 낙선을 하는 바로써 상의 의미가 가장 호리멍텅해진다.

현행 무감사제와 출품자로서의 의향

선전에서 단지 한 사람만이 가지고 있는 무심사, 무감사서양화부라는 어떠한 내규상 규정으로써인지 알 바 없으나 이미 있는 바이니 이것을 광범하게 또는 관대하게 기실은 정당한 운용이 있었으면 하는 사념을 갖게 하는 바가 있다. 누년累年간 선전의 반입 총 점수의 증가율이라는 것은 없음에도 불구하고서 연년이 물거품 같은 신진의 교대만 볼 수 있는 현상을 우리는 주의할 것이 아닐까 한다. 심사원과 참여의 개인 끽호의 여하로 견디기 어려운 불명예를 사는 경우가 직지 않은 데다가 전통적인 기형적인 기득권익을 사명을 다하여 옹호하려는 현상유지파적 참여 등과의 개인감정 여하로 출품을 거부하는 선배 등을 예우하는 방법이 도쿄 문전文展의 전례도 없지 않으니 고려하여 볼 것이라고 하는 바이다.

그도 입선에 있어서 과다하다면 또한 장래의 화를 부르는 것일 것이며 화업에 있어서도 현재의 참여 등등의 무감사급級에 대비하여 우열이 있다면 모르나 공정한 안목으로서 자웅雌雄을 알 수 없는 바임으로써 더욱 불출품 제 선배를 예우하기를 요망하는 것이다. 기타 특선에 있어서도 분명히 승진규정을 알릴 것이며 특선서부터 무감사로의 선출방법이라든가 선출권한이 어느 곳에 있다는 등 그의 명확한 규정이 없어서는 불과 수인의 참여를 위하여의 발분發奮을 피하게 될 것이며 이리하여 선전의 질적 향상은 10년 여일如一 없을 것이라고 안다.

문석오文錫五 씨 작 〈습작〉은 조각에 있어서의 가장 문제로 되지 않을 착색으로 하여금 조각 자체의 양감을 줄여버렸다고 본다. 소조塑彫를 제작할 때마다 실재實材와 같은 효과를 가지게 할 것인가는 실기자實技者로서 버릴 수 없는 괴로움의 하나이다. 그리하여 석고 그대로의 '맛'을 살려보든가 또는 착색으로 하여서 '느낌'을 깊게 한다든가 어떻게 하든지 간에 작의作意가 태동할 때 동시에 결정할 문제이며 이러고서 비로소 점토를 잡지 않으면 효과가 약해진다고 나로서는 생각되는 바이니 극히 말초적 기교 문제일지나 또한 버릴 수 없는 기법의 하나임은 틀리지 않는다. 나의 경험으로서는 주朱, 황黃 계의 착색을 시험할 때는 다분히 속화俗化가 묻어오고 이것을 막기 위하여 광택의 조정이 필요하지나 않을까 하였다.

<습작>에는 착색으로 하여서 철요凸凹가 전도되어 입체감을 잃었다고 보이며 안면표정에만 주력하여 품위의 통속화한 점이 눈에 띠나 이것이 통틀어 나의 벽견僻見일까.

김경승金景承 씨 작 <소녀입상>, <S씨상>의 2점 중 <소녀입상>은 무난한 작품이며 <S씨상>은 흉상으로서의 '깎는 법切り方'에 연구의 여지가 있는 듯하나 이 점은 혹여 주문자의 용도 여하로 좌우되는 경우가 많은 것임으로 작자로써 부득이한 바가 있지나 않을까 한다.

—『매일신보』, 1939.6.11

윤승욱尹承旭 씨 작 <한일閑日>, <욕녀浴女>, <담장淡粧> 등의 제작諸作을 통해서 상식적 문학이 조각의 원칙 위에 서있다는 느낌이 많지 않은가 하였다. <한일>의 조망粗莽이 제작 중에서 가장 먼저 보이며 <욕녀>의 사실력 부족이라든가 <담장>의 희작성戲作性의 과현過現 등은 나의 감상취미로는 공감할 수 없었다. 단지 나로서는 문학보다도 회화보다도 그 무엇보다도 조각을 공부하는 사람이니 이 입각지立脚地에서 옷깃을 풀어버리고 상론詳論한다면 대리석 조각 <한일>은 찬재贊材의 소화력에 대한 의의가 있는 바이다.

석재石材에 관하여 나 자신도 큰 경험은 없으나 그러나 대리석 또는 조선에 많은 화강석이나 강화애석江華艾石, 경주 불석佛石 등등의 제각기 가지고 있는 특질을 활용하지 않고서는 — 이것의 무이해로써는 조각이 되지 않는다는 것만은 짐작하게 되었다고 감히 말하는 것이다. 재료의 부不소화로 하여 족부足部, 비분臂部, 두부頭部 등의 평면화 전前 흉부胸部의 협착미狹窄味가 생기지나 않았을까 하는데 만일 이원형以原型에 있어 조각적 기량 부족이라고 말할 수밖에 없다는 것이다. <욕녀>는 나로서는 도리어 비판을 피하고자 하나 짓궂게 말한다면 피차에 인체의 연구가 선결문제라는 바이다.

이국전李國銓 씨 작 <여女습작>, <나裸좌상>은 금번 조각부 입선작 중에서 가장 경이할 작품이라고 한다. 그것은 작자 이국전군을 너무 잘 아는 까닭인지도 알 수 없으나 시사^{示唆}를 주는 점만을 열기^{列記}하면 표현상 모든 난점을 일거^{一擧}에 쉽사리 통일하여 버린 수단이라든가 모델의 이해가 옳다는 것이다. 조각부 출진 중에서 대상의 모사^{模寫}에만 그치지 않고 대상이 가지고 있는 근본적인 '동^動', '세^勢'를 붙잡자는 노력을 보여준 것은 오직 이군의 두 작품이 있을 뿐이라고 생각되나 오직 한 개의 난점은 감미에 흐르는 것이라고 할까.

채남인^{蔡南仁} 씨 작 〈이^李군의 수^首〉 표피 속에 있는 혈관^{또는 생명 또는 생명의 조직}을 좀 더 분명히 보여주었으면 한다.

지금의 나의 기억으로서는 흐리멍텅하나마 여기에 그칠 수밖에 없으나 통체^{統體}로 일언을 가한다면 체적^{體積}이 크다고 하여서 우수한 조각으로 대접을 받고 실재^{實材}목조(木彫), 석조(石彫), 주동(鑄銅)를 사용하였다고 하여서 상위를 주는 선전^{鮮展}을 연구 도장^{道場}으로 사념치 말고 입낙^{入落}을 초월하여 진정한 조예^{彫藝}를 정근^{情勤}할 것이라고 하는 바이다.

이상의 결과로 선전 조각부는 과거와 동일한 궤도에서 동일한 형태로 이 부침^{浮沈}을 거듭하게 될 바의 제 조건이 의연이 있다는 것이다. 대상에 취해서 박력적 융기^{隆起}된 철요^{凸凹}가 아니라 점토 그대로의 굴곡이 조각이고 이런 조각적 개념을 가진 매너리즘화^化한 로댕이스트인 한 사람이 또 그 이외에 조각의 초보적 상식도 없는 보조원으로서 요리하기는 너무나 요리 그 자체다. 유육^{紐育}적 호화인 만큼 대^對 이국전군의 넌센스가 생기지 않는가 한다. 여기에 나는 선전 조각부의 발전을 조해^{阻害}하는 질곡의 근인^{根因}은 조각부와 공예부의 합동에 있다고 보나니 공예라는 것을 일언으로 말들을 하나 공예 만큼 다기복잡^{多岐複雜}한 것이 없는 것이다. 그런 복잡한 공예를 감별하기에도 본래 1, 2인으로서는 되지 않을뿐더러 더구나 공예와 조각은 그 미적 본질이 다른 것임은 근대적 식견으로서는 재연^{裁然}한 바이다. 함으로 조각부를 독립하여 가지고 조각부 사계^{斯界}의 전문가에 일임할 것이로대 현재의 예산^{豫算} 관계로 용인할 수 없다면 그 대안으론 서양화부에 이관하게 함이 미술문화를 이해하는 근대인의 두뇌일 것이다.

—『매일신보』, 1939.6.12

공예

해해마다 공예품을 일별하고서는 그때마다 나조羅朝와 여조麗朝의 고조선을 동경할 수밖에 없다는 것을 말하여 왔었다.

공예의 실용성과 예술성의 통일, 이것의 해결을 보지 않고서는 공예가로서는 '당堂'자, '파波'자 등의 아호를 쓸 처지가 못 된다고 본다.

금년도의 출진 공예품을 종별種別한다면 칠공漆工, 석공石工, 목공木工, 요업窯業, 나수刺繡, 염직染織, 죽공竹工, 지나세공紙螺細工, 피혁세공皮革細工 등이 있으나 진열된 것이 과연 공예적 가치가 있는 것일까 하는 것은 외람하나마 출품자 감별자를 통틀어 알지 못할 수수께끼를 주물러 터트리지 않았는가 한다. 이런 무인지경에서 오직 〈건칠화병乾漆花瓶〉 습작의 작자 강창원姜菖園 씨의 노력은 초절超絶한 바가 있다고 생각한다. 건칠이라는 것을 다소 시험한 사람이 있다면 작자 강씨의 비범을 알 것이다. 경쾌한 원형의 연마수법, 몽감蒙嵌의 정치情致가 눈에 껌뻑 드니 이는 오로지 씨의 예술적 생활 속에서 비로소 생산된 것이라고 하였다. 일견 씨의 산난무질서散難無秩序한 사생활과 수지收支의 계획이 없는 경제생활에 놀래는 사람이 있으나 나로서는 이러므로 하여 비로소 작품다운 작품이 탄생되는 것이라고 한다. 창조를 위하여 일절을 부고不顧하는 예술적 생활에서만이 예술적 작품이 생산된다는 논리를 이 기회에 강조하나니 작가적 번민이 없고 시대적 초조를 가져보지 못하고 인정의 표리를 보지 못하고 사물의 그림자를 조직할 줄 모르고서는 공예를 말하기 어렵다 한다. 예술가 내지 공예가게 나로서 자기의 연구 명제 '생활과 시대와 작품은 등분 3각형의 정규가 아니라'는 것을 제시하여 선전 의존의 무無박력 작가에게 협동을 원하는 바이다.

— 『매일신보』, 1939.6.13

동양화

김기창金基昶 씨 작 〈고완古翫〉, 〈수차소옥水車小屋의 조朝〉의 2작은 동군의 쉴세 없는 새로운 탐구의 하나의 포인트라고 말하고 싶다. 우연히 동군과 상반相伴하여 개인 전람회를 역방歷訪하게 되어 필담으로서나마 동군의 요구에 응하여서 나의 소회를 피력한 일이 있음으로 지금 그때의 것을 재기하고자 한다.

작년의 17회 선전 출품 〈하일夏日〉을 나는 비평하기를 시대와 주의를 압도하는 교묘한 작품이라고까지 극찬하였다. 과연 김군은 우리들이 가지고 있는 가장 진지한 화가의 하나이라. 그럼으로 하여 〈고담古談〉제16회 출품에서 비롯하여 가지고 〈하일〉을 거처서 〈고완〉에 이르기까지의 일련의 채흔彩痕을 나는 시신경을 경련시키지 않고서는 볼 수 없으니 이러므로 하여서 내가 극찬을 하는 것일지는 모르나 그러나 전령全靈을 가지고 노작을 거듭하는 화인畵人은 선전을 통하여 많은 수라고 누가 말할 수 있을까.

그런데 금회今回의 〈고완〉에 대하여서의 나의 견해는 선묘법의 인물과 배경의 모리아게モリアゲ[1]의 부조화가 있었다는 것이다. 이 점은 김군의 작뿐만 아닐지나 이 점의 연구, 다시 말하면 회화의 구성에 관한 새로운 출발을 나는 권하였다. 고기古器나 고불古佛의 개개를 모사하지 말고 부분과 부분과의 관계, 또 다시 말하면 분위기를 표현하는 두뇌를 가져주기를 원했다. 회화는 10지指로 그리는 것이 아니고 필장畢章은 두뇌로 그리는 바라고 생각하는 까닭이다. 나의 요망要望 정도를 훨씬 뛰어넘을 각고의 사람, 김기창군은 〈고완〉에서 벌써 그 편린을 보여주고 있으니 인물의 두발 묘사에 신선한 감각이 움직이고 있는 것이다.

정종여鄭鍾汝 씨 작 〈3월의 설雪〉, 〈가야산伽倻山 해인사海印寺〉, 〈홍류동紅流洞의 춘春〉의 3작을 대하고서 작년 모지某紙에 기재한 나의 우평愚評을 다시 꺼내 보았다. 이 작자의 기억이 조금도 없음으로 하여 혹여나 했던 까닭이다. "씨의 〈산촌수성山村水聲〉은 출진 남화南畵계 중에서 뛰어나는 일품逸品이라 믿는다" 이것이 작년 우평의 전문이었다. 이것을 보고서 씨의 근업을 이해할 수 있으니 〈가야산 해인사〉의 장대한 사실 〈홍류동의 춘〉에서 순화된 어깨춤을 볼 수 있고 〈3월의 설〉에서 색채의 양적 배치의 신新기준을 선전에다 보여준 것은 정말조鄭末朝 씨의 〈춘교春郊〉

---

1   모리아게자이시키(盛り上げ彩色). 화면의 일부(옷이나 꽃잎)에 두텁게 채색하여 입체감이 나게 하는 일본화 기법.

와 더불어 하나의 공적일 것이다. 작자는 학교적 기초가 있고 패기를 가질 춘추인 듯함으로 매작每作에 뚜렷한 족적이 있어질 것을 믿는다.

—『매일신보』, 1939.6.14

이용우李用雨 씨 작 〈산가山家〉는 화가 묵로墨鷺의 쾌작인 동시에 장중 가장 기색旗色이 선명함을 기뻐하였다. 선전에는 대체로 작화태도를 2대별大別할 수 있다고 생각할 수 있는데 그것은 이당以堂 김은호金殷鎬 씨의 화계畵系와 청전靑田 이상범李象範 씨의 유파라고 본다. 이 두 계열에서 벗어나서 고고孤高한, 그리고 분방한 또 그러면서 꿈의 제작자인 묵로의 존재는 나로서는 한 가지 쾌快한 일이라고 한다. 꿈을 알지 못하는 예술가라는 것은 반추위反芻胃를 잃은게 아닐까 하나니, 곧 예술가라는 것은 꿈을 먹는 동물이라고 내 스스로 독단하는 까닭이다. 묵로의 건재는 바로 통쾌하다. 〈산가山家〉에 있어서 묵로의 꿈은 백운白雲이 첩첩疊疊한 원산遠山에서 비롯하여 삼각모옥三角茅屋에 가득 찼다. 더구나 좌편 3편에는 한청유수가 있지 않은가. 이 모든 것이 실감이 무르녹는 입체로 되어 있다. 한 점, 한 선이 우주의 핵심을 잡았으되 억양긴장과 치완(馳緩)을 좀 높였더라면 하는 느낌이 있었으나 그는 전면 초가를 왜 더 시메루ツメル[2]하지 않았나 하였던 것이다. 그러나 이 점으로 하여 결코 그는 가치를 좌우하는 바가 아니니 언제나 꿈은 미완성의 물건이며 미완성은 위대한 폭발을 내포한 화산이다. 다음에 오는 묵로의 폭발을 나는 마음으로 기다리며 이러한 특이한 존재를 허용하지 않는 옹졸한 윤리 질식할 탈을 미워한다.

이응노李應魯 씨 작 〈황량荒凉〉, 〈하일夏日〉, 〈소추簫秋〉 3작에 대하여서는 안온安穩하였던 고향남화(南畵)을 버리고 새로운 모색의 길을 떠난 하나의 이민, 나는 이렇게 생각하여 보았다. 바야흐로 전향기에 섰으니 절충의 파탄은 또한 피할 수 없으리라고 말한 전년도 평문에다가 터치의 선풍旋風은 내용을 떠나는 경향이 있지 않는가 한다. 그러나 나의 지론으로써 모험은 바로 청춘이고 청춘은 곧 예술의 태

2　채우다(詰める)라는 의미의 일본어.

반일지니 씨의 모험은 반드시 신세계를 발견하리라고 약속할 수 있다는 것이다.

정말조鄭末朝 씨 〈춘교春郊〉는 작년 문전文展 출품작에서 받은 감명을 재생시킬 만치 아름다웠다. 이 그림을 적회適會 모 회사의 청년 중역그는 최고 학부를 필(畢)한 지식계
급이 평하기를 소녀의 이목구비가 삐뚤어졌다고 함으로 나는 스스로 이런 생각을 하여보았다. 유아나 소년소녀의 안면구성을 과연 아는 사람이 몇이나 있는가. 그 구조를 이미 정제된 성년기의 구조로 율律하려는 상식적 태도 — 이런 허망한 태도가 감상자는 제쳐놓고 많은 화가 역시 가지고 있다. 인체에 있어 어린이의 생리는 또는 어린이의 진실한 표정은 성년의 그것과 판이한 것이니 체구와 두부頭部의 비율을 비롯하여 빠져 보이는 이목구비의 비율, 이것의 동태表정를 상식적 미美 개념으로 운위하는 것은 운위하는 그 자체의 교육의 부족일 것이다. 어린이의 체구, 어린이의 표정에 그 어딘가 빠져보이는 소위 빈자리拔けた所가 매력이고 실감이다.

〈춘교〉는 모든 기성개념 시정하는 교육 자료로써 우선 이상의 말을 할 수 있고 다음으로 색채를 통하여 분위기를 파악하라는 하나의 시범이라고 나는 또 말할 수 있는 바이다.

김은호金殷鎬 씨 작 〈승무僧舞〉는 희백希伯 내적 미의식의 소유자인 씨가 다시 운동미를 처리한 것만치 함축된 의미가 많다고 한다. 고요함이 극진한데 움직임이 있는 이라는 색감의 해설, 우리는 씨의 이 해설을 받은 환희를 잊어서는 아니 되나니 지금껏 수많은 승무를 그린 화가들은 더욱 씨의 이 훈학訓學을 버릴 수 없을 것이며.

이상범 씨 작 〈승혼乘昏〉은 또한 씨의 역작이다. 애조哀調를 조선적 목가는 황혼일수록 더욱 강한 것이다. 세말細末에 들어가서 왈시왈비는 피하고 씨의 근본체계는 세평世評을 초월하여 엄연한 바이며 〈승혼〉은 그 대표작일 것이다. 이런 의미로서 씨의 가찬加餐을 바라며.

이석호李碩鎬 씨 작 〈모자양母子羊〉

김영기金永基 씨 작 〈잔설殘雪〉

허건許楗 씨 작 〈춘심고동春深古洞〉

박원수朴元壽 씨 작 〈적寂〉

김영채金永采 씨 작 〈양주풍경楊州風景〉

허림許林 씨 작 〈우후雨後〉

이상 제작諸作을 나는 우작優作 또는 역작이라고 믿는다.

—『매일신보』, 1939.6.15

서양화

심형구沈亨求 씨 작 〈3인〉, 〈포스〉는 씨로부터의 설명을 구하지 않고서 노력의 결정인 것을 알 수 있다. 작년 또 그 전년에도 씨를 평하기를 과도의 정직을 누언累言하였거니와 〈3인〉에 있어서는 여기에 진경을 보여준다. 씨의 소묘의 쾌조快調는 미소를 자아내나 그러나 나로서 그 부족을 말한다면 〈3인〉에 있어서 하부에 노력이 미치지 못한 것이라고 할까.

이인성李仁星 씨 작 〈애향愛鄉〉, 〈이정裏庭〉씨의 기질과 패기를 말하는 것이나 그러나 〈이정〉은 너무 연극적인 것인 점과 〈애향〉은 어린이의 수족手足의 이해부족이 눈에 보이니 청하건대 씨의 수채화적 공훈을 캔버스에 보여주기를 기대하며.

김인승金仁承 씨 작 〈문학소녀〉, 〈황의黃衣〉 2작은 씨의 제작 연표를 뒤져보아도 알 것일지나 결코 씨로서의 가작이 아닐 것이다.

선전계鮮展系 중에서 이인성, 심형구, 김인승 3씨의 장래는 여러 가지 의미로 주목하게 된다. 현재 서양화부에는 소위 선배라는 사람이 또는 선배적 품위와 기백을 이미 가진 사람이 없어, 화파畵派 행동이 지연되고 있다.

이 점은 동양화부에서는 선행적으로 완비되어 이당, 청전의 두 선배의 지도로 말미암아 우수한 작가를 해마다 선전에 보내고 있는 바이니 서양화부에서도 이상 3씨의 미래는 오로지 씨 등 개인의 문제만이 아닐 것이다.

선전 장래에 그대로 미치는 경향을 잊어서는 아니 될 것이니 그럼으로써 나는 김인승 씨의 금번 출품을 대하고 선망을 가진 바이다. 쓸데없는 말일 것이나 신경향에서 신경향으로 순례하는 화인을 추송追頌하는 바가 아닌 의미에서 씨에게 새로운 시험을 하여 다시금 발분發奮을 원하며 동시 이인성, 심현구 씨와 작반作伴하여 명실이 같은 지도적 지위의 확립을 바라는 것은 오직 나 한 사람의 기망企望이 아니라고 할 것이다.

고석高錫 씨 작 〈우牛〉는 과거에 감상한 기억이 있고, 박영선朴泳善 씨 작 〈대동강 풍경〉은 창달暢達한 작품이며, 서진달徐鎭達 씨 작 〈시작나체試作裸體〉는 시작인만큼 솔직하나마 인물과 배경과의 연쇄에 파탄이 있고, 김중현金重鉉 씨 〈주막〉은 의연이 색층色層 중간에 용의用意가 없는 듯, 씨의 왕년의 활동을 사모할 수밖에 없으며, 김원진金源珍 씨 작 〈만물상 전망〉은 재도쿄학생미술종합전람회 당시의 졸평拙評 그대로 승경勝景 금강산의 회화적 요리에 출중한 작가라고 말을 하나 한 작품을 해를 묵혀가지고 출진하는 것은 연구하지 않는다는 세평世評이 혹여나 있지나 않을까 하며, 김만형 씨 작 〈검무劍舞〉는 무브먼트의 포착이 정확하다. 세부를 버리고 전체의 유동을 잡은 곳이 확실히 비범한 것이 있다. 모델 또는 화재畵材를 대할 때 첩경 세부에 눈이 끌리는 것인데 〈검무〉의 작자는 근대화가로서의 눈을 가졌다. 씨의 눈동자는 선전계 제 화가가 가져보지 못한 것인 만치 나는 진중하고 그 영원하기를 바란다. 과연 덩어리를 볼 줄 아는 화가야말로 정도를 갈 수 있으리라.

최계순崔桂淳 씨 작 〈희백합姬百合〉을 보고 잡무에 시달리는 군을 위하여 많은 회포가 가득하다. 오직 최군뿐이겠지마는 이 천지에서 지향을 미술에 두고 청춘과 싸우는 예술가의 무리를 대할 때 사회적 또는 문화적 지도책이 응당 있어야 할 것이다. 모든 선진사회에서는 예술가나 학자를 막론하고 그들의 연구생활의 이면에는 반드시 한둘의 후원자가 있고 그럼으로 그 연구도정에 후원의 염려가 없을뿐더러 연구자체의 성취가 빠른 것이다. 그런데 이 땅의 예술가나 학자를 지망하는 사람은 그것은 그야말로 형극의 길로 떠난 이단의 교도敎徒들이다. 이들의 화업을 보고서 만일 눈물이 없다면 그는 오감을 잃은 사람이리라.

나는 최후로 말한다. 조선미술가는 선배나 후배를 물론하고서 도대체 천재적 미술가뿐이라고 말을 하나니 그는 이들의 화가가 학學적 수련도 없고 경제적 여유도 없으면서 이 길로 출발한 그 의력意力도 굉장한 바이나 그보다는 한 개의 작품을 제작할 때의 그들의 시간적 경제적 고민이다. 이런 고민을 현실로 보고서 어찌 그것을 논란할 바요. 선전은 이상의 영양부족의 천재미술가의 종합체이요, 따라서 소화불량의 증상을 가진 것이 선전의 성격일 것이다. 나는 이것으로 평문으로서의 요건보다도 되나 아니 되나 간에 마구잡이 수필로 써본 것이다.

— 『매일신보』, 1939.6.16

조선조각도의 향방_ 그대로 독자의 변

가령 말입니다.

추사秋史[1]의 글씨를 알고 위창韋滄[2]의 전각篆刻을 알고 하는 이 땅의 사람들이 '석고조각', '모델조각', '나체조각', '동상조각'에 왜들 흥미를 아니 가지며, 왜들 많이 지망들 아니 하는지요.

서도書道는 조각의 '어머니'라고 나는 말합니다. 더구나 추사의 글씨는 그대로 조각의 원리입니다. 추사를 좋아하는 사람이면 추사를 아는 사람이면 그대로 조각을 할 수 있는 사람입니다. 그런데 조각하는 사람은 글 쓰는 사람보다도 노래하는 사람보다도 그림 그리는 사람보다도 훨씬 수효가 적습니다.

이 이치는 알 수 없는 일입니다. 동양의 조형술造型術에서는 글씨가 왕위王位이겠지요. 비례 균형의 규약, 필치의 생리적 심리적 통정統整, 감각의식의 전달, 배포配布 구조의 합리성 이런 모든 조형의식이 가장 단적으로 엄격하게 글씨에 있는 것이 되니 글씨의 조형미를 알진데 어찌 조각을 버릴 수 있을까요.

더구나 전각篆刻까지 말하면 선의 강약, 지속遲速, 경중, 태세太細, 글씨의 모든 변화를 버리고 목木, 석石, 도陶 등의 인재印材의 질량을 살리는 것이니 이것도 바로조각의 공리公理입니다.

과거 글씨의 추사, 현재 전각의 위창 이분들을 우리가 가지고 있고 하니 조각들을 하여야 할 것인데 그러지 못합니다. 우연이랄까 아주 맹랑하게 내가 조각을

---

1   추사(秋史) 김정희(金正喜, 1786~1856). 조선후기의 서예가, 금석학자. 금석학 연구에 몰두하고 역사적 저술을 남겨 큰 업적을 남겼으며, '추사체'라 불리는 독특한 서체로 후대에 큰 영향을 끼쳤다.

2   위창(韋滄) 오세창(吳世昌, 1864~1953). 조선말기, 대한제국, 식민지기의 언론인, 서화가. 조선말기 개화파 정치인으로 활동했으며, 고미술을 감정하는 등 폭넓게 활동했다. 1928년 『근역서화징』을 발간하여 역대 서화가의 인명사전을 정리했다.

하여 보겠다는 것이 바로 동아일보가 창간되던 해이고 또 중학교를 졸업하고서 허둥대다가 간 길인데 어느덧 20년을 맞이하였습니다.

나보다 2년 후에 평안남도 진남포의 태생으로 아주 재조才操 덩어리인 곽윤모 郭潤模라는 사람이 조각과에 입학하였으나 이 사람은 시도 쓰고 그림도 잘 그리고 화술話術도 묘하고 하여 귀염둥이였었으나 일찍이 떠났고 그리고 5, 6년 전후에 평양의 김두일金斗一이 다음으로 문석오文錫五가 도쿄서 연구들을 하였고 한편으로 는 내가 경성에서 연구소라는 것을 한다고 하였더니 이곳에 몇 사람이 모여서 지 지하게 소일消日격으로는 하였으나 구본웅具本雄, 장기남張基南, 양희문梁熙文 등은 제 법 '멋'을 찾으려던 사람들이며 이 다음으로는 한 10년 중절中折하였다가 우리 집 을 중심으로 하고서 이국전李國銓, 도쿄카이진샤우(東京塊人社社友), 윤효중尹孝重, 본정(本町), 박 승구朴勝龜, 목조(木彫), 이성화李聖華가 각도刻刀를 들게 되었고 다른 줄로서는 개성의 김경승金景承과 대리석의 윤승욱尹承旭, 인천의 조규봉曺圭奉 이제부터는 제법 본격 적으로 나갈 수 있을 만치 인물배비配備는 되었다고 볼 수 있습니다.

그러나 이직도 사람으로는 불과 10여 인이고 작품으로서 이 시대를 대표할 수 있다는 것은 되지 아니하였으니 앞으로 오늘날의 과제로 할 수밖에 도리가 없을 것입니다.

이상이 금일의 조각계의 조감도이외다. 가장 하잘 것 없는 현상이라고 하겠지 마는 뜻 많은 훨씬 크다고 말하지요.

가령 말입니다.

해마다 총독부 미술전람회의 회장에서 보면 동양화보다도 서양화보다도 공 예보다도 작품수준이 고르고 제작태도가 진지하고 왕성한 경쟁으로서 생기는 신열身熱이 뚜렷합니다. 작년보다도 금년 늘 나는 기대합니다. 기다려도, 기다려 도 이루지 못할 희망을 우리는 많이 가지고 있으나 그러나 조선의 조각계만은 기다려 주어도 실망하지 않을 것입니다. 어젯밤 꿈에 옛날의 선생을 만났습니 다. 선생이 개구일번開口一番 그만하면 조각의 논리확실히 '조각의 논리'라고 말을 하는데 조각의 논 리라는 말을 꿈을 깨고서도 한참 생각하여 보았습니다를 알았을 터이니 좀 똑똑한 것을 만들어 보라고 합니다.

똑똑한 조각을 만들기에 전력들을 할 것입니다. 주문품이나 동상이나를 가지고 청춘을 보내지 말고 조각을 하여야 하겠습니다. 동상이 조선에 건립되기 비롯한 것은 대략 15년 전 일입니다. 휘문중학에서 세운 것이 처음이겠지요. 그런데 동상을 제작할 때마다 나는 늘 이런 생각을 가져집니다. 이것은 결국 자기일생에 다시 제작을 하여 줄 것이라고 하는 것입니다.

동상을 제작하는 데는 대외적 간섭, 기한, 예산, 대소, 위치 등의 구속이 많은데다가 작자자신이 이상의 모든 조건의 소화력 부족이 있으니 어찌 대번에 자기만족이나 할 수 있는 것이 될 법합니까. 그러므로 적어도 한 번씩은 다시 만들어 보아야 한다는 것입니다.

동상조각, 석고조각, 목조, 석조, 모든 조각은 그대로 이조기李朝器와 같이 흙내가 물씬 나게 하여야 할 것이겠고 추사의 글씨같이 한 획劃에 한 자字에 하나 이상, 열 이상 무한의 옥타브가 있어야 할 것입니다.

이런 조각이 누구의 손으로 될 것인가는 점칠 수 없는 일이나 반드시 조선에 생길 것만은 장담 할 수 있는 것입니다.

글씨의 추사, 전각의 위창을 가진 조선에서 나올 것을 기대하는 것입니다.

제19회 조선미전인상기_ 조각부

올해도 조각의 평문을 또 써보자니 연연히 거듭하는 소리이라. 작자나 독자나 또는 나 자신까지 김빠진 맥주를 마시는 품이 되어서 어설프기 짝이 없거니와 한편 안석영安夕影, 김주경金周經, 구본웅具本雄, 김용준金瑢俊, 길진섭吉鎭燮 씨 등이 이것까지 맡아가지 아니하는 것이 야속도 하여지는 것이다.

김두일金斗一 씨 〈문씨지상文氏之像〉은 17, 18양회의 출품작보다는 그대로 통일은 되었으나 그러나 아직도 나로서는 이해부족이 있으므로 하여 진언할 바 없고 단지 작금 양년도의 권위자의 말을 빌어서 말한다면 기저로부터 한 번 다시 조직하여 볼 것이라는 것이며, 윤효중尹孝重 씨 〈조朝〉는 선전이 생긴 이후로 비로소 정칙正則적인 본조本彫 수법을 갖춘 작품이니만치 여러 가지로 흥미를 가지게 하나니 과거에 데라하타 칸노스케寺畑函之助 씨가 목조木彫 소품을 보여준 것과 3년 전 황해도 모 지방의 공직자의 희작戲作이 있었으나 이는 본래 목조의 범주에 들지 못할 것이 없으니 윤군의 〈조〉야말로 선전조각부에 새로운 일선一線을 가한 점으로 업적이 적지 아니하며, 윤승욱尹承旭 씨 〈어떤 여자〉는 조각과 우상偶像과의 혼동 — 이는 비평 이외이며, 주경朱慶 씨 〈여자의 수首〉는 전아典雅한 소품, 김경승金景承 씨 〈목동〉은 심사원의 특선작품 총평에 말한 바와 같이 조각의 본질적인 길을 놓치지 않도록 할 것이며, 이국전李国銓 씨 〈여자좌상〉, 〈흉상〉은 군의 정진精進의 족적이 뚜렷하여 반가운 바 있으나 그러나 총체로 박력이 부족한 것이 눈에 보이며 〈흉상〉에서는 의복의 표현법에 일고一考를 더하였으면 하고 조규봉曹圭奉 씨 〈수首〉는 경부脛部, 흉부胸部의 동세와 섬세한 '살결'의 표현에 특이한 기법을 보여서 조각부에 큰 수확일 것이다.

이상에 있어서 신인으로서 조규봉, 윤효중군의 작품과 상운常運으로서는 김경승, 이국전군의 제작에서 즐거운 것을 느낀 것은 오로지 나 하나만이 아니었을 것이라고 생각한다.

어거스트 로댕_ 18세기 '미'의 가장 위대한 사제에게 바침

어거스트 로댕[1]은 프랑스 예술의 한 근원이다. 그리고 그는 18세기 미술사에 가장 뚜렷한 족적을 남긴 한 사람이다. 이 일문은 한 동양인으로서 어린 후배로서 그에게 드리는 인사다.

어거스트 로댕자세히 말한다면 프랑수와 어거스트 르네 로댕은 서력 1840년 — 중세기에 있어서 프랑스 예술의 암흑을 루소들의 빛나는 서광으로 비추기 시작하던 시대 — 내가 무엇보다도 축복하고 싶은 그해 11월 12일일설으로는 11월 14일이라고도 한다 파리에 낡은 한 구획인 날바레이트가街에서 그는 최초의 호흡을 하였다.

장 바티스트 로댕[2]이라고 기다랗게 부르는 그의 부친은 노르망디 출신의 평범한 서기였고 모친은 로렌 지방 태생의 시골부인이었다. 양친이 다 도덕적 종교적의 기질은 다분히 가졌으나 예술적으로는 아무 특징이라거나 소질은 없었다고 하니 로댕의 예술에 직접으로 미친 영향 내지 감화는 없었을 것이라고 생각된다.

그러나 여기서 가장 흥미 있는 것은 그의 양친의 고향 노르망디와 로렌이라고 하면 프랑스에서도 제일 특색 있는 지방이라는 일이다. 모험을 즐기고 육감성과 신비성을 다분히 가진 노르망디 사람의 피를 끌고 국경에 가까운 로렌 지방 사람의 공고한 자의식과 투지를 상속한 로댕은 거기다 그의 천품天稟의 재才를 보태서 그러한 불굴의 정신을 가진 대예술가가 되었음이 아닐까 한다. 많은 사람들이 말하는 바와 같이 중세기 사원건축에 있어서 그 호탕한 솜씨를 남긴 직공들 가운데 그의 원조遠祖를 가지고 격세유전으로서 그와 같은 대천재가 태어났던 것인지도 모르겠다는 것이다. 하여튼 유년기에 겪은 빈곤한 생활과 강인한 부모에 성격에

1 　어거스트 로댕(François Auguste René Rodin, 1840~1917). 프랑스의 조각가. 이 글에서는 '로댕', '로당', '로댄', '로단'이 혼재되어 있으나 '로댕'으로 통일한다.
2 　장 바티스트 로댕(Jean-Baptiste Rodin). 로댕의 부친이다.

서 얻을 참을성이 로댕이 받은 유일의 유산이었던 것이다.

날바레이트가는 그 이름과 같이 중세기의 냄새가 가득이 찬 거리었다고 하니 봉급 800프랑의 빈한한 경찰서 서기가 살 법한 곳이었다.

그러나 한 번 달리 본다면 가장 파리다운 파리였을 것이다. 로댕에게는 도리어 이것이 행운이 되었다. 허름한 낡은 집들 조그마한 점방店房이 옹기종기 늘어선 좁은 길, 로댕은 그러한 한 없이 깊은 맛이 있는 건축의 배비配備를 보며 극히 고전적인 분위기 속에서 자라났다. 후년 그가 천박한 예술과 성격을 경멸한 것도 용이하게 수긍할 수 있는 것이다. 만약 감수성이 남달리 강한 이 소년의 눈이 획일주의로 시구개정市區改正된 중앙부 파리에서 교육을 받았다면 그 얼마나 불행한 일이었으랴.

그는 어려서부터 그림 그리기를 좋아하였다. 소학교에 입학한 후에도 산술算術이 싫어서 학교를 빠져나와서는 그림을 그리며 돌아다닌 것도 한두 번이 아니었다고 한다. 로댕의 부친은 미술가 됨에는 극히 불不찬성이였었다. 12세 되던 해 그는 삼촌이 경영하는 보베시의 사립학교로 들어갔다. 로댕은 여기서 얻은 것은 아무 것도 없었다. 다만 그는 산술과 음계音階 발음 연습으로 괴롭혔을 뿐이었다. 이때 소년 로댕이 웅변가가 되려고 혼자 서서 곧잘 연설을 하였다고 하니 아마 후년 세계적 대예술가 로댕은 이때부터 자기감정을 남에게 호소해보자는 욕망이 남달리 강하였던 모양이다. 시방 말한 바와 같이 보베학교에서 얻은 것은 아무 것도 없었지만 그 시대의 적지 않은 수확은 보베시에 있는 캐터드랠[3]의 건축에서 얻은 영향이다. 보베시의 사원은 13세기에 세우기 시작하였다가 미완성인 채로 남아있던 순수한 고딕건축으로 유명한 사원이었던 것이다. 소년 로댕의 눈이 그의 후년과 같이 이 건축을 이해하지는 못하였겠지만 예술적으로 민감한 이 소년이 학교를 빠져나와서는 끝없는 상상의 날개를 펼쳐가면서 감격을 가득 담은 눈으로 이 건축을 쳐다보았다는 것은 용이하게 상상할 수 있는 노릇이다.

3　보베대성당(Beauvais Cathedral)을 말한다.

그 부친의 희망이던 학자의 후보로서는 너무도 불초성적이므로 '그림을 좋아한다면 그 방면의 학문을 교육시켜 보면 어떨까' 하는 백부의 의견에 쫓아서 로댕은 14세 때에 파리로 돌아온 것이다.

보베학교를 퇴학한 로댕은 장래의 직업에 대하여서 확실한 방침을 세우지 아니할 수 없었다. 그때 그의 부친 도제가 좋다고 하는 길을 걸어볼까 하고 고집을 풀었다. 비로소 부친의 허락은 맡았으나 가세가 어려운 로댕의 형편으로서는 도저히 유명한 미술가의 연구소에는 다닐 수 없었다. 학비도 학비려니와 무엇을 하더라도 빨리 돈벌이를 해야 할 경우였기 때문이다. 그리하여 그의 부친은 도리어 미술직공이 되기를 원하였다. 때마침 좋은 학교가 있었다. 루이 15세의 총비寵妃 푸아송 부인[4]에게 수우殊遇를 받았다고 하는 바슐리에[5]라는 화가가 창립한 '소묘와 숫자학교'는 당시 관립인 대大미술학교와 구별하기 위하여 '소교小校'라고 불렸는데 그 학교는 반드시 미술가 전문의 학교가 아니고 낮에 일하는 직공 혹은 아마추어들이 밤에 소묘의 연습을 하거나 어려운 화학생畵學生들이 싼 학비로 오전과에서 초보의 연구를 하는 학교였다. 여기서 배워가지고 솜씨 좋은 직공이 되려거나, 또는 대미술학교 설립준비를 하기 위하여서 다니거나 하는 자가 대부분이었다. 이 학교에 로댕도 입학한 것 같다. 그리고 자기의 길 길로 들어선 로댕의 희망은 맹렬히 불타올랐다. 거기서 그가 타고난 천성인 참을성을 가지고 실로 열심히 연구하였던 것이니 아침 여덟 시서부터 정오까지 학교에서 소묘의 연습을 한 다음 오후에는 루브르미술관이나 국립도서관에 가서 고대조각이나 판화를 견학하였다. 이것은 그때의 화학생들의 습관이었다고 하지만 너무도 열심인 로댕은 과로와 소화불량으로 위병조차 얻었다. 이러한 정진의 3년이 지난 후 로댕은 실로 놀라운 진보를 이뤘다. 물론 1855년에 제1회 만국박람회도 그의 진도에 박차가 되었다는 것은 틀림없는 사실일 것이

---

4   잔 앙투아네트 푸아송(Madame de Pompadour, 1721~1764). 루이 15세의 애첩으로, 퐁파두르 후작부인으로 알려져 있다.

5   장 자크 바슐리에(Jean-Jacques Bachelier, 1724~1806). 18세기 프랑스의 화가. 국립세브르공장 (Manufacture nationale de Sèvres)의 책임자였다.

고 여기에 이르러서 로댕 자신도 다소 자신을 얻은 듯하다. 이 3년 동안에 로댕은 17, 18세기 이래에 불란서 예술의 진정한 전통을 배우고 말았다. 로댕의 생애의 벗 라투르,[6] 리그로스,[7] 달루,[8] 카쟁,[9] 래미트[10] 등은 모두 그 학교의 출신이었다.

이렇게 조각가 로댕은 출발하였던 것이다.

이러한 흥분과 긴장의 3년간이 지난 후 어느덧 로댕은 최초의 목적이던 직공에서 한 발자국 나서서 순수한 조각가가 되었으면 하는 희망을 가지기 시작하였다. 그래 그는 17세 되던 해 소위 미술가 등용문의 제1계정階程이었던 대미술학교의 시험을 치뤄보았다. 아카데미와는 전연 반대의 주장을 가진 카르포1827~1875[11]년의 훈도를 받은 로댕에게 대교의 문은 결코 넓지 못하였다. 로댕은 거듭 3년을 낙제한 것이다.

세 번 낙제한 로댕은 단념하지 않을 수 없었다. 가정의 사정이 더 참을 수 없을 만치 절박하여진 것이니 로댕의 낙담과 양친의 실망은 넉넉히 상상할 수 있는 일이다. 그러나 불굴의 핏덩어리 로댕은 끝까지 그의 실력에 대한 자신과 미에 대한 확신을 더욱 굳게 할 뿐이었다. 그날 이후 그는 아카데미의 적이 되었다. 그는 '어디 두고 보자'하고 결심한 것이다.

퇴직한 그의 부친은 은급恩給이 있었으나 그것만을 가지고는 그날그날을 지나기도 곤란하였다. 그는 조각을 배운 사람이 할 수 있는 모든 일을 다 맡아하였다.

---

6 앙리 팡탱 라투르(Henri Fantin-Latour, 1836~1904). 프랑스의 화가. 주로 꽃 중심의 정물화와 파리의 예술가, 작가들의 단체 초상화를 그렸다.

7 알폰세 리그로스(Alphonse Legros, 1837~1911). 프랑스의 화가. 극장의 장식화를 그리다가 에칭 기술을 배워 메달을 제작하는 메달리스트로 활동했다.

8 줄 달루(Jules Dalou, 1838~1902). 프랑스의 조각가. 소박한 사실주의자로 존경을 받았으며, 로댕의 절친이었다. 노동계급에 대한 동정심을 작품에 승화했다.

9 장샤를 카쟁(Jean-Charles Cazin, 1840~1901). 프랑스의 조각가, 도예가. 영국에서 라파엘전파의 영향을 받았으며, 종교적이고 이상주의적 주제의 그림을 주로 그렸다.

10 레옹 어거스탱 래미트(Léon-Augustin Lhermitte, 1844~1925). 프랑스의 화가. 주로 농민들이 일하는 모습을 묘사한 자연주의 화가였다.

11 장 바티스트 카르포(Jean-Baptiste Carpeaux, 1827~1875). 프랑스 제2제정의 조각가, 화가. 바로크 예술에서 영향을 받으면서도 실생활을 주제로 삼아 고전적 전통을 깨뜨렸다. 줄 달루, 장 루이 포랭(Jean-Louis Forain) 등의 제자를 길렀다.

조각가의 조수도 되었다. 금은세공점의 직공도 해보았다. 때로는 건축에 쓰는 장식도 제작하였다. 이러한 일을 해가면서 로댕은 모든 기교를 실지로 연구하였다. 이 동안에 놀면서 게으른 연구를 하고 있던 동배同輩들은 상상도 못할 실력을 로댕은 얻었던 것이다. 이 시대에 로댕은 결코 잊을 수 없는 사람 하나를 만났으니 그에게 조각의 비밀을 가르쳐준 중노中老의 직공 콩스통 시몽[12]이 그이다. 그에 관하여 로댕은 다음과 같이 말하였다.

어느 날 내가 장식에 쓸 입새葉를 만들고 있는 것을 보고 그는 나에게 이렇게 말하였습니다 ― 로댕, 그렇게 만들어서는 안되네. 자네가 만드는 입새는 다 평면적으로 보이지 않나. 그래서 정말 나뭇잎 같이 보이지 않네. 다음부터는 이렇게 만들어보구려. 잎새 끝을 자네에게 향하게 하고 깊이가 있는 것을 만들게. 이리하여 나는 그의 충고대로 해보았지요. 그러니까 참 정말 잎새 같이 보이겠지요. 내가 놀라는 것을 보고 그는 다음과 같이 말을 하였습니다 ― 자네가 이후부터 조각을 할 때에는 절대로 이 수법을 잊지 말게. 사물을 볼 적에 표면에 나타난 넓이만을 보지 말고 그것을 반듯이 용적을 가진 것이라고 생각하게. 자네를 향하여 겉으로 나타난 끝이라고 생각하게 ― 이 원리는 나를 놀랠 재미 깊은 것이었습니다. 나는 이것을 인체조각에다가도 응용하여 보았습니다. 그래서 인체조각의 진실은 피상皮相에 있는 것이 아니라, 속으로부터 우러나오는 생명 그것임을 이해하였습니다.

로댕은 이 말을 일생의 잠언으로 삼았다.

입학시험 낙제시대에서부터 밥벌이를 위한 직공시대까지 몇 해 동안 속사俗事에 고달프면서도 로댕은 기념할 만한 한 개에 작품을 제작하였다. 그것은 그의 부친 바티스트의 수상首像이다. 후년의 작품과 같이 넘치는 힘찬 생명은 없었지만 확실히 범용하지 않은 천재를 우리는 그 작품 속에 엿볼 수 있다. 18, 19세 때의

---

12   콩스통 시몽(Constant Simon). 잘 알려진 인물은 아니나 초기 로댕에게 조각의 모든 각도에서 윤곽선 묘사의 중요성을 가르쳐주었다. 로댕은 훗날 인물의 관찰에서 윤곽선을 종종 강조했으니 시몽의 영향이 크다고 할 수 있다.

이 작품은 로댕 자신으로서도 깊은 애착이 있었던지 저택 식당에다 놓고 때때로 그것을 쳐다보면서 잔잔한 회상 속에 잠겼다고 한다.

로댕이 22세가 되던 해 겨울 그를 이해하여 청춘기에 우울과 고민을 위무慰撫 하여주고 생활에 대한 용기와 희망을 준 그의 누이 마리아가 어느 불행한 이유로 죽었다. 그 누이에 대한 격렬한 애정과 또 마리아를 빼앗아간 무상한 인생의 현실은 그로 하여금 염세적인 우수憂愁를 품게 하였다. 드디어 그는 이 세상을 버리고 수도승이 되려고 결심하였다. 이때에 그는 잊을 수 없는 또 한 사람을 만났다. 그가 찾아간 수도원의 원장 신부의 말이니 로댕은 엄격한 모든 계율을 그에게서 배웠다. 마음속에 고민을 가진 많은 청년들을 보고 온 신부는 로댕의 마음이 불안정한 것을 발견하고 어느 날 원내에 방 하나를 아틀리에로 하고 자기의 흉상을 조각시켰다. 그 흉상이 완성되던 날 신부는 미소를 띠면서 로댕에게 다음과 같이 말하였다. "여보게 로댕, 자네는 여기 있을 사람이 아닐세. 다 잊어버리고 가서 조각공부나 하게." 로댕은 잠자코 그의 말에 복종하였다. '신부의 이 말'은 그의 부친의 수상에 비하면 초등 비약한 점이 많다. 이 흉상에서 그가 더 한층 도나텔로[13]풍風의 고전에 접근하여 그의 고전조각에 대한 추모가 맹렬이 진보함을 우리는 볼 수 있다. 이 승려의 괴이한 용모에 아울러 기법의 준엄함이 괴기한 르네상스 조각미를 보여준다. 이 흉상에 자신을 얻어가지고 고전에 대한 그의 연구는 점점 심각해졌다. 이것은 '조각미는 어디 있나'하는 극히 정당한 초기 탐구라고 볼 수 있다.

로댕이 루브렌가街에 조그만 아틀리에를 빌린 것은 그가 수도원에서 나온 직후였던 모양이다. 비로소 그는 전용의 아틀리에를 가졌지만 그것은 찬바람이 들어오는 낡은 오양간이었나니 그가 얼마만한 고난을 겪으면서 조각에 정진하였는가 능히 상상할 수 있다. 그래도 다만 밝은 것만이 로댕을 만족시켰다. 미염米鹽의 자資를 얻기 위하여 그는 바깥에서 세동勢働하고 자기의 진실한 연구는 그 여가를 이용하였다. 이 시대의 많은 습작 중에서 지금 남은 것은 단 두 개뿐이다. 석고를 살

---

13 도나텔로(Donatello, 1386~1466). 르네상스 시대의 조각가. 고대조각을 연구하여 중세적 자연주의 전통과 고전적 형태미, 원근법에 따른 입체감으로 사실주의적 표현을 보여주었다.

돈이 없어서 점토대로 건조시킨 까닭이라고 조각가의 빈곤은 정말 딱한 노릇이다. 로댕은 이 시대를 추억할 적마다 긴 한숨을 내쉬었다고 이 당시에 카리에 벨뢰즈[14]라는 선배의 많은 도움을 받았다. 예술에 대한 것이 아니라 생활에 대한 원조다. 로댕이 수도원에서 나오던 다음 해1864부터 보불전쟁普佛戰爭이 발발하여서 그가 벨기에로 피난하기까지 7년 동안 로댕은 이 선배의 조수가 되어서 많은 대작을 하였다. 그는 전연 무無당의 한 조수로서 일한 것이다. 여기서 특기할 만한 것은 청년 로댕이 첫사랑을 얻었다는 일이다. 상대자는 아름답고 선량하고 그리고 극히 검소한 소녀였다. 그는 로댕이 죽기까지 53년간을 그와 해로 한 마리 로즈 뵈레[15]다. 마리도 역시 루브렌가에 폴 부인의 가계에서 품팔이 바느질을 하고 있었다. 그는 로댕의 최초의 모델이 되어 그 아틀리에를 다녔던 것이다. 로즈를 모델을 삼고 2년이란 긴 세월을 두고 세심히 제작한 신대身大의 이 작품은 인부들의 과실로써 망가졌지만 만약 그것이 남아있다면 후년에 그가 제작한 '청년시대'에 대한 연쇄로서 흥미 깊었었으리라고 생각된다. 1년이 지난 후 로즈는 귀여운 남아를 낳았다. 로댕의 부친은 젊은 이 모자를 자기 집으로 데려다 두었다.

이 아틀리에에서의 초기의 제작이 〈코가 찌그러진 사나이〉였다. 모델은 어느 공장에서 일을 하던 노동자라고 하는데 로댕이 추악한 용모를 가진 이 노인에게 흥미를 끌린 점은 로댕의 근대성을 판연判然히 나타내고 있고 또 그 시대의 영향을 엿볼 수 있는 것이다. 위고[16]에서 일전一轉하여 보들레르[17]의 시詩가 일세를 진감震撼시키고 있던 것은 바로 이 시대였다. 뮈세[18]의 감미하고 우려優麗함보다 더

---

14 카리에 벨뢰즈(Carrie-Belleuse, 1824~1887). 프랑스의 조각가. 프랑스국립미술협회(Société Nationale des Beaux-Arts)의 창립회원 중 한 명이었고 국립세브르공장의 예술총감독으로 활동했다. 주로 꾸밈없는 자연주의를 추구했으며 네오바로크 양식, 로코코 양식 등 다방면에 재능을 보였다.

15 마리 로즈 뵈레(Marie Rose Beuret, 1844~1917). 로댕의 뮤즈.

16 빅토르 위고(Victor Hugo, 1802~1885). 프랑스의 소설가, 극작가. 파리 코뮌과 노동계급을 지지하던 낭만주의 작가였다. 대표작으로『레미제라블』,『노트르담 드 파리』,『웃는 남자』등이 있다.

17 샤를 보들레르(Charles Baudelaire, 1821~1867). 프랑스의 시인이자 비평가. 낙관주의에 대한 반발로 상징주의, 유미주의의 시초로 여겨진다. 대표작으로『악의 꽃』이 있다.

18 알프레드 드 뮈세(Alfred de Musset, 1810~1857). 프랑스의 시인, 소설가, 극작가. 분방하고 섬세한 감수성의 낭만파 시인으로, 1845년 레지옹 도뇌르 훈장을 받았으며 1852년 아카데미 프랑세

깊이 미의 소재를 탐구하면서 보들레르는 외면적인 미추美醜를 파괴하고 말았다. 도리어 추한 속에 엄존嚴存하는 미를 발견함에 도취하였다. 여기에 예술적 안계眼界가 갑자기 열렸다. 제일 민감한 신예들은 잊을 수 없는 불가사의한 전표戰慄를 느꼈다. 로댕도 이 같은 공기를 호흡한 것은 극히 자연한 일이다. 로댕은 이 근대적인 제재를 신선한 신경과 극히 고전적인 수법으로서 조각하였다. 그의 고전연구가 진행함에 따라 그리스·로마의 조각이 다시 없이 귀중한 것이라고 생각한 것이다. 이 작품은 지금까지의 조각에서는 볼 수 없던 묘한 인간적인 생명감과 고전적 수법에서 오는 엄숙감이 보는 사람으로 하여금 옷깃을 가다들게 한다. 로댕도 이 작품에서 충분한 자신을 얻었던 모양이다. 1864년 봄 살롱으로 이 작품을 반입하였으나 아카데미의 구폐舊弊만을 가진 감사원들이 이러한 작품을 이해할 리가 없다. 물론 낙선이었다. 당시 로즈와의 사이가 순조롭게 진행되던 때인 만치 로댕에게는 이 낙선이 상당한 타격이었을 것이다. 그러나 그는 자기가 옳다는 자신을 결코 잊지 아니하였다. 그는 11년 후에 이 〈코가 찌그러진 사나이〉를 대리석으로 조각하여 살롱으로 보내었다. 이때는 다행히 입선하였다.

소교 출신의 선배들은 벌써 다들 유행작가로서 활약하고 있었다. 그러나 로댕은 유행을 따라 그들과 같은 소위 살롱풍의 작품을 제작함으로써 심사원들의 동정을 사고 싶은 마음은 없었다. 그는 어디까지라도 자분이 진정하다고 생각한 조각을 하려고 결심하였다. 그래, 그에게는 고독하고 비참한 무명작가로서의 생활도 그다지 괴롭다고 생각되지는 않은 것이다.

로댕이 30세 때 보불전쟁은 발발하였다. 9월 1일 스당이 함락되고 10일에는 파리도 엄중히 포위되었다. 로댕도 소집은 당하였으나 체질이 허약함으로 전선으로 나가지는 않았다. 익년 정월 파리도 함락하였다. 2월 로댕은 생활해나가기 어려운 파리로부터 벨기에 브뤼셀로 피난하였다. 브뤼셀에서는 그보다 먼저 가서 있던 카리에 벨뢰즈의 조수가 되어 제작을 하였다. 물론 서명도 못하는 일직

즈의 회원이었다.

공으로서이다. 그렇게 불과한 경우 가운데에서도 그는 건축조각의 실기에 대하여 많은 경험과 교훈을 얻었다.

파리에 질서가 회복되자 카리에 벨뢰즈는 로댕을 버리고 파리로 돌아갔다. 이 동안 로댕은 모친의 상사喪事를 당하였다. 그는 우선 돈을 만들자고 그의 동료인 반 라스불하고 동업으로 건축조각의 청부업을 시작하였다. 이러고 보니 생활에도 다소 여유가 생겨 로댕은 파리에서 혼자 고생하고 있는 로즈를 불렀다. 감불의 삼림 속에 조그마한 집을 하나 짓고 그들은 즐거운 몇 해를 보내었다.

〈코가 찌그러진 사나이〉에서 실력에 전부를 내어놓은 로댕은 자기의 앞길이 탁 막힌 것을 깨달았다. 물론 근대조각에서는 찾아볼 수 없는 새로운 수법은 얻었지만 그것이 과연 자기의 조각적 표현에 발전성을 주는 것일까. 그리고 그것을 확실히 자기 자신의 것일까. 그것이 그리스·로마의 아류라면 자기는 그 경지에서 안거安居하여서 옳을까. 여기까지 반성한 로댕은 전도前途가 막연하였다. 로댕은 벨기에 체재가 그에게 이 딜레마에서 벗어날 좋은 기회를 주었다. 루소는 '자연으로 돌아가라'고 고함을 쳤으니 '옳다, 나도 지금까지에 습득한 모든 것에서 벗어나서 도로 조각 1년생이 되자' 이렇게 로댕은 결심하였다. 그는 오로지 자연만을 추구하기 시작하였다. 그러면서도 범용한 사생에 끝이 아니한 것은 그에게 〈코가 찌그러진 사나이〉를 제작할 만한 조각상의 축적력蓄積力이 있었기 때문이다. 로댕은 자기의 전도를 개척하는 방법으로서 그리스·로마의 실물을 보기 위하여서 이탈리아로 갔다. 그는 이 견학여행에서 조각의 동세와 건축적 평형의 이理를 배웠다. 2개월의 여행이 끝난 후 '조각에 있어서는 단지 자연이 있을 뿐'이라는 것을 그는 확신하였다. 그의 유명한 작명 〈황동시대黃銅時代〉지금 도쿄미술학교에 가면 볼 수 있다를 15개월 걸려서 완성하였다. 로댕은 이 작품을 석고상으로 한 다음 손수 전람회에 반입하였다. 여기서 역사적상 유명한 시비가 일어났다. 조각이 너무도 정말 인간과 같아서 감사원들은 직접 인체로부터의 복제된 석고상이라고 하였다. 즉 사기 제작이란 말이다. 결국 입선은 하였지만 전람회장에서는 비방의 표적이 되었다.

로댕도 상당히 분개하였고 소수의 친구들이 변호하였지만 아무 효과가 없었다. 이 당시 브뤼셀에 남아있던 로즈는 그 작품이 모델의 신체에서 직접으로 복제한 석고상을 만들어 사진으로 촬영하여가지고 심사원들에게 보내기까지 하였다. 이 문제를 발단으로 하여 로댕을 극히 동정하는 미술행정부의 차관 튜르케 Turquet의 비호 아래 설분雪忿의 의미로서 〈황동시대〉는 재차 1880년에 살롱에서 3등상을 타고 주조된 것이 룩셈부르크공원에 세워졌다. 이로 말미암아 비로소 로댕의 면목도 살게 되고 이 사건 때문에 신문 잡지에서 자주 문제가 되어 도리어 유명해졌다. 하여튼 이후부터는 전람회에 대개 출품할 수 있게 되었다.

여기까지가 조각가 로댕이 어떻게 구조되고 어떻게 자기의 길을 찾아냈나 하는 경로다. 그는 지금 비로소 그 길을 가면 무한이 전진할 수 있다는 정도를 얻은 것이다.

모든 속사를 잊어버리고 다만 예술의 본질에 향하여 꾸준히 걸어온 로댕은 명성과 금전에 대한 매혹은 티끌만치도 느끼지 않았다. 50세가 되어서도 그는 신인을 자칭하고 놀라울만한 정력을 가지고 싸웠다.

그러나 그렇게 그는 자기를 부인하는 아카데미를 정복하고 말았다. 그는 훈장도 받았다. 소시에티 내셔널의 조각부장의 요직에도 앉았다. 그러나 그는 끝까지 그러한 명성에 대하여서 무관심하였다. 아니 도리어 그것을 좋아하지 아니하였다.

이렇게 되는 동안에 그는 많은 작품도 제작하고 그리고 작품으로 하여 적지 않은 문제도 발생되었으나 그러나 영관榮冠은 언제든지 로댕의 머리에 빛났다.

만년의 로댕은 어린아이로 환원하고 말았다. 그의 일상생활은 끝없는 예지와 순진이었으며 한편 유리한 행동의 교착이었었다. 구주대전歐洲大戰은 또 다시 노년 로댕에게 큰 충동을 주었다. 1914년 10월에 로만이 로댕에게 준 편지 속에 그는 다음과 같이 말하고 있다. "이 전쟁에는 전쟁 이상의 의미가 포함되고 있습니다. 지금 일어나고 있는 일은 말하자면 신의 형벌 같습니다." 전쟁은 끝이 났다. 그는 법왕法王의 초빙으로 로마로 가서 법왕의 수상首像을 조각하였다.1915

1916년 7월 로댕은 경輕한 뇌출혈로 쓰러졌다. 그때부터는 기거起居가 극히 부자유하게 되어 허약한 로즈 부인과 나란히 누워서 지냈다. 간호는 그의 아들 부부가 맡았었고 가족이라고 할 사람이 너무 적어서 이 기회에 조각을 훔쳐가는 자도 있었다. 그는 1916년 9월 일생에 소원이었던 국가에 대한 일절의 재산과 작품을 기증하여 로댕미술관을 건립하였다.

이때까지 로댕과 로즈 부인은 정식결혼을 하지 아니하였던 까닭으로서 여년이 없는 그들은 일가들의 권함에 따라 1917년 1월 29일 뮈동 저邸에서 결혼식을 하였다. 많은 친구와 관계자들이 모여서 늙은 부부를 축복하였고 그중에 어떤 사람이 로즈 부인에게 화장까지 시켜주었으나 '지금까지 한 번도 분을 발라보지 않았으니까' 하면서도 73세의 신부는 극히 즐거워하였다.

2월 14일 로댕 부인은 서거하였다. 로댕은 무엇보다도 비통하였다. 이후의 로댕은 더욱 쇠약해졌다. 11월 초순에는 전지여행을 할 수 없을 만치 악화되었다. 그는 석양판에 넓은 하늘을 보는 것을 즐거워하여 정원 산보를 하다가 감기가 들어 1917년 11월 17일 오전 4시 그는 폐렴으로 돌아갔다. 장식葬式은 전 세계 로댕 숭배자의 묵도 속에서 쓸쓸하게 지냈다. 로댕의 분묘는 그들 부처가 같이 파묻히고 묘 앞에는 걸작 〈생각하는 사나이〉가 놓여졌다.

부기

이 전기를 쓰는 데 있어서 고증적 참고 외에 거의 대부분을 로댕 연구의 세계 권위 다카무라 고타로高村光太郎[19] 선생의 「로댕전」과 「로댕의 말」에 의하였다는 것을 부기하는 것이 다카무라 선생에 대한 예의인 줄 안다. 필자가 로댕을 알고 로댕을 보고 로댕을 사숙하기 비롯한 것이 바로 다카무라 고타로 선생의 엄부嚴父 다카무라 고운高村光雲[20] 선생이었고 로댕의 안팎 사정을 알기는 다카무라 고타로 선생이었기 때문에 선생 구전과 저작을 유일한 참고로 한 것이다.

---

19 다카무라 고타로(高村光太郎, 1883~1956). 일본의 시인, 조각가. 다카무라 고운의 아들로, 부친과 로댕의 영향을 받아 사실적인 조각으로 당시 식민지 조선에도 큰 영향을 주었다.

20 다카무라 고운(高村光雲, 1852~1934). 일본의 불사(佛師), 조각가. 1889년 이래 도쿄미술학교 조각과 교수로, 김복진이 유학할 당시 목조 스승이었다.

수필

서울이 어디냐?

조선의 중앙이 어디냐?

봄바람에 속이 떠서 삼각산 모퉁이를 돌아 돌기도 하고, 허우적거리는 버드나무가지에 마음이 얄궂어 한강줄기를 타고 내려오기도 하고, 양지쪽에 뾰족뾰족 새싹이 트니 그리고 산골짜기에 얼음이 풀리니 서울을 찾고 중앙을 에워싸 모여들 든다.

그러나 서울이 어디냐? 서울이 보고 싶고 서울이 그리워 산에서 벌에서 서울로, 서울로 기어들 들건만 과연 서울이 어디냐? 북악산 밑에 6조曹가 즐비하게 벌려있던 그곳이냐? 노들강변의 모래밭 근처냐? 청계천이 가로놓이고 그 전후와 좌우로 네거리 큰 길이 줄달음질 치고 있는 곳이냐? 혹은 양복점 간판 속에서 방금 뛰어나온 신사의 가슴 속인가? 여우털목도리 속에서 삐죽 나온 여인네의 기름과 분粉으로 무장한 얼굴 가죽 속인가?

"백만의 다리가 행진하는 곳이여!"

"세도대○世道大○의 일○一○이 궁전도 ○신○新도 만들던 곳이여!"

이곳이 서울이라고도 한다. 과연 십년을 두고 백년을 두고 아니면 천년을 두고 창조하고 축적하고 배양하여 놓은 우리들의 서울, 조선의 중앙이 이곳인가? 만萬 사람, 천千 사람의 힘줄이 부단히 뛰고 움직여왔건만 우리의 땅, 우리의 생명의 결정結晶인 서울은 겨우 이 모양이란 말인가? 어느 날 달빛이 흐린 저녁에 지각地殼이 무너져서 그의 고귀한 부분이 영원히 흙속에 파묻혀 버렸는가? 일찍이 질풍과 같이 내 다른 백만호병百萬胡兵의 발굴에 짓밟혀 그의 값있는 장식이사 라져 버렸는가.

그래도 조선의 중앙은 서울일 것이다. 아니 우리의 서울은 어디까지 버젓한 존재다. 산 너머에서 바다 건너서 배워도 오고 발굴하여 놓기도 하고 창조하기도 하여 통일하고 확대하고 종합하고 조직하며 다지 광명을 주어 이것을 세계 대*의 영역으로 복사하고 흐리지 않은 눈동자를 갖게 하고 또 어제 하루를 어떻게 살았으며 오는 한날을 어찌 살든지 도무지 막연한 인간의 무리에게 숭고한 이상을 세워주었다.

—『조선일보』, 1935.5.8

이것을 가리켜 조선의 역사의 역사라고도 하며 조선의 문화라고도 하며 조선의 예술이라고도 하는 바, 천고의 전적典籍을 대하여 새로운 경건을 갖게 하고 현미경 아래의 장관에 접하여 이상한 교훈을 주는 것이 우리의 역사, 우리의 문화, 우리의 예술이라 한다.

불우한 환경을 생각하면 눈물이 어리나 예술로써 볼 때에는 환희를 느낀다고 한 누구의 시 조각이 생각난다. 지금 이 같은 시가 갖는 이데올로기의 사회적 근거를 전색詮索하는 것을 그만두고 또 이 같은 질병에 걸린 언어를 검토하지 말고 단순히 우리들의 역사를 회고하건대, 우리의 서울을 창조하고 배양한 어머니 — 우리의 보모褓母 — 무서운 진통과 어려운 성고聖苦에 신음한 사람이 우리의 눈앞에 보여진다.

우리의 서울은 장구한 시간을 통하여 황당선荒唐船으로 철마로 분주히 찾아온 내빈을 수없이 응대하였고 성전 속에 기밀지도를 감추고 승복僧服 소매에 자기나라 상품을 달고 들어온 황금의 사절을 또한 무수히 송영送迎하였다.

그들은 우리의 서울을 보려고 모여들어가고 네거리에 서서 산마루에서 서울을 비평하고 서울을 해부한다. 조선의 역사를 연구한다 하기도 하고, 조선의 문화를 고증한다 하기도 하고, 조선의 예술을 평가한다 하기도 한다. 광화문의 가치를 평량評量하기도 하고, 보신각普信閣의 지위를 근심하기도 하고, 씨성氏姓의 내력을 중얼거리기도 한다. 이 같은 모든 것은 그들이 학자답게 입을 열고서 서울을 엿보았다는 결론인 것이다.

그러나 광화문의 지단이 옮기든 말든 보신각의 종이야 울든 말든, 가계의 적서 嫡庶야 어찌되었든 간에 우리야말로 진실한 서울의 자태를 찾아서 길을 떠나자. 동으로, 서로. 산으로, 들로…….

무학재 넘어가 서울인가?

왕십리에서 더 나간 곳이 서울인가?

십여간 도로가 사방으로 널려있다. 크나큰 양옥이 즐비하다. 얼굴 어여쁜 여인 네가 거리에 널려 있다. 여기가 서울인가? 길더러 물어보고, 집더러 물어보고, 사 람에게 물어보자. 아스팔트가 직선으로 뚫린 곳에 전차가 달아나고, 자동차가 달 아나고, 인력거가 달아나고 축음기가 고함치고 라디오가 스피커가 목쉰 소리를 하고 경적이 세게 우는 가운데 경매하는 소리가 높다! 여기가 서울인가?

2층, 3층, 4층, 그리고 더욱 하늘 높이 올라간 양옥이 어깨를 겨놓고 서있다. 붉 은 집도 있고 백악관도 있고 벽돌집에 쇠지붕도 하고 철저鐵筋 콘크리트에 유리 천정도 하였다.

땅 위에다 함대를 건축하고 있다. 마스트가 있고 갑판이 있고 사다리가 삐죽 나오고 둥근 창문이 안경알과 같이 번쩍인다. 자갈과 강철과 유리로 건축된 큼직 큼직하게 높은 집이 모여 있는 풍경의 전체를 서울이라 하는가?

— 『조선일보』, 1935.5.9

서양 창문에 들르는 커튼 같은 것을 치마라고 해 입고서 굽 높은 구두를 신고 허리를 허우적거리면서 걸어가는 여성이 눈앞에 나타난다.

조그만 발동선發動船이 바다 위에 떠서 좌우로 동요하는 모양과 흡사하다. 진실 로 이 광경은 경이할 만하다.

"경이는 철학을 낳는다"는 명제가 또 "필요는 발명의 어머니"라는 격언의 진실 성이 새삼스럽게 믿어진다. 홍두깨 같은 두 다리의 아래에는 뒤꿈치가 높고 코끝 이 외씨 같이 뾰족한 구두를 신고서 일찍이 야만의 풍습이라고 조롱하던 청국淸國 여자의 전족하는 고풍古風을 이제야 수입하여 문명이라는 가면과 유행이라는 허영에 전염병과 같이 염속한 템포로 새로운 사회상을 이루었다. 이들 신여성에게 는 보무步武를 정조하는 새로운 방법이 절대로 필요한 까닭이다.

가두에 분열된 신여성 둘의 20세기적 곡예술은 확실히 현대 여성사회의 복음 이 아니면 안 된다.

"일국의 왕이 되기 전에 가두의 왕이 되라"고 그 누가 말했다. 정권을 갖기 전 에 가두를 지배하여야만 한다는 것은 평범한 정치원론이라 할지라도 가두의 왕 자는 누구냐고 묻는다면 20세기 보행곡예步行曲藝에 세련된 여성들이라 한다. 사 람머리의 수효數爻로써 최고결정을 맺는 것이 대의정치의 요체이라면 다시 더 새 로운 이론을 상직相織할 것 없이 별다른 개념을 도입할 것 없이 오늘의 가두의 왕 자는 여성일 것이다. "여기가 유방이고요", "여기가 다리입니다"라고 미세하게 설 명하는 것의 현대여성의 의상이 가지고 있는 숙명이라면, 귀부인과 공창公唱과 황금과 권리를 다 같이 포용하겠다는 튼튼한 네 활개를 보이고 포화상태에 빠진 위胃 주머니를 비장한 인경덩어리만치 불룩한 배를 제대로 드러내 놓은 것이 순 사純士의 예복이다. 이집트 담배埃及卷煙를 피우고 프랑스 금시계를 차고 영국스타 일의 양복을 입고 미국제의 자동차를 타고 다니는 신사의 머릿속에는 무엇이 들 어있든지 간에 정正하 귀양생활을 영위하는 것만은 틀림 없는 사실이다.

헬로우 닥터 — 아무개라는 이가 금니 틈으로 거침없이 흘러나오며 이 선생, 김 선생이라고 호명을 능청스럽게 부르는 것이 신사네외 쌍절이고 삼지창과 양 도洋刀를 가지고 소리 없이 닭고기를 베어 먹으며 한길이나 되는 왜면을 젓가락 하나로 조종하는 것이 신사紳士들의 식도덕이다. ○○가에 앉아서 한담閑談으로 소일하고 기생의 무릎을 배고 정치情痴를 호소하며 신문의 제목만이라도 대충 훑 어보는 것이 가장 큰 일이며 극장에서 코를 고는 것이 사교와 중요한 부분이며 아이스크림에 소화불량이 되게 되는 것이 우애의 표현이다.

"창조는 모방의 교류이라"면 식후에 무화과 먹는 법을 흉내 내고 계집의 허리 를 끼고서 셔츠를 맞추어 몰려다니는 것을 본뜨고 언어를 가져오고 미각을 바꿔 놓아 세계생활을 호흡하고 있으니 이들의 생활상도 또한 모방과 모방의 교차로 읽혀진 새로운 창조의 하나가 아닐까.

황금의 독재관이며, 문명의 향락자인 신사의 무리는 요릿집에서 요릿집으로 순례하기에 바쁘고 기생의 집에서 기생의 집으로 애정의 배달에 바쁘고 주주총회에서 주주총회로 분리分厘들 다투기에 바쁘고 그리고 나머지 시간에는 서울에서 서울로 드라이브하기에 바쁘다.

황금의 왕좌에 앉아서 천하를 호령한다. 문명을 지배한다. 하나서부터 열까지 모든 것을 지휘한다. 세계의 창조자이며 세계의 감독자이며 세계의 사교자이며 세계의 심판자이라는 신사들이 우리가 찾는 서울의 방면을 알고 있을까?

— 『조선일보』, 1935.5.11

아직 18세기의 마술이 유럽에 횡행하기 전에는 수많은 귀신이 바람을 타고 구름을 타고 꿈夢을 타고 용을 타고서 거침없이 하늘과 땅을 왕래하였나. 아무 염려 없이 제대로 행세하였다. 이 집단의 신명을 조종하던 인간을 가리켜 기사騎士라고 하며 신사紳士라고도 한다. 약 수많은 로봇은 하늘서 땅에서 인간의 욕망 속에서 춤을 춘다. 꿈과 꿈 사이로 돌아다니며 사주와 팔자 속으로 찾아다닌다. 귀신을 부르는 요술이 과거나 현재나 다를 것 없으니 이 사회를 요리하는 신사들은 홍차를 마시며 새로운 신화를 창조하고 있다. 우상재흥偶像再興을 부르짖는 호령이 상품과 동반하여 방방곡곡이 숨어든다. 역사는 이것의 기록이며 문화는 이것의 체현이며 예술은 이것의 표백이다.

인간과 자연에 칩복당蟄伏當하던 것은 옛날 일이다.

인간과 자연의 관계보다 인간과 인간관계에 절대한 관심을 갖게 되었다. 그렇다고 해서 자연의 품속에서 영구히 해탈한 것도 아니며 자연의 오묘를 완전히 지식한 것도 아니다. 자연의 어머니의 어머니를 우리는 모르고 아직 인류의 시원을 우리는 모른다. 그러나 풍우에 시달리고 한서에 신음하던 것은 옛날이야기이고 당장에 먹을 것을 구하기에 죽어 넘어진 맘모스를 찾고 강변가에 나가서 고기를 줏으며 과실을 따던 원시생활을 하직한 것은 이미 여러 천 년 전 일이다. 자기 노동이 자기의 생활 자료를 구하고도 여유가 생기게 된 것이 여러 천 년 전이다. 자기의 하루 노동한 성과가 자기의 생활 자료를 구하고서 나머지가 있게 된 것이 문명의 원본이다. 그래서 인간과 인간관계의 중요성이 생활의 전회前回에 서게 되었다.

진리는 무엇이냐? 라는 묵은 숙제에 우리는 대답을 하리라. 진리는 가까운 곳에 있고 진리는 인간의 배속에 있노라고. 자연에 번롱飜弄받던 옛날생활과 하직하고 인간과 인간이 새로이 대적하였다. 양반과 상놈이 무대에 오르고 신사와 노동자가 그라운드에 나타났다.

세계를 지배하는 신사이니 서울 역시 거들어 거느릴 것이다. 강철이 울고 물방아 가도는 곳에서 일하는 사람들, 황금을 지고 상품을 지고 나오는 사람들은 오직 그들을 위해서 살고 또 죽는다.

미쓰코시 식당에서 먹은 음식이 그대로 있고 천대전千代田 그릴에서 먹은 요리가 그대로 있고 악단 홀에서 먹은 정종正宗이 그대로 있는 크나큰 위 주머니를 가진 신사를 극진히 공양한 자가 누구냐? 풍마우세風魔雨洗하여 다 썩은 화강석 조각을 보자기에 싸가지고 파고다공원 안으로 돌아다니는 바람과 같이 일어난 산금열産金熱에 기계적으로 충동된 천양만양꾼이냐, 하부다이로 뒤를 어감고서 인력거 위에 높이 앉은 기생들이냐. 노란 얼굴을 가진 수재들이 서재에서 시대를 찬송하고 있으니 성戚은 이 사람들인가!

시커먼 석탄을 가지고서 분홍과 녹청과 형형색색의 고운 광택을 가진 물감을 만들어낸다. 커드란 나무토막을 가지고서 눈이 부시는 인조견을 짜낸다. 자갈과 모새와 동철을 섞어서 순식간에 아방궁을 지어놓는다. 눈보라가 치는 겨울에 상추쌈을 먹이고 5, 6월 삼복중에 아이스크림을 먹인다. 문명의 어머니는 석탄 속에서 물감을 만드는 사람일 것이고 나무토막을 가지고 주단綢緞을 짜놓는 사람일 것이며 모새와 자갈과 동철을 가지고 아방궁을 짓는 사람일 것이며 겨울에 상추를 기르고 여름에 얼음에 얼음을 만드는 사람일 것이다. 요컨대 문명은 증식되어 가치에서 출발한다.

새로운 신화를 창조하는 신사는 결론한다. 평화를 사랑하라고. 인간 연계에 평화를 사랑할 것은 물론이다. 그렇지만 평화를 사랑하는 것보다 더욱 중요한 것은 정의를 지키는 것이다. 상품사회에도 평화가 있다고 한다. 대치貸借관계로 대판하여도 우애를 가질 수 있다고 한다. 그러나 벌써 자기의 생활에 불안을 느끼는 정도를 넘어서 자기들의 생활에 곧 불평을 갖고 있는 인간에게 평화를 사랑하라는 복음은 운외청산雲外靑山이다.

—『조선일보』, 1935.5.12

평화를 사랑하라는 복음보다도 아주까리나 고초를 심으라는 말이 귓속으로 쏙쏙 들어간다.

임프레션, 디프레션[1]의 파도에 표류하여 태산을 넘고 사막을 건너 상품은 곳곳에 침입한다. 문명을 가르치는 중대한 사명을 지고 방문한다. 새로운 시장을 개척하려 불모지와 처녀배를 돌진한다. 천리를 정진하는 정력은 있어도 구매력이 없는 소비자를 권유할 지능은 없다. 생산력은 무한적으로 증가하나 소비시장은 가속도로 협狹하여 진다. 생산은 과잉되고 재고품은 산과 방불하다. 인삼 실은 선창을 바다에 집어넣고 곡식을 난로에 태우는 일방엔 1년 내 농사를 지어도 그날의 먹을 밥이 남지 않는다. 하루 종일 노동을 하여도 저녁거리가 없다.

어느 날 길거리에서 허리 굽은 노인으로부터 손주 아해 입학시킨 자랑을 들었다. 자기와 친한 학교선생에게 누계累系히 손주 입학을 의뢰하였더니 입학시험 전날에 선생이 자기를 찾아와서 내일 시험엔 사람 얼굴에 구멍이 몇 개나 되는가 그것을 물을 터이니 "눈구멍이 두 개가 있고, 콧구멍이 두 개가 있고, 입구멍이 하나이고, 귓구멍이 둘이어서 도합 일곱이올시다"라고 대답하도록 손자 아해에게 미리 가르쳐주라고 함으로 밤이 늦도록 의제擬制시험을 하여 가지고 이튿날 학교로 갔더니 과연 그 문제가 났습니다. 그래 손주 놈은 입학하였답니다 — 라는, 수수께끼 비슷한 자랑을 들었다. 직업부인의 자격으로는 미모가 제일요건이

---

1   감명(impression), 우울(depression)을 말한다.

고 그 위에 애교나 있으면 취직전선에서, 거침없이 활보하며 샐러리맨의 자격으로는 스포츠의 하나라도 숙달할 것이다.

도대체 생이라는 것은 무엇이냐, 역사는 무엇이냐. 문화는 무엇이며 향술饗術은 무엇이냐. 사람의 일생은 싸움이냐? 향락이냐? 시인은 붓방아를 찧고, 배우는 춤을 춘다. 인생은 고운 것이라고 인생을 향락하라고 다시 이것을 철학자는 합리화한다. 카페 안에서는 청춘을 노래한다. 과연 인생은 고운 것일까…….

서울이 어디냐? 조선의 중앙이 어디냐? 신사들이 대답한 우리들의 서울은 어디냐? 신여성은 답변한다. 거리가 넓고, 아스팔트를 깔고 자동차가 다니고, 아방궁이 즐비하고, 백화점에 상품이 가득하고, 카페 여자가 어여쁘고, 그리고 자기네가 인생을 향락하는 곳이라고 한다.

우리가 찾는 서울이 여기냐? 우리의 중심이 과연 이곳이냐? 우리의 몸에는 천년 전 힘줄이 뛴다. 우리의 피부는 역사를 가진 꿈을 발한發汗한다. 이 힘줄, 이 땀으로 만들어진 서울이 과연 이곳일까? 역사의 중심지, 문화의 발상지이고, 예술의 원산지가 이곳일까? 서울의 역사는 우리들의 힘줄의 내력이다. 서울의 문화는 우리들의 땀의 결정이다. 서울의 예술은 우리의 호흡의 억양이다. 서울의 진상이 네거리가 아니고 서울의 전모가 아방궁이 아니다.

우리가 곧 서울이다. 우리의 힘줄은 활동한다. 그럼으로 서울은 활동한다. 결코 빌딩이나 자동차나 라디오나 백화점이나 신사의 무리나 신여성이 서울이 아니다. 이것을 도합한 것이 서울이다. 이것을 도합하기는 우리이다. 생산하고 호흡하는 것을 우리가 주었다.

우리가 서울이다. 서울을 찾는 우리가 우리를 찾는 것이다.

"네 자신을 알아라", 자기를 발견하라. 서울은 우리이니 우리를 찾자!

—『조선일보』, 1935.5.15

어서 밤이 오라고.

나는 밤을 기다린다. 서울의 밤, 나는 이것을 기다려 마지않는다. 폭양^{暴陽}에 시달린 봄이 저녁이라고 먹고 나면 밤은 어디서인지 차차로 가까워온다. 붉은 꽃 푸른 잎이 통틀어 검어지고 친할 사람 미운 사람 할 것 없이 분별하기 어렵게 되고 그리고 서울의 가지가지의 흑백이 보이지 않게 하는 황혼의 장막. 이 밤이야말로 내가 기다리는 것이다. 헤겔과 같이 짙어가는 암야에 우모^{牛毛}의 차별을 알아질 수 없을 것이다. 시비를 알면서도 정사^{正邪}를 알면서도 조리^{條理}를 밝혀보지 못하는 백주^{白晝}보다는 그렇다. 차라리 나는 밤을 좋아한다. 밤이 오면 종로 네거리로부터 동으로 서로 남으로 북으로 전등, 와사등 네온사인 찬란한 불이 켜진다.

옛날로부터 시를 읽고 시를 생각하던 수많은 인물이 머리 위에는 반짝이는 별이 있고 가슴 속에는 숭고한 도덕이 있다는 등 또는 별을 보고 연모하는 인간을 그렸으나 나는 생각한다. 잘하였든 못하였든 간에 어두운 밤 밝은 전등을 대할 적마다 인류의 문명조상이 다시금 가슴의 공적을 친다. 하늘에 있는 별이 인류의 땀, 조상의 피로써 생산된 이토록 밝고 이다지 고운 전등 네온사인 와사등에 비할 수 있을까.

나는 전등을 사랑한다. 네온사인의 요령을 좋아하고 더구나 비 오는 밤비와 등불 빛이 얼싸안고 아스팔트 큰 길 위로 흐르는 것을 볼 때에 나는 그저 가슴이 가득 차서 질뿐이다. 인간으로서의 희열과 조상의 위대한 유산을 상속 받은 행복과 그리고 신명을 극한^{克限}한 우월감에 호흡은 높아진다.

밤은 인류의 성장을 가장 잘 알려준다. 그래서 때로는 적막을 느끼고 때로는 회의^{懷疑}를 갖는 사람들에게 자신^{自信}을 주고 긍지를 주고 용기를 준다.

황혼은 모든 것을 회보라 빛으로 칠하여 버리고 밤은 모든 것을 다시 더 깊고

윤이 나는 검은 장막으로 싸버리고 만다. 부정을 보여주고 배리背理를 알려지는 낮보다 밤이 오면 흐리멍텅하고 아득하게 생각되고 기억날 뿐이니 차라리 밤이 조금 괴로운 바 적다고 하는 것이다. 괴로워서 시달리거든 꿈으로 가고 꿈이 깨거든 머릿속에서 책 속으로 왕복이나 해보고 이 외에 아무 도리도 내게는 없다.

세상 사람들은 산으로 바다로 더위를 피하여 달아들 난다. 땀 한 방울 흘리기가 그토록 싫어서 피서를 간다고들 한다.

봄에는 꽃이 피고 겨울에는 눈이 오는 것은 인류가 자연을 이해하기 비롯할 때 수확한 첫 지식이다.

배고프면 밥을 먹고 졸리면 잠을 자는 것과 추호도 어긋나지 않는 것이다. 여름은 도처에 있고 여름이 있는 곳은 다 같이 더울 것이지만 사람들은 그래도 여름을 피하러 간다고 한다.

여름이 없는 곳이 과연 어디냐.

천지가 더위에 휘말려 있는데 대체 어디로 도망을 가려는 것이냐.

모두가 답답하기만 하구나. 어서 밤이나 왔으면 ― 밤이 오면 꼭 막혔던 가슴이 겨우 열려진다.

찬란한 불빛과 기리 묵은 회포를 말하고 싶다.

어두운 밤 불빛은 반짝거린다. 불의 발견은 인류문명의 위대한 바이니 이 불이 천 만 년을 두고 비에 젖고 바람에 날리면서 그 씨를 전하고 모양을 바꾸고 하여 지금에 이르렀다.

등불을 대하면 천 년 전, 만 년 전의 거룩한 조상을 대한 듯하다. 우리의 조상이 만들어놓은 등불은 가슴을 헤치고 샅샅이 밝혀주고 있다.

이 밤이 어서 와서 등불을 대하여 무한한 정을 풀고 싶다.

밤이여 어서 오라고!

수륙일천리

오후 10시 40분.

언어가 같지 않고 풍속이 다르나마 조각의 친구인 나이 어린 M군[1]의 전송餞送으로 부산행의 기차를 탔다.

하루 종일 경성의 시가를 동에서 서로 허리를 굽히고 쫓아다니다가 사정이야 여하간에 여행이라고 하게 되면 10년 전 옛날에 가지고 있던 청춘이 다시금 살아나는 것 같다.

가보지 못한 지방, 알지 못하던 사람을 찾아가는 것이니 이 지방의 풍속이 어떠하며 새로이 만날 사람이 어떠한 인물인가 하는 생각이 머리에 가득하여 진다. 아직까지 경치를 찾아 산수간에 놀아보지 못한 나로서는 아마도 자연에 취하고 자연에 끌려 기다란 체신을 경향으로 굴리기에는 인연이 먼 것 같으나 기실은 자연을 감상하고 승경勝景을 응대함에 남 유다른 재간은 없으나 과히 다른 사람에 뒤지지 않으리라는 자부심만을 갖고 있는 바이다. 그러나 어느 여가에 시절을 고르고 지점을 선택하여 피서나 또는 피한이라고 이름을 붙여 여행을 할 수도 없는 것이며 관동의 팔경이나 만물상의 금강을 찾을 수 있지마는 나로서는 자연을 찾고 자연을 만나고 하는 것보다 사람을 찾아서 문명을 찾아서 기구崎嶇한 산을 넘기도 하고 황량한 평원에 발을 들여놓아서 한걸음 두걸음 목적하는 지점에 가까워지고 시각時刻으로 만나고 싶은 사람과 가까워지는 곳에 여행의 진실한 의미가 있지 않는가 한다.

더구나 알지 못하는 지방에 알지 못하는 인물을 찾을 때에는 달짝지근한 청춘

---

1   나가사키 시마바라 미에무라 출신의 조각가 사나카 미쓰모리(佐仲三森)를 말한다. 김복진의 아틀리에에서 조각을 배워 경성에서 활동했으며, 1945년 패전 이후 나가사키로 귀국했으며, 1964년 도쿄올림픽 때 사용한 성화대를 제작했다.

의 피가 소생하는 것이다.

내가 찾아가는 곳에 경치가 어떠하며 풍송이 어떠한가. 내가 만나려는 사람의 외모가 어떠하게 생겼으며 성격이 어떠하며 끝으로 나를 어떻게 대하여 줄 것일까, 가슴은 공연히 뛴다.

사람의 가슴 속에는 사람을 겨대리는 더운 피가 있다. 이 피가 뛰는 곳에 인류의 역사가 있고 세계의 문명이 있고 우주의 운행이 있지 않으냐. 처음 가는 지방에 커다란 기대를 갖는 것도 처음 만날 사람에게 끝없는 희망을 갖는 것도 사람으로서 가질 바 욕심을 가진 것이다.

사람은 움직이는 동물이다.

사람은 연장을 만드는 동물이다.

그리고 사람은 사람과 협동하여 문명을 창조하는 동물이다.

나도 사람이니 사람과 같이 문명을 만들고 역사를 만들고 그래서 자연을 고치고 싶은 마음이 가슴 속에 가득하다.

기차는 지금 남으로 달아난다. 산이며 강이며 들이며 아무 것도 보이지 않는다. 창 밖에는 그저 어둠이 있을 뿐이며 차안에는 사람이 가득할 따름이다.

기차는 그저 끝없는 암흑 속으로 달아난다. 전후와 좌우가 다 같이 어두우니 남인지 북인지 나로서는 도무지 모를 것이나 내야 알든 말든 사람을 믿고 사람이 발명한 기계를 믿는 바이니 암흑을 돌파하는 장쾌^{壯快}에 사람으로서 가질 환희만 가지면 그만일 것이다.

아까 경성역에서 M군이 창틈으로 던져준 화속^{花束}을 창문 곁에 억지로 세워놓았다.

"차 안이 너무나 쓸쓸할까 보아 꽃을 사가지고 왔노라"고 M군은 웃음 섞여 말하여 모자를 흔드는 품이 제법 연애를 연애하는 젊은 남녀의 작별하는 정경 비슷하여 나 역시 눈살이 찌푸둥해졌다.

—『조선중앙일보』, 1935.8.13

동천東天이 희미하게 밝아올 때 목적지인 김천에 도착하였다. 김천고보金泉高普의 정교장鄭校長의 출영으로 우선 역전의 김천여관에 들어 밤새도록 기차에 시달린 몸을 쉬려하였으나 기차의 동요에 장단을 맞추던 몸인지라 종시終是 잠은 오지 않고 쓸쓸한 새벽하늘의 한두 개 별을 쳐다보며 자리 위에서 궁글고 있었다.

'다꾸앙', '나라쓰게', '후구신쓰게', '외지', '열무김치', '깍두기' 등 속屬 김치 종류를 어수선하게 진열한 식탁을 대하니 그만 구미가 뚝 떨어져 버리고 만한 대체로 어느 곳을 막론하고 여관 풍속은 근래에 매우 달라져서 아시아의 김치 전람회 비슷하게 식탁을 너저분하게들 한다. 누가 이런 버릇을 시작하였는지 모를 일이다.

나로서는 먹기 전에 불쾌하기 짝이 없으니 나의 소원대로 한다면 밥 한 그릇에 반찬 한 그릇과 냉수 한 사발이면 족하겠음에도 불구하고 이것저것 늘어놓고 더 이랴. 우리 할아버지 시대에는 구경도 못하던 '다꾸앙', '나라쓰게'는 얼토당토 않게 왜 그다지 먹이려고 하는지 불가사의의 하나이다.

조반이라고 두어 술 먹고 김천의 가두로 나섰다. 산 밑으로 점점 초가, 와가瓦家 그리고 별안간 2층 집이 있어 산만하기 짝이 없으니 친할 맛이라고는 조금도 없었다. 의례히 산에는 나무가 없고 의례히 논밭의 경계는 굴곡이 심한데다가 시멘트의 높은 담이 둘러있는 감옥이 시가복판에 좌정座定하여 있으니 아담한 자연의 맛이라고는 구해 보기 어렵다.

이것도 자연의 하나겠으나 봉우리가 묘한 산이 있고 산에는 기암이 있고 노송이 있고 산 밑으로 아늑한 촌이 있어 아침이면 춘여春汝 끝에 닭이 울고 저녁이면 더벅머리 아해가 소를 타고 돌아오는 그림 속의 정경만을 자연이라고 하여 어려서부터 이런 말에 귀가 젖은 나로서 우연만한 풍치는 그저 코웃음 치는 버릇을 과거에 가졌었다.

사람의 손이 조금도 가하지 않던 것만이 자연이 아닐 것이며 그런 자연은 세계가 넓다하여도 양극의 빙원이나 그렇지 않으면 몇 개의 무인도에 불과할 것이고 그 외 간혹 인적이 없는 심산밀림深山密林이 있다하더라도 이 역시 반드시 경치가 좋은 자연일 것은 아닐 것이다.

사람 그 자신이 이미 자연의 하나이니 사람이 사는 곳도 사람이 만드는 것도 통틀어 자연 아님이 없을 것이다. 세속적으로 그릇된 자연의 개념을 가지고서 자연의 풍광을 찾는 사람이 얼마나 되는지 알 수가 없다. 4, 5층 양옥이 즐비하고 수 십간 도로가 종횡으로 분포되어 있는 도시의 풍경도 고산월소高山月小한 전원의 경개景槪도 똑같은 자연일 것이며 또한 유다른 미관을 갖고 있는 것이다. 단지 자연과 자연과의 배합이 어떠하며 균형이 어떠한가가 자연미의 우열을 말하는 것이 아닐까 한다.

높은 산은 높은 맛이 있는 것이며 넓은 평야는 넓은 곳에 재미가 있는 것이라고 하겠으나 산이 있고 물이 흐르고 점경 인물이 두서넛 섞여 있고 그 위에 저녁 안개나 흐릿하게 껴있다면 그대로 동양화적 화폭의 하나일 것이니 이는 지금 와서는 통속화한 박력을 잃은 경치이나 조화와 균형을 즐겨하는 인간인지라 역시 천편일률임을 알면서도 그래도 떨어지지 못하는 바이다.

김천의 시가는 조화가 없는 곳이다. 아직 신개지新開地이니 어찌할 수 없는 것일 것이다. 포국包局 있어서나 지금까지의 시설에나 새로운 손에게 귀염을 받기에는 좀 연緣이 먼 곳 같았다.

—『조선중앙일보』, 1935.8.14

김천은 워낙 산간 벽촌僻村인지라 새재조령(鳥嶺) 너무 조그만 골짜기이니 금강산이나 몽금포夢金浦에 놀던 안목으로는 눈에 차지도 않을 것이다. 그러나 자연을 탐방하는 한가를 가져보지 못하고 자연을 읊조려 보지도 못하였지만 그리 이런 신세를 부려 원하지 않는 나로서는 과히 섭섭지도 않았고 도리어 건조하고 몰沒풍경한 곳을 어떻게 하여 미화하여야 할 것인가 샅샅이 귀여운 곳으로 만들어 볼 수가 없을까하는 생각이 머릿속에 왕래할 뿐이었다.

김천은 산만한 마을이다. 김천은 음악을 갖지 않은 시골이었다. 그러나 김천은 앞으로 무럭무럭 커갈 곳이고 아름다운 열매를 맺을 미래를 가지고 있는 곳이라고 느꼈었다.

김천의 꽃다운 미래를 약속하려 황학산黃鶴山 밑에 검붉은 벽돌집 안에 수백 명의 젊은 사람이 모여서 진리를 배우며 문명을 배우고 있는 것이다. 이들 젊은 학도의 성실한 노력은 반드시 앞날의 김천의 운명을 좌우할 것이다. 수천 만 사람 가운데에서 이들만이 학문을 연찬하는 기회를 가졌으니 앞날의 문화를 창건하는 책무를 가진 선민일 것이다.

아침부터 학교관계자 제씨와 학원의 제반 시설을 보고 초창시기를 벗어난 이 학원의 장래를 마음으로 요망하였다. 이번 영남의 여행을 하게 된 바는 김천을 거처 이름 높은 직지사直指寺를 찾아보려는 것도 아니며 김천서 불과 40, 50리 떨어진 나의 제2의 고향인 영동永同을 보고자 한 것도 아니었다. 영동에서 연골이 자라나고 영동에서 비로소 공부를 시작하였고 그리고 영동의 땅속에다 20살 안팎의 요절한 누이의 백골을 부탁하였으니 나로서는 몽매간에 잊을 수 없는 곳이나 그러나 이 땅의 흙을 밟을 작정도 아니었고 오로지 김천을 찾았으며 오로지 김천의 장래의 운명을 지고 있는 김천고등보통학교를 왕방하였던 것이니 이 학교는 최송설당崔松雪堂 여사가 그의 전축재全蓄財를 기울여서 설립하였다고 한다.

지분脂粉을 가까이 하고 능라綾羅에 쌓여서 일생을 보내는 것이 여자의 사업인 것과 같이 알고 있는 세상에 최씨의 존재는 하나의 경이일 것이니 요 동안 각처에서 다시 새로 일어나는 향학열向學熱을 촉발한 선구자의 하나일 것이다.

80살이 넘은 노령에 정정한 기력은 나를 놀라게 하였으나 그보다는 학원의 관계자 제씨와 한 읍의 유지자들이 여사의 특지特志를 후세에 남기고자 하여 동상의 건립을 계획하고 이 계획 진행에 있어 국외자인 나를 초청하였던 것이나 여사는 굳이 이를 사양하였던 것이다.

산수가 제법 묘하여 사람의 자체가 그치지 않는 곳이라면 돈을 들이고 힘을 들여서 제 성명을 새기는 버릇이 있고 고古사찰을 찾아가서 굳이 단청한 주동柱棟에 이름석자로써 두는 버릇이 골수에 파묻힌 인간과는 그 유類를 달리하는 것이다.

유방백세流芳百世를 하지 못하면 유괴만년流傀万年이나마 한다는 것이 영웅을 배우는 사람들이 흔히 입버릇으로 하는 바이다. 그러나 도리어 자기의 분수를 지키고 꾸준히 자기의 신념을 다하는 사람의 앞에 나는 영웅 이상의 경모^{敬慕}를 갖는 것이다.

—『조선중앙일보』, 1935.8.15

요 동안 껀듯하면 비석을 세운다. 동상을 만든다는 등 좋은 일인지 아닌지 간에 유행 현상을 짓고 있다. 그래서 유행에 박자를 맞추고 다시 새로운 유행의 유행을 만들고 있다. 가령 동상을 건립하더라도 세심히 그 업적을 살피고 그 영향을 돌보아서 비로소 시작할 것이나 얄궂은 세상인지라 돈 있고 할 일 없는 분들이 우연으로일지 또 주위의 관계로써인지 문화사업에 다소의 투자^{유자처분(遊資処分)}이 아니면 다예투자(多譽投資)로써를 하면 그 이튿날부터 동상 건설의 계획이 진행된다.

이 통에 끼여서 같이 춤을 출 것인가 정말 생각하여야할 문제이다. 하루 이틀 나는 학교관계자와 여관에서 학교로, 학교서 최송설당 여사에게 왕복을 하였다.

그래서 "서울서 오신 손님에게 미안합니다마는 내일 아침에는 사진을 박혀 드리겠으니 여러분이 오실 것이 아니라 사진쟁이만 보내지요"라는 인사가 날려서 그러면 나는 김천에 더 두류^{逗留}할 것이 아니므로 오후차로 이따를 하직하였다. 기차는 조령을 손쉽게 넘어 황간^{黃澗} 강학루^{降鶴楼}를 옆으로 스치고 서울을 향하여 일로 직진하였다. 황간의 강학루는 명승으로 높은 곳은 아니나 내가 어렸을 때 우리 형제가 이 누마루에서 참외를 먹고 앞 강가에서 목욕을 하던 곳임으로 풍마우세^{風磨雨洗}하여 엣 풍정을 갖지 않은 강학루일 망정 이곳을 지내니 짐짓 강개무량한바 있다. 멀리서 잠깐 목례를 하고 달아나는 기차에 그대로 끌려서 산을 넘고 강을 넘어버려 삼남^{三南}의 요충 대전에 도착하니 어느덧 지는 해는 서산에 걸렸다. 호남선 방면에 온 손들이 이 차를 바꿔타려고 어수선하지마는 조갈^{燥渴}이 심한 탓으로 차나 한 잔 사먹자고 어깨를 부비고 겨우 내려서 과히 친절해 보이지 않은 차 파는 인간에게 머리를 굽혀가며 차 한 병을 구걸하였다.

워낙 갈증이 심하였음으로 체면불구하고 만인총중에 서서 서너 잔을 마시고 차 안에 들었으니 묘령^{妙齡} 여자가 내 자리에 제법 동구리고 앉았다가 머뭇머뭇

하며 겨우 다리 하나를 들고 나보고 앉으라는 것인지 영문 모를 거동을 함으로 나 역시 벙어리 수작을 본받아 덮어놓고 자리에 앉으며 옆 눈으로 슬그머니 궐녀厥女를 쳐다보니 머리에 백금 비녀를 꽂고 금시계 줄을 늘렸으며 흰 고무신 바닥에는 영어로 K자를 새긴 것이 열궂게도 눈에 띠었다. 대체로 이 당돌한 여인네가 무엇 하는 인간일까 나는 잠깐 생각하였다. 쪽을 쪽졌으니 남의 부인일 것이다. 쪽졌다고 하여 반드시 가정생활을 하는 것도 아닐 것이니 금시계 줄을 늘인 품은 염집부인 갖지 않아 보이기도 하였다. 고무신 안에 영자를 새긴 것이 실없이 나로 하여금 궁리를 하게 한다.

—『조선중앙일보』, 1935.8.16

천생 독기가 있는 눈으로 슬금슬금 나를 쳐다보면서 호사로운 가방을 열고 궐련을 한 갑 내놓더니 익숙한 솜씨로 한 개를 피어 무는 체국이 조금도 서툴러 보이지 않는다. 담배를 피다가 별안간 생각이 난 듯이 수밀도水密桃를 먹기 시작한다. 식욕이 있어 먹는 것인지 자랑삼아 먹는 것인지 알 바 없으나 궐련 피우던 솜씨보다는 채 못하여 복사물이 치마에 떨어지고 K자를 새긴 고무신 바닥에 뚝뚝 떨어진다.

대체로 이 당돌한 여자의 직업을 알고 싶었다. 신짝에다 영어글자를 새긴 품이 소위 고등학교나 졸업한 신여성일 듯도 하고 둥글게 앉아서 궐련을 빼는 격은 아무리 보아도 홍등녹주紅灯綠酒에 묻혀 그날그날의 생활을 보내는 야업부인夜業婦人 같기도 하나 그러나 거의 만삭이 된 듯해 보이는 불룩한 배는 직업부인으로서는 가상치 않아 보이고 그러면 전라도 어떤 비위 좋고 도조賭租 섬이나 하는 친구의 귀여운 첩이나 아닐까. 아까 먹던 수밀도는 운치 삼아 만들어놓은 자기 집 과수원에서 가져온 것이 아닌가. 나는 이런 생각을 하여가며 서울이 가까워지는 것이 무척 기뻤다. 서울이 그리운 것보다는 차 속에서 지리하게 앉아있기가 싫었던 것이다. 앞에 앉은 문제의 여성도 차츰 싫증이 난 것 같다. 더욱 임신 중의 여자이므로 기차에 시달리면서 남보다 유심히 괴로워서 허리를 꼬고 눈살을 찌푸리고 좌

불안석하는 모양이 나의 좌흥을 도우나 뱃속에 든 어린 생명이 안타까워서 내가 자진하여 자리를 빌려주고 편히 쉬기를 권하여보니 의례히 그럴 것이라고 생각하였던지 말 한마디 없이 누워버린다.

나는 어서 서울이 왔으면 하고 입맛만 다시고 말았다. 경성역에만 내리면 그만이다. 이 따위 인간을 누가 다시 볼리가 있는가. 얼굴이 조금 해바라지고 붉은 분, 푸른 분을 바르고 속살이 보이는 배우 옷이나 입고 궐련을 피우며 야릇한 아양을 피우는 여자를 장구한 시간을 두고 나로서는 도저히 두고 볼 비위가 없었다. 서울에 들어간대야 역시 별 수는 없는 것이지만 눈앞에 이런 친구를 두고서는 몸이 징그러워서 견디기 어려우니 넓은 서울의 길거리가 그립기 무한하다. 밤 10시가 넘어서 경성에 도착하였다.

나는 뒤도 돌아보지 않고 한걸음에 집으로 달려가서 여행 중의 견문을 웃음 섞여 이야기하고 밥을 먹은 후 자리에 들어 코를 골고 말았다. 이튿날은 아침부터 동상 제작에 필요한 준비를 하느라고 남촌으로 북촌으로 돌아다녔다.

9년 전 "모씨의 동상을 만들지 않겠는가" 하는 말을 듣고 나는 이를 사절하였었다. 대체로 동상이라는 것은 작자로서의 함축이 깊지 않고서는 손대기 어려운 것이니 '10여 척 높은 곳에 세워놓는 것을 예상치 않고 화실에서 습작 비슷한 것이나 제작하던 솜씨로는 기괴한 현대모양을 가상街上에 진열하는 이외에 별 도리가 없는 것임으로' 나는 이것이 무서웠던 것이다.

—『조선중앙일보』, 1935.8.17

그 후 조선의 천지에 유명무명씨의 동상이 근래로 번쩍 늘었지만 예술적 가치를 가진 것이 몇 개나 있을지는 알기 어려운 것이다.

내가 조각을 공부한 동기는 어쨌든지 간에 지금에서는 조각과 나와는 떨어지지 못할 깊은 인연을 갖게 되었다. 그래서 이미 조각과 일생을 동행한다면 남들이 하도들 함부로 하니 나 역시 한 번 이 통에 깨어본대야 큰 망발은 없으리라고 생각하였다. 다른 사람들이 만든 동상 이상의 물건은 못된다하더라도 결코 다른 사람이 만든 동상 이하의 것은 되지 않을 것이라는 확신을 가졌기 때문이다. 그리고 더구나 동상 건설비의 과대 현상에 놀랄만한 바 있으니 동상 제작에 필요한 비용은 그다지 많은 것이 아니며 조각가의 제작비의 환산에 있어서도 조선사회의 실정에 비추어 맹랑한바 있고 또 조각가 자신의 예술적 재완才腕을 생각하여 기막힌 가격을 부르고 있다.

우선 서울 안에 있는 10여 개의 동상을 본다고 하더라도 사람에 가까운 이 과연 몇이나 있을까! 균제가 있고 양감을 가진 예술적 작품다운 것이 몇이나 될 것인가.

용모가 근사하여야 하겠지만 생명을 갖지 않아서 안 될 것이다. 구리 속에 생명을 부여하는 것은 오직 조각하는 사람의 영분領分일 것이니 이 생명의 창조를 하지 못하면 조각가로서의 지위를 잃어버릴 것이다. 그런데도 불구하고 망발에 가까운 제작비를 요구한다.

만일에 프랑스 사람이 이 동상의 무리를 본다면 품속에서 향수병을 꺼내지나 않을까 한다.

조각도 예술이라면 예술을 가까이하는 사람은 예술가의 태도를 가져야할 것이니 주반珠盤과 눈싸움을 하는 상매商買와 그 생활을 같이 하여서는 아니 될 것이다.

조각가가 자기의 작품을 매매한다는 것보다 자기의 작품을 가장 사랑하는 사람이 있고 그 사람이 자기의 작품을 갖기 희망한다면 그대로 선사할 것이라는 말을 내가 옛날에 들은 바 있었다. 이런 말을 해주던 사람의 예술가적 태도는 지금까지 그 고결을 지키는 것 같다. 그러나 그날의 생활을 달리 도리할 수 없는 작가로서는 귀여운 공상에 지나지 않을 것이다. 그렇다고 하여 자기의 작품을 그대로 상품화하고 그 가격을 환산하는데 찻값을 계산하고 비루[2] 값을 계산하고 아들의 교육비와 손자의 양육비를 합계하여 굉장한 숫자를 만든다는 것은 다시 한 번 생각하여 볼 일이라고 한다.

—『조선중앙일보』, 1935.8.18

---

2 ビール. 맥주.

나는 생각한다. 예술적 작품은 시장을 엿보고 만드는 것이 아니라고. 시장에서 평정되는 가격이 반드시 예술가로서의 반가운 대접이라고 생각되어지지도 않고 또한 그럴 리도 없을 리라고 생각되나니 예술품의 가격을 운위하는 버릇보다도 예술품을 생산하는데 있어서 작가라는 사람이 얼마나 한 힘과 얼마나 한 세월이 필요로 하여지며 이 필요기간에 어떠한 생활을 하는 것인가를 해석한다면 여기의 답안은 손쉽게 내릴 것이다. 예술가의 생활은 결코 특수한 것이 아니니 모든 사람이 하루에 밥을 세 번 먹는데도 불구하고 예술가만이, 동상 작가만이 네번이나 다섯 번 먹을 이치는 결단코 없을 것이며 또 그것을 허용할 수도 없을 것이다. 그럼으로 예술품은 가격을 환산하다는 것보다 그 작자 역시 사는 인간이며 예술을 작위하는 인간이니 인간의 생활, 예술가의 생활을 영위하도록 하여준다면 그만일 것이다. 현실 조선의 모든 정황을 참작하여 너무 고쳐지게 하지 말고 균형을 갖게 한다면 그만일 것이다. 한편으로 동상 열熱이 있고 한편으로 동상 작가가 부족한 탓으로 소위 처녀이득이라고 할지 어수선한 통에 일확천금의 꿈은 좀 피하여야 하겠다고 생각한다. 처음부터 작품답게 할 것이며 제일작품으로서의 효과가 없을 것이면 황금은 그만두고 금강석을 산 같이 준다하더라도 이를 사퇴謝退할 것이며 일단 제작을 승인한 후에는 작품다운 것을 제작하여서 망발이 적은 물건을 긴 세월을 두고 자기도 보고 다른 사람도 보일 것이다.

직업과 사업이 혼연히 일치된 사람이 이 세상에 몇이나 있는지 생각만 하여도 아득한 일이다. 예술가가 제작으로 그 날을 종시한다면 이 천지에서는 구하기 어려운 복 많은 인간일 것이니 이 복을 누리는데 갑을 따지고 시장과 판매와 손자의 자비資費까지 머릿속에다 둘 것은 아니다. 더구나 소설가의 원고료, 화가의 운필료, 배우의 출연예금에 대비하여 과분한 거리를 갖는 것은 옳은 편이 적은 태도일 것이라고 나는 믿는 것이다.

나는 대강 제작준비를 마치고 머릿속에 있는 구상을 정돈하기 위하여 화가 박광진朴廣鎮, 이제창李濟昶3 양 형과 화구를 등에 지고 인천으로 하여 해주 용당포龍塘浦의 어촌을 구경하고자 다시 서울을 하직하였다. 화제를 찾는 화가들은 두 눈을 묘하게도 굴리며 거래^{去來}하는 풍경을 응접하고 있다.

—『조선중앙일보』, 1935.8.20

황해의 붉은 파도는 장마 끝인지라 더욱 심하였고 때마침 바람이 일어서 화가 두 분은 선실^{船室} 속에 엎드려 떠나보지 못하고 가지고 간 수박의 맛도 못 볼 지경이었다. 이름만이라도 갑판이라고 하는 곳에 나는 종일 앉아서 오고 가는 구름과 오고 가는 파도를 번갈아보다가 눈을 감고 공상의 세계에 놀아도 보았다. 인천을 지나고 풍랑이 심하다는 영평^{永平}을 지나 용당포에 도착하기는 오후 7시가 훨씬 넘었다. 인천부두에서 이 조고만 발동선을 탈 때에 아무리 하여도 미덥지 않기로 선부^{船夫} 비슷한 사람에게 물어보니 "모두하여 7, 8시간이면 용당포에 갈 수 있다던 것이"만 12시간이 들었다. 주식^{晝食}도 하지 못한 우리 일행은 용당포에 내렸을 때에는 패군한 무리처럼 맥없이 멍하고 하늘만 쳐다보았다. 사실인즉 해안에서 점심이라고 판다기에 나는 시장도 할뿐더러 다소의 호기심도 있어서 한 상을 청하였으나 비위 좋기로 남에게 뒤지지 않는 나도 과연 먹기에 괴로웠다. 밥 한 그릇에 새카맣게 된 새우젓과 금시에 밭으로 기어갈 열무김치 한 그릇을 인사조차 하지도 못한 사람과 같이 먹으라고 겸상을 하여놓고 더구나 물 냄새가 나는 시커먼 젓가락을 놓았으니 곧 장질부사^{腸室扶斯}나 올릴까봐서 차마 상을 받을 수 없었다.

그러나 내종^{乃終}에는 어찌되었든 간에 기왕 청하여 놓은 것이니 경험삼아 두어 저^箸 목구멍에 집어 넘기고 인단^{仁丹} 서너 알을 차 대신 먹었던 것이나마 냉수 한 그릇 먹어보지 않은 다른 사람에 비하여서는 좀 생기가 있었던 것이다.

우리들은 이 밤을 숙소도 마땅치 않은 용당포에서 자려다가 무슨 봉변을 당할지 몰라서 해주읍으로 가기로 하였다.

해주에는 우리들을 기다리고 우리들과 같이 한여름 화작^{畵作}을 하기로 약속한 선우담^{鮮于澹} 형이 있었던 것이다. 나의 미지의 벗 선우담 형을 찾아가는 나는 월

---

3   원문에는 '이제욱(李濟旭)'이라고 잘못 써져 있다.

전월前에 김천을 갔을 때와 같이 많은 기대를 가졌다. 작년과 금년 미술전람회에서 그 작품을 대하고 특이한 작풍에 머리를 숙였으나 그 사람을 면접하지 못한 나로서는 금번 여행의 주목적으로서 선우담 형을 만나고 말하고 웃고 그리고 같이 연구하여 보고자 하였던 것이다.

사람이 사람을 찾을 때 같이 감정이 높이 우는 때는 없을 것이다.

더구나 알지 못하는 사람을 1,000리에 찾을 때는 그 어떠하랴.

해주에 도착하여 우선 여사旅舍를 정하고 선우담 형에게 기별을 해놓고서 우리들은 목욕을 대충하고 난 후 시장한 김이라 저녁밥 한 사발을 다 먹고 나니 눈이 제절로 스르르 감겨진다. 노곤식곤路困食困이 겹질린 판이라 잠이나 잘까 하였더니 의외로, 천만 의외로 선우담 형이 도쿄미술학교 재학 중인 우禹 형과 같이 늦은 밤에 달려왔다.

우리는 먹지도 못하는 술 한 병을 놓고 그야말로 문자 그대로 일면여구一面如舊인지라 미술의 이야기를 주고받고 밤이 깊어지고 먼동이 트는 것을 깨닫지 못하였다.

그림쟁이가 만났으니 그림의 이야기로부터 그림의 이야기로 종시할 뿐이었다. 우리들 결론을 얻었는지 또는 이미 결론이 지어진 것을 반복하였는지 알 수 없었으나 유쾌히 시간을 보내다가 촌닭이 울며 돌아가기를 재촉하므로 요정料亭을 작별하고 귀거래를 부르며 여관에 돌아와서 꿈의 세계를 찾게 되었다.

나는 천생으로 아침잠이 없는 편이라 전등이 꺼지면 대개는 이와 같이 눈을 뜨게 된다. 이 날도 여전하게 일어나서 편지장을 써놓고 해주의 공기를 속 깊이 마신 후 아무 비판 없이 전설 그대로를 믿기로 하고서 백이숙제伯夷叔齊의 옛 자취를 찾아보았으면 하였다. 이곳서 구월산九月山이 가깝다하니 이 산에 올라서 이 산의 도라지를 먹었으면 곱이 긴 내 창자라도 뚫려지지나 않을까 하는 생각도 하였다. 그러나 이번 여행에도 시간의 여유가 없는 나로서는 오래 지체할 수 없었으므로 선우담 형에게 받은 고운 초인상初印象을 가슴에 품고 그림자로서나마 백이숙제의 사당만을 구경한 기억을 갖고서 저녁차로 서울을 향하니 눈앞에는 해주의 시가도 해주의 산천도 옆에 앉은 단발 양장한 미인도 모든 것이 흐리멍텅하게 보일

뿐이고 머릿속에는 주자朱子가 썼다는 백세청풍百世淸風의 비석만이 점점 똑똑하여
질뿐이었다.

—『조선중앙일보』, 1935.8.21

　　나는 그동안에 이러한 투고를 받은 것이 있다. '일사일언一事一言'이니 '그 여자의 일생'이니 하는 명문탁론을 쓰는 춘원春園 이광수李光洙 씨의 작품과 인격과 그리고 그 동향과 경향을 전체적으로 비판한 김남천金南天 씨의 이광수 전집 간행의 사회적 의의를 읽게 된 바를 기뻐하며 앞으로도 충忠을 말하고 절節을 말하고 신信을 말하며 의義를 말하는 춘원 이광수 씨의 지행知行의 불일치를 김남천 씨의 붓대가 꺾일 때까지 논파論破하여 달라고 눈물섞인 독자의 주문이 있었다. 나는 본래 문학을 말할 지위에 있는지 또는 없는지 모를 일이나 문학을 자랑하는 사람으로서 지금껏 이만한 생각만은 하고 있었나니, 예술가로서의 이광수 씨와 문장가로서의 이광수 씨를 구별하고자 하는 것이다. 예술가로서의 이광수 씨의 지위는 「무정」 발표 이후에 그 종언終焉을 보였고 문장가로서의 자격은 아마도 씨의 일생 가서지지 않을까 하는 것이다. 그럼으로 비판하는 사람은 오로지 그 문장을 통하여주고받는 경향을 말할 따름이며 또 이광수 씨는 의례히 자칭 '묵살'하는 처세법으로서 준엄한 비판에 대하고 있으나 이는 '묵살'이 아니고 '묵인'인 바를 과히 우둔하지 않은 사람들은 벌써부터 알고 있을 것이라 생각하는 바이다.

바람이 나뭇가지에 스치니 잎마다 붉은 뜻이 무르녹어 진다. 산은 잎이 붉은 오래였고 이 위에 나무가 붉어진다면 천하가 다시 붉어지는 것 같다. 백화百花가 요연妖姸을 다투는 봄보다는 바람이 불어오고 단풍이 가지에 드는 가을이 오면 몇 배나 천하가 붉어지는지 모르는 것이다. 자연이 붉어지고 사람놈들은 얼굴을 붉히며 종횡하고 있다. 풍청風淸한 지중해를 끼고 검은 셔츠의 무리가 아프리카 검둥이의 띠를 찾으며 있고 유럽의 중추中樞인 게르만의 후예가 혈통의 정화淨化를 부르짖어 유대인의 피를 붉게 하고 있다. 소위 문명의 반토막은 전쟁으로서 혈육血戮으로서 커졌다. 가을은 수확의 시절이다. 농군農軍은 추수할 때이며 지주는 도조賭租를 긁어모을 때이며 백성은 남부여재男負女栽하고 강을 건너는 시절이며 부자는 국화주에 중양重陽의 가절佳節을 읊을 때이다. 이 외에 나라를 위함인지 백성을 위함인지 돈을 벌어줄 작정으로인지 지중해 건너에 전운戰雲이 농후하고 발트 연안에 성풍腥風이 일고 있으니 이 땅 이곳에 어느 때에나 이 꼴이 없어질 것이냐. 단풍은 가을을 대표한다. 비록 붉은 흙, 붉은 잎 이곳에 사는 나로서 이제 추풍기혜 백운비白雲飛의 노래를 장검長劍을 옆에 끼고 수루戍樓에 앉아서 읊는 인간과 자리를 같이하고 싶지 않다.

‘조선문단’, ‘정찰기’ 김남천金南天, 민병휘閔丙徽, 한효韓曉 씨 등으로 재삼 논의를 거듭하던 문예가협회文藝家協會의 결성문제는 그후 소식이 없어져 버렸다. 조선문단이 발의하고 ‘정찰기’가 성능에 과히 맞지 않는 고공비행을 하면서 선전하던 바의 문예가협회의 조직은 어떻게 된 것인가? 문예가협회의 필요론을 우리는 누차 읽게 되었고 필요론자의 실천을 여러 가지 의미로 기대하였다. 자기의 주장이 있고 그 주장 밑에 준비의 회합이 있었다면 그 다음으로 그 결과를 결과하여야 할 것이다. 김남천, 한효, 민병휘 씨 등의 반대론으로 하여 문예가협회의 탄생에 여하한 영향을 주었는지 모르는 것이나 반대론이야 있든 말든 자기의 소신에 충실하여야 할 것이며 그렇지 않고 반대자의 충고를 탐택探擇한다면 미해결의 상태를 버려야 할 것이다. 나는 믿는다. 문예가협회라든지 그 칭호는 하여간 한 개의 형태를 가진 회합이 필요한 것이며 그렇다할 수는 결코 없는 것이니 정면으로 본명을 알리고 재토의하자고 그래서 결론을 어디 사실에 있어서 미해결 상태에서 벗어나기를 ‘정찰기’에 바라는 것이다. ‘대체 누구냐’ 토론이 본론으로 들어가기 위하여 실천적 성과를 얻기 위하여 변명變名 속에서, 상아탑 속에서 촌평을 자랑 말기로 하기 위하여 나는 몹시 알고 싶은 것이다.

일펑_ 귀한 것은 행위이다

토의하며 변론하는 것도 행위가 아닌바 아니나 그보다 더욱 귀한 것은 이론의 결과를 현실에서 실천하는 것이니 실천없는 이론은 열매 없는 꽃일 것이다.

우리는 모든 생활에 있어서 열매를 가져야만 할 것이며 갖고자 노력하는 것이다.

예를 들어 본다면 문예가협회文藝家協會의 결과문제를 가지고 근래에 드문 논의를 거듭하였으나 우리는 그 뒤의 소식을 알지 못하고 있다. 물론 우리의 과문寡聞한 탓일지 모르나 거취가 불명不明한 것만은 사실이니 그토록 열의를 갖고 그토록 주장하던 문예가협회의 조직론자의 실천에 있어서 미덥지 못한 것을 나는 말하고 싶다. 지금 여러 사람이 서로 주고받던 주장과 반대의 문장을 보면 쌍방의 의견이 다 같이 진보된 바가 있어서 간두일보竿頭一步의 느낌이 있으니 결성의 필요론을 '실천 없는 이론'으로 책상 위에서 설계하지 말고 귀여운 행위를 시時 바삐하여 달라는 것이다.

사람을 가르치는 사람은 먼저 진지한 태도를 가져주었으면 한다. 나는 성의껏 의견을 교환하기 위해서 익명을 버리고 본명으로써 책 임있게 대하자고 재삼 말하였던 것이다.

내가 어찌하여서 문예가협회文藝家協會의 결성문제에 뒤늦게 참고하고자 하는 것이며 내가 상념하고 있는 바의 문예가협회 내지 작가구락부作家俱樂部, 칭호는 무엇이든지 간에 등등의 기능단체의 구성, 한계에 대한 의견도물론 계몽을 바들 것이겠지만 제의하고자 하여 지금까지 문예가협회의 결성운동에 가장 노력을 아끼지 않은 동아일보 학예면 정찰기에 습관적으로 명론名論을 발표하는 변명變名 논객에게 피차에 책임있게 대면하자고 요청하였던 것이다.

나는 결코 정찰기 등등의 무서운 근대적 무기라든지 알파, 오메가 등등의 궁리 깊은 변명이라든가 '전법', '군법회의 것 같은'의 지식, '계몽'도 원치 않고 오로지 '정찰기'가 그다지도 노력하던 문예가협회의 그 후의 행위를 알고 싶었고 말하고 싶었던 것뿐이다.

우리는 농담을 자랑하지 말고 문제를 해결하기로 하자. 흐리멍텅한 결과는 '정찰기' 역시 그다지 좋아할 바 아닐 것이며 변명에 숨어서 농담을 거듭하면 그 누累가 귀중한 동아일보 학예부에 직사直射적으로 미칠 것이라는 것만 말하여 둔다.

옹졸한 세계에 사는 사람은 '한담', '욕설'이 발달한다고 몽테스키외[1]는 말한 듯하다. 어찌 이런 것뿐이리요. 그 일에 치정痴情에 흐르는 연파軟派문학이라든가 속조俗調로 범벅한 음악회 같은 것이 유행, 취미, 교제 또는 사업으로 되는 것이다. 좀 큼직한 일이라든가 좀 살이 아플 일이라든가는 도저히 옹졸한 세계의 인간으로는 하염직도 못할뿐더러 머리 끝에도 떠오르지도 못하는 것이다. 그저 욕이나 놀이를 하룻밤 소일거리 하고 압축된 생활의 울울鬱鬱한 것을 풀어버리고 마는 것이 아니냐. 그러나 어찌한 일이냐. 문학 아닌 문학, 음악 아닌 음악, 미술 아닌 미술이 천하에 범람하고 있다. 더구나 이를 싸고말고 그리고 돌아다니는 문학을 파는 사람, 음악을 파는 사람, 미술을 파는 사람이 한심하게도 많은 것이다. 전집의 간행, 회합의 유행이 이것을 말하고 있다. 나도 김영길金永吉 독창회를 보았다. 나는 이런 것을 연상하였다. 초가草家 거무스레한 이영에 박꽃이 하나 둘 피어있는 것을 — 가림이 없고 소박한 박아지꽃에 김씨의 성음聲音을 비하여 보였다. 음악을 듣고 지금까지 이를 싸고 돌던 분위기에 질식된 나의 가슴도 가벼워졌다. 흙내가 물씬물씬 나고 백성과 같이 지저분하기도 하고 백성과 같이 위대한 예술의 생탄生誕을 뱃속으로 바라며 군더더기 같은 문학을 파는 회합을 파는, 음악을 파는, 미술을 파는 주위가 깨끗해졌으며 — 깨끗하여질 수가 없을까 — 옹졸한 세계에 사는 사람이 다 같이 가지고 있는 희구希求이며 노력을 기다리는 과제일 것이라고 나는 안다.

---

1   몽테스키외(Montesquieu, 1689~1755). 프랑스 계몽주의 정치사상가. 자유주의적 권력분립론과 법치주의를 제창했다.

가을의 화단은 이여성李如星, 이상범李象範 양씨의 소품전람회로 비롯하였다. 그 다음으로 목일회牧日會, 조선서화협회朝鮮書畵協會의 전람회가 있으리라고 하니 서울의 가을은 이런 전람회로서 다채, 영롱해질 것이니 우리는 주렸던 미감을 이 시절에나 배불릴 것 같으나 기실은 기대에 배치背馳함이 많다. 훈련된 필법으로 좌지우지하는 전문가의 화작畵作을 응접할 때에는 도리어 압증壓症을 갖는 경우가 많으니 너무나 세련되고 너무나 격에 맞는 것을 너무나 지리하게 보여주는 까닭이다.

전문가는 존경할 것이냐. 전문에 치우쳐서 세상과 작별하는 것은 지금의 전문가의 행세거리지만 전문하는 자기의 일의 그 본래의 태의胎意까지 잊어버리는 것은 전문가의 행세거리도 되지 않을 것이나 전람회를 구경할 때마다 이런 느낌을 주는 화작이 많은 것 같고 전문가 아닌 전문가의 화업에미술전문가 아닌 이여성 씨의 신선한 작풍을 대하고 도리어 예술을 찾음이 많으니 어찌한 연고일까.

일평_ 예명과 아호

성명은 결국 부표에 지나지 않을 것이니 임이 부호일진대 아무러한 칭호든지 관계없을 것이요, 문자에 구애拘碍할 것도 없이 각자 자기의 표장標章을 임의로 하여야 할 것이나 우리에게는 그리 대수롭지 않을 의례와 전통으로 하여 색색의 제한을 받고 있다. 문벌門閥, 신교信敎 등의 관계로 된 것도 있고 그 외에 근대의 소산으로 해외의 이명異名을 가져온 것도 있다.

본래 자기의 성명은 자기의 표장이니 결정의 권리가 응당 자기에게 있을 것이로되 생탄(生誕)의 초기시대의 소위 아명은 별 문제라 하고서라도 본명까지 가독家督과 세습과 가정의 취미로 좌우됨은 이를 당하는 본인으로서는 결코 만족할리 없을 것이다.

여기에 이 불만의 표출로 아호가 지어지고 새삼스럽게 자기를 장주張主하는 반역의 기를 들게 된다. 그러나 우리가 대하는 아호에도 형식과 아부와 타협으로서 된 것이 많이 있나니, 예를 든다면 시詩 조각이나 글줄을 쓰는 사람은 춘春 자, 고 자, 강崗 자가 의례히 들어가며 음악이나 권투를 하는 사람은 태랑太郞, 차랑次郞 이로 하고 있다. 자유로울 아호가 다시 망사網紗에 걸리고 있으니 이것은 또한 어찌한 까닭이냐.

시를 읽고 시를 소리 높이 읊고 싶지 않은 것이 아니나 애련의 시가보다는 줄기찬 생활기록과 피투성이 된 연구논문을 읽고 싶은 적이 또한 많은 것이다. 이것은 오직 나만 가지고 있는 회포가 아닐 것 같다. 그리고 신문의 학예면은 본시 학예면이니 학문 일반을 취급하여야 하겠고 지금까지의 학편중學偏重의 길을 작별하고 더구나 전문작가만의 신변잡기, 추상론, 영탄시가詠嘆詩歌로서만 전면을 기울일 수 없음으로 하여 미완성의 작가실질에 있어서는 반대의 경우가 많다와 진지한 과학의 학도의 창작과 논문을 만재滿載하여서 한 가지로 인생 전국全局을 엄숙히 보자는 의도를 가졌으나 어이 뜻한 바이리요마는 연일 근 50에 가까운 기고 중에 시가가 절반을 넘친다.더구나 익명으로 조선 사람은 시만 먹고 사느냐 — 는 한숨 섞인 소리가 목구멍에서 울어 나온다.

동업자 사이에 굳은 악수를 하고 일절의 경쟁을 피한다면 어떠한 이익이 있을 것인가. 우리는 이것을 생각하고 싶다. 언론기관이 서로 보조를 같이 한다면 어떠한 결과를 가져질 것인가. 우리는 이것을 다시 생각하고 싶다. 언론기관의 중요한 기사 원천과 언론기관의 자유로운 사명을 확수確守하는 곳에 기관의 상호의 협동여부와 언론기관 자체의 오류와 실태를 은폐하는 곳에 기관간의 제휴와 정사正邪를 한 개의 '동업자 도덕'이라는 교리를 가지고 일률로 판단하여버릴 수 있을까? 우리는 '독자의 이름으로서' 이를 부정한다. 언론기관의 본래의 직분을 엄수하려는 고난은 언론기관 상호의 긴밀한 연계가 절대로 필요로 하는 동시에 언론기관 자체의 모순과 오류를 상호비판함도 또한 절대로 필요하다 하는 것이니 이 두 방면의 옳은 행위로서 비로소 언론기관의 권위를 가져지는 것일까. 협동과 경쟁, 이것은 오직 이 땅의 독자를 위하여서만 성립되는 행동명제이며 결코 기업적 의미는 아닐 것이 아닌가 한다.

금월 호 모 지상에 고명한 문사 한 분이 말씀하시되 "문사는 만인을 가르칠 오悟와 수修를 가져야"만 한다고 하셨다. 어느 때든지 이 분의 말씀은 성스럽기 한량이 없는 바로서 억조창생億兆蒼生을 이다지도 현념縣念하시는 것은 진실로 감격하여 마지않는 것이다. 고명한 여사는 다시 입을 열어 7개조의 수신강목修身綱目을 말씀하시니 후배된 사람으로서는 어느 하나 불복할 바 있으리까. 또 감히 누가 이 말을 쫓지 아니하리요마는 '옳은 생활', '옳은 감정'을 이 분 고명한 문사는 과연 하시며 과연 가지셨는지 나는 과문한 탓으로 들어보지 못하였다. 고명한 문사의 존엄을 해치는 것일는지 모르겠으나 나는 이런 고담古談을 연상하였다. '초인철학'을 절규하던 니체는 초인을 부르짖고 정복을 운위하였지만 당자當者 니체는 다겁多怯하기로 유명하여서 후세의 많은 소화笑話를 남기고 강박관념에 시달리다가 일생을 맞추었다는 것이다. 만인을 가르칠 오와 수를 가지신 우리의 고명한 문사와 열거한 니체와 어느 곳이 다른가를 — 이미 '옳은 생활', '옳은 감정'을 가진 문학의 학도들은 잠깐 생각하여 본다면 그대로 흥미 있을 것 같다.

근대인하여간의 취미생활에 영화와 같이 뿌리 깊게 박힌 것은 보기에 들은 것이다. 영화가 조선에 수입된지 불과 반세기간에 조선 각 지방을 통하여 활동사진관이 수많이 생기고 매관每館 천여 명의 관객을 수용하여 연일 아메리카제 기타로써 이들의 취미, 이들의 오락생활을 배불리고 있다.

공원이 있고 자동차를 몰고 다니고 접물接物하고 격투하고 그리고 행복한 결과를 맺는 영화를 완상하는 곳에 우리는 무엇을 얻을 것인가. 아메리카 문명 내지 취미에 범속한 것을 우리는 배워서 장차 어찌될 것인가.

하룻밤 소일로 지난다면 그 뿐이겠으나 한 때의 유흥에 그쳐질 수는 결코 없는 것이니 그것은 우리의 기억이 병들 것이다. 더구나 사념思念의 건전치 못한 사람에게는 중대한 경향을 갖게 하는 것이다.

근일 문예영화 — 예술영화가 간혹 조선의 은막 위에 나타나고 있다. 우리는 아메리카의 천속淺俗한 취미로 분식粉飾되었으나 톨스토이의 『부활』을 구경하고서 그래도 이런 것이 이 땅에 자주 방문하여 주었으면 한다.

우리는 기성 문단을 눈감고 지지하여야 할 아무런 의무도 갖고 있지 않으며 추태를 은호隱護하는 동업자 도덕을 고집할 비위도 갖고 있지 않다. 우리는 다만 독자를 위하여젊은 학도 일절을 발표하고 일절을 비판하고 그리하여 독자와 같이자라나는 학도와 같이 옳은 이념을 갖고자 할 다름이다. 기실은 인격적으로 아무런 가치를 갖지 않으면서 만인을 가르칠 오悟와 수修를 가졌다는 문사, 대가나 4분의 1의 애향심나머지 4분의 3은 파쇼문화의 추종 의지에 불타는 '조선의 인물'을 우리는 진실히 비판하여 그 진의眞義를 천명하는데 근면勤勉하고자 할뿐이며 행동화하지 못할 주장을 궤상机上에서 설계하는 소위 진보적 논객에게 그 실천을 요구하고 모든 사회적 부정은 먼지 하나 남기지 않고 이를 털어놓아서 신문인新聞人으로서 자기에 충실하고자 한다. 그리하여 또 우리들 자신은 자기의 과오를 시정하는데 인후人後에서 지안키를 노력하고 있는 바이다.

우리는 전진한다. 만일 우리가 뒤를 돌아다보거든 우리를 공격하라.

일평_ 서화협회의 공적

  제14회의 전람회를 개최한 서화협회는 조선에 있어서 최고의 역사를 가진 미술단체일 것이다. 어떠한 형태의 회합을 물론하고 이를 운전運轉하고 그 수명과 발전을 도모하는 데에 국외자로서는 도저히 상상도 하지 못할 고난이 있는 것이다. 간난艱難과 지장支障은 부절히 머리를 누르며 자라나는 어린 잎에 서리霜를 퍼붓는 것이니 인고와 견집堅執의 굳은 지행志行이 아니면 형극의 길을 1보도 걷지 못한다. 그런데 지금 우리는 14회의 전람회를 거듭하는 서화협회의 회장을 일별하고 출품된 서화에 있어서 개개의 난점을 지적하기 전에 먼저 이를 포육胞育한 선배와 회원 제씨에게 머리를 숙이는 것을 잊어서는 안 된다.

  수백 점의 진열된 서화는 바야흐로 현재 조선미술의 정화일 것이다. 그는 조선의 미술은 이 이상의 아무것도 아닌 동시, 이 이상의 아무 것도 아닌 까닭이다.

  우리는 서화협회의 과거의 공적을 예찬하고 그 찬미하는 깊은 정으로서 앞으로는 더욱 많이 세계적 안목과 신인의 양성에 전심專心하기를 바란다.

문호를 만난 인상_ 도쿄문단의 수3인^{數三人}을

에로셴코, 아인슈타인 박사

나는 몇 해 전 도쿄에 있을 때 아인슈타인[1]과 러시아의 시인 에로셴코[2]씨를 만났지요. 아인슈타인은 공회당에서 강연하는 것을 멀리 앉아서 보았기에 그 분의 인상을 어떻다고 말하기는 곤란하군요.

그러나 에로셴코씨는 간다^{神田}에 있는 메이지회관^{明治會館}에서 무슨 강연이 있었는데 그곳에서 하룻밤 같이 강연도 구경하고 그날 밤 오래도록 서로 이야기도 해보았지요. 그런데 사람이 퍽이나 언어나 행동 모든 것이 시인답게 보이더군요. 아마 내가 본 외국 사람 중에서는 가장 첫 인상이 좋게 보입니다.

---

1   알베르트 아인슈타인(Albert Einstein, 1879~1955). 독일 태생의 이론물리학자. 상대성 이론을 개발하고 양자역학 이론에 지대한 공헌을 했다. 아인슈타인은 1922년 싱가포르, 스리랑카, 일본을 방문했고, 당시 일본에서 공개 강연을 진행했다.

2   바실리 에로셴코(Vasili Eroshenko, 1890~1952). 소련의 시인, 동화작가. 시각장애인이자 아나키스트로 표트르 크로포트킨(Pyotr Kropotkin)과 교유했으며 일본에서도 활동했다. 일본에서 화가 나카무라 쓰네(中村彝, 1887~1924)를 만났고, 그가 그린 에로셴코의 초상화가 전한다.

우리집 척서법滌暑法_ 이칭피서터

춘하추동을 물론하고 그저 흙장난하니 이것이 척서법이 되는 때도 있고 어한법禦寒法도 됩니다.

가족들과 문제門弟들이 일 많이 하고 땀 많이 흘려가지고서 이칭 위로 모인 뒤에 시원한 사직공원 바람을 쏘이는 것이 예년의 척서법이라고나 할까요.

우리집 척서법滌暑法_ 이칭피서터

나의 피서 안 가는 변_ 공방에 틀어박혀 흙장난이나 하지요

피서를 왜 안 하느냐고.

나는 내가 노망이 나기 전에는 피서를 가지 않을 것이외다. 그런데 내가 노망이 나서 퀴퀴한 꼬락서니를 보이고 다니게 되려면 적어도 2~30년 후일 것이겠고 만일에 일이 잘못되어서 그 안에 어린이 망령이 난다고 치더라도 그렇게 속히는 오지 않을 것 같습니다.

이여성李如星 형이 내 얼굴만 보면 어쩌자고 철이 안 나고서 늘 흙장난만 하느냐고 꾸지람을 합니다. 이러고 보니 나같이 채 철이 안 난 인물이 벼락감투로 노망이야 아직 날 리 있겠소이까.

아침서부터 저녁까지 정월서부터 동짓달까지 흙장난이나 하면서 세상을 보내는 철 안 난 인간이 얼토당토않게 피서가 당當합니까.

피서라는 것을 나는 피세避世라고 해석하고 있지요. 여름철에는 무덥고 겨울에는 추워지는 것이 세상일인데 더위를 피하려고 한다는 것은 세상에서 떠나자는 것일 것이며 그래도 아직은 영영 세상과 작별하고 싶으니 눈가림으로 산이나 바다를 찾아가는 것 같습니다. 또 한편 사람에 시달려서 염통에 열이나니 이것을 삭히러가는 경우도 없지 않을 것이나 그러나 세상이라는 것은 사람이 있고서야 겨우 의미를 갖는 것이니 사람에 염증이 난다면 하필 여름에만 피할 바리요.

사람을 피한다니 말이나 엽직운동獵職運動, 엽전운동獵錢運動에 도리어 고달픈 신세들이 어느 해가에 제법 사람을 피할 수 있을까 의심스러운 일이외다.

평소부터 이렇게 생각하고 있는 나도 얼마 전에 별안간 전조선 피서지를 단 바람에 일순一巡하여 보자는 엉뚱한 생각을 하여 보았는데 그 까닭은 대략 이와 같습니다.

이번에 철저한 동銅제한으로 하여서 지금까지 구리를 뜯어먹고 살며 구리귀신으로 자처하고 있던 나도 동상이라고는 제작하기 절망絶望이니 그렇다면 지금까지 먹어오던 구리를 먹지 못하고 쌀밥을 먹는다야 구미口味도 없을뿐더러 남과 같이 먹는 법도 모를 것이므로 이런 쌀밥 먹는 법을 배워볼까 하여서 금강산을 위시하여 석왕사釈王寺, 원산, 몽금포夢金浦, 대천 할 것 없이 돌아다니며 신통한 쌀밥 선생을 찾아보자는 것이었지요.

그래도 지금 조선에서는 쌀밥 그릇이나 제 격으로 먹는 사람은 대체로 피서지로 간 듯하기도 합니다.

그리하려다가 이 묘한 계획을 중지하고 나서 조그만 공방에서 여자 모델의 수밀도 같은 신선한 두 볼기짝을 매일 같이 들여다보고 지내기로 하였습니다. 그것은 쌀밥 선생을 찾아가는 것도 묘안이 아닌 것은 아니나 지금까지 내가 고집하던 갸륵한 지조를 더럽힐까 두려워함이 있으니 내가 가장 유복하게도 조선에 태어난 다음에야 옛날의 중국사람 모양으로 꼭 한 번 금강산을 보고 죽겠다는 소원을 아니 갖는데도 금강산이 조선 안에 있는 한 금강산 영기靈気가 이 몸에 다소라도 맥을 지고 있을 것이니 내 몸이 금강산인데 무슨 새삼스럽게 금강산을 찾아 갈 바입니까.

하므로 나는 평생 금강산을 보지 않겠다고 굳은 결심을 하여 나왔습니다. 그리하여서 과거에도 몇 번 금강산 순례에 참여할 기회가 없지 않았으나 그때마다 동료에게 양보하는 미덕을 행하였고 그 다음으로 해수욕장으로 말한대도 사람의 눈으로서는 차마 볼 수 없는 벌거숭이를 대하고 싶지 않은 까닭이랍니다.

서울의 길거리에서 호화로운 의복을 입고 다니던 신사숙녀의 벌거벗은 알몸을 나는 보고 싶지 않나니 이 분들의 육체는 보잘 것 없이 '미'와는 상당히 거리가 멀 것이라고 점치는 연유이지요. 혈색을 화장으로서 겨우 꾸미고 허물어진 골반을 치맛주름으로써 가리던 분들의 나체를 보고 난 다음에야 그야말로 조선 땅에서 차마 하룬들 더 살고 싶겠습니까. 내가 '아직 불건강한 돈 판'이니 말이지요. 이래저래 나는 자연보다도 문화를 더 사랑한다고 외고 다닙니다.

화장술, 미용법도 확실히 문화의 하나이겠지요? 현대의 여자야말로 누구보다도 가장 문화를 향락하는 사람인데 이분들을 '박가분朴家粉' 시대로 돌려보낸다면 문화를 사랑하는 나는 어찌할 수 없이 눈을 가릴 수밖에 없으며 금강산만 하더라도 산은 첩첩이 들려 있고 바위가 있고 물이 있고 절에는 중이 있고 할 따름이오, 이렇다는 문화를 보일 것은 없을 것인데 다가요 근래에 와서는 금강산 주인이 하도 많이 생겨서 제각기 종가宗家 싸움을 하는데 더욱 염증이 나게 됩니다.

금강산 중석重石 도굴사건을 비롯하여서 금강산 주인들이 이러니 저러니들 하나 이것도 시세의 바람이라 중석 몇 가마니쯤 판다고 치더라도 금강산이 무너질 법 없을 것이며 또 22,000봉에서 두어 고개쯤 없어진대야 무슨 그리 대수로울 것이 있으며 이것도 연구세심年舊歲深해지면 그대로 이끼가 나고 고색古色이 지고 해서 수수하게 될 터인데 무에 그다지 시빗거리가 될까 하는 것입니다.

도대체 나는 이 통에 끼지 않고서 크나 적으나 간에 나의 공방에서 흙장난이나 하면서 더우면 부채질을 하고 그래도 견딜 수 없으면 얼음덩어리를 두 볼에 물고 또 그래도 참을 수 없으면 그때는 나도 벌거숭이가 되어가지고서 모델과 연구생과 더불어 시원한 잡담외담雜談猥談을 주고받으면서 의연히 동치童稚 그대로 보내자는 것이외다.

이것은 물론 피서도 아니며 또한 피세도 아니며 그저 흙장난에 끝이니 그게 장난임에야 야취野趣가 도에 넘는다고 했다, 한서寒暑를 모른 침이 했다, 인사가 아니라고 했다 장난꾼의 귀에야 좀처럼 들어올 리 만무할 것이외라. 그러나 잊어서 아니 될 것은 이 따위 흙장난꾼이야 말로 누구에게 지지 않을 만치 금강산을 위하고 있나니 그것은 금강산을 한 번도 이 발로 더럽히지 않는 점이며 다음으로 피서 내지 피세를 잘 다니는 거리의 신사숙녀도 다른 사람보다도 더 존경하니니 그것은 쌀밥 선생님으로서입니다.

한 살 더 먹으면_ 내 맘대로 한 번

보약이라도 서너첩 먹고 '다시 소년이 된다면' — 벌거벗고 산으로 들로 돌아 다니면서 사냥이나 하고 지구가 둥근지 모진지 알지도 말고서 한 평생 살아갔으면 합니다. 도무지 조금 배우고 알게 되고 한 것이 도리어 걱정거리니 말이지요. 그렇지 않으면 같은 조선이라도 '불쌍한 놈'의 자식으로 태어나서 제 맘대로 무럭무럭 자라나 보았으면 그래도 사람다웠으리라고 생각이 듭니다. 아침저녁으로 문안 다니지 않고 하루 종일 무릎 꿇고서 천자天字나 소학小學을 배우지 말고 — 이 따위 공부를 하지 말고서 — 먹고 자는 '도덕'을 배우지 말고서 억세고 튼튼한 사람이 될 준비를 하였으면 합니다. 너무나 약하였던 내 소년시대가 싫으니 말입니다.

회고

파스큘라_ 『조선일보』

　파스큘라의 이야기보다는 파스큘라 이를 전제로 삼고서 나의 사념思念한 바를 써보려는 것이다.

　파스큘라. 파스큘라를 알 만한 사람은 그것이 어떠한 모임이었고 그간 어떻게 되었다는 것을 대개는 짐작할 것이다. 다다나 마브[1]와 크게 틀림이 없었다고도 말하려면 할 수 있겠고 어떤 운동을 모발謀發하려는 준비행동이었다고 보아주려면 줄 수도 있는 것이다.

　파스큘라. 여기에는 여러 사람이 모이게 된 것이다. 톨스토이도 있고 화이트맨의 사도使徒가 있었으며 루나차르스키[2]의 신봉자에다 나와 같은 따위의 부득요령不得要領이 가담하였던 진묘한 회합이었다. 그러나 여기에는 다 같이 현상에 대한 불만들은 가지고 있었던 것이다. 이 현상의 불만으로만 가지고서 잡다한 종족이 모 임에 어떻게 그 수명이 길기를 바랐으리요. 사람마다 그 수명의 연장을 기다린다는 것보다는 어떠한 운동기운의 발효의 촉진을 꾀하려 하였고 따라서 미구未ㅅ한장래에 분해가 있을 것도 예기予期하여 왔었던 것이다. 더 손쉽게 말한다하면 자기네들의 계몽을 위하고 또는 속 빠르게 사상적으로 순화되기를 꾀하였던 것이다.

　한걸음 더 예술의 존엄이라든지 이로 하여 태생되는 예술가네의 통틀어 갖고 있는 우월감을 갖는 이보다는 생활과 처지에 상념의 전부를 바쳤고 생활구조의 추이에 육감을 집중하였던 것이다.

　잘들 밤을 새어가면서 신흥예술론新興藝術論을 되풀이도 하였던 것이요, 문화의

1　다다(Dada)와 일본의 다다운동 그룹 마보(MAVO)를 말한다.
2　아나톨리 루나차르스키(Анато́лий Лунача́рский, 1875~1933). 볼셰비키 교육부 인민위원을 역임한 소련의 극작가, 언론인.

침입됨에 얼굴을 붉히기도 하여왔던 것이다. 너나 할 것 없이 성인이 못된 탓인지 사람놈의 욕도 하여 보았고 닭애의 교미에 실감이 적더라는 우스꽝스러운 이야기도 하여왔다.

파스큘라. 지금은 있는지 없는지 피차彼此에 모르는 일이다. 있어도 그만일 것이요, 없다한들 그리 애달픈 일도 아닐 것이다. 그러나 내 머리 속에서 이 기억만은 사라지지 않는다. 이만큼 나와 파스큘라에는 불가분의 인연이 맺게 됨이다. 누구의 매개를 받은 탓도 아니고 다만 나 자신의 생활 — 여기에 발로되는 상념이 파스큘라나 또는 그 분위기에 너무나 많이 동일되는 까닭이다. 제 아무리 사상적으로 순화되기를 꾀하고 색채의 농후를 바랐지만 그리 속히 될 리가 없는 것이다. 이렇게 발아는 데에 있어 조그마치라도 허예심虛譽心이 섞여 있지 아니했었냐고 묻는다면 나는 대답하기에 좀 곤란하다. 지금인들 어째 그러하지 않을 수 있으랴.

그렇다고 예술의 황홀지경을 — 상아대象牙台를 흔구欣求하려는 이 따위도 도박 심성을 가지고는 있지 않다. 날로 제 몸의 안면이나 사지가 기계화됨에도 곰팡이 난 철칙을 묵수墨守하려는 뱃가죽 두터운 생각은 없다. 다만 배양 받은 온실이 — 용광로가 — 이 모든 환경이 나로 하여금 파스큘라와 깊은 관계를 이은 것이다. 환경에 절대 지배를 받게 되느냐 또는 그렇지 않느냐는 것은 다는 모른다. 다만 나 자신만은 이 관습과 환경으로 하여 사상적으로 진취함에 곤고困苦와 주저躊躇가 있다는 것만을 정직하게 말하는 것이다.

— 『조선일보』, 1926.7.1

그림을 그리는 사람이 임금林檎 하나를 어떻게 보고 그리는 것이냐. 임금의 피형皮形만을 — 실재성을 그리고 있는 것이냐. 이 땅 위에도 그림 그리는 사람이 많이도 는다. 그러나 그중에 임금을 먹어보고 임금의 맛을 알고 임금과 인생과의 교섭을 알고 그리고 임금과 생활과의 관계를 알고 그리는 사람이 있느냐 없느냐 나는 이것도 모른다. 어떠한 예술이든지 다 이와 같을 것이다.

예술. 이것이 그리도 존엄할 것이 없다. 하부구조인 생활에 조그마한 지동地動이라도 있으면 상부구조의 하나인 예술에는 몇 배 더 큰 영향이었던 것이다. 나는 이것을 잘 알고 싶다. 그러나 아직 멀었다. 아직 멀었기 때문에 파스큘라라는 것이다. 이리하여 파스큘라의 기억이 자꾸만 새롭게 된다는 것이다.

나는 이렇게 배웠다. '예술의 발생은 유희본능에서 생겼다고.' 예술은 실생활에서 도피하려던 것은 아니다. 다만 이것을 연조軟調시키고 위안시키자는 것이었다. 여러 가지 이설異說이 여기 있을 것이다. 원시인에 있어 예술이 곧 생활의 일부였다고 말하며 그 사람 네의 실생활의 전부가 여기에 있다고 한다. 어쨌든 유희본능이 가장 많은 충격을 주었을 것이라고 나는 믿는 것이다.

다시 한 번 돌려보자. 예술 그 자체가 얼마나 많이 본래의 의의에서 유리되어 있느냐. 생활에서 유리화된 예술 — 이것을 고지固持하는 사람들이 또 어떻게 많음이냐. 이 사람들은 감히 예술의 발생은 유희본능에서 생기지 아니하였다고 할 것이다. 그것은 예술의 존엄성을 보지保持하려고 그러나 나는 그 말만은 듣지 않게 되었다.

내가 배운 중에 예술의 발생은 유희본능에서 생겼다는 한 구절만은 나로 하여금 가장 많이 생각하게 하는 것이다. 가장 많이 생각하여 왔기 때문에 그네들의 말을 믿지 않게 된다는 말이다.

이런 생각, 저런 생각을 하면서도 생활에 있어 예술에 있어 파스큘라를 벗어나지 못한다. 여기에는 여러 가지 이유가 있을 것이다. 사람의 문제도 있을 것이고 환경과 교화에도 그 연유가 있을 것이다. 그리고 나 자신의 작품에 있어서도 번번이 유쾌한 파탄만을 거듭할 뿐이다. 이 도무지 어찌된 일이냐. 아마도 파스큘라인 까닭이 여기 있지 않으냐.

몇 날 뒤에 조그마하나마 미술단체가 생길 것이다. 이 단체가 파스큘라의 전철前轍을 밟을지 또는 의외의 방향으로 질주하게 될지 모른다. 라·후오버가 갖고 있던 혈기와 격정과 탐구심들은 다 같이 갖고 있다. 아직 태중胎中에 있는 미술단체 그리고 파스큘라, 라·후오큐와 또 나의 것들이 어떠한 종국을 맺을 것이냐. 영원

히 파스큘라로 있을 것인가, 또는 순화될 터인가. 나 자신 이외에는 걱정할 까닭
도 없는 문제이다. 파스큘라, 파스큘라 얼마나 부르기 좋은 이름이냐.

—『조선일보』, 1926.7

나의 소년시대_ 종아리 맞은 이야기-글을 외지 못해

어려서 외우는 공부를 잘 못한다고 해서 종아리를 많이 맞았습니다. 종아리 맞을 때마다 분하고 부끄럽고 아프고 하였으나 원체 외우는 재주가 없는 나로서는 어쩔 수 없는 일이었습니다. 지금도 내 생일을 몰라 집안사람들에게 놀림감이 되어있으니 그만하면 글방 선생님에게 종아리 맞을 자격이 넉넉히 되지 않습니까.

부처님 만들던 이야기

전라북도 금제군 금산면 금산리에 금산사金山寺라고 하는 큰 절이 있습니다. 이 절은 신라시대부터 지금까지 내려오는 역사 깊은 곳으로서 서울 있는 광화문이나 남대문만한 큰 절집이 그리 높지도 않고 얕지도 않은 산으로 울타리를 삼고 있습니다.

그런데 이 절에는 집만 큰 것이 아니고 크나큰 부처님을 위하였었기로 더욱 유명하였던 것입니다.

33척이나 되는 미륵 부처님과 그 좌우에 27척이나 되는 보살상이 있어 조선에서는 제일 큰 절인 동시에 제일 큰 부처님들이었습니다.

이 부처님들은 맨 처음에는 구리 부처님이었으나 1,000여 년 전에 불이 나서 부서지고 그 다음에는 흙과 나무와 구리 부처님의 부서진 조각을 모아가지고 다시 옛날과 같은 부처님을 만들었더니 재작년 봄에 또 불이 나서 하룻밤 동안에 재가 되고 말았습니다.

그리하여서 조선에서 제일가는 큰 부처님을 다시 조각하여보라는 말을 내가 처음 듣기는 그해 늦은 가을이었습니다.

나는 착수 설계를 하기 시작하였습니다. 이렇게 크고 보니 그것은 그저 조각이라고 말할 수 없고 한 개의 건축이라고 생각이 되어지므로 날마다 숫자 계산으로 고생을 하다가 시험 삼아 앞으로 조각할 큰 부처님의 1/10 되는 작은 부처님을 조각하였습니다.

여러분이 주의하여 보면 알겠지만 조선의 부처님은 세 가지로 구별할 수 있으니 얼굴이 반듯하고 어깨가 넓고 허리가 꼿꼿하고 몸에 비교하여서 머리가 작은 부처님은 신라시대의 부처님으로 위엄이 있어서 보는 사람으로 하여금 저절로 머리를 숙이게 하며 또 한 종류는 몸에 살이 좀 많고 얼굴이 둥글면서도 몸에 비교하여 크고 어깨가 둥글고 앞으로 좀 숙인 듯한 부처님은 고려시대의 부처님이니 온순하게 보여서 친할 맛은 있으나 그러나 신라 부처님보다 기운이 약하여 보이며 끝으로 몸보다 머리가 더 크고 허리가 아주 구부러진 부처님은 조선시대의 부처님으로서 촌 생원님이 동네아이들에게 천자나 가르치는 자세를 하고 있습니다.

이 세 가지 중에서 나는 될 수 있는 대로 신라 때의 부처님 같이 조각을 하여 보자고 생각하였으니 그 까닭은 본래 부처님은 어질면서도 위엄이 있어야 할 것이라고 믿었던 때문입니다.

시험 삼아 조각한 작은 부처님을 가지고 다시 10곱절 큰 부처님을 밤낮 여섯 달을 두고 내게 와서 조각을 공부하는 학생과 인부 6, 7명을 지휘하여서 여섯 달 만에 겨우 대강 만들어 놓았습니다.

그전 부처님보다 6자나 더 커서 모두 39척이나 되는 부처님이 우리 집 마당에 우뚝 서게 되니까 날마다 구경꾼이 평균 50명 이상이나 되고 그중에는 매일같이 와서는 자꾸 절을 하며 돈을 놓고 가는 이도 있었습니다.

그런데 여기에 큰 문젯거리는 이다지도 큰 부처님을 서울서 700리나 되는 시골로 어떻게 운반할 것인가 하여 궁금증이 나서 일부러 물으러 오는 사람까지 있었습니다.

처음부터 여러 조각으로 나누게 된 것이니 아주 쉽사리 모두 98개로 나누어서 운반을 해다가 그것을 다시 맞추어 놓았습니다.

이번에는 강철과 시멘트와 석고와 금을 가지고 된 것이니 이젠 결단코 불행한 일이 없을 것이라고 생각합니다. 부처님의 키는 39척이고 무게는 14,000근 가량이나 될 것입니다.

여러분이 잘 아시는 은진미륵보다 열댓 자나 작은 부처님이나 집안에 모신 부처님으로서는 아직 이보다 더 큰 것이 없다고 합니다.

편집선생님이 부탁하신 부처님 조각하던 이야기는 이만 쓰고 그 다음으로 조각하는 이야기를 말한다면 여러분 중에서 학교 수공 시간에 고무넨도[1]를 가지고 별별 것을 다 만들지 않습니까. 재미를 붙여서 많이 만들어 보시지요.

1. 조각종류. 흙으로 만드는 것과 나무에 색이는 것과 돌이나 쇠에 새기는 것이 있습니다.

2. 조각하는 연장. 흙으로 만들 때에는 별로 연장이 필요 없으며 돌이나 쇠에 새길 때에는 증이 있어야 할 것이고, 나무에다가 새길 때에는 둥근 끌로 파야 할 것입니다.

3. 조각하는 방법. 제일 쉬운 것을 하나 말한다면 고무넨도를 가지고서 어린이 장난감인 인형이나 동물모양을 몇 번이든지 꼭 그대로 될 때까지 만들어 볼 것입니다. 그리하여 이것이 잘 되거든 이번에는 산 사람이나 동물을 직접 보고서 조각하는 것이니 이때에 비로소 여러 가지 주의할 점이 있습니다.

그러나 이런 것은 갑자기 말할 수도 없고 또 지금은 필요하지 않습니다.

10여 년 전에 도쿄에서 어린이들의 조각 전람회가 있었는데 거기에는 벽돌에다가 사람의 얼굴을 파기도 하고 또는 백골로 강아지도 만들고 소나무 토막이나 진흙덩어리로 동무의 얼굴이나 누이동생의 모양을 아주 훌륭하게 조각한 것이 많이 있었습니다. 조각가가 되려면 남이 만드는 것을 많이 보면서 그저 자꾸 만들어 보는 것이 수입니다.

---

1   ゴム粘土. 고무 점토(찰흙)라는 의미의 일본어.

이긴 이야기_ 선생님이 나를 이겨준 얘기

보통학교 3학년에 다닐 때 내 아우하고 성적 다툼을 몹시 하였습니다. 물론 그때만 경쟁한 것이 아니고 그전에 천자를 배울 때부터 시작하여 가지고서 도쿄 가서 서로서로 전문학교에 들어갈 때까지 늘 몹시 성적을 가지고 경쟁하였습니다. 그런데 보통학교 3학년 시험에 내가 첫째가 되고 — 늘 나보다 성적이 한 둘째 좋던 내 아우가 10번 이상이나 떨어지게 되어서 어떻게 좋고 고소하고 신통하던지 몰랐습니다. 그래 그날만은 집에서 좀 뽐내봤지요. 그 뒤에 알아보니 사실은 담임선생님이 생각하기를 형이 아우에게 늘 지고만 있으니 한 번쯤이나 형을 올려주어서 기운을 도와주어야겠다는 자선심에서 나온 것이랍니다.

그런데 나는 주먹싸움 같은 건 한 번도 해본 일이 없습니다.

한 살 더 먹으면_ 써붙인 '일일일선'

어렸을 때에는 별별 결심이 다 있었지요. 그중에서 하나를 적어보면 12살 먹던 해, 그러니까 11살 때 일이겠지요. 섣달그믐날 밤에 공부하는 방 벽에다가 '일일일선—日—善'이라고 써 붙이고 내년부터는 날마다 착한 일을 한 가지씩이라도 해보자고 결심을 하였던 것입니다. 그래서 새해부터는 부지런히 착한 일, 좋은 일을 해보느라고 애를 썼지요. 그런데 나중에는 '착한 일'이라고 할 것이 없어서 일부러 길가로 돌아다니면서 혹시나 할 일이 없는가 눈이 빨개져서 찾기도 하였답니다. 그래서 저래 1년을 보내고 일기책을 보니 우는 어린애 달래준 것, 싸우는 동무를 말린 것, 보리밭에 들어가서 벌레 잡아준 것 — 이런 것이 제일 많이 적혀 있었습니다.

손소산孫韶山옹 조각 제작 후일담譚_
작가로서의 신념과 동상의 의의에 있어서 자가변론의 초조한 잡음

그러니 벌써 13년 전이외다. 처음으로 조선에 근대조각을 수입하였다는 허울 좋은 이름을 지고서 이 땅을 밟고 보니 아는 사람이라고 하여 겨우 조각이라면 도장이나 새기는 것일 것이라고 지루했고 이에 반발되어 자신도 문동답서問東答西하며 세월을 보내노라니 탈선의 생활화가 피할 수 없는 노정이었습니다.

조각이라면 점토세공粘土細工이나 목각이나 석각뿐만 아니라 마음을 새기는 것일진대자기류 해석 (自己流解釋) 또 한편 예술은 인생을 아름답게 하는 것이라 할지면이것도 자기류 해석 마땅히 마음을 연찬研鑽하고 인생을 아름답게 장식하는 모든 사행事行에 몸을 바치자는 결론을 가지고서 탈선을 먹고 소설 위를 걸어보았던 것입니다. 그리다가 생각한 바가 있어 새삼스럽게 조각실 속에서 소우주를 창조하려니 조각보다는 동상의 일이 많아집니다. 각刻과 동상을 대척적對蹠的으로 생각될 바 본시 아닐 것이외다. 그러나 현실에 있어서 그런 결과를 가져오는 연유가 있으니 그럭저럭 15, 16체體의 동상을 제작하였으나 그때마다 조각가로서의 자기도취의 세계에 빠져보기보다는 동상제작자로서 상사거래商事去來 위에서는 자기를 더 많이 발견하게 되었으므로이외다.

가령 지금 동상제작의 의뢰가 있었고 이것의 제작을 착수하였다고 합시다. 그러면 제작하는 동안 동상 본존인本尊人이나 또는 사진 또는 본존의 가족친지들의

평면적 기억을 토대로 하고서 제작을 진행합니다. 그런데 기이한 일로는 동상본존인의 직접 자기를 보여주는 일을 기피하는 좋지 못한 습관이 있어서 그저 사진을 복각하는 정도에 빠지는 경우가 많고^{물론 이미 서거하진 분은 할 수 없지만} 동상본존인의 가족이나 친지의 조언이라는 것은 작가적 경험으로 보아 조각적으로서는 거의 무가치하다고 말할 수밖에 없으니 가장 잘 알고 있을 그 주위의 기억은 평면적이며 또 아주 건조된 개념만 남아 있는 것입니다.

'움직이는 덩어리'로서의 관찰을 한 번도 해보지 못하였고 외모와 교양, 표정과 성격의 연관관계를 한 번도 생각하여 보지 못한 분들은 막연한, 질서 없는 인상을 그저 가지고 있을 뿐이지요.

그런데 동상은 피형적皮形的 유사類似로서만은 만족할 수 없는 것이 작가로서의 신념이나 그러나 주위에서의 많은 주문 — 개념적이며 평면적인 인상을 재록하라는 주문 — 이 주문으로 하여서 할 수 없이 동상과 조각을 별립別立시켜야 할 고뇌를 마음으로 갖게 합니다.

동상은 장구한 시공을 통하여서 고인을 기념하자는 것이겠지요. 뿐만 아니라 고인의 생전과 같이 동상을 대하고 동상과 말을 하고 동상과 더불어 고락苦樂을 같이 하자는 것입니다. 그렇다면 비록 동상의 소재재료는 생명이 없는 물질이나 동상 전체는 한 개의 호흡을 하는 생명적 존재여야 할 것인데 생명을 잃은 우상을 조작하려는 심의는 한 개의 불가사의가 아닐 수 없습니다. 그러나 이 — 불가사의가 그대로 가감 없이 유통되는 세상이오니 방편상方便上 조각과 동상을 구별하여서 — 적어도 작가자신의 머릿속에서나마 — 자위나 하여보자는 것이 조각가로서 또는 동상제작자로서의 금일의 자기의 속임 없는 심경이외다.

앞으로 적당한 시일이 온다면 응당 올 것을 단언합니다마는 그때는 아무러한 내면적 괴격乖隔이 없이 유쾌한 동상제작을 하여보겠으나 여기에는 지금부터 노력을 하지 않으면 아니 되겠다고 봅니다.

노력의 길은 주객의 두 선으로 뚫려있습니다. 주관적으로는 조각가 자신의 예술적 역량의 충실이 있고 그로 말미암아 오는 권위의 확립입니다. 예술적 재간이

탁출卓出하면 자연 권위가 서질 것이지만 이 권위가 발동하는 곳에는 주위로부터 오는 평면적인 것, 개념적인 것 등등의 주문은 소멸되고 말 것이 아닙니까. 그리고 객관적으로는 일반의 미술 감상의 일보 향상입니다.

여기까지 써놓고 보니 과연 — 초조한 잡음이 되고 말았습니다. 하나 본래부터 잡음이라고 제題를 붙였으니 의례 그렇게 될 뻔한 일이지마는 이제부터 어수선한 말은 피하기로 합니다.

소산韶山 손봉상孫鳳祥 선생의 동상제작을 비롯하여 가지고 그 완성할 때까지 통틀어서 4개월 이상이나 지루하게 시일을 보냈습니다. 원형제작을 3회나 거듭하였지요. 시초에 흥에 넘쳐서 제대로는 '철요凸凹의 시'를 형상하였더랍니다마는 이때에 예例의 12의 파격의 주문으로 하여서 부셔버리고 보니 그 후부터는 도무지 열 손가락이 말을 듣지 않아서 고생을 한동안 하였더랍니다. 그야 그럴 수밖에 없을 것이며 열 손가락만을 권외에 있는 사령부의 지휘대로 움직이자니 어찌 천지합일의 혼연揮然한 일치가 있어질 수 있을까 하는 것이외다.

그럭저럭 체면을 닦는 도리나 생각하다가 다시 주동공장鑄銅工場에 가서 예상 이상의 시일과 사지事志의 배리背理가 생겨서 갈팡질팡하는 동안에 작가로서의 신용을 실추하는 결과를 가져오고 바람차고 눈발이 보일 때에야 제막除幕의 성례를 거행하게 만든 비례非禮를 감행하여서 미안하기 짝이 없었습니다.

과거에도 제막식에 참여하였을 때마다 홍백막紅白幕 속에서 차츰차츰 나타나는 동상을 정면으로 보아본 적이 없고 그야말로 처녀와 같이 얼굴만을 붉히고 있다가 식이 끝난 뒤에야 겨우 보는 체신이 더구나 이번에는 차마 그 자리에 섰을 수도 없어서 일시 퇴장까지 하였더랍니다.

그리하여서 그 자리에서 더욱 통절하게 느낀 것은 이 앞으로는 제막식에 나설 때에 자신을 가지고 볼 수 있는 조각다운 동상을 제작하여야겠다고 — 물론 그전부터도 이런 상념을 아니 가진바 아니나 이번에 가장 깊었습니다. 개성역두開城驛頭에 엄연히 선 소산 선생의 동상을 다시 생각할 때마다 마음 경종은 높이 웁니다.

'공부를 잘하여라', '참다운 예술가는 되지 못할지라도 예술가에 방불한 작가가 되라고'.

가까운 장래에 일절을 희생하고서라도 재주조^{再鑄造}하여서 자기양심을 충족하는 일면 가장 이해 있던 삼업조합^{蔘業組合}의 최고 간부 몇 분에게만 공속죄^{功贖罪}를 하자고 심결^{心決}하고 있음을 언약하며 붓을 거둡니다.

나 사는 곳_ 사직골 생원님 지나다닌 곳

나 사는 곳은 좋은 곳이랍니다. 요새는 진달래, 개나리, 그 위에가 푸른 수양버들가지가 축 늘어져 있는 사직공원 바로 앞입니다.

이것보다도 큰 갓에다가 중추막을 입고 나막신을 신고서 사직 뒷담을 끼고 돌던 사직골 생원님을 늘 생각할 수 있는 곳이랍니다. 사직골 생원님은 가난하고 기운은 없고 하였으나 제 몸만은 깨끗이 지킨 사람입니다.

지금 우리 집에서 퇴색한 사직 대문을 바라보고 옛날의 사직골 생원님을 생각할 수 있는 곳입니다.

상 타본 이야기_ 뜻하지 않은 일등

보통학교 때 일입니다. 머리는 크고 몸은 약해서 '대갈장군'이라는 별명을 듣던 나는 운동회적마다 상이라고는 타본 일이 없었습니다. 그런데 삼학년 때에 추기운동회가 있어 이번에만은 무슨 상이라도 하나 타야지만 동무들에게 놀림거리가 아닐 것이라고 크게 결심을 하고 바짝 정신을 차리고 있었으나 역시 모두 꼴찌만 하였지요. 그러던 판에 전에 없던 산술경주가 생겨서 이 경기에 나도 나가게 되었지요. 그랬더니 맨 꼴찌로 간 내가 뜻밖에 일등상을 탔습니다. 그 뒤부터 '굼벵이 대갈장군'이 의뭉하기는 하다고 소문이 났답니다.

스승에게 받은 말_ 욕위대자당위인력欲爲大者當爲人力

보통학교시대 — 저를 특별히 사랑하여 주신 선생님이 늘 말씀하시기를 '일일일선一日一善'을 하라고 하셨으며,

배제고보시대 — 이 학교에 입학하니 교사를 한참 신축 중입니다. 그런데 현관에다가 "욕위대자당위인력欲爲大者當爲人力"이라고 새겨놓고 강매姜邁 선생이 신입생 일동에게 훈화를 하셨으며,

도쿄미술학교시대 — "예술의 최후를 결정하는 것은 인격의 향기다藝術の最後を決定するは'人格の薰りだ"라고…….

학교교육에서 받은 것은 이 세 마디말로 묶어지며 아직까지는 잊어버리지 아니하려고 합니다.

성해星海의 콧물_ 애처도망기|愛妻逃亡記

성해星海가[1] 대학생 시대에 신통하게도 구해낸 도쿄여자를 데리고서 서울에 와서는 월세 집으로 끌고 다니면서 다꾸앙 조각을 먹이고 있다가 어느날 이 애처씨가 야반도주를 하였다. 가까운 친구를 만나서는 콧물을 흘리며 한탄을 하던 것이 아직도 눈에 내 어른거린다. 우둔하다 못해 도리어 맹랑孟浪한 인물이라고 할수밖에 없는 성해의 이야기는 한량없이 많으나 이런 것을 지금 공개하는 것은 도리어 예가 아닐 것 같아서 그만두기로 하고 그중에 초특超特작인 「오쿠사마奧樣 도망」은 성해의 소설 이상으로 재미가 있었기 때문에 내가 말을 시작해낸 것이다.

친구를 만나면 언필칭言必稱 '오쿠사마'[2]를 자랑하고 심지어 일본대학 사회학과 재학 중의 성적이 자기보다 우월하였다는 등 맹랑한 소리를 하는 성해를 나는 매우 보기 싫었다. 그리하여 때때로 나는 그 오쿠사마를 때려주라는 권고를 한 일까지 있으니 정답게 사는 남의 내외에 풍파를 일으키는 것은 결코 좋은 일은 아니지만 이 '오쿠사마'는 안하무인으로서 친구들 앞에서 부군 성해를 개자식같이 마구 다스리는 꼴을 서울 놈으로서는 도저히 그저 볼 수 없었기 때문이었다.

그러던 중에 어느 날 만晩소문으로서 오쿠사마가 간데 온데 없을뿐더러 이 오쿠사마의 소생所生인 제2의 맹랑한 인물인 2세까지 부지거처라는 것이었다. 솔직히 나는 쾌재를 불렀다. 그런데 성해는 눈물 반 울음 반 나보고 여전이 오쿠사마를 찬미하고 2세를 그립다고 말을 한다. 대지大知는 여우如愚라고 성해는 과연 어찌된 인물인가. 나는 그 후 이모저모 연구하여 보기로 하다가 공평정公平町에서 친가정을 가지게 될 때기실 조강지처를 전라도 산골에서 보서 왔을 뿐 이 사람의 입에서 친가정의 취미를 듣고 나는 악연愕然하였다.

---

1   성해(星海) 이익상(李益相, 1895~1935). 파스큘라 동인이자 카프 발기인 중 한 명이다.
2   '오쿠사마(奧樣)'는 남의 아내를 부르는 존칭의 일본어이다.

성해는 나의 수많은 친구 중에서 종시요령終是要領 부득한 인간이었다. 그래서 나도 내종乃終에는 이 사람의 연구를 하지말자고 작정하였으니 이로써 도리어 내 몸이 편한 것을 느꼈다.

조각생활 20년기

스승과 지기와 내 성격을 알외는 편지로서

편집 형,[1] 올해 내 나이 40이니 뜻을 조각에 두고 지낸 것이 20년이나 되었습니다. 내가 스무 살쩍에 배재고등보통학교를 졸업생 27명 중 24번으로 겨우겨우 치루고 도쿄를 향하였던 것입니다. 사실 중학시대에는 학교 공부는 하나도 하지 않고 우미관優美館, 단성사團成社, 광무대光武臺로 허구한 날 돌아다녔는데 그때의 짝패로 일보 형에게 소개하여도 좋을 사람은 회월懷月 박영희朴英熙 형과 고범孤帆 이서구李瑞求 형과 그리고는 비사제鄙舍弟 팔봉八峯 김기진金基鎭 등을 들 수 있습니다마는 그러나 이 사람들은 완전히 우리의 당파는 아니었고 미근한 동정자들이어서 나만큼 전문적이 아닌 만치 학교성적도 월등 좋았더랍니다. 중학생으로서 옛날이나 지금이나 구경을 많이 다니고서야 제 무슨 수로 학과學課를 담당할수 있으며 그 지긋지긋한 시험을 볼 재간이 있을 법입니까. 그러고 보니 시험 때를 당할 때마다 협잡하는 기술과 창의만은 신통해서 근근이 낙제를 면하였더랍니다. 이래저래 3학년이 되고 보니 학교 안의 안팎 사정도 짐작하게 되고 선생님들의 눈치도 볼 줄 알게 되었는데 때마침 커다란 폭풍우의 전조를 짐작하게 되었습니다.

이 통에 나도 덤벙덤벙하다가는 어찌어찌 해서 톨스토이를 읽게 된 것이 예술이라는 병에 걸리기 비롯한 것입니다. 톨스토이를 읽으면서 하도 하기 싫던 대수代數나 기하幾何나 영어 단자單字 하나를 알지 않고서도 사람으로서 할 일이 또 있는 것을 발견하였다고 무던히 좋아했을 뿐더러 활동사진이나 연극이나 잡가雜歌를 통하여 가득 배운 것이 있는지라 옳다쿠나 하고서 연일 진고개 서점으로 다니

---

1   여기서 말하는 '편집 형'은 일보(一步) 함대훈(咸大勳, 1896~1949)이다. 함대훈은 소설가, 기자로 당시 『조광』의 편집인이었다.

며 연애소설집 등을 모아오기 시작하였더랍니다. 집에서 오
는 학비가 부족나면 전당典當질도 하고 일가들에게 오직 전갈
도 하고 하여 백여 권의 연문학軟文學 서적을 쌓아놓고 한 편
으로는 머리를 기르기를 시작하였지요. 자, 이만치 하고 보니
과연 내가 훌륭하게 된 것 같았고 우리 동창들 중에서도 나와
비슷비슷한 사람이 한둘 씩 생겨나게 되는데 먼저 말한 박영
희나 김기진이나 박팔양朴八陽이나 이백수李白水나 또 1년 위의
나빈羅彬이나 1년 아래의 최승일崔承一이 나가있었고 다른 학교
로서는 휘문에서 정백鄭栢과 노작露雀 홍사용洪思容이와 양정養正
에는 누구누구 중앙에서는 마해송馬海松이와를 알게 되어서 만
나면 제법 구수한 이야기를 하였었는데 끝장에 가서는 고범
이서구와 상의하여 가지고 반도구락부半島俱樂部라는 것을 만
들어 보았지요. 지금 생각하면 도무지 무언지 알 수 없는 것이
나 그때는 신열身熱이 나도록 돌아다니면서 준비를 해가지고
금곡원金谷園에서 그야말로 성대한 발회식을 하여보지 않았습
니까. 꼭 이통에 배재학교에서 체조선생님이 눈을 부릅뜨고
나를 붙잡으려 하였는데 그 까닭은 다른 것이 아니라 3학년

적부터 체조시간에는 슬그머니 도망을 해가지고서 호떡집에 가서 놀다가 종치
는 소리를 듣고서야 어슬렁어슬렁 돌아가는 상습범자를 단단히 혼을 내시겠다
는 것인데 나 역시 그만한 눈치쯤은 미리 아는지라 나는 나대로 피하여 그야말로
공방 양편에서 별별 짓을 다하다가 어느 날은 급장(級長) 현 배재중학교 교론(敎論), 장용하(張龍
河), 형의 청을 피할 길이 없어서 체조시간에 출석하였더니 선생님이 여간 성이 안
나서 당장에 벌을 쓰라고 호령을 하시더군요. 아뿔싸.

이제는 이 학교와 마지막이로구나, 하고 단호 호령에 복종을 하지 않았습니다.
그런데 이만한 기운은 어데서 나왔는고 하니 바로 집에 있는 백여 권의 문학책에
서 나왔지요. 사세事勢가 이렇게 되고 보니 선생님도 어이가 없어 관대하게 용서

를 하시고 말았고 그 후부터는 아주 체조시간에는 회계에 빠져서 자유행동을 하게 되었습니다. 미신이든지 종교든지 간에 신앙하는 사람의 태반은 공덕이 있다고 해야 하는 거와 같이 문학을 하여서 목전에 이런 효과를 직접체험하고 보니 고만 신이 날 수밖에. 그래서 점점 날뛰다가 매일신보 일요문예란日曜文藝欄에 「미문美文」을 투고해서 상을 타며 또 한편 소설이라고 써서 인쇄, 무엇이라는 잡지에 내보는 등의 망발을 하고 다니다가 급기야 등사판謄寫板 인쇄로써 시詩잡지를 고범이 주재主宰로써 하기에 이르렀습니다. 나날이 기는 머리털은 이제 와서는 눈썹 너머를 가리게 되니 오스카 와일드를 배워야 되겠다고 칠피漆皮 구두부터 신게 되었지요. 명주 두루마기에 이런 신을 신고 이런 머리를 하고 공책 단 한 권만을 가지고 중학교를 가는 중학생을 생각만이라도 하여 보십쇼. 일보 형, 그저 웃어버리시겠소. 이래저래 허둥거리며 1년을 또 보냈습니다.

이런 중에도 나로서는 중대한 번민이 하나 생겼습니다. 그것은 오늘날에 와서도 내 자세를 망치게 하였는지 또는 잘 되게 하였는지 분간할 수 없는 것인데 문학하는 친구가 너무 많이 생기는 것이 나로서는 탐탁하게 생각하여지지 않았고 난들 바로 말하면 학교 공부가 하기 싫은 판에 덤뻑 손을 댔지. 이것도 작고 읽어보고 써보고 하니 무슨 5전짜리 입장권 사가지고 우미관 구경하는 것 같이 손쉬운 일도 아닌 것을 알게 되었을 뿐더러 남들이 학교 공부에 이골이 나서 하는 동안에는 잘하든 못하든 나는 나대로 엉뚱한 짓을 해서 놀래주려고 한 층 높은 곳에 앉아서 속된 놈들을 깔보고 했던 것인데 이렇게 우, 하고 모여지니 한 자리도 안온安穩하지 않고 무서운 경쟁이 있어지는 것 같기도 하여 염려를 하게 된 것입니다. 그래, 궁리 끝에 에라, 너희들이 그렇게도 희망한다면 문학의 자리는 너희들에게 주고 나는 철학을 해서 여전히 고고한 지위를 차지하겠노라고 제법 하여 성명 비슷한 말을 남기고서 철학개론 부스러기를 읽게 되었는데 그중에서도 기히라 타다요시紀平正美[2]의 책표지의 뱀蛇이 뱀을 몰고 있는 그림을 보고서 고개를

---

2   기히라 타다요시(紀平正美, 1874~1949). 일본의 철학자. 헤겔 철학을 주로 연구했으며 제국대학 시치세이샤(七生社) 대표를 역임했다.

끄덕이던 것만은 아직도 눈앞에 완연합니다.

일보 형, 먼저 말한 바와 같이 이 점이 나의 성격의 중요한 일면입니다. 이 까닭으로 나는 지금까지 별별 일을 다 해보았고 원체 건강하지 못한 체질이라 부인병만 빼놓고 가진 병을 다 앓게도 되었답니다. 3, 4년 전에 춘원春園을 만나서 춘원이나 내 나간에 체험만 있어서는 누구에게 지지 않을 만치 되었으니 고만 갈 데로 갑시다, 라고 말만은 하였으나 원통한 것은 아직도 갈 길을 찾지 못한 것입니다.

다시 먼저 이야기로 돌아가서 상학上學시간이 되면 책상 한 모퉁이에다가 머리를 박고서 오이켄 철학과 니체의 철학을 읽고 지내다가 수신修身[3] 선생님 강매姜邁 씨에게 꾸중도 듣고 야마구치山口라는 지리역사 선생님을 놀리기도 하고 미모의 미국여자 선생의 사진도 도적질하여서 박아가지고 시계 뒤딱지에 붙이고 돌아다니는 판에 신경쇠약이라는 영문 모를 병에 걸려서 반은 연극을 가미하여 가지고 새벽에 남산 봉화뚝에 올라다니며 눈물도 흘려보았더랍니다. 문학과 연애, 철학과 신경쇠약은 이 당시에는 아주 껴 다니는 것으로서 알고 무슨 기회든지 한 통을 치러 놓지 않아서는 행세를 못할 때이니 심지어 춘원의 소설 「윤광호尹光浩」를 그대로 해버리는 친구들도 있었지요. 그래저래 하기방학, 동기방학을 걸어서 졸업시험이 당도하였는데 교과서라고는 한 권 사본 일이 없고 상학시간이라고 하여 필기 하나, 말 한 구절 새겨들어 논 것이 없으니 감당할 수 없을 것이나 회월, 팔봉 등이 제 가끔 학교를 하직하고 도쿄로 떠난 뒤이라 나는 이 반대로 최후까지 앉아서 배기는데 비상수단을 쓰되 하나는 선생님들을 위협할 것과 하나는 컨닝을 과학적으로 단체적으로 할 일이라는 주견을 세우고 우선 교무주임 선생님부터 교장 문제를 가지고 놀래켜 드렸습니다. 이것이 말썽도 다소는 되었지만 학교로 보아서도 이 따위 학생이 아주 지긋지긋한 판이라 성적 여하를 묻지 않고 졸업장을 줄 작정이었는지라 큰 수고 없이 타기는 하였으나 이 취인取引에 소중한 장발은 깎기고 졸업사진은 학생복이 없는 탓으로 설왕설래하다가 이것도 결

---

3   소학교의 도덕과목으로 '몸을 고치는 것'을 의미한다.

국 기숙사에 가서 저고리 하나를 얻어서 입고 맨 뒤에 서서 참여하였습니다.

일보 형, 지루한 중학교 시대라느니 보다 불량소년 시절을 말한 것은 내가 지금 소일하는 조각을 지망하게 된 경로가 여기에 있는 까닭입니다.

그래서 졸업이라고 하는 한 달포를 서울서 무료히 돌아다니다가 고향으로 돌아가기 전에 이번에는 도쿄 유학을 계획하였지요. 그런데 여기에 말썽거리가 하나 있으니 다른 것이 아니라 비사제 팔봉이 공업학교를 간다고 하고서 중학졸업장도 없이 도쿄를 가서는 학교도 입학하지 않고 문학을 하네, 하고 날뛰는 것이 부모들의 비위에 썩 좋지 못하였는지라 나의 의견에 성큼 찬성을 하여주지 않았습니다. 그러나 나는 나대로 고집불통의 성격이 있고 또 그 위에다가 아주 추근추근 한 배짱을 가진 때이라 빈번한 문서전文書戰을 한 끝에 결국 허가를 탔으나 조건이 붙기를 법률을 전문으로 하라 하시는 것이었습니다.

우선 이만한 선에서 타협을 하여가지고 현해탄을 건너게 되었으니 때는 정正이 6월 상순인 듯합니다.

하관下關 내려서 덤벙덤벙하다가 기차시간을 놓치고 아무거나 타볼 수밖에 없는지라 덜거덕거리는 완행으로서 도쿄에를 만중晩中에 도착하여 가지고 와세다早稻田 방면까지 반은 걷고 반은 인력차 신세를 지고 아우를 찾아가니 시골 놈 대접을 받게 되었습니다. 그뿐인가요. 시인이니 시성이니 하며 놀림감으로 쓸라고 하는지라 이것이 나의 꼬부라진 마음에 마땅치 않아서 그 이튿날부터 먼저 도쿄에 온 패들을 골려주기로 하였는데 각개 격파의 전술로서 한 명 한 명씩 달달 볶아 놓았습니다. 대학이나 전문학교의 입학기는 지난 지 오래고 그렇다고 해서 되지 않은 전문부에 들어가서 서자庶子 비슷한 대우는 더욱 받기는 싫고 그래 놀 수는 또한 없는 일이고 하여 다 밝게 영어나 준비한다고 하면서 도쿄의 표면, 이면의 구경을 일과삼아 하고 있지 않았겠습니까.

그런데 여기에 '우연'이라는 수수께끼가 등장하였습니다. 그것은 어느 날 우에노上野공원을 지나가다가 지금의 일본미술원전람회日本美術院展覽會를 구경하게 되었는데 작자의 이름은 기억되지 않으나 〈노자老子〉라는 제명으로 석고石膏 착색着色

한 조각을 보게 된 것입니다. 자, 여기서 나는 이리저리 훑어보고 내로 궁리를 하기 시작하였지요. 이날 동행으로서 팔봉과 같이 갔는지라 형제가 공원 교자橋子에 앉아 가지고 토의를 거듭한 나머지 도쿄미술학교 조각과에 입학을 하여보자는 결론을 얻었습니다.

사실 보통학교시대나 서당에서 공부하던 시대에서는 내가 습자習字나 또는 도화圖畵에는 성적이 제법 좋은 편이여서 학교대표로서 공진회共進會에 출품까지 한 일이 있었으나 중학생시대에는 무엇하나 침착하게 학교공부라고는 하여본 일이 없었던 관계로 아우만큼 도화에도 열심히 하지 않았고 따라서 성적도 좋지 않았는지라 미술학교에 지망을 한다면 차라리 아우가 하는 편이 상식일 것이나 여기에도 두 사람의 성격의 차이로 경솔하나마 단행을 하여버린다든지 탈속을 한다는 것보다는 다른 사람들보다도 한걸음 앞장을 서보겠다는 등의 야심이 내게 과한 바 있어서 그만 내가 미술학교에 지망을 하여버리고 아우는 이것을 적극 지원하는 태도를 잡게 되었지요.

그 당시의 미술학교는 관사官私 두 곳이 있어서 그 내용을 조사할 겸 찾아가다가 요로즈쵸보萬朝報인지 호치신문報知新聞인지 잘 알 수는 없으나 신문사 객원 비슷한 지위에 있으면서 조선유학생을 위한 자선단체라는 곳에 일을 보는 분에게 의논하였더니 극구 칭찬하며 관립미술학교에 입학을 하되 9월경에 금년부터 처음으로 선과생選科生을 모집하게 되었노라 하므로 나는 그야말로 작약하였습니다.

집에다가는 법률을 배우겠다고 하고서 슬슬 속여 가며 문학을 하느니보다는 미술학교에 입학을 하여놓고 건축미술을 배운다고 하면 이것은 공업에 가깝다고 좋아하실 것이고 또 하나는 원래 법률이라는 것은 어불성설이니 이것은 아니한다고 하더라도 문과 입학만 해도 내년 봄까지 기다려야 되는 판이니 공연히 1년이라는 세월을 보낼 수도 없고 또 한편 반드시 입학이 될 것이라고 장담도 못할 지경이고 또는 문학을 하느니보다는 예술 일반, 문화 일반을 이해하여서 문명 비평가로서의 길을 열어보자는 엉뚱한 생각도 칼라일[4]과 다카야마 쵸규高山樗牛[5]를 애독하던 때라 다분히 가졌으므로 덮어놓고 미술학교 시험을 보았습니다.

조각과에는 나 한 사람이고 서양화과에는 장발張勃, 공진위孔鎭衛, 김창섭金昌燮 형 등이 수험을 하였는데 천만다행으로 입학은 되었으나 입학시험장에서 고생하던 것은 못내 잊어지지 않습니다. 만일 그때의 시험 본 데생을 지금 찾아볼 수가 있다면 해괴망측할 것이니 중학시대에 목탄화木炭畵는 그려보지도 못했을 뿐더러 그리는 구경조차 한 일 없고 단지 밀레의 화면을 통해서 콩테는 지레 짐작으로 알았으며 입학시험 전에도 연구소 같은 곳에도 가볼 작정도 하지 않고 일절을 운명과 요행에 맡기고 또 한편 조선 사람이니 관대하게 해주겠지, 라든가 조각과에는 지원한 사람이 없으니 무엇 생색을 내줄 터이지 하는 등의 득심을 가졌을 따름입니다.

일보 형, 이런 내력을 가지고서 나는 조각이라는 것을 비로소 공부하게 되었습니다. 누구나 이 당시에는 대략 이와 같다고도 생각되어집니다마는 그중에서도 나는 월등하게도 물덤벙, 술덤벙하였고 그 끝에는 실없이 덤빈 것이 그만 골수에 사무치게 되었으며 지금 와서는 좀처럼 떨어지지 못하겠고 그 덕분에 제대로의 행세도 하고 겸하여 입에 풀도 바르게 되었답니다. 형이여, 이것을 바로 운명이라고 합니까.

자, 입학을 하여보니 조각과 전체의 학생이라고는 24, 25명밖에 되지 않는데 조선은 단지 나 하나이고 하니 쓸쓸하기도 할뿐더러 처음부터 영문 모를 것이 많이 있는지라 한편으로는 조각을 시작한 것을 후회도 하여보다가 다카무라 고운高村光雲6이라는 선생에게서 여러 가지로 격려하는 말을 듣고 다시 한 번 결심을 하여보기로 하였던 것입니다. 다카무라 고운이라는 선생은 경성 장충단에 있는 박문사博文寺의 본존불本尊佛을 조각한 분으로 근대일본의 목조를 부흥시켰다고도

---

4   토머스 칼라일(Thomas Carlyle, 1795~1881). 영국의 평론가, 역사가. 칼빈주의에 영향을 받아 이상주의적 사회개혁을 주장했다.

5   다카야마 초큐(高山樗牛, 1791~1902). 일본의 평론가, 사상가. 중국 고전과 구미의 사상에 능통했으며, 일본주의에 고취해 국민문학의 중요성을 제창했다.

6   다카무라 고운(高村光雲, 1852~1934). 일본의 불사(佛師), 조각가. 1889년 이래 도쿄미술학교 조각과 교수로, 김복진이 유학할 당시 목조 스승이었다.

할 수 있을뿐더러 도쿄시가에 수많은 동상 중에서 제일 걸작이라고 말을 하는 〈구스노기 마사시게楠木正成 상〉과 〈사이고 다카모리西鄕隆盛 상〉을 직접제작 또는 감독한 분이며 또 시인이면서 음악도 할 줄 알며 그림도 그리고 조각을 하는, 그보다도

『시라카바白樺』나 『묘죠明星』에 가요를 발표해서 조선에도 알려진 다카무라 고타로高村光太郎[7] 씨의 엄부嚴父이셨습니다. 하루는 이 고타로 선생이 조용한 방으로 데리고 가더니 연장도 갈아주며 조선사정을 묻기도 하면서 끝장에 가서는 공부하는 법을 일장一場 이야기하여 주십디다. 그래서 나는 그 다음날부터 자기의 시간표를 작성하였는데 그것은 아침에는 교문이 열리기 전에 학교에 갈 일이며 저녁에는 전등이 들어온 후에야 학교에서 나갈 것이라고 한 것입니다. 이렇게 시간을 정해가지고 실지로 하여보니 차츰차츰 손가락이 제대로 돌아갈 줄도 알게 되고 내가 만든 것이 과히 창피한 지경은 아니어서 동창들앞에 내놓을 적에도 쭈볏쭈볏하지 않도록 되었습니다. 말이 났으니 말이지 그때 동창들 중에는 부호 야스다安田의 집안사람도 있었고 백작인지는 모르겠으나 귀족 히지카타土方 가의 도련님도 있어서 교실 안에서 가진 짓궂은 장난이 많았답니다. 의례히 자동차나 승마로서 학교에를 와서는 정종이나 맥주 따위를 교실에서 마시며 콧노래 장단에 춤들을 추고 오정午正만 되면 후리후리[8] 해져가지고 극장이 아니면 요릿집 순례가 일과였습니다. 그런데 나는 신통하게도 이 무릎에 한축을 들지 않고 묵黙 서서히 원형제작에 골몰하였지요. 어째서 이토록 별안간에 사람이 되었는가하면 그 까닭은 중학생시대에 이가 시리도록 장난도 하여보았으니 지금 와서는 장난에 싫증

---

7 다카무라 고타로(高村光太郎, 1883~1956). 일본의 시인, 조각가. 다카무라 고운의 아들로, 부친과 로댕의 영향을 받아 사실적인 조각으로 당시 식민지 조선에도 큰 영향을 주었다.

8 ふりふり. '팔랑팔랑' 또는 '나풀나풀' 정도의 일본식 의성어.

도 나고 또는 수만 리 타향에 와서 공부성적이 떨어졌다가는 조선 놈 욕도 될뿐더러 우선 당장에 창피를 당할 것이니 이것이 몹시 싫었고 도대체 경쟁하는 마당에 애초부터 참여를 아니 하면 모르나 이미 참여하였고 또는 중간에 자진하여 기권을 아니 한 만치 이 싸움에는 용이容易 선뜩 질 수가 없었든 것이외다.

학교는 이렇게 다녔고 하숙에 돌아와서는 그래도 배운 버릇을 놀 수가 없는지라 연극 구경에 분주하게 다니게 되는데 소파小波 방정환方定煥 형과 박승희朴承喜 형을 이 통에 알게 되었던 것입니다.

그러다가 우리 집에서 세상에 듣더니 처음인 조각이라는 것을 공부하는 줄 알고 이것은 약속위반이니 냉큼 법률을 전공하든지 그렇지 않으면 조선으로 돌아 오든지 하라는 최후통첩 비슷한 것이 오게 되었고 나는 내대로 답장까지 아니 하였더니 학비가 오다말다 하니 돈이 주머니 속에 육장 있어도 모지랄 판에 이게야 견딜 수 없어서 이 경제봉쇄를 돌파하는 방법으로 총독부 관비생이 되겠노라고 자천自薦 운동을 해보았더니 이것이 의외로 속히 되어서 인제는 마음 놓고 지낼뿐더러 이 바람에 집에서도 대체로 조각이라는 도장 파는 것은 아닌가보다 하여 안심도 하였을 뿐더러 학비를 주지 않고서 유학을 시키게 되었으니 아닌 게 아니라 해롭지만 않을뿐더러 시골사람들의 흔히 하는 버릇으로 자랑거리로 삼게 되었더랍니다. 좌우간 학비는 과히 군색치 않고 조각의 매력은 점점 느끼게 되는 판에 천재일우로 학교에서는 새 시험으로 3교수 분담제를 쓰게 되어 나는 현재 제국예술원帝國藝術院 회원 다테하타 다이무建畠大夢9 선생의 문하로 편입되기를 희망하였으니 이것은 세 선생 중에서 가장 인격이 고매한 것을 선모羨慕하였던 것이외다. 교실이 나누어지니 자연 맹렬한 경쟁이 생기게 되고 따라서 때로는 감정적 대립, 충돌까지 일어나서 물불을 헤아리지 않게까지 되었더랍니다. 학생들만이 이런 것이 아니고 선생은 선생대로 상당한 파쟁들을 하여 이 판에 승부야 어찌되었든지 간에 학생들 제각기 공부들을 맹렬히 하였고 또 한편 선생들에게서 도리어 용돈도 어디 쓰고 학비도 보조를 받고

---

9 다테하타 다이무(建畠大夢, 1880~1942). 일본의 조각가. 도쿄미술학교 조각과에서 교편을 잡았으며 제국미술원 회원이었다.

심한 친구는 술값도 타기도 하였지요.

그때의 학생들이라는 것은 지금 같이 하이칼라는 구경하려고 찾아보아도 한 사람도 없고 모두들 긴 머리를 여러 달 감지를 않아서 냄새가 무럭무럭 나며 또는 일부러라도 아사쿠사淺草 공원 근방까지 가서 야시夜市나 고물상을 뒤져가지고 구멍이 다 난 고화古靴짝을 신되 양말은 의례히 신지 않는 법인지라 호주머니 속에다 가지고들 다니는 패들이었습니다.

이 위에다가 제대로 한두 개씩 장기가 있었으니 그 예를 들어본다면 백주白晝에 등불을 켜가지고 드나드는 사람도 있었는지라 허허실시로 등불은 웬일이냐고 물을 진대 그 대답이 세상이 어두워서, 라고 하며 또 어떤 친구는 걸핏하면 나체무용을 하는데 그야말로 사내들끼리 보아도 해괴망측한 것이라 제발 그만두라고 청을 하니 뻔뻔한 이 친구는 프랑스 직수입이라고 지긋지긋한 박자를 맞추는 것입니다.

허둥지둥 세월을 보내기는 하나 마음의 한쪽에는 늘 궁금하고 께름칙한 것이 있나니 전부터 내려오던 '예술은 무엇이냐', '예술을 위한 예술이냐'라는 한 해결을 어찌 못하는 것입니다.

이 문제로 해서 때로는 선생에게 질의도 하여보았으나 실기가實技家인 선생은 대수롭게 생각하지 않고 그저 작고 모델과 싸우며 점토와 싸우면 자연 알아질 것이라고 할 뿐이었습니다. 본래 조각가, 화가, 음악가들은 일반상식은 아주 결여되다시피 된 사람들이라 이 선생님도 가끔 동문서답을 하시는데 일이 잘 되려고 그랬는지 어느 날 선생이 내 작품평을 할 때 화가 머리끝까지 솟아올라서 그 자리에서 두드려 부시고 아무 인사도 하지 않고 모자를 집어쓰고는 휙, 하고 나와 버렸습니다. 그때의 내 생각에는 '예술과 인생'의 명석한 개념의 파악이 당면문제이라고 자처하고 있을 판인데 구구區區하게도 실기의 세말細末을 비평받는다니 도무지 꼬락서니가 아니라고 생각되었을 뿐더러 집에 가서 톨스토이나 보고 생애를 보내는 것이 옳지나 않을까, 톨스토이는 내 머리 속에 늘 살아있어서 톨스토이 이전에 예술가가 없었고 톨스토이 이후에 또한 예술가랄 사람이 없다고 극진한 정을 가졌습니다.

나는 톨스토이를 배울까, 김삿갓을 배울까, 그대로 조각을 계속할까, 한 달 동안이나 긴 시간을 가지고 머리를 앓고 있을 판에 뜻밖에 선생이 자택으로 오라고 하므로 어느 만晩날에 찾아갔더니 5, 6시간을 두고 자기의 일생을 이야기하며 군도 지금의 위기를 벗어나야지만 전문의 길을 밟을 것이나 그러나 그 시기가 너무 속히 왔으니 해결은 장래에 맡기고 꾸준히 공부를 하여달라고 합디다. 그리고 자기의 문하 중에서 소위 사천왕의 하나라고 추어대며 여행이나 하여 머리를 쉬어가지고 공부하라고 타이르며 차비로 돈 20원을 주십디다. 그래서 나도 간단히 이것을 약속하고 말았지요.

그런데 인연이라는 것은 묘한 물건입디다. 이 선생과 이런 일이 있은 이후로 돈 교섭이 빈번하게 되었고 조선신극운동朝鮮新劇運動에 있어서 잊을 수 없는 토월회土月會 제1회 공연준비 금200원도 바로 이 선생님의 호주머니에서 나왔습니다.

─『조광』, 1940년 제6권 제3호

일보 형, 형이나 나나 간에 연극에 흥취興趣를 느끼는 사람이니 말이다마는 정말 연극 같이 젊은 사람들에게 '멋'을 알리는 것은 없을 것이라고 생각합니다. 처음으로 연극하는 단체를 가지게 될 때에 우리들은 푹 솟아오르는 흥분을 가졌더랍니다. 지금도 과거의 사진첩을 펴놓고서는 옛 청춘을 그리워하고 있지요.

토월회는 박승희 형메이지학원(明治學院), 연학년延鶴年 형상과대학(商科大學), 이서구 형니혼대학(日本大學), 박승목朴勝木, 제국대학(帝國大學), 임노월林蘆月 형과, 김명순金明淳 씨와 이제창李濟昶 형미술학교,[10] 아우 팔봉릿교대학(立敎大學)과 나와 매주 토요일 석양에는 반드시 카페 윤돈倫敦[11] 2층에 모여가지고 제각기 일주일 동안 연구하고 제작한 작품을 진열하여 가지고 토론을 일삼아 오다가 도쿄지진이 나던 해 여름 방학을 이용하여 가지고 우리들도 서울에 가서 무슨 짓이든지 한바탕하여 보자는 의견이 팔봉

---

10 이제창은 도쿄미술학교를 졸업했다.
11 런던(London)의 음역어.

의 선창으로서 의결되어 가지고 궁리하든 끝에 연극이 종합예술이니 우리들의 포부를 표현할 수 있을 것이라고 하여 급한 대로 우선 이름을 짓자고 하여서 인도의 시인 타고르[12]의 시집 『신월新月』을 그대로 써버리자고 팔봉이 말을 내놓았다가 하룻밤 지난 뒤에 '토월회土月會'를 하자고 역시 팔봉이 제의한 것이 반대 없이 가결이 되었지요. 그런데 이 토월회라는 명칭으로 하여서 나중에 수수께끼가 하나 생겼지요. 그것은 조선에 와서인데 서울사람들이 우리들은 꿈도 꾸지 못한 것을 이상스럽게 해석을 해서 토월회이니 또는 무슨 사상을 암시하는 것이니 하여서 시비를 들은 것입니다.[13] 좌우간 토월회라는 간판을 가지고 각본 선택을 시작하였고 한편 자금운동과 동시에 여배우 채용 등 손아귀에 남치는 일을 하게 되었습니다.

그리하여 박승희 형이 연극을 전공하니 각본을 도맡기로 하고 나와 팔봉과 그 외 여러 사람의 부서를 정하여 가지고서 개미떼 같이 일을 하는데 이 판에 먼저 말한 선생님께 200원이라는 돈을 얻은 것입니다. 그리고 팔봉은 출발대로서 경성에 와서 여배우를 비롯하여 극장 교섭 등의 사업을 보게 되었고 나는 도쿄에 있어서 배경과 의상을 준비하기로 하였지요.

경성에 있는 팔봉은 여배우로서는 고 이월화李月華 양과, 현재 만주국 육군중좌 이량李亮 형의 종매 이정수李貞守 양을 발견하게 되고 나는 동창생 중에서 야스모토 료이치安本亮一 현재 도쿄 아사히신문(朝日新聞) 만화반 기자[14]와 스기우라 토시로杉浦藤四郎, 문전 (文展) 무감사 양형의 원조로서 책임을 다해 가지고 6월 하순에 경성에 도착했더랍니다. 도착을 하여보니 서울의 여름은 성해질 판인데다가 매사가 처음 생각한 것과는 딴 판일뿐더러 제각기 집안에서 맹렬한 반대가 생겨 가지고, 한둘씩 탈출을

---

12 라빈드라나트 타고르(Rabindranath Tagore, 1861~1941). 인도의 시인이자 철학자. 1913년 시집 『기탄잘리』로 노벨문학상을 수상했다.

13 같은 해 북성회 회원 민태홍(閔泰興), 현칠종(玄七鍾), 이호(李浩)가 서울에서 '토요회(土曜會)' 라는 사회주의 사상 단체를 결성했다.

14 야스모토 료이치(安本亮一, 1901~1950). 일본의 만화가. 김복진과 도쿄미술학교 조각과를 함께 졸업했으며 이후 아사히신문사 학예부의 촉탁으로 만화를 그리기 시작해 주로 만화가로 활동했다.

하게 되니 이 일을 걷잡을 수 없는지라 진정 당황한 게 지내노라니 천운이 아직도 우리들을 버리지 않았던지 백조사白潮社의 제형 홍사용洪思容, 박월탄朴月灘, 박영희, 안석영安夕影, 원세하元世夏와 이승만李承萬, 이백수李白水, 이소연李素然 형의 찬조로써 조선극장에서 첫 무대를 밟게 되었습니다.

일보 형, 연극이라는 것처럼 '인생을 생활하는 것은 없느니라'는 말을 저는 말하여 보았지요. 그동안의 극장의 사정은 알지 못하나 그러나 나로서는 지레 짐작으로 그저 50보, 100보가 아닌가 하여서 고협高協의 심영沈影 형을 만날 때마다 쓸데없는 염려를 하게 되었습니다. 거의 매일같이 이월화와 이정수를 중심으로 하여, 연애합전戀愛合戰이 발발하지 않으면 도쿄파와 경성파의 권세놀음이 끊일세 없어서 고 연학년 군과 내가 거중居中 조정調停에 분골奔骨을 해가지고 겨우겨우 막幕을 열어보니 가지가지의 신통한 병신들이 있는 것을 발견하고 나 역시 악연愕然하였습니다. 예를 들면 연극쟁이가 별안간 벙어리도 되기도 하고 사지가 멀쩡하였던 친구가 웬일인지 벌벌 떨면서 뒷걸음질을 치기도 하지 않습니까.

일보 형, 그러니 지금으로부터 17, 18년 전입니다. 암만 생각하여 보아도 호랑이 담배 피던 때라는 것이 바로 이때였더라고 밖에 생각되지 않습니다. 왜 그런가 하니 조선극장에 즐비하게 앉은 관중이 도쿄당東京黨 학생이라는 문벌과 신극이라는 간판 때문에 꼼짝하지 않고 이 알뜰한 연극을 보고 있지 않습니까. 알 수 없고 수상한 것은 그저 자기의 무식한 탓이라고 돌리고서.

일보 형, 고삐가 길면 붙잡힌다고 이 노릇도 정도가 있는 것인데 처음부터 끝까지 이렇게 해놓으니 암만 무식한 관중들도 비로소 자각을 해가지고 조선연극 사상 잊을 수 없는 대소동이 필경에는 생기고 말았습니다.

"이놈들 이 도쿄당 학생놈들 돈 물어내라"

"이게 연극이냐 사람노름이냐"는 등의 별별 욕설이다. 나오면서 고함을 치고 펄떡 이러나서 야유가 시작되는데 본래 겁쟁이들인데다가 뒤가 꿀리는지라 말대꾸 한마디 할 줄 몰라 악옥樂屋에 모여 벌벌 떨고만 있으니 장내는 문자 그대로 아수라장이 되고 말았지요.

이게 토월회 제1회 공연의 수확이고 이것으로 해서 제2회 공연을 꼭 해서 설욕을 하자는 결의를 갖게 한 것입니다.

때마침 도쿄에는 대지진이 일어나고 보니 속히 도쿄로 돌아갈 수 없고 하니 에라, 연극이나 아주 해버리자고 나선 사람이 박승희 형이고 박형은 이래서 가정과 등지고 줄곧 예도藝道로 나갔으나 그에게는 간난艱難만 중첩할 뿐이었습니다.

일보 형, 토월회 이야기가 장황하였으나 그러나 토월회로 말미암아 나는 중요한 자기교육을 한 것이 있었습니다. 그것은 단체생활을 경험한 게지요. 사람의 문제를 짐작하게 되고 사람과 일의 관계도 몽롱하나마 몸으로서 배운 것입니다. 이후 나는 소위 통사학統師學이라고 할까를 연구해야 되겠다고 해서 육군조전陸軍操典 류를 계속했더랍니다.

일보 형, 토월회 제2회 공연은 '박수갈채' 속에서 막을 닫치고서 10월 하순 나는 도쿄로 향하였습니다. 몹시 그립던 도쿄라고 와보니 한없는 벌판에는, 이곳저곳 산더미 같은 잿더미만 있어 처참하기 짝이 없는데다가 인심도 왈짝 변해서 쓸쓸한 마음으로 가릴 수 없었더랍니다. 다행이 책과 의복과 금침衾枕을 찾았으나 한 몸을 둘 곳이 없어서 거리와 공원에서 방황하다가 어느 날인가 고 우소해禹笑海 형연극인을 만나서 그의 집으로 가서는 우선 안심하게 되었으나 공부에는 조금도 마음이 가지 않고 그저 먹자, 놀자는 판이었지요. 그런데 사람이라는 것은 그저 먹고 놀고만 해서는 견딜 수 없는 것인지 아직까지도 알 수 없으나, 그러나 놀고만 있자니 사지가 비틀리는 것 같기하고 한편 머릿속은 무척 초조해지는지라 우소해 형과 상의 끝에 바로 카마타투영소浦田投影所 근방으로 이사를 하여놓고 덴푸라天婦羅 장사를 시작하게 하고 나는 이 기회에 활동사진을 연구하여 보기로 하지를 않았습니까. 매일 조석朝夕으로 촬영소 출입을 하면서 모형과 세트를 제작하는 구경도 하고 지내노라니 학교의 일은 까맣게 잊을 수밖에 없었지요. 그런데 어느 날인가 급보急報가 왔습니다. 금년 가을 전람회에 출품준비를 하라던 선생의 명령인지라 이건 또 무슨 영문인가 하여서 학교를 가서 보니 과연 맹렬한 호접전蝴蝶戰개인 대 개인의병전(算兵戰)이 전개되었는데 학생간의 싸움이 선생간의 싸움으로 되고 또

학부형간의 싸움으로까지 되어서 심지어 구주九州 탄갱에 노가다까지 성군작당成群作黨하여 가지고 오게끔 되었으니 나로서도 일시 젊은 피가 부쩍 올라오는지라 에라 하고 덤뻑 뛰어들었습니다.

그런데 학비라고는 영화연구 하네, 하고서 다 써놓았으니 급한 대로 모델 비용부터 주선해야 하겠고, 또 다른 사람들은 시작들 한지가 1개월 이전이라 돌연히 마음만 조리다가 급기야 일을 벌이고 말았지요.

일보 형, 그 어느 때인가 모델좌담회에서 형과 더불어 이야기한바 같이 모델 조종법은 별별 상통한 짓이 다 있는 것입니다. 지금 일본미술원우日本美術院友인 시라이白井[15] 모某는 백주에 학교정원에서 원앙의 노래를 합주하다가 정원사에게 발각되어 1주일 정학을 당하기도 하였습니다마는 그 반대로 나는 몹시 모델을 학대하는 편이었더랍니다. 일보 형, 생각만 하여 보십쇼. 나같이 조선 놈이면서 키는 짱꼬로 같이 긴데다가 바짝 마르고 겸쳐서 얼굴은 만수산萬壽山, 석가산石伽山의 괴석 같이 되고, 돈이 없고 구변 좋아 없는 인물이 모델들에게 덤비었자 별 수 없이 뺨은 아니 맞는다고 치더라도 소문거리는 확실히 되지 않겠습니까. 그러니 일찍부터 변태로 나아가서 잔인한 학대를 해보자는 것이며 성욕학性慾學, 이 당시 성욕학 이라는 것이 학계, 논단, 예술계에서 심하게 떠들었습니다. 벽초(碧初) 홍명희(洪命熹) 선생께서 여러해 전에 말씀하신 것이 기억나는데 성욕학이라는 것 같이 연구하기 쉬운 것이 없었노라고 그것은 책이라고 몇 권 없었으니 말이고 또 젊은 사람은 누구나 읽기 쉬운 것이라고 하지였습니다이라는 책을 모조리 보고 있을 때라 이런 지혜쯤은 알 수 있는 판이었지요.

그리하여 지방에서 근친결혼 문제로 도망을 왔다는 여자를 구해다가 로댕의 이브를 본떠가지고 제작을 시작했지요. 일기日氣는 맹렬이 더워서 숨이 막힐 동안인데다가 오전 오후 줄곧 일을 하니 제 아무리 건강하더라도 견디기 어려울 터인데 우리 같이 약질이야 별 수 없이 병이 골수에 사무치게 되었는지라 이후로 아주 딴 사람이 되다시피 되었고 몸만 아니라 이 제작 때문에 생애를 통하여 중

---

15 시라이 야스하루(白井保春, 1905~1990). 일본의 조각가. 김복진과 도쿄미술학교 조각과 동기였다.

대한 두뇌의 부담을 가지게 되었습니다^{이 말은 나중에 하기로 하고서} 9월 초에 이르러보니 작품이라는 것도 거의거의 다 되고 하여 어느 날 모처럼 목욕을 가지 않았겠습니까. 목욕간에 가서 비로소 나는 각기병이 심한 것을 발견하고 허둥지둥 병원에로 가보니 의사 말이 절대 안정하라는 반결을 내립디다.

일보 형, 형도 도쿄에 길을 잘 알겠으나 카마타蒲田에서 오오모리大森, 시나가와品川를 거쳐서 우에노 공원까지 도보를 하면 약 5시간 걸리지요. 학비라는 것은 회비 25원 내놓고 모델 값 60원을 주고 하면 도리어 15원 부족이 생기는 판이니 전차표도 사지 못하고 걸어서 다니기도 하고 또는 저녁에는 카마타까지 돌아가기가 싫어서 학교교실에서 도적잠을 자는데 모기가 어떻게도 많던지 신문지로써 얼굴을 가리며 자다가 천동天動바람에 교자에서 떨어져서 학교수위에게 발각도 되고 하였습니다. 어쨌든 이런 모험 비슷한 벼락공부를 하였으니 각기脚氣는 그만두고서래도 무슨 병은 아니 나겠습니까. 그리하여 전람회에 출품수속을 동창에게 일임하고 조선으로 돌아왔습니다.

일보 형, 그 누구인가는 기억 못하나 사람이 두서너 번쯤 죽을 번하다가 살아나지 않은 사람하고는 이야기도 건널 수 없느니 라는 말이 있지 않습니까. 이 점으로만 본다면 나는 훌륭한 자격이 있습니다. 생사의 경지에서 보기도 한 두 번하였고 어느 때는 자살미수까지 하였으니 말입니다. 막론하고 도쿄역에서 기차를 타고 교토 근방까지 오니 숨은 목구멍까지 막혀서 통하지 않을뿐더러 다리는 어찌나 부었는지 양복바지가 찢어질 지경입디다. 눈은 아물아물 하여지고 귀는 울리는데 속칭 저승소리가 시끄러워서 견디다 못하여 맥주를 한 병 먹고 실컷 취해버리자 그래서 취한 중에서 죽어버리자고.

일보 형, 겨우겨우 하관下關에 와서 덮어놓고 기선을 타기에는 어려운지라 정거장 앞 병원을 찾아가서 머리가 반백이나 된 의사가 제법 자신 있게 아무 일 없으니 배를 타라고 하지 않습니까. 그래서 이 의사의 말을 신용하고 배를 탔더니 별안간 현기가 나며 몹시 가슴이 괴로워서, 이것을 잊어보자고 신문을 하나 샀습니다. 신문을 펴보자마자 맨 처음으로 눈에 띤 것은 일본 스이헤이샤水平社 간부 누가 충심증衝心症 각기로 급사하였다는 기사였습니다. 어허, 나도 오늘 이 배에서 죽는가보다 이렇게 생각을 하여보니 천감만래입디다.

나이가 24, 장가도 못가고 자식도 없고 하는 등의 슬픔보다는 그때도 '인생이라는 것은 역사를 만드는 것이라'고 어렴풋하나마 생각하던 시절이라 아무런 자취도 없으니 이 일을 어쩌면 좋을까 하는 것이었더랍니다. 이래저래 배는 떠났고 선실의 공기는 무거워지는데, 벽에 걸린 시계는 째깍째깍 소리가 나니 어쩐지 눈물이 나리며 '천국은 가까웠다'는 느낌이 나더군요.

그리하여 비몽사몽간에 '아이고 죽겠다'고 고함을 친 모양이여서 의사가 오고 선원들이 모여서 연방주사 놓고 얼음찜질도 하고 호령도 하고 사지도 주물러주고 이튿날 아침 부산에 도착할 때까지 법석을 피웠지요. 부산의 붉은 산 초가집, 흰옷 입은 사람들, 그리고 맑은 하늘을 보니 그저 몸부림을 치면서 이 속에 안기고 싶었습니다. 이전이나 이후에도 부산을 보고 부산을 지나기는 하나 그때의 그 감격을 갖지 못하오니 이건 야속한 나의 정이라고 할 수밖에…….

— 『조광』, 1940년 제6권 제4호

일보 형, 사람이 죽는다느니 예술을 한다느니 하는 것이 요즈음에 와서는 점점 도대체 그 무엇인지 알 수 없는 것 같습니다. 그런데 이 말은 요새 이의 말이고 그 당시 연락선 안에서는 무척 죽기 싫었고 또 겁도 납디다. 사실로 24세를 일기一期로 하고 세상을 하직하기에는 너무도 잊어지지 않는 것이 많았는데 젊은 혈관 속에는 허영과 장담과 위대한 장래가 났다고 줄달음질을 치니 어찌 종용從容한 처신을 할 수 있나요. 그래서 가진 발광을 해가지고 집이라고 와서는 6개월 이상 병상에 누어 있는 동안에 제전帝展에 입선이 되었다고 하여 도쿄에 있는 신문이나 경성에 있는 신문에서 쓸데없는 광고를 내어주니 아주 무슨 장원급제나 한 것처럼 뽐내보기도 하며 자랑도 하자고 해서 겨우 병상에서 일어났습니다. 그런데 이 통에 두 가지 숨길 수 없는 화제가 있는데 하나는 매일신보사 회면에다가 「6세모의 초입선」이라는 표제의 기사 중에 아우 기진이를 형으로 만들어놓고 '그 아이가 입선을 하였다니

참 반갑습니다'하는 담화가 발표되어서 우리 아버지가 노하여 가지고 신문사로 항의 비슷한 것을 하였더니 당시의 부장 이기세李基世 씨가 장문을 보냈고 이것이 기연機緣이 되어서 그 당시의 책임기자였던 정인익鄭寅翼 형과 알게 되었는데 정말이지 일보 형, 우리 형제야말로 바꿀 수만 있다면 내가 아우가 되고 기진이가 형이 돼서 형제를 다시 정하는 놀라운 생각을 훨씬 그전부터 하여 왔더랍니다. 그 까닭은 누가 보든지 간에 외양부터 나보다 더 나이가 들어보일뿐더러 언행도 훨씬 나보다 동양적이라 둔중鈍重한 편이 있는 것입니다.

철이 나서부터 내가 형 노릇을 해보자니 어디 영令이라고 서지 않으며 영이 서지 아니하니 그 따위 허울 좋은 직무는 애초에 벗어버리는 것이 우선 어깨가 무거워지지 아니 하겠습니까. 그래서 어느 날인가 우에노 공원 뒤에서 형제가 싸우다가 "에라, 폐일언弊一言하고 네가 형 노릇을 해라" 하고 말았지요. 그러니 나는 신문에 발표된 것을 보고 옜다, 차라리 잘됐다 하였으나 우리 아버지는 가장상속권을 문란시킬 수 없었던 것이랍니다.

또 하나는 소학교시대의 은사 박창화朴昌和 선생의 추억인데 이 박선생은 횡보橫步 염상섭廉尙燮 형과도 친근한 사이입니다. 나는 이 선생에게서 역사라는 것과 문화라는 것과 정서라는 것을 처음으로 배웠습니다. 선생의 초탈한 처세 속에서 큰 자신을 찾을 줄도 알게 되었고 선생의 극도의 절검節儉 속에서 개세慨世하는 탄식도 할 줄 알았습니다. 그리하여 이 선생에게 나는 심취하였고 선생도 꽤 귀여워하신지라 철모르는 나도 이런 선생의 앞날을 염려하는 나머지에 "선생님은 30까지만 사십시오. 이 이상 세상에 사신다면 자칫하면 꼴불견이 되시리다"라고 말을 드리지 않았습니까. 그랬더니 박선생은 물끄러미 내 얼굴을 보다가 웃어버리고 마십디다.

그런데 이 선생님은 이 말을 잊어버리지 않고서 그 후로 나를 만날 때마다 "복진이는 꼭 30에 죽을 터인가. 나는 어차피 죽지를 못하였으니 복진이만은 지저분한 꼴이 되기 전에 죽어주게"하시지 않습니까.

일보 형, 나도 일찍 이 죽을만한 일을 하고 죽을 자리를 만들어야만 하겠다고 늘 궁리도 하여 왔지만 이 박선생에게서 졸릴 때마다 정말 몸서리가 났습니다. 그래서 이왕 신문광고도 나고 한 이판에 무슨 특종기사나 만들자고 어슬렁어슬렁 상경하였지요.

서울에 발을 들여놓니 첫 박시로 석영이 표현파 활동사진 '칼리가리 박사'[16]라고 놀랍디다. 바짝 마른데다가 긴 머리에 검정 중절모라는 분장이 그렇게 보이였던 것이겠지요. 사실 미술학교라고 졸업은 하였으나 조각이라고는 원래 알아주지 않으니 그것을 해먹을 수 없고 그 외에는 내 쪽에서 팔아먹을 것도 없어서 거리로 빙빙 돌아다니다가 5년 전에 억지로 졸업을 한 배재학교에 도화교원이 되었더랍니다. 이에 연달아 청년학관, 경성여자상업학교에 관계를 가지고 한 시간에 1원 50전씩을 계산하여 받는 수입이 되었지요.

일보 형, 그때의 나는 중학교나 여학교의 선생이라느니 보다 꼭 그대로의 한 개의 직인이라고 자처하였지요. 그 까닭은 나이는 겨우 25세에다가 얼굴은 여드름 천지이며 아무 포부도 없고 경험도 없고 재간도 없는 인물이 사람의 일 중에서 가장 어려운 바의 사람을 가르치는 일을 참말로 할 수 있을 법합니까. 그래서 나는 어떤 학생에게든지 공연히 선언을 미리 하였습니다. "나는 여러분들보다 팔자를 잘 타고나서 윗선 몇 해 일찍 배재학교를 다녔고 또 도쿄를 가게 되었다고 하여 새로운 지식을 도매를 해가지고 와서 지금 여러분에게 두고두고 산매를 시작한 것인데 나는 이런 장사를 앞으로 그리 오래는 하지 않을 작정이니 그 동안 많이 사달라"고도 하였으며 또는 "나는 이런 장사꾼이니 내가 판매하는 이 장사 이외의 것을 내게 구하지도 말고 알려고도 하지 말아달라"고 한 것입니다.

일보 형, 지금의 나로도 늘 생각하는 것은 20대나 30대의 인물이 사람을 가르친다는 것이 과연 실수 없는 일일까 하는 것이니 그때만 하더라도 강단에 서서는 공맹孔孟의 도를 말하여 누가 보든지 간에 성인 비슷한 선생들의 사생활이라는 것보다도 교문 밖에의 생활은 불량학생 이상의 불不품행이 많았습니다. 선생

---

16   로베르트 비네(Robert Wiene)가 1920년 발표한 표현주의 영화 〈칼리가리 박사의 밀실(The Cabinet of Dr. Caligari)〉의 주인공 칼리가리 박사를 말한다.

이 이러하면서 학생을 감독하며 징벌하며 시험할 수 있는 것일까. 그러니 애당초부터 나는 장사꾼이라고 해버리고 말었던 것입니다.

교원노릇은 이렇게 하면서 한편으로는 총독부미술전람회에 출품작이라고 1년에 한 번씩을 하는데 청전靑田 이상범李象範 씨와 묵로墨鷺 이용우李用雨 씨 등의 동연사同硯社나, 춘곡春谷 고희동高羲東 씨의 주재하는 서화협회書畵協會나 이당以堂 김은호金殷鎬 씨 외 제씨의 고려미술원高麗美術院을 골고루 찾아다니며 폐를 끼쳐드리고 사람 대가리인지 개 대가리인지 알 수 없는 것을 제작하면서도 잠시나마 분위기를 만들어 보았고 그 분위기에 직접 들어가지는 못하더라도 율동이나 감촉해서 자위하다가 청년학관과 공영共營으로 미술연구소를 가장 근대적 설비로써 시작하였더랍니다. 서양화부의 책임자는 우료友僚 김창섭金昌燮 형이였고 조각부는 내가 담당하여서 연구생이 시세 좋을 때는 30여 명이었지요. 그중에 조선미술전람회의 성적으로서 본다면 특선급으로 구본웅具本雄 형이 있었고 다음으로 장기남張基南, 양희문梁熙文 등이랍니다.

조선에서 이곳 태생으로 조각을 조선에 수입하기로 결심한 사람은 나보다 4, 5년 전에 김진석金鎭奭이라는[17] 이가 있었다가 이는 불행하게도 연구 도중에 요절하고 그 뒤를 내가 밟았고 그 다음으로는 진남포의 곽윤모郭胤模 형이 생겼다가 애처롭게 병사하니 당시 도쿄미술학교 재학 중의 김두일金斗一 형을 통계하여 불과 4, 5명 이게 전부였고 문자 그대로 가난과 싸우던 시절이라고 할까요.

나는 이때를 가리켜 태생기라고 말하고 싶습니다. 먼저 말한 바와 같이 김진석은 요절하고 곽윤모는 어떤 사정으로 천명을 줄이고 김두일은 극도의 신경쇠약이 지금껏 쾌유하지 못하고 구본웅은 본래부터 건강치 못하였고 장기남, 양희문은 가정의 곡절로 재기하지 못할 사정이며 나는 나대로 10여 년 명암의 길을 밟게 돼서 이 동안은 아오 팔봉의 편지조차 자주 볼 길 없고 팔봉 역시 편지를 써야 보지 못하는 나를 슬퍼하여서 「바람에 부치는 편지」라는 산문시를 잡지에 게재

---

17 원문에는 김진국(金鎭國)이라고 잘못 기입되었다.

하여[18] 회포를 풀고 지냈으니 조각계의 태생기는 다른 부문의 예술보다는 훨씬 쓰라린 바 많았다고 말할 수 없을까요.

이와 동시에 미술비평을 『조선일보』, 『동아일보』, 『시대일보』의 세 신문과 『개벽開闢』, 『현대평론現代評論』, 『조선지광朝鮮之光』 등의 잡지에 게재하게 되었는데 지금 생각하면 머리에서 비지땀이 날 일이나 좌우간 석영 안석주와 같이 서와 화의 분류, 남화南畵와 동양화의 신新해석 미술의 사회성, 시대성의 적발 등의 제 문제를 해명하다가 기성 화단인의 생활근거를 위협하는 부작용이 커져서 선배와 동호同好에게서 투서와 봉변을 골고루 당하는 판에 나는 나대로 신천지新天地로 줄달음질치고 석영은 또한 신문사로 잡지사로 몸을 바쳐서 큰 욕은 면하였으나 그러나 미술도 미술전문가 내지 감상자로서 비평을 할 수 있고 또 자기의 의견을 공개할 수 있는 자유가 있다는 것만은 알려졌고 이 바람에 미술인들이 제대로는 내심 전전하여 소위 상아탑의 문을 열어붙이고 세상을 볼려고 하였다고도 말할 수도 있을 것 같습니다. 이러는 동안에 한편으로는 죄도 많았고 조금 공도 있었을 것이라고 할까요.

그 어느 때던가, 나혜석羅蕙錫 여사에게 욕을 먹었을 때에는 평생 욕을 해보지 않았고 주먹놀음을 해보지 못한 나로서도 분이 끝가지 나서 무던히 속을 태웠더랍니다. 상대가 여자이고 또 장소가 선전출품작가간담회 석상이며 논리보다 욕이 앞에서 덤비는 여사의 말문을 막기 위하여 한참 고생하던 것이 지금도 눈에 선하며 관재貫齋 이도영李道榮 선생이나 춘곡 고희동 씨나 정재鼎齋 최우석崔禹錫 씨나 김창섭 씨에게 폭언을 올려서 시비를 들었고 그 시비 끝에 절교 비슷, 봉변 비슷, 또는 담 너머로 물도 날아오고 하였지요.

—『조광』, 1940년 제6권 제6호

---

18 김복진이 1928년 제4차 조선공산당 사건으로 구속되었을 때다. 김기진은 김복진에게 편지를 썼으나 수취거부되었고, 이를 잡지 『대조』 1930년 제3호에 실었다.

예술가의 고난

미술비평의 말이 났으니 말이지 이것은 실기가實技家 이외에서도 가령 문사들 가운데에서도 해주었으면 하고 또 개성박물관장 고유섭高裕燮 씨 같은 분이 일부라도 맡아주었으면 하는데 그 다락은 실기가들이 하는 것은 많은 경우에 오해의 이삭이나 줍는 외에 별 수확이 없는 까닭입니다.

12, 13년 전부터 고유섭 씨의 문장을 나는 애독하는 사람인데 씨와 같은 인물이 현대미술을 지도하는 역할을 도맡으면 퍽은 다행한 일이 아닐까요. 이것은 그 동안의 생각이 아니고 상당이 연조가 오래이므로 엉뚱하나마 한마디 적었습니다.

일보 형, 나는 늘 직업이라는 것과 사업이라는 것을 분별합니다. 직업이 그대로 사업이 될 경우는 있어도 사업이 그대로는 직업이 되지 않는 경우는 많습니다.

왜 그런가 하니 직업이라는 것은 사람이 그날의 생명을 유지하기 위하여 불가부득이하는 것이라고 볼 수 있으며 사업이라는 것은 이런 따위의 것이 아니고 일생의 고락을 계산하지 않고 또는 성불성도 과히 문제되지 않는 노력의 길이라고 나는 하겠는데 이런 중에서 예술이나 과학의 길을 걷는 사람은 복을 많이 타고난 하나님의 선민選民인 동시에 이런 시퍼런 양반이므로 해서 세상일에 어둡고 약바르지 못하여 가진 고생사리를 하는 것은 조상 때부터 타고난 건 피할 수 없는 팔자일 것입니다.

기왕 남다르게 직업과 사업이 혼일渾一한 복을 가졌고 한편 이 복 때문에 고초를 당하게 되었으니 할 일은 할 것뿐이고 당할 행고幸苦는 또한 그대로 달게 받을 게 아니리까.

일보 형, 일은 하고 싶지 않고 비평욕은 당하고 싶지 않고 하여서 복잡괴기複雜怪奇한 파문이 먼저 말한 바와 같이 도처에서 발생한 것입니다. 그것이 집단화해서 제 단체가 생겼다 망했다하는 동안 신인은 배출하고 시세時勢는 제대로 달음질쳐서 눈 깜박 사이에 자기의 알몸만이 세상 밖에 뒤떨어져 짐짓 고영孤影 처참한 '작년의 미술가'가 생겨지는 이것을 구하는 방법은 오직 애무가 아니고 비평과 지도일 것입니다. 일보 형, 문단인 중에서 미술비평을 성盛이 해보라고 하여 주지 않겠소.

나야말로 도적질만 하지 못하고서는 별별 직업을 7, 8년 사이에 해보았습니다. 인쇄공장도 경영한다고 도하였고 구루마도 끌어보고 건축, 장식 청부업도 했고 신문기자도 하고 금속공장도 학교설립도 이러는 동안에 세속 일에는 정통하여지는 반면에 전문적인 사업은 위축하여졌으나 일종의 정력으로 흙장난을 아주 버리지도 못하다가 4년 전 발광하다시피 생활단계 전부를 뒤집어 놓아버렸습니다.

일보 형, 푸앵카레[19]의 과학개론 중에 이런 구절이 있습디다. "과학자는 체계를 조직하는데 대담하여야 하지만 동시에 자기체계를 파괴하는 데에도 용감하여야 한다"라고. 이것은 확실히 명언입니다. 그래서 나도 다소의 생활안정이 되고 보니 모든 것이 형식화되는데 가장 중요한 머릿속이 이것도 따라갑니다 그려. 여기에 이르러 나는 곰곰 생각하여 보았습니다. 이 생활을 이대로 하여 나갈 것인가 그렇지 않으면 여기서 한번 새로운 모험의 길을 스스로 구하여 볼 것인가를. 일보 형, 나는 지금도 아래와 같은 말을 썩 잘하고 다닙니다. 그것은 모험은 청춘이며 청춘은 곳 생명이라고요.

일보 형, 나는 모험을 좋아합니다. 그래서인지 나이보다는 몸이 젊어 보이고몸보다는 철이 아니 났다고 볼 만치 유치하답니다. 그래서 집을 똥값으로 팔고 세간살이를 이웃에 놓아주고 마누라는 진고개 여관으로 보내고 나는 도쿄로 가버렸는데 이 소득으로는 목조 하나와 파산하였다는 풍평風評이었더랍니다. 파산한다는 것이 그다지 쓰라린 것도 아닐 것이나. 여자로서는 아마 견디기 어려운 모양이여서 지금도 가끔 그때를 추억할 때마다 마누라가 늘 말한답니다. 도무지 두 번은 당하고 싶지 않다고는. 그것도 그럴 법합니다. 본래 내가 결혼이라고 할 때에 유산이라고는 숟가락 하나 없었고 선배의 덕으로 친구의 정으로 세간살이라

19　앙리 푸앵카레(Henri Poincaré, 1854~1912). 프랑스의 수학자, 물리학자. 특수상대성이론, 혼돈이론에 큰 업적을 남겼다.

고 만들어 놓았고 그날그날을 생활하여 가며 거의 자기착취를 하다시피 해가면서 화실을 건축하고 이 집에서 천년만년 자자손손이 지낼 줄 알았는데 천만 뜻밖에 하룻밤 새 이에 집을 팔고 도쿄로 가버리니 여자의 마음뿐만 아니라 누구든지 그리 쾌快할 바는 아닐 것이외다. 그러나 나는 나대로 큰 결심이 있었고 거의 배수의 진을 쳐서 조각의 요령이라도 이번 길에 붙잡지 못하면 발광을 하든지 죽든지 할 것이고 그렇지 않고 다소라는 흙냄새를 알아진다면 이 따위쯤은 회복하기 쉬운 것이 아닐까, 이렇게 궁리한 것이지요.

일보 형, 이래서 나는 모험의 길을 밟았습니다. 또 결과는 그리 비관하지 않도록 되었더랍니다. 노력을 하면 얼마쯤은 되는 일이라고 하는 진리를 알았지요. 하나 평소에 나를 신뢰하고 또는 나를 구해주던 선배나 요우僚友에게는 아직도 석연하게 되지 못하였습니다. 나의 반생에 여러 사람한테서 많은 신세를 입어왔으나 그중에도 격별格別이 큰 폐를 끼쳐드린 분, 귀사 사장 선생과 벽초 선생을 비롯하여 화가 박광진朴廣鎭 씨, 김은호 씨 등과 홍기문洪起文, 이갑섭李甲燮 형 등인데 이 모든 분의 덕분으로서의 얻은 생활을 일조에 부신 것이랍니다.

—『조광』, 1940년 제6권 제10호

시

S형^兄!

S형^兄!

안이^{安李}[1] 양형^{兩兄}이 극도로 쇠약해졌습니다. 계집애 가튼 두 분을 어떻게 모시고 갈지 이것이 걱정입니다. 여러 친구에게 말이라도.

승선할 때에 어떻게 골이 났는지!

두마음 마주치니

일어날손 분^忿이로다

주먹쥐고 돌았더니

창파^{蒼波}만 높았도다

마음껏 눌러보소

나오느니 피뿐일세

피인들 거져줄손

네몸의 간과피도

가슴깊이 못박힌몸

두려움 남았으료

못위에 못박으소

휘느니 못일게라

일흔밤 까마귀야

1　안석주(安碩柱), 이승만(李承萬)을 말한다. 『조선일보』 1926년 7월 25일자 기사를 보면 안석주, 이승만이 미술을 공부하기 위해 도쿄로 떠났고 김복진은 동행했다.

목메어 울지마라

네아무리 운다한들

검은몸 어이하리

검은몸 설어마소

습작삼곡 習作三曲

눈뜨면 먹을욕심
어두면 담요싸움
얼마나 더잘먹고
얼마나 덜치울까
인간이 본시이렇지
초탈超脫한놈 몇이리

널반지 격하고서
형제가 속태우고
딴놈과 한이불에
끌어안고 잠을자네
저사람 내골육骨肉보다
더가까운 몸인가

동문밖 우리집도
저달이 비치렸다
식구들 잠못자고
이밤을 세우렸다
대장부 이만생각에
눈물지어 어쩌노

시조 詩調

춘향이 낳은땅에
누구보려 내왔으며
몽룡이 아니어든
이몰골이 웬일인가
광한루 어디있는지
무를곳도 없구나
목청만 고아지면

좌담

미전작품합평

평자 : 이승만李承萬, 이창현李昌鉉, 김복진金復鎭, 안석주安碩柱
19일 본사 누상樓上

제5회 조선미술전람회에 출품된 우리들의 작품은 그 질에 있어서 1년 전보다도 장족의 진보를 수遂한 것은 세인世人의 공인公認하는 바, 이는 오로지 5인의 흔희불기欣喜不己하는 바이나 그러나 아직도 선전鮮展은 그 질에 있어서, 또한 양에 있어서 조선의 미전美展이 되기에는 그 거리가 요원하다. 이 점이 또한 5인의 유감 아님이 아니니 5인의 노력은 이제 아직도 100배를 더할 필요가 있다고 한다. 지난 19일에 미술가 제씨의 회합을 호기로 당석에서 이번의 미전합평을 열어 본란本欄 기자가 차此를 속기한 것을 좌에 게재하는 바이니 차 합평이 제사諸士에게 타산他山의 석石이 되지 않음을 망望하며 또한 끝으로 바쁜 시간을 아끼지 않고 합평을 하여주신 제씨에게 감사를 드리는 바이다. 문책제기자(文責在記者)

강신호姜信鎬 씨 3점

이창현 이 사람의 그림은 나귀 같다. 나귀모양으로 꾀를 부렸다.

이승만 주관을 어느 정도까지 이끌어가다 가고 만 객관에 붙잡혔다.

안석주 기교에 있어서는 제일이나 모두다 모작의 냄새가 많다. 그만큼 불완전하고 독특한 관찰이 없다.

김복진 안군은 모작이라고 말하지만 그거야 증거 없는 말이겠지. 〈악기〉에서는 만돌린이 제일 실감이 많다. 그러나 결점은 차 주전자가 미숙한 점이다. 모두 모작이라고 하지만 그것이 자기의 것인 이상이면 그만이겠다. 동씨의 3점 중에서는 풍경이 떨어져 보인다. 그 까닭은 타 2점만큼 요리할 힘이 없었던 까닭이다. 〈의자〉에 있어서 주관의 힘이 적어 보이는 이유는 의자가 재미가 없으면서도 의자의 다리가 앞으로 나온 곳에 이유가 있다.

이승만 그렇지만 똑같은 경향인 지변池邊보다는 낫다고 본다.

이창현李昌鉉 씨 2점

안석주 동씨의 작품은 전부 똑같은데 우리들을 에워싸고 있는 대기는 아침때와 점심때와 저녁때가 다 다를 터인데 그 표현은 같은 것이 유감이다.

이승만 그야 같을 수밖에. 그 그림은 어떤 진감眞感을 받아가지고 일종의 기분을 그린 기분화氣分畵인 까닭이니까. 각각 다른 것을 그렸다면 몰라도 동일한 정물이니까.

김복진 강신호 씨는 황색을 주조로 썼는데 반하여 창현 씨는 청색을 주조로 하였다고 본다. 그러나 강씨만큼 대상물을 탐구하여 들어가는 힘이 부족하다. 색채의 사용은 두 사람이 다 능숙하다. 시간과 기분이라는 것은 문제가 되지 않을 줄로 안다. 특선된 〈의자〉는 주름이 급격하여서 주체의 부드러운 맛을 파괴한 데 큰 결점이 있다.

이창현 내 자신이 이렇게 변명하면 우습지만 그것을 어째서 그렇게 했느냐하면 그 수건을 물이 쏟아지는 것 같이 나오게 하지 않으면 앞으로 나와 보이지가 않고, 더구나 책상에 착 부치면 책상이 거꾸러져 보일 듯하여서 그리 하였다.

김복진 그래서 전체에 파조破調를 일으켰다. 한 편과 한 편이 상반하여서 그와 같이 되었다.

이승만李承萬 씨 3점

안석주 〈첫 봄의 나의 보금자리〉는 그중에서 제일 효과가 있어 보인다. 다른 것은 일부러 '조작'한 것이 많지만 이것은 자연스러운 맛이 제일 많다. 그리고 다른 것은 대상에 대한 비판이 적었다. 〈정물〉은 배경의 주름이 너무 많아서 앞에 놓인 것이 눌려 보인다. 그래서 능금이 살지 못하고 죽었다. 그리고 테이블이 경사진 것은 그 이유를 모른다. 〈풍경〉은 앞의 기분은 대단히 좋으나 뒤에 있는 것은 신기루가 되고 말았다. 노작은 노작이다.

김복진 실패를 말하자면 너무 생각을 지나치게 한 것이 근본적 이유라고 하겠다. 본래에 이 그림은 배경에 재미 붙여서 그린 그림인 모양인데 그 배경이 너무 후중한 탓으로 능금은 실패하고 테이블은 살았다.

이승만 주관을 주관대로 끌고 나가지 못하고 부분에 붙잡혔기 때문에.

이창현 큰 색조를 가지고 부분을 살릴 수는 있지만 부분, 부분을 가지고 전체의 색조를 살리려고 하는 것은 안 되겠지요.

김복진 〈풍경〉은 너무 버터냄새가 나고 〈나의 보금자리〉는 기마구레[1]로 그린 그림이다.

백남순白南舜 씨 2점

이승만 이 그림은 흉내 내려고 하다가 안 된 그림이다.

이창현 보나르[2]에게는 언뜻 보면 남성의 기분이 있지만 그렇지만 여성미가 폭 쌓여있는데 백씨의 것은 그게 없다. 그러나 나혜석羅蕙錫 씨 그림보다는 낫게 보았다.

김복진 암만보아도 머릿속에 남는 것이라고는 없다. 이와 같은 계통의 것이선전에는 너무도 많다.

나혜석羅蕙錫 씨 2점

김복진 당초에 요지경 속이라 알아보지를 못하였다.

---

1   気紛れ. 일시적인 생각이나 기분.

2   피에르 보나르(Pierre Bonnard, 1867~1947). 프랑스의 후기인상주의 화가로, 전위 단체 나비파(Les Nabis)를 창립했다.

이승만 이 그림은 삼태기를 뒤집어 놓은 것 같아서 밑은 썩고 밖은 말랐다.

안석주 예술사진은 사람에게 온미溫味를 주는데……. 이 그림은 도모지 피의 약동을 보여주지 않는다. 결국 말하자면 일종의 도락道樂으로 이런 것을 그린 것에 불과한지도 모르지.

이승만 나씨는 그림 그것보다도 재료로 사람을 끌려고 한다.

김복진 요지경 속으로 보이는 산과 집의 관계를 더 명백하게 했으면 좋았다.

이창현 돌작을 놓은 것은 무슨 의미인지?

김창섭金昌燮 씨 1점

안석주 도무지 문제가 안 된다고 말할 수밖에.

일동동감.

장석표張錫杓 씨 2점

이승만 자화상은 태독 앓은 사람의 딱지 붙은 얼굴 같네.

이창현 얼굴의 데생이 틀렸다. 흑색을 많이 써서 추하다.

김복진 아직 그만한 정도에서 흑색을 쓴다는 것은 좀 생각할 문제겠지.

손일봉孫一峰 씨 2점

김복진 〈풍경〉에서 눈에 거슬리는 것은 인물의 키 같은 것이다. 그래서 도모지 안정이 없다. 그리고 그것에서 제일 성공할 점은 광선의 변화, 어떤 때 인지는 몰라도 그때의 기모찌[3]가 좋은 것이다.

안석주 그 사람의 그림은 꼭 삽화 같다. 삽화라고 생명이 없을 수는 없겠지만.

이승만 기교로는 제일인데 색에 대해서는 너무 변통變通이 없이 고집하였다. 어떤 한 개의 형型에 붙잡혔다.

---

3 気持. 기분, 마음.

이창현 정신이 없다. 말하자면 기술적으로 자기가 배울 필법대로 그대로 고집하여 가지고 있는 탓으로 변통성이 없다.

안석주 그러나 일보만 더 진약進躍하면 좋은 작가가 될 희망이 있다.

이창현 그렇지만 무엇으로 특선을 주었는지 모른다. 두루마기는 도무지 불필요한 존재인데.

일동동감.

─『시대일보』, 1926.5.23

평자 : 이승만李承萬, 이창현李昌鉉, 김복진金復鎭, 안석주安碩柱

19일 본사 누상樓上

노수현盧壽鉉 씨 작품

김복진 〈고사영춘古舍迎春〉에서 제일 좋은 것은 대담한 것이다. 그런데 한 가지 불만을 말하면 잎도 트기 전에 끝이 너무 붉은 것이다.

이승만 그리고 앞이 너무 비었다. 쓸쓸하다.

김복진 산에 지평선이 너무 곧았는데 좀 더 굴곡의 해조諧調가 있었으면 좋았을 것이다.

안석주 동감.

이상범李象範 씨 작품

안석주 〈첩장疊嶂〉은 작년의 〈소슬〉을 본 느낌과 같네.

김복진 〈초동初冬〉은 태작駄作이다. 이유는 밭 뒤의 아지랑이와 밭 앞의 물 때문에 밭이 벙그렇게 떠 보이는 데 있다. 데생이 부족, 그리고 〈첩장〉은 산세의 중계中繼가 위태로웠다. 그리하여 그 위태로운 중계를 연결하고자 청나라식 탑을 놓았지만 이러한 화법은 1, 2세기 전이면 융통이 되겠지만 지금은 시대가 다르다.

안석주 발달한 감각을 갖지 못한 사람 같아 보이더군.

김경원金景源 씨 작품

김복진 〈춘난春暖〉은 이 사람의 것으로는 제일 낫다. 그런데 한 곳과 보랏빛 꽃
    이 안 되었다. 잎사귀는 전부 잡았다.

이창현 수繡 놓은 것 같다.

일동동감.

김복진 벌은 구래舊來의 화법으로는 썩 잘되었다.

이한복李漢福 씨 작품

김복진 〈수睡〉에는 오리 눈깔을 그리지 않았으면 잠자는 기분이 나왔을 터인
    데. 이 사람이 어떻게 생각하고 흰 오리를 앞에 놓고 색 오리를 뒤에 놓
    았는지 모른다. 물도 그려볼 생각을 하기를 바란다. 〈춘난〉은 이렇게 수
    락隨落하면 불쌍하다.

이영일李英一 씨 작품

이창현 꽃에 홀려서 전체의 조화를 잃어버렸다. 원근이 불명하다.

김권수金權洙 씨 작품

이승만 김은호金殷鎬 씨가 보이지 않더니 그 대신으로 나온 것은 반갑기는 하나.

김복진 재래의 미인도에서 진화되었다고 할 수 있다. 그러나 머리와 하반부가
    대단히 위태하다. 좀 더 미인도를 잘해볼 작정이면 발을 그릴 필요가
    있다. 주름살 진 곳에도 다른 곳과 마찬가지로 문양을 똑같이 그린 것
    을 보면 기교가 없다.

안석주 화장품 상회의 포스터에도 불과한 작품이다.

김복진金復鎭 씨 작품

안석주 조각에서는 김군의 작품이 제일 우수한 듯한데 군의 것은 속히 집어치운 것인 까닭인지 정서가 침착하지 못하다. 그리고 동체胴體를 보아서는 신장이 짧았다. 그게 큰 문제는 아니나 표정은 소녀다운 맛이 드러났다. 그리고 왼쪽 팔은 전체에 비하여 온미가 있고 실감이 있다.

김복진 안군의 말과 같이 동체가 길고 짧은 것은 문제가 아니나 머리가 너무 큰 것은 실패다. 또 한 가지 결점은 어떤 한 개의 덩어리로서의 안정이 없고 여자의 몸뚱이로서는 관지觀者에게 육박肉迫하는 박진력이 적은 것이다.

장기남張奇男 씨 작품

이승만 〈W의 목〉은 데생이 틀렸지만서도 코가 비뚤어졌는데도 비뚤어진 이상의 실감이 있다.

안석주 김군의 터치와 비슷한 점이 많으나 장래에 대해서는 희망을 들만한 힘이 있어 보인다.

김복진 도변渡邊이 해보다도 나은 작품인데. 대체大體에 있어서 착안점이 크다. 그만큼 미숙한 점은 있지만……(이상).

기자부언 이외 제씨의 작품에 대하여는 평자 제씨가 한 가지로 기억에 남지 못하였다는 이유로 합평을 못하였습니다. 이것을 부언하여 둡니다.

—『시대일보』, 1926.5.24

경성 각 상점 간판 품평회

심사기자 : 김복진金復鎭, 안석주安碩柱, 일기자一記者.

간판품평회. 별다른 뜻이 있는 것 아닙니다. 조선사람의 상업계에 조금이라도 참고가 될까하여 김, 안 두 분을 괴롭게 하여 간단한 평을 청한 것입니다. 다행히 상업계 제씨의 이해있는 애독이 있으시기를 바랍니다.

기자 여보, 종로 3정목으로부터 시작하기로 합시다. 이외에도 물론 간판 달아 놓은 상점이 없는 바 아닐 것이나 별로 눈에 띠일 만한 것도 없을 것이며 다른 의미로 눈에 거슬려 보이는 것도 없을 것 아니요. 그러니 이 집부터 시작할까요.

복 백목옥양품점白木屋洋品店의 위치는 약간 동남향일뿐더러 넓은 십자로가 앞으로 비뚤게 있고 상점 건물로는 협착한 편이나 간판의 효과로 인하여 도리어 그 협작한 푼수가 서툴게 눈에 띠지 않지요. 이 상점의 위치로 또는 도로의 형세로 어디로 보든지 원거리에서 통행인의 시선에 잘 보이도록 하는 것이 득책일 것입니다. 가령 고층의 건물이라면 하필 간판의 힘을 차용할 까닭도 없을 것이나 이와 같은 상점에서는 간판으로서 주목을 끌 필요가 있다고 봅니다. 이 집 간판은 원거리에서 특이하게 시선에 들어옵니다. 그러면 그 원인은 어디 있을까요. 그것은 자체의 광협으로서 심오하게 보이는 데에 있는 줄 압니다. 좀 어두운 듯한 상점 내부와 간판에 깊이 보이는 것과의 조화의 묘를 얻어 간판 제대로 분리하여 있지 않음에 있는 줄 압니다. 원거리뿐만 아니라 근거리에서도 흥미 있는 자체로 하여 상당한 효과가 있다고 생각합니다.

석 (동감)

기자 그 다음 혼상구영여축산목공장婚喪具靈轝築産木工場은 어떻니까.

복 아, 이 집은 자기네의 특색을 알도록 하였습니다. 그러나 간판이라고 의식하고 한 것은 실패하였지만 2조條의 상여용 단청한 목편으로 하여 '무언의 간판' 진정이 설명이 다 되지 않은가 합니다.

석 형의 말에 나 역시 동감이오. 그러나 그러한 형식과 그러한 색채는 우리들의 눈에 젖은지 오래여서 별로 감촉이 적으나 외국인 관광단의 호기심에 충족할 따름이겠지요. 그러나 상여관가喪轝貫家로는 그럴 뜻 싶은 맛이 없지 않았으나 그것은 간판의 효과가 아니라 건물이라든지 거기에 칠한 단청같은 것이 그러한 느낌을 주는바 그것을 일종의 간판이라고도 간주할 수 있을지 모르지마는 그것은 그대로 좀 눌러봅시다 그려.

기자 여—동아부인상회東亞婦人商會의 간판이야말로 아담하지 않습니까. 원래 부인 상점이래서 내 눈에 그렇게 보이는지 모르겠으나…… 하하하 자, 어떻니까.

석 모든 것을 그러한 관념으로 평한다면 결점이 잘 안 보이겠지요.물론 결점만 본다는 것이 평이랄 수 없겠지만 나는 이렇게 봅니다. 만약 그렇게 큰 간판으로 지붕을 싸서 세워놓지 않았으면 가뜩이나 얕은 건물에 그 안에 실린 상품들이 퍽 빈약하게 보였을 것이지요. 그러나 이곳 간판 외에 그 상점의 상품들을 구체적으로 표현하려고 애쓴 듯한 간판이 적은 것 같으며, 될 수 있는 대로 조선풍을 이용한 것이 조금 친절해 보이는 것 같구려. 그러나 색채가 너무 복잡하여서 길 가는 사람의 순간적인 시선에 촉감이 달하지 못하고 따라서 괴롭게 하는 느낌이 없을까 합니다.

 좌우간 그리 잘 되지는 못하였습니다. 첫째로 부인상점이니까 여자의 화상
畫像으로 간판 전부를 차지한대야 망발은 아닐지나 제법 커다란 상점으로는
취하지 않을 일이지요. 그러고 로마 고화古畵라든가 반나체의 그림이 이 상
점과 어떤 관련이 있을까요. 우스운 말이나 역시 지나다니다가도 간혹 로
마 고화를 복사하여 놓은 것은 다른 의미로 보기는 합니다. 그러고 가장 간
판으로서 서투른 것은 덩치로 좋은 효과를 얻으려한 것입니다.

기자 이화양행양화부梨花洋行洋靴部의 간판은 이상하지 않습니까.

복 네 사실 그렇습니다. 옛날 어떤 집인지는 기억에 남지 않았으나 이와 같은 것
이 있었습니다만, 이것은 간판으로 나쁜 편은 결코 아닙니다. 더구나 의외로
제이 덕원상점德元商店의 황색 간판으로 하여 눈에 더 잘 띠게 되었습니다. 이
런 것을 차경借景이라고 합니다. 간판이라든가 건축에 있어 차경이 얼마나 필
요한지 모릅니다. 앞으로 이 점에 유의를 한다면 가관일 것이외다.

석 기관이라는 것은 조금 과장이겠지요. 내 언젠가 서양 잡지 광고면에서 그
와 비슷한 것을 보았고 그 뒤에 언젠가 본정통本町通에서 본 듯싶습니다, 그

러나 모작도^{간판 같은 데에는} 좋은 것을 모작함은 추작^{醜作}보다는 훨씬 나을 것 같습니다. 대관절, 우리네 상점 간판으로서는 파천황^{破天荒}이 아닐지요. 그 것은 양화점이라는 것을 누구나 짐작할 수 있을 것 같은 까닭에……

기자 아차 잊었군. 너무 지나와서 보지 않고 평할 수는 없지만 임모자점^{林帽子店} 간판 이 어떻습니까. 실크햇 쓴 서양여자가 만돌린 뜯는 그 앞에 준수한 서양 미^美남 자가 앉아 있는 것이라든지 그 뒤에 풍경이든지 몹시는 정서적이 아닙니까.

석 별 말씀을 다 하십니다. 그 간판이 그 모자상점과는 아무런 관련이 없는 것 같지 않아요. 바로 그 곳에서 실크햇 만 판대도 쑥스러운 감이 없지 않은 데……. 그러한 간판으로 고객을 끈대 서야 자가 명예에 손상이 아닐지요. 그 리고 광무대 배경과 근사한 풍경 앞에  우리네의 인물과 생활에 격리한 그 풍정으로 된 간판이 우리와 무슨 관계 가 있겠습니까(고객이 우리네 중에 많은고로). 바로 간판의 의의를 떠나서라도 객을 끌기만 하자면 다른 격렬한 자극성이 있다든가, 마술 이상의 유혹이 필요치 않을까요. 나는 이렇게 말 하고 싶습니다. 상업은 그 대상자에게 아 첨을 하여야 합니다. 그래서 상대자의 생활을 침범하여야 성공합니다. 상 업이 남의 큰 국가를 획득하는 데에도 큰 임명을 가진 것 같이.

복 물론 그렇지마는 추한 것으로 신기한 것으로 이것으로도 특이한 효과가 없 지 않은 것입니다. 정칙이야 아닐 것이나 조선에 있어서 이런 예가 퍽 많이 있는 데야……. 어쨌든 이것은 자미 적게 눈을 끄는 간판입니다.

기자 이 동양제약사東洋製藥社의 간판은 어떻습니까. 그 조그만 간판에 그대로 '약'이란 글자 하나만 썼으니, 눈에 띄기는 얼른 띄지만 미관상으로 좋을까요. 나는 미의식에 결핍한 사람이지만요.

복 아니요. 미관 같은 것은 문제가 되지 않습니다. 대체로 간판 자체가 그리 아름다울 것이 아니요. 이런 것이 있는 세상에 거저 그대로 보는 수밖에요. 한담은 고만두고, 지금까지 본 중에 가장 낫습니다. '약'이라는 글자에 외곽의 청선靑線으로 퍽 많은 공과가 있는 줄 압니다. 이런 것이야말로 간판다운 '간판'이라고 보지 않을지요. 질로 있어 말입니다.

석 대체로 동감입니다.

기자 이번에는 책사冊肆간판을 평해 보시지요. 책사간판이 여러 개가 다……. 비슷비슷하니 한꺼번에 평하시는 것이 좋지 않을까요. 나 역시 감심感心은 못하겠습니다마는 덕흥서림德興書林, 동양서원東洋書院, 박문서관博文書館, 영창서관永昌書館 등.

석 다 똑같이 보잘 것 없습니다. 책사간판이라 그렇겠지만 서적조합에서 결의하고 세운 것인지는 모르겠지만 글씨도 신통치 못한데다가 테두리의 빛과 바닥의 빛이라든지 책사 하는 이는 박식일 터인데 어째 그렇게 몰각된 간판인지? 가장 우스운 것은 그 여러 곳 책사의 간판마다 난로연통煖爐烟筒을 그 간판 앞을 가려 뽑은 것입니다. 자기네들은 상당한 이유를 붙이겠지만…….

복 아까도 잠깐 말하였지만 차경이라는 것을 말하며 볼까요. 차경이라는 것은 남의 것을 자기에게 유리하도록 빌려 쓰는 것입니다. 간판이라는 것은 도시 경쟁의 의미를 가지고 있는 이상 두뇌의 맑은 사람은 이 점에 성공하는 것입니다. 서점하더라도 반초서식半草書式으로 거의 무식하게 커다란 것이야만 할 것은 아니지요. 안군의 말에 전부 동감이외다.

기자 청년회관靑年會館 아래 층 줄행랑 비슷하게 있는 상점들의 것은 어떠합니까.

복 여기에는 전부 간판의 경사가 잘못되었다고 봅니다. 무엇 무엇 할 것 없이 이 점이 가장 큰 결점이겠지요.

석 우불렁 좌불렁한 간판! 기독교 편의 유일한 청년회관의 신성한 외관이 훼상毀傷되었다고 느껴지는 것이 좀 애석할 따름이라고 할 수 없을지?

기자 이크, 유창상회裕昌商會, 종각 앞에 있는 집이야말로 익살맞고 퍽 높군. 삼각형 집이 종로 사거리에 섰다면 조선서는 미국 싱거회사보다도 더 유명해지겠군. 저 간판 좀 보아. 지상으로부터 10,000장이나 되는 벽에……. 여보시오, 두 분 아직 개업도 안한 위관을 갖춘 상회이니 너무 깎지는 마시오.

석 남 새로 지은 기형의 집을 깎다니, 말씀이 됩니까. 그 집의 간판은 어찌 높은지, 삼각산에서 보아야 하겠군. 여보, 기자선생! 나 목말을 좀 태워주시오. 이거 내 키도 작고 기자 영감의 키도 짧아서 어디 보입니까. 이거 다리가 떨려서 이 간판은 나는 평하기 싫습니다.

복 서양 사람의 말을 빈다면 일본여자의 화장이야말로 얼굴은 관 속에서 바로 뛰어나온 사람 같이 창백하고 목으로부터 아래는 황갈색이라고 합니다. 이와 마찬가지로 상점의 간판도 소비자에게 자기의 상점의 존재를 알리는 한편에 상점 자체를 장식하는 것입니다. 그러면 이 집에 이 같은 간판이야말로 서양사람 아닌 우리로라도 넉넉히 일본여자의 화장과 다름이 없는 것을 알 것입니다. 대체로 근대식 건축에 반원의 간판이 어째서 당하느냐는 말이고 예각의 건물에 둥글넙적한 반#초서체가 어째서 격이 맞을 리가 있느냐는 말입니다.

기자 자, 이제는 화평당약방和平堂藥房 차례입니다. 이 간판은 그 몇 해가 되었는지? 조금도 변하는 일이 없으니 그 간판에 맛을 들였는지는 모르나, 어쨌든 이것은 어떤지요.

복 시대착오의 대례복임은 인물 간판이야말로 웃음거리라고 하고 싶습니다. 가장 추한 것이 가장 눈에 띠는 것이니 이하 그림이든 무엇이든 간에 해롭지 않다면 않겠지요. 이것 가지고서도 참말 지금껏 화평하게 해왔으니 문제는 없으리라.

석 똑 인단仁丹 상표와 비슷하지 않아요? 간판을 보고 느껴지는 것은 그만큼만 돈을 모았으면 더 모을 필요가 없다는 듯이 보이는데, 어찌 생각하면 좋은 생각인지 모르나 조금쯤은 우리 상계 전체의 체면도 생각하는 점이 좀 있었으면 하였습니다. 그러니 외관부터 좀 개량했으면 어떠할지요.

기자 식도원食道園도 지나가는 길이니 한마디 해볼까요. 1등 금패의 수령이라고 뒤떠드니 말이지.

복 이런 간판은 식도원 격에 그저 맞은 것이라고 압니다. 이국정서를 자아내야 족대친구足袋親舊를 끌게 되니까. 그러나 한걸음 더 나서서 간판뿐만 아니라 현관 장치도 같이 하면 그 효과가 더 크지 않을까요. 언제든지 간판 제몸 혼자 서지 못하는 것이외다. 건물이나 간판이나 서로 좋은 조화가 있어야만 그때야 비로소 간판에 제가 뜻한바 위력이 생길 것이라고 봅니다.

석 도대체 지금까지에 평한 간판보다 별취미를 끄는데 그 황금만능의 상징인 바닥에 도금한 간판, 그 싸리비로 쓴 것 같은 쌀쌀 글 보이는 글자 어쨌든 그 영리하게 생각해낸 그 간판은 족히 써, 남촌양반들의 환심은 도 맞게 된 듯. 돈 많이 버시오.

기자 큰 광교 모퉁이 옛날 오복상점^{五福商店} 터가 여러 번 간판이 변하였는데 지금 복도상점^{福島商店}은 꽤 오래하고도 좀 번창해가는 모양이니 그 주인이 용돈을 덜 쓰거나 수단이 전 사람보다 나은 모양이지. 아차, 군소리로군. 저 간판은 어떠합니까.

석 퍽 예리한 뇌수^{腦髓}를 가진 이의 수단으로 된 간판이올시다. 그것은 애초의 복도상점의 간판을 3색 선을 건너지른 그 우해 '원가제공'이라고 쓴 간판을 가려버린 것, 그 간판 자체의 색조라든지 선이라든지가 좋다는 것이 아니라 시세를 따라서는 본래 있어야만 할 것을 가려버린 용단! 식슨에 있어서는 어떠한 방법을 해야 고객을 끌 수 있다는 것을 생각하는 듯싶은 것입니다.

기자 백상회^{白商會}는 어떨까요.

복 내가 보던 중에 가장 나쁜 편이라고 하고 싶습니다. 이런 형식의 간판은 두서넛 있는 모양이니 앞으로 통틀어 말하는 것이 좋지 않을까 합니다.

석 기왕 말이 난 김에 해버립시다. 철망사로 얽어 짠 간판, 하절에만 소용될 간판이 이 추은 심동에 우르르 떨고 있으니 보는 사람이 더 춥습니다, 사의^{紗衣}를 두룬 미인의 육색이 더 아름답다는 맛에 그 간판이 필요한지는 모르나 그 배경인즉 오래 전에 백색 뺑끼[1] 칠한 양철조각으로 가린 먼지가 켜켜이

앉은, 마치 도깨비 서식터 같은 그 뒷맵시 — 모두가 <u>으스스</u>하여서……. 이 런 망사 간판을 쓰려면 망사 뒤가 깨끗한 데라야 할 것입니다.

기자 금강상회金剛商會 간판이나 잠깐 말하여 보기로 합시다.

복 이 집은 여러 번 변한 듯한데 예나 지금이나 똑같습니다. 대관절 이렇게 큰 집에 그 간판 가지고서 친할 맛이 생길까요.

석 그러나 쓸 데 없이 번잡한 것은 그 결과가 추醜밖에 없습니다, 도리어 그렇게 단조로운 것이 나을 것 같지만 시기가 시기라, 간판의 효력이 클 것 같은데.

기자 아따, 그 간판에 글씨 간격을 교묘하게 떼였군. 영창피永昌皮하고 그 가운데로 마크를 집어넣고 '혁상회革商會'라 하였으니 그 가운데 마크를 집어던지고 '한' 자 를 집어넣었으면 '영창피한피혁상회'가 되겠지 하하하. 그 간판은 어덯습니까.

복, 안 일시에 웃어버린다.

---

1   뻥끼(ペンキ). 페인트.

기자 여기는 좀 뚝 떨어져 오는 곳이 되어서 퍽 외로워 보이는 약방인데 은송정銀松亭 옆에 바싹 대어 서있는 천일약방天一藥房 황금정黃金町 지점 간판은 어떠합니까.

석 큰 간판이라든지 그 기동마당에 건 간판이 누가 보든지 건재乾材약국으로 보입니다. 종류는 식도원 간판과 비슷하나 좀 상품적인 것 같습니다.

복 잘 된 것입니다. 목각 주련도 간판의 역할을 하지 않습니까. 딱한 것은 조금 전에 장영약상점張永樂商店으로부터 식산공사殖産公司에 이르기까지 어쩌면 그리도 똑같은 것을 달아놓았는지 알 수 없는 일이오.

기자 광화문 턱으로부터 종로로 걸어내려 갑시다. 웬일인지 그리 눈에 번쩍 띠는 것이 없지 않습니까.

복, 석 글쎄 그런가봅니다.

기자 영성양화점永成洋靴店이 먼저 눈에 듭니다 그려.

복 사실입니다. 그림에 이상한 맛이 있어 천하지도 않고 그럴듯하게 보이니 성공이겠지요.

석 동감이외다.

기자 여기는 덕원상점인데 지점이 두서넛 되고 동아부인상회까지 경영한다는 소문이 있는데 이집 간판은 어떠합니까.

석 글쎄요. 생각하던 것과는 딴판이올시다. 본점이나 지점이나 보잘 것 없습니다. 내용 충실을 목적하는지는 모르나……. 그런 상점에서 자체를 위하든지 시가미市街美를 돕기 위하여서 간판을 없애든지 거기에 주력하든지 해 보았으면 합니다.

복 무언無言.

기자 그러면 그 집과 나란히 붙은 한영공사漢英公司의 간판은 어떠합니까.

복 그저 그렇습니다만 이 집 것이 덕원상점 것보다는 낫습니다. 하나 글자의 두테를 보이려고 따로 선을 긋는데 이것을 위로 바꾸었으면 어떨까합니다. 간판 양편에 세공한 기둥도 간판이 높이 달린 만치 그리 신기하지 못한 것이외다.

석 침묵.

기자 여기 오니까 생각이 나는구먼……. 화신상회和信商會는 어떻습니까.

석 글쎄 이곳은 종로 네 거리에서도 누구나 얼른 눈에 띠는 터전에 처한 그만큼 더구나 조선 시가지의 중앙인 만큼 여러 가지 점으로 생각을 많이 가져야 할 줄 압니다. 그러나 아주 추물은 아닌 줄 압니다.

복 황금색 바탕 큼직하니 그럴 듯합니다. 자신이 있어 보이고 이름 날리는 상점의 간판답습니다.

기자 종로경찰서 옆 김홍호판매점金興鎬販賣店하고 재판소 모퉁이 대륙고무경성총판매점京城總販賣店하고 그 위치라든가, 인연이 이상하게 되었으니 어찌한 말하지 않을 수 있을까요.

복 글쎄요. 김홍호판매점은 잡다한 형식으로 특이하나 야만인 장신술裝身術과 우열이 없을 것이며 대륙고무경성총판매점 것은 이와 같은 식으로써는 제일 낫다고 압니다. 어째 그런가하니 철망에나 목편 위에 글자에 글자를 얹어놓은 것은 글자만이 똑똑히 눈에 띠는 동시에 가깝게 보임이 이 형식의 장점일 것이외다. 이것에는 필요한 요건이 있으니 별 것이 아니라 배경이 좋고 그름에 있는 것이외다. 숫제 배경이 잘 보이지 않도록 만들어 놓은 이 집이 가장 낫다는 것입니다.

석 동감.

기자 한창상회漢昌商會, 이완식상점李完植商店, 종성상회鐘聲商會는 대개 비슷한 간판인데 평하실까요.

석 추루醜陋한 그림으로 제작한 간판보다는 평범합니다. 평범한 그 만큼 평할 양단간兩端間의 특징이 없습니다.

복 포목점 저의끼리 포물점은 제대로 고무신 장사도 공론들 하고 서점도 이와 마찬가지로 간판들을 하여 놓으니 아마도 무슨 규약이 있음이 아닐까요. 특종의 현상이올시다.

기자 자작제화소自作製靴所라니 어디 것은 타작이 있습니까.

복 이름이야 어쨌든 간에 전체로 잘 된 것이외다.

석 탄아하고 도안적인 그 간판은 그곳에서는 정제精製를 의미하는 것 같습니다. 여자화靴 전문인만큼 그 간판도 산뜻하다고 할지 그러나 측면 간판은 거기에 비류比類 못 되는군.

기자 그 다음으로는 조선부인기예사朝鮮婦人技藝社! 그 간판이야말로 얌전한 색시 같지 않아요?

석 간판은 꼭 그림이 아니면 안 된다는 정칙이 어디 있겠습니까마는 그림이 서양풍이라서 그렇지 기예사라는 것은 표명된 것 같고 글씨도 그 그림과 조調가 됩니다. 탄색으로 그만큼 눈에 띄는 듯하는 것으로는 몇 안 갈 것 같습니다. 그러나 좀 허술해진 느낌이 없을까.

복 썩 묘합니다. 상점 전부로 통일이 잘 되었습니다. 안군 말과 같이 단색으로 그만큼 쾌력이 있는 것은 드문 것이외다.

기자 경일양화점京一洋靴店도 보고 가지요.

복 양화점으로 필요한 그림만 그려놓은 것이 이 상점으로서 온당한 일이겠지요. 그러나 모퉁이에 붙인 것은 보기 싫기 한이 없습니다. 이런 탈선은 하필 이 상점뿐 아니라 이 상점에 있어서는 더욱 눈에 띕니다 그려.

석 별다른 의견이 없소이다.

기자 이런 뭐 볼 것 있나. 동아풋볼제조공사나 가지고 말하여 볼까요.

복 네, 서울에 드문 그림입니다. 사람을 그린 것인지 사람과 근사한 동물을 그린 것인지 참아 사람으로써는 보기 흉한 간판이외다.

석 지금까지 평한 간판은 미추美醜를 부계不係하고 평할 가치가 있겠으나 이것 같이 간판 격에 떨어지는 것은 희안하구만요. 그것도 자기 재미지만 간판이란 결국 남의 게

보이자는 것인데 좀 개량하였으면 좋을 줄 알며 그러면 물건도 더 팔릴 것 같습니다.

기자 그 다음 선시백화상점先施百貨商店을 봅시다.

복 필요 없어 보이는 그림으로 필요 있게 만드는 것도 좋겠지요. 정말 곡선적으로 휘휘 돌아서 드는 것도 상점 간판으로서 한 수단입니다. 이 뜻으로 과히 나쁜 것이라고 보고 싶지 않습니다.

석 길 가는 사람의 피로와 곤비困憊를 위무하는 편으로 그런 간판도 간혹 유공한 때도 있겠으나, 그것을 보고서 상품을 사려는 마음의 충동을 줄까? 그러나 추하다고 말하지 못한다 하면 가품佳品이라고 말하지 못하는 정도 이내에서 나무랄 수 없지요.

기자 박덕유양화점朴德裕洋靴店은 자기의 말을 들으면 양화계의 원조라는데 그집 간판은 어떻다고 하실까요.

석 그렇다하면 그만한 연도^{年度}로서 또는 원조인 그만큼 그렇게 큰 그림 간판
   이 없어도 좋겠지요. 중간 간판에 비하여서는 옥상 간판이 추합니다. 글씨
   나, 테두리 빛이나, 도리어 건물의 외모를 저상^{抵傷}하는 편입니다, 가품은 못
   되나 중간 간판으로도 족하지 않습니까.

복 나는 보아도 모르겠다고나 할까요.

기자 금희악기상점^{琴喜樂器商店}은.

복 아까도 말하였지만 장식의 의미로도 간판을 다는 것이외다. 그러니 이 집
   에 있어서는 간판 서체를 개화시켜야지요. 집과 같이…….

석 동감.

기자 조일양화점^{朝日洋服店}은 바로 일본풍이 뚝뚝 듭니다 그려.

복 그야 이름부터 그런 맛이 있으니…….

석 양복점 간판 쳐놓고 하나 보잘 것 없었습니다. 그래도 이것이 간결한 편이
   라면 편이겠지…….

기자 그럼 상태양복점^{相泰洋服店}을 또 하나 봅시다 그려.

복 밤낮 보아야 제 타령이지 별 수가 있습니까. 서양 사람의 다리나 기다란 것
   을 그리지 않는다면 이 집 같은 사람 아닌 것에 보이는 것 같은 것을 그려
   놓으니……. 그저 그만둡시다.

석 찬성.

기자 그럼 이것으로 그만두지만 보시던 중에 어떤 것이 제일 나며 어떤 것이 가장
　　　보기 싫었습니까.

복 내 생각 같아서는 제일 잘 된 편으로 종로에 있는 조선제약사^{朝鮮製藥社}나 전
　　동^{典洞}에 있는 조선부인기예사일 듯하여.

석 나 역시 조선부인기예사와 종로통 이화양화점 등이올시다.

기자 그럼 그 다음으로 가장 눈에 서투른 것은요.

복 하도 많으니 고르기 어려우나 백상회, 유창상회, 동아제조공사, 경일혜점<sup>京
　　一鞋店</sup> 등이라 할까요.

석 무엇을 표준하여 말할 수 없으나 형의 것에 동감이오.

조선문단 획기적 좌담회_

시, 소설, 희곡 문단 1년의 총 결산-실기예^{實氣銳}한 신진작가의 추거^{推擧} 침체 문단의 타개책

출석 제씨

정인섭鄭寅燮, 김광섭金珖燮, 이태준李泰俊, 이하윤異河潤, 정인택鄭人澤, 최독견崔獨鵑, 김기진金基鎭, 정지용鄭芝溶, 노자영盧子泳, 유치진柳致眞, 박용철朴龍喆, 양백화梁白華, 이석훈李石薰, 김태준金台俊, 김환태金煥泰, 김억金億, 방인근方仁根, 김상용金尙鎔, 김문집金文輯, 이헌구李軒求

본사측

박팔양朴八陽, 김남천金南天, 김복진金復鎭, 이관구李寬求

이관구 매우 바쁘신데 불구하고 이처럼 와주신데 대하여 깊이 감사를 드리는 바입니다. 여러분과 같이 좋은 의견을 교환할 기회를 될 수 있는 대로 자주 만들어 가지고 우리 사회문화 발전상 일조가 되었으면 하는 생각은 예전부터 있었습니다만 이렇게 늦고 보니 본의에 어긋남이 많습니다. 이 점을 특히 양해하시기 바라며 아무쪼록 격의 없이 각자의 의견을 교환하여 주시기 바랍니다(퇴석).

김복진 우리 문단은 침체상태에 빠졌다고 합니다마는 이는 결코 문단만이 갖는 경우가 아니라고 생각합니다. 요컨대 우리는 이 침체를 침체한대로 둘게 아니라 서로 자기를 반성하고 부절한 노력을 하여야 하겠지요. 각각 자기반성에서 얻은 결과를 토의하며 키우기 위하여 앞으로도 이와 같은 모임을 자주 갖는 동시에 격의 없는 의견교환으로서 문단침체의

현상을 타개하는 옳은 방략方略을 생각하여 낼 것이라고 압니다. 그러면 순서에 따라서 금년 1년간 발표된 시와 시론에 대하여 박팔양 씨가 시 작하여 주시지요.

시단

박팔양 나로서는 화제나 먼저 제공하겠습니다.

김문집 저는 주인측에 문제를 하나 제공하고 싶습니다. 조선말이 외국어에 비 하여 시를 짓기에 어떤 지위에 있는지 그 언어예술학적 비교를 박팔양 씨한테 묻습니다.

박팔양 나로 말하면 시를 지어왔다는 것뿐이겠고 언어학에 대한 문제는 전문 으로 연구하신 분이 말하여 주시면 좋겠습니다.

정인섭 언어학적으로 본다면 시의 위치를 말하려는 것이지요. 그것은 까마귀 에게는 까마귀의 소리밖에 없는 것처럼 조선 사람에게는 조선말 밖에 없겠지요. 외국어와 비교하여 볼 때에 조선어가 언어학적으로 빠질 까 닭이 없습니다.

김상용 조선어로 시를 질 수 있느냐 없느냐하는 질문은 문제가 안 됩니다.

김문집 아니 그 말이 아니라 언어학이란 것은 그 나라 말에 따라 감정이 다르 니 조선 것은 조선 것으로서 독특한 것이 있을 것이 아닙니까.

김상용 하 그것은 외국어 중에는 억양이나 글자 수를 따라서 노래를 지였지만 조선말은 그러한 것과는 좀 성질이 다릅니다. 그러나 조선말은 호흡으로 한다면 다를 것이 없다고 생각합니다.

김문집 나는 생각하기를 조선어는 조각적彫刻的이란 말입
니다. 가령 서울말에 '어머니이'하는 말 같은 독특
한 감정표현이 있으니 이 특징을 따라 특한 방면
에 입체화시키지 못하겠는가 말입니다.

정인섭 메이지 초기 문학에 나타난 말과 셰익스피어 시대
의 영어를 볼 것 같으면 그 표현방식이 퍽 우습고 영
어라는 것은 말 중에 제일 더러운 말이었다고도 할
수 있지요. 그러나 조선말을 보면 훨씬 아름답습니
다. 다만 예술적으로 미화시키지 못한 것이 흠이나,
그러나 그것도 최남선崔南善 씨의 '학學의 바다가 망
망茫茫하다'의 시대와 비교하면 오늘의 조선말은 여
간 발달한 것이 아닙니다.

정지용 다른 나라 말은 모르지마는 영어와 라틴말은 한 계통인데 동사의 변화
와 명사의 변화가 규칙 불규칙을 통하여 많기 때문에 운을 마치기에 편
리합니다. 그러나 조선말로 쓰는 시는 운을 찾기보다는 포에지[1] 말로 부
족이 없다고 생각합니다.

박팔양 이런 초상적 이론은 그만큼하고 금년 중에 나타난 여러 작품 중에 어떤
작품 어떤 작가가 좋다는 것을 말씀하여 주셨으면 좋겠습니다.

---

1 포에지(poésie). 시의 한 장르. 자연이나 인생을 두고 느끼는 감흥과 사상을 운율과 함축으로 표현한
글이다. 형식에는 정형시, 자유시, 산문시로 나뉘며 내용에는 서정시, 서사시, 극시로 나뉜다.

정인섭 거기 대해서 제가 잠깐 말하겠습니다. 나는 작년 시단에서 세 가지 경향을 보았는데 하나는 임화林和의 시가 옛날의 이데올로기에서 예술적 서정시로 전환되어가는 경향입니다. 벌리고 싶은데 다시 집어보고 싶은 예술적 완성으로 나가고 있는 것입니다. 그것은 그의 작품 「옛 책」을 보면 선명합니다. 그 다음 정지용의 시집을 보면 그는 상想, 용어 형식에 있어서 재래 조선에서 보지 못한 새 경지를 개척하고 있는 것이고 셋째로는 한천韓泉, 이시우李時雨, 행석정幸夕汀, 유치환柳致環, 김달진金達鎭 등의 신인이 우리가 상상 못하는 언어감각의 세계로 나아가고 있다는 것입니다.

김문집 그러나 그 경향은 벌써 5, 6년 전에 도쿄문단에 있었지요.

김남천 그런데 임화의 「옛 책」이라는 것은 1905년이라는 책을 가리킨 것으로 1905년이라면 러일전쟁 직후로 당시 러시아에서는 극악의 심체기올시다. 그러므로 「옛 책」을 예상하는 것은 1905년 같은 정세를 이 땅에서 발견한다는 중요한 사상적 내용이 있는 것입니다. 그러므로 이것을 가지고 이데올로기의 상실이라 하는 것은 큰 오해입니다.

정지용 그런데 금년 1년에 나타난 시론을 볼 것 같으면 임화, 김기림金起林, 김환태 이 세 사람이 서로 일가의 시론을 성립시켜가지고 서로 대립되어 있는 듯하면서 알고 보면 서로 공통점이 있어 일맥상통하고 있지요.

정인섭 그 점은 예술적 완성이란 것입니다.

정지용 정인섭 씨는 순수예술의 고성낙일孤城落日을 지킨 격 일이구려.

박팔양 그럴 것 같습니다.

정인섭 문예잡지에는 시에다 그림을 넣어주는 것은
       퍽 좋더군요.

이헌구 그림을 넣으면 도리어 시를 죽입니다. 그건 환
       영할 수 없습니다.

이하윤 그러나 전부터 하여왔지요.

최독견 그렇지요. 있었지요.

방인근 소설에는 삽화를 넣는 것이 좋지만 시에는 빼는 것이 좋습니다.

박팔양 그 말씀을 그만치 하고 저 — 이상李箱 씨 시는 어때요.

정인섭 「아내의 오른다리는 짧고 나의 왼다리는 길다…」 이런 것 말이지요. 그
       런데 나는 그것이 한 재조의 착상인지는 모르나 어떤 큰 영선映線을 붙
       들었다고 하기는 어렵습니다. 젊은 시인으로서는 그것이 화禍가 될까
       겁이 납니다. 말하자면 뼈뿐입니다. 살과 피가 없습니다.

정지용 허, 정인섭 씨는 시의 외과의사로군요.

박팔양 창작시의 비평은 그만하고 박용철 씨 번역시에 대하여 말씀하여 주시지요.

박용철 별로 말할 것이 없습니다. 금년에는 달은 해보다 번역시가 적었습니다.

『시원詩苑』에 난 것과 ○훈○○勳○ 씨의 독○獨○ 때 서항석徐恒錫 씨의 역시譯詞가 있은 외에 별로 못 보았습니다.

정인섭 번역시만이 안 나온다는 것은 어느 점으로 보아 번역시에 대한 일반적 관심이 적어진 까닭이 아닌가 하고 봅니다.

정지용 그런 것이 아니라 역시인譯詩人들이 유행가로 전환한 것이 아닌가요.

김상용 제가 역시譯詩에 관심을 갖고 있느니만치 역시가 사회적으로 어떻게 영향을 미치는 것인지 그 말을 듣고 싶습니다.

이헌구 일반 경향이 창작을 존중하고 번역을 도외시하는 것 같아서 조선엔 소개 시론만 많습니다.

김문집 저는 시 번역을 반대합니다. 그것은 불가능합니다.

정인섭 그것은 이상적이고 실제로는 해야지요.

박팔양 지난 1년간 번역된 시 중에 우리들이 기억해야 할 시를 들자면 무엇일까요.

김환태 역시 김상용 씨 오마르 하이얌[2]의 시일 것입니다. 그 다음에는 별 다른 것이 없다고 합니다.

---

2 오마르 하이얌(Omar Khayyam). 11~12세기 페르시아의 수학자, 천문학자, 시인 . 그의 시집『루바이야트(Rubaiyat)』가 피츠제럴드에 의해 영어로 번역되었다.

박팔양 또 한 가지 김억 씨가 한시^{漢詩}를 번역하였는
데 그 읽으신 소감을……

양백화 고심한 노력을 사주어야겠지만 원작과 상거
相距가 멀어서.

노자영 번역이 아니라 창작이지요.

김상용 원시는 모르고 제목만 가지지 않았나.

정지용 몰랐다고 할 수는 없지요. 안서^{岸曙}에게도³ 태도가 있으니까
요. 태도를 규명하면 이 점 사주어야 할 것입니다.

노자영 아무리 잘 되었다하더라도 전혀 의미가 다르니 틀렸지요.

김복진 여류시인으로 주목할 작가와 작품을 말하여 주시지요.

정인섭 주로 다섯 분 것을 읽어왔는데 모윤숙^{毛允淑} 씨는 상^想은 풍부하나 모호
하니 그 점만 고치면 유망하겠습니다. 노천명^{盧天命} 씨는 그런 점을 적고
「들국화」는 완전한 서정시올시다. 주수원^{朱壽元} 씨는 꾸준히 하면 될 줄
알고 장정심^{張貞心} 씨는 찬미운^{讚美韻} 작가로만 볼 것이 아니라 종교 시인
으로 본다면 상당합니다. 그 다음 김천남^{金千男} 씨, 그 분은 시조에만 한
限하지 않고 현대의 구상으로 시를 써봤으면 좋겠습니다.

3   안서(岸曙)는 김억의 아호이다.

김복진 유행가에 대해서도 좀……

정인섭 퍽 진보되었는데 재래의 창가^{唱歌}식이 아니고 보통 서정시에 가까운 것
이 많아졌고 야비한 것이 적어진 것이 좋은 경향 같습니다.

박팔양 이하윤 씨는 어떻게 생각하십니까.

이하윤 특별히 정돈된 의견이 없습니다.

박팔양 정인섭 씨 이번에 조선시인의 작품을 번역하시는데 소감을 말씀하여
주시지요.

정인섭 어떤 시는 외국시보다 훨씬 나은 것이 있었습니다. 더욱 이번에 느낀
것은 연령으로 기성과 신진을 구별할 것이 아니라고 생각하였습니다.
기성이 반듯이 훌륭하지 않았으며 이번에는 널리 자선^{自選}을 하려 하였
습니다.

김복진 시 이야기는 이만치 해두고 소설평으로 들어가겠습니다. 이태준 씨가
말씀을 시작하여주시지요.

이태준 여러분과 같이 먼저 1년 중 우수한 작품 중에서 문제
될 만한 작품을 말씀하게 하십시다.

김문집 이 태도로 조선작품을 대했는데 김유정^{金裕貞} 씨의 소
설 「안해」를 읽어보니 제가 읽은 중에 제일 인상이 깊

었습니다. '모찌미' 있어 보이고 유모어 하기도 하고.

노자영 주요섭朱耀燮 씨의 「사랑손과 어머니」를 제일 좋게 보았습니다. 그리고 김유정 씨 「산골」, 박화성朴花城 씨의 「한발旱魃」, 이태준 씨의 단편들을 다 좋게 읽었습니다.

김기진 엄흥섭嚴興燮 씨의 「번견탈주기番犬脫走記」가 퍽 좋다는 안함광安含光 씨에 평을 보았는데 읽으신 분이 계십니까?

노자영 네, 내용과 표현이 다 좋아요. 연락상 착오가 있으나, 「나는 고양이로소이다吾輩か猫である」식으로[4] 썼더군요.

정인섭 박영준朴榮俊 씨에 「생호래비」와 「지박사池博士」, 최인준崔仁俊 씨의 「상루」가 어떻습니까.

김문집 「지박사」를 조금 보다가 치워버렸습니다.

김남천 나는 박영준 씨와 현경준玄卿俊 씨를 촉망합니다.

노자영 현경준 씨 작품은 모도가 평범하고 내용이 빈약합디다.

정인섭 엄흥섭 씨는 낭만과 리얼리즘을 겸한 것 같은데 그 서로의 관계를 어떻게 보십니까 남천 씨.

---

4 나쓰메 소세키(夏目漱石)가 1905년 『호토토기스(ホトトギス)』에 연재한 소설이다.

김남천 진보적 리얼리즘에는 낭만이 따른다고 봅니다. 즉 진보적 리얼리즘과 낭만의 융합으로 보겠지요.

김문집 김소엽金沼葉 씨의 단편도 읽었지만 큰 발전성은 보지 못하고 그러나 페니리얼하고 우수한 수완을 가졌다고 보았습니다.

정지용 발전성은 없는데 리얼리틱하다면 완성된 작가로군요. 그런데 문집 씨, 김기림 씨의 「번영기繁榮記」를 읽었습니까.

김문집 네 조금 보았지요. 그다지 환영 못하겠어요.

김남천 이북명李北鳴 씨의 소설이었는데요.

김환태 「끝 없는 평행선」은 그리 좋지 못하더군요.

이석훈 장혁주張赫宙 씨가 추천한 최정원崔貞媛 씨의 작품이 좋더군요.

김환태 나는 좋지 않게 읽었습니다.

정인섭 요전에는 빈궁상貧窮相을 많이들 그리다가 지금 와서는 농촌문제를 많이 그리는데 이 반면에 어촌생활을 토대로 한 작품이 적어졌으니 이점에 앞으로 관심할 필요가 크다고 봅니다.

이헌구 그러나 도쿄 같은 데서는 해양문학은 그리 많지 못한 것 같은데요.

이태준   금년도 작품 경향을 좀 말씀하여 주시지 않겠습니까.

김문집   같은 문제보다는 지금까지 걸작을 말하였으니
        옆에 있으면 때려주고 싶은 작품을 말하여 본
        다면「파리의 그 여자」든가 뭐든가…….

방인근   나혜석羅蕙錫 씨의「파리의 그 여자」말이지…….

김문집   응 또 하나 흉악한 것은 박승극朴勝極이란 사람이 있는 모양인데 소설도
        쓰고 평론도 쓰고 하지만 옆에 있으면 그저…… 만년 가야 소용없을
        것 같습디다.

정지용   그런데 박승극 씨가 힘이 어떻게 신분인지 모릅니다.

김문집   아니 인간을 말하는 것이 아니고 소설가로서의 작품을 때린다는 말이지.

이태준   작가가 역사 야담을 자료로 취급하는데 이것도 한 경향으로 보면 어떨
        까요.

정인섭   역사는 재료가 역사지 순전히 창작인 것이 있고 이런 문제에 일어나니
        말이지 역사소설이 창작 아닌 것이 많을 것입니다.

김문집   그러나 통속물과 창작을 혼동할 수는 없지요. 결국 창작에서 용기 있는
        사람이 되니까 거기 손을 대는 것이지요. 기쿠치 간菊池寬5이가 암만 애

---

5   기쿠치 간(菊池寬, 1888~1948). 일본의 극작가, 소설가. 아쿠타가와 류노스케(芥川龍之介)의
    『신시쵸(新思潮)』의 동인. 저서로『옥상의 광인(屋上の狂人)』『충직경행상기(忠直卿行狀記)』

를 써야 통속작가의 신세를 면치 못할 것입니다.

정인택 지금은 그렇게 되었지요.

이석훈 조선과 도쿄와는 사정이 많이 다르지요.

방인근 결국은 고급 잡지가 없는 관계이겠지요.

최독견 아니 야담을 쓰는 것은 돈이 더 생기니까 쓰지요.

김광섭 그럼 결국 돈이군요.

정지용 그건 문단 이야기가 아니라 금융문제로군요.

(김억 참석)

김억 아니 그런 야담은 창작이 아닌가요. 둘 다 마찬가지 작품인데.

김문집 그렇다면 신문 3면 기사도 창작이게요. 야담, 강담講談, 대중소설, 통속
소설, 즉 예술의 구별이 어디 있습니까.

김억 가치에 가서 문제지요.

박팔양 춘원春園으로 말하면 예술적 작가인 것이 사실이나 근래 통속소설을 쓰

등이 있다.

는 관계로 일부에서 아조 통속작가로 규정하려는 경향이 보이니 의견이 없습니까.

정인섭 역사는 소설의 무한한 보고寶庫라고 했습니다. 그를 통틀어 통속작가라고 보아서는 아니 됩니다. 다만 문제는 내용 여하에 달렸지요.

박팔양 통속작가라는 것이 아니라 과거의 춘원은 시대보다 앞서 나가려는 것을 보았는데 요즈음 그의 작품에서는 새로운 것이 없어져버린 듯하니 하는 말입니다.

정지용 그런데 소설가들의 태도가 나 보기에는 퍽 애미曖昧들 합디다. 잘못된 것은 의례로 신구新舊소설이기 때문에 그렇다는 등 원고료 밥 문제로 덜어나는 것은 무슨 까닭인지 알 수 없습니다. 어디까지든지 신문소설은 신문소설로 구성하여야 될 터인데…….

이태준 정지용 씨의 말에 답변 같습니다. 신문소설은 예술소설과 달라서 신문소설의 기질에 맞는 사람이 있고 아니 맞는 사람이 있는데 독자가 춤을 추는 대로 맘에 없고 재능 없는 것을 쓰니 좋지 않을 수밖에 없지 않아요.

정지용 요컨대 무식한 사람들이 본다고 규정하는 것이 잘못입니다.

이태준 그 다음 지난 1년 동안에 소설가로서는 누가 제일 활약했을까요.

이석훈 김유정 씨지요.

정인택 양으로나 질로나.

김환태 그렇지. 김유정 씨지.

김남천 이태준 씨와 이무영李無影 씨도.

평론

김복진 김남천 씨 인제 단 1년의 수확에 대해서 말씀을 먼저 하여주실지요.

김남천 내가 의사진행계議事進行係가 돼보지요. 그러면 평론계의 특징을 말씀하
여 주시지요.

김광섭 요즈음은 정인섭 씨를 중심으로 하고 문제가 많이 되니까.

김남천 평단에서는 창작방법 문제로 논쟁이 된 것 같은데……

이헌구 문학을 위해서의 평론을 대개 세 가지로 나누어 보았는데 첫째 조선 현
실에 있어서 과거와 같은 방법을 벌일 풍자적으로 나가자는 풍자문학
론 둘째로 지식계급의 불안 시대적 불안문고민상不安文苦悶相을 그린 문
학을 학學에 있어서 인간의 만들자는 제제 셋째로 창작된 방법론에 있
어서만 중대하지 아니할까 합니다.

정인섭 풍자문학론은 『동아일보』에 조선 문학의 특수성 문제가 나을 때 그것
도 썼거니와 우월성, 풍자성, 의분성義憤性, 언어습관 등을 말했습니다.
그때부터 이 문제가 시작된 것 같습니다.

김남천 그런데 최재서崔載瑞 씨는 풍자문학의 대두擡頭를 위기에 대한 타개책의

한 현상 같이 보았으나 그것은 그의 인식 착오인 것 같습니다.

이헌구 그러니까 풍자문학론이 가장 옳다는 것이 아니라 지나간 1년 동안에 있어서는 중요한 논제였지요.

정지용 그런데 지난 1년간 평단에 출마한 평가評家를 중심하여 가지고 동시에 문예비평에 대한 유파 경향을 볼 때에 왕성하게 활동한 이 중에서 좌우 해외 조선 죄다를 소화, 비판하면서 순수문학을 옹호합니다. 정인섭 씨 진보주의 평자로 김두용金斗鎔 씨, 순수예술 평자로 김환태 씨 그렇지 않던가요? 그리고 좌익에서 학구적 태도를 가진 이가 임화 씨. 그런데 시나 평론에 있어서 그전의 소아병적 태도를 고치고 순수예술로 진화했다고 봅니다. 그리고 순문예純文藝를 위하여 국제적으로 통쾌하게 야인적 테라피스트로서의 기질을 보인 분 저기 저 김문집 씨 그리고 표면으론 좌인 체 안하면서 내용은 은근히 진보주의적인 것이 이원조李源朝 씨의 평론 그 다음 실로 광범한 분류법의 특색을 가진 이로서 정인섭 씨를 들겠고 향토적 태도를 취하는 이에 이척하李剔河, 회의懷疑 안하고 이러이러하여 한다고 단정을 나리는 평론가에 김기림 씨가 있다고 봅니다.

김문집 수필에 대해선 통 말씀이 없는데 수필로 말하면 노인의 예술이라고도 할 수 있는데 조선 문인이 아직 나이가 젊어서 그런지 수필 쓰는 이가 퍽 적습디다.

정인섭 조선에 있어서 수필의 구상으로 고적적高蹟的이고 표현이 그로테스크하다고 인정을 받는 이로는 김진섭金晉燮 씨가 있다고 보는데 어떻게 생각하십니까. 그리고 김문집 씨는 조선에서는 못 보던 글인데 그의 것은 평론이 아닙니다. 수필입니다. 더욱이 극연평劇研評은 평론으로서 졸拙하기 짝이 없고 한 개의 수필이올시다. 그 아이러니컬하고 날카로운 점은 수필가로 소질이 많습니다. 조선의 세 수필가가 있다고 보는데 노자영 씨의 「센치」, 김진섭 씨의 「장엄」, 김상용 씨의 「명랑」이라 하겠고 김문 집 씨가 그 아이러니컬하고 살짝 살짝 넘어가는 그런 기재를 잘 이용한 다면 수필로 크게 출세할 줄 압니다.

김문집 나는 그것을 좀 반대합니다. 저는 절대로 수필가도 아니며 평론가도 아 닙니다.

김상용 문외한으로서 평자에게 한 말씀드리려고 합니다. 평이라면 첫째로 이론 을 세워가지고 작품을 감상한 다음에 공평한 태도로 어떤 작품 어떤 작 가의 역량과 사상적 지위를 평가해주시었으면 합니다. 오늘의 평 가운데 에는 공격에만 열중하여 도리어 독자와 창작가를 방해하는 것이 있지 아 니한가 합니다. 심지어 문단총평이란 어마어마한 제목을 내걸고서 겨우 단편 몇 개의 평을 끄적인 평자도 있는 것을 보았습니다.

김문집 단편이라도 잘만 보면 좋겠지만 참으로 평가가 없습니다.

정인섭 그도 그런 경우에 있어서는 충실한 작가를 지도해야 할 것입니다.

김문집 평가가 문인을 교육하는 법이 어디 있는가. 강의록 같이 이데올로기만 가지고 술어만 나열하여 문화사적으로 하지 않을 예술적 감각을 해부 하고 느낄 줄 알기만 하며 나는야 정인섭 씨의 그 평론 만능을 경멸합 니다.

이헌구 조선서 진보적 리얼리즘은 아무리 떠들어봤자 거기서 좋은 작품이 나오는 것이 아니고 밤낮 그 문제를 번복할 따름이였습니다. 지드[6]도 새로운 인간을 발견 새로운 예술을 발견키에 붓을 들지 못합니다. 창작법만을 강요하는 것은 조선예술을 함정에 빠트려버리는 것입니다. 막연한 진보적 리얼리즘을 문제 삼지 않은데서 조선평론계가 구원될 줄 나는 알지요.

김환태, 노자영 옳소.

정인섭 글쎄요…….

김환태 평론가가 작가에게 작품 가리킬 자격이 없습니다.

김문집 도대체 평론가가 제가 무엇이기에 창작방법을 가르치며.

김환태 평가는 창작방법을 가르칠 수도 없고 작가를 만들 수 없으며 이는 월권입니다.

(김환태, 김문집 대 정인섭 씨간의 격렬한 논쟁이 전개되다)

정지용 그런데 창작방법론을 소설작법으로 아는 모양이군.

김광섭 진보적 리얼리즘이나 창작방법 문제는 창작방법보다도 사물을 관찰할 방법을 말하는 것이니까 작품창작에 방해되는 것이 아닐 것입니다.

6　앙드레 지드(André Gide, 1869~1951). 프랑스의 소설가, 비평가. 소설에 대한 종래의 관념으로부터 벗어나 새로운 형식을 시도해 20세기 문학의 발전에 기여했다. 대표작으로 『좁은 문』, 『전원 교향악』, 『사전꾼들』 등이 있다.

희곡

김복진 시간관계로 그만 희곡 부문에 들어가기로 하고 유치진 씨가 말씀을 하
여 주시지요.

유치진 금년은 창작희곡이 10편 가량 될 것 같습니다. 그중에서 인상에 남은
것은 한태천韓泰泉의 「토성당」과 그 이전에 이무영의 톨스토이 3막물幕物
이고 그리고 외국번역물이 2, 3편 있을 뿐입니다. 질로나 양으로나 별
반 발전이 없었고 그 이유는 무대행동이 침체해진 관계이겠지요. 농촌
물은 여러 가지 객관적 사정으로서 지금 형편으로는 매우 염려가 됩니
다. 흥행편은 역사물이 인기가 있는 듯 생각됩니다.

김복진 극연에서는 앞으로도 정기공연을 할 방침입니까.

유치진 매월 공연을 하겠으나 사정상 아직은 못하고 지금
은 준비 중이라고 말씀할 밖에 없습니다.

김복진 이만 폐회하겠습니다.

3전문학교, 4교수 3신문사 학예부장 문예정책회의

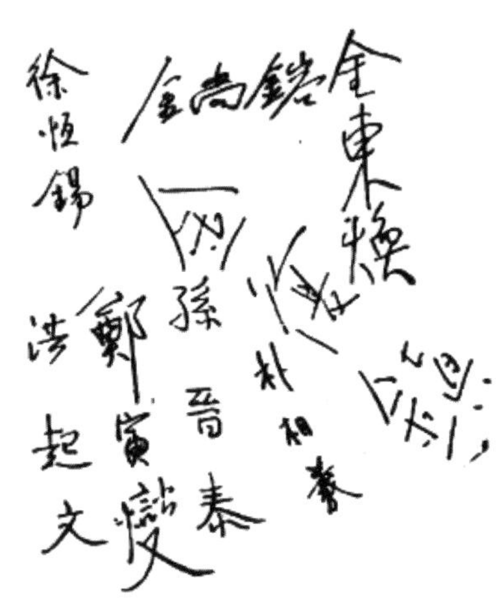

출석 제씨

이화전문학교 문과과장 김상용金尙鎔

보성전문학교 교수 유진오兪鎭午

연희전문학교 문과교수 정인섭鄭寅燮

보성전문학교 교수 손진태孫晋泰

동아일보 학예부장 서항석徐恒錫

조선일보 학예부장 홍기문洪起文

조선중앙일보 학예부장 김복진金復鎭

본사 김동환金東煥 · 박상희朴相羲

최근의 독서와 제작

김복진

나는 요새 조선 문인들이 쓴 작품을 될 수 있는 대로 읽는 중이외다.

정인섭

라틴어를 좀 공부하며 그리고 조선시가의 영역英譯을 완성시키려고 애쓰고 있습니다.

김상용

영시英詩 번역을 좀 해보려고 최근 영시단英詩壇에서 저명한 몇몇 작품에 손을 대고 있으며, 간간히 파사波斯의 「루바이야트」[1] 번역을 하여 보려고 힘씁니다.

홍기문

나는 요새 주로 언어학에 대한 것을 좀 연구하려고 해서 도쿄 방면에서 출판되는 언어학에 대한 여러 가지 책을 봅니다. 그리고는 튀르키에어 공부를 최근에 와서는 하기 시작하지요. 또 프랑스 작가 발자크[2]의 작품을 틈 있는 대로 가끔 봅니다.

손진태

나는 조선사에 관한 것, 민속학에 관한 것 등을 많이 보게 됩니다. 이밖에도 조선고사와 도자기 등 여러 수예품의 수집에도 늘 유의하고 있지요.

서항석

최근 나는 시와 희곡을 많이 봅니다. 희곡은 내가 극연劇研에도 관계하고 있으니만큼 관심하지요.

---

1   11세기 경 페르시아(波斯) 시인들에 의해 써진 「루바이야트(Rubaiyat)」. 「루바이야트」는 19세기 영국의 시인 에드워드 피츠제럴드에 의해 세계적인 명성을 얻었다.

2   오노레 드 발자크(Honoré de Balzac, 1799~1850). 프랑스의 소설가, 언론인. 리얼리즘 문체에 두각을 보여 당대 사회의 계급 부류를 해석하려는 다수의 글을 썼다.

월 13일 서울 종로 영보永保 그릴 계상階上 회의실에서 개최

외국이나 선진사회에는 반드시 일국 또는 일민족의 문예정책을 결정하는 '작가회의' 또는 '문예평론가회의'가 매년 개최되는 것이 예이나 불행히 우리사회에서는 일찍이 그러한 회會를 가져보지 못하다가 이제 '작가와 평가회의'를 대할 문예정책회의를 각 전문학교, 문과교수와 각 신문사 학예부장을 망라하여 본사주최로써 개최한바 수확이 컸었다. 이 회의는 앞으로 매년 개최하여 조선의 문예정책을 결정하는 최고권위의 기관이 되게 하고자 하는 바이다(주최자 측).

제1분과회의 – 문예운동의 모태인 한글어학의 장래를 위한 대책 여하

김동환 문학이란 반드시 그 땅 어학의 엄호밑에서 자라나야만 건전하고 대성하여지는 법인데 이제 우리 눈앞에 기다리고 있는 큰 문제는 실로 조선문학과 한글어학의 운명이외다. 우리는 어학이 빈약한 문학을 생각하기 싫습니다. 그런데 지금 우리 현상으로 보면 '한글어학과 조선문학'의 장래에 대하여 두 가지 관측이 흘러 다니고 있는데 첫째는 비관론으로 예를 아일랜드에 듭니다. 거기는 그렇게 된 뒤 100년만에 보니까 자기의 순토어純土語를 말할 줄 아는 인민이 900만 인구 중 겨우 2만 명으로 격감하여 졌었고 영어에다가 토어를 섞어 반반 사용하는 사람이 65만 명 즉 1할 5분에 해당하였고 그밖에는 전부 영어를 사용 하더라합니다. 따라서 예이츠,[3] 싱,[4] 그레고리[5] 모두가 그 문사들이 쓴 작품은 영어로 되었지 않았습니까. 토어로 쓴대야 독자가 없을 터니까 저절로 이와 가치 영어로 썼던 것은 불가피한 일이었을 줄 압니다. 지금은 게일[6] 토

---

3 윌리엄 버틀러 예이츠(William Butler Yeats, 1865~1939). 아일랜드의 시인이자 극작가. 대상을 암시적으로 형상화하고 탐미적이고 상징적인 구조를 주로 사용했다.

4 존 밀링턴 싱(John Millington Synge, 1871~1909). 아일랜드의 극작가. 아일랜드의 문예부흥운동 주역 중 한 명으로, 소박한 삶을 세련된 필체로 구사했다.

5 레이디 어거스타 그레고리(Lady Isabella Augusta Gregory, 1852~1932). 아일랜드의 극작가. 예이츠와 싱과는 달리 민속적이고 생생한 농민의 언어를 바탕으로 한 희극을 주로 썼다.

6 아일랜드의 언어인 게일어(Gaeilge)를 말한다.

어를 그 곳 새로 된 정부에서 몹시 장려한 결과 게일어학교만 8,000교 생도 30만 명^{1923년에 벌써 여차} 그리고 월간잡지와 일간신문도 모두 토어를 썼고 소설, 시, 희곡, 역사 같은 것도 모두 게일 토어로 발간케 되어 어학과 문학이 완전 합치해진다지만 어쨌든 과도기에 있을 때 그곳 선각자들은 '문학과 어학 관계'를 몹시 비관하고 우려하였든 것이라 함이다.

또 한편 인디안어를 볼지라도 시성詩聖 타고르[7]도 그 작품을 영어로 썼고 영·인디아 같은 내셔널 의회의 기관지조차 영어로 발간하며 학교는 물론, 가로상의 일상회화를 볼지라도 대부분 토어가 아니더랍니다. 그 까닭은 원래 땅이 커서 종교별 지리별로 모두 사용어가 다르니까 가령 호주어[8] 450만 중국 관계 1,300만 구주歐州 기타 외국어계 50만 벵골어계 힌디어계 등등 10여 종에 논이어 있으니까 전국적으로 읽혀야 할 경우에는 말도 글도 영어로 쓰이게 되는 것은 불가피한 일이겠지요. 이 두 가지 추세를 바라보면 괴로운 생각이 아닐 수 없습니다.

그러나 한편 또 매우 낙관하는 편도 있으니 그것은 다행히 한글은 반도전체에 수백 년 동안 통일적으로 써오던 역사 있는 어학일뿐더러 그 단어라든가 25자의 자모라든가 문법이라든가 일계불란一系不亂 조직이 정연하며 융통자재, 학습 용이하기 때문에 그리 빨리 물러가지 않을 것을 믿으며 그리고 신문잡지의 대부분이 한글을 쓰고 오늘날 시가 소설, 희곡의 전부가 한글로 되어 작가와 독자가 모다 한글 위 섰으면 문학의 장래를 생각할 때에 낙관하는 이도 있습니다. 여러분께서는 이 두 가지 비관, 낙관의 두 관측 중에 어느 길을 취하시며 또 여기에 대한 대책을 어떻게 생각하십니까.

---

7 라빈드라나트 타고르(Rabindranath Tagore, 1861~1941). 인도의 시인이자 철학자. 1913년 시집 『기탄잘리』로 노벨문학상을 수상했다.
8 여기서는 호주에서 통용되는 각 민족 언어를 통칭해서 '호주어'라고 표현한 것이다.

김상용 나는 결론부터 말하려면 낙관합니다. 오늘날의 현세를 보면 한글에 대
한 천대는 아무 데도 없고 모두 열렬한 애착을 가지고 있습니다. 그리
고 많은 사람이 쓰고 있는 한민족어란 그것이 종종의 외부적 이유만으
로 결코 물러가지는 것이 아닙니다. 이것은 역사상에 나타난 언어정책
의 결과가 보여주는 것이니 스페인어 정책이 비도比島에서 실패, 영어의
영령英領에서의 실패 등이 모두 그 예가 아닙니까. 영어는 회화가 어렵
고 음이 불순한데다가 불통일 실라불이 까다로운 점 이러한 자체의 난
점의 죄도 있었겠지만 어쨌든 주민의 전부가 한글말을 용어로 하고 있
고 문학의 전부가 한글로 되어 있는 오늘에 있어 이 문제를 토의함은
아직은 시기상조한 듯도 합니다. 한글 독자층의 격감하지 않는 한 또
작가에게 대한 한글 교육의 영향이 전연 없지 않는 한, 지레 근심할 바
아닐 줄 알아요.

정인섭 한글어학의 운명문제는 실로 크고도 근본문제인데 솔직하게 오늘날
현상을 말한다면 작가 측에서는 특별한 애착을 가지고 한글의 미화, 방
언의 발굴 등에 정열을 퍼붓고 있지마는 한편 독자층을 생각하여 보면
한글어학물에 대한 흥미가 감퇴하여 지고 있는 것이 사실이에요. 그 원
인은 사회정세가 변하여짐에 따라 저절로 실용어, 공용어에 끌려 가는
점, 또 한 가지는 학교교육이 그래서 이 추세는 조선출판시장에 나타난
한글출판물과 딴 곳 출판물과의 대비에서 분명하여 집니다. 그러나 이
경향이 언제까지 갈 것이냐 하는데 대한 예단은 할 수 없으나 한 개의
언어맥脈이 그리 쉽사리 사라지는 예가 없습니다. 부득이하여서 실용
어로서 사라지는 한이 있을지라도 고전어, 학술어로서라도 명맥을 가
지고 있지요. 현재 라틴어가 이것을 설명하고 있지 않습니까.

그런데 이 문제토의에 선행할 것은 '조선문학의 정의' 규정이외다. 조
선문학이란 어떤 것인고. 조선말로 써졌고 조선사람이 썼고 조선사람

에게 읽히기 위하여 쓴 문학만이 조선문학이냐, 또는 그 사용된 언어
와 인간에는 관계 없이 다만 조선의 정서사상, 감정만 표현된 것이면
조선문학으로 볼 것이냐 하는 것이 늘 문제가 되는데 나는 여기 대하
여…….

김동환 잠깐 조선문학의 규정문제가 무엇보다 선결문제요 근본문제인줄 압니
다마는 그 때문에 어느 문예좌담회에서든지 반드시 이 문제가 토의되
어 집니다마는 이것은 매우 곤란한 문제이기 다른 기회에 독립한 한 문
제로 토의키로 하고 여기서는 빼기로 합시다. 이 토의가 한 번 시작되
면 끝이 용이히 나지 안어서 다른 문제를 토의할 수 없겠습니다. 양해
하여 주시기를 바랍니다.
　이제 다시 본제에 들어가서 '한글어학과 조선문학'의 관계에 대하여
홍기문 씨 말씀하여 주세요.

홍기문 나도 이 문제는 늘 관심하여 오든 바외다. 그런데 현재 우리가 쓰고 있
는 어학 즉 한글은 몇 10년 전이 것 아니란 것부터 우리들 일반은 먼저
인식하여야 할 것입니다. 말하자면 우리 한글은 몹시 그 동안에 신문화
운동이 있은 뒤 약, 230년간에 장족의 진보를 해 와서 예전에는 문학
상으로 한어漢語의 보조어격으로 받게 사용 못되든 것이 근래는 완전한
주어로서 승격되었고 언어자체로 보아도 퍽이나 순화되어 왔습니다.
그래서 시조와 민요와 신화 전기류에 받게 극히 좁은 범위로 사용되던
한글이 이제는 이 땅 문사들의 노력의 결과로 예술용어로서 최선 최상
의 문자가 되었습니다. 그래서 이제는 우리의 사상 감정을 표백함에 있
어 한글 이상 가는 어학이 없다하게 되었지요. 이 광경은 마치 영어도
만어蠻語 취급을 받다가 문학자 초사가 시를 쓰면서부터 또 러시아어도
야만어로서 멸시를 받아오다가 푸시킨의 손에 세련되면서부터 러시아

문학의 정통적 용어로 되어 지듯이.

20년래 조선문학자의 노력의 결과로 이제는 한글을 가지고 시, 소설을 지을 수 있을까 하던 썩은 관념을 완전히 타파하고 났으니 이런 큰 승리가 어데 있습니까. 그런데 금후의 문제는 아까도 토의합니다마는 나는 X자 계급에서 한글을 호불호하든 마든 어학으로서 길이길이 기틀 줄 알기 때문에 김상용 씨 관찰모양으로 나도 낙관하는 터입니다.

김복진 나도 대체로 그런 결론을 가지고 있습니다. 그런데 한 가지 고려할 일은 한글이 국제용어로까지 장래가 빛나겠느냐 한다면 그것은 아직 말할 수 없다 하겠지만 이 땅 인민의 다대수가 쓰고 있는 보편적 완전한 어학이니만치 여기엔 같은 한글어학인바에는 분열이 없어야 하겠는데 근래의 추세를 보면 한글 견해에 대하여 이극로李克魯, 이윤재李允宰 씨 등의 조선어학회 용법이 다르고 박승빈朴勝彬 씨 등 조선어학연구회 용법이 또한 다르며 거기 따라 신문잡지사의 용례도 다르고 학교교육을 주재하는 어느 사용례도 달라서 여러 가지 불통일이 있으니 우리는 무엇보다 이 분열을 피하여야 하겠어요. 내 자신만으로는 조선어학회 측의 용법이 정당하다고 보는데 여기 대하여 우리들 문인들이 일치하여 이 용례를 확립시킵시다. 이것이 당면의 급인줄 알아요.

손진태 그 말이 옳아요. 한글의 통일에 이 땅 모든 교육가와 문화관계자가 전력을 하여 용법을 일정시키고 그리고는 한글 보급에 힘써야 하겠지요. 그리함에는 그 중에도 일반에 영향력을 많이 가진 작가의 노력이 크게 있어야 할 줄 압니다.

그리고 최근에 파리 작가 사이에 에스페란토나 영어, 프랑스어 등으로 작품을 발표하는 일이 빈빈頻頻한데 내 생각에는 해외문단을 목표 삼고 외국어로 발표함은 좋으나 타고르가 작품 발표할 때에 벵골어로

써놓고 그것을 제 손으로 영역하여 두 가지를 동시에 발표하듯이 한 편으로 조선 한글로 쓰고 그것을 영역이라든지 불역으로 하여 동시에 내외문단에 발표하여 주는 형식을 취하여 주었으면 좋겠어요.

서항석 그 태도를 나도 지지합니다. 그리고 우리가 이 때에 생각할 일은 예전에는 엄정히 말한다면 우리는 조선말은 있었으나 조선글은 없었던 시기가 있었지요. 아까 홍기문 씨 말씀 모양으로 그때는 오직 한문이 문학상 통상용어가 되었었지요. 그러다가 지금은 또 한편 다른 어학이 한문의 지위에 바뀌어 놓이지 않을까 하는 점도 고려되는데 그러나 아직은 이 문제는 그리 큰 당면의 급박한 문제는 아닐 줄 압니다. 한문 전성시대와도 달라 지금은 훌륭한 조선말과 글이 있으면서 문학상 용어를 그로 하지 않는다면 이것은 각자가 심히 반성할 거리인가 합니다. 이 때에 있어 우리는 다시 한 번 조선문학을 엄정히규정지어 제 문학을 보호, 엄호하는 문화적 노력이 있어야 할 줄 압니다.

유진오 물론 '조선문학과 한글어학'과의 관계는 퍽 긴밀하고 가장 중요한 문제인줄로 압니다. 그런데 비관론자들은 가끔 아일랜드의 예를 끌어 옵니다마는 그것은 아일랜드와 우리와의 관계는 퍽이나 다르다고 봅니다. 모든 점으로 보아서 아일랜드에 있어서의 켈트어와 같은 운명을 당하리라고는 절대로 안보여 집니다. 한글은 신문학 발생 이래 오늘에 와서는 점차 완성의 역域에 거지 반 달한다고도 할 것입니다. 그러나 아직도 한글어학은 언어적 창조기라고 하겠어요. 현대적인 새로운 감각을 주는 신어新語를 더욱 더욱 만들어 내어 한 개의 언어로써의 풍부화를 꾀함에는 우리 문단은 적극적인 관심이 필요할 것입니다. 그렇다고 일부의 한글학자들과 같이 전날의 죽은 사어死語를 현대적 감각성을 무시하면서까지 들춰내고 싶지 않습니다. 또 그런 반면에 새로이 생겨져 나오

는 말이라고 거저 배척하여서도 안 될 것입니다. 언제든지 언어란 부절
히 변천하는 것임으로 한글어학의 전도는 다시 말한다면 낙관하는 것
이 정당한 사실이겠지요.

김동환 알았습니다. 이상의 토의에서 우리는 '한글어학의 장래는 좋은바 있으
니 조선문학의 발달은 한글을 모태로 어디까지든지 정진해야 한다'하
는 결론을 얻어가진 줄 압니다.

아관문단진흥책我觀文壇振興策

유진오 문단의 진흥은 다른 모든 기본적 조건 ─ 정치, 경제, 사회 등의 제 조건
과 관련하는 것이므로 이러한 기본적 조건을 근본적으로 해결함이 없
이는 문단 독자로는 진흥할 길이 없다고 생각합니다. 그러므로 이런 근
본적 문제는 떠나 지금 소외된 조건 밑에서 고식적이나마 진흥책을 생
각한다면 첫째 작가와 평론가가 다 같이 한층 노력할 것 둘째 경제적
기초가 서 있는 신문이나 잡지에서 문단에 대한 인식을 새로이 하고 원
고료를 올리는 등 문사를 우대할 것을 들 수 있겠지요. 첫째 조건을 조
금 부연한다면 지금 조선의 작가가 평가는 다 같이 너무 목전의 현상이
나 목전의 명성에 구애拘碍되는 감이 깊습니다. 좀 더 우리는 눈을 크게
뜨고 조그만 명예, 불필요한 편견 같은 것을 초월해서 정말로 크고 깊
은 문학을 낳기 위해 노력해야 되겠지요. 이 점에 대해서는 문학을 애
호하는 독자층에도 책임이 있는 줄 생각합니다. 독자의 수준이 훨씬 향
상된다면 자연 이런 불순한 요소는 청산될 것이니까요. 어떤 작가와 어
떤 평가가 정말로 우수한 사람인가 하는 것을 혼탁한 저널리즘의 탁류
속에서 찾지 말고 독자자신의 예리한 눈으로 판단한다면 누구나 진지
한 노력을 계속하지 않고는 문단에 배겨나지를 못하겠지요. 둘째 조건
인 문사대우 문제는 더 말한 필요도 없겠지요.

문사와 생활문제

유진오 이것은 문단진흥책에 크게 관계가 있는 것으로 생각합니다. 어느 좌담
회를 갔더니 문사가 생활을 위해 문학작품을 쓴다면 그것을 타락이오
못 쓴다고 하는 의견이 대다수였습니다마는 이것은 딜레당트만이 할
수 있는 말입니다. 동서고금의 굴지할 대문호만을 생각한다면 좋은 작
품을 낳기 위해서 문사의 생활을 보장함이 필수조건이라는 말이 혹 예
외가 될지도 모르나 적어도 현대작가의 절대다수는 비록 그 출발에 있
어서는 빵을 얻으려는 수단으로 문사가 된 것은 아니겠지마는 문사가
된 후에는 그것으로 빵을 얻고 있으며 빵을 얻기 위해 작품을 쓰고 있
다는 사실을 우리는 명심해야 될 것으로 압니다. 빵을 도외시하고 쓴
작품이라고 반드시 걸작이 될 이유가 없으며 빵을 얻기 위해 쓴 것이라
고 반드시 태작이 될 리도 없을 것입니다. 폐일언廢—言하고 문사도 사람
인 이상에는 먹어야 하는 것이니 우리 문단에서도 이미 타위他位를 확
립한 작가에 대해서는 그의 생활을 보장해야 되며 또 좋은 작품에 대해
서는 높은 고료를 지불해야 될 것입니다.

조선신문 문예면에 대한 포부

유진오 나는 지금 조선신문의 문예면은 문예에 너무 편중하면서도 기실 문예
에 충실치 못하다고 봅니다. 문예를 편중한다함은 문예란에는 문예에 관
한 기사뿐 말고 동조東朝, 독매讀賣 등 같이 사상, 경륜經綸 등 널리 문화 일
반에 긍亘해 좋은 기사를 실어 달라는 것입니다. 지금까지도 이런 노력이
아주 없었던 것은 아니나 앞으로는 이런 방면에 더욱 힘써 달라는 것입
니다. 충忠치 못하다는 것은 어폐가 있을지 모르나 신문문예란이 문단진
흥에 대해 성의 부족하다는 말입니다. 문예란에는 평론과 시만 나고 창
작은 별로 싫지 않는 듯한데 앞으로는 창작도 실어주었으면 합니다. 물
론 신문에는 연재 장편소설이 있지만 이것은 대중의 통속적 흥미에 영합

하는 것이므로 이런 것 이외에 순수히 예술적인 소설을 실어달라는 것입니다. 신문사로는 독자유무를 염려할는지 모르나 이런 소설에는 따로 고급독자가 많이 있을 것으로 확신합니다. 도쿄의 일류신문에서는 거의 다 제1면 정치면에다가 이런 소설을 실고 있으며 이 란에서 많은 좋은 작품을 얻었습니다. 나는 조선신문도 이런 소설을 문예란이나 또는 도쿄같이 정치란 하부에나 실어주었으면 문단진흥에 크게 유조할까 합니다. 조선같이 문사의 생활이 불안정한 특수한 사회에서는 이것을 해결하는 일책으로도 신문사에서 이런 노력을 해주기를 바라는 것입니다. 편편한 평론이나 잡문만으로 귀중한 문예란을 실지 말고 고매한 창작을 골라 실리도록 해 주십시오.

제2분과 회의 – 세계적으로 우리 문예를 발양코자 런던펜구락부에 가입함이여하

김동환 조선문단의 우수한 작가와 평론가가 어떠한 예술적 그룹을 지어 한 단위가 되어가지고 런던에 본부가 있는 펜구락부에 가입함이 어떠하겠습니까.

펜구락부라 함은 전 세계의 예술가의 교환단체로서 세계 40여개 민족예술단체가 가입되어 있는 것으로 도쿄서도 작년 봄에 결성되지 않았습니까. 도쿄펜구락부는 시마자키 토손島崎藤村,[9] 기시다 쿠니오岸田國士,[10] 야나기사와 다케시柳澤健,[11] 야마모토 유조山本有三,[12] 구메 마사오久

9 　시마자키 토손(島崎藤村, 1872~1943). 일본의 시인이자 소설가. 『분가쿠카이(文學界)』에 참가해 낭만주의적 시를 발표했으며, 이후 자연주의를 기반으로 하는 작가로 활동했다.

10 　기시다 쿠니오(岸田國士, 1890~1954). 일본의 극작가, 소설가이자 평론가. 1932년 메이지대학 문예과 교수를 역임했으며 1937년 시시 분로쿠(獅子文六), 쿠보타 만타로(久保田万太郎)와 극단 분가쿠쟈(文學座)를 창설했다.

11 　야나기사와 다케시(柳澤健, 1889~1953). 일본의 외교관, 시인. 프랑스, 이탈리아, 멕시코 등 외무성에 주재하며 외무성 문화사업부 제3과의 초대과장을 역임했다. 일본펜클럽(日本ペンクラブ)의 창설에도 관여했다.

12 　야마모토 유조(山本有三, 1887~1974). 일본의 소설가, 극작가이자 정치인 . 인도주의적 사회극 작가로, 인생의 의미를 평이하고 명석한 작풍으로 표현했다.

米正雄,[13] 후지모리 세이키치^{藤森成吉},[14] 요시에 다카마쓰^{吉江喬松},[15] 하세가와 뇨제칸^{長谷川如是閑},[16] 무로후세 고신^{室伏高信},[17] 오오야 소이치^{大宅壯一}[18] 등 대학교수와 작가, 평론가들 유력한 인사를 망라하였고 중국서도 상하이에 지부가 되어 있는데 후스^{胡適},[19] 차이위안페이^{蔡元培},[20] 톈한^{田漢},[21] 궈모러^{郭末若}[22] 등이 모두 회원이며 그외 제 외국의 저명한 멤버들은 보면 로맹 롤랑,[23] 고리키,[24] 지드,[25] 오닐[26] 등등 도무지 저명한 분들 뿐이지요.

---

13 구메 마사오(久米正雄, 1891~1952). 일본의 소설가, 배우. 1916년 아쿠타가와 류노스케(芥川龍之介)등과 제4차 신시초(新思潮) 동인으로 활동했으며, 도쿄니치니치신문(東京日日新聞)의 학예부장을 역임했다.

14 후지모리 세이키치(藤森成吉, 1892~1977). 일본의 소설가이자 극작가. 전일본무산자예술연맹의 초대위원장을 역임하고 노동농민당에서 구의원으로 출마한 적이 있다.

15 요시에 다카마쓰(吉江喬松, 1880~1940). 일본의 시인이자 평론가. 프랑스에서 유학을 마치고 귀국해서 와세다대학에 불문과를 창설했다. 농민문예운동의 제창자 중 한 명이다.

16 하세가와 뇨제칸(長谷川如是閑, 1875~1969). 일본의 소설가이자 언론인. 『오사카아사히(大阪朝日)』의 기자로 활동했으며, 정치학자 오야마 이쿠오大(山郁夫)와 『와레라(我等)』를 창간해 '프리 저널리스트'의 시작을 알렸다. 학문, 연구의 자유와 대학의 자치를 주장했다.

17 무로후세 고신(室伏高信, 1892~1970). 일본의 평론가이자 작가. 『니쥬로쿠신문(二六新報)』, 『지지신문(時事新報)』, 『아사히신문』의 정치부 기자였으며, 중일전쟁 무렵 『일본평론』의 주필을 맡았다. 이즈음 군국주의를 찬양하는 글을 많이 남겼다.

18 오오야 소이치(大宅壯一, 1900~1970). 일본의 언론인, 작가. 『신쵸(新潮)』에 평론을 발표해 이름을 알렸으며 전일본무산자예술연맹의 중앙위원으로도 활동했다.

19 후스(胡適, 1891~1962). 중국의 문학평론가. 5·4운동에 참여한 후 중국의 신문화운동을 이끌었으며 구어문의 문학을 전개해야 한다는 백화운동을 주장했다.

20 차이위안페이(蔡元培, 1868~1940). 중국의 교육자, 사상가. 중국 신문화운동의 주역으로, 베이징대학의 교장을 역임했다. 근대 교육제도의 도입과 구습타파운동을 주도했다.

21 톈한(田漢, 1898~1968). 중국의 극작가. 일본 유학 중 극작을 시작했으며, 귀국 후 1923년 상하이에서 남국극사(南國劇社)를 창립해 신극운동을 전개했다.

22 궈모러(郭末若, 1892~1978). 중국의 극작가, 사상가. 중국의 신문학운동을 이끌었으며, 1927년 난창봉기 후 중국공산당에 입당해 혁명운동에도 참여했다 항. 일과 계급투쟁에 대한 극작과 평론 등 다수를 발표했다.

23 로맹 롤랑(Romain Rolland, 1866~1944). 프랑스의 사상가이자 작가. 당대 현실사회와 정치적 사건을 소재로 인간중심적으로 표현했으며 절대적 자유를 주장했다. 1915년 노벨문학상을 수상했다.

24 막심 고리키(Максим Горький, 1868~1936). 러시아의 작가. 사회주의 리얼리즘 문학의 선구자로, 이후 소련 문예운동에 큰 영향을 주었다.

그래서 이 펜구락부는 계급이나 민족, 국가를 초월하여 오직 세계의 예술을 진보시키게 하고 예술가 상호간의 교환을 목적 삼는 것인 만치 우리로서는 여기 가입함으로써 종래 무규칙하게 해외에 번역 소개되어가든 조선의 소설과 시가를 통제 있게 의식적으로 선택하여 소개하여 또 피아彼我 예술 교호交互와 피아 예술가의 교환을 기회 있는 대로 하여서 우리 지위를 널리 해외에 압출押出시킴이 여하하리까. 오늘은 바야흐로 그리할 때가 돌아온 줄 아는데요.

정인섭 그것은 가可합니다. 지금 우리 문단이란 세계적으로 영霽이외다. 이것은 우리는 문예를 가지고 세계에 한번 그 존재를 과시하여 보려한 노력을 한 번이나 한 적도 없었던 때문이외다. 그러면 혹인은 조선문단에 세계적 작가가 있겠느냐 세계적 작품이 있겠느냐고 반문이라도 하겠지요. 이 물음에는 나는 '없다고도 할 수 없다'는 자신있는 대답으로 응하려 합니다. 그 실례로 장혁주張赫宙 씨의 「아기도餓飢道」나 그 외 수數씨의 작품이 외국어화하자 얼마나 외국에 충격을 주었습니까. 「아기도」 등은 우리 문단에 편재한 제 작품 중 그 1편에 불과할 따름이지요. 만일 우리네가 질서 있게 우수한 우리 작품을 외국어화 시킨다면 반드시 세계적으로 반항을 살 것이 많은 줄 자신합니다. 그러니까 우리들은 결속하여 민족문학파니 계급문학파니 해외문학파이니 하는 모든 제한을 떠나서 문예가협회 같은 일단을 모아 대외하여선 조선문학의 선전기관의 노릇 하고 대내하여선 자체의 수양과 우호의 기관으로 삼는 것이 대단히 좋을 줄 압니다.

---

25 앙드레 지드(Andre Gide, 1869~1951). 프랑스의 소설가, 비평가. 억압으로부터의 인간 해방과 개인적 자유의 회복, 진정성을 중시했다. 1947년 노벨문학상을 수상했다.

26 유진 오닐(Eugene O'Neill, 1888~1953). 미국의 극작가. 대극장의 사업성에 반발한 소극장운동을 전개하는 등 현대 미국의 연극과 영문학의 주역이다. 1936년 노벨문학상을 수상했다.

김복진 펜구락부라 명명하거나 문예가협회라고 명명하거나 어쨌든 국제적으로 연관성을 가진 한 개의 진보적 문학그룹을 가진다는 데는 나도 크게 찬성합니다. 무릇 한 민족의 문화란 선전이 없이 그것이 국제적으로 진출이 되기는 용이한 일이 아닌데 우리들은 너무도 이 방면에 관심을 가져오지 않았던 것이 사실입니다.

그러기에 이제는 상업자의 손에 내맡겨 그것이 잘못 번역되든 번역 안 할 것을 번역해버리는 그런 폐해를 근절시키고 양심 있는 우수한 작품이라든가 우리 문단의 조류 등을 정당하게 크게 해외에 전하도록 할 길을 취함이 옳을 줄 알아요.

김상용 요즘에도 신문지상에 누누이 문제된다마는 멀리 영미문단은 차치하고 장혁주 씨와 김두용金斗鎔 씨가 도쿄문단에다가 조선문단을 소개하는 글을 어느 잡지에다가 발표한 것도 옳게 되었느니 잘못되었느니 하고 시비가 많습디다 그려.

펜구락부 같은 것이 결성되어 도쿄문단이든 런던, 파리문단이든 어느문단이든 간에 조선문학의 현상을 소개할 필요 있는 기회 온다면 그 필자를 단속한다면 이러한 폐해만도 없어질 터이니 매우 깊은 일로 압니다.

홍기문 예술운동이 집단성을 띠어야 한다는 것은 지금 새삼스럽게 번설煩設할 필요 없는 일인데 불행히 20년의 신문예 역사를 가진 조선문단에서 한 개의 견실한 대표적 그룹도 못 가져왔기 때문에 우리 문화발양에 있어 많은 기회를 놓쳐왔던 것도 사실이외다. 그러나 매사는 '무물불성無物不成'이라 그런 큰 단체를 만들자면 번역, 소개, 조사 등 제 사업을 하기에 필요한 자금부터 만들어 가지고 논하여야 할 터인데 그가 가능할까요.

서항석 글쎄요. 그것이 큰 문제지요. 자금이 없는 단체치고 영속하여 갔던 예가 없는데 돈 없이 이런 일을 목표로 한 단체를 만들었다가 그 운명이 어떻게 될지요. 그러나 그런 것은 결국 문화운동이니까 학교에 돈 내듯 신문사에 돈 내듯 하는 유지자의 출자를 바라는 수밖에 없게 되겠지요. 그 유지자를 움직이는 노력은 피차 우리들이 할 임무일 줄 생각합니다.

손진태 그렇겠지요. 그렇게 하여 돈 모이고 사람 모여 만드는 것이 옳겠지요. 진실로 조선의 문단뿐만 아니라 광원廣園의 문화 속에 들어갈 토속문화에도 전 세계에 자랑하고 소개하고 싶은 것이 많으나 국제적 연계성을 가진 우리들의 단체가 없었던 까닭에 아까운 기회를 많이 놓쳤던 줄 생각합니다. 그리고 또 이제 결성되는 단체란 대외적 의미도 있겠지만 대내적 의미도 많이 가져서 우리 모든 예술운동의 종합적, 모태적 의미도 가져주어야 할 줄 압니다.

유진오 여러분은 대체로 조선에다도 펜구락부 지부 같은 것을 뒀으면 하는 데에 모두 찬성하시는 모양인데, 나는 이렇게 보고 있습니다. 우리 문단은 불과 15년의 역사를 겨우 가졌으며 지금에 앉아서 바라다 볼 때 과연 외국문단에 소개할 만할 것이 있겠느냐 하면 나는 퍽이나 주저됩니다. 그야 가령 누구누구 몇몇 작가의 몇몇 작품을 고르고 보면 외국문단에 소개해서 물론 걸작이라는 말은 못 듣더라도 그리 남부끄럽지 않을 정도라고 하겠으나 15년에 역사에 지나지 못하고 이만한 수준과 자기역량을 가지고서야 어떻게 세계적으로 우리 문학을 소개하려고 하는 대담성을 가질 수가 있겠습니까. 나는 결코 우리의 문학을 과소평가한다거나 멸시하는 것은 아니고 정당한 입론에서 세계적 문학수준에 비추어 보아서 우리의 힘은 아직 이러한 조직결성에까지는 이르지 못하였다고 보아집니다……. 시기상조라고 생각되어지는데요.

김동환 말씀을 들으면 대다수가 원칙적으로는 모두 찬성하십니다 그려. 이것을 실행하는데 있어선 딴 기회가 있겠지만 이 회의에선 만장무이의[滿場無異議]로 '그 필요를 인정한다'는 뜻으로 합의된 것으로 알아두겠습니다.

제3분과회의 – 민중을 위하여 가장 효과적인 연극운동의 구체안 여하

김동환 예술운동이란 결국 선각자의 사상과 감정을 널리 대중에게 전하는데 있을 것인데 우리가 현재 할 수 있는 예술운동의 부문을 손꼽아 보면 문예는 예외로 하고 첫째 영화, 둘째 음악, 셋째 연극이라고 보아져요. 그 중에 영화계의 현상을 보면 이것은 한편의 작품을 만들어 내재도 대개 4, 5천원 돈이 한 뭉에 있어야 할뿐더러[미국은 60만 불, 도쿄는 5, 6만 원 표준] 여러가지 난점이 따라다니기에 전조선적으로 활발하게 작용할 그릇으로는 부적혹은[시기상조]하며, 그 다음 음악은 오늘날 대중적 위력을 가진 점으로 레코드를 들 수 있어서 년 40여 만 매의 판매량을 보이고 있지만 생산회사가 대부분 우리 손에 있지 않고 또 다른 제약이 심하여 이 또한 순조롭지 못한 편인데 그러니 오늘 우리 처지로 그래도 비교적 호흡을 쉴 곳이 연극인 줄 압니다. 어느 곳 문예발달사를 볼지라도 연극운동이 그 원동력이 아니 된 데 있었습니까. 그레고리, 싱의 아일랜드라든지, 입센,[27] 셰익스피어, 골스워디[28]의 착안점이 다 그러하지 않았습니까. 연극을 만일 우리가 하자면 야외극 형식으로도 할 수 있겠고 소극장식으로도 할 수 있어 각본과 배우만 있으면 금전의 제약이 그리 심하지 않고서 될 수 있기 때문에 조선에서는 학교극, 민중극이 가장 많이 훌

---

27 헨리크 요한 입센(Henrik Johan Ibsen, 1828~1906). 노르웨이의 극작가, 시인. 근대시민극과 현대극에 많은 영향을 준 인물이다. 대표 시로는 「브랜드」, 「페르귄트」가 있다.

28 존 골스워디(John Galsworthy, 1867~1933). 영국의 극작가, 소설가. 신사계급을 묘사하면서 당대의 가치체계와 도덕체계의 붕괴, 변동하는 현대의 모순을 표현했다. 대표작으로 3부작 『포사이트가의 이야기』가 있다.

륭하여 주어야 옳을 줄 아는데 불행히 그 방면에 대한 의식적 작용이 부족한바 있었던 줄 압니다. 이때에 있어 나는 영국의 '예술봉사협회藝術奉仕協會'일을 생각하게 됩니다. 상업주의적으로 타락했던 전통적 영국 연연演을 보고 몇몇 청년이 단합하여 사회의 예술화, 예술의 사회화를 목표로 삼고 우선 강연회, 전람회를 하다가 런던에서 야외극을 하여 그 뒤로는 영국 전토全土에 지부를 두게 하고 5명, 6명의 동지자가 모여 열심히 신극을 펴서 결국 오늘에 보는 영국신극운동을 일으킨 것이 아닙니까. 우리도 이 식으로 혹은 순회로 혹은 지부조직으로써 이러한 연극 봉사기관을 13도 방방곡곡에 두고 부절히 대중에 작용한다면 그 효과가 몹시 커질 줄 아는데 어떻게 아십니까.

서항석 그래요. 민중에게 굳세게 어필하고 가장 효과적인 이 연극운동을 잘 키워가는 것이 우리 예술운동의 근간문제인 줄 아는데 그런데 우리 연극의 수준을 제 외국에 비하면 한없이 얕습니다. 이것을 향상시키고 새 진로를 열어보려고 그 동안 우리들은 극예술연구회를 조직하여 벌써 10여차의 공연을 계속하여 왔습니다마는 실제로 이 운동에 관련 맺어 오며 생각하여 보니까 우리 처지로는 첫째 상연각본을 우리 뜻에 맞는 것을 올릴 수 없어요. 이유는 약略합니다. 우리는 창작극을 주로 하려고 몇 번 버루다가 결국은 대부분 외국극 번역을 하는 일이 많았습니다. 그러나 한 가지 마음 든든한 일은 서울서 여러 번 공연하여 보니까 이제는 진실한 관객이 많아진 것이에요. 근래의 우리 공연에는 수지가 늘 맞아갑니다. 신극을 지지하는 층이 이만치 증가하여 가는 표標지요. 그래서 이제부터는 각 지방으로 순회공연도 하여보고 싶은 충동을 가지며 또 각 지방, 각 지방에 우리 지부가 널리 생겨주어 5인, 7, 8인의 소인배우가 나와서 민중극으로의 건전한 발달을 할 같은 길에 나서주기를 바라게 되었습니다.

조선의 예술운동으로 보아 실로 이 연극의 임무가 중대하지요. 우리들
은 여기 대한 근본적 대책을 하로 급히 가져야 할 줄 압니다.

김상용 나도 동감입니다. 한편으로 사회대중을 상대로 하는 민중극이 발흥하
고 한편으로 학교극 같은 각자 학교 내의 학생극이 널리 퍼져서 누구나
연극에 친할 기회를 갖게 되어야 홀을 줄 압니다.

민중극의 수립을 안전케 하기 위하여서는 회원제도 좋지요. 그 지방,
그 지방 처음은 연극애호자로부터 50전, 1원하는 회비를 받아 그 회원
에게만 보이는 연출제로서 초보발달을 시켜 오다가 나중에 일반대중
에게 공개하는 그런 해제楷悌를 밟아도 좋겠어요.

정인섭 그도 필요하지만 우수한 극작가가 나와 주어야 할 줄 압니다. 조선정서
를 살리는 창조적 우리의 극작가가 나와서 우수한 극본을 내어주어야
하겠어요. 외국극 번역은 암만해도 조선사람 가슴에 꼭 박히지 않아요.

김복진 여기에는 또한 재래의 저속한 통송극의 처리문제가 따르지요. 밤낮 민
중의 머리를 퇴보케 하는 구극舊劇을 정리하지 않는 한 신극운동이 순
조롭게 발달되지 않을 것이외다. 나는 결론은 말하지 않겠습니다마는
직접연극운동에 애쓰는 분은 그 점을 선행적으로 고려하셔야 되겠더
구만요.

서항석 요컨대 그것은 옛 전통을 깨트리고 우리 손으로 새 전통을 만들기에 성
공하는 날이면 구극문제는 저절로 해결되어 질 줄 알아요. 그런 뜻으로
우리 극예술연구회에서 처음은 외국냄새 나는 외국극을 유입하여 옛
전통을 깨트리는 한 무기를 삼아왔지요. 또 앞으로도 우리의 레벨이 세
계수준에서 서 나가려면 실상 외국 것도 필요하니까요.

김상용 연극, 연극하고 한 마디 하여도 어려운 점이 많지요. 우리가 머리로 생
각든 바를 현실화시키자면.

유진오 나는 직접 연극운동과는 거리를 멀리하고 있기 때문에 이 연극에 대한
문제는 그렇게 생각해 본 일이 별반 없어요. 그러나 문단적으로 보아서
우리의 희곡계가 너무나 쓸쓸하다는 것을 말하고 싶습니다. 우리 문단
에는 좀 더 희곡에 커다란 관심을 갖는 이들이 많이 나와서 연극단체에
게 가장 민중에게 보여줄 만한 참된 창작극을 써주었으면 하는 생각을
늘 가지고 있는 바이지요.

김동환 그러면 오늘 이 문제토론의 귀결은 '모든 예술부문 중에 가장 효과적인
연극운동을 우리들은 극력, 지지, 육성시키자' 함에 있는 것으로 알겠
습니다.

연극경연대회총평

연극경연대회총평

심사원과 각단 대표의 대회경과좌담회

격의 없는 비판에 화기애애

　본사주최 연극경연대회는 말해온 바와 같이 어떤 단체가 우승을 했다든가 하는 것보다 차라리 앞으로의 발전과 향상을 목적으로 한 바의 의도가 더 크므로 본사에서는 다시 금번 대회에 심사원 제씨와 각단 대표자와 연출자 제씨를 일석에 청하여 만찬을 같이하면서 좌담회의 형식으로 간극 없는 의견을 교환하게 되었다. 당일 출석자는

현철玄哲, 송석하宋錫夏, 안석주安碩柱, 김복진金復鎭 — 이상 심사원 제씨

유진오兪鎭午, 홍난파洪蘭坡 양씨는 유고미참有故未參

이원근李元根, 김태진金兌鎭, 홍개명洪開明, 이준규李駿圭, 김욱金旭, 민태규閔泰圭 — 이
상 각 대표자 급 연출자

서항석徐恒錫, 정래동丁來東, 김철규金哲圭, 김동섭金東燮, 신호균申浩均 — 본사측

서항석 오늘 오셔달라고 청한 것은 심사위원 여러분께서 매일 심사하시기에
고심하였고 또 극단 여러분들도 수고하신데 대하여 감사의 뜻을 표하여
저녁이라도 같이 나누었으면 해서 하는 뜻에서 나온 것입니다. 이곳에
모인 여러분이 모두 연극관계의 분인 것을 기회로 이번 연극경연에 대
하여 간담식으로 이야기를 해주었으면 서로 얻는 바가 많으리라고 생각
되는데 어떻게 생각하십니까……. 모두 좋다하시는 모양인데 그러면 순
서를 어떻게 정할는지요?

김복진 우리는 잡혀 왔으니까 하라는 대로 하지요.

(일동폭소)

서항석 이번 상연물에 따라 하나씩 하나씩 들어 이야기를 했으면 어떻겠습니
까. 심사위원뿐 아니라 극단 여러분들도 기탄없이 서로 이야기해주었으
면 고맙겠습니다. 금후의 연극을 발전시키는데 좋은 자극이 되도록…….

이원근 먼저 심사하신 분들의 관점을 알려줬으면 좋겠는데요.

서항석 대신 대답 드리겠습니다. 이번 대회를 열 때 단체상, 개인상을 드리는
것 등은 대강 방침을 세우고 극단 책임자들을 모아 의논했는데 그 결과
연기, 연출 등 심사의 단위를 정해가지고 평균점이 많은 단체에 상을 주
는 것이 좋다는데 의견이 일치되어 이를 심사위원회에 제출하기로 하여
심사위원회에 제출한바 심위에서는 심사방법에 있어서 요소를 네 가지

로 나누었습니다. 즉 연출 하나, 연기 하나, 장치와 조명 하나, 의장과 소도구 하나로. 그리고 그날^{상연일} 제일 잘한 단체의 점을 네 가지에 있어서 각각 100점으로 하여 총 점수 400점으로 정하고, 이를 표준으로 채점하여 이를 밀봉, 본사에 제출케 하였습니다. 그리하고 후에 혹시 의견이 달라진 때에는 개봉시에 재고케 하도록 하였습니다. 개인상에 있어서는 전 출연자를 다 보는 것이 원칙이나 한 단체에서 4명쯤을 취하여 채점하기로 하였습니다. 그리고 채점은 6회 공연 중 마지막 2회는 전^前 4회에 준할 수 있다하여 4회만을 보되, 마지막 2회에 큰 변동이 있으면 물론 이를 참작하기로 하였습니다.

홍개명 먼저 심사위원 측에서 이야기를 해주었으면.

서항석 그러면 제1회 공연순서를 따라 화랑원^{花浪苑}에 대해서 말씀해주십시오. 합평회식으로 극단 여러분들도 많이 말씀해주십시오.

김복진 저는 6회를 통하여 제가 볼 만큼 보았는데 딴 방면은 모르나 '도구를 통해서의 연기'를 주로 보았습니다. 예를 들면 담배를 들고 하는 대사와 동작이 유기적 관련이 있는가 없는가 하는 것입니다. 화랑원에 대해서 말합니다. 제1회 공연은 처녀지로 두고 2회 이후에 좋게 달라진 것과 나쁘게 달라진 것을 보았습니다. 제2회에는 무대 좌편 탁자 우에 있던 꽃병에 1회 때에 있던 꽃이 없어졌습니다. 1회 때에는 비평가가 왼손으로 인장을 찍었는데 2회에는 오른손로 찍었습니다. 2회에는 돈 받으려 온 사람이 여자 케이프 위에 가방을 놓았습니다. 1회에는 그렇지 않았습니다. 2회에 비평가는 석사란^{石似卵, 사장}이 계약서 쓰는 동안에 앨범을 보았는데 1회에는 앨범 보는 것이 없었던 듯합니다. 2회에 사장은 계약서 쓸 때 탁자 아래서 우물쭈물했는데 이 계약서 쓰는 것이 이 극에 있어서 중요한 모멘트인 만큼 이 우물쭈물하는 동작은 파탄을 일으켰습니다. 만약 제가 그 역을 한다면 이렇게 안하겠습니다. 아마 계약서 쓴 것과 백지를 바꾸노라고 그리된 모양이나 원체 객석에서는 글 쓰인 것과 아니쓰인 것을 모르므로 글 쓰인 것을 처음부터 내어들어도 모르리라 생각합니다. 바꾸는 당자는 그 시간이 짧은 듯하나 관중에게는 지루한 시간입니다. 그러고 가운데 사무탁자는 적은 것을 포함했는데 탁자다리가 가운데서 보여 사장이 앉으면 사장의 다리와 탁자다리가 합해져서 어색했습니다. 3회에 있어서는 2회까지 비평가가 들어올 때 검사와 같은 찡그린 얼굴로 대하던 사장이 3회에는 친구와 같은 태도를 보였는데 좋았습니다. 돈 받으러 온 분은 3회에 "이 회사는 모두가 거짓말로 되었다"는 말을 듣자 들었던 모자를 떨어트렸는데 2회까지에는 없었던 것 같습니다. 3회에는 액額도 늘었습니다. 4회에는 시계 소리가 났습니다. 연출자가 연기자까지 되는 관계로 홍개명 씨의 책임이 무거웠으리라고 생각합니다.

홍개명 인장 찍는데 있어서 1회에 사장이 왼손을 잡기에 하는 수 없이 그대로 찍었으나 2일부터는 오른쪽으로 달아나 오른손으로 찍었습니다.

김복진 〈15분간〉의 각본이 발표된 당시의 김운정金雲汀 씨가 의도한 초점은 지금의 그것이 아니라고 생각합니다. 비평가의 성격은 독선적인 것을 잡지 않았는가 생각되는데 지금의 우리가 생각하는 조선의 비평가와 거리가 멉니다. 우리는 비평가라면 최재서崔載瑞 씨나 이여성李如星 씨 등의 실재인물을 연상하는데 이에 비하여 〈15분간〉의 비평가는 특히 옅습니다. "나는 다茶보다도 약주술이 좋네" 하는 대사도 그러한 것을 말하는 듯싶습니다. 비평가라는 관점을 달리했으면 지금 관객에게 맞았으리라고 생각합니다. 그 전의 공연을 보았는데 10년 전과 금반의 공연이 다르지 않습니다. 그러고 무대효과로 보아 방 넓이를 줄였으면 좋았을 것입니다.

—『동아일보』, 1938.2.22

홍개명 맨 처음 토월회土月會 당시에 쓰인 각본을 지금 그대로 올린 데 실패가 있습니다. 저희는 본래 흥행 극단 사람이라 금반 대회에 참가하는 것이 잘못이 아닐까하고도 생각했으나 이 같은 좋은 일에 참가한다는데 우리의 성의를 표하려는 뜻이 있었습니다. 〈15분간〉을 택한 것은 극본이 적은 조선에 비극은 나도 더 쓰기 힘든 희극은 한층 적습니다. 희극 중에도 풍자극이란 더욱 드뭅니다. 이러한 중 운정 씨의 〈15분간〉은 극작술劇作術상으로 보아 비유가 없는 걸작입니다. 그래 가져다놓고 보니 자, 이걸 금일 이후의 비평가로 만드느냐? 혹은 그때의 비평가로 하느냐? 문제였습니다. 그래, 결국 배우들도 오랜 사람들이라 당시대로 한 것입니다. 원작을 뜯어 고칠 수 없는 바에는 차라리 원작에 충실하기로 하였습니다. 그러나 장치만은 10년 전에 없는 장치를 했습니다.

안석주 복진 씨에 동감입니다. 장치에 있어서 회사가 서울에 있다면 아무리 양옥이 많더라도 혹 초가도 있는 법인데 뒤뜰창을 통하여 아무 집도 없이 어떻게 이 방만 따로 떼다 놓은 것 같았습니다. 가내에 액도 있었으나 조선인의 회사라면 조선 그림도 있을 터인데 그러한 조선인 생활의 무엇이 없었습니다. 연기에 있어서 비평가는 방 오른쪽에 있는 소파를 한 점도 이용 안했는데 섭섭했습니다. 그리고 성격으로 보아 비평가가 도리어 솔직하고 사장은 좀 음흉하여 할 터인데 그렇지 못했습니다. 그리고 사장은 어쩐지 남의 집에 온 것 같았습니다. 좀 더 맘이 펴야 할 터인데. 계약서 쓰는 시간이 너무 솔직하게 오랫동안 써서 비평가의 동작이 거북했습니다. 각본으로 보아 새 것을 택했어야 좋을 것을 오랜 것이 되어 관중의 흥미를 끄는데도 연출자는 손을 보고 있습니다. 또 현대는 생활이 좀 더 복잡하므로 이 같은 각본으로서는 좀…….

제씨 실패지요.

현철 저는 극백劇白에 있어서 아직 성대의 훈련이 적다고 생각하였습니다. 또 과거에는 없든 프롬프터가 있어 일일이 대사를 가르쳐 주는데 객석에서 그대로 들려 재미없었습니다. 효과로 보아도 그렇습니다.

서항석 송선생 말씀하시지오.

송석하 한 관중으로서 본점을 말하고 싶습니다. 저는 극에 대한 전문적 지식이 없습니다마는 그 때문에 도리어 무대상의 어떤 것이 실제와 어그러져서 우습게 뵈는 점이 있습니다. 그 말을 하기 전에 먼저 말할 것이 있습니다. 저는 과거 그리 많지는 못하나마 극을 보아왔는데 그 기백이 도리어 창극조唱劇調하는 사람만 못한 점을 많이 보아 이번에도 진실한 태도가 뵈지 않으리라고 예상하였더니 모두 아주 열심이어서 놀랐습니다. 종래 첫날에는 연습부족으로 잘못하고 3일에는 타태惰怠해지는 것이 통 예인데 이번에는 그것이 없어졌습니다. 〈15분간〉에 있어서 그 시계가 문제입니다. 그렇게 큰 시계가 응접실에 있는 것은 모순됩니다. 현관에는 있는 수가 있지마는 그러고 허위의 생활을 하는 사람이란 어딘가 실내장치 등에 한 가지라도 위격이 있는 법인데 넓은 그 방이 아주 격식이 맞습니다. 사장의 성격은 허위의 실업가인 만큼 속에 구렁이가 들어앉아 얼렁뚱땅 넘겨야 할 것이고 좀 점잔도 빼고 해야 할 터인데 너무 싸움하려고 달려드는 태도였습니다.

안석주 좀 더 교활하든가 능청맞든가 해야 하지요.

송석하 관리같았습니다. 그리고 이 극은 희극이면서도 비극요소가 있는 희극인데 허위의 생활이 참담하다는 인상이 없었습니다. 아마 이것은 극본 자체의 문제이겠으나.

서항석 다음 낭만좌로 넘어갔으면. 안, 현선생께서 말씀하시지요.
([원주] 주 — 현철 씨는 〈햄릿〉[1] 번자(翻者)이다)

현철 〈햄릿〉은 본래 어려운 것인데다가 이해 없는 대중 앞에 그중의 한 장면만 떼어다 놓았으니 더욱 이해받지 못하였을 것입니다마는 그 유명한 〈햄릿〉을 상연한데 대하여 우선 감사의 뜻을 표합니다.

민태규 자랑으로 한 것이 아니라 우리가 얼마나 이를 소화할 수 있는가를 시험하여 본 것입니다. 결국 실패였지만…….

안석주 낭만좌는 아주 연구적 태도여서 좋기도 하나 너무 연구적 태도에 흘려 도리어 실패한 것이라고 생각합니다.

홍개명 아무 극단이건 무대에서만은 연구적 태도이어서는 안 됩니다. 신극단체가 실패하는 주인(主因)은 거기 있습니다. 관객과 무대가 혼연히 합치되어야 효과가 있는데 연구적 태도인 무대는 싸늘하기 짝이 없어 관객이 떨어지고 맙니다.

현철 연극을 모르는 대중에게 보였기 때문에 이해 못 받으나 전반적 실패라고

---

1   윌리엄 셰익스피어(William Shakespeare)의 희곡 「햄릿(Hamlet)」을 말한다.

안석주 금반 경연대회의 한 이채였습니다. 이를 실패라고 생각한다면 그것은 겸손의 말씀일 것입니다.^{전언을 수정하시는 모양} 이러한 시험은 일반 극계에 큰 파문을 주었으리라고 생각합니다.

김욱 제가 이번 〈햄릿〉의 연출한 의도는 단체의 의도도 그렇지만 좀 더 극인들 간에 어떠한 충동을 주려고 한 데 있었습니다. 사옹沙翁의 위명偉名에 눌려서 안 해서는 안 된다, 혹은 저이를 현학적이라든가 당돌하다고 할는지도 모르나 위대한 작품이라도 한 번 해보자는데 있었습니다.

안석주 토월회나 극예술연구회劇藝術研究會를 보더라도 그렇습니다마는 대중이란 결국 차차 따라오는 것입니다.

김복진 예술비판에 있어서 흔히 기분이라든가, '느낌'이라든가 하는 말을 쓰지마는 우리는 어떤 작품 하나를 볼 때 좀 더 분석해보아야 할 것입니다. 그저 기분이라고 해버리면 아무 진보가 없습니다. 어떤 사람이 사람을 정의하여 "사람은 도구를 만드는 동물"이라고 했지마는 저는 이번 연극을 볼 때 아까도 말했지마는 도구를 통해서의 연기를 보려고 했습니다. 이번 각본은 번안이었더구만요. 원작의 묘지 장면에 있는 것이 아닌 유명한 독백 "살 것인가 또는 죽을 것인가 문제는 오직 그것이다"를 가져다가 놓은 것으로 보니 1회와 2회분 연演을 비교해볼 때 1회의 배경이 훨씬 2회 것보다 좋았습니다. 어째 그랬습니까. 이번 장치에는 수행선 넷이 있었는데 담과 문의 선, 조금 높은 대의 선 뒤의 선과 숲 같은 선. 1회 때에는 그 숲의 소간小間이 떠서 좌편 것은 가까운 숲이나 고성古城 같고 우편 것은 원경의 숲 같이 보여 무대의 깊이가 있더니 2회부터는 중간의 뜬 것이 없어져서 숲이 숲 같지 않았습니다.

송석하 동감입니다.

김복진 장치는 그러나 연기는 나왔습니다. 또 1회 때에는 기억 없으나 2회부
터는 음악효과가 있어서 좋았습니다.

현철 음악은 원작에는 없는 것이고 장면이 본식대로 장례 못 받을 자살자(오필리
아)의 장식이라 음악이 없어야 합니다.

김욱 원작에는 음악효과의 주의가 없으나 분위기를 내려고 사용했습니다. 너
무 번거로우면 안되겠지만…….

김태진 원작 그대로의 상연을 주장한다면 연출자는 필요 없지 않겠습니까.(현철
씨에 대한 반박인가보다)

서항석 이에 쌍방의 말이 저어됨을 밝히고자 현씨에게 장례곡으로 음악을 사
용한 것이 아니라 분위기를 효과있게 만들려고 썼다는 말이지요.

현철 하여튼 원작에는 '복서(卜書)'가 없습니다.

김욱 〈모리엘〉의 원작에는 배우의 퇴장의 '복서'가 없는 것이 있습니다. 그렇
다고 퇴장 안하면 연극이 안 됩니다.

안석주 묘지의 문은 앞에 있는데 상여의 행렬이 뒤로 나오니 모순이 아닐까요.

김욱 장치자와 장치에 대하여 협의하였지마는 그대로 해주지를 않았습니다.

안석주 조명이 좋았습니다. 제1회에 〈햄릿〉이 처음 등장할 때에 조명이 뿌옇게 되어서 마치 멀리서 꿈 같이 나타나는 것 같았습니다. 긴 독일獨日을 살린 것도 조명의 도움이 많습니다. 색채도 1회가 좋았고 2회부터는 눈에 익어서 그랬는지 못해보였습니다.

서항석 시장하실텐데 저녁을 들기로 하고 후에 또 계속하시지요.

(7시 20분 일동 석반을 시작. 8시 15분 재개)

—『동아일보』, 1938.2.23

김복진 (예의 메모를 꺼내면서) 그럼 또 염마장을 꺼내야겠군(일동폭소). 2회부터는 상여꾼 넷이 든 것이 둘로 줄었는데 1회의 4명은 발이 안 맞았습니다. 2회부터는 상여 나오기 전에 종소리가 났는데 좋았습니다. 의상에 있어서 모두 고대古代 것이었으나 시녀만은 머리를 지진 것이라든가 지금 사람이라 재미없었습니다. 의상 중에 제일 문제된 것은 신靴인데 이상했습니다. 제가 만일 이 연출에 관계했다면 이렇게 해보고 싶습니다. 무대의 폭은 좁아도 깊이가 있게 하고 의상을 흑백 2색으로 하여 채색보다도 조명에 중점을 두고 싶습니다. 아까도 말했습니다마는 상여꾼을 줄인 것도 효과적이나 또 전체로 사람을 많이 써서 박학朴學 씨햄릿 역의 고군분투를 도와주게 하였으면 박씨의 연기가 좀 더 살았으리라고 생각됩니다.

안석주 배경은 1층에서 보는 것 2층에서 보는 것 또 3층에서 보는 것이 모두 다른데 이것을 고려해서 배경을 만들었으면 합니다. 심사원도 하루는 1층, 하루는 2층……이렇게 했으면 합니다.

김복진 (계속해서) 그리고 옷이 너무 짧았습니다. 특히 주왕만은 왕다운 위엄을 위해서 옷이 길었으면 합니다.

민태규, 김욱 (함께) 그러겠습니다.

안석주 묘지를 파는 사람이 매양 "그렇습니다" 하면서 몸을 숙이는 것이 아주 단조로웠습니다.

김복진 해골은 사람의 것이 아닙니다. 아래턱이 붙어있는 해골이란 없습니다.

실명 이크, 조각가다운 이야기로군(일동폭소).

김복진 그리고 해골이 굉장히 큽니다.

안석주 무대가 좁은 것을 조명이 넓게 보여주었는데 2회는 1회만 못했습니다.

홍개명 조명, 장치기裝置家도 이 자리에 있었으면 좋았을 것을…….

김욱 처음 조명계와의 약속을 조명계가 지켜주지 않았습니다. 마지막 장면 같은 것도 〈햄릿〉의 얼굴에서 차차 아이리스 아웃[2]해야 할 것을.

서항석 송 선생님 말씀해 주십시오.

송석하 의상은 모르겠고 산역山役꾼 A는 다른 사람보다 템포가 늦었습니다. A

---

2   Iris out. 화면의 바깥에서 한 지점으로 동그랗게 축소되면서 화면을 사라지게 하는 기법. 아이리 스 샷(Iris shot)이라고도 한다.

는 곡선적이고 다른 사람은 직선적이어서 맞지 않는 점은 연극학상으로 대조의 재미가 있지마는 한편으로 통일한 것이 효과가 더 있었을 것 같습니다.

민태규 개개의 성격이라…….

송석하 물론 그렇지만 여기에서는 그것이 연극 전체의 유기적 관련이 있는 것 같지 않았습니다.

민태규 원작의 〈햄릿〉의 성격에 가깝게 연출하려면 조각적, 입체적으로 해야 할 것이나 금반에는 다소 흥행적, 효과적이어야 하기 때문에 조각적으로 나갈 수가 없었습니다.

송석하 금반의 〈햄릿〉의 성격은 공상적이 아니었습니다.

김욱 저의 연출 플랜에 있어서는 〈햄릿〉의 성격적으로 살린다는 것은 잘못이라고 생각했습니다.

홍개명 거기엔 반대가 있는데.

서항석 본래 〈햄릿〉의 성격은 유약한 것입니다. 그래서 〈돈키호테〉[3]와 대조된다고 하지 않습니까. 금반의 〈햄릿〉은 그 전형적의 성격이 안 나타나고 도리어 영웅적이어서…….

---

3   스페인의 소설가 미겔 데 세르반테스(Miguel de Cervantes)의 『돈키호테(Don Quixote)』를 말한다.

현철 실패의 제일 원인은 영웅적이고 당돌한 존재가 되어버린 데 있습니다.

홍개명 서선생, '조선의 햄릿'^{유치진 씨 작 〈개골산〉의 마의태자(麻衣太子)를 의미함}은 어떠합니까.

서항석 금반의 마의태자는 허무주의자로 나타나 표현되어 있습니다.

홍개명 〈햄릿〉은 회의주의자가 아닙니까.

송석하 역사상의 마의태자는 결코 허무주의자는 아닙니다.

안석주 박학 씨^{〈햄릿〉 역자}에게는 율동이 없습니다. 소 같은 사람이란 인상을 주고 있습니다. 열熱은 있으나…….

홍개명 저는 박씨를 기교파라고 생각되더군요.

서항석 독백에 있어서 고민이 없고 어째 웅변 같았습니다.

홍개명 연기자에는 세 가지가 있다고 보는데 하나는 신이 나서 연기하는 연기자, 둘은 원작을 과학적으로 분석해서 하는 연기자, 셋은 기교만으로 하는 연기자입니다. 이런 의미에서 박씨를 기교파라고 봅니다.

서항석 박씨의 연기는 그것만을 떼어 놓으면 일개의 해석이 될 수 있으나 전체적으로 본다면 〈햄릿〉의 성격이 아닙니다.

김욱 (박씨에게) 저의 말은 〈햄릿〉의 성격을 완전무결하게 살릴 수 없다는 말인데 여기 대해서 좀 해주셨으면…….

홍개명 〈햄릿〉에는 어떤 형型이 있다는 만큼 전형적 성격을 나타내어야 할 터인데 결국 역량이 부족해서 이번과 같이 된 것이 아닙니까.

김욱 그 전형적 성격이란 말은 아시다시피 투르게네프[4]의 『햄릿과 돈키호테』에서 나온 것입니다마는 일반 사용 연구가들도 〈햄릿〉을 한 개의 개성으로는 나타낼 수 없다고 하지 않습니까. 여러 가지 성격이 모아서 된 것이라 아무라도 이를 완전하게 살릴 수는 전연 없다고 봅니다.

김태진 그렇지만 연출자로서의 〈햄릿〉을 따로 창조할 수는 있지 않습니까.

안석주 그것도 원작을 떠날 수는 없지요.

김복진 긴급동의가 있습니다. 저는 먼저 하고 싶은 말을 하고 갔으면 하는데…….

서항석 잠깐만 기다려 주십쇼. 그러나 다음으로 넘어가서 인생극장의 〈아내의 방향〉을 말씀해 주십시오.

— 『동아일보』, 1938.2.24

송석하 저는 '인생극장'과 '극연'을 합해서 말하겠습니다. 〈아내의 방향〉은 조선을 무대로 한 것일 터인데 실제로는 조선풍습과는 맞지 않는 장치가 있었습니다. 장독대와 외양간이 함께 붙어있는데 이것은 아무리 시골이라도 이런 일은 없습니다.

---

4   이반 투르게네프(Ivan Turgenev, 1818~1883). 도스토예프스키와 톨스토이와 함께 사실주의 문학의 3대 거장으로 꼽히는 러시아의 소설가.

김철규 이크, 민속학이 인제 나오는군.

(일동폭소)

송석하 그리고 정초鄭楚 씨동리영감 역가 마고자와 모시 합바지를 입고 나왔는데 이것은 옷에 대한 계절을 무시한 것입니다. 둘 중 하나가 없어야 할 것입니다. 관중 중에서 부인네가 "아이구, 합바지를 입었으니 춥겠다"고 하는 걸 들었는데 그 말이 옳은 듯 생각되었습니다. 마구자는 겨울 것이오, 모시나 합바지는 5월경의 것이니까요. 그리고 극연에 있어서는 김복진金福鎭[5] 씨가 작부酌婦로 나왔는데…….

김복진 저하고 혼동하시지는 마십시오.

(일동대소)

서항석 작부로 생각하는 것은 오해일 것 같습니다.

송석하 하여튼 술파는 계집치고는 너무 깨끗했습니다. 좀 더 더럽고 천해보여야 할 텐데. 그리고 퇴장했다가 나올 때에 옷을 갈아입었는데 너무 사치해보이고 또 옷고름 같은 것도 꼭 매고 나오는데 너무 격식이 맞았습니다. 고름도 좀 풀어헤쳤다가 다시 매며 나오든가 했으면 좋을 것 같은데…….

현철 꼭 그렇지도 않지요. 저는 최근 어떤 시골을 다녀왔는데 술집에도 어여쁜 계집도 있고 옷 잘 입는 계집도 있습니다.

---

5   동화작가이자 극예술연구회의 일원이었던 여배우 김복진(金福鎭)을 말한다.

안석주 기생이건 색주가건 어떤 형이 있는 법인데 말하자면 색주가는 기름이
쪼르르 흐른다든가 하지마는 김복진金福鎭 씨는 김복진金復鎭 씨의 매씨妹
氏이긴 하나(일동홍소 또 홍소) 너무 작부 같지 않았습니다.

서항석 송선생 말씀을 끝내시지요.

송석하 하여튼 복진 씨는 보통 집딸이 좀 조숙한 것만 같았습니다. 그리고 술집
의 유리창경이 뒤집혔고 술집에 들어가는 사람만 있지 나오는 사람은
없어서 이상했습니다.

안석주 모두 술에 녹아 넘어진가 보지요.
(일동대소)

송석하 극연은 그러나 연출이 좋았습니다. 세밀한 데까지 연출의 힘이 나타났
습니다. 이에 비하면 인생극장은 좀 더 조선미朝鮮美가 날 텐데 적었습니
다. 마당이 넓은 것 같은 장치는 좋았습니다마는.

김태진 처음 플랜의 장독대 위치와 실제와는 달라졌습니다. 이같이 디자인과
달라져서 장독대를 두느냐? 마느냐?가 문제였는데 결국 두기로 했습니다.

이원근 무대연습을 좀 더 하게 되었으면 좋겠습니다. 그래야 무대장치가 연
출자의 플랜과 달라진 점을 고칠 수 있을 터인데.

홍개명 언제든지 의도와 표현된 현실과 맞나요?

김태진 그리고 마구자 문제는 저도 생각한 바가 있었는데 두루마기를 입히면 그만이겠지마는 마구자를 입혀야 여유가 있어보이므로 그렇게 했습니다.

(송석하 씨 퇴장)

김복진 〈아내의 방향〉에 있어서 미국에서 돌아온 남편이 1회에서는 보타이로 했더니 2회부터는 넥타이를 했는데…….

김태진 보타이가 없어져서 2회부터 넥타이를 했습니다.

김복진 아니 저는 그래서 좋았다는 말입니다(일동대소). 남편이 매 맞고 들어올 때 1회에는 얼굴상처가 없었는데 2회부터 있었습니다. 남편이 목욕간에 가서 죽었는지 살았는지 모르다가 후에 살아나올 때 1, 2회에는 술병을 들고 나오지 않았는데 2회부터는 술병을 들고 나왔습니다. 이 술병은 유리이기 때문에 조명에 번쩍거려서 살기 있는 그 장면의 효과를 잘 나타냈습니다. 3회부터는 마지막 장면에 지게에 연장 실고 “일하러 가자”고 하는데 이것은 2회까지보다 그 장면의 효과가 잘 나왔습니다. 3회부터 집의 장치에서 천정이 있는 것을 발견하였습니다. 2회까지는 하막霞[원주] 주-장치 우를 가리는 흑막가 내려서 그랬는지 안보였습니다. 천정이 있기 때문에 분위기가 집안으로 모여들어 오는 것 같아 좋았습니다. 마루 아래 기둥과 집 기둥과는 맞아야 하는데 4회부터 맞았습니다. 이것은 장치를 세울 때에 주의해야할 점입니다. 이상은 장치와 소도구 이야기고 연출에 있어서는 아무 극이든 간에 1막 전체를 통해서 심리학적으로 통일한 긴장미를 지속할 수 있느냐? 하면 이는 불가능한 것입니다. 그런데 〈아내의 방향〉은 처음부터 끝까지 긴장해서 ‘야마’구비라 합니까?가 없어 따분했습니다. 어디에든가 구비를 만들었으면 좋았을 것입니다. 동일한 긴장이란 지치는 것입니다. 극연 것과 시간을 비교해보면 모두 1시 20분

가량씩 걸렸는데 장단이 같아서 지루하게 느껴졌습니다. 그러고 극연에 있어서는 사냥꾼이 1회에는 탄환대를 띠지 않고 나왔는데 2회부터는 띠고 나왔습니다. 그러고 1회에는 50전 짜리를 주면서 5원을 주었다고 말하는 것이 불분명하였는데 2회부터는 분명해졌습니다. 산월^{山月, 작부}이 한테 형이 친한걸 보고 질투에서 하는 것이 나타났습니다. 순사복은 1회 와 2회가 상의복이 달라지는데 이것은 아무렇게나 좋았습니다. 무대에 있어서는 설명 없는 인물이라면 전형을 내세워야지 그러지 않으면 전후 에 전형 이외의 인물임을 설명해야 합니다. 형이 1회에는 능금을 안 먹 었는데 2회에는 둘로 쪼개어 먹었습니다. 그러나 이것은 모던보이가 하 는 짓 같아 보였습니다. 소박한 사람 같이 기교 없는 기교를 해야 할 터 인데 모뽀[6] 같은 동작이 바로 나빴습니다.

─『동아일보』, 1938.2.25

김복진　(계속) 2회부터 캡을 썼는데 좋았습니다. 2회까지는 형제가 자는데 문 이 열린 채 있고 발^簾이 있었는데 3회에는 문이 닫혀 있었습니다. 1회에 는 초를 켰고 2회에는 석유남포를 켰습니다. 3회까지 오른쪽에 너무 길 게 나왔던 지붕이 4회에는 퍽 들어갔는데 지붕과 바람벽의 거리가 알 맞아 좋았습니다. 극연은 '소화^{コナシ}'하는 것이 퍽 섬세한 데까지 이르러 일종의 '하이라이트^{サビ}'가 생겼었다고 봅니다. 농담입니다마는 저는 길 에서나 전차에서 어여쁜 여자를 보면 그 어느 부분에서든가 결점을 발 견하고서야마는 습관이 있는데 이 나쁜 태도가 혹은 이번 연극 감상에 도 나타났는지 모릅니다. 이 점 양해해주십시오.

(김복진 씨 퇴장)

6　'모던보이(모던뽀이)'의 줄임말.

김태진 〈아내의 방향〉의 마지막 가까운 장면에서 남편이 유리병을 들고 나오는 것이 좋았다는 말씀이 있었는데 저는 본래 시각으로 보는 효과까지는 생각 못했고 다만 병을 떨어뜨리는 소리에 의해서 아내의 고함에 효과를 주려고 했던 것이 우연한 시각적 효과까지 내었구먼요.

안석주 〈아내의 방향〉의 집 장치는 불탄 집 같았고 너무 큰 감이 있었습니다. 구조가 더러운 것은 좋으나 색채가 더러워서는 안됩니다. 그러고 데릴사위가 일하고 싶어 하는 표현을 처음부터 보였으면 마지막 장면에서 일하러 나가는 것이 더 효과있었을 것입니다. 배경의 산은 봄의 산이 아니고 겨울 산이어서 전답田畓에 일하러 나가는 것이 거짓 같았습니다. 또 장기를 가지고 나간다면 이보다 먼저 소의 암시를 준 후에 나갔으면 일층 효과가 있었을 것입니다. 미국에서 돌아온 남편이 흥분해 말하는 데가 있는데 자신이 흥분하여 버리고 관중을 흥분시키지 못했습니다.

이원근 저희는 그저 열과 성의로 한다는 의미에 있는 힘을 다해서 했습니다.

현철 〈아내의 방향〉에는 조선의 남편과 아내의 충돌이 여실히 나타났습니다. 한껏 고생한 아내가 남편을 안 볼 때에는 남편을 죽일 듯이 미워하나 남편이 눈앞에 나타날 때에는 어쩌지 못하는 점은 아주 묘했습니다. 남편이 악해도 어쩌지 못하는 풍습을 잘 표현했습니다. 그러고 배우들은 헛된 동작이 없었습니다. 결점을 찾자면 남편이 아내에게 돈 주는 장면에서 아내가 먼저 우선 쓰러져서 남편이 구걸 왔느냐고 하며 돈을 던지도록 했는데 효과있는 듯하면서도 부자연스러웠습니다.

안석주 집을 지킨다는 뜻에서 주저앉은 듯이 생각되는데 그랬다면 흙이라도 만졌으면 좋았을 것입니다.

현철 아내의 극백이 잘 들리지 않았는데 이것도 극백의 연습부족일 것입니다. 이 점에 있어서는 극연은 잘 들렸습니다. 그 때문에 말의 중심이 어디에 있는가를 알지 못하게 되었습니다.

실명 잘 안 들리기 때문에 관객이 귀를 기울여 조용해서 효과있었는지도 모릅니다.

(2, 3인이 웃는다)

현철 데릴사위는 아주 연기가 좋았습니다. 무대에 그저 서 있는다는 것은 아주 힘든데 몸에 빈 곳이 없었습니다.

서항석 그것은 연출자의 의도가 좋았습니다. 데릴사위를 딱 세워두어서 무대가 흔들리지 않았습니다.

안석주 데릴사위의 다리의 상처를 붉게 한 것은 참혹해보일 뿐 아니라 갓 상한 것 같아 좋지 못했습니다……. 금반 경연대회를 통틀어 말하면 모두 자연과 인간 사이의 거리가 컸습니다. 인생극장의 장치 같은 데는 풀한 포기라도 있었으면 무대 전체가 따스하였을 것입니다. 극연에 있어서도 주막 앞에 닭이라도 있다든가 꽃이라도 있을 법합니다. 흔히 주막 주인이란 할 일이 별로 없어서 꽃 같은 것을 가꾸는 법입니다. 또 극연에 쓴 나무는 〈햄릿〉 장치에 쓴 엉성한 나무를 그대로 썼는데 알맞지 않았습니다.

서항석 인생극장의 장치에 있어서 미국에서 돌아온 남편의 방을 만들었는데 그 방은 별로 사용되지 않는 점으로 보아 너무 넓고 다른 방은 그 반대로 너무 좁았는데 미국식 방은 아주 없었으면 합니다. 그렇지 않으면 그

방을 좀 더 살게 이용해서 등장인물들이 출입하게 한다든가 했으면 좋았겠습니다.

현철 농촌식이 아니요 서울 집 같았습니다. 집 구조부터가.

서항석 아까 병瓶 말이 났지마는 그 병은 목욕간 옆에 세워두었던 것인지 혹은 방금 먹던 술병인지 잘 모르겠고 조금 부자연해보였습니다. 연출자에게 말씀드린다면 각본의 대사를 좀 깎아서라도 구비를 지었으면 관객을 좀 더 울릴 수 있었을 것입니다. 연극이란 끌었다가 닥치는데 관객에게 긴장미를 주고 감동을 주는데 너무 처음부터 끝까지 잡아 다녀서 효과가 적었습니다.

홍개명 모두 열로만 우겨대고 연기자의 연기라는 것이 적었습니다.

김태진 부부의 대립이 분명치 못한 것은 저 자신도 유감으로 생각하는 점입니다.

김욱 번안에 대해서 말씀드리고 싶습니다. 〈아내의 방향〉이란 일본 내지의 마후네 유타카[7] 씨의 「아메리카로 돌아가는 할아버지アメリカ歸りの親爺」의 번안인데 일본 내지의 환경에는 맞으나 조선에는 좀 맞지 않는 듯한데 좀 더 가깝게 번안했으면 합니다.

김태진 목욕간 대신에 딴 것을 했으면 좋겠다고 생각했으나 대신할 것이 없어서 그대로 했습니다.

7　마후네 유타카(眞船豊, 1902~1977). 일본의 극작가, 소설가. 일본프롤레타리아연극동맹 희곡연구회에서 활동했으며 태평양전쟁 말기에 만주에서 활동하다가 종전 후 귀국했다.

김욱 그 점을…….

서항석 저는 조선에 안 맞는 목욕간이기 때문에 대립이 확연해서 효과적이었다고 봅니다……. 그러면 이제는 극연으로 들어갔으면 좋겠습니다.

안석주 이번 경연 중에서 가장 각본 선택이 좋았습니다. 그래서 성공이 쉬웠고 또 장치가 흥미 있었습니다. 물론 욕심을 말한다면 더 있겠으나 그만하면 좋았다고 생각합니다. 아까 말한 것 같이 나무가 거리끼었고 잔명등은 좀 더 효과적으로 쓸 수 있었으리라고 생각합니다……. 연기에 있어서는 단연들이 모두 좋았습니다. 맹인인 동생이 너무 의복이 좋았고 형은 마지막 날에만 의복이 찢어졌습니다. 그러고 형의 음성은 너무 상청^上_聽을 썼습니다. 형다운 위엄 있는 음성이 때로 있었어야 할 터인데 없었습니다. 그러고 마지막 장면에 있어서 잡혀갈 때의 다리는 좀 무거워야 할 것이 가벼웠습니다. 동생의 연기 중에는 술을 먹을 때 처음은 마루 아래서 얻어먹는 술을 먹다가 그 후에 본능적으로 마루에 올라앉아 먹었으면 좋았다고 생각합니다. 산월이는 너무 현명해서 도회 처녀로도 이만한 계집은 없을 듯합니다. 좀 싱겁게 했으면 산월이다웠으리라고 생각합니다. 그러고 형과 산월이의 관계를 좀 더 분명히 했으면 마지막에 산월이가 "어디가오?"할 때 형이 깜짝 놀랐으면 효과가 더 있었을 것을 합니다.

홍개명 놀라는 몸짓을 하기는 했는데 몸짓이 너무 적어서 멀리서는 몰랐는지 모릅니다.

신호균 행인이 50전을 형에게 주고 맹인에게는 5원을 주었다고 말하는 곳은 이 극 전체에 크게 관련되는 중요한 모멘트인데 그렇게 거짓말을 하는 원인이 없어서 이해하기가 힘들었습니다. 이 점은 큰 결점이었습니다.

이준규 끝 날까지 그것을 연구해서 매일 고쳤는데 차차 나아졌다고 생각합니다. 산월이와 형의 사이 좋은 것에 질투를 느껴 그렇게 말한 것으로 하는 데 이르렀습니다.

홍개명 원작에는 금화와 은화 관계이므로 실감이 나는데 번안에는 50전과 5원으로 되어서 실감이 적습니다.

김욱 분장에 있어서 부자연하여 거지같지 않았습니다.

서항석 거지가 아니라 '여예인旅藝人'입니다. 그래서 옷도 그리 더럽지 않은 것입니다.

안석주, 홍개명 (동시에) 형이 도적질할 때 개소리가 나면…….
(같은 말을 동시에 하여 서로 맞보고 웃는다)

안석주 자기 있던 자리에 훔칠라고 빨리 가야할 터인데……. 동감입니다.

이준규 거기에는 반대입니다. 도적질의 경험이 많아야 자기자리에 가는 법이지 처음 도적질에는 도망치는 것이 사실이 아닐까요.

서항석 그러면 이만큼으로 끝맺습니다. 재미있는 말씀 많이 해주어 감사합니다.
(10시 5분 폐회)

— 『동아일보』, 1938.2.25

화가 조각가의 모델 좌담회

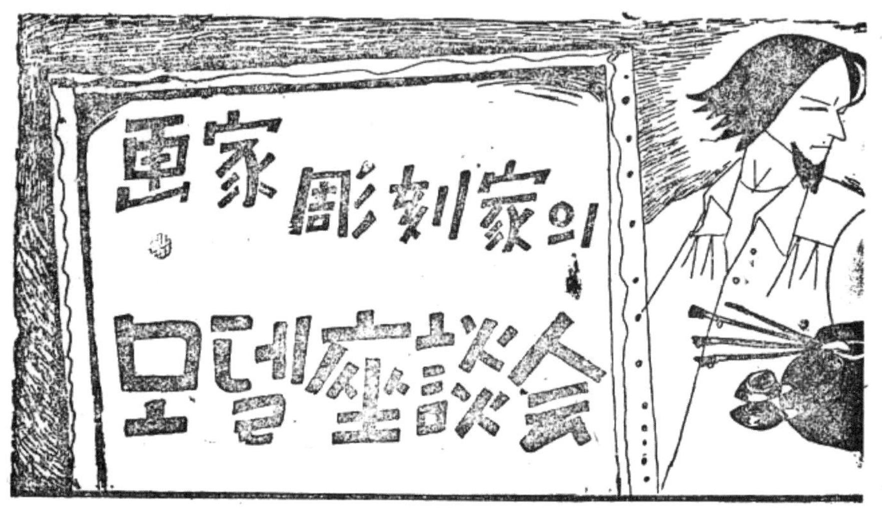

출석인사 : 김복진金復鎮, 조각가, 구본웅具本雄, 화가, 김환기金煥基, 화가 정현웅鄭玄雄, 화가, 최근배崔根培, 화가

본사측 : 함대훈咸大勳, 김래성金来成

시일 : 4월 16일 오후 3시

장소 : 본사 귀빈실

모델의 시초

함대훈 바쁘신 틈을 타서 이처럼 와주셔서 대단히 고맙습니다. '모델 좌담회'라고 해서 어떤 분은 모델 자신의 좌담회라고 생각하신 분도 있은 듯하나 그런 것이 아니고 화가나 조각가가 본 모델 좌담회이니 여러분이 지금까지 모델에 관하여 가지고 있는 재미있는 이야기를 듣고자 하는 회합이니 만큼 조금도 숨김이 없이 어디 한 번 통틀어놓고 말씀해주세요.

정현웅 조선에는 아직 모델을 직업으로 하는 데가 없습니다. 김복진 씨 모델의
시초 이야기를 구체적으로 좀 말씀해주시지요.

김복진 나도 정확한 것은 단언 할 수 없습니다마는 도쿄 우에노上野공원 바로
뒤에 미야자키宮崎라는 모델 소개소가 있습니다. 그런데 이 미야자키는
말하자면 그의 어머니의 업을 계승한 것으로서 모델업을 처음으로 시
작한 것은 그의 어머니지요. 그런데 이 미야자키의 어머니라는 자는 워
낙이 '가메이도亀戸' 출신입니다. 그가 처음에 어떻게 모델을 구했는가
하면 참 진기하지요. 전탕ぉ銭湯으로 다니면서 벌거숭이 여자 가운데서
이것저것 고르다가 그럴듯한 놈이 있거든 잘 보아두지요. 착의장着衣場
으로 나와서 의복 입는 것을 보고 그의 차림으로 보아서 가난한 집 사
람인 것 같으면 그의 뒤를 따라 나가 모델이 되는 것이 어떠냐고 교섭
을 하였답니다. 그 후 얼마 안되어 어머니가 죽은 후 아들인 미야자키
가 지금까지 어머니의 업을 계승하여 온 것입니다. 이외에도 소위 모델
소개소라는 데가 두어 곳 있지요. 하나는 '이케부쿠로池袋'에 있고 또 하
나는 '메구로쿠目黒'에 있습니다.

함대훈 그 미야자키소개소라는 데는 모델이 전부 몇 명이나 있습니까.

김복진 내가 작년에 갔을 때는 한 3백 명 가량 되나봅니다.

모델된 동기와 모델 요금

함대훈 모델들은 모델 이외에 무슨 다른 직업들을 가지고 있습니까?

김복진 모델 전업이 많습니다.

최근배 댄서와 모델을 겸직하는 사람도 있고 혹은 여학생들도 있지요. 이 여학
생은 물론 고학하는 사람으로서 학교가 필畢하면 곧 책보를 끼고 와서
모델노릇을 한답니다.

함대훈 모델로 나서는 동기는 대개 어떻습니까?

김복진 물론 생활난으로 나서지요. 젊은 여인의 몸으로 하기 쉽고 수입이 많으
니 만큼.

정현웅 모델 자신이 회화에 취미를 가지고 모델로 나서는 사람도 있습니다. 그
러면 모델 소개소, 즉 모델 시장에 관한 이야기를 좀 해보기로 합시다.

김환기 모델을 한데 모아놓고 즉 낭하廊下같은 데 쭉 앉히고 모델을 구하고저
하는 화가가 돌아가면서 선을 보지요.

김복진 매주 일요일마다 모델을 한 방에 앉혀 놓지요. 그리고 모델을 구하는
사람이 기웃기웃하며 모델의 얼굴과 스타일을 관찰하다가 자기 마음
에 합당한 모델을 발견하면 그를 다리고 2층으로 올라갑니다. 올라가
서는 의복을 베껴놓고 또 한 차례 나체의 선을 본 다음에 마음에 들면
주인과 모델에 관한 계약을 한답니다.

함대훈 대개 모델의 시간비는 어떻게 되는가요?

김복진 보통 세 시간에 1원씩입니다. 작년에는 1원 50전씩이더구먼요.

함대훈 나체와 착의에 따라 요금에도 차이가 있겠지요.

김복진 별로 차이가 없습니다. 작년에는 나체가 1원 50전이고 착의는 1원입니다. 그런데 이 요금문제도 주문하는 사람에 따라 좀 다른 모양인데 말하자면 주문하는 측이 큰 데면 좀 싸게 할 수 있고 개인이면 좀 비쌀 수도 있지요. 그러나 대가는 체면도 있고 하니 만큼 좀 많이도 주고 대개는 한 1년씩을 계약하는데 이 1년 계약은 모델측이 퍽 유리한 것이 그 1년 동안 주문자가 그림을 안 그리더라도 일 년 계약료를 지불하지 않으면 안 되니까요.

김환기 일주일 계약이면 보통 3원 60전입니다.

함대훈 모델의 평균 수입은 대개 얼마나 됩니까?

김환기 일정하지 않습니다.

함대훈 최고는 얼마나 됩니까?

구본웅 최고는 1개월 120, 130원쯤 되고 최저는 40, 50원 가량 되지요.

최근배 평균 수입이 한 60, 70원쯤은 되는 모양입디다.

처음으로 나체를 보는 순간

함대훈 그러면 다음에는 나체 모델을 맨 처음에 보았을 때 여러분은 어떠한 감상을 가졌는지 좀 자세히 말씀해 주시요.

김복진 나부터 먼저 이야기 하지요(일동폭소). 지금부터 약 16년전 입니다. 도쿄 미술학교 2학년 때의 일이니까요. 그때 참 난생 처음으로 숙성한 여인의 나체를 보았는데 모델 여자가 벌거벗고 모델대로 올라가지를 않겠습니까. 그 순간, 그 일사一絲도 걸치지 않은 벌거숭이를 본 순간 마치 고무방망이로 머리를 한 대 얻어맞은 듯이 멍해졌습니다. 얼굴이 후끈후끈 붉어지고 눈이 자꾸만 한 곳으로 가더구먼요. 그러나 한 번 두 번 경험을 거듭하고 보니 그렇지도 않더구먼요. 참 처음에는.

김환기 나는 섬사람이라 어릴 때 해변에서 나체를 많이 보아서 그런지 그렇게 심한 충동은 받지 않았습니다마는 새빨간 쥬반襦袢을 벗을 때는 좀 이상하더구먼요. 어쩐지 마음이 떨리고 그런데 순 나체보다도 의복을 벗는 순간이 더 급해요. 그런데 모델 중에도 벗기를 무척 싫어하는 여자가 많습니다. 그렇게 벗기를 싫어하는 여자면 이 편이 무척 땀이 납니다. 벗기는 수단이 용해야지요. 이 편이 주문자라고 해서 다짜고짜 벗으라고 명령한다 해봤자 좀체로는 벗지 않습니다. 별별 연극을 다 해야지요. 하하하.

최근배 아니 직업 모델도 그렇게 싫어하는 사람이 있어요?

김환기 네 있습니다.

정현웅 최근배 씨도 좀 이야기 하시지요.

최근배 나는 1학년 때 상급생들이 그리는 모델을 가만히 문틈으로 들여다 본 적이 있는데 좀 이상하더군요. 그러나 정작 자기가 모델을 쓰고 보니까 뭐 대수롭지 않습니다. 하여튼 처음엔 좀 흥분됩디다.

함대훈 어떻게 흥분되는지 좀 자세히 이야기를 해야지.

최근배 거저 마음이 화끈화끈하는데 그러나 그것은 결코 성적 흥분이 아닙니다.

구본웅 다른 사람이 그리는 것을 처음에는 보았는데 뭐 아무렇지도 않습니다.

정현웅 나도 처음엔 좀 켕겼습니다. 문을 열고 한 발자국 쑥 안으로 들어서니 울긋불긋한 커튼을 등지고 나체 모델이 서있는데 참 이상한데요. 그러나 그것이 성적 흥분이 아닙니다.

모델과의 로맨스

함대훈 모델과 화가 사이에는 흔히 로맨스가 일어나기 쉽다는데 구본웅 씨 어디 재미있는 로맨스를 하나 공개하세요.

구본웅 없습니다. 그러나 모델은 대개 그림에 취미를 가지고 있는 만큼 화가나 조각가에 대하여 그리 악감惡感은 가지지 않을 것입니다. 모델 보고 '후에 무엇을 하겠느냐'고 모르면 태반은 화가가 되겠다고 하지요. 또 그림을 공부하면서 모델 노릇을 하는 사람도 많습니다. 그리고 모델들은 화가를 한 번 보면 그 화가가 '소인素人'인지 '현인玄人'인지 단번에 알아내지요.

정현웅 조각 하시는 분들은 모델을 만져 본다는데…….

김복진 만져만 보나요. 쓸어도 보지요. 도쿄 어떤 대가는 모델과 입을 맞추거나 그렇지 않으면 정교情交까지 하고야 비로소 집필한다는 사람도 있으나 나로 말하면 제작 중에는 의식적으로라도 모델에게 좀 가혹하리 만큼 냉정한 태도를 취합니다. 그런데 모델과의 로맨스는 나는 없지마는 내 친구의 이야기가 하나 있지요. 그 A라는 친구는 마음이 무척 약한 사람으로서 11년 동안이나 한 모델을 사모하면서도 자기의 심중을 말하지 않았습니다. 그런데 여자로 말하면 A의 진의를 잘 알면서도 그를 배반하고 A의 친구와 동서同棲하여 딸을 둘씩이나 나가지고 살다가 또 그와도 헤어져 역시 A의 다른 동무와 결혼하지 않았겠습니까. 그러나 A는 15년 동안이나 제 본마음을 표시하기 않고 그만 영원히 돌아오지 못할 황천길을 밟았었지요.

조선서 모델 구하는 법

정현웅　그럼 다음에는 자기가 좋아하는 모델에 관한 이야기를 좀 합시다. 김복진 씨부터?

김복진　호불호야 주관에 따라 다르지만 모델에게도 소위 유행형型이라는 것이 있어서 4년 전까지는 살이 좀 있는 편이 유행이던 것이 3년 후 지금에 이르러서는 살이 없는 편이 유행됩니다.

정현웅　김복진 씨의 주관은 어떠십니까?

김복진　나는 조금 살찐 편을 좋아하지요. 작년 일입니다. 데라시마寺島라는 모델이 있었는데 살도 좀 지고 그리고 사람 된 편이 좀 바보 같은데 아주 흥미를 많이 가졌습니다. 그 모델에게서 나는 공부도 많이 하였지요. 그랬던 것이 그 데라시마가 작년 그만 죽어 버리고 말았습니다. 그래 나는 그의 영靈을 위하여 참묘參墓까지 해 주었답니다. 하하…….

정현웅 그런데 지금까지의 이야기는 일본 내지의 이야기고 조선서 모델을 얻
는 방법을 좀 이야기 해주시요.

김복진 조선서는 모델 얻기가 대단히 어렵지요. 어디 모델을 직업으로 하는 사
람이 있어야지요. 언젠가 친구에게 모델을 하나 얻어달라고 부탁을 했
더니 그가 어떤 색주개 집에서 색주개를 한 명 200원에 사왔더랍니다.
그런데 진기로운 것은 그 색주개로 말하면 모델로 온 줄은 꿈에도 모르
고 말하자면 첩으로 온 줄로만 생각하고 있었으니 양방의 의사가 통할
리가 없지 않아요. 첩으로서의 생활을 몽상하고 온 것인데 그런 생활은
조금도 시켜주지 않고 매일 베껴놓고 조각 제작에만 몰두하는 남편을
의아의 눈으로 쳐다보지 않을 수 없지요. (일동폭소)

구본웅 그래 어떻게 되었습니까.

김복진 종내 도망해 버리고 말았답니다.

함대훈 그야말로 환멸의 비애를 느끼고 도망했구먼요.

김복진 그것은 하여튼, 내 경우로는 뚜쟁이를 중간에 내세우고 색주개 한 명과
15세 된 어린 계집애를 한 명 데려다 제작한 일이 있을 뿐입니다.

함대훈 나체겠지요 물론?

김복진 물론 나체지요!

정현웅 바 같은데서 친해가지고 모델을 구하는 수도 있답니다.

김복진 바에도 가 보았습니다만, 착의는 승낙해도 나체는 좀체로 승낙하지 않
습디다.

함대훈 요금은 대개 얼마나 됩니까?

김복진 한 시간에 보통 1원 평균이지요. 그리고 하루면 3원인데 어떤 사람은
제작이 죄다 끝난 후에 무슨 물품으로 보수하는 이도 있지요. 이처럼
조선서는 모델 구하기가 대단히 곤란합니다.

정현웅 언젠가 미술연구회에서 모델 구한다는 광고를 신문에 냈더니만 어떤 내
지 여자가 광고를 보고 찾아 왔는데……. 참 우스워 견딜 수가 없는 것이
화실에 들어오자마자 옷을 쭉 벗어버리더니 거기 정물 사생용으로 놓아
두었던 임금林檎을 덤뻑 쥐여다 아주 천연히 먹고 있겠지. 그래 어딘가 좀
이상하다 했더니 나중에 알고 보니까 미치광이야 미치광이!

일동 하하하 하하하…….

김복진 그래 나는 이렇게 생각합니다. 조선서는 도저히 적당한 모델을 구할 수
가 없으니까 도쿄서 주문해다 쓰기로 했으면 어떨까? 하고요. 도쿄서
주문해 오면 먹여주고 매월 60원씩 주면 될 것입니다. 물론 왕복차비
는 이 편에서 내고 말이지요. 미야자키소개소에 교섭을 해 보았더니 특
별히 40원씩이면 보내주겠다고 하는데 그러면 1개월이면 식비와 왕복
차비를 합계해서 150원 이내입니다. 그러나 그 비용을 나 혼자서 부담
할 수도 없고 해서 동업자의 찬동을 구했더니만 어디 찬동자가 있어야
지요. 지금 경성만 해도 제작자가 10여명이나 되니 모델 3인만 있으면

모델 자신의 수입도 많아질 텐데 어디 있어야지.

어째 나체를 즐겨 그리는가?

함대훈 그런데 모델들은 의복을 쉽사리 잘 벗어요?

김복진 물론 모델을 업으로 하는 자는 잘 벗지마는 처음으로 나선 사람은 좀체로 안벗습니다. 언젠가 헬렌이라는 러시아 여자를 한 번 모델로 써보았는데 이 여자의 아버지는 독일계의 러시아 사람이고 어머니는 조선 기생입니다. 그래 그 헬렌을 꾀어가지고 모델로 데려오긴 했으나 어디 옷을 벗어야지요. 그래 그것을 벗기노라고 참 굳은 땀을 흘렸습니다. 서양인의 육체는 조선 사람보다 풍부하고 좋다거니 뭐 어떠니 하면서 겨우 베껴 놓았습니다. 또 언젠가는 조선사람 행랑行廊 어멈을 데려다가 문을 걸고 벗으라고 했더니 깜짝 놀라면서 안 벗겠다는거요. 그래 여기 올 때 벗기를 약속하고 온 것이 아닌가 하고 절반은 협위脅威로 베긴 적이 있지요. 또 다르게 베끼는 방법은 여자를 추켜올리는 것이 유일한 방법입니다.

정현웅 하여튼 한 번만 벗어보면 다음부터는 아무렇지도 않은 모양입니다.

함대훈 그런데 나체를 많이 보면 대개 어떤 데에 제일 매력을 느끼게 됩니까?

최근배 나는 무엇보다도 유방이 제일 매력이 있더구먼. 겨울 난로 옆에 서있는 모델의 살빛 — 그 복숭아빛으로 변한 살빛은 참 신비하지요.

구본웅 나는 남자와 같은 여자를 좋아합니다. 즉 중성적 여자에 제일 매력을 가집니다.

함대훈 그런데 나는 항상 이상히 생각하는 점이 있는데 화가나 조각가는 어째
서 모델 중에도 나체를 좋아하는지? 아니 어째서 나체만을 즐겨 그리
는지 참 물을 일이더구먼요.

김환기 물론 소재는 많지만은 인체의 생동성과 복잡성이란 참 별 변화가 다 많
으니까 치아라 나체를 그리겠지요.

함대훈 그래도 미는 코스튬을 입은 데서 더 많이 발견할 수가 있지 않아요?

정현웅 몸에는 참말로 무궁한 미가 있습니다. 그리고 아무리 많이 그려도 좀체
로 염증이 안 생기니까요.

최근배 더구나 살빛은 분위기에 따라 차이가 있으니만큼 다른 것보다 소위 변
화가 많지요. 더구나 곡선, 직선의 미가 풍부하고 또 육체의 구조의 묘妙
라던가…….

김복진 물론 일률적으로 말할 수는 없습니다마는 착의도 결국에 있어서는 나체
와 마찬가집니다. 옷을 입었다고 하여도 옷 그것을 그리는 게 아니라 육
체와 의장衣裝의 관계를 그리는 게니까요. 나체는 말하자면 그 자신에 큰
매력을 가지고 있지요. 아마 나체화는 예술사상에 있어서 영구한 대상이
될 것입니다. 더구나 조각 방면은 정물보다도 동물이 더 좋습니다.

구본웅 나체 그것만을 생각하는 게 아니지요.

정현웅 즉 미적 관념을 나체 위에 표현하는 거니까.

김복진 말하자면 미에 대한 기성관념을 모델에 접하여 고치는 것입니다.

김래성 성적 매력이 창작적 감흥을 자극하는데 한층 더 굳세게 작용하는 때문이 아닙니까?

김환기 나도 그렇게 생각합니다.

정현웅 나체는 성적 대상만이 되는 것이 아니라 그 외의 미가 있습니다.

김복진 대체로 동양화가들도 인물 연구를 많이 하였습니다. 그런 화가의 그림에는 어딘가 좀 다른 점이 있지요. 대체로 식물과 작가간의 변화보다도 사람과 작가간의 변화가 더 미묘하고 더 많지요. 나는 300명의 모델을 써 보려고 결심은 했으나 어디 경제문제와 시간문제가 허합니까. 그래 자기의 웃는 얼굴 우는 얼굴 성난 얼굴 등을 그려 봅니다.

모델의 자격문제

함대훈 모델의 자격문제를 좀 이야기 하여 주시요. 육체적 자격 말입니다.

김복진 나는 조선여자를 6, 7인 가량 나체 모델로 써 보았는데 모두들의 어깨가 넓어서 못쓰겠어요. 키는 5척에다 어깨의 넓이가 1척 1촌 이상이면 못씁니다. 어깨가 넓고 가슴과 요부腰部가 가늘면 보기 싫습니다. 또 손은 손목에서 손가락 끝까지가 그 몸의 1/10이면 되고 살지고 말은 것은 개인에 따라 차이가 있겠지만 나로서는 가슴만 맞으면 됩니다. 그리고 얼굴이 곱다고 되는 것이 아니고 균형이 맞아야 되지요. 사람에게는 각각 남이 가지지 못한 특징이 있으니까 그 특징을 발견하여 그것에 매력을 가지면 될 것입니다. 그리고 다음에는 유방과 골반이 중요합니다. 제작상에 있어서 나는 아이 낳기 전이면 모두 처녀라고 보는데 아이를 낳고 보면 골반과 유방에 차이가 생기지요. 처녀는 유방이 종鍾같고 젖 꼭지가 위를 향합니다. 그것이 퍽 좋습니다. 그러나 아이를 나면 젖꼭 지가 축 쳐지지요. 면적이 크고 탄력이 없고…… 그 다음 골반은 조각 에 있어서 제일 문제가 되는 것입니다. 그 위치의 정확 여하에 달려 전 부를 평가 할 수도 있습니다. 골반에 따라 조각품의 위치가 안정되지 요. 그리고 산후면 위보다 아래가 더 퍼지는데 다리와 다리 사이가 전 같이 밀접하지를 못하지요. 이와 같은 점만 면하면 나는 어떤 모델이던 환영합니다.

김환기 나는 어린애 안 낳고 마르지 않고 허리가 잘록한 여자면 좋습니다.

최근배 나는 무엇보다도 빛깔이 좋아야 됩니다. 빛깔이 좋아야 그림 그릴 기분
이 생기지 빛깔이 나쁘다고 생각하면 붓대를 잡아도 그려지질 않습니
다. 하여튼 무엇보다도 먼저 모델에게 반해야만 그림이 잘 될 것입니다.

정현웅 얼굴도 그렇습니다. 그림의 성불성成不成은 얼굴이 밉다든가 곱다든가
라는데 달리지 않았어요.

김복진 가령 죽은 자의 동상 같은 것을 제작하려면 한 장 밖에 없는 사진을 보
고 횡면, 후면 등을 숫자적으로 연구 산출해야 하지요. 대개 사람의 얼
굴에는 사각, 원형, 타원형의 3종이 있습니다. 이것은 정면만이 아니라
측면을 두고 말해도 마찬가진데 하여튼 한 장의 사진을 보고 이런 것
을 모두 연상해내야만 됩니다. 또 여자에 대한 매력문제도 정비된 것만
을 요하는 것이 아니고 때로는 소위 탈선한 점도 그것에 미를 느낄 수

가 있지요. 보통 '아름답다'고 하는 데는 '젊음'과 '아름다움'을 혼용하
는 사람들이 많으나 '젊음'을 제하고 나머지가 참다운 '미'일 것입니다.
그러니까 모델은 반드시 미인이 아니라도 될 것이며 또 코가 정비치 못
하면 다른 데가 아무리 좋아도 틀리지요. 조선여자는 대개 코가 약하고
눈과 눈 사이가 멀어서 원방遠方에서 보면 눈은 보이지 않고 미간만 보
이지요.

함대훈 김복진 씨의 코는 어떠시우?

김복진 내 코는 여자라면 참 미인이지 하하…….

최근배 하여튼 너무 구비된 것도 틀리지요.

함대훈 많이 말씀해주셔서 고맙습니다. 좌담회는 이것으로 끝이겠습니다.

대담

색씨 같은 신랑에 사내 같은 신부相對性夫婦
그러나 구수하게 잘 산다_ 조각가 김복진 씨 부부편

신문사에 들어오시면 가정면, 학예면, 학원면 일로 눈코 뜰 새 없이 바쁘시고 댁에서는 조각 만드시기에 쩔쩔 매시는 조각가 김복진金復鎭 씨는 드물게 부지런한 분이다.

부인 허하백許河伯 씨는 숙명여고를 거쳐 나라고사[1] 이과理科를 졸업하신 후 경성보육학교의 자연학과 배화학교의 광물식물을 맡아보시는 내외분이 꼭 같은 활동가시다. 더구나 이제 한 달 남짓하면 첫 어머님이 되실텐데 날마다 사직적 꼭대기에서 세 학교에 다니시노라면 퍽 바쁘시련만 보기에 퍽 씩씩해 보여 씨의 건강이 부럽게 생각된다.

지난 9월에 백천온천에서 소박한 결혼식을 하신 다음 사직정에 조그만 이층집에서 이층은 화실로 아래층에서는 살림을 하신다.

---

1   허하백이 졸업한 나라고등사범학교(奈良高等師範學校)를 말함.

사직정 꼭대기로 향한 길에 들어서자 무엇을 덮은 듯한 하얀 광목 보자기가 마치 차일을 친 것처럼 펄럭거리고 있다. 바로 이것이 김복진 씨께서 올 2월부터 만들기 시작한 조각 그 키가 서른아홉 자나 되는 굉장한 큰 부처님이다.

대문 안에 들어서니 씨는 양복바지에 횟가루를 하얗게 묻혀 가지고 일군들을 지휘하시기 분주하다. 걸걸한 음성으로

"이제는 신혼의 김이 다 빠졌습니다." 부인을 가르치시며 "저, 보십쇼. 만돌린 아닙니까." 이렇게 우스갯소리를 섞어서 기자가 미처 물을 새 없이 시원스럽게 얘기를 펴놓으신다.

"결혼 전에는 성격이 공통되는 점으로 좋아지고 나중에는 상반되는 점으로 정이 두터워질겝니다. 우리 둘을 놓고 보십쇼. 저는 키가 크고 바짝 말랐는데 허는 키가 무척 작은데다 또 퍽 뚱뚱합니다. 또 성격으로도 저는 참 퍽 온순하고 얌전한 편인데 허는 함경도내기가 되어 억세고 괄괄하죠. 여보 그렇잖소?"

웃으며 듣기만 하시던 부인이 "네 과연 당신 말씀이 지당하옵니다". 나를 향해서는 "저, 김의 말은 확인하실 줄 아셔야 합니다". 손님이 오셨다하여 김선생은 이층으로 가신 다음

"약혼 때는 아주 정성껏 위해 받더니 결혼 후는 안 그런답니다. 남자들은 아무래도 능청이 있어서 그래요. 그러나 앞으로 권태는 안 느낄 것 같습니다. 처녀 때 결혼이란 것이 그다지 큰 기대를 갖지 않았으니까요. 아마 퍽 찬란하게 꿈꿨더라면 모르지만 저는 자연의 법칙을 어기지 않으리라고 함에 불과하니까요. 결국 결혼이란 평범한 게랍니다."

"그리고 둘이 다 나다니니까 서로 자기 일이 바쁜데 웬걸 무슨 잡념이 생기질 않습니다. 그리고 만일 말다툼이라도 하게 된다면 서로서로 충분한 이해를 주관적으로 지키면 아무 일 없을 겝니다. 저는 성질이 순한 편이 아니고 고집이 세서요. 김이 양보하는 때가 많답니다."

마침 이 말을 하는 때 김선생이 내려오시는걸 보고

"제가 진답니다" 하고 둘러 붙이신다.

"제가 어떤 소설을 읽고 허에게 청한 것 하나 있습니다. 내 당신 소원대로 해줄 테니, 아주 성을 내지 않는 남편이 되는 게 좋겠소. 그렇잖으면 밤낮 때리라우 하구요. 그 소설 플랫은 두 타입의 부부를 그린 것인데 한 남편은 부인을 못살게 술을 먹고 와서 때리고 싸움만하고 하나는 아무리 부인이 쌈을 청해도 안하는 온순한 남편이었답니다. 온순한 이의 부인은 너무 싸움을 안 하니까 결혼에 별 흥미를 못 가져서 싸움만하는 부부를 부러워하고 불화한 아내는 싸움이 없는 부부를 부러워했다는 것인데, 제가 어느 편이 좋으냐 물어봐서 그대로 해주려고 하는데도 어떻게 할 것을 통 안 가르쳐줍니다그려."

"그것은 너무 양극이어서 둘 다 좋잖아요. 너무 싸우는 것은 야만적이고 또 너무 온순하게만 지내면 별 결혼의 이채라는 것이 없고 심심할 것이 아니에요?"

이 대답을 들으신 김선생님은 부인의 말씀대로 실행하실 모양이다.

"여름동안은 그 전에 식물 채집해 놓은 것을 정리하고 또 번역하던 것을 마저 맞추려고 하나 어찌 될지 모르겠습니다. 그전에는 방학만 하면 산으로 돌아다니며 식물채집하기에 정신이 없었답니다. 하이킹 겸 피서 겸하니 건강도 좋습디다.

"결혼생활에는 서로 믿는 신념만 있으면 그만인 줄 생각합니다. 아이 잡지에 내진 마세요."

이때 김선생이

"재료 그만하면 많이 드렸죠. 구순하게 잘 산다고 하십쇼."

참 퍽 구수한 가정이다. 시어머님을 뫼시고 내외분과 식모 이렇게 네 식구가 살아가시며 오래지 않아 올 애기를 기다리시기에 날마다 날짜를 꼽고 계실 것이다. 식모가 있어도 일요일이 되면 집안 소제를 보살피시기에 놀 새가 없으시나 부군께서 조선옷을 통 안 입으셔서 퍽 고맙다고 한다.

미스터 김복진 미세쓰 허하백 양위담^{兩位談}

어찌 일일이 기록할 수 있읍니까마는 그러나 본래 작난^{作亂} 비슷한 소청^{所請}이니 그중에서 한둘 써보지요.

첫째, 잔소리가 많은 것이외다. 침묵과 은인^{隱忍}과 여자와는 원체 상극이니 그럴 법도 하나 어디 견딜 수가 있어야지요. 그래서 예비 회상^{會商}을 누차한 후에 회개하기로 하였습니다.

둘째, 고함치는 것은 갓난 아해에게 있어서는 그대로 '언어'이라면 여자들의 고함은 애원을 다분히 가진 위협일 것입니다. 그런데 이것을 잘 못 알아채고 싸움들을 하지요. 그래서 나는 고함소리가 나면 우선 '응급미소'로 대해놓고 그 상승도와 용태를 측정하여 보지요. 알고 보니 천래^{天來}의 복음^{福音}이 높은 까닭임으로 한편 안심은 하였으나 그래도 염려되어서 한 박자나 추어달라고 하였습니다. 실행성적을 보고서 또 한 박자 또 한 박자씩 부드럽게 할 작정입니다.

허하백

1. 결혼하고 나서 비로소 발견한 것은 잘 돌아다니는 버릇이었다. 그러면 이 버릇에 대하여 감쪽 같이 속은 까닭을 공개한다면 그가 나를 알게 된 2년 전 겨울부터 작년 국추^{菊秋} 절기까지 내가 하숙에 있음에도 불구하고 매일 다니다시피 방문하였다. 그는 성격이 퍽 초조하였으니 결혼기를 빨리하자고 또한 그 얼마나 독촉하였으랴. 남자의 방문이라고는 없었던 나에게 똑같은 손님이 분주히 방문하니 주인집에서도 물론 눈치를 알았을 터인즉 장피천만^{獐皮千萬}이어서 너무 다니지 말라고 말하고도 싶었다. 나는 이것으로 한 5, 6개월은 대단히 난처한 경우에 있었던 것이다.

그러나 속으로는 그만큼 성의 있고 부지런한 점에는 감복하지 않을 수 없었든 것이다. 그래서 결혼을 연기하려고 고집 세우던 나도 결국은 급속히 결혼을 하였다.

그 후 알고 보니 기실은 본래가 잘 돌아다니는 사람이었다. 좌우간 그는 집에서 보는 일이 없는 한에는 아무리 피곤하더라도 일시를 가만히 앉아있지를 못하고 잘 돌아다니는 습행習行이 있다.

그는 어렸을 때부터 어찌 잘 돌아다녔는지 집안에서 '쏘대기'라는 별명까지 가졌다고 한다. 인제는 거진 품성화 되었으니 이야말로 제2성격을 이룬 듯하다. 그에게 물어보면 돌아다니지를 않고는 아무 일도 안 된다고 말한다.

물론이 대답에도 일리는 있다. 그러나 사람은 결코 돌아다닌다는 것으로 사업의 성불성成不成이 결정됨이 아니라고 이모저모로 세세히 설론說論한 결과 결혼 후 8개월을 경과한 오늘에 이르러서는 조금 나아졌다.

2. 둘째로 또한 그에게는 돈 잘 쓰는 나쁜 버릇이 있다. 돈만 호주머니에 들어가면 그만 녹아버린다. 그러나 술 한 잔 사서먹는 일도 없는데 돈은 돈대로 허비하니 참말로 해괴한 현상이 아닐 수가 없다.

들어보면 물론 쓸 일에 쓰는 것 같기는 한데 좌우간 매월 중 남비濫費하는 돈이 생활비보다 많이 초과된다. 이 역시 독신생활 때라면 모르되 일가정의 생활을 책임진 가장으로서는 깊이 삼가 경계하지 않으면 안 될 점인즉 월말계산 시에는 가정부기簿記 등을 갔다 놓고 여러 가지로 논박도 하였다. 그래서 위임 통치케 하였더니 가장 양호한 성적을 나타내게 되였다. 이만하면 수월내로 성공하리라고 믿는다.

후진을 위하여 더욱 기쁩니다

이번 조각부에 혼자 특선의 영예를 획득한 조선조각계에 1인자 김복진 씨를 시내 사직정社稷町 그의 아틀리에로 방문한 즉 인천 김윤복金允福, 개성 손봉상孫鳳祥 씨 등의 동상제작에 여념이 없는 씨는 잠깐 조각도를 멈추고 다음과 같이 말한다.

별로 말씀드릴 것이 없습니다. 이번 특선이 되었다하니 저를 위해서 보담 저를 따라서 모여 배우고 있는 여러 젊은 연구생들을 위해서 기쁩니다. 금후로도 저 밑에서 예술에 정진하는 여러 연구생들을 위하여서 오로지 힘을 다할 작정입니다 운운.

모델은 식모와 유모나 목석처럼 대하죠.

기실은 최근에도 모 여성을 모델로 삼고저 매일 탐문 중이라고.

"아마 김선생이 전과는 제일 많을거야."

"전과라니요?"

"작품이 완성되기도 전에 모델 여성과 사건이 생겨서 가정에."

"이거 왜 아침부터 와서 이러시오"

하고 김복진金復鎭 씨는 말각음을 하기 위해선지 들었던 담배를 기자에게 권한다.

"모델은 어디서 어떻게 구하시나요."

"농담이시오 진담이시오."

"천만에. 진담이지요!"

"도쿄서 처음 나와서는 뚜쟁이를 하나 사겨서 돈 원圓이나 집어주면 곧잘 데려다 주더니 요새는 그런 것도 만날 수 없어서 직접 내가 다니며 구합니다."

"방법은?"

"그저 막연히 걸어 다니다가 그럼직한 사람을 만나면 뒤를 캐보는거지요. 그러나 그렇게 하다가 봉변을 몇 번하고는 방법을 갈아서 남의 집 식모나 유모 같은 사람을 구해서 씁니다."

"모델비는?"

"두 시간에 1원 정도로 줍니다마는 식대가 있고 또 완성하면 사례를 하고 하니까 그것도 구차한 살림에는 큰 부담이 됩니다."

"외국여성 모델은 몇 번이나 쓰셨나요."

"독일인과 러시아 사람새에는 게집애가 한 번 있었고 러시아 여성이 한 번 있었습니다마는 역시 동양 사람보다는 일이 쉽더군요."

"조각가들은 소설가나 화가와도 달라서 모주母主로 동물에게서 취재케 되니까 모델 사건도 재미있는 것이 많겠는데요?"

"대개 처음에는 의복 입은 채 조각을 한다고 꾀어가지고 와서는 나체로 쓰게 되는데 모두 거절합니다. 대개 5, 6일씩은 걸립니다."

"모델 여성한테 몇 번이나 구애해 보셨습니까."

시치미 떼고 기자가 묻자니까 김씨는 어이가 없는 모양이다. 당황해 하는 눈치가 단 한 번도 없지는 않겠는데 하고 서둘러도 끝끝내 부인하신다.

"부인께 얘기할까바 그러십니까?"

"천만에. 내 아내도 날 믿으니까."

"믿는 나무에 곰이 핀다든데요?"

"글쎄 제발 그러지 마시오"

하고 씨는 또 담배를 권한다. 성냥도 안주고 담배만 주니 기자를 염서로 보았느냐고 따질까하다가

"그럼 요새 쫓아다니시던 모델 여성은 어떻게 됐나요?"

하고 넘겨짚으니 김씨는 눈이 휘둥그레진다.

"어서 들었소?"

"어디서든 들었죠."

"옳지, 유치진柳致眞군한테서 들은게로군"

하고 김씨는 쫙쫙 분다.

"사실은 일전日前 이인선독창회李寅善獨唱會 날 부민관府民館에서 발견한 여자인데 참 훌륭합니다. 보라적삼에 보라치마를 입었는데 어찌나 살이 탄력이 있어보이던지……"

"나이는?"

"27, 28세 가량 되었을까."

"직업은?"

"아직 모르겠습니다."

"이거 왜 딴청을 쓰십니까."

"아니 정말이오. 기실인즉 어디 사는 누군지도 몰라서 궁금해 하는 판에 마침 유치진군을 만나 물어보았더니 유군 부인과 아는 사람이라고 하기에 지금 교섭을 진행 중입니다."

"주소도 모르시나요?"

"다옥정茶屋町이라는데."

"이름은요?"

"자, 그만 합시다."

"모델과 작품과의 관련은?"

"조각에서는 모델 그것에 충실히 하는 것이니까 —."

"지금까지 잊히지 않는 모델 여성은?"

"글쎄"

하시더니 기자의 손을 꼭 잡고

"이런 것은 쓰지 않겠다는 약속을 해주신다면."

"물론!"

"역시 아까 말한 헬렌입니다."

"헬렌이라니요?"

"왜 독일인과 러시아인 사이에 나왔다는.

"네 알겠습니다."

"조선여성으로는 없는가요?"

"없습니다."

"부인에서는 모델 쓰는데 반대를 않으시나요?"

부인소리가 나자 김씨는 벌서부터 달아나려고 서드는 눈치가 보인다.

"별로"

"가정에 풍파가 일어난 적은?"

"그런 일도 별로 없습니다."

"별로란 몇 번 가량일까요?"

"아참 말을 잘못했군요. 정말 한 번도 없었으니 없다고 써주시오."

"네 그렇게 하겠습니다. '별로 한 번도' 없다고."

조각가 김복진 씨 가정_ 절장보단^{絶長補短}으로 4시 명랑

이번에는 미술계에 있어 단연 이채를 띠며 독보의 경지를 걷고 있는 조각가 김복진 씨 댁을 찾기로 했다. 사직공원 앞에 새로 진 양옥이란 말을 들은 채 번지를 기억하지 않고 대담히 더듬어보는 모험을 해본다.

상당히 내려 쪼이는 한나절 된 빛 아래 파라솔을 안 쓰는 주의인 내가 버티며 걸어가자니 미상불 좀 어려운 노릇이다. 사직공원 앞으로 올라가니 과연 반짝 눈에 메이는 크림 빛 양옥이 있다. 가까이 보니 문패 하나에다가 '김복진·허하백^{金復鎭·許河伯}' 나란히 자리가 배접게 두 분의 성함이 써있지 않으냐 서슴지 않고 초인종을 누르니 바로 옆방에서 내다보는 이가 이 집 주인 김씨다.

다시 없는 호인이신 김복진 씨는 사람을 몹시 반긴다. 인사하기가 바쁘게 '여보' 하고 안쪽에다 대고 소리를 지르며 어서 들어오라시는데 이여 부인 허하백 씨가 나와 맞이해준다.

"더운데 2층으로 올라가십시다."

새로 진 집인 관계도 있겠지만 조선집의 그 두꺼운 벽 대신에 유리창을 많이 내서 일광을 잘 받아들이는데 문화주택의 기분 좋음을 느낀다.

비교적 좀 뚱뚱하신 부인 허하백 씨는 연상 합죽선을 손에서 못 놓으며 나보다
도 더워하시는 양이 잠깐 실례스러운 말씀이나 마담·버터플라이[1]의 삼보환부
인三補環夫人을 연상시켜준다. 조금 있다가 김복진 씨가 올라오셨다.

"요새도 조각하시는 게 있습니까."

씨의 6척을 훨씬 넘은 큰 키는 쳐다 보는 수밖에 없다.

"네. 그래서 지금도 일하든 옷을 좀 갈아입고 오느라고 실례했습니다."

"그런데 웬 호강을 이렇게 하십니까. 집이 너무 좋습니다. 이 집에선 모두 다 내
려다만 보이는군요."

고목 느티나무 가생이[2]가 이집 창가에 휘어 늘어져 몹시 운치가 있다. 실내에
는 현판이 많은데 가주 받은 듯한 춘원春園[3]의 글씨가 걸려있고 그 맞은 편엔 좀
오래된 듯한 민영환閔泳煥 씨의 글씨가 달려있다. 건너다보이는 방에는 수단 보료
가 깔려있는가 하면 우리가 앉은 방엔 차茶도구를 얌전히 넣은 조고만 장이 있고
또 화제和製의 화로가 시절 없이 놓여있다. 부인께서 현해탄을 건너가 나라고사奈
良高師를 마치고 오셨으니까 이런 취미는 아마 부인의 것인가 싶다.

"결혼 하신지도 이젠 꽤 오래 됐죠?"

"그렇지요. 만滿 3년께 드니까요."

"허선생 좀 말씀하세요. 결혼 전과 결혼 후가 어떻습니까. 생각했던 거와 많이
다르지 않아요?"

"뭐 별로 우리는 환멸을 느끼거나 하는 건 없어요. 꿀 같이 단 연애가 아니었으
니까요. 미리 다 그런 줄 안걸요 뭐."

"조각가의 아내로서의 불평이 혹 없으십니까?"

이때 김복진 씨는 부채를 집어 들더니

---

1   푸치니(Giacomo Puccini)의 오페라 「나비부인(Madama Butterfly)」을 말함.
2   '가장자리'의 방언.
3   춘원(春園) 이광수(李光洙)를 말한다. 여기에 걸린 춘원의 글씨는 주역(周易) 정괘사(井卦辭)
     의 '정개읍불개정무상무득왕왕정정(井改邑不改井無喪無得往往井井)'의 구절이다.

"내가 있어 말하기 거북하다면 잠깐 피해주리다. 그건 어렵지 않으니까."

"아니 괜찮아요. 정말 본격적으로 터쳐 놔야겠어 뭐, 지금은 그렇지도 않지만 처음엔 결혼을 목적하고 서로 사귀는 동안 마아 약혼시대라고 할까요. 그때 함께 어디를 가느라고 전차를 타지요. 그러면 차에 오르는 젊은 여자가 좀 그럴 듯해 보이는 게 있으면 아주 저이가 유심히 자꾸만 보는군요. 글쎄 그래 이걸 볼 때 마음으로 여간 불쾌하지 않아요. 꽤 점잖은 편으로 알았더니 저 사람에게 저런 불량성이 깃들어 있었던가 미덥지 못한 사나이로군⋯했지요. 그랬더니 나중 알고 보니 조각하는 사람은 곧은 선이라든지 이런걸 볼 때 어디서든지 유심히 보아두는 모양이여요. 사실 아틀리에에 들어가보니 그게 몹시 필요해요. 그래 지금은 그렇게봐도 아무렇지도 않고 도리어 보여주고 싶어요."

"여자 모델도 가끔 쓰십니까."

"네 쓰고말고요. 요전에도 하나 썼는데 그 때문에 가정쟁이가 아주 심했었답니다."

이렇게 거짓말을 좀 해서 골려주어야지 하는 김선생의 짓궂은 눈치를 채며 허하백 씨 얘기에 귀를 기울였다.

"그뿐인가요. 저이는 가끔 또 우리 집 살림예산을 곧잘 깨트리지요. 번연히 다른데 쓸 돈이라도 표구 같은 것을 좋은 것만 보게 되면 살림이야 어찌되든 간에 그저 얼마든지 몽땅 갖다가 사버리는데 아주 어안이 벙벙해져요. 예술가의 기분이란 보통 우리와는 역시 다르더군요.

"자, 이번엔 김선생. 직업부인을 아내로 가진데서 오는 불만을 좀 하십시요."

"우리는 별로 다른 불평은 없는데요. 여자가 나가서 그 엽전을 몇 푼 벌어온다는데 세를 쓰고 덤비는 꼴이 도무지 아니꼬워 그게 역하더군요."

"두 분이 아마 연애하셨죠? 그런데 누가 구求하는 편이었습니까."

"물론 저이가 그랬죠. 나는 몹시 버티고 있었는데 하도 열정으로 그래서 그렇게 사랑한다면 또 들을 법도 하다고 한 노릇이 살면서 알고 보니 저이는 무슨 일이든지 하려고만 들면 그렇게 정신이 없이 야단치는걸. 그때만 그런 줄 알고 넘어갔었어요. 하하하."

"사실 내가 자꾸 계동桂洞 꼭대기허씨 하숙를 올라다녔죠. 컴퍼스가 기니까 힘도 안 들었고요. 그래 잘 안 느낄 때 막 위협을 하지 않았겠어요."

"어떤 방식으로요? 완력을 쓰셨습니까."

"아니지요. 나와 결혼 안하면 그저 다니면서 나쁜 소문을 막 내겠노라고 그랬죠."

2층 양옥에서 세 사람이 명랑한 웃음을 퍼트릴 때 여자 손님이 한 분 올라오다가 도로 내려갔다.

"저이가 조각 배우러 다니는 분이에요."

"참 제자들이 몇이나 됩니까."

"한 10여인餘人 됩니다. 이번에도 여덟이나 입선이 됐어요."

"선생은 참 조각을 감옥에서 배우셨다고요."

"왜요. 처음부터 우에노上野 미술학교 조각과를 했지요. 하여간 감옥에서 많이 연습된 것만은 사실이지요. 할 줄 안다니까 자꾸 부처님을 새기라고 가져다주더군요."

담배를 좋아하시는 모양이다. 마도로스 파이프를 놓지 못하신다. 문득 나는 좀 이상한 재떨이에 주의를 끌게 되었다. 연잎이 셋이 있는데 청개구리가 앉았고 동銅으로 만든 듯하다. 그뿐 아니다. 성냥갑도 얄궂다.

"골동품을 모으십니까. 이 재떨이가 이상한데요."

"집에서 만든 것입니다."

대장장이 집엔 식칼이 논 법이라는데 조각가 김복진 씨 댁엔 그렇지도 않은 모양이다.

"일요일엔 가끔 두 분이 나가시나요."

"한편은 나가기 좋아하고 난 안 그래서 반대이지만 대개 나갑니다."

"저이는 참 부지런해요. 아침이면 꼭 먼저 일어나선 수선스럽지요."

"아마 부인을 잘 도와주실걸요. 일전엔 우리 신문사 바로 앞에서 고사리를 사가지고 들고 가시는걸 봤는데."

"아니에요. 결혼한 지 3년 만에 그런걸 사가지고 온건 그게 처음이에요. 참 기적이었죠."

허하백 씨를 보니 불원간^{不遠間} 제2세의 기쁜 소식이 있을 것 같이 다시 한마디 물어보았다.

"김선생은 아들딸을 나시면 뭘 가르치시렵니까."

"아들나면 서정권^{徐廷權} 같은 권투를 가르치고 딸을 나면 최승희^{崔承喜}처럼 춤을 가르쳐야겠습니다."

두 분의 성격이 다 원만하고 부드러워 좀체 충돌이 없을 것 같고 집안의 분위기가 몹시 행복해보였다. 나오다가 제작 중에 있는 동상을 구경하고 아틀리에를 나섰다.

재출발 후 처음_ 감개 있는 김복진 씨

조각조선의 권위 김복진金復鎭 씨는 조선미전에 특선을 받은 것이 한두 번이 아니나 중도 7, 8년 동안 조각계에서 떠난 후에 소학 10년경 사상운동 방면에서 청산하고 다시 조각계로 전향한 이래 두 번 출품을 하여 입선되었으나 재출발 이래 특선된 것은 이번이 처음이다.

나는 이번에 특선이 되었다고 해서 어떠한 만족을 얻었다는 것보다 조각가로서 자체의 모순을 발견하게 된 기회를 얻었음으로 느껴진 만족이 오히려 더 크다.

나는 다카무라高村[1] 심사원으로부터 이런 말을 들었다.

내가 본 바로서는 군의 작품이 제일 좋았다. 그러나 이것이 군의 기술적 숙련으로 된 것이지 결코 군의 열과 성을 짜낸 총명으로서 된 것이 아니다. 그의 이 비평을 나는 크게 감명하는 바이다.

---

1   다카무라 고운(高村光雲, 1852~1934). 일본의 조각가, 도쿄미술학교 조각과 교수. 김복진의 도쿄미술학교 스승이다.

미완성미^美를 목표로 한 것

이번 조선미전의 조각에 특선으로 들어간 여인입상의 제작자 김복진 씨는 조선조각계의 노장으로 일찍이 일본조각계의 원조 다카무라 고운高村光雲 씨에게 사사한 이로서 노숙한 수법은 심사원들까지 경탄하여 마지않는 동시에 조선조각의 수준을 일보 앙양시켰다. 그는 현재 필운정에다가 이층 양관의 아틀리에를 지어놓고 제작에 정진 중인데 왕방한 기자에게 다음과 같이 말하였다.

금번 여인입상은 작년에 제작한 것입니다. 심사가 끝난 뒤 심사위원으로 도쿄서 건너온 다카무라 씨를 만나서 저의 조각 태도에 대하여 기탄없는 평을 청하였더니 그는 나의 기교 치중을 지적해주었습니다. 이것은 금후 나의 제작태도에 참고가 되는 평이었으나 나는 금번의 여인입상으로 내가 나아갈 길을 지시했다 해서 뜻 있는 것이라고 봅니다. 즉 미완성미에의 길이 나의 앞에 열려 있는 코스일 것이며 이것을 위하여 노력해 나갈 것입니다.

김복진 씨 말하다

[도쿄전화] 문전^{文展} 제3부의 목조^{木彫} 〈백화〉로 훌륭하게 첫 입선의 영광을 얻은 도쿄 도시마쿠^{豊島} 미나미나가사키^{南長崎}의 2정 1092목 햐쿠^白하우스 내, 김복진[38] 씨는 조선 충청북도 영동군 영면 계산리 출신으로, 조선총독부 장학자금을 받아 도쿄미술학교에 입학, 다테하타 다이무^{建畠大夢}에게 소상^{塑像}을, 다카무라 고운^{高村光雲} 씨에게 목조를 배워 다이쇼 14년 졸업 후 돌아갔으나, 시대사상의 영향을 받아 적^赤의 투사로 지하에 숨어 8년의 형을 마치고 번연^{翻然} 전향해 다시 망치를 잡고 예술에 정진한 것으로, 〈백화〉는 미교^{美校} 동창 친구인 야마모토 와카히코^{山本稚彦}의 아틀리에에 머물러 열심히 제작해 반입마감일에 완성한 고심작이다. 10일 밤 나카노구^{中野區} 에고다^{江古田} 2의 834 야마모토 씨 댁에 김군은 기쁘게 말한다.

저는 〈백화〉가 400년 전 북조선에 전해지는 전설 속의 정절^{貞節}의 미기^{美妓}로, 북선 여성에게는 현재까지도 숭배되어 동경의 대상이 되는 여성입니다. 저는 400년 전 고증 등으로 복장 당시의 것을 연구하기도 했습니다. 제작에 있어서는 야마모토군이 형제처럼 모든 것을 돌봐주어서 정말 감사하게 생각합니다.

명사 만문만답

1. 신년의 새 계획을 몇 가지 적어주시오.

그저 폐포파립弊袍破笠으로 공부나 할 작정입니다.

2. 일기를 쓰십니까. 일기 중 재미있는 것을 한 토막 공개해주시오.

일기는 안 씁니다.

3. 한문자 단 한자로 이 착잡한 인생을 표현해주시오.

'소笑'

4. 대로상에서 거지 떼가 따라올 때 돈을 주십니까. 주고 안주는 이유는?

돈이 있으면 주지요.

5. 동서고금을 통하여 걸남傑男, 걸녀傑女, 미남, 미녀들 누구라 생각하십니까.

저는 무식하여 옛 사람은 모릅니다. 그래서 지금 사람만으로 말씀한다면 걸남 — 이극로李克魯 씨, 걸녀 — 차미리車美理 여사, 미남 — 10년 전 임화林和 군, 미녀 — 최승희崔承喜 양

6. 잊히지 않는 사신 중의 한 구절을 공개해주시오.

"사지事志가 어긋나나 직直, 선善, 미美를 찾으려하는 마음만은 간절합니다"라는 춘원春園의 편지입니다.

7. 행길 같은 데서 돈을 얻어 본 적이 있습니까. 그 돈을 어떻게 하였습니까.

없습니다.

8. 자기의 글이 처음으로 활자화한 것은 몇 살 때며 무슨 글이었습니까.

17살 때 『매일신보』 학예면 독자문예에 투고한 「황혼의 경성」이라는 산문이었습니다.

명사 만문만답 ^{漫問漫答}

1. 요즘 선생이 가장 관심을 가지고 있는 일은 무엇입니까.

모험 이는 곧 청춘이라고 압니다. 청춘을 잃은 몸 덩어리에 학문이고 예술이고 다를 리 없지 않을까하므로 예술가적 모험, 예술생산적 모험을 고정 또는 퇴조^{退潮} 시에 어떻게 할 것인가 늘 생각합니다. 물론 엄격한 의미로 탈선과 분리시켜야 됩니다.

2. 선생의 장점과 단점은 무엇입니까.

장점 : 열정^{단 내연성}, 단점 : 애증의 표면화 등등 수천가지가 있습니다.

3. 신문기사 중 가장 흥미를 느끼신 기사 한 토막.[1]

4. 다음과 같은 명사에서 어떤 색을 연상하십니까. 학교, 감옥, 연애, 사회, 전쟁, 평화, 가정, 도덕, 처녀, 범죄, 소설, 자유

학교^{남청}, 감옥^{연와색(煉瓦色)(조선에 한하여)}, 연애^{분홍}, 사회^황, 전쟁^{적(赤)}, 평화^{연황(軟黃)}, 가정^{회색}, 도덕^{옥색}, 처녀^{연지(臙脂)}, 범죄^{암흑색}, 소설, 자유

5. 선생이 창작한혹은 얻어들은 실화 하나.[2]

6. 1일에, 100원을 조리 있게 쓰자면? 계획서를 하나 작성해주십시오.

대체로 나는 이런 꿈을 꾸지 못할 만치 너무나 현실적인 사람임을 자판^{自辦}합니다.

---

1   3번 항목에 대해서는 답변하지 않았다.
2   5번 항목에 대해서는 답변하지 않았다.

대전회고^{大戰回顧} _ 엽서회답^{葉書回答}

1. 제1차 세계대전 당시에 무엇을 하고 있었습니까?

근답^{謹答} 제1차 세계대전 발발 당시에는 소학교 학도였습니다.

2. 그때에 받으신 인상은?

찬^燦한 군복을 입은 카이저가 제일 영특하게 보이고 꼭 승전하리라고 생각되어졌습니다. 그중에도 카이저의 수염이 마음에 들었습니다. 때마침 삼국연의^{三國演義}를 겨우 보기 시작하던 관계로 잠수함이 생겼다는 신문을 보고서 카이저를 제갈량^{諸葛亮}이 같은 사람이라고까지 높여 보았습니다.

미술계를 위하여 미력微力을 다할 뿐

이번 영광스러운 추천자로서 영원히 무감사로 출품하게 되는 동시 참여원이 될 자격을 갖춘 감격을 이화고녀梨花高女의 심형구沈亨求 씨와 제3부 김복진金復鎭 씨는 다음과 같이 겸손히 이야기하였다.

이 추천제도가 부활된 것을 다른 작가들을 위하여 기뻐하여마지 않습니다. 그동안 꾸준히 예술적 창작열과 또는 자라나는 조선미술계를 위하여 노력하는 의미에서 늘 작품을 내어놓은 것뿐으로 앞으로 계속하여 최선을 다해서 제작에 노력할 작정이며 조선미술계의 향상발전을 위하여 미력을 다하고자 생각할 뿐입니다.

장안^{長安} 신사가정^{紳士家庭} 명부^{名簿}_ 쇼와^(昭和) 14년 12월 1일 현재

1. 선생 씨명 : 김복진金復鎭, 연령 : 39, 고향 : 충북 청주, 학력 : 도쿄미술학교

   영부인 씨명 : 허하백許河伯, 연령 : 32, 고향 : 함북 온성, 학력 : 나라고등사범학교

두 분께서는 연애결혼 하셨습니까, 매약媒約 결혼 하셨습니까.

연애결혼

결혼식은 몇 해 전, 어느 지방서, 그때 주례는, 축사한 인사는, 주요한 내빈은?

6년전 백천白川 온천서 여운형呂運亨 선생 주례와 이관구李寬求 형의 축사로써

신혼여행은 어느 지방으로 며칠 동안이나 가셨습니까.

송도松都 고적 탐방 2일간

2. 귀 가정의 가훈 : 호인好人, 호서好書, 호산수好山水

몇 십년 후 선생이 장서長逝하실 때 유언 우▽는 묘지명은

사람과 사람의 일을 알려거든 김복진의 묘金復鎭之墓라고 누가 하여 주었으면 합니다.

3. 금번 사변에 귀 가정에서 애국공채 우는 국방헌금을 얼마나 하셨습니까.

애국공채 50원 국방헌금 월정月定 2원 가량

귀 가정, 우는 친척, 우는 친우의 가정에서 지원병이 나셨습니까. 또 장차 내시겠습니까.

현재는 없고 미래에는 날 것이지요.

귀 가정에서 생명보험금액 기입**에 드셨습니까.**[1]

---

1   이에 대답하지 않았다.

1901년 11월 3일^{음력 9월 23일} 충청북도 청원군 남이면 팔봉리 팔봉산 기슭에서 김홍
　　　　규와 김현수의 장남으로 출생

1910년 황간공립보통학교에 입학

1913년 영동공립보통학교 2학년에 응시

1914년 가족의 뜻에 따라 결혼^{10년 뒤 관계 정리}

1916년 영동공립보통학교 졸업, 배재고등보통학교 입학

1918년 박영희, 김기진, 박팔양, 이백수, 나도향, 최승일, 정백, 홍사용, 마해송, 이
　　　　서구와 반도구락부 조직

1919년 3·1운동에 참가. 배재고등보통학교 졸업

1920년 도쿄미술학교 조각선과^{彫刻選科} 소조부^{塑造部}에 특별학생으로 입학하여 다
　　　　카무라 고운 문하에서 수학

1921년 다테하라 다이무 문하로 옮겨 수학. 귀국하여 종로중앙기독교청년회학
　　　　관 제11회 졸업식에서 공예부 우등생으로 졸업

1922년 5월 박승희, 연학년, 이서구, 박승목, 임노월, 김명순, 이제창, 김기진 등과
　　　　매주 토요일 도쿄에 있는 카페 런던 2층에서 모이다가 서울에 와서 토월
　　　　회 조직

1923년 7월 토월회 제1회 공연으로 버나드 쇼의 〈그 여자는 그 남자에게 무어라
　　　　고 거짓말 하였나?〉, 체호프의 〈곰〉, 작자미상의 〈기아〉, 박승희의 〈길식
　　　　이〉 상연. 공연을 마치고 이승만, 윤상열, 원우전, 이제창과 토월미술연구
　　　　회 조직

　　　　8월 토월미술연구회원을 주축으로 정동 정측강습원^{正則講習院}에서 미술연
　　　　구소 개설. 박영희, 김기진, 김석송, 안석주, 이익상, 김형원, 연학년과 파
　　　　스큘라 조직

9월 조선극장에서 토월회 제2회 공연으로 마이야스텔의 〈알트하이델베르히〉 상연

카마타투영소浦田投影所 근방으로 이사해 덴푸라 장사

1924년 2월 배제고등보통학교, 경성여자상업학교 도화교사, 고학당에 출강

10월 '제국미술원 제7회 미술전람회'에서 회원자격으로 〈입녀상〉 입선

1924년 로댕의 〈이브〉를 본 딴 〈여인입상〉을 제작해 '제국미술원전'에서 입선

1925년 봄 귀국하여 낙산 밑 서화협회 아틀리에에서 졸업 작품 〈나체습작소녀〉 제작

1925년 4월 배재고등보통학교 도화교사로 피임. 경성여자상업학교 및 야학고학당에 강사로 출강

1925년 5월 〈여〉와 〈3년 전자각상〉 출품. 〈나체습작소녀〉에 대한 파괴 사건 발생

5월 안석주, 이승만과 조선만화가구락부 조직

5월 '제4회 조선미술전람회'에 〈3년 전〉으로 3등상

8월 24일 조선프롤레타리아예술동맹 창립, 중앙위원 선출

10월 종로중앙기독교청년회관에 미술과를 신설하여 이한복, 김창섭과 교원으로 출강

1926년 2월 종로중앙기독교청년회관에서 백조회白鳥會를 조직하여 안석영, 이승만과 무대장치부로 참가

5월 '제5회 조선미술전람회'에 〈여〉로 특선 수상

7월 안석영, 이승만과 출품을 위해 도일

12월 청진동 95번지에서 조선프롤레타리아예술동맹 임시총회. 규약과 강령 수정

1927년 1월 28일 김동환, 김기진, 박영희, 조명희, 안석영과 신극운동단체 불개미 조직

8월 31일 김창섭, 김은호, 안석주, 이승만, 임학선, 신용우, 유경목과 창광회 조직

9월 조선프롤레타리아예술동맹의 임시총회에서 방향전환 결의. 지부설
치 및 문호개방 등 사업방침에 대해 토의

11월 박길용과 〈뺨 맞는 그 자식〉의 무대장치 책임

1927년 6월 종로에서 송언필을 만나 고려공산청년회, 조선공산당 입회. 동대문
김광수의 집에서 11월까지 경성야체이카 조직의 제3책임 수행, 책임비
서로 선출

1928년 2월 중순 청진동 조선지광사에서 이성태를 만나 고려공산청년회 경기도
책임비서로 지정 통고. 차금봉, 좌공림과 경기도 간부로 선출되어, 김복
진은 조선공산당 경기도 선전부 책임비서 선출

4월 고려공산청년회 중앙위원 선출. 보성전문학교 등 서울시내 각 전문
학교 학생운동가 이현상, 강병도, 최성환을 포섭해 고려공산청년회 산하
학생야체이카 조직

5월 재동의 김복진 집에서 도간부회의를 열고 최종 경기도 선전부 책임
비서로 선출

6월 종로고등계에 의해 이기영, 김소익 등과 모종의 사건으로 치안유지
법 위반 혐의를 받아 검거, 취조 후 석방

8월 제4차 조선공산당 사건으로 이승만의 집에서 체포

1930년 3월 경성지방법원, 김복진 외 20인 예심에 착수

4월 17일 조선총독부 예심종결결정에 의해 형법 제56조 '치안유지법 위
반'을 적용하여 처형할 것을 형사소송법 제313조에 의하여 '제4차 공산
당—김복진 등 20인 사건'을 경성지방법원공판으로 넘김

1930년 11월 초 경성지방법원공판으로 '제4차 조선공산당 김복진 외 20명 치안
유지법 위반 사건'으로 출정피고 입명 결정, 17일 오전 11시에 방청이 금
지되어 제1회 공판 진행11월 21일 '제4차 조선공산당 김복진 외 20명 치
안유지법 위반 사건'에 대한 제2회 공판 진행

11월 23일 '제4차 조선공산당 김복진 외 20명 치안유지법 위반 사건'의

혐의자로 김복진에 최고형 5년형 구형

1934년 2월 21일 오전 8시 15일의 감형을 받아 서대문형무소에서 출소

1934년 9월 김기진과 『청년조선』 창간

12월 2일 인쇄소 애지사 공장 설립

12월 13일 '신건설사 사건'으로 새벽 경기도경찰부 고등과 사찰계가 성북동 김기진의 집을 급습하여 김기진과 김복진을 비밀리에 검거, 취조. 삼청동에 있는 최창익과 천연동에 있는 박영희를 추가로 검거, 전주로 압송

1935년 2월 20일 전주교도소에서 석방

3월 사직공원에 미술연구소 개설

1935년 7월 김천고등보통학교 교주 최송설당의 동상 건립 준비를 위해 김천 방문

1935년 8월 박광진과 해주를 방문해 선우담과 만남, 미술공예사 설립을 논함

9월 3일 오전 11시 백천온천白川溫泉 천일각天一閣에서 여운형 주례, 이관구 축사로 허하백과 결혼

10월 김천고등보통학교에 〈최송설당 여사 상〉 제작 발표

11월 17일 조선중앙일보사 학예부장 취임

12월 3일 오후 7시 문예영화 〈춘풍의 밤〉 제작상영회 발기인으로 참석

12월 7일 오후 5시 정지용시집 출판기념회 발기인으로 참석

〈도산 상〉이듬해 '제15회 조선미술전람회'에 〈수(首)〉로 출품, 〈홍명희 상〉, 〈이종고 상〉 제작

12월 중순 전라북도 김제 금산사에 높이 11미터의 미륵전에 안치할 본존불 제작 진행

1936년 2월 김은호, 허백련, 박광진 등과 중학동 20번지 2호에 조선미술원 창립

5월 '제15회 조선미술전람회'에 〈수〉도산상, 〈불상 습작〉 입선

7월 사직동 아틀리에에서 김제 금산사의 본존불 제작 착수

7월 23일 소파 방정환의 5주기를 맞이하여 기념비 설립 발기인에 참여

8월 금산사 미륵전 본존불 완성

9월 5일 오후 5시 기상단출판기념회 발기인에 참여

화산보통학교 교장 정봉현의 동상과 개성의 손봉상 동상 제작 착수

〈홍명희 씨 상〉, 〈이종만 씨 상〉 제작

1937년 5월 '제16회 조선미술전람회'에 〈나부〉 특선 수상

여름 무렵 첫째 딸 김산용 출생

5월 전남 순천의 유지 김종익의 데드마스크를 사작寫作

7월 인천의 김윤복 동상 완성

11월 조선영화주식회사의 심사위원으로 추대

12월 개성의 인삼 상인 손봉상의 동상 완성

〈한양호 씨 상〉, 〈방응모 씨 상〉 제작

조선총독부의 '조선사상범보호관찰령' 제정에 따라 "행동감시 내지 자유

구속"이 적용

1938년 2월 조선연극경연대회 심사위원으로 추대

3월 10일 도산 안창호가 사망하고 제자 이국전이 '데드마스크 사건'에 연

루되자 검찰국의 취조를 받음

4월 조선일보사 주최 '제2회 전조선학생미술전람회'의 조각부 심사위원

으로 추대

5월 김제 금산사 미륵존불 점안식 거행

5월 '제17회 조선미술전람회'에서 〈여인입상〉 조선총독상 수상, 〈백화〉

무감사

7월 형성미술가집단 동인으로 참가. 동인은 김복진, 가타야마 탄堅山坦, 니시

나 쥬로二科十朗, 하마다 시게오濱田重雄, 미나미야 오토히코南屋音彦, 사토 구니

오佐藤九二男, 무라카미 미사토村上美里 등

7월 15일 충청북도 이원보통학교伊院普通學校 교원으로 촉탁

7월 안성농업학교를 설립한 박필병朴弼秉의 동상 제작 착수

10월 10일 '제1회 문부성미술전람회'에서 목조 〈백화〉 입선

11월 6일부터 미쓰코시三越 갤러리에서 열린 '형성미술가집단전람회'에

〈백수白鬚〉출품

1939년 1월 미륵불 제작을 위해 보은 속리산 법주사 방문

3월 속리산 법주사 미륵불 제작 착수

4월 청주군에 군인 이원하李元夏의 기념비가 설립될 때 그의 흉상을 제작해 기증

1940년 5월 2일~6일 정자옥 갤러리에서 '형성미술가집단전람회' 개최

5월 '제19회 조선미술전람회'에서 〈소년〉 조선총독상 수상, 〈다산 선생의 상〉 무감사 출품. 〈김동한 상〉 제작

5월 무렵 다테하라 다이무가 심사위원으로 경성에 올 때 환영회에 참석

7월 이주할 계획으로 도쿄에서 집을 알아보는 중, 첫째 딸 김산용金山瑢이 이질에 걸려 순화병원에 입원. 3일 만에 사망

8월 7일 경성일보사 박람회장 장식

8월 9일 이질로 경성제대 부속병원에 입원

8월 18일 오후 11시 사망

1. "우리는 전진한다.
만일 우리가 뒤를 돌아다보거든 우리를 공격하라"

불혹을 앞둔 김복진은 벗 함대훈咸大勳에게 편지를 보내는 편지 형식의 회고록 「조각생활20년기」 말미에, '모험은 청춘이요 청춘은 곧 생명'임을 말하고 다닌다고 썼다. 지난 세월을 돌이켜보니 우여곡절이 많고 다사다난한 삶을 살아온 그가 경험에서 깨달은 바였다. 그런 삶을 살아왔으나, 또 다른 모험의 길을 밟아나갈 것이라는 고백도 덧붙였다. 그가 누구인가. 그는 최초의 근대적인 조각가이자 연극인이었고, 비평가이자 기자였다. 더하여 한때는 식민지 조국을 둘러싼 계급사회의 모순과 억압으로부터 맞서려고 한 사상운동가이기도 했다. 이러한 그의 행동파적 기질에는 언제나 독서를 통한 추체험이 있었다. 독서는 실천으로 인도해주는 매개체였다. 그리고 그의 마음속 깊은 곳엔 언제나 스승의 말씀도 있었다. 영동공보 시절 '일일일선一日一善'을 하라는 선생의 말씀과, "크고자 하거든 남을 섬겨라欲爲大者當爲人役"라는 배재고보 시절 선생의 훈화, 그리고 "예술의 최후를 결정하는 것은 인격의 향기다藝術の最後を決定するは,人格の薫りだ"라는 도쿄미술학교 시절 다카무라 고운高村光雲 선생의 조언. 그것은 실천하기 전에 스스로에게 되새기는 귀중한 격언들이었다. 스승의 말씀은 김복진에게 곧 근대인으로서, 예술가, 지식인으로서의 책무였다.

김복진은 진정한 근대인이었다. 그렇기 때문에 그에게 예술이란 미술이나 문학에 국한된 것이 아닌 그 무언가였다. 댕기머리를 휘날리며 맨발로 영동 땅을 밟고 성장하던 소년은 성장해나가며, 식민지란 근대를 이식하는 장이자 동시에 극복해야할 이데올로기임을 깨달았다. 당시는 미술에서도 구화舊畵와 신화新畵의 경계가 뚜렷해지고 있는 때였다. 그에게는 고래의 구습과 전통에서 벗어나 해체와 건설이라는 근대적 사명이 쥐어졌다. 근대에서 진정한 혁명이란 구조를 파괴하고 새로운 것을 이식하는 과정이다. 관념보다는 대상의 사실성과 그것의 생명력을 따진 서구적 개념의 조각, 계몽 혹은 골계의 인쇄미술, 행위라는 모방예술의 연극과 그것의 무대. 김복진은 이것들을 통해 계급사회 상부구조의 전유물인 예술의 본질을 이해하고 싶어 했다.

우리는 전진한다. 만일 우리가 뒤를 돌아다보거든 우리를 공격하라.[1]

벗이요 동료란 이유로 기성문단에 아무런 이의제기를 못하는 문단의 처사를 비판한 김복진의 글 마지막 문장이다. 만인을 가르칠 자질을 갖췄다고 자평하는 문사, 그리고 파시즘 문화를 추종하는 문사. 그들을 꾸짖어야 할 사람은 바로 신문인이요 기자로서의 태도라는 것을 당당히 밝히고, 그것이 바로 비판을 겸한 시대정신이라는 것을 밝힌 그였다. 누군가 김복진다운 것이 무엇이냐 묻거든 이 문장을 읽어주고 싶다.

이미 많은 이가 김복진이라는 인물을 알고 있다. 그간 연구자들은 김복진 삶의 궤적을 추적해보고 미술사적 의의를 끊임없이 증명해왔다. 하지만 함께 지적 되는바 '조각 없는 조각가'라는 수식어처럼 그의 유작보다는 흔적들만 있을 뿐이다. 그럼에도 불구하고 그의 미술사적 위상은 남다르다. 이제는 그것이 타당한지를 물어야 할 때다. 그런 의미에서 한국의 근대미술을 함께 공부해보자는 최열의 제안으로, 뜻을 함께 한 연구자들이 모여 2023년 2월 '근대미술론연구모임'을 만들었다. 위와 같은 이유로 김복진을 첫 공부대상으로 삼았다. 참여자는 근대미술 연구자 7인 ― 최열, 서유리, 이나바 마이, 홍지석, 김허경, 김미정, 홍성후다. 이 모임은 그간 김복진과 관련한 연구를 짚어가고 새로운 논의도 도출하는 등 유의미한 성과를 냈다. 그리고 이를 반영해 그의 글과 자료를 엮기로 했고, 그 결과

---

1   복진, 「전진 또 전진」, 『조선중앙일보』, 1935.10.24.

가 이번 전집이다. 김복진 전집을 새로이 옷 입히고 싶은 마음을 소명출판 박성모 대표께 전하자, 대표께서는 흔쾌히 수락해주셨다. 서재에 꽂혀 있는 소명출판의 책들을 볼 때면 출판계의 소명을 다하시는 대표님에 대한 존경심을 감출 수 없다. 대표님을 비롯해 편집에 힘써주신 이선아 대리님께 깊이 감사의 말씀을 드린다.

김복진 서거 55주기를 맞이해 출범한 '정관김복진기념사업회'가 팔봉산 기슭에 위치한 그의 묘를 새로 단장하고 비를 세웠으며, 김복진의 글과 작품이미지, 기사들을 한 데 모아 윤범모, 최열 편저로 『김복진 전집』청년사, 1995을 펴냈다. 전집에 실은 자료들을 발굴한 최열은 최초의 김복진 작가론 『김복진—힘의 미학』재원, 1995을 세상에 내놓았다. 이후 탄신 100주기를 맞아 윤범모가 새로이 발굴한 자료들을 실은 『김복진의 예술세계』얼과알, 2001가 나왔다. 윤범모는 김복진에 대한 박사학위논문2007을 청구한 뒤 이를 정리해 『김복진 연구—일제강점하 조소예술과 문예운동』2010을 냈다. 그밖에도 여러 연구자들의 성과는 김복진의 예술세계를 총체적으로 검토할 수 있는 지평을 열어주었다.

이번 전집은 1995년판을 뼈대로 삼되 원문을 직접 비교·점검하여 일부 오기와 오독을 바로잡고, 그간 새로 발굴된 자료 원문을 찾아 새로 입력하는 작업을 거쳤다. 무엇보다 이번 전집은 그간 알려지지 않은 새로운 글과 작품이미지들이 수록되었다. 근대서지학회장 오영식 선생님의 도움으로 그간 소개되지 않았던 『문예운동』 2호의 글 「오족불용」과 『망우초』에 실린 〈독서하는 김억의 초상〉또한 그의 행적을 유추할 만한 중요한 사진을 비롯해 조선공산당 관련 문건 등도 실었다. 그리고 그간 알려진 그의 조각 — 〈여인입상〉, 〈삼 년 전〉, 〈나체습작〉, 〈여〉, 〈입녀상〉, 〈불상습작〉, 〈머리〉, 〈윌리엄스상〉, 〈나부〉, 〈백화〉, 〈소년〉 등 관전에 출품한 작품들과, 금산사 본존불, 법주사 미륵대불, 신원사 소림원 미륵여래입상을 비롯한 8점의 〈스케치 백인상〉, 『문예운동』 1926년 창간호 표지그림, 새로 소개되는 『조선문단』 1927년 제2호의 표지그림도 볼 수 있으며, 『매일신보』와 『조선중앙일보』에 실린 일련의 삽화와 만화캐리커처 1점이 있다.

이번 전집을 계기로 김복진에 대한 후속연구들이 이어지리라 믿는다. 또한 자료를 찾는 과정에서 더 발굴할 자료들이 있음을 직감할 수 있었다. 소개되지 않은 자료도 있지만, 김복진과 관련이 있어 보이나 해명하기 곤란한 것은 과감히 제외했다. 성급한 판단이라는 비판을 피하기 위해서다. 그럼에도 부족한 것이 있다면 그것은 모두 필자의 책임이다. 이제는 김복진의 이름이 근대미술의 고유명사로 자리할 때다. 김복진은 근대미술 연구에서 한 번쯤 짚고 넘어가야할 산이다. 김복진을 알고자 하고, 또 근대미술을 연구하는 이들 모두에게 이번 전집이 제 역할을 해주었으면 한다.

2. 동시대인의 기억으로 본 위상 예술가와 혁명가 사이

한 사람의 위상은 그가 세상을 떠난 후 동시대인들의 평가에서 확인할 수 있다. 그리하여 김복진이 1940년 죽은 후 동시대인들의 평가를 먼저 살펴보는 것이 어떨까 한다. 그는 8월 18일 늦은 밤 11시에 세상을 떠났다. 이 해 5월에만 해도 '제19회 조선미술전람회'에서 조각 〈소년〉을 선보이고, 경성에 심사위원으로 온 도쿄미술학교 시절의 스승 다테하다 다이무建畠大夢의 환영식에도 참여하는 등 활발히 활동하고 있었다. 그러다 7월에 잠시 자리를 비우고 도쿄로 간 사이, 첫째 딸 산용이가 이질에 걸려 갑작스레 죽고 만다. 깊은 슬픔에 신음하던 그도 곧 병에 걸리더니 사태가 악화된 급기야 8월 9일 경성제국대학 부속병원에 입원했다. 그리고 10일을 버티지 못하고 병원에서 눈을 감았다.

그의 부인 허하백許河伯은 남편의 갑작스러운 죽음에 적잖이 당황했다. 그녀의 그런 마음은 「못 다하고 간 그이」와 「조각실에서 암루」라는 글에 담겼다. 두 글에는 남편의 죽음을 아직 받아들이지 못한 여인의 혼란과 슬픔이 전해진다. 그녀는 시아버지 김홍규金鴻圭를 모신 도봉산 정상 부근 암자를 거느린 천축사天竺寺에 김복진의 위패를 마련했다. 이 글에서 허하백은 김복진이 입버릇처럼 말하던 유언

비슷한 것을 기록했다.

> 사람은 역사 속에 살아야 한다. 나는 내 일생을 바쳐 동양 희유의 예술품을 남기고 그런 뒤에 조용히 잠 들겠다. 내가 하려는 큰 사업은 속리산 법주사, 청주 용화사 두 곳의 대불을 조각할 것이며 그 외에도 동상 수십 건을 계획하고 있는데 이러한 일들을 오십 안에 다 해놓고 나는 안면하기가 소원이다.[2]

김복진의 벗들이 몸담은 『삼천리』와 『조광』 편집부는 김복진의 49재에 맞춰 그를 추모하는 지면을 마련했다. 동료 미술가 김은호金殷鎬와 구본웅具本雄, 안석주安碩柱, 문인 이광수李光洙, 언론인 방응모方應謨가 각각 글을 썼다. 구본웅은 소년 같은 순정을 지닌 경성의 한 유지이자 조각가로서의 공적을, 안석주는 낭만주의적 감수성을 가진 연극인으로서의 그를 추모했다.[3] 김은호는 부지런한 성품과 천재적인 예술적 기량을, 이광수와 방응모는 할 말과 할 일을 다 못하고 간 그의 빈자리를 그리워했다.[4] 한설야韓雪野도 다른 지면에서 그와의 카프 시절을 회고하며 고인에 대한 예를 갖췄다.[5] 한 때 그의 상사였던 언론인 여운형呂運亨을 비롯해 이관구李寬求, 방응모, 이광수, 김은호는 그의 유작을 한 데 모아 10월 5일 부민관 집회실에서 '고 정관 김복진 유작전'을 마련했다.[6]

그런데 아우 김기진金基鎭이 조용했다. 형제는 많은 시절을 함께 한 동료이기도 했다. 그런 아우가 형에 대해 아무 말도 하지 않고 있었던 것인데, 그 나름의 사정

---

2   허하백, 「못 다하고 간 그이」, 『여성』, 1940년 제5권 제10호, 72~73면.
3   구본웅, 「정관의 예술」, 『조광』, 1940년 제6권 제10호, 190~191면; 안석영, 「연극인 김복진」, 『조광』, 1940년 제6권 제10호, 192~193면.
4   춘원, 「미완성관음상」, 『삼천리』, 1940년 제12권 제10호, 167~169면; 김은호, 「장무상망지사」, 『삼천리』, 1940년 제12권 제10호, 169면; 방응모, 「작품과 성탄」, 『삼천리』, 1940년 제12권 제10호, 169면.
5   한설야, 「청춘기와 황혼, 각 신문에 매년 한 편씩 실리려 했더니」, 『삼천리』, 19,40년 제12권 제9호, 187~191면.
6   「천재 조각가 김복진 씨」, 『조광』, 1940년 제6권 제10호, 167면.

이 있었다. 감히 그 슬픔을 쉽사리 꺼내지 못했기 때문이다. 집에 있거든 문을 열고 '기진아' 하고 부를 것 같고 저 멀리 눈에 띄는 큰 키로 휘적휘적 걸어올 것만 같은 그의 실루엣이 눈에 아직 선한 그였다. 그는 1년이 지난 후에야 형과의 추억을 꺼내볼 수 있었다.

형님이 가신뒤에
하마일년 지났어요
산하만 의구하고
천하사는 분분한데
아우는 예나이제나
갈팡질팡 합니다.

인생을 살피건대
모두가 꿈이거늘
영혼이 계시다면
이 꿈을 깨셨으리
역사에 이름석자만
머무른줄 아소서

돌속에 풀을찾고
구름속에 집을찾고
물속에 불찾아도
꾸짖는이 그누군가
형님이 꿈에오셔서
내게 일러주시네[7]

일본미술연구회도 『일본미술연감』의 「작고작가와 미술관계자」 지면에 김복진의 서거 소식을 전했다. 일본에서의 선생인 다테하타 다이무, 아사쿠라 후미오^{朝倉文夫}, 선배이자 동료였던 안도 테루^{安藤照}도 모두 이 소식을 들었다.

김복진^{조각} 8월 18일 서거

조각가 김복진은 8월 18일 경성의 자택에서 서거했다. 향년 40세. 조선 충청북도 청주군에서 태어남. 다이쇼 14년 도쿄미술학교 졸업 후, 좌익운동 때문에 쇼와 3년부터 6년간 영어^{囹圄}의 몸이 되어, 쇼와 10년부터 잠시 경성의 중앙일보 학예부장으로 근무, 또 조선미술원을 창립해 후배 지도에 나섰다. '제전', '문전'에 입선 3회, '선전'에는 6회 특선과 추천에 있었다. 대작으로 전북 김제군 금산사의 길이 60척의 미륵불이 있고, 또 충북 보은 속리산 법주사의 길이 80척의 미륵불을 미완성인 채로 서거했다.[8]

김복진의 이름은 사람들의 기억에서 멀어졌다. 그도 그럴 것이 이듬해 겨울, 일본은 태평양전쟁을 일으키고 본토와 식민지조선에 '대동아전쟁'을 위한 전시 체제를 발령했다. 제국의 광기는 식민지 물자의 수탈로 이어졌다. 배급을 통제하고 전쟁에 이용될 금속류를 각지로부터 공출하기 시작한 것이다. 그렇게 김복진이 만든 동상도 파괴되어 버렸다.

그의 존재는 해방된 후에야 다시 소환되었다. 억눌려온 민족의 애환을 분출할 수 있게 되자 김복진의 이름도 여기저기 나왔다. 다만 그것은 '조각가 김복진'이 아닌 '혁명가 김복진'이었다. 일부 신문사와 잡지사들은 조국에 이름을 알리지 못하고 해외에서 귀국한 혁명가, 식민지조선에서 활동한 혁명가를 찾아 지면에 소개했다. 사람들의 기억에는 '김복진 외 20명 제4차 조선공산당 사건'이 아직 남아 있었다. 『독립신보』 기자는 '여류혁명가'를 소개하고자 명성학교 교장이자 김복진의 처 허하백을 찾았다. 그녀는 지난날의 계몽운동과 독서회 활동을 술

---

7 팔봉, 「고 김복진 반생기 — 1주기를 맞아 형을 생각함」, 『춘추』, 1941년 제9호, 139면.
8 美術研究會 編, 『日本美術年鑑(昭和16年版)』, 岩波書店, 1941, 93면.

회하다가 남편 이야기를 꺼냈다. "조각가이면서 혁명가인 그는 내게 독점되기 전에 민족의 애인이요, 또 인민을 위해 용감하게 싸울텐데……"라고 말이다.[9]

또 하나의 회고는 글을 쓴 사람에 주목해야 한다. 바로 김복진에게 고려공산청년회 가입을 권한 동지이자 제3차 조선공산당원으로 활동한 송언필宋彦弼이다. 해방 후 조선인민공화국 서울시인민위원회 위원, 조선정판사 서무과장을 역임한 그가 옛 동지 김복진을 "조선민족해방사를 피로 물들인 혁명적 순사"의 반열에 올린 것이다.

> 김복진 동지는 조선이 낳은 조각가의 선구였고 또 상당히 노련한 수완을 가졌었다. 그래서 그를 미술가로서 아는 이는 많으나 그가 열렬한 혁명가 조직자였던 것을 아는 이는 적다. 그는 경성 산産으로서 도쿄미술학교에 배운 후 귀국하여 배재중학의 교편을 잡았던 일도 있다. 그러나 그의 혁명적 열정은 그로 하여금 학교 속에서 활동하기에는 너무나 포부가 컸었다. 그래서 그는 가두로 나와 동지들과 더불어 조선프로예술동맹을 조직하여 그것을 지도하는 한편 조선지광사 이성태 등 동지들과 더불어 제3차 총 검거의 피를 받아 운동을 계속 하였다. 더욱 공산청년당 조직자로서의 그의 활동은 컸었다.[10]

송언필의 증언은 여러 가지를 시사한다. 그는 김복진을 수동적인 사람이 아니라 조직과 지도에 능하고 혁명에 대한 열정과 포부가 강한 "열렬한 혁명가 조직자"로 기억했다.

제자들도 김복진 문하에 있던 자신을 퍽 자랑스러워했다. "정관 선생과 나! 중학도 나의 선배, 도쿄미술학교도 나의 선배이시었다."[11] 남한에 남은 조각가 윤효중尹孝重은 스스로 각도刻道의 뿌리를 김복진에 두고 있음을 내세웠다. 한편 김복진이 아끼던 제자로, 한국전쟁 전후 북으로 간 이국전李國銓과 박승구朴勝龜는 스

---

9   「내게 독점되기 전에 그이는 민족의 애인, 허하백 여사 편」,『독립신보』, 1946.11.17.

10   송언필, 「김복진 동지」,『독립』, 1946.5.15.

11   윤효중, 「조각에로의 인도」,『조선일보』, 1955.3.23.

승에 대한 남다른 애정을 보였다. 이국전은 "근대 조각의 선구자인 조각가이며 혁명의 투사"이면서도 제자와 동료를 아끼고 의협심 강한 그를,[12] 박승구는 "일제를 반대하여 선두에 선 조선공산당원이었으며 카프의 열렬하고 진실한 투사"이자 언제나 온순하고 부드러운 그의 성품을 회고했다.[13] 그밖에 동료 문인 한설야와 박팔양朴八陽, 박세영朴世永과, 동료 미술인 문석오文錫五, 선우담鮮于澹 등도 조선공산당원으로서, 카프 지도자로서 김복진의 위상을 재확인했다.

이처럼 한 조각가의 죽음 뒤 동시대인들의 기억을 살펴보면 그의 위상이 어느 정도였는지 알 수 있다. 상실의 세월이 길었던 듯하지만, 그의 존재가 기억에서 멀어질 즈음에는 누군가에 의해, 분단의 외중에도 각자의 방식으로 소환되었다. 여기까지가 동시대인들의 기억이라면, 그를 근대미술의 주역으로 보고 연구대상으로 삼은 이도 있었다. 바로 이경성李慶成이다.

'월북미술인'의 이름을 복자로 처리하던 1960년대의 시절이었지만, 조선공산당 활동을 한 김복진은 해방 이전에 사망했기 때문에 언급하는 것이 무리는 아니었다. 김복진 연구의 발판을 마련한 이경성은 1965년 대한민국예술원에서 발행한 『한국예술총람 자료편』 '근대미술 70선'에 김복진을 포함시키고 대표작 〈소년〉을 수록했으며, 그의 글 몇 편을 목록에 실었다.[14] 그리고 1971년에 쓴 「한국근대조각의 선각―정관 김복진」을 1974년의 저서 『근대한국미술가논고』에 수록했다.[15] 그 뒤에도 고정수의 논문과 이구열, 박영정 등의 자료발굴이 있었고, 김청정, 윤범모, 이진황, 문명대 등이 연구를 진행했다. 1988년 무렵에는 조각가 정창훈이 팔봉리에 위치한 김복진 묘소에 비를 세웠다. 이경성이 뿌리내린 영향이었다. 막 대학에 입학했던 최열은 『근대한국미술가논고』를 읽은 뒤 김복진을 사숙했으며 1995년 55주기를 맞아 윤범모와 전집을 엮었다.[16]

---

12   리국전, 「조각가 정관 김복진 선생」, 『조선미술』, 1957년 제5호, 18면.

13   박승구, 「김복진 선생을 회고하면서」, 『조선미술』, 1957년 제5호, 22면.

14   이경성, 「한국근대미술자료」, 『한국예술총람 자료편』, 대한민국예술원, 1965, 193~243면.

15   이경성, 『근대한국미술가논고』, 일지사, 1974, 87~108면.

16   최열, 『한국근현대미술사학―최열 미술사전서』, 청년사, 2010, 324면.

3. 김복진 일대기 열정과 애증의 표면화

이번에는 김복진의 일상사에 대해 살펴볼 것이다. 그는 1901년 11월 3일음력 9월 23일 충청북도 청원군 남이면 팔봉리 팔봉산 기슭에서 김홍규와 김현수의 장남으로 출생했다. 1910년 황간공립보통학교에 입학했다가 1913년 영동공립보통학교 2학년으로 옮겨 1916년 졸업한 뒤 상경했다. 어린 시절의 김복진은 몸이 허약해 운동신경이 없고 마른 체형으로 '굼벵이 대갈장군'이라는 별명을 가졌다.[17] 영리했지만 암기를 못해 종종 학교에서 야단맞기도 했다. 그에 비해 아우 김기진은 학업성적도 우수한 모범생이었다. 한때 시험 성적에서 아우를 제친 일도 있었다. 그런데 담임선생이 매번 아우한테만 지는 모습을 보고는 형의 체면을 위해 1등으로 올려준 것이었다.[18] 그런 그는 한 번도 주먹질을 하지 않았다. 순수한 11살의 이 소년은, 섣달그믐날 밤 공부방 벽에 '일일일선一日一善'을 써 붙이고 날마다 착한 일을 하기로 결심했다.[19] "특별히 사랑하여 주신" 선생님의 말씀을 새긴 이 소년은 이를 간직한 채 아우와 상경한 해 배재고등보통학교에 입학했다. 배재고보에 입학하니, 교실 현관에는 강매姜邁라는 선생이 새긴 훈화가 있었다. "크고자 하거든 남을 섬겨라"라는 말씀이었다.

김복진은 아우 김기진과 학교에서 만난 박영희朴英熙, 이서구李瑞求와 어울려 지냈고, 이들은 '반도구락부半島俱樂部'를 만들었다. 별다른 뜻을 가지기보다는 일종의 문학서클이었지만, 나름대로 금곡원金谷園에 모여 발회식도 열었다. 신문명과 학문을 익혀 세상을 변혁해보자는 원대한 포부도 가졌으나 허구한 날 우미관優美館, 단성사團成社, 광무대光武臺를 돌아다니고 학업보다 독서에 심취했다. 이 무렵 여러 문학을 탐독한 끝에 만난 톨스토이와 오스카 와일드는 김복진을 "예술이라는

---

17 김복진, 「상 타본 이야기 – 뜻하지 않은 일등」, 『소년』, 1938년 제2권 제5호, 24면.

18 김복진, 「이긴 이야기 – 선생님이 나를 이겨준 얘기」, 『소년』, 1937년 제1권 제6호, 34면.

19 김복진, 「한 살 더 먹으면 – 써붙인 '일일일선'」, 『소년』, 1937년 제1권 제9호, 25면.

병"에 걸리게 했다.[20] 특히 톨스토이는 그의 예술과 사상에 많은 영향을 주었다.

그러는 중 사회에 눈을 뜨게 된 사건이 있었으니, 그것은 1919년 경성 시내를 들끓은 3·1운동의 발발이었다. 자력에 의지한 결의와 궐기, 정치와 사회적 조직이 금기시된 당시의 상황을 뚫고 나온 봉기였다.[21] 이 반도구락부의 청년들은 민중의 움직임에 열광했다. 그들은 학생시위에 동참해 선언문이나 격문류를 배포하는 등 최초의 '저항'적인 행동을 해본 것이다.

톨스토이와 오스카 와일드에 심취한 김복진도 이 무렵 진로를 고민했다. 한때는 철학을 하겠노라며 기히라 타다요시紀平正美가 쓴 철학책도 읽고 니체의 저서를 탐독하기도 했다. 학업을 게을리 한 탓에 졸업생 27명 중 24번으로 겨우 졸업을 치르고는 아우와 일본에서 공부할 것을 결정했다. 유학비를 지원한 부친의 조건은 하나였다. 법률을 공부하라는 것이다.

그는 도쿄를 거닐던 중 "우연이라는 수수께끼"가 있었다고 말한다. 어느 날 우에노 공원을 지나는데, 석고에 색을 입힌 〈노자〉라는 조각을 보게 된 것이다. 문학에 심취했던 그가 생명력 넘치는 조각을 보고 미술이라는 진로를 택한 순간이었다. 그 자리에서 김기진과 의견을 나눈 그는 도쿄미술학교 조각과에 입학해보자는 결론을 얻었다. 허나 성적이 영 좋지 않았던지라 방법을 강구해야 했다. 무턱대고 일본의 한 신문사에 찾아간 덕에 도쿄미술학교에서 '선과생'이란 유학생을 모집하는 사실을 알게 되었고, 결국 입학에 성공했다. 이 무렵 비평에도 관심을 가져 토마스 칼라일과 다카야마 쵸규高山樗牛의 책들을 애독했다.

도쿄미술학교 조각선과 소조부에 입학해 처음 만난 선생은 다카무라 고운이었다. 다카무라는 근대일본의 목조를 부흥시켰다고 평가받는 조각가로, 훗날 경성 박문사博文寺의 본존불을 제작하기도 한 인물이었다. 이 일본인 스승은 김복진에게 조각가로서의 태도부터 예술가의 자세와 인격까지 많은 것을 가르쳤다. "예

---

20 김복진, 「조각생활 20년기①─스승과 지기와 내 성격을 알외는 편지로서」, 『조광』, 1940년 제6권 제3호, 209면.
21 권보드래, 『3월 1일의 밤─폭력의 세기에 꾸는 평화의 꿈』, 돌베개, 2019, 63면·483면.

술의 최후를 결정하는 것은 인격의 향기다"라는 다카무라의 말은 그의 사유에 많은 영향을 주었다.[22] 김복진이 사용한 아호 '정관井觀'은 진리를 깨우친다는 불교의 용어인데, 귀국한 뒤부터 사용한 것으로 보면 아마 불자이기도 한 다카무라가 조선의 제자인 김복진에게 지어준 것이 아닐까 싶다.

도쿄에서의 생활은 배움의 연속이었다. 도쿄 생활 중 그의 벗은 아우 김기진과 박승희朴勝喜, 이서구, 그리고 연학년延鶴年, 박승목朴勝木, 임노월林蘆月, 김명순金明淳, 방정환方定煥, 이제창李濟昶 등이었다. 이들은 각각 도쿄 소재의 메이지학원과 제국대학, 니혼대학, 릿교대학을 다니고 있어 주말이면 우에노 공원에 모였다. 김복진은 틈만 날 때면 연극을 좋아한 방정환과 박승희와 공연을 보러 다녔고, 매주 토요일 카페 런던 2층에 모였다. 인원도 점차 늘어나자 이들 패는 하나의 조직을 결성하기로 한다. 1922년 5월, 이들 "순진한 청년 학도들의 신극운동 단체"인 토월회土月會가 그렇게 만들어졌다.[23] 미술, 문학, 의학, 미학 등 제각각의 전공을 가졌지만 나름대로 현실을 도외시하지 않고 이상을 좇겠다는 포부를 내세운 문예 서클이었다.

다카무라 고운의 문하에서 조각의 기초를 다지고는 이듬해 인품이 훌륭하기로 소문난 다테하타 다이무 문하로 옮겼다. 하지만 김복진은 여전히 문학과 연극을 사랑하는 청년이었고 학업에 큰 열정을 보이지 않았다. 다테하타는 그런 그를 자택으로 불러 오랫동안 조언을 건네고 여비도 챙겨주었다. 다테하타는 연극을 좋아하는 그런 김복진을 응원해주었고, 이후 토월회가 첫 공연을 준비할 때 돈을 쥐어준 이도 그였다. 아사쿠라 후미오는 도쿄미술학교에서의 마지막 선생으로, 졸업 작품을 지도하고 그의 재능을 알아본 인물이었다. 그는 한 인터뷰에서 졸업을 앞둔 학생들을 소개하며 다음과 같이 말했다.

어학도 영어, 프랑스어, 일본어에 유창하고 얌전하여 전도가 유망한 청년입니다. 아

22　김복진, 「스승에게 받은 말—욕위대자당위인력」, 『여성』, 1938년 제3권 제7호, 62면.
23　연학년, 「그리운 토월회」, 『삼천리』, 1938년 제10권 제8호, 214면.

무래도 조선에 돌아가 버리면 그의 예술이 망쳐서 어떻게든 내지에 두고 공부시키고 싶다고 생각이 듭니다.[24]

그의 예술이 망칠 것이라는 대목은 당시 식민지조선에 조각이라는 매체가 뿌리내리지 못한 탓이다. 그렇기에 김복진이 귀국해서 조각을 전람회에 내놨을 때 '최초의 조각가'라는 수식어가 붙을 수 있었다.

1923년 7월, 다테하타의 지원으로 경성 조선극장에서 토월회 첫 공연을 마치고는 안석주, 이승만李承萬, 윤상열尹相烈, 원우전元雨田, 이제창과 토월미술연구회를 조직하고, 박영희, 김기진, 안석주, 이익상李盆相, 김형원金炯元, 연학년과 파스큘라 PASKYULA를 조직하기도 했다. 토월미술연구회는 서양화와 조각, 미학 등을 연구해 누구나 참여할 수 있도록 하는 일종의 교육기관이었다. 파스큘라는 구성원의 성이나 이름의 머리글자를 따서 만든 신경향파 문학단체로, 염군사焰群社와 함께 카프의 모태가 된다. 토월미술연구회가 미술교육기관의 성격이었다면, 파스큘라는 유럽의 다다Dada와 일본의 마보MAVO를 의식한 신흥예술운동의 일환이었다.[25] 다가올 그의 전위적인 활동의 뿌리는 여기에 있었다. 즉 방황하던 청년을 식민지조선 최고의 예인藝人으로 만든 것은 문학과 연극이었던 셈이다.

토월회 활동 중 도쿄에서 대지진이 발생하자 돌아가지 못하고 방황하는 날이 이어졌다. 다시 일본으로 돌아간 뒤에는 도쿄 카마타투영소浦田投影所 근방으로 이사해 덴푸라 장사도 해보고 영화를 연구해보겠다고 돌아다니기도 했다. 한편 토월회 내부에서는 연극의 돈벌이와 흥행가치에 대한 박승희 등 일부와 예술성을 지켜야한다는 일부의 입장이 부딪혔다.[26] 김복진은 연극의 가치가 후자에 있다고 보고는 탈퇴해버렸다.

그러다 일본에 있을 무렵, 다테하타 선생이 급보를 보내왔다. 가을에 전람회

---

24   「帝國美術院展覽會」, 『美術年鑑(大正14年版)』, 二松堂書店, 1925, 10~11면.
25   김복진, 「파스큘라①」, 『조선일보』, 1926.7.1.
26   한효, 『조선연극사개요』, 국립출판사, 1956, 256면.

가 열릴테니 작품을 출품해보라는 것이었다. 이미 도쿄미술학교의 다른 동료들은 1개월간 진척이 있는 상태였다. 급하게 모델을 구해 로댕의 〈이브〉를 본떠 〈여인입상〉을 제작해 출품했다. 출품수속을 동창에게 맡기고 귀국한 뒤 다시 방황했다. 그러는 중 각기병으로 6개월을 병상에 있는데, 그때 출품한 〈여인입상〉이 '제국미술원전'에 입선했다는 소식을 듣게 되었다.

김복진은 이를 계기로 서화협회 화실에서 자리를 잡고 졸업 작품을 마무리했다. 졸업과 동시에 그는 본격적인 미술 활동을 시작하는데, 그것은 근 3년간 놀라운 행적들이었다. 먼저 토월미술연구회에서 함께 한 안석주, 이승만과 1925년에 조선만화작가구락부라는 것을 조직했다.[27] 이어서 조선프롤레타리아예술동맹카프을 창립하고, 이듬해에는 새로운 신극운동단체 백조회白鳥會를 조직해 안석주, 이승만과 무대장치부를 맡았다. 1927년에 창립한 극단 '불개미'에도 간부로 활동했는데, 이 단체는 연극운동에 있어서의 계급적 관점을 강화하고 "프롤레타리아적 연극"의 생산을 목표로 한 것이었다.[28] 무엇보다 카프에서 그의 입지는 분명했다. 카프는 1926년 12월 청진동 95번지에서 임시총회를 열어 "우리는… 무산계급문화의 수립을 기함"을 강령으로 세우고 기존의 규약 10가지를 수정했다.[29] 이듬해 1927년의 임시총회에서는 방향전환을 결의하고 지부설치 및 문호개방 등 사업방침에 대해 토의했는데, 김기진에 따르면 이러한 강령과 규약을 만들고 조직의 지도적 발언을 한 사람이 바로 김복진이었다.[30] 카프에서의 활발한 움직임은 곧 경찰의 눈에 들어올 수밖에 없었다. 가령 1927년 김은호와 김창섭金昌燮, 박영희, 이승만 등과 종로 중앙기독교청년회관에서 창립한 창광회蒼光會는 사상운동과 무관함에도 "주의를 요하는 사상단체"에 포함되었다.[31] 물론 김복진이 사상운동과 관계되었다는 당국의 판단이 틀린 것은 아니었다. 임화林和는 훗날

27　「만화가의 만화제」,『매일신보』, 1925.5.4.

28　손위빈,「조선신극운동약사⑦ – 극운동의 전환기」,『조선일보』, 1933.8.10.

29　「조선프로예술동맹」,『동아일보』, 1926.12.27.

30　최열, 앞의 책(2010), 625면.

31　『主意ヲ要スヘキ思想團體創立一覽表』, 006466-008-0126 別紙 第1號.

"우리의 한 사람도 모르게 ×당에 일을 하고 있던 동지 김복진의 정치적 활동에 의한 것"이라고 기록했다.[32] 그가 조선공산당과 관계된 사실을 카프 동료 대부분이 모르고 있었던 것이다.

공산주의는 자본주의에 대항한 실존적인 위협이자 단일 세력으로서 가장 강력한 영향력을 행사한 정치적 운동이었다. 그것은 식민지 피압박약소민족의 혁명가들을 매료시켰다. 김복진도 그런 사람 중 하나였다. 그의 벗이자 동지 송언필은 그를 고려공산청년회와 조선공산당에 입회하도록 자리를 마련한 당사자였다. 그는 조선지광사의 책임자이자 조선공산당 집행위원 이성태李星泰와의 만남을 주선했고, 김복진은 그로부터 중앙위원이자 경기도지부 선전부 및 책임비서로 선출되었다. 그런 김복진의 지하활동은 비밀리에 진행되고 있었으니, 그가 조선공산당의 핵심인물이라는 사실은 신문에 "김복진 등 유력한 공산주의분자"라는 보도 이후에나 확인되었다.[33]

김복진의 역할은 조선민중에게 피압박민족으로서 단결해야할 필요성을 역설하고 제국의 침략행위를 고발하는 조선공산당의 목소리를 대변하는 것이었다. 노동계급의 해방, 사적소유의 공산화, 결핍과 지배로부터의 자유와 같은 것을 함육하고 훈도해 계몽시키는 행위였다. 송언필은 훗날 공산주의자로서 김복진의 활동이 컸다고 단언하며 그를 "조직자"라고 일컬었다.[34]

1930년 4월 17일, 경성지방법원은 예심종결결정에 의한 형법 제56조 ― '치안유지법 위반'을 제4차 조선공산당 사건 피의자들에게 적용시키고, 형사소송법 제313조에 따른 처벌을 요구하며 이 사건을 '제4차 공산당 ― 김복진 등 20인 사건'으로 명명했다. 조각가이자 연극인으로서의 이름이 제국을 전복하겠다는 공산주의적 음모를 품은 피의자 신분으로 바뀐 순간이었다. 그에게만 4회에 달하는 피고인 신문조서가 진행되었고, 잦은 고문과 취조를 견디기엔 그의 신체

---

32 임화, 「문단의 그 시절을 회상한다(완)―다사하던 10년 전후의 예술동맹」, 『조선일보』, 1933.10.8.
33 「ML당 대검거 직후에 제4선 공산당을 조직」, 『조선일보』, 1930.6.25.
34 송언필, 앞의 글.

에 한계가 있었다. 조선공산당 사건의 변호인이었던 김병로金炳魯와 김용무金用茂는 김복진이 신경쇠약으로 건강이 우려된다며 보석을 신청했지만, 검사는 이를 거부했다. 제국을 전복하고 사유재산제도를 부정해 공산사회를 실현해보겠다는 불순한 사상을 가졌다고 판단한 법원은 김복진에게 징역 5년형을 구형했다.[35] 제4차 조선공산당 사건의 최고형이었다.

아우 김기진은 편지를 보냈으나 닿지 못했다. 그는 형에 대한 그리움과 동지애를 담은 닿지 못한 편지를 한 잡지에 실었다.

1920년의 봄은 봄이 아니었던 것과 마찬가지로 1930년의 봄도 봄이 아니다. 눈이 있어도 봄을 보지 못하고 귀가 있어도 봄을 듣지 못하고 손과 발이 살아있건만 활동하지 못하는 형제에게 이 봄소식은 헛소식이다!

…사랑하는 동무야! 그러나 지금 나의 눈앞에는 다섯 해 전의 그 모양과 다른 형상이 나타나 보인다. 여기는 어두침침한 커드란 건물의 기다란 복도다. 복도의 좌우로는 커드란 방문이 감옥을 연상시킬 만큼 조그만 구멍을 가지고 서로 마주 보고 있다.

…사랑하는 동무야! 네가 알고 있는 이곳의 동무들은 모두 잘 있다. 네가 떠난 뒤에 생긴 좀 더 중요한 일을 알리고 그리고 우리의 지금 일에 관해서 좀 더 구체적인 문제를 이야기하지 못하고 다만 신변잡사에 관한 게 통 없는 이야기에 그치고만 이 편지를 바람 편에 부치면서 근심되는 것을 이 편지를 보고 네 마음에 흡족치 못할까 두려워하는 것뿐이다. 그러면 어느 곳에 있는지 모르는 사랑하는 동무야! 이 다음에 붓을 들 때엔 그동안 말하지 못한 이야기를 모조리 집어서 쓰마! 잘 있거라![36]

1934년 2월 21일 오전 8시, 약간의 감형을 받아 서대문형무소에서 출소했을 때 아우의 눈에 비친 김복진은 많이 야위어 있었다. 출소 후 김기진 성북동 자택에 거주하며 함께 『청년조선』 창간하고 을지로에 인쇄소 애지사愛智社를 설립하

---

35   朝鮮総督府法務局, 『朝鮮獨立思想運動の変遷』, 朝鮮総督府法務局, 1931, 238면.
36   팔봉, 「바람에 부치는 편지」, 『대조』, 1930년 제3호, 46~53면.

기도 했으나, 이들이 '신건설사 사건'과 관계되었다고 본 경기도경찰부 고등과 사찰계가 새벽에 급습해 둘은 검거되었다.[37] 그러나 혐의가 뚜렷하지 않고 이미 감옥생활을 오래한데다 전향서를 제출했다는 이유로 몇 달 지나지 않아 석방되었다. 김복진은 이때 자신의 일거수일투족이 감시되고 있고 어떠한 사상적 행동을 보일 수 없음을 깨달았을 것이다. 심지어 그의 입 밖으로 사상운동과 관련된 발언조차 일체 금지되었다. 그 스스로도 지난 세월을 회고할 때 "명암의 길을 밟았"다고 기록했다.[38]

그의 사상동지들은 끊임없이 당을 규합하고 재조직하려고 했고 김복진도 그 대상에 올랐다. 하지만 송언필이 말한 바에 따르면 김복진은 이를 한사코 거부할 수밖에 없었다. 약 5년간의 고통을 견디고 또 한 번 체포된 그의 육신은 더 이상 견디기 어려웠다. 게다가 뒤에서 살펴보겠지만 출소 후 그를 따라다니는 그림자, 하나의 법령이 그를 옥죄고 있었다.

출소 이후에는 푸른 수양버들가지가 축 늘어진 사직공원 부근에 거주하다가 이후 2층 양옥집을 신축해 자택 겸 아틀리에로 사용했다. 그의 아틀리에를 들어 가면 짙은 홍차향이 풍기며 곳곳에 불상이 놓여 있었고, 서쪽 벽에는 정괘사井卦辭의 구절을 쓴 이광수의 〈정개읍불개정무상무득왕왕정井改邑不改井无喪无得往往井〉 횡폭이, 동쪽 벽에는 민영환閔泳煥의 글씨가 걸려 있었으며, 인물 좌상이니 흉상, 데드마스크 같은 것이 여기저기에 놓여있는, 흡사 '고물상'과 같은 장소였다고 한다.[39] 이곳은 또한 미술연구소였다. 그는 각지에서 조각을 배우겠다는 젊은 청년들을 제자로 받아들였다. 이국전과 박승구, 윤효중, 이성화李聖華, 사나카 미쓰모리佐仲三森 등이었다.

긴 감옥생활을 하고 나오니 그의 나이 서른을 한참 넘기고 있었다. 그는 감옥에서 여러 인연을 맺었는데, 그중 훗날 조선독립동맹의 부주석이자 연안파의 리더가 된 최창익崔昌益이 있었다. 최창익과 소설가 박화성朴花城은 그에게 한 여인을

---

37   「赤い事件で道刑事課活動」, 『京城日報』, 1934.12.15.
38   김복진, 「조각생활 20년기③」, 『조광』, 1940년 제6권 제6호, 240면.
39   일기자, 「아틀리에 방문기」, 『조선일보』, 1938.4.6.

소개해주었는데, 그녀가 바로 허하백이었다. 김복진은 그녀의 계동 하숙집을 매일 같이 찾아가 구애를 보냈다. 그리고 이들은 1935년 9월 3일 오전 11시, 백천 온천白川溫泉 천일각天一閣에서 조선중앙일보사 사장 여운형의 주례와 조선일보사 부장 이관구의 축사를 받아 결혼식을 치르고 신혼여행으로 송도의 고적을 2일간 탐방했다. 가정을 꾸린 김복진은 그의 인생관을 가훈으로 삼았다. '사람을 좋아하고 글을 좋아하며 자연을 사랑한다.好人, 好書, 好山水'

사직동에 자리한 김복진은 스스로의 성격을 '열정'과 '애증의 표면화'라고 정의할 만큼, 생을 마감하기까지 5년가량의 짧은 기간에 바쁜 일정을 소화했다.[40] 1935년 11월 여운형의 권유로 조선중앙일보사 학예부장으로 취임해 기자로 생활하면서 전람회에 꾸준히 출품했고, 김은호, 허백련許百鍊, 김인승金仁承, 박광진朴廣鎭과 전통예술의 계승과 세계미술의 경향을 이해하자는 차원에서 종로 중학동에 조선미술원을 창립했다.[41] 그밖에도 문학인, 영화인들의 행사에 발기인으로 참석하고, 각지에 동상을 세우고 김제 금산사의 본존불과 보은 법주사의 미륵대불 제작을 위해 경성과 지방을 여러 차례 오갔다. 사상운동을 청산하고 미술계에 진력을 다하는 것처럼 보였다.

신문기자이자 조각가로서의 바쁜 나날을 보내던 30대 중반의 김복진은 무엇과도 바꿀 수 없는 존재가 생겼다. 1937년 여름에 첫 딸아이 산용이가 세상 밖으로 나온 것이다. 이제 한 명의 가장으로서 그는 책임질 것이 많았다. 허하백은 그가 딸을 어찌나 사랑했는지 옥玉처럼 여겨 '보보寶寶'라고 불렀으며, 딸아이의 옷도 직접 고안해 입히고 어딜 가든지 데리고 다녔다고 기억했다.[42] 자신의 예술품 중에서 아직까지 만족할 만한 작품이 없었지만 보보야말로 자신의 위대한 걸작이라고 자랑하고 다닐 정도였다. 동상 제작을 위해 전국 각지와 도쿄, 만주를 다닐 때면 수첩에 항상 딸의 사진을 붙이고 다닌 그였다.

40　「명사 만문만답」,『조광』, 1939년 제5권 제2호, 228면.
41　일기자,「조선미술원 방문기」,『비판』, 1938년 6월호, 87~88면.
42　허하백, 앞의 글, 72면.

그런 사랑스러운 딸의 갑작스러운 죽음은 김복진을 무너트렸다. 그는 가정의 안정과 보다 나은 삶을 위해, 무엇보다 그를 따라다니는 사상범이라는 꼬리표를 떼어내기 위해 도쿄로 이주할 생각이었던 듯하다. 도쿄로 집을 알아보러간 사이에 딸이 갑자기 이질에 걸려 4일 만에 세상을 떠나고 만다. 딸을 잃고 일주일이 지난 때 느닷없이 절에 가더니 긴 머리를 바싹 밀고는 허하백에게 "부모가 돌아가신데 따라 죽으면 효자라 하고, 남편을 따라서 열녀라고 하는데, 부모가 자식을 따르면 무엇이라 할까"라고 자신의 심정을 털어냈다.[43] 이러한 상태는 그를 점차 고립시키고 그의 건강까지 위협했다.

동아시아 최고의 불상을 만들고 동아시아미술사를 집필한 뒤 은퇴해 유유자적하게 독서할 것이라 말한 그는 얼마 못가 딸아이를 따라 세상을 떠났다. 김복진은 도쿄에 가있는 동안 딸 보보에게 애정을 담은 편지를 보냈고, 허하백은 그 편지의 전문을 자신의 글에 실었다.

사랑하는 딸 보보에게

금일 도쿄를 떠나서 오사카 갔다가 그 길로 집으로 가겠다. 그동안 퍽 컸겠지. 엄마하고 싸우지 않고, 동네아이들하고 잘 놀고 하였나. 이번 가을부터 보보가 살 집을 구하고 다녔다. 그리고 보보 동무될 사람도. 머리 깎고 매일 물장난하고 옷을 자주 갈아입고 모기, 딱정벌레 물리지 말고 잘 있다가 정거장에 나오너라. 이제 아빠는 보보 없이는 못살 지경이다. 보보, 그러면 배탈 나지 말고 감기 들지 말고 모기 물리지 말고 자빠지지 말고 땀띠 나지 말고 나흘 밤만 기다려라.

7월 14일[44]

---

43 허하백, 「조각실에서 암루」, 『삼천리』, 1940년 제12권 제10호, 178면.
44 허하백, 위의 글(1940), 180면.

4. 일제주요감시대상인물카드와 '자유구속'

이 책에는 대부분 잡지와 신문 기사에 실린 사진들과 기관 등에 소장된 희귀한 사진들이 실렸다. 그중 하나는 국사편찬위원회에서 소장하고 있는 국가등록문화재 제730호 '일제주요감시대상인물카드'다. 이것은 식민지기 경찰이 감시대상으로 삼은 인물 4,858명에 대해 작성한 신상카드로, 사진을 포함해 출생일, 출생지, 주소, 신장 등 기본 신상정보와 활동기록 및 검거기록 등을 볼 수 있다. 이미 알려진 것이지만 다시 눈여겨 볼 필요가 있는 자료다. 그의 신상카드는 3개가 있다. 하나는 체포 직전[1928], 다른 하나는 재판 중[1930], 마지막은 출소 이후[1936]이다. 특히 마지막의 것은 출소 이후에 제작되었고 사진도 머그샷이 아니다. 그렇다면 왜 복역을 마친 그를 다시 소환해서 신상카드를 만들었는지, 여기에 주목해야 한다.

1928년의 신상카드에는 체포한 직후 취조를 통한 기본정보가 담겨 있다. 머그샷에 담긴 20대 청년의 눈빛은 참으로 당당해 보인다. 이 머그샷은 쇼와 3년[1928] 12월 14일 경기도경찰부에서 촬영한 것이며, 보존원판번호는 제9159번이다. 신상카드에 적힌 본적과 출생지는 '충청북도 영동군 영동면 계산리', 주소는 '거주 불분명', 직업은 '없음', 체포사유는 '치안유지법 위반', 체포된 시점은 '10월 1일'이다. 김복진은 이미 6월에 종로고등계에 의해 체포되었으나 증거불충분으로 석방되었고,[45] 그 사이에 이승만의 집에 칩거하던 중 체포된 것이다.

보존원판번호는 제14141번, 1930년 신상카드의 머그샷은 쇼와 5년[1930] 11월 29일 서대문형무소에서 촬영한 것이다. 이전과 달리 삭발한 머리와 불안한 눈빛이 눈에 띈다. 이때는 이미 법원의 판결이 끝난 상태였다. 법원은 11월 초에 '제4차 조선공산당 김복진 외 20명 치안유지법 위반 사건'의 출정 피고 입명을 결정하고 17일과 21일 두 차례의 공판 결과, 23일에 5년형을 확정 선고했다. 그리고 11월 28일에 입감되었다.

---

45 「종로서 체포된 6씨 무사방면」, 『동아일보』, 1928.6.25.

　1930년 11월 5년형을 선고받은 김복진은 1934년 2월까지 복역했다. 그리고 1934년 겨울에 당국이 조선공산당을 재건하려 하고 자금을 받았다는 '신건설사 사건'의 혐의자로 김복진과 김기진을 지목해 체포했지만, 혐의가 불충분해 구속을 면하고 다시 1935년 2월 사회로 복귀했다. 그런데 그의 마지막 신상카드는 출소 이후인 1936년에 만들어졌다. 1935년부터 1936년 사이에 김복진이 '사상문제'를 일으켰다거나 검거된 기사나 자료는 확인되지 않는다. 신상카드에 담긴 주요정보를 살펴보면 촬영일자와 촬영장소는 '1936년 6월 1일 형사과'이며, 직업은 '신문기자', 죄명은 '치안유지법 위반', 검거사유는 'MC사건 관계자'이다. 1936년의 신상카드는 머그샷도 아닐뿐더러, 그 모습조차 혐의자 신분으로 출석하지 않았음을 보여주는 듯하다. 이 신상카드가 만들어진 이유는 당시 시행된 법령과 매우 관계있다.

　1935년 무렵부터 치안유지법의 개정이 화두에 올랐다. 도쿄에서 먼저 치안유지법 개정에 대한 절차가 진행 중이었고 그것이 식민지조선에 적용될지 여부가 결정되는 데에는 긴 시간이 필요하지 않았다. 경무국과 법무국은 '치안유지법 위반 혐의자' — '집행유예자'와 '기소유예자 및 보류자', 그리고 '가출옥 및 형의 집행이 끝난 자'를 전부 조사하고 자세히 심사 후 보호감찰을 적용할 것을 결정했다.[46] 목적은 "사상범죄자의 사회갱생에 대한 적당한 보호감찰"을 하는 것이었지만 실상은 좌익세력 박멸이었고, '우익사상범'에 적용하지 않는 오로지 '좌익사상범'만을 위해 존재했다.[47] 결국 1936년 4월 일본사법성은 '사상범보호관찰법안'을 제출해 5월 말 가결했다. 조선총독부 법무국은 이 법안을 10월부터 적용할 것이니 관계자의 출석을 요구했는데, 이것이 적용될 식민지조선 내 '좌익사상범'만 해도 3천여 명에 달했다.[48]

　통과된 법안 '조선사상범보호관찰령'에 해당하는 자들은 보호관찰심사위원회

<hr>

46　「사상범 보호감찰 초 년도에는 오백 명」, 『조선일보』, 1935.3.21.

47　「좌익사상 피고 보호감찰법」, 『동아일보』, 1935.8.25.

48　「사상범보호감찰법 10월 1일부터 실시」, 『조선일보』, 1936.6.2.

를 거쳐야 했다. 1936년 조선총독부는 "쇼와 3년[1928]부터 쇼와 10년[1935]까지 치안유지법 위반으로 조선 내에서 검거된 자"들에게 보호관찰령을 적용하여 "행동 감시 내지 자유구속"을 실시했다.[49] 보호관찰에 부쳐진 사람은 전향서를 제출해야 하고 절과 교회 등 종교에 맡겨져 "사상선도의 수양"을 받아야 했는데, 그것은 "보호지도"라는 명분이었다. 요컨대 "사상관계의 전과유무를 막론하고 사상관계의 요시찰인要視察人으로 소위 완전히 전향하지 않는 자는 심사위원회에서 결정하여 특별히 보호감찰을 한다"는 것이었다.[50] 그리고 전향된 자들은 사상보국연맹에 가입해야 했다. 그것은 선택이 아닌 의무였다.

김복진은 1938년에 철도국의 비상시국책을 위한 조합기금을 운용할 때 배정액을 납부했다.[51] 1940년 『삼천리』와의 인터뷰에서도 "금번 사변에 귀 가정에서 애국공채 또는 국방헌금을 얼마나 하셨습니까"라는 질문에 "애국공채 50원 국방헌금 월정月定 2원 가량"이라고 답하기도 했다.[52] 보호관찰령이 제도적인 감시를 통해 행동을 감시하는 법령이었다면, 사상보국연맹은 애국공채나 국방헌금, 위문 따위를 강제해 사상을 완전히 통제하기 위한 사상교양 반공단체였다. 공산주의에 공명했던 자들에게 "과거에 사상적 과오를 각성하여 황국신민으로서의 정도에 복귀, 국가사회에 대한 깊은 책임감"을 가지고 "총후애국운동에 참가하여 봉공의 성"을 다할 것을 요구한 것이다.[53]

그의 일거수일투족이 통제·감시된 사례는 1940년 7월 5일자 발신한 『경고특비』 제1807호의 「보안법위반사건 검거에 관한 건」에서도 확인된다. 여기에는 그가 영국제 파이프와 금속조각품을 매입했다는 것조차 기록되었다.[54] 그것이 사상과 관련 있는지 의문이나 경찰은 이 사실을 '특비特秘'에 부쳤다. 사상범에 대

---

49 「笠井高等法院檢事長訓示(昭和十一年十月於司法官會議)」,『思想彙報』, 1936年 第9號, 1~4면.
50 「전향 않는 사상범은 특별히 보호감찰」,『조선일보』, 1936.7.2.
51 「사변국채 20만원 공제조합기금으로 구입결정─철도국의 보국열」,『매일신보』, 1938.6.20.
52 「장안 신사가정 명부」,『삼천리』, 1940년 제12권 제3호. 124면.
53 「사상보국연맹 결성과 미야모토 법무국장 축사」,『동아일보』, 1938.7.25.
54 「保安法違反事件檢擧ニ關スル件」,『京高特秘』第1808號, 1940.7.5.

한 극심한 감시를 방증하는 사례다.

1936년에 제작된 신상카드는 그를 통제하기 위한 수단이었다. 보호관찰령이 그에게 작동한 사례는 하나의 사건에서 찾아볼 수 있다. 일명 '데드마스크 사건'이다. 1936~1937년 무렵 김복진과 제자 이국전 사이에 앉은 안창호安昌浩 사진이 이 사건의 단서이다.

이 사진의 배경이 되는 김복진과 안창호의 인연은 서대문형무소로 거슬러 올라간다. 김복진이 5년형을 언도받고 수감되어 있을 당시인 1932년 여름, 안창호가 상하이에서 체포되어 경성으로 인도되었다. 그에게 적용된 혐의도 '치안유지법 위반'이었다. 당시 서대문형무소에는 조선공산당 관계자들을 비롯해 사상운동의 혐의를 받은 이들이 대개 6~8호실에 입감해 있었다.[55] 김복진과 안창호의 인연은 이때부터 시작되었다고 보아도 무리가 아니다.

김복진과 안창호의 출소 후, 이들과 김복진의 제자 이국전이 한 자리에 모여 사진을 찍은 이유는 안창호의 흉상을 제작하기 위해서였다.[56] 김복진은 1936년 〈머리〉라는 작품을, 이국전은 1937년 〈A씨 수상〉이라는 작품을 각각 전람회에 내놓았는데, 두 형상은 말년의 도산 모습과 거의 흡사하다. 김복진 사후 '고 정관 김복진 유작전' 출품 목록 중에도 '안씨택安氏宅 소장'의 1936년 작 〈도산상島山像〉이 있었는데,[57] 이 작품이 〈머리〉일 것으로 생각된다. 흉상의 모습과 도산의 출소 직후 모습을 비교해보면 이것이 단순한 가설이 아님을 알 수 있다. 이국전 작품의 모델 'A씨' 또한 그 형상이 영락없이 도산을 연상케 한다.

1938년 안창호가 서거하자, 식민지조선에 소요가 발생할까 걱정한 경찰은 그에 대한 추모를 철저히 통제했다. 도산의 유해가 영안실로 옮겨진 당일, 이국전이 경찰의 눈을 피해 수양동우회修養同友會의 오기영吳基永과 몰래 들어가 도산의 데드마스크를 떴다.[58] 이 사실이 발각되자 김복진에게 '보호관찰령'이 발동했다. 이

---

55 김정연, 「형무소의 도산 선생 : 2081호의 오물바가지」, 『새벽』, 1957년 제4호, 페이지 없음.

56 홍성후, 「도산과 정관, 그리고 이국전」, 『인물미술사학』 제19호, 인물미술사학회, 2023, 391~398면.

57 「고 정관 김복진 유작 전람회 목록」, 『삼천리』, 1940년 제12권 제10호, 163면.

국전이 그의 제자이기도 하지만,[58] 김복진과 안창호가 치안유지법 위반 혐의로 함께 서대문형무소에 수감된 전적을 당국이 파악해 그 주모자를 김복진으로 본 것이다. 보호관찰령 제7조에 따르면 "참고인에게 출두를 명하여 조사에 필요한 사실의 공술"을 요청할 수 있기 때문이다.[59] 김복진은 경찰에 연행되는 곤욕을 치러야 했다.[60] 이광수는 그가 불행 중 다행으로 경찰에서 추포를 당하고 데드마스크 압수와 하룻밤 유치와 후욕을 겪었다고 회고했다.[61] 이처럼 출소 이후에는 보호 관찰령이 그림자처럼 붙어 있었다. 감옥 바깥도 감옥과 다를 것 없는 '자유구속'이었다.

5. 프롤레타리아 문화와 조각 예술 '힘의 미학'

김복진의 작품은 크게 두 갈래로 나뉜다. 하나는 조각이며, 다른 하나는 인쇄미술이다. 그의 본업이자 예술세계가 집약되었다고 할 수 있는 조각은 석고와 나무, 청동, 콘크리트가 주로 사용되었다. 인쇄미술로는 장정과 만화, 삽화가 있다. 2회에 걸친 무대미술도 있었으나 사실상 남은 이미지가 없는 상황이다. 글에 대해서는 다음 장에서 살펴보겠다.

인쇄미술은 카프 활동 전후에 집중되었다. 그중 1925년 『매일신보』에 실린 캐리커처 〈자필자상〉은 그가 만화에 주목했음을 짐작케 한다. 일주일 간격을 두고 조선만화작가구락부의 창립회원 중 한 명인 안석주도 자신의 모습을 캐리커처로 그렸다. 김복진의 〈자필자상〉은 적은 붓질만으로 본인의 아래턱이 돌출된 자신을 희화화한 것이다. 김복진과 안석주가 당시 만화를 주목한 데에는 예술의 대

---

58   오기영, 「도산선생의 최후」, 『동광』, 1947년 제5호, 12면.
59   「조선사상범보호관찰령 시행규칙」, 『조선일보』, 1936.12.20.
60   주요한, 『안도산전서』, 삼중당, 1963, 443면.
61   이광수, 『도산 안창호』, 대성문화사, 1956, 124면.

중화를 개진하기 위한 카프의 방향과 무관하지 않다. 다만 김복진이 만화를 지속해 그리지 않았던 반면, 안석주는 세태를 풍자하는 뛰어난 만화를 통해 순수예술보다는 민중 내지 대중에게 직접적인 영향력을 가지는 예술작업을 지향했다.[62] 많지 않으나 이 시기의 김복진은 장정과 삽화 몇 점을 남겼다.

김복진의 작품 활동에서 눈에 띄는 것은 기하학적 요소를 배합해 건축적인 형태를 보여주는 두 개의 장정이다. 하나는 카프의 미학적 거점이라 할 수 있는 준기관지 『문예운동』1926 창간호 장정으로, 무라야마 토모요시村山知義의 『마보MAVO』를 경유한 구축주의의 영향이 다분하다. 그밖에 근대서지학회 회장 오영식이 발견한 『조선문단』1927 2월호의 장정은 『문예운동』 창간호만큼 강렬하진 않지만 이 또한 구축주의 영향하에서 해석이 가능하다. 『문예운동』이 기계적 요소를 배치해 건설을 강조한 것이라면 『조선문단 』은 무대의 배경을 연상케 하고 장식성이 가미되었다.

삽화를 그린 경우가 많지 않으나 1926년 2월부터 연재된 「제2의 접문」은 약 34회 그려 그의 회화적 기량이나 데생력을 보여준다. 「제2의 접문」은 기쿠치 간菊池寬이 연재한 통속소설로, 토월회 동인 중 한 명인 이서구가 번역하고 김복진이 삽화를 맡은 것이다. 총 114회 중 김복진의 이름은 34회 확인되며, 그 이후로는 김해득金海得으로 변경되었다. 다만 김해득이라는 동시대 미술가가 확인되지 않는데다 김복진과 김해득의 화풍은 거의 차이가 없다.[63]

그밖에 1935년에도 『조선중앙일보』에 삽화를 그렸다. 박팔양이 네 차례 연재한 「납량기행」의 내용을 도해한 것인데, 'ⓟ'를 사인으로 새기고 소략한 선만으로 여름풍경의 운치를 살려 글의 재미를 더했다. 그밖에도 1936년 좌담회에 참석한 문인들의 얼굴이 『조선중앙일보』에 실렸는데, 이때 참석자들의 특징을 살린 캐리커처는 김복진의 것으로 강하게 추정된다.

---

62 서유리, 「대중매체의 문화 생산자, 안석주의 여성 표상」, 『시대의 눈ー한국 근현대미술가론』, 학고재, 2011, 50면.

63 황빛나, 「한국 근대기 신문 연재소설 삽화(2)」, 『미술사논단』 49호, 한국미술연구소, 2019, 317~318면.

적게나마 인쇄미술을 살펴보았지만 그의 본업은 조각이다. 그의 조각 중 나체상은 5점이다. 여느 조각가들처럼 그 또한 나체상에 심취해 있었는데, 그것은 육체미에 대한 욕망이 아닌 형태미에 대한 탐구에 가깝다. 가장 이른 나체상은 로댕의 〈이브〉를 본떠 제작한 〈여인입상〉이다. 즉 이 작품은 로댕의 모작인 셈이다. 양팔로 상체를 감추고 다리를 모은 나체의 여성상으로, 격한 동세를 보이는 로댕의 이브와는 달리 긴장된 모습이 역력하다.

김복진은 로댕을 흠모했다. 스스로도 "로댕을 사숙"했다고 고백했으니 말이다. 『세계명인전』에는 다카무라 고타로高村光太郎가 쓴 로댕에 관한 글을 재정리해 쓴 유고 「어거스트 로댕」이 실려 있다. 다카무라 고운과 다테하다 다이무, 아사쿠라 후미오는 그에게 예술과 그것을 대하는 태도를 가르친 좋은 스승이었지만, 그의 마음 속 깊은 곳에는 언제나 로댕이라는 스승이 자리하고 있었다. 로댕에 대한 그의 유고는 다음과 같은 헌사로 시작한다.

> 어거스트 로댕은 프랑스 예술의 한 근원이다. 그리고 그는 18세기 미술사에 가장 뚜렷한 족적을 남긴 한 사람이다. 이 일문一文은 한 동양인으로서 어린 후배로서 그에게 드리는 인사다.[64]

이후에도 〈여〉, 〈입녀상〉, 〈나부〉 등 여성의 육체를 탐구하고 생동감을 부여하는 작업이 이어졌다. 그는 여성의 신체에서 '아름다움'을 중시했는데, 이 '아름다움'이란 '젊음'과 동일한 것이 아니다. 그는 일반적으로 아름다움과 젊음을 혼동하는 경우가 많지만 '젊음'을 제한 상태야말로 순수한 '아름다움'이라는 사실을 깨달았다고 한다.[65] 즉 외형적 편견에서 벗어난 상태가 가장 순수한 상태의 아름다움이라는 생각이었다. 그것은 "색채의 야합층, 소위 순정미술의 미안美眼을 벗

64　김복진, 「어거스트 로댕―18세기 '미'의 가장 위대한 사제에게 바침」, 『세계명인전(중)』, 조광사, 1948, 265면.
65　「화가 조각가의 모델 좌담회」, 『조광』, 1938년 제4권 제6호, 327면.

은 '나형裸型'으로 모이자"는 형성예술운동과 같은 맥락이지 않을까 싶다. 최열은 김복진의 이러한 태도를 바로 '힘의 미학'으로 정의했다.[66]

조선공산당 사건으로 수감되기 전 그의 조각 5점 중 나체상이 아닌 것은 단 하나의 자각상自刻像이다. 〈삼년 전〉이라는 이름으로 출품한 이 자각상은 스스로 "치기稚氣가 분분"하다고 평가를 내렸지만, 그것은 이상을 좇는 당당하고 패기 넘치는 자아가 투영된 형상이었다.

1926년 '제7회 제국미술원전'에 입선한 〈입녀상〉 이후부터 1935년까지는 조각을 제작하지 않았다. 카프와 조선공산당 활동에 집중하고 있었고, 그 스스로 공판에서 밝힌 바에 의하면 조각을 그만두고 사상운동에 매진할 생각이었다고 한다. 게다가 약 5년간의 수감생활은 그의 예술세계를 단절한 가장 큰 원인이었다. 출소 후에는 학예부장으로 근무하면서 오랜만에 조각가로 복귀하는데, 이때 처음으로 불상을 선보였다. '제15회 조선미술전람회'에 출품된 〈불상습작〉이었다. 이것은 그가 제작한 신원사 소림원의 〈미륵여래입상〉과 금산사 미륵전의 본존 불, 법주사의 미륵대불의 형태와 거의 일치하다. 그러니 〈불상습작〉은 앞으로의 불상을 제작하기 위한 제목 그대로의 '습작'이었던 셈이다.

현전하는 김복진의 불상 중 하나는 금산사의 본존불이다. 1935년 12월부터 착수된 이 본존불 제작은 사직동 아틀리에에서 그와 조각을 배우는 학생들, 동원된 인부 6, 7명이 참여했다. 김제에서 제작한 것이 아니라 경성에서 제작해 운반할 예정임으로 98개로 분할 제작되었다. 김복진은 이때의 제작을 두고 '조각'이 아닌 '건축'의 과정이었다고 말했다.[67] 그가 건축의 과정이라고 말한 대목은 규모와 재료의 문제에 기인한 것으로, 재료만 해도 일반적으로 사용된 구리가 아닌 석고와 금을 비롯해 건축 재료인 강철과 시멘트를 사용했기 때문이다.

'옛 미륵불의 재현'을 목적으로 1939년 조성을 시작한 법주사 미륵대불은 미술사적으로나 건축사적으로나 눈에 띄는 성과였다. 이것을 두고 건축사적 성과

---

66   최열, 『김복진─힘의 미학』, 청년사, 1995, 61면.
67   김복진, 「부처님 만들던 이야기」, 『소년』, 1937년 제4호, 28면..

를 운운하는 까닭은 약 75척에 달하는 대규모일뿐더러 건축 재료로만 인식되어 온 시멘트를 사용했고 그 스스로도 밝히듯 '건축'을 염두에 두었기 때문이다.[68] 시멘트만을 사용한 이유는 단순히 그의 아이디어가 아니었다. 당시 중일전쟁 발발 이후 조선총독부는 군용물자를 공출하고 철재와 목재의 사용을 통제했으며, 그 대용품으로 시멘트를 지목했다.[69] 이러한 전시체제라는 분위기는 법주사 미륵대불을 '콘크리트 미륵대불'로 만든 배경이었다.

초상조각은 특정 인물을 기리는 용도로써 1935년 이후 각지에 세울 동상 제작 사업과 관계있다. 전람회에 출품한 〈머리〉와 〈윌리엄스상〉과 〈다산 선생의 상〉을 비롯해, 1935년 『조선일보』에 실린 8인의 '조소 스케치' 〈김원복 상〉, 〈김활란 상〉, 〈서상천 상〉, 〈손정규 상〉, 〈안종원 상〉, 〈유억겸 상〉, 〈정훈모 상〉, 〈현제명 상〉이 있다. '조소 스케치'란 회화의 스케치란 말을 본 뜬 습작에 가까운, 방대한 동상 제작 사업을 위한 예비 작업이었다.

김복진은 조각가가 대개 그렇듯 균제와 양감을 얼마나 성실하게 드러내는가 하는 일반론 중, 특히 '생명력'과 '사람의 영분領分'을 중요하게 생각했다.[70] 그것을 잘 보여주는 것이 〈윌리엄스상〉과 〈다산 선생의 상〉이다. 스스로 "치기가 분분"하다는 혹독한 평가를 내렸던 초기작 〈삼년 전〉과는 달리, 그의 기량이 원숙한 때에 해당하는 두 작품은 인물의 분위기와 표정이 생동감 있게 재현되었다. 사회적 지위와 업적을 기리기 위한 용도의 조각이라, 대상 인물의 모습은 권위와 위엄이 가득하며 마치 살아있는 듯 생생한 표정과 풍모를 드러낸다.

'다산 선생'이란 다산多山 박영철朴榮喆을 말한다. 그는 식민지기 관료로서 숱한 친일이력을 가진 자였다. 한편 남다른 고서화 수집 취미를 가지고 다양한 문화사업의 후원자를 자처한 인물이기도 했다. 김복진은 박영철과 전혀 관계없는 듯 보이지만, 실제 이들 사이에는 사상보국연맹이 있었다. 전향자를 모으고 이를 이끈

68　「후덕한 미륵불」, 『조선일보』, 1939.1.10
69　「철재기근 심각해도 예정수 변경은 지난」, 『조선일보』, 1938.5.18.
70　김복진, 「수륙일천리⑥」, 『조선중앙일보』, 1935.8.18.

사상보국연맹의 총무가 바로 박영철이었다.[71] 비슷한 사례로 만주토벌대의 주역 김동한金憧漢의 동상도 제작했다. 만주국협화회가 사상보국연맹에 요청하고, 김복진에게 김동한 동상 제작을 위탁한 것이다.[72] 한때 열렬한 공산주의자에서 전향해 공산주의를 토벌하려다 살해된 자를, 다른 전향한 조각가에게 맡긴 사상보국연맹과 만주국협화회의 다분한 의도가 아닌가 싶다.

마지막으로 언급할 두 대표작은 〈백화〉와 〈소년〉이다. 〈백화〉는 경성과 일본을 오가며 1938년 '제3회 문부성전람회'에 처음 선보인 뒤 '제17회 조선미술전람회'에도 출품했다. 모델이 된 한은진韓銀珍은 연극 〈백화〉의 배우였고, 김복진은 연극을 보고 그녀를 작품의 모델로 삼았다. 뼈대를 잡은 이후 당시 도쿄 나가노구中野區에 위치한 도쿄미술학교 동창 야마모토 와카히코山本稚彦의 아틀리에로 옮겨 제작 중, 그를 찾은 『조선신문』과의 인터뷰에서 김복진은 다음과 같이 말했다.

저는 〈백화〉가 400년 전 북조선北朝鮮에 전해지는 전설 속 정절貞節의 미기美妓로, 북선北鮮 여성에게는 현재까지도 숭배되어 동경의 대상이 되는 여성이라고 압니다. 저는 400년 전 고증 등으로 복장 당시의 것을 연구하기도 했습니다. 제작에 있어서는 야마모토군이 형제처럼 모든 것을 돌봐주어서 정말 감사하게 생각합니다.[73]

'신의 경지'라는 평을 들을 정도로 당대 최고의 수준에 오른 〈백화〉는 뛰어난 완성도와 기량을 자랑하는 작품이었다. 수직적 동세가 강하면서도 단정하고 우아한 자태를 풍겨 이상화된 여성상이다.

이 작품은 그의 작품 중 보기 드문 목조였다. 그간 주로 점토와 청동, 시멘트 등을 재료로 사용했으나 나무를 사용한 경우는 드물었다. 하지만 김복진에게 목조는 전혀 생소한 것이 아니었는데, 그의 첫 스승이 목조의 대가 다카무라 고운이

71 「사상보국연맹원의 근로작업」, 『조선일보』, 1938.8.7.
72 「고 백산 김동한 선생의 동상」, 『재만조선인통신』, 1939년 72호, 15면.
73 「金復鎭氏語る」, 『朝鮮新聞』, 1938.10.12.

라는 점을 상기할 필요가 있다. 이 작품을 '제3회 문부성전람회'에 선보이고 다시 '제17회 조선미술전람회'에 내놓았을 때, 심사를 위해 내방한 심사위원도 스승 다카무라였다. 제자가 자신의 작품에 대한 기탄없는 평을 청하자, 스승은 기교에 치중하지 말 것을 지적해주기도 했다.[74]

또 다른 대표작으로 특선에 오른 〈소년〉은 완강한 신체를 지닌 소년을 통해 사실주의 조각의 선두로 우뚝 선 작품이라고 평할 만한 가치가 있다. 이 작품은 한국 근대조각이 고졸한 추상성으로부터 객관적인 사실주의로 전이하고 있었음을 증명하는 것이라는 평가에 맞아 떨어지는 격을 갖췄다.[75] 김기진도 이 작품이야말로 "사색적이면서 명랑감에 충만하고 사실적이면서 확고히 안정되었으며, 건강하면서 진취적이요, 웅경하면서도 섬세한 것을 잃지 아니하였다"고 보았다.[76] 스승 다테하타 다이무도 심사위원으로 내방해, 〈소년〉의 사실적인 묘사가 성공적이라고 보았다.[77]

그밖에도 사진을 통해 확인할 수 있는 일부를 비롯해 기록으로만 확인되는 것들도 여럿이나 결코 많지 않다. 현전하는 것이 거의 없는 상태이며, 김복진의 작품이라고 전하는 것들은 뚜렷한 근거를 제시할 수 없는 실정이다. 그의 짧은 생과 세심한 성격도 다작할 수 없는 요인이었다.

74　「미완성미를 목표로 한 것」, 『조선일보』, 1938.6.4.
75　최태만, 「김복진의 조각에 있어서 근대성의 문제」, 『김복진의 예술세계─한국 근대조소예술의 개척자』, 얼과알, 2001, 148면.
76　팔봉, 앞의 글(1941), 133면.
77　다테하타 다이무, 「예술에 대한 태도가 진실」, 『조선일보』, 1940.6.1.

6. 미술비평에서 수필까지

김복진의 영향력을 논할 때 미술사적으로나 비평사적으로 분명한 발자취를 남겼다는 사실이 간과되어서는 안 된다.[78] 그는 해외의 미술동향을 파악해 국내에 소개하고 거기에서 파생된 급진적인 이론을 식민지조선에 적용하고자 했으며, 때론 논쟁을 불러일으킨 주역이기도 했다. 그는 전람회를 평하며 조언을 아끼지 않는 한편 동료나 선후배를 향해 날카로운 비판조차 서슴지 않았기에 여러 시비문제를 일으키기도 한, "근대인이 보는 근대미술의 양상"을 정확히 꼬집는 비평가였다.[79] 이런 점에서 김복진을 문인의 한 사람으로 봐도 좋을 것이다. 실제 그의 주변에 수많은 문인이나, 그가 속했던 단체들의 성격, 그리고 문학을 향한 발언 등을 종합해보면 결코 무리한 주장이 아니다.

그간 김복진의 비평과 수필, 시 등 많은 글이 발굴되었고 그것은 1995년판『김복진 전집』과『김복진의 예술세계』에 수록되어 있다. 그만큼 그의 글에 대한 탁월한 분석을 보여주는 연구도 많다. 그리하여 여기에서는 중요한 글 일부와 새로 발굴된 비평과 수필을 개괄하겠다.

김복진은 한 인터뷰를 통해 인생의 첫 글이 17살 때『매일신보』학예면 독자 문예란에 「황혼의 경성」이라는 산문이라고 말했으나, 아직까지는 확인되지 않는다. 따라서 현재 확인할 수 있는 가장 이른 글은 박영정이 발굴한 1923년『상공세계』창간호에 실린 「광고회화의 예술운동」일 것이다. 필명은 자신의 아호를 사용해 '정관생井觀生'이다. 기존 미술의 영역에 '광고회화'라는 것을 끌어들여 그것의 사회적 역할과 성격을 논하는 글이다. 그에 따르면 광고회화란 그것의 암시성이라는 특수한 성질에 기반한 "사상, 호의, 언어의 전달, 설명자가 되어야" 하는 것이다.[80] 즉 그

---

78   조은정,「김복진의 비평과 근대미술」,『김복진의 예술세계 – 한국 근대조소예술의 개척자』, 얼과알, 2001, 154면.

79   조은정, 위의 글, 155면.

80   정관생,「광고회화의 예술운동」,『상공세계』, 1923년 창간호, 69면.

것은 현대의 용어로 말하자면 광고디자인에 가깝다. 이러한 관심은 일시적인 것이 아니었으니, 이후 진열창과 간판 품평에서도 확인해볼 수 있다.

「광고회화의 예술운동」을 쓸 무렵엔 토월회 활동과 졸업 작품에 매진하다가, 1925년부터는 조선만화작가구락부와 카프 등의 활동과 동일선상에서 비평을 활발히 전개했다. 「협전 5회평」, 「소묘」, 「제4회 미전 인상기」, 「화단전망」이라는 글을 이어서 발표했는데, 그중 「화단전망」은 『시대일보』 '월요학예란'에 실린 글로, 그간 소개되지 않았다. 이미 알려진 「세계화단의 1년」과 「신흥미술과 그 표적」, 「조선역사 그대로의 반영인 조선미술의 윤곽」, 「조선화단의 1년」과 함께 봐야한다.

이 글은 여러 가지로 흥미로운 내용들을 포함한다. 김복진은 현 조선화단의 역사를 말하기 전에 세계화단의 추이를 짚어야 작금의 미술계 상황을 이해할 것이라 보았다. 과거와 오늘의 예술, 즉 근대를 전후로 한 미술계의 급변과 그것의 시비를 논하기 위해 정면으로 부딪혀보자는 것이다. 그는 서구를 경유해 일본에 상륙한 모더니즘을 민중과 아무런 교섭이 없고 유한계급의 관능과 도발을 위한 예술이라고 비판했다.

박탈한다면 존속하고 발전하려는 예술, 곧 금일의 예술은 자기분해, 퇴각준비를 하지 아니치 못하게 될 것이다. 원래 의의를 잃어버린 예술, 연독鉛毒에, 코카인에 중독된 위에다 장식하고 화장하고 면분포를 가리고서 제2차적, 제3차적 의의를 사생자私生子를 분만한 예술은 생활을 유희화시키고 기교화하고 예술화하고 신화시키려 하며 황홀한 이상향 주초柱礎 없는 신기루의 조성에 전 정신이 몰입되어 있다. …금일의 예술은 예술 자체부터 미화되고 순화되어서 가장 소수인 유한계급의 관능, 도발에 편리한 기구가 되어버렸다. 본래적 선천적 예술의 요소인 본능적 충동은 제외되어버리고 그 대신 기술화되고 말초화하고 기교화되 예술은 — 곧 금일의 예술은 — 다수 민중과 아무런 교섭이 없을 것이다. 인간 본래의 욕구하는 원래 의의를 잃어버린 까닭이다.[81]

　서구의 경향을 통해 그가 분석하고 비판하려던 것은 그의 눈앞에 놓인 조선화단이다. 근대 이후 포이어바흐의 과학적 우주관과 마르크스의 유물사관이 발흥한 서구의 사정과 견주어볼 때, "조선화단에는 이렇다는 조그마한 변조도 볼 수 없는" 작금의 현실에 대해 일침을 가할 필요가 있었다. 그는 "유복한 화단"인 서화협회와 고려미술원이 여전히 개자원화보芥子園畵譜와 같은 족보에서 벗어나지 못하고 전통적인 화풍을 고집한다며, "무자각한 허세에 탐닉되어 있는 거품 없는 맥주"와 같다고 혹독한 비판을 쏟아낸다. 그가 바라는 것은 조선화단에 있어서 "발랄하게 약동하는 생의 인식으로서의 청신한 감각과 내명內明한 생명의 유동을 파악"하고, "시대의 추이로 말미암아 전체적으로 예술의 혁명"을 일으키는 것이었다. 김복진의 제안은 바로 '해체'였다. 즉 구태의연한 관습과 전통을 해체하고 새로운 건설로써 약진하자는 것이었다. 그러기 위해서는 선례가 필요했기에 해외의 사례를 끌어온 것이다. 김복진이 주목한 해외는 일본을 비롯해 프랑스와 소비에트 러시아였다.

　「화단전망」과 짝을 이루는 「세계화단의 1년」은 약 3개월의 간격을 두고 같은 신문에 실렸으니, 앞의 글이 조선화단에 대한 비판적 진단이라면 뒤의 글은 현상황을 타개하기 위한 방법의 모색이다. 「세계화단의 1년」은 그 선례로써 일본과 프랑스, 그리고 러시아의 미술계를 개괄하는 글이다. 그에 의하면 프랑스는 "세계의 미술시장"이고 일본은 "이것프랑스의 축도"이며, 소비에트는 "새로운 의미에 있어 노동자·농민 러시아의 미술"이다.[82] 이 국가들의 사례에서 김복진이 말하고자 하는 것은 신흥예술의 경향이다. 그것을 종합, 개괄한 글은 「세계화단의 1년」과 같은 날 『조선일보』에 실린 「신흥미술과 그 표적」이다. 그는 다이쇼 데모크라시 이후 제국주의에 물들어가는 일본에서 이러한 예술운동이 펼쳐진 상황에 대해 복잡한 심경을 숨기지 않았다.

81　김복진, 「화단전망」, 『시대일보』, 1925.10.12.
82　김복진, 「세계화단의 1년—일본, 프랑스, 러시아 위주로」, 『시대일보』, 1926.1.2.

우상숭배에 있어서 도피생활에 함몰되어 가지고 자기도취함에 있어서, 타협과 거세됨에 있어서 제국주의에 혹란惑亂되어 있기에 그 이름이 높은 일본의 예술사회에 이와 같은 운동이 불과 4, 5년 동안에 그야말로 너무나 번거로이 발생됨에 우리는 이를 축하하여야 할까 또는 주저呪咀를 하여야 할까 매우 고생스러운 처지에 있다.[83]

이처럼 김복진이 세계화단의 추이를 이해하려고 부단히 노력했던 이유는 1925년 카프의 결성으로 말미암은 식민지조선의 프롤레타리아 미술을 구상해야 하는 입장에 섰기 때문이다.[84] 결국 김복진이 말하는 해체와 건설이란, 구습에 머무른 조선화단의 변혁, 즉 민중을 위해 존재하는 건강한 '프롤레타리아 미술'의 수립을 의미하는 것이었다.

같은 맥락에서 「조선역사 그대로의 반영인 조선미술의 윤곽」이라는 글은 마르크스주의적 관점을 견지하고 과거부터 현재의 조선화단을 진단하려는 시도였다. 다음의 대목이야말로 마르크스주의적 서술을 통해 지난 지배계급의 미술을 반성하고 피지배계급의 투쟁을 위한 미술로의 변혁을 촉구하는 그의 주장이 반영되어 있다.

여기서 조선의 미술은 비로소 착취계급인 정복자가 피착취계급인 토착민족을 마취시키고, 노예화시키려는 수단으로 또는 정복, 살익殺翼의 죄를 무시로 범행한 정복자의 참회자위懺悔自慰에 이용되고 종교화되어버려 착취계급의 한 개의 훌륭한 피정복자의 회유정책이 되고만 것이다. 그래서 이 정책화된 미술은 인간 본래의 생활과 하등의 교섭이 없는 현실에서 유리遊離된 예술 — 미술이 되었으나 제대로 번영되고 실재되어 가지고서 도리어 생활을 — 현실을 — 지배하려고 하며 기화氣化하려고 하기 시작하였던 것이다. 중국 본토에서 정기적으로 밀려나오는 제국주의의 침략과 무력의 뒤를 추종하는 문화와 또 토착민족 자체의 내부에서 효생酵生된 지배계급의 향락적 욕망으로 말미

---

83   김복진, 「신흥미술과 그 표적」, 『조선일보』, 1926.1.2.
84   홍지석, 「카프 초기 프롤레타리아 미술 담론」, 『사이間SAI』 17, 국제한국문학문화학회, 2014, 15면.

암아 자기 확충이 되어서 허망한 신기루 상아탑은 점점 그 지반이 굳는 대신에 생활로 부터 민중으로부터 거리가 자꾸만 떨어지게 된 것이다.[85]

지배계급에 아부하고 수동적이며, 향토성 내지 민족성이라는 무기를 가지고 "다리 없는 도깨비의 난무"를 보이는 미술은 "우리의 눈앞에 있는 허구의 신기루"에 불과하다는 철저한 유물론적 관점이다. 예술이 인간사회로부터 추상적인 실체가 아닌 민중과 교감해야 한다는 새로운 미술론은 곧 카프의 강령과 규약으로 압축, 이론화되었다.

김복진은 미래파와 입체파 등의 사조가 새로운 것이지만 민중을 위한 것이 아닌 부르주아지의 취향을 반영한 전유물이라고 보았다. 인상파 또한 아카데미즘에서의 혁명이었으나 그것이 민중을 계몽으로 이끌고 위로해주는 예술은 아니라고 생각했다. 이러한 생각은 모네가 사망한지 얼마 되지 않았던 때, 1926년 12월 『중외일보』에 쓴 「모네에 대하여」에서 찾아볼 수 있다. 그는 새로운 권력계급인 부르주아가 "자기네의 생활로부터 요구하게 되는 바의 예술"이 바로 인상파라고 정의하며, "인상파, 모네, 이 모든 것을 우리는 다만 인류역사 위에서 한 때에 새로이 장식된 것으로 인정할 따름이요, 그 이상의 아무 것도 아니다"라고 평가했다.[86] "한 사회조직에 발아, 창설, 원숙, 파장이라는 계단이 있다면 예술도 사회조직의 요구로 발생되고 개변되는 것이니 그 사회조직의 변취와 운명을 같이 하는 것", 즉 회화역사의 흐름에서 당연한 진로이기 때문이다. 그리고 그것이 도래할 때면 다시 해체가 필요하며, 그 뒤에는 새로운 도약, 즉 진보를 거듭하는 것이야말로 신흥예술이라는 그의 생각이었다.

위에서 살펴본 글들이 조선화단을 진단하기 위한 서장이라면, 「조선화단의 1년」은 보다 현 상황을 직시하고 변화를 촉구하는 그의 주장이 압축된 글이다. 그는 이 글에서 조선화단을 "화작畵作으로의 비약이 없고 사상으로의 진경進境"이 없

85 　김복진, 「미술과 음악―조선역사 그대로의 반영인 조선미술의 윤곽」, 『개벽』 1926년 제65호, 67면.
86 　김복진, 「세말잡필―모네에 대하여」, 『중외일보』, 1926.12.26.

는 상태라고 보았다.[87]

　　그러면 조선화단은 어떻다하랴. 누차 부언한 바와 같이 봉건시대의 유물에 지나지 못하여 생활인식이나 생활창조에 이렇다는 근거 있는 창의가 없을뿐더러 시대적 골동인 문인화 내지 남화南畵로 허망한 근성을 삼고 자기존대와 자기도취에 미몽이 깊을 뿐이다. 다시 몇 개의 미술청년군이 없지 않으나 이 역시 중독성 환상과 치매성 예술가적 소질이 농후함에야 써 무엇을 말하리오. 그러니 이 사람네의 1년간 업적이라고 있어질리 만무할 것이며 힘이 없고 반성이 없는 이네의 집단인 화단에 무슨 공과가 있을까보냐.[88]

　　그는 다시 한 번 해체를 촉구하는 목적을 상기시켰다. 변혁이 쉽게 이루어질 리 만무하니 구식 낭만주의와 결별하고, 한 주체와 다른 주체를 결속하는 의사소통 수단으로서의 새로운 미술을 건설하자는 것이다. 민중과 사회와 호흡하는 프롤레타리아 미술의 건설, 그것이야말로 김복진이 구상하고 꿈꾼 새로운 조선화단이었다.

　　한편 『문예운동』에 발표한 「주관 강조의 현대미술」은 현대미술의 특성인 '주관주의'에 대해 개관하는 글이다. 김복진이 말하는 '주관주의'란 고전적 이상주의를 넘어 현실주의를 통과해 봉착한 상태이다. 그는 마네와 외광파, 그리고 구스타브 쿠르베를 주관이 강조된 현대미술의 사례로 제시했다. 특히 쿠르베에 대해서는 "거세되고 본래생활에서 유리된 예술"이라는 진부한 감정으로 볼 수 없는 "최초의 실제운동의 보초步哨"라고 보았다.[89] 이것은 김복진 개인의 생각이라기보다 쿠르베를 일찍부터 리얼리즘의 효시로 본 마르크스주의 비평가들의 의견을 따른 것이었다.

　　잇달아 글을 발표한 뒤 김복진의 프롤레타리아 미술론은 카프의 본부초안「무

87　김복진, 「조선화단의 1년(상)」, 『조선일보』, 1927.1.4.

88　김복진, 「조선화단의 1년(하)」, 『조선일보』, 1927.1.5.

89　김복진, 「주관강조의 현대미술①」, 『예술운동』, 1927년 창간호, 8면.

산계급예술운동에 대한 논강」과 「나형선언초안」에 집약되었다. 마르크스의 유명한 「포이어바흐에 대한 테제」 명제를 옮겨와, 미술이 "정치투쟁을 위한 투쟁예술의 무기"가 되어야 할 것이며, "순정미술로부터 비판미술에로 약진"한 형성예술운동의 집단이 될 것을 약속했다.[90]

1928년에는 「제7회 미전 인상평」을 발표하고 「신체와 영혼, 육체와 정신과의 이원론에 대항하여」를 번역하는 등 비평과 이론을 점차 체계화해나갔다. 이 번역문은 『조선지광』 5월호와 7월호에 나눠서 2회 실리고 아직 마치지 않은 상태였다. 3회째를 앞두고 김복진이 구속되면서 이 번역 연재는 마무리되지 못했다.

최열이 구분한 것처럼 여기까지는 '김복진의 전기 미술비평'에 해당한다. 이때까지의 김복진이 "식민지 민족해방의 문예운동가, 정치투사" 혹은 "특유의 독설과 직선적인 평"을 퍼붓는 예리한 비평가였다면,[91] 후기는 검열을 피해 합법적인 틀 내에서 이루어진 대중적이고 유화적이며 여유와 유머를 겸비한 비평가로 자리한다.

출소한 뒤 다시 수감되기 전에는 『오사카마이니치신문』 조선판에 「미술 조선의 족적」을 연재했다. 이 글은 카프 시절의 급진성을 보이지 않고 오히려 그것과 거리를 두고 있는 듯하며, 한편으로 이전에 강하게 비판한 전통을 긍정하는 변화가 감지된다. 앞에서 보았듯이 마르크스주의적 입장으로 지배계급의 욕망에 의해 생산된 과거의 유산을 청산할 것을 촉구한 그가, 이제는 그것을 통해 민족적 특수성을 모색하고 어떻게 계승할지에 대해 고민하기 시작했다. "조선미술의 족적이 현실에서 덧없는 모래 위의 족적처럼 파도에 휩쓸려 사라져서는 안 된다"는 이전에 볼 수 없던 민족주의적 태도가 출소 이후 나타난 것이다.[92]

이러한 태도의 변화에는 먼저 강압에 의해 사상에 대한 발언이 철저히 금기시

---

90 「무산계급예술운동에 대한 논강」(본부초안), 『예술운동』, 1927년 창간호, 3면; 김복진, 앞의 글 (1927년 5월호), 81면.

91 최열, 『한국근대미술비평사』, 열화당, 2001, 104면; 조은정, 앞의 글, 170면.

92 金復鎭, 「美術朝鮮の足跡」, 大村益夫・布袋敏博 編, 『近代朝鮮文学日本語作品集』, 綠蔭書房, 2001, 360면.

되었다는 점, 그리고 당시 화단이나 문단에서 전통을 애호하는 것이 곧 민족유산을 지키는 행위라는 인식이 퍼져 있었기 때문이다. 민족주의와 전통주의를 수용한 그의 태도는 「서울의 면모」에서도 나타난다. 제국에 의해 근대문명을 받아들여 다시 제국의 야만성과 계급성을 비판한 그가, 제국에 의해 변화된 조국 수도의 모습에 대해 거부감을 표출한다. 어느덧 벽돌집에 철근으로 지붕을 올리거나 콘크리트로 회색빛이 된 서울의 풍경을 회의하는 것이었다. 이 글은 동시에 도시의 변화를 통해 자신을 되돌아보는 성찰의 과정이기도 하다.

> 도대체 생이라는 것은 무엇이냐, 역사는 무엇이냐. 문화는 무엇이며 향술響術은 무엇이냐. 사람의 일생은 싸움이냐? 향락이냐? 시인은 붓방아를 찧고, 배우는 춤을 춘다. 인생은 고운 것이라고 인생을 향락하라고 다시 이것을 철학자는 합리화한다. 카페 안에서는 청춘을 노래한다. 과연 인생은 고운 것일까…….[93]

학예부장으로 취임한 뒤로는 비평의 무대가 『조선중앙일보』로 이동했다. 김천고등보통학교에 세울 교육자 최송설당崔松雪堂의 동상을 제작하기 위해 김천에 내려가던 일종의 기행수필 「수륙일천리」, 그의 사상적 스승 톨스토이와 테오도르 립스의 이론으로 예술의 가치를 논한 「예술관념과 윤리관념은 공간의 양단이다」 등이 그것이다. 그밖에 '복진', '정관'이라는 필명으로 수필과 시를 발표하기도 했다. 김복진은 여기에 '일평日評'을 연재했다. 이것은 이미 『김복진의 예술세계』에 6편이 수록된 바 있으나, 이번 전집에는 새로 찾은 8편 ― 「묵살과 묵인」, 「대체 누구냐」, 「계몽과 농담」, 「음악을 들으니」, 「전문가는 존경할 것인가」, 「동업자 도덕」, 「문예영화를 대면하고서」, 「서화협회의 공적」을 수록했다. 학예부장으로서 미술과 문학, 연극, 영화, 음악을 아우르는 김복진의 생각을 읽을 수 있는 흥미로운 글들이다.

---

93 김복진, 「수상―서울의 면모⑤」, 『조선일보』, 1935.5.15.

조선중앙일보사의 잡지『중앙』에는 종로상가의 진열창과 간판을 품평한 흥미로운 글 2편이 확인된다. "서울은 조선의 중심이며 종로 사거리는 서울의 심장이니 종로 사거리의 굽이치는 맥동脈動은 움직이는 조선의 양태"를 파악할 수 있기에, 종로상가의 진열창과 간판은 김복진으로 하여금 광고회화 전람회장 같은 곳이다.[94] 이것은 그의 관심과 연구를 충족하는 동시에 대중의 요구에 영합하는 비평으로써, 김복진의 후기미술비평의 특징을 대변한다.

또한 좌담회는 그의 비평가로서의 입지를 보여주는 한편, 문학과 연극 등 다방면에 걸친 그의 생각을 엿볼 수 있다. 김복진이 참석해 발언한 좌담회로는 '제5회 조선미술전람회 작품합평'[1926], '문단좌담회'[1936], '문예정책회의'[1936], '연극경연대회총평'[1938], '모델좌담회'[1938]가 확인된다. 가장 이른 1926년의 작품합평은『시대일보』가 주최한 것으로, 참석자는 김복진을 비롯해 이창현李昌鉉, 이승만, 안석주였다. 이들은 선·후배 미술가들에게 날카로운 비평을 쏟아내는 한편 미술계의 발전을 위해 허심탄회한 합평을 진행했다. 1936년의 문단좌담회는『조선중앙일보』학예부에서 주최한 것이라 학예부장인 그가 사회를 맡았다. 내용은 문단의 현 단계를 점검하는 것이었다. 대개 문인들이 발언했으나, 학예부장으로서 김복진은 당시 문단의 침체 현상을 타개하기 위한 포문을 열어주었다.[95]

다음의 문예정책회의는 전문학교 교수 ─ 김상용金尙鎔, 유진오兪鎭午, 정인섭鄭寅燮, 손진태孫晉泰와 신문사 학예부장 ─ 김복진, 서항석徐恒錫, 홍기문洪起文과『삼천리』의 김동환金東煥, 박상희朴相羲가 참석해 '한글어학의 장래를 위한 대책', '문단진흥책', '문사와 생활문제', '신문 문예면에 대한 포부', '런던펜구락부 가입 문제', '민중을 위한 연극'을 주제로 입장을 표명하는 자리였다. 김복진은 학회마다 통용되지 못한 용어를 정리할 필요성, 문학의 국제적 참여 촉구, 재래의 습성을 지

---

94 김복진, 「종로상가 진열창 품평기」,『중앙』, 1936년 제4권 제1호, 201면; 김복진, 「종로상가 간판 품평기」,『중앙』, 1936년 제4권 제2호, 210면.

95 「조선문단 획기적 좌담회─시, 소설, 희곡 문단 1년의 총 결산─실기예한 신진작가의 추거 침체 문단의 타개책」,『조선중앙일보』, 1936.1.3.

닌 구극舊劇을 정리하고 신극운동에 대한 긍정 등의 입장을 내비쳤다. 극에 대한 입장은 과거 카프 시절의 생각과 비슷했다. 구극은 "민중의 머리를 퇴보"하게 하니 정리하고 신극운동을 순조롭게 발달시켜야 한다는 것이다.[96]

신극운동에 대한 그의 생각은 자연스레 연극경연대회총평으로 이어서 살펴볼 수 있다. 이것은 『동아일보』 학예부장인 서항석의 주도로 열렸다. 김복진은 이 총평에서 발언 때마다 주로 각 극의 무대미술과 연기에 대해 논했다. 그는 '도구를 통한 연기'의 중요성을 역설했다. 극예술에 있어서 '느낌'이나 '기분'으로 인상을 평하는 것은 아무 진보가 없는 것이니, 도구를 사용하는 배우의 움직임과 표현이 연기와 극을 좌우할 수 있다는 것이 그의 생각이다.[97]

마지막으로 모델좌담회는 모델의 나체와 그것의 작품화에 대한 화가와 조각가들의 생각을 읽어볼 수 있는 중요하다. "미적 관념을 나체 위에 표현"하는 것이라는 정현웅鄭玄雄의 생각이나, "미에 대한 기성관념을 모델에 접하여 고치는 것"이라는 김복진의 생각은 당시 유행하는 나체화, 나체조각을 통한 신체미를 구현하는 예술가들의 태도를 반영하는 것이다.[98]

7. 모험을 즐기던 영원한 청년

김복진은 근대인으로서 식민지조선에 최초로 조각을 정착하는 데에 크게 기여했으며, 미술뿐만 아니라 문학과 연극, 영화 등 예술매체를 넘나들며 방대하게 사유하는 지식인이자 예술가였다. 그는 안주하지 않고 작금의 상황을 극복하기 위해 사회와 예술에 큰 관심을 가져왔다. 그것은 곧 카프라는 식민지조선에 전무후무한 전위적인 집단으로 이어졌으며, 기성화단에 비판을 가해 당당히 해체를

---

96 「3전문학교, 4교수 3신문사 학예부장 문예정책회의」, 『삼천리』, 1936년 제8권 제6호, 239면.
97 「연극경연대회총평②」, 『동아일보』, 1938.2.23.
98 「화가 조각가의 모델 좌담회」, 『조광』, 1938년 제4권 제6호, 325면.

요구하고 새로운 프롤레타리아 미술을 건설하기 위해 분주히 움직였다. 또한 생명력을 불어넣은 조각으로 과거와 현재를 잇는 교두보의 역할을 함으로써 근대조각의 선구자적 역할을 했다. 한계가 있다면 그의 전위적인 이론이 그가 창작한 작품들과 병행하지 못한다는 사실이다. 다만 이 한계는 식민지조선이라는 배경과, 그가 이러한 주장을 펼치며 그것을 수면 위로 끌어올리기도 전에 제국의 힘에 의해 좌절될 수밖에 없었던 배경도 고려해야 할 것이다.

유작 하나 마땅히 남기지 못했음에도 불구하고 근대예술의 개척자로 평가받을 수 있었던 이유가 단지 이것 때문만은 아니다. 제4차 조선공산당에서 그의 행적은 결코 가볍게 치부할 수 없는 것이다. 그가 꿈꾼 사회는 단순히 공산제도 사회의 실현과 유물론적 세계관으로 점철된 소비에트화가 아니었다. 자신이 살아가고 있는 식민지 조국의 현실을 극복하고 지배자의 흔적을 씻어내기 위한 아래로부터의 혁명, 그것은 곧 민족의 독립이요 당시 식민지인의 시대적 사명이었다. 그는 사건 관련 신문조서를 받던 중 자신의 행위에 대한 목적이 독립운동보다는 사회주의운동이라는 점에 착안한 행동이었다고 말했다. 틀린 말이 아니었다. 아직은 독립운동을 논할 단계가 아닌 사회를 바꾸는 때였기 때문이다. 그것이 공산주의에 공명한 자들의 대의였다. 그런 까닭으로 독립운동에 기여한 공로가 인정되어, 국가는 1993년 그에게 애국장을 수여했다. 이미 김복진이 세상을 떠난 지 50여 년이 흐른 뒤였지만 말이다.

물론 출소 이후 그의 행적에 이중성을 느낀다 해도 그것은 무리가 아니다. 분명 그가 만든 동상 중에는 안창호와 홍명희와 같은 민족운동가도 있지만, 박영철이나 김동한과 같은 반민족행위자가 있는 것도 사실이다. 이러한 모순은 극복할 대상이 아니라 수용할 대상이다. 역사는 이미 그렇게 된 것이지 바꿀 수 있는것이 아니다. 다만 이것을 이중성과 모순으로만 논하기엔, 당시 당국이 바라본 제4차 조선공산당의 김복진이나 다른 당원들은 지속적으로 감시가 필요한 '예비사상범'이었다. 그리고 그는 사건 피의자 중 최고형을 받지 않았던가? 이러한 사정은 함께 고려되어야 한다고 본다.

김복진에 대한 유의미한 연구가 많이 진행되었고 시간이 지나면서 새로운 자료들도 속속 발굴되고 있다. 이번 전집에서도 새로운 자료들을 여럿 소개하나 이외에도 아직 발굴할 것이 무궁무진하다고 믿는다. 새로운 자료의 발굴은 폐가식으로 자료를 찾던 그 노력이 무색하게, 디지털시대의 편리함 덕에 가능했다. 이번 전집이 김복진 연구의 종결이 아닌 새로운 시작이었으면 하는 바람이다.

김복진은 불혹을 앞두고도 여전히 모험을 즐기는 영원한 청년이었다. 그의 삶을 조망해보면 언제나 도전이었고 그것의 결과가 때로 실패하더라도 그는 비관하지 않았다. 그런 그의 주변에는 언제나 좋은 선생과 동료, 선후배, 제자가 있었다. 그리고 비슷한 삶을 살아온 한 제자는 여전히 김복진을 스승으로 모시고 그의 발자취를 따르고 있다. 이번 전집이 그 제자와 함께 공부한 근대미술론공부모임에 부끄럽지 않은 결과물이길 바랄 뿐이다.

실린 글 출전

평론

「광고회화의 예술운동」, 『상공세계』, 1923년 창간호.

「상공업과 예술의 융화점」, 『상공세계』, 1923년 창간호.

「협전5회평」, 『조선일보』, 1925.3.30.

「감상-소묘」, 『생장』, 1925년 제5호.

「제4회 미전 인상기」, 『조선일보』, 1925.6.2~7.

「월요학예란-화단전망」, 『시대일보』, 1925.10.12.

「세계화단의 1년-일본, 프랑스, 러시아 위주로」, 『시대일보』, 1926.1.2.

「신흥미술과 그 표적」, 『조선일보』, 1926.1.2.

「속사포速射砲-오족불용五足不用」, 『문예운동』 2호, 1926.

「세말잡필歲末雜筆-모네에 대하여」, 『중외일보』, 1926.12.26.

「미술과 음악-조선역사 그대로의 반영인 조선미술의 윤곽」, 『개벽』 1926년 제65호.

「미전 제5회 단평」, 『개벽』, 1926년 제70호.

「문단침체의 원인과 그 대책」, 『조선문단』, 1927년 제4권 제1호.

「조선화단의 1년」, 『조선일보』, 1927.1.4~5.

「주관 강조의 현대미술」, 『예술운동』, 1927년 창간호.

「무산계급예술운동에 대한 논강본부초안」, 『예술운동』, 1927년 창간호.

「나형선언초안」, 『조선지광』, 1927년 5호.

「제7회 미전인상평」, 『동아일보』, 1928.5.15~17.

「반도신인집-미술 조선의 족적」, 『오사카매일신문』, 1934.7.10~13.

「미전을 보고나서-나의 회고와 만상漫想」, 『조선일보』, 1935.5.21.

「예술관념과 윤리관념은 공간槓杆의 양단兩端이다-독후감 수절數節」, 『조선중앙일보』, 1935.10.5~6.

「상상보다 빈약한 현재에의 일별기一瞥記-종로상가 진열창 품평기」, 『중앙』, 1936년 제4권 제1호.

「조선의 심장!! 서울의 복판!!-종로상가 간판 품평기」, 『중앙』, 1936년 제4권 제2호.

「정축丁丑 조선미술계 대관」, 『조광』, 1937년 제3권 제12호.

「육체의 탄력」, 최승희, 최승일 편, 『나의 자서전-최승희자서전』, 이문당, 1937.

「재도쿄미술학생의 종합전 인상기」, 『동아일보』, 1938.4.28.

「미술-도쿄미술학생전 일별一瞥」, 『비판』, 1938년 제6권 제6호.

「결궁의 어느 일순간 동작-최고의 아름다운 포-즈」, 『조선일보』, 1938.5.7.

「제17회 조미전평」, 『조선일보』, 1938. 6. 8~12.

「선전의 성격-주마간산기走馬看山記」, 『매일신보』, 1939.6.10~16.

「조선조각도의 향방」, 그대로 독자의 변」, 『동아일보』, 1940.5.10.

「제19회 조선미전인상기-조각부」, 『동아일보』, 1940.6.16.

「어거스트 로댕-18세기 '미'의 가장 위대한 사제에게 바침」, 『세계명인전(중)』, 조광사, 1948.

수필

「수상隨想 서울의 면모」, 『조선일보』.
「납량수필집-흑야숭배黑夜崇拜」, 『조선일보』, 1935.8.4.
「수륙일천리」, 『조선중앙일보』, 1935.8.13~21.
「일평-묵살과 묵인」, 『조선중앙일보』, 1935.9.19.
「일평-추풍기혜秋風起兮」, 『조선중앙일보』, 1935.9.23.
「일평-대체 누구냐」, 『조선중앙일보』, 1935.9.27.
「일평-귀한 것은 행위이다」, 『조선중앙일보』, 1935.9.29.
「일평-계몽과 농담」, 『조선중앙일보』, 1935.10.3.
「일평-음악을 들으니」, 『조선중앙일보』, 1935.10.6.
「일평-전문가는 존경할 것인가」, 『조선중앙일보』, 1935.10.8.
「일평-예명과 아호」, 『조선중앙일보』, 1935.10.11.
「일평-조선사람은 시만 먹고 사는가」, 『조선중앙일보』, 1935.10.13.
「일평-동업자 도덕」, 『조선중앙일보』, 1935.10.15.
「일평-만인을 가르치는 문사」, 『조선중앙일보』, 1935.10.17.
「일평-문예영화를 대면하고서」, 『조선중앙일보』, 1935.10.22.
「일평-전진 또 전진」, 『조선중앙일보』, 1935.10.24.
「일평-서화협회의 공적」, 『조선중앙일보』, 1935.10.27.
「문호를 만난 인상-도쿄문단의 수3인數三人을」, 『삼천리』, 1936년 제8권 제6호.
「우리집 척서법滌暑法-이칭피서터」, 『여성』, 1938년 제3권 제8호.
「나의 피서 안 가는 변-공방에 틀어박혀 흙장난이나 하지요」, 『조선일보』, 1938.8.12.
「한 살 더 먹으면-내 맘대로 한 번」, 『소년』, 1938년 제1권 제10호.

회고

「파스큘라」, 『조선일보』, 1926.7.1~2.
「나의 소년시대-종아리 맞은 이야기-글을 외지 못해」, 『소년』, 1937년 제1권 제1호.
「부처님 만들던 이야기」, 『소년』, 1937년 제1권 제4호.
「이긴 이야기-선생님이 나를 이겨준 얘기」, 『소년』, 1937년 제1권 제6호.
「한 살 더 먹으면-써붙인 '일일일선'」, 『소년』, 1937년 제1권 제9호.
「손소산孫韶山옹 조각 제작 후일담譚-작가로서의 신념과 동상의 의의에 있어서자가변론의 초조한 잡음」, 『고려시보』, 1938.1.1.
「나 사는 곳-사직골 생원님 지나다닌 곳」, 『소년』, 1938년 제2권 제3호.
「상 타본 이야기-뜻하지 않은 일등」, 『소년』, 1938년 제2권 제5호.

「스승에게 받은 말−욕위대자당위인력欲爲大者當爲人力」,『여성』, 1938년 제3권 제7호.

「성해星海의 콧물−애처도망기愛妻逃亡記」,『조선문학』, 1939년 제16호.

「조각생활 20년기」,『조광』, 1940년 제6권 제3~10호.

시

「S형兄!」,『조선일보』, 1926.7.31.

「습작삼곡習作三曲」,『조선중앙일보』, 1935.8.23.

「시조詩調」,『조선중앙일보』, 1935.8.26.

좌담

「미전작품합평」,『시대일보』, 1926.5.23~24.

「경성 각 상점 간판 품평회」,『별건곤』, 1927년 제3호.

「조선문단 획기적 좌담회−시, 소설, 희곡 문단 1년의 총 결산−실기예實氣銳한 신진작가의 추거推擧 침
　　　체 문단의 타개책」,『조선중앙일보』, 1936.1.3.

「3전문학교, 4교수 3신문사 학예부장 문예정책회의」,『삼천리』, 1936년 제8권 제6호.

「연극경연대회총평」,『동아일보』, 1938.2.22~25.

「화가 조각가의 모델 좌담회」,『조광』, 1938년 제4권 제6호.

대담

「색씨 같은 신랑에 사내 같은 신부相對性夫婦−그러나 구수하게 잘 산다−조각가 김복진 씨 부부편」,『중
　　　앙』, 1936년 제4권 제8호.

「미스터 김복진 미세쓰 허하백 양위담兩位談」,『여성』, 1936년 제1권 제3호.

「후진을 위하여 더욱 기쁩니다」,『조선일보』, 1937.5.14.

「작품 이전과 이후제7회−작가와 모델과의 로맨스」,『동아일보』, 1937.6.23.

「조각가 김복진 씨 가정−절장보단絕長補短으로 4시 명랑」,『여성』, 1937년 제2권 제8호.

「재출발 후 처음−감개 있는 김복진 씨」,『매일신보』, 1938.6.3.

「미완성미美를 목표로 한 것」,『조선일보』, 1938.6.4.

「김복진 씨 말하다」,『조선신문』, 1938.10.12.

「명사 만문만답漫問漫答」,『조광』, 1939년 제5권 제1호.

「명사 만문만답漫問漫答」,『조광』, 1939년 제5권 제2호.

「대전회고大戰回顧−엽서회답葉書回答」,『조광』, 1939년 제5권 제11호.

「미술계를 위하여 미력微力을 다할 뿐」,『매일신보』, 1940.6.1.

「장안長安 신사가정紳士家庭 명부名簿 쇼와(昭和)−14년 12월 1일 현재」,『삼천리』, 1940년 제12권 제3호.

사진

1930년대 후반 무렵 김복진 사진

충청북도 청원군 남이면 팔봉리 생가터 사진(1990년대 무렵)
출처 : 최열 제공

▲ 1921년 도쿄미술학교 유학생들 사진.
아래 왼쪽부터 김복진, 공진위, 이종우, 장발, 김창섭, 오른쪽 위 왼쪽부터 이한복, 이병규, 김정채, 장익, 이제창.
▼ 토월회 회원들. 왼쪽부터 박승희, 이헌구, 박승목, 김복진, 이제창, 김기진, 김을한, 송재삼.
출처 : 국립현대미술관 미술연구센터, 김복기 컬렉션 제공

▲ 1936년 조선미술원 창립 기념 석굴암 방문 사진. 왼쪽부터 박광진, 김은호, 한 사람 건너 김복진
▼ 조선미술원 창립 방문 기사. 가장 키 큰 사람이 김복진
　출처 :『비판』, 1938년 6월호

1936~1937년경 안창호, 김복진, 이국전 사진, 독립기념관 소장
김복진은 제4차 조선공산당 사건으로 긴 재판 끝에 5년형을 구형받고 서대문형무소에 수감되었다.
서대문형무소의 5~7호 사이는 주로 치안유지법위반 혐의자들이 수감되어 있었는데,
이때 안창호도 수감되어 인연을 맺었다.
김복진은 출소 후 1936년 '제15회 조선미술전람회'에 〈수〉라는 이름을 붙인 안창호의 흉상을 출품했으며,
이듬해 제자 이국전도 〈A씨 수상〉이라 이름 붙여 안창호의 흉상을 선보였다.

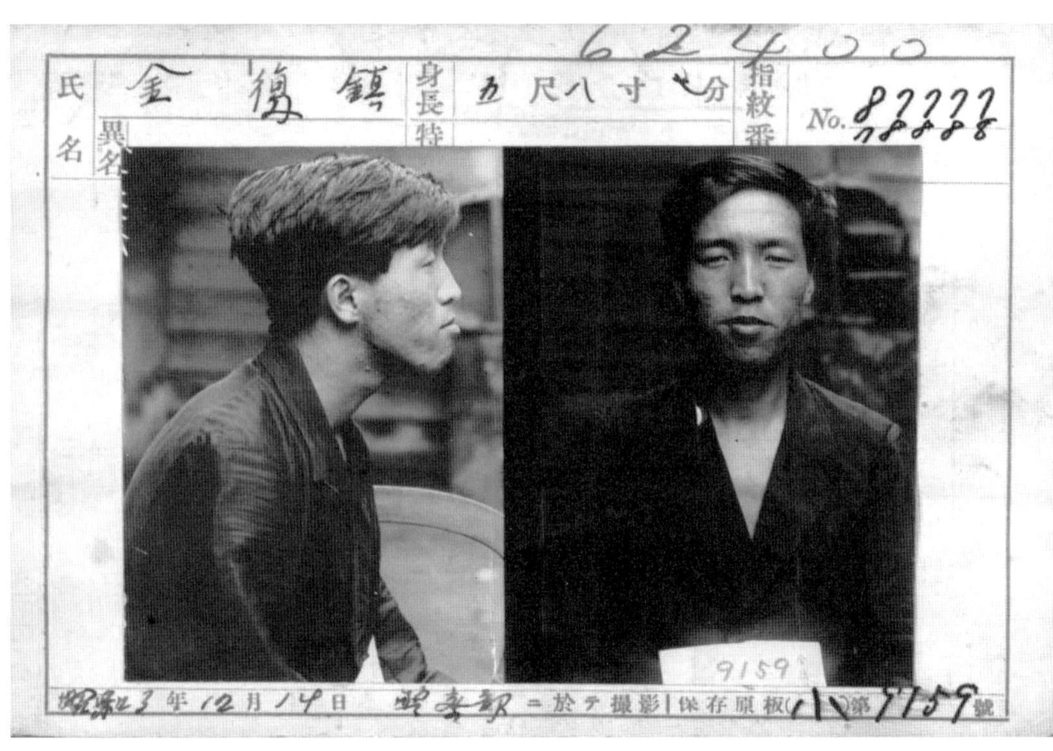

1928년 일제감시대상인물카드, 국사편찬위원회 소장
막 체포되었을 당시의 모습이다.
김복진은 1928년 제4차 조선공산당 경기도 선전부 및 고려공산청년회 경기도 책임비서 직책을 수행하고 있었다.
6월 종로고등계는 김복진, 이기영, 김소익 등 '요시찰인'을
치안유지법 위반 혐의로 검거해 취조했으나 증거불충분으로 석방했다.
그러다가 8월 이승만의 집에 급습해, 김복진을 제4차 조선공산당 사건의 주모자로 체포했다.

1930년 일제감시대상인물카드, 국사편찬위원회 소장
김복진은 1930년 11월 초 경성지방법원공판으로
'제4차 조선공산당 김복진 외 20명 치안유지법 위반 사전'으로 출정피고 입명이 결정되었다.
17일 오전 11시 방청이 금지된 상태로 제1회 공판이 열렸다.
11월 21일 제2회 공판이 진행되었고, 23일 사건의 주모자로 김복진에게 최고형 5년형을 구형했다.
출옥하기까지 수감생활을 하면서 간수들의 배려로 불상목조를 제작했다고 전하며,
감옥에서 안창호, 최창익 등 독립운동가들과 친분을 쌓았다.

1936년 일제감시대상인물카드, 국사편찬위원회 소장
1934년 2월 21일 오전 8시, 15일의 감형을 받은 김복진은 서대문형무소에서 출소했다.
9월 아우 김기진과 『청년조선』을 창간하고 12월 2일 인쇄소 애지사 공장을 설립했다.
그러는 중 12월 13일, '신건설사 사건' 이후 카프를 말소하려던 경기도 경찰부 고등과 사찰계가
두 형제가 거주하는 김기진의 성북동 집에 급습해 둘을 체포했다.
증거불충분 등의 이유로 이듬해 2월 전주교도소에서 석방되었다.
그러나 1936년 조선총독부가 '조선사상범보호관찰령'을 제정해 1928~1934년 사이
치안유지법 위반에 따라 최고형을 받은 사람들을 대상으로 보호관찰을 지시했다.
보호관찰령은 좌익분자에게 "행동감시 내지 자유구속"을 적용했다.
김복진은 요시찰인 감시대상으로 선정되어 당국에 신고해야 했다.

아틀리에에서 김복진과 〈백화〉의 모델 한은진
출처 : (좌)『경성일보』, 1938.10.21
　　　(하)『비판』, 1938년 6월호

朝鮮最初彫刻家
金復鎭氏入選

쎄국미술뎐남회에
【동경】 동경서열릴쎄국미술뎐
담회 (帝國美術展覽會) 조각부
(彫刻部)에 당선자는 지난구일
밤에 발표하엿는데 입선첨수는

▲ 학생 시절의 김복진
출처 :『시대일보』, 1924.10.11

卒業製作에熱中한金復鎭氏
십사세소녀를모델로사용

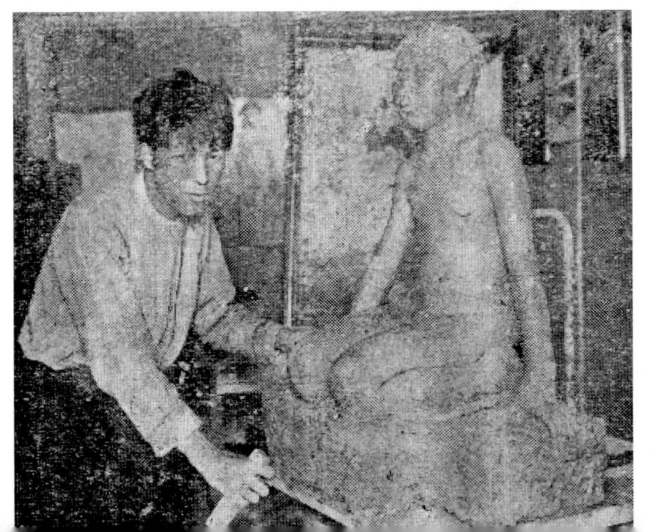

▲ 〈나체습작〉을 제작 중인 김복진
출처 :『조선일보』, 1925.2.22

◀ 김복진과 '문제작' 〈나체습작〉
출처 :『매일신보』, 1925.5.30

◀ 제4차 조선공산당 판결 당시 보도된 김복진 사진
출처 :『조선일보』, 1930.6.26

◀ 제4차 조선공산당 판결 화보 사진
출처 :『조선일보』, 1930.11.18

▲ 민촌 이기영 창작출판기념축하회 단체 사진
출처 :『조선일보』, 1928.6.7

▲ 조선중앙일보사 학예부 주최 문인좌담회
출처 :『조선중앙일보』, 1936.1.3

못다하고간그이

故金復鎭氏未亡人　許河伯

▲ 아틀리에에서 김복진과 허하백 부부 사진
출처 :『여성』, 1940년 제5권 10호

▼ 김복진 허하백 부부와 딸 김산용
출처 :『삼천리』, 1940년 제12권 10호

무대미술과 그림

◀ 김복진, 안석주 토월회의 공연
〈기갈〉의 무대미술
출처 : 『동아일보』, 1923.7.5

▲ 김복진, 안석주 토월회의 공연 〈최후의 일순간〉의 무대미술
출처 : 『동아일보』, 1924.6.15

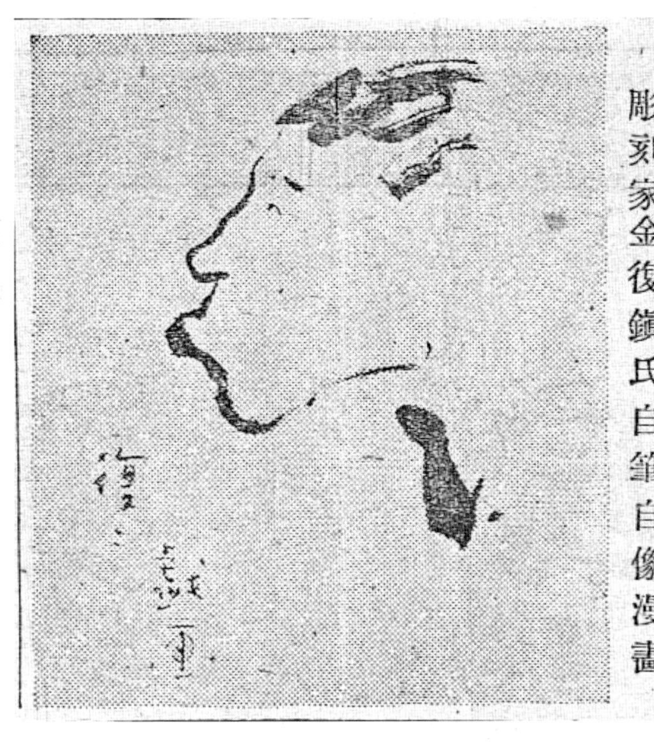

▶ 김복진, 캐리커쳐 〈자화상〉, 1925
출처 : 『매일신보』, 1925.4.12

▼ 김복진, <석굴암 스케치>, 1925
출처 : 『시대일보』, 1925.7.1

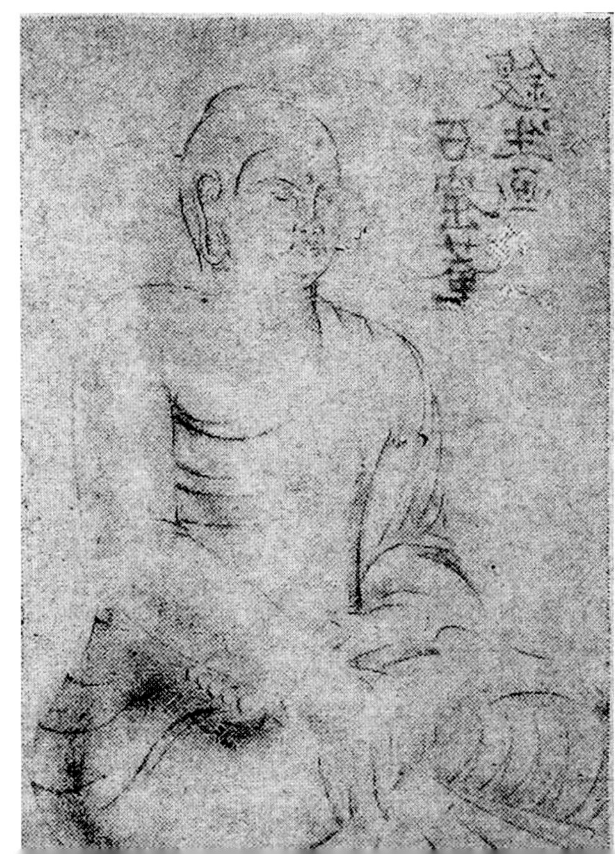

▶ 박팔양 글, 김복진 그림, 「한수에 배를 띄어(2)」
　 출처 :『조선중앙일보』, 1935.8.11

▼ 박팔양 글, 김복진 그림, 「한수에 배를 띄어(1)」
　 출처 :『조선중앙일보』, 1935.8.10

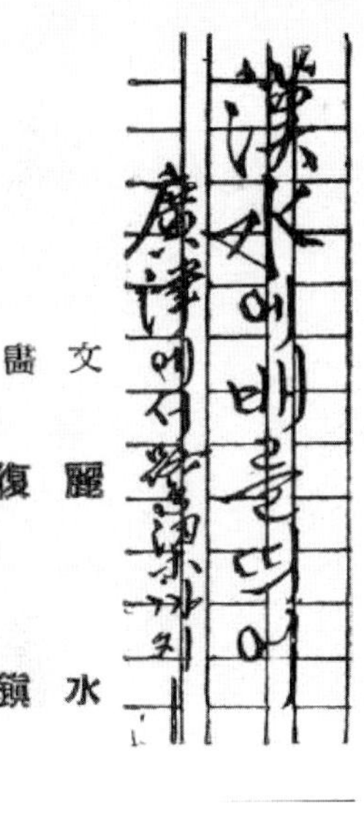

納凉紀行
（四）

文 麗水
畵 復鎭

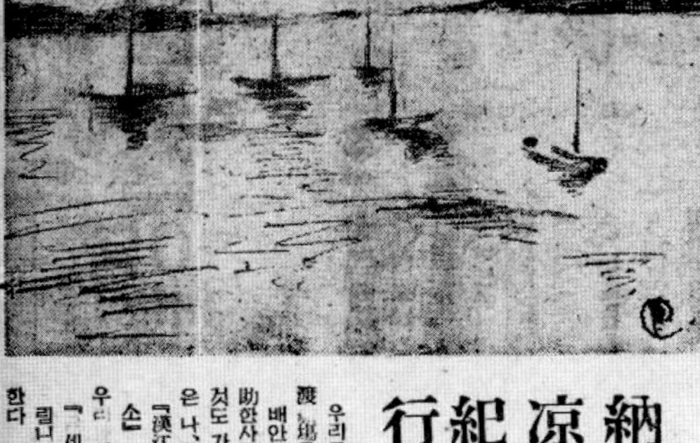

納凉紀行
（三）

文 麗水
畵 復鎭

◀ 박팔양 글, 김복진 그림, 「한수에 배를 띄어(3)」
출처 :『조선중앙일보』, 1935.8.13

▲ 박팔양 글, 김복진 그림, 「한수에 배를 띄어(4)」
출처 :『조선중앙일보』, 1935.8.14

상) 이서구 역, 김복진 그림, 「제이의 접문(11)」, 『매일신보』, 1926.3.10
중) 이서구 역, 김복진 그림, 「제이의 접문(13)」, 『매일신보』, 1926.3.12
하) 이서구 역, 김복진 그림, 「제이의 접문(17)」, 『매일신보』, 1926.3.16

상) 이서구 역, 김복진 그림, 「제이의 접문(30)」, 『매일신보』, 1926.3.29
중) 이서구 역, 김복진 그림, 「제이의 접문(32)」, 『매일신보』, 1926.3.31
하) 이서구 역, 김복진 그림, 「제이의 접문(33)」, 『매일신보』, 1926.4.1

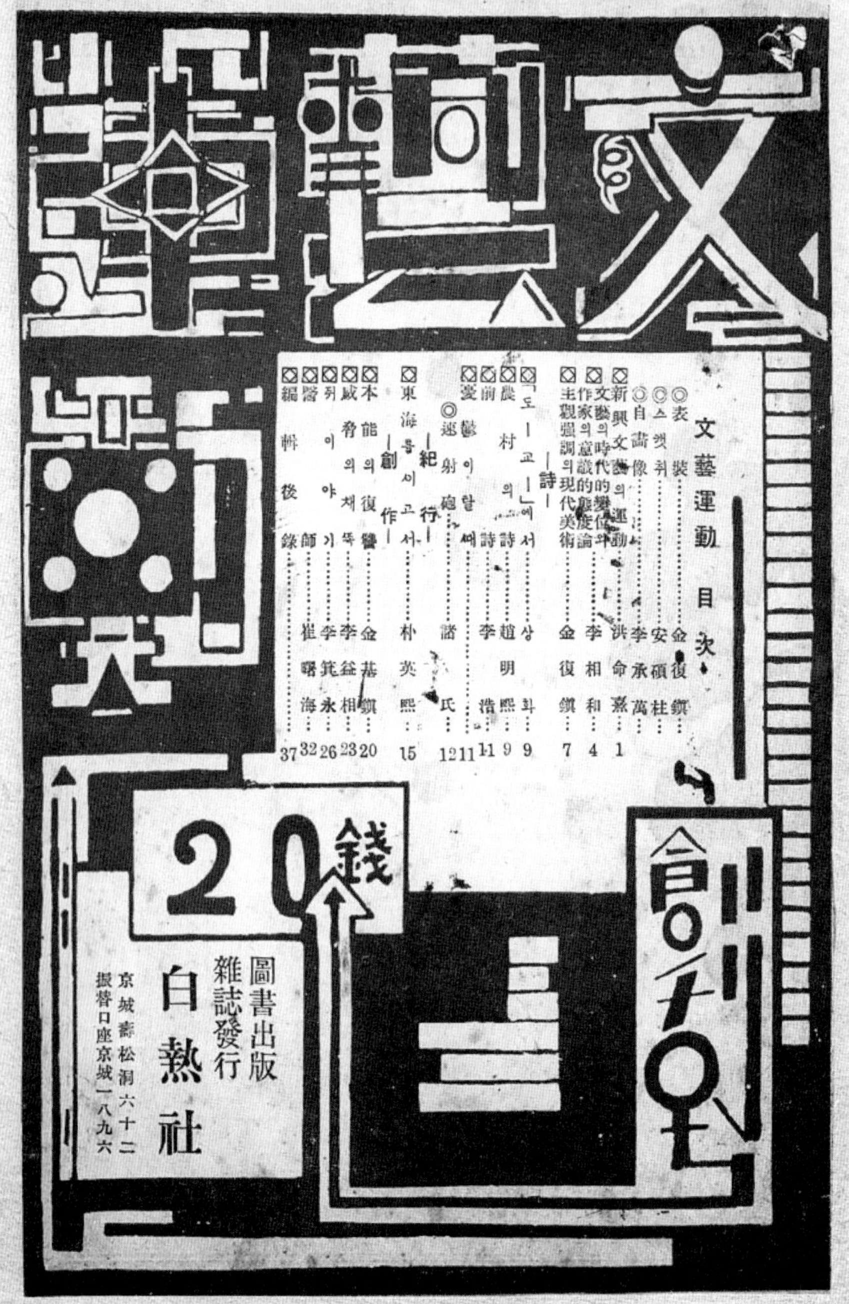

김복진 장정, 『문예운동』, 1926년 창간호, 아단문고 소장

김복진 장정, 『조선문단』, 1927년 제4권 2호, 오영식 제공

김억의 시집 『망우초』(1934)에 실린 김복진의 〈독서하는 김억의 초상〉, 1934년 한국근대문학관 소장, 오영식 제공
1934년 출판된 안서 김억의 25부 한정 호화판 『망우초』에 실린 김복진의 〈독서하는 김억의 초상〉이다.
그림을 그려 붙인 원본으로 하나는 개인(송부종) 소장이고, 다른 하나는 한국근대문학관 소장이다.
서명과 기본 구도는 동일하나 차이가 있다.

조각

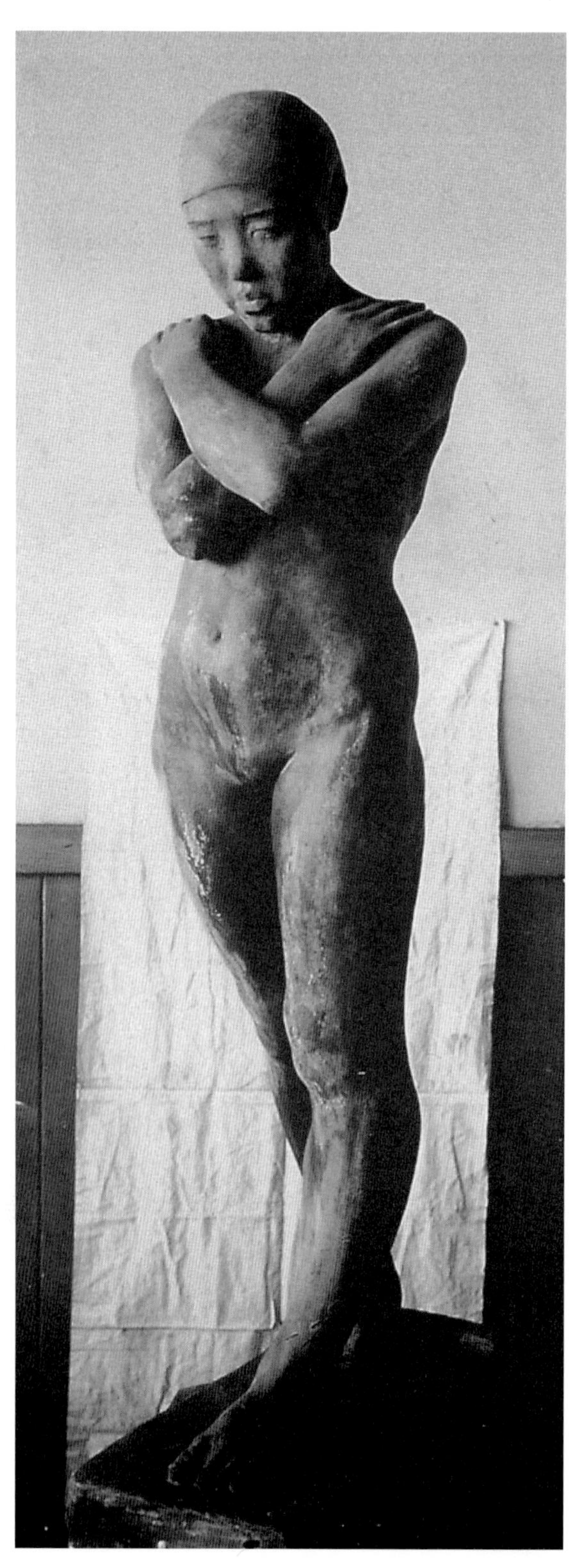

김복진, ⟨여인입상⟩, 1924년,
'제5회 조선미술원전' 입선작
제공 : 국립현대미술관 미술연구
센터, 김복기 컬렉션

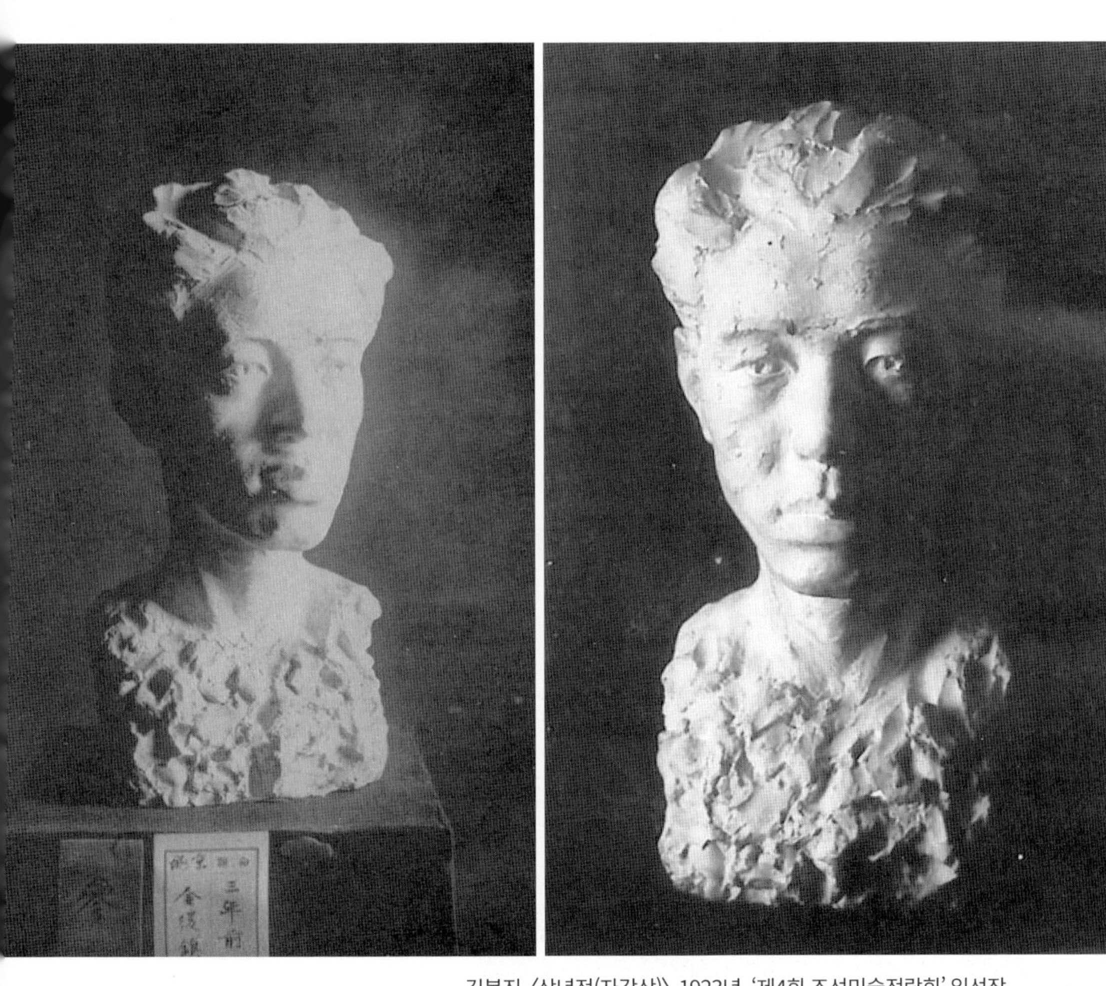

김복진, 〈삼년전(자각상)〉, 1923년, '제4회 조선미술전람회' 입선작

김복진, 〈나체습작(소녀)〉, 1925년, 도쿄미술학교 졸업작품, '제4회 조선미술전람회' 입선작

김복진, 〈여〉, 1926년, '제5회 조선미술전람회' 특선작

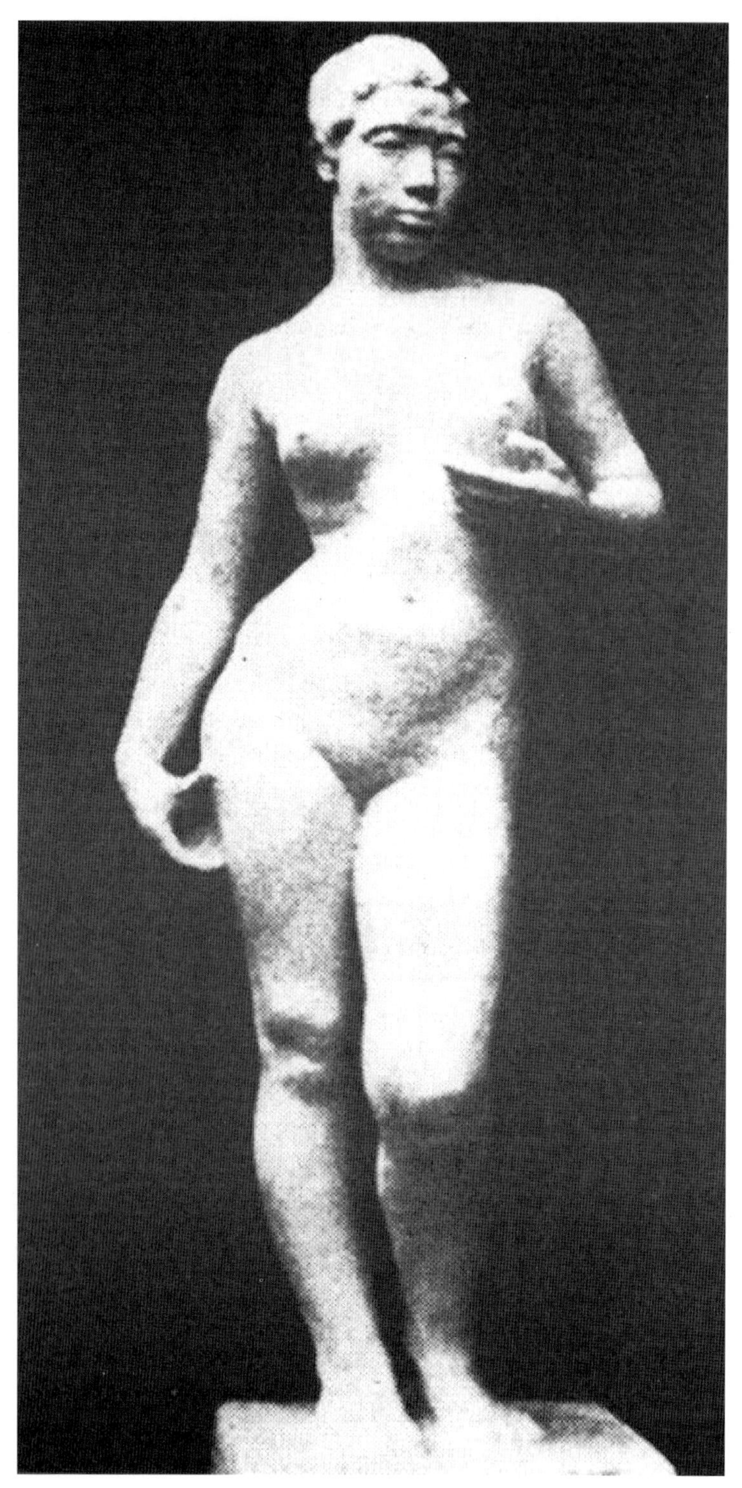

김복진, 〈입녀상〉, 1926년, '제7회 제국미술원전' 입선작

왼쪽 위에서부터 시계 방향으로
김복진, 〈김원복(피아니스트)〉, 1935년(출처 : 『조선일보』, 1935.4.7)
김복진, 〈김활란(교육인)〉, 1935년(출처 : 『조선일보』, 1935.4.14)
김복진, 〈서상천(장사)〉, 1935년(출처 : 『조선일보』, 1935.4.11)
김복진, 〈손정규(경성여고 교사)〉, 1935년(출처 : 『조선일보』, 1935.4.10)

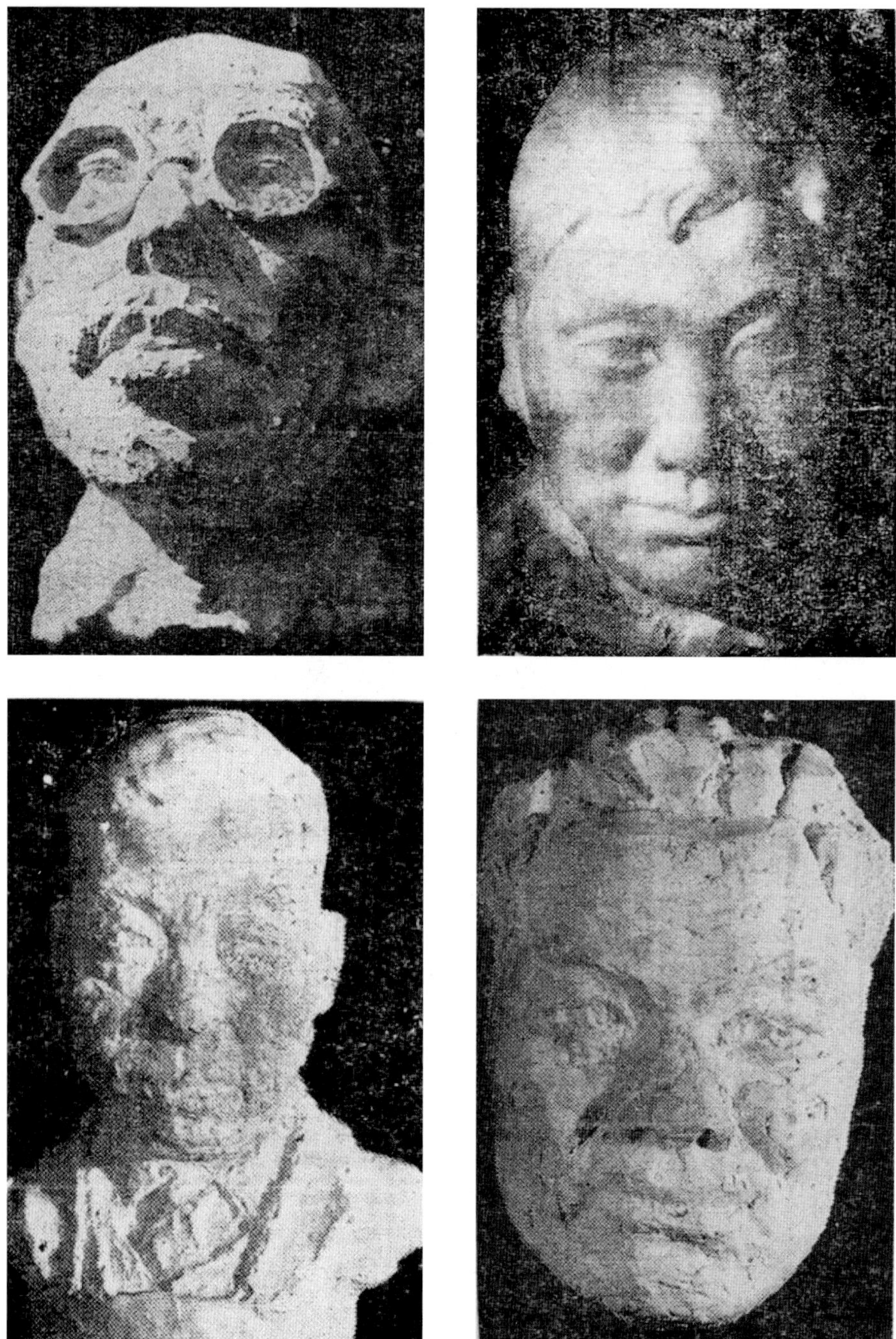

왼쪽 위에서부터 시계 방향으로
김복진, 〈안정원(양정고보 교장)〉, 1935년(출처 :『조선일보』, 1935.4.9)
김복진, 〈정훈모(소프라노)〉, 1935년(출처 :『조선일보』, 1935.4.16)
김복진, 〈유억겸(연희전문학교 부교장)〉, 1935년(출처 :『조선일보』, 1935.4.13)
김복진, 〈한제명(음악가)〉, 1935년(출처 :『조선일보』, 1935.4.12)

김복진, 〈불상습작〉과 〈수〉, 1935년, '제15회 조선미술전람회' 입선작

김복진, 〈석고미륵여래입상〉, 1935년, 석고에 도금, 177×45×45cm, 신원사 소림원 소장,
국가등록문화재 제620호(1990년대 무렵),
출처 : 최열 촬영

김복진, 〈본존불〉, 1936년, 11m, 김제 금산사 미륵전
출처 : 홍성후 촬영

▲ 김복진, '윌리엄스 선생상'(입선)

▶ 김복진, 〈나부〉(무감사 출품), 1937년,
  '제16회 조선미술전람회' 출품작

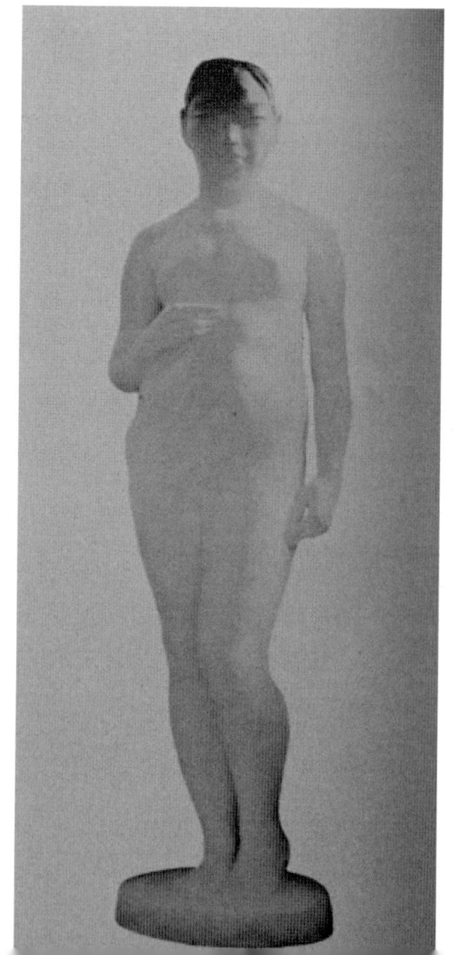

傳 김복진, 〈러들러 흉판〉, 1938년, 청동, 74×55×2.5cm, 동은의학박물관 소장

김복진, 〈백화〉, 1938년,
'제17회 조선미술전람회' 특선,
'제1회 문부성미술전람회' 입선

김복진, 〈미륵대불〉, 1939년, 시멘트, 속리산 법주사(1950년대 무렵)

김복진, 〈다산 선생의 상〉, 1940년, '제19회 조선미술전람회' 무감사 출품

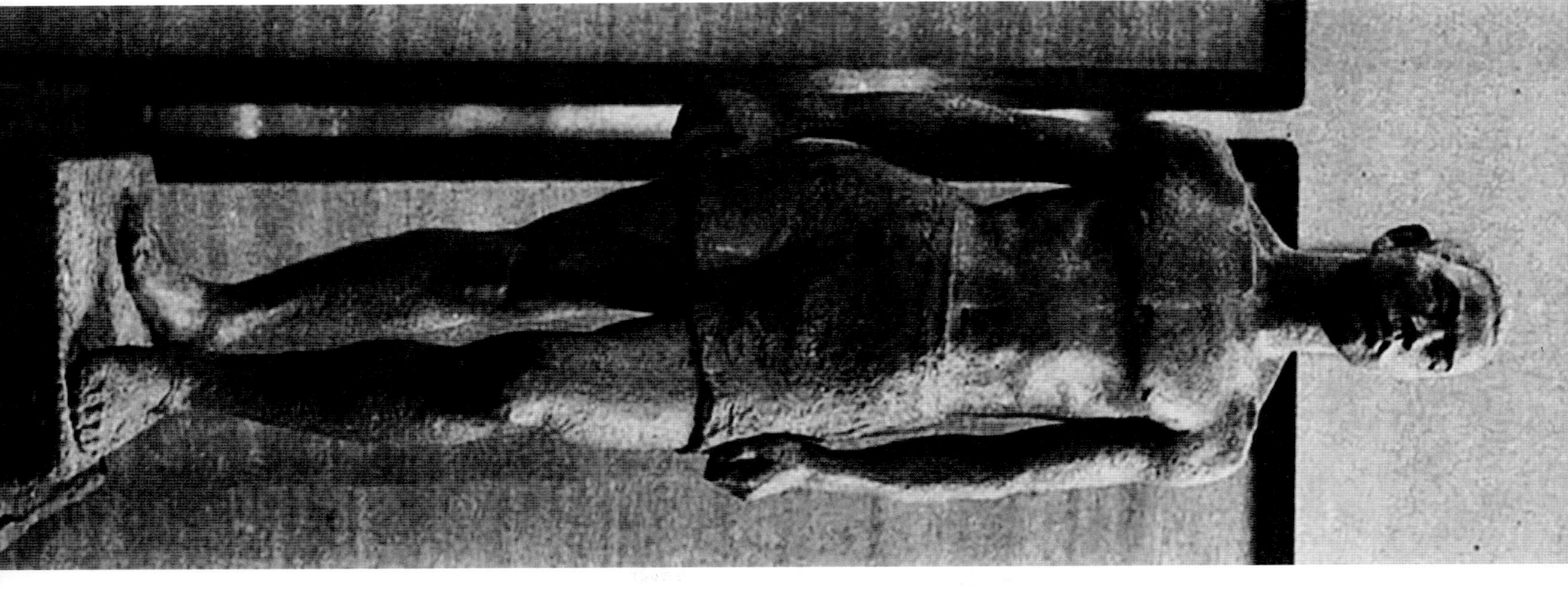

김복진, 〈소년〉, 1940년, '제19회 조선미술전람회' 조선총독상

관련 기록

姓名　金復鎭

兒前

某幾男　金陽生第一男

生年月日　明治四年外九月二三日生

入學年月日　大正二年六月二日入學

學業成績

教科目	第一學年	第二學年	第三學年	第四學年
修身				
國語及漢文		九一九	八二九九	八五九九
數學		六八	八九八六	九八八六
地理歷史				九
理科				
圖畫				
唱歌				
體操				
操行				

出席及欠席日數

從前ノ教育

住所　黃海道鳳山郡

保證人

備考

김복진의 배재고등보통학교 학적부

⑪

436

金復鎮 外

刑事訴訟記錄（治安維持法 違反）

（朝鮮共産黨 及 高麗共産青年会 全國各地 組織 擴大 活動事件）

京城地方法院

關聯被告人

國世吳金復鎮金
穆昌李培盧
幾英鄭養奇
明漢蕃老莊
根奉地麒金
源會尹讚鄭
俊龍李順任
璿河朴利李
五德咸東宋
候金趙老金
　　金學白
　　　俊金
　　　德崔
　　　東

自 八月二五日
至 十月一日

14. ㄱ747-748

치안유지법 위반 혐의자 김복진 외 15명에 대한 경성지방법원 형사사건 기록 1030, 국사편찬위원회 소장

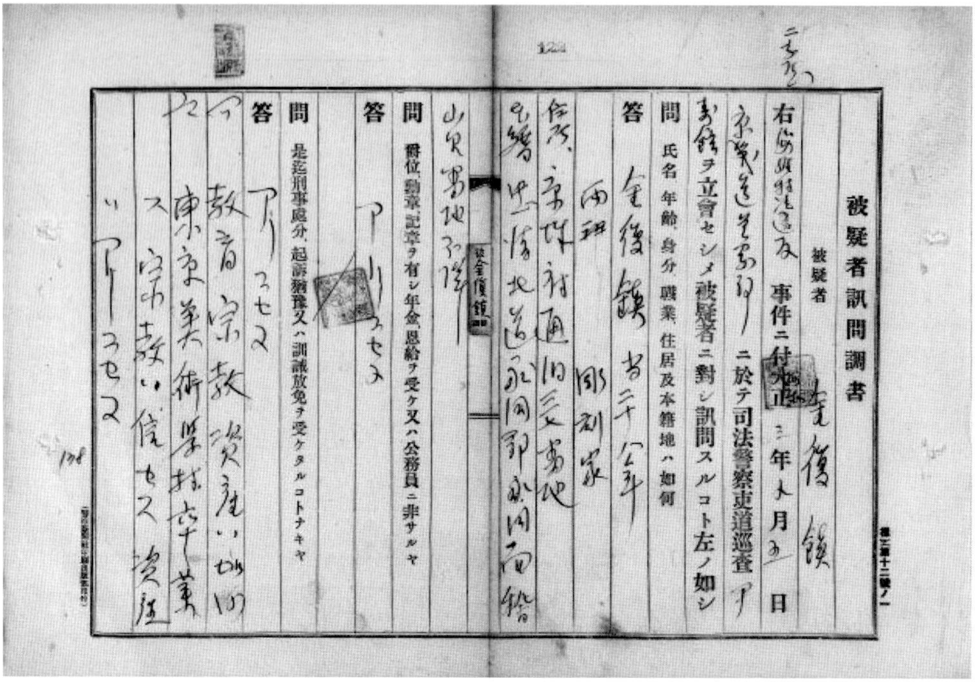

根三第十二號ノ一

被疑者訊問調書

被疑者　金復鎮

右被疑者ニ對シ　　事件ニ付大正三年八月三〇日
　　ニ於テ司法警察吏道巡査
　ヲ立會セシメ被疑者ニ對シ訊問スルコト左ノ如シ

問　氏名、年齡、身分、職業、住居及本籍地ハ如何
答　金復鎮　當二十八年
　　兩班
　　同刷家
　　住所、京畿道通川郡長箭地
　　鏡城（郡）生長北青郡永同郡及同面鯨

　　山兒舄地ニ住シ

問　爵位、勳章、記章ヲ有シ年金、恩給ヲ受ケ又ハ公務員ニ非サルヤ
答　アリマセヌ

問　是迄刑事處分、起訴猶豫又ハ訓誡放免ヲ受ケタルコトナキヤ
答　アリマセヌ
　　教育ハ宗教學産ハ地ノ
　　ス東京美術學技ヲ卒業
　　ス宗教ハ信セス凌歴
　　ハ　　　アリマセヌ

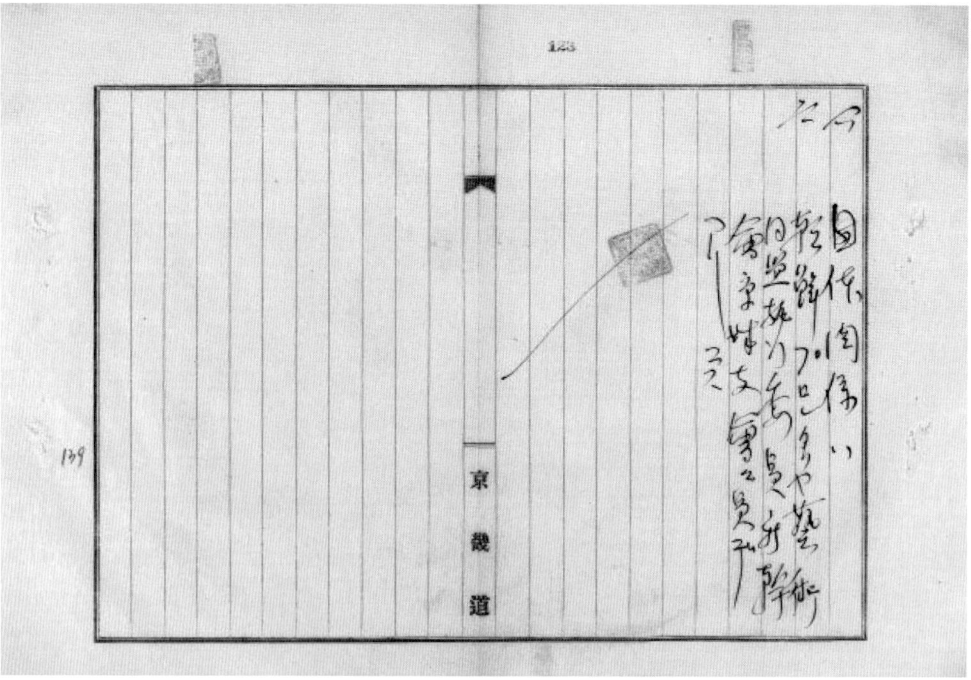

京　畿　道

自保、國係ハ無ク學術
　　朝鮮ノ美術ノ為ニ盡
　　金を以テ　　　　　　　

조선공산당 및 고려공산청년회 관련 김복진 피의자신문조서 자료, 1930년, 국사편찬위원회 소장

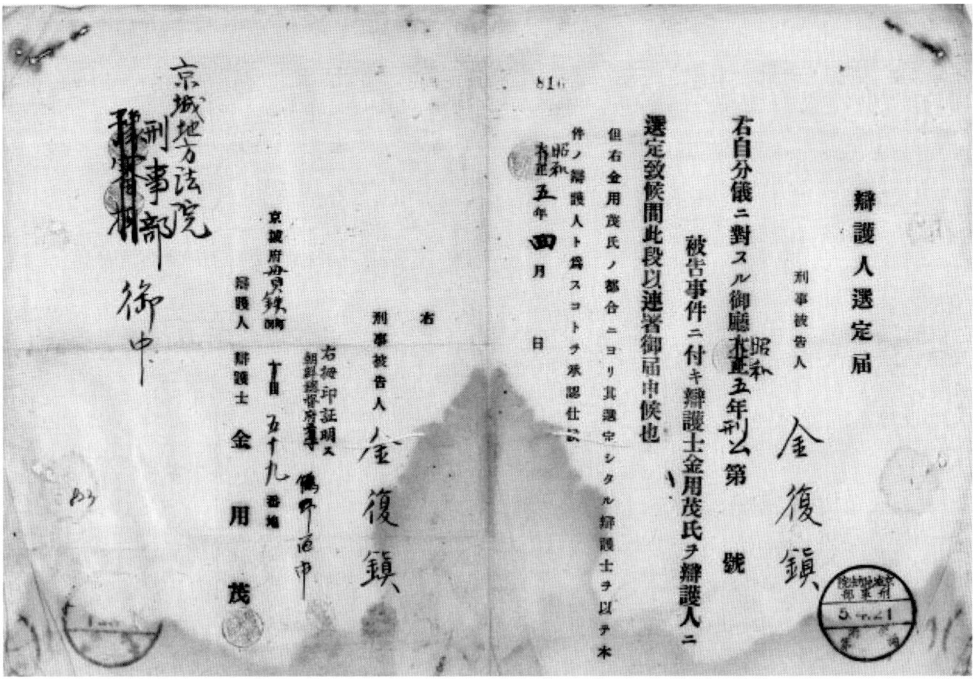

辯護人選定屆

刑事被告人 金復鎭

右自分儀ニ對スル御廳昭和五年刑公第　號

被告事件ニ付キ辯護士金用茂氏ヲ辯護人ニ

選定致候間此段以連署御屆申候也

但右金用茂氏ノ都合ニヨリ其選定シタル辯護士ヲ以テ本件ノ辯護人ト爲スコトヲ承認仕候

昭和五年四月　日

右

刑事被告人 金復鎭

右拇印証明ス 朝鮮總督府看守 鶴野百市

京城府西大門町[illegible]五十九番地

辯護人 辯護士 金用茂

京城地方法院刑事部御中

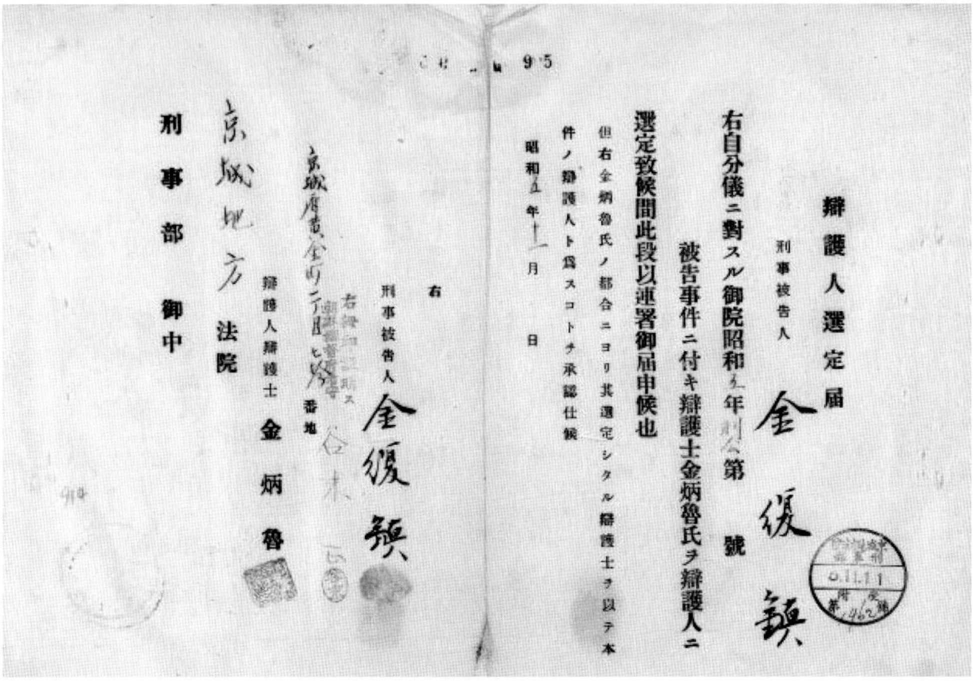

辯護人選定屆

刑事被告人 金復鎭

右自分儀ニ對スル御院昭和五年刑公第　號

被告事件ニ付キ辯護士金炳魯氏ヲ辯護人ニ

選定致候間此段以連署御屆申候也

但右金炳魯氏ノ都合ニヨリ其選定シタル辯護士ヲ以テ本件ノ辯護人ト爲スコトヲ承認仕候

昭和五年十一月　日

右

刑事被告人 金復鎭

右拇印証明ス 朝鮮總督府看守 谷本[illegible]

京城府貫鐵町二丁目七番地

辯護人辯護士 金炳魯

京城地方法院

刑事部御中

▲ 김복진에 대한 변호인 김용무 선정계(1930.4), 국사편찬위원회 소장

▼ 김복진에 대한 변호인 김병로 선정계(1930.11), 국사편찬위원회 소장

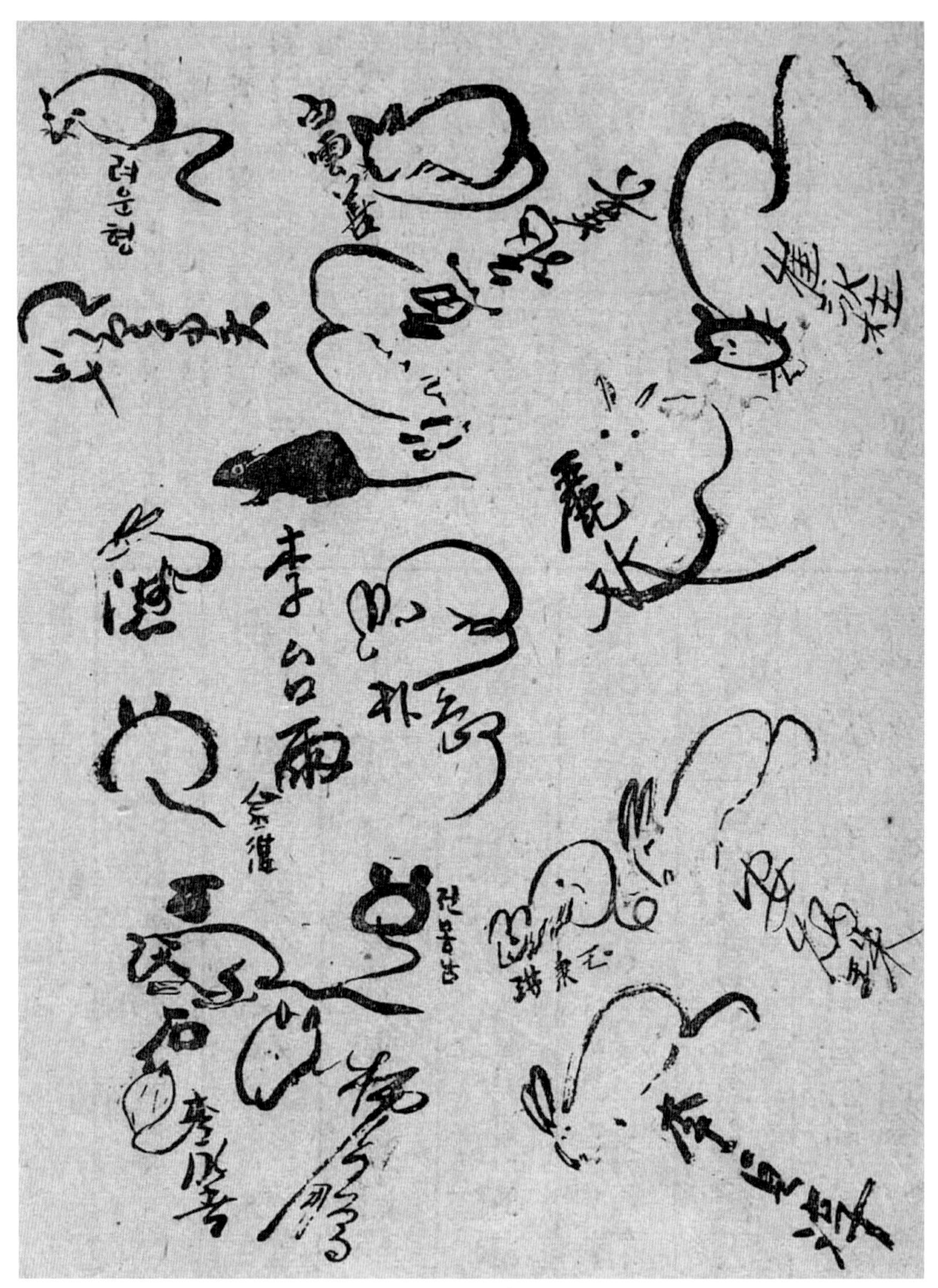

조선중앙일보사 편집국원들이 그린 쥐 그림 서명. 김복진은 좌측 가운데에 쥐의 뒷모습을 그리고 '김복'이라 서명했다.
출처 : 『중앙』, 1936년 4권 1호

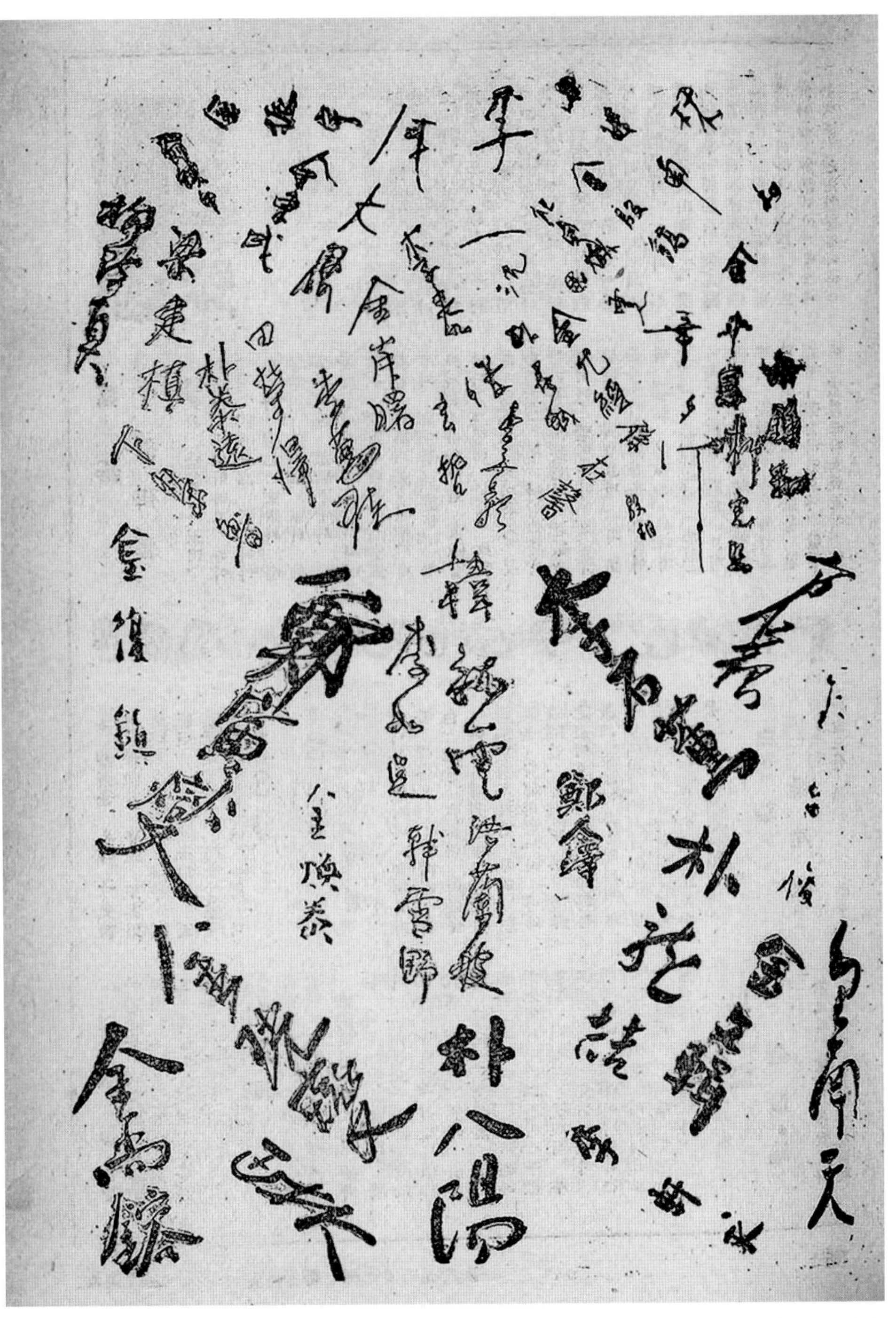

조선중앙일보사 직원들의 서명록. 김복진의 서명은 가장 좌측에 있다.
출처:『중앙』, 1936년 4권 4호